大鱼

有爱的青春陪伴者

2

五分钟后，敞开的大门走进一个身形高大的男人。

裴景烟抬眼看去，视线由下及上，不染尘埃的黑色皮鞋，笔直的长腿，剪裁和宜的黑色风衣，纯白色的衬衫，性感的喉结……

长得也很电影男主角，深邃的眉眼，高挺的鼻梁，还有那淡漠寡欲的眼神。

嗯，有那味了!

裴景烟心里给出肯定评价，面上却不动声色。

将瓷白咖啡杯放在玻璃桌上，她朝那人招了招手："这边。"

男人循声看来，暖色调的光线下，一袭雾粉色吊带长裙的少女慵懒地靠在深棕色皮质沙发上，微卷蓬松的黑发自然垂下，越发衬得肌肤莹白如玉。

细碎的钻石项链斜斜坠在腻白的颈间，精致的锁骨线条分明，单薄的布料包裹着曼妙纤细的身躯，靡丽恬静，宛若古典油画。

男人缓步朝少女走来。

不等他言语，就听少女很是自然地指使道："我爸把钱给你了? 喏，就是那枚钻石，合同我签好了，你付钱就行。"

男人眼波微动，也没解释，只说了声："好。"嗓音偏冷，低沉，也很好听。

裴景烟不由得多看他一眼，心里嘀咕起来。

这男人到底什么来路? 总不可能真是什么保镖啥的。

所以是爸爸雇的人，还是爸爸的朋友?

思忖间，男人已与拍卖行的工作人员沟通起来，说的是法语，发音标准，低醇圆润。

裴景烟对法语掌握不多，她交流一律用英语，或者直接叫拍卖行的翻译沟通，根本不用担心语言问题。

从前她一直欣赏不到法语所谓的优雅韵味，然而此时此刻，望着男人不紧不慢的谈吐、举手投足间的从容，再配上他这张俊美清隽的脸。

还真是赏心悦目。

恍惚出神间，男人已刷卡付钱，行云流水，一气呵成。

他提着那枚包装妥当的钻石，走到裴景烟面前："裴小姐，你的拍品。"

雾粉色裙摆下两条交叠在一起的细白小腿分开，裴景烟站起身，才将将到男人的胸口。

这身高起码有一米八五以上吧？她暗自估摸。

她伸出手接过那礼品袋，语调散漫："谢谢了。"

男人淡淡道："不客气。"

裴景烟检查了下那枚闪亮亮的粉色钻石，心情愉悦地扬了扬嘴角，又妥善收好。

见男人还站在跟前，她抬头看向他："对了，你是我爸爸的朋友、下属，还是什么关系？"

男人眉梢轻挑，沉默了两秒，垂下黑眸，说出他觉得合适的词："亲戚。"

裴景烟一听，皱起眉："哈？"

她怎么不知道自己家还有这样一门亲戚。

就在她诧异打量时，男人拿出皮革卡包，修长的指尖搭在珐琅三角形金属徽标上，取出一张黑灰色名片。

"这是我的名片。"

裴景烟有一瞬的犹豫，在触及男人平静深邃的眼眸后，还是伸手接过。

恰好门外有人找来，男人朝她轻点了下头："裴小姐，回见。"说罢，稍理领口，抬步离去。

裴景烟的视线跟随着他，只见门口西装革履一副秘书打扮的人态度恭敬地朝那男人汇报着什么，随后两人一起离去。

这个气场，这个打扮，还有他刷卡的熟练程度，怎么看都不是一般人吧。

难道，真是自家的什么远房亲戚？

裴景烟敛眸，低头看向那张带着清浅木质香气的名片。

稳重方劲的隶书，暗金色调镌印着——

新励科技董事长 谢纶

3

裴景烟从拍卖行出来时，还有些蒙。

等上了轿车，喝了半杯冰水，她才后知后觉地拿出手机，给爸爸打了个电话过去。

裴父早有预料般，接通后第一句便是："见到了？"

裴景烟有些小情绪："爸爸，你耍我呢？"

裴父也不接她这茬，知道自家宝贝女儿是颜控，打蛇打七寸，开门见山地问："你觉得他长得怎么样？"

裴景烟怔了下，本想故意作对说不好看，可话到嘴边转了个弯，她实在做不到睁眼说瞎话，最后含含糊糊"唔"了声："就还行吧。"

裴父那头传来笑声："还行就是行！好了，明天你赶紧回来，在外面玩了大半个月，你妈妈也想你了。"

"噢，知道了。"

她嘴上这般应下，心头却万分寂寥地想，妈妈每天忙着和老姐妹们聚会，生活丰富多彩，才没空想她呢。

挂断电话，她放松身体，整个人朝柔软的座位靠去。车载音响播着一首英文歌，在迷幻浪漫的慵懒女声里，裴景烟鬼使神差地从手包里摸出那张灰黑色名片。

"谢纶。"

简单两个字在舌尖缠绕，她忆起他将名片递来的场景——

从容淡定，漆黑眼眸凝视着她，像彬彬有礼的绅士，又像运筹帷幄的大佬。

他是知道她身份的，也知道她没认出他，却不拆穿她，只全力配合着她，像是在陪着顽劣傲慢的小孩做游戏。

这个认知让裴景烟有些不悦，虽说她年纪是比他小许多，但不代表她想被人当小孩！

她将名片收起，仰脸靠着柔软的羊绒枕，闭上眼睛。

谢纶是吧，她开始期待下一次见面了。

第二天一早，裴景烟就坐上回国的航班。

登机后，她先向空姐要了两杯红酒。等她喝完酒，去浴室换好睡衣再回来，空姐已将床铺整理好，笑容甜美地祝她一路好梦。

裴景烟礼貌地说了句"谢谢"，脱鞋躺上床，香槟色真丝眼罩往下一拉，就昏昏沉沉睡去。

昨晚打游戏打到半夜，十几个小时航程正适合补眠，顺便倒个时差。

一觉睡到自然醒，飞机在沪城机场滑行，遮光板外一片灿烂明媚的秋阳，叫她稍稍眯起眼。

秋日，算是沪城一年到头难得适宜的时段了，可惜就是太短暂。

出了机场就有家里的车来接，裴景烟驾轻就熟上车，打开手机，开始约局。

微信群"三只小天鹅"——

美少女景：【宝子们，我落地了，今晚有什么活动？】

一只小鸟飞飞飞：【西城新开了家日料，试试看？我请。】

取昵称真的好难【吃完饭我请做SPA，听雨堂新来了个采耳师傅，手艺很不错。】

美少女景：【被安排得明明白白。】

一只小鸟飞飞飞：【小景，你这次回来，是准备相亲了？】

美少女景：【嗯，15号，和那个谢纶见一面。】

一只小鸟飞飞飞：【用不用我们陪？随时有空。】

取昵称真的好难：【+1。】

裴景烟盯着手机屏幕思考了三秒钟，随后回复：【不用了。】

如果是第一次见面，她或许会叫秦霏和温若雅陪着，可现在她都见过谢纶了，心里多少也有些底。

对裴家给裴景烟安排的相亲对象，秦霏和温若雅都有些惊讶。

撇开年龄不说，就单论谢纶这个人。

与她们家这些传统企业家族不同，谢纶是顺应时代潮流，经过十年的摸爬滚打，才成为如今商界炙手可热的科技新贵。

十年前，当裴景烟穿着蓬蓬裙坐在高级餐厅吃牛排时，二十岁的谢纶还在拥挤炎热的香港茶餐厅吃十六块一份的快餐。

这样的一个联姻对象，对于她们来说，很陌生。

何况谢纶这个人，行事低调，神神秘秘。

三个小姐妹有一搭没一搭聊着，等轿车驶入别墅区，裴景烟才收起手机。

4

"小囡，你可算回来了，妈妈可想你了！"

知道女儿今天回来，裴母还亲自下厨给裴景烟炖了汤。

乖乖喝完一整碗母亲牌爱心鸡汤，母女俩亲昵地唠了会儿家常，裴景烟起身："妈妈，我先上楼歇息了，晚上约了若雅和霏霏她们吃饭。"

秦霏和温若雅是裴景烟的发小，三人在同一所贵族学校读完幼儿园、小学、初中。等初中毕业后，裴景烟和秦霏一起去英国读了高中和大学，温若雅则凭借学霸的天赋，考上沪市老牌"985"大学，目前法学硕士在读。

三个小朋友关系好，三家人的关系也变得熟络。

裴母笑道："去吧去吧，正好你李阿姨送了我两张戏剧门票，我和你爸爸一起去看，你们三个小朋友安心去玩好了。"

裴景烟："……"

她就知道。

父母才是真爱，她和哥哥就是意外！

待夜幕降临，裴景烟换了条百褶裙，外搭一件烟紫色毛衣，出门与好友碰面。

晚霞漫天，西城日料店。

看着眼前两个小姐妹，一个在认真读书，计划继续读博，一个创业搞影视广告公司，浑身干劲，裴景烟不由得叹息："我是不是太不上进了？是不是也该做点什么？"

秦霏咔嚓咔嚓吃着炸虾天妇罗，笑得像个拿着毒苹果的巫婆："你现在不是在做吗？"

裴景烟："嗯？"

秦霏笑得花枝乱颤："你要能搞定那个谢绲，那你就是这个。"

她比了个大拇指，然后被裴景烟塞了一嘴鹅肝。

"你们就笑我吧，迟早轮到你们。"裴景烟浅啜一口樱花玄米茶，淡淡花香在舌尖萦绕。

秦霏和温若雅浑不懂地耸肩，秦霏说："你先给我们打个样。"

嘻嘻哈哈吃完一顿日料，三人直奔下一场。

沪市的夜，灯红酒绿，繁华明艳，待两个小时的SPA做完，已是深夜。

秦霏还有个局，叫她们一起去玩。

裴景烟摇头："我今天才下飞机，刚才又喝了些红酒，这会儿只想回家睡觉，明天再说。"

温若雅也说："我明天还有个会，也不去了，我开车送小景回去。"

秦霏见状也不勉强，摆摆手，开车离开。

裴景烟和温若雅一起坐电梯去负一层停车场。

两人边聊边走，快走到停车位时，一辆黑色卡宴突然倒车开出，挡住去路。

温若雅赶紧拉着裴景烟往一旁退。裴景烟又累又困，踩着细高跟鞋迷迷糊糊一个趔趄，险些撞到柱子上。

"小景，没事吧？"温若雅忙道。

"没，没什么。"裴景烟弯下腰，见脚踝蹭得有些红，眉头轻皱。

这时，那辆卡宴停了下来，后座的单向玻璃车窗缓缓落下，露出半张冷白清俊的侧颜。

这颜值和气度，叫温若雅看愣了一瞬。秉承着有帅哥一起看的理念，她赶紧捏了下裴景烟的手。

裴景烟："你捏我干吗？"

"快看，帅哥！"温若雅压低声音。

裴景烟嘟囔着："帅哥而已，至于……欸？"剩下半句话在她看清车内男人的脸时，戛然而止。

"裴小姐，"身着黑色西装的谢纶唤道，嗓音如沉金冷玉般，"我们又见面了。"

裴景烟："呃，是啊。"

谢纶扫过她的脚踝："你还好吗？"

"还……还好……"裴景烟清醒了些，"你怎么也回国了？"

谢纶淡声道："生意谈完就回国了。"

他顿了下，继续道："而且，15 号有个很重要的约。"

他这意味深长的目光叫裴景烟心尖一颤。

15 号，不就是他们约好相亲碰面的日子吗？

就在裴景烟不知该如何接话时，一旁的温若雅撞了下她的手肘，小声道："小景，你认识这帅哥？"

裴景烟勉强挤出个笑："算吧，认识不久。"

"那你介绍一下啊。"

因着拍东西没钱付账这事太丢人了，裴景烟没跟温若雅和秦霏说起在拍卖行遇见谢纶的事，谁想到又在这里撞上了。按照两个闺密的八卦程度，肯定会刨根问底的。

她支支吾吾，有点不大想介绍："呃，他是……"

"你好，我是谢纶。"

看到陡然睁大眼的裴景烟，他嘴角微翘，慢条斯理道："不出意外的话，不久将会是裴小姐的合法伴侣。"

车外两人都一脸震惊，谢纶面容波澜不惊，问裴景烟："坐了一夜飞机，还是早些回去歇息。我送你？"

裴景烟怔怔地摇了摇头："不用。"忽而又意识到什么，"等等，你怎么知道我坐了一夜飞机？"

谢纶："我和你同一趟航班。"

裴景烟："？"

谢纶修长的手指轻抚过精致的蓝宝石袖扣："本来想和你打声招呼，看你睡得很香，就没打扰。"

裴景烟悻悻咳了声："这样，那还真是巧。现在时间也不早了，那我先回去了。"

谢纶颔首："好，回见。"

他又看向一旁津津有味看戏的温若雅，语气平和："麻烦照顾好她，平安将她送回家。"

温若雅愣了愣，忙点头道："一定一定，谢先生放心。"

谢纶露出个疏离又不失客气的笑，随后车窗升起。

直到黑色卡宴从她们眼前开走，温若雅才反应过来般，拍了下额头："我说怎么觉得不对劲呢，他刚才拜托我的口吻，就好像你已经是他老婆一样！"

裴景烟："是吧，我就说这男人贼自来熟！"

上次还厚颜无耻地说是她什么亲戚，他就这么笃定她会嫁给他？

"不过话说回来，小景，你老实交代，你在哪里遇他的，怎么都没跟我和霏霏说过？"温若雅瞪着眼睛声讨。

裴景烟心虚地扶着脑袋："啊！我头好晕，我醉了……"

温若雅："……你就装吧，待会儿我就跟霏霏告状，哼哼，没准她今晚就去扒你的窗户！"

想到秦霏那股八卦劲儿，裴景烟瞬间头大。

第二章 · 【成了情侣头像】
美少女战士 & 夜礼服假面

1

秦霏没有半夜扒窗户，而是第二天早上直接开车冲到了裴家别墅。

裴景烟只得老老实实地将拍卖行的事交代了一遍。

秦霏听得眼里直冒星星："哇，这真是有缘千里来相会……"

她往裴景烟身旁靠了靠，坏笑道："所以那个谢纶到底有多帅？下次你们见面，拍两张照片发群里看看？"

裴景烟无语："我跟他又不熟，难不成拿个手机上前，说'谢先生你好，我闺密想看看你的长相，让我给你拍张照吧'？"

秦霏："对啊，就这样说呗。"

裴景烟："……"

秦霏抬手拍了拍裴景烟的肩膀，语重心长道："那我就等你们相亲成功的好消息，争取在婚礼现场见到他的庐山真面目……对了，你打算举行怎样的婚礼，中式还是西式，草坪还是教堂？我最近加了个业内有名的摄影师，她婚纱照拍得不错，我推给你？"

眼见秦霏兴致勃勃地翻看起联系人列表，裴景烟嘴角直抽："八字还没一撇呢！"

秦霏："下次见面相亲，不就有一撇了？难道你没看上他？"

没看上吗？

裴景烟一时语塞，答不上来。

2

约好的相亲日如期而至。这天上午，裴景烟被母亲的敲门声叫醒。

裴景烟睡眼惺忪，打开门一看，走廊上站着一个专业化妆团队，露出八颗牙齿的灿烂微笑："裴小姐早安。"

裴景烟瞬间清醒，困惑地看向母亲："妈妈，这是哪一出？"

裴母笑吟吟道："你晚上不是要与谢纶见面吗？头一次正式见面，可得好好打扮下。"

"那也不用这么夸张吧？就吃个晚饭而已。"

"用，怎么不用！婚姻是人生大事，可不得重视？"

裴景烟咕哝一声："成不成还不一定呢。"

裴母诧异道："那肯定得成嘛。人家送你那么贵的粉钻，这要是不成，你自己得想办法还回去的，咱裴家可从不占别人便宜。"

裴景烟一头雾水："他送我钻石？不是爸爸付的钱吗？"

"你爸爸是要给谢纶转钱的，可人家谢纶说不用，就当送你的生日礼物，还说都是一家人了，谈钱就见外了。"

裴景烟满头问号，裴母趁机与她分享"女人幸福秘籍365条"："小囡呀，舍得为你花钱的男人，不一定是最好。但连钱都不舍得为你花的男人，绝对不能要！"

不论怎样，裴景烟还是在专业团队的操作下做了造型化了妆，然后顶着莫名其妙掉下来的"巨额负债"，前往外滩十八号的分子料理餐厅。

这家餐厅裴景烟还是第一次来。

能开在这个地段的高档餐厅，装潢自然极具格调，灰暗暧昧的灯光，配上轻柔舒缓的乐声，就连服务员一个个都是俊男美女，毕恭毕敬地服务着尊贵的客人。

裴景烟到达时，谢纶已经在包间里等着。

服务员轻叩两下门，才将门推开，摊开手掌倾斜伸出一定距离："小姐，请。"

裴景烟淡淡地"嗯"了声，然后踩着尖头廓形高跟鞋，踏进散发着木质玫瑰香的双人包间。

上一秒她还算心绪平静，下一秒，坐在落地玻璃窗前的男人朝门边投来视线，她的心没来由地慌了。

似是为了挽回前两次见面的狼狈，裴景烟今日特地往性感成熟方向打扮——

挑了件黑色改良款薄绸旗袍，沪城老师傅几十年的剪裁手艺，将她身体曲线的优势发挥得淋漓尽致。一头蓬松丰茂的长发用珍珠发夹随意绾在脑后，脖子上是一串光泽明亮的极品天女海水珍珠，项链粉光的虹彩宛若雨后彩虹，熠熠生辉。

少女肌肤白腻如瓷，黛眉红唇，明艳张扬。

可偏偏她长了双杏眸，眼皮褶少，眸光清澈，叫这份明艳里又多了几分清纯娇憨。

她已经成年了。

谢纶这般想着，端起手边冰水，喝了一口。

望着少女摇曳生姿地走来，他放下玻璃杯，站起身："裴小姐。"他绅士地替她拉开座位，"请坐。"

"谢谢。"

裴景烟故作淡然地坐下，心里默念，淡定淡定，不就是相个亲吗？小事而已。

虽说如此，可面对跟前的男人，她还是有些没底。毕竟她长这么大，还是头一回接触这个年龄段的"可恋爱对象"。

不夸张地说，从幼儿园开始她身边就不乏男生围着，不过接触的也都是年纪相仿的男生，像谢纶这个年纪和成就的男人，压根跟她没交集——

三年一代沟，五年一鸿沟，她和谢纶整整差了九岁！

"想吃些什么？"

男人清冽的嗓音打断裴景烟的胡思乱想，她抬起眼，见他轻叩着皮质菜单，等她点菜。

裴景烟翻开菜单："我看看。"

"嗯，不急。"

等裴景烟看得差不多，谢纶按了呼叫铃传来服务员。

裴景烟也不跟他客气，照着自己的喜好点了一通，末了将菜单一盖，问他："你有什么想吃的？"

谢纶道："你点的这些就很好。"

他侧过脸，将菜单递还给服务员："先这样吧。"

服务员恭敬退下，两分钟后，先送来开胃甜点。

开胃甜点是一杯帕洛玛鸡尾酒，液氮的缭绕烟雾散去，里面有各色水果颗粒，橙皮、薄荷、覆盆子之类。

裴景烟吃了一口，酸酸甜甜的水果香叫她颇为愉悦地挑了下眉。

谢纶手执酒杯，注意到她这小表情，薄唇勾起微不可察的弧度："裴小姐喜欢吃甜食？"

裴景烟赏味的动作一顿，抿了抿唇，故作矜持："还好吧。"见他并没动他面前那杯，她随口问，"谢先生不喜欢吃甜食？"

谢纶端起手边的葡萄酒，朝前轻晃了两下："我喝这个就好。"

他的手很好看。

骨节分明的手指执着高脚杯，柔和光影里，呈现出一种白玉般的光泽。

裴景烟不禁想着，这手不去当手模可惜了。

"裴小姐？裴小姐？"

谢纶连着唤了两声，裴景烟才后知后觉反应过来，迎上男人墨般深邃的眸，她脸颊发烫："嗯？"

谢纶道："我的手有什么不妥？"

裴景烟的脸更烫了："没，没什么，就是觉得……挺好看的。"

糟了，把心里话说出来了。

她尴尬地掐了下掌心，转过头面向落地窗，假装欣赏沪城繁华艳丽的夜景。

谢纶扬了扬眉梢："多谢夸奖。"他也投桃报李般，由衷地夸着她，"裴小姐今日的打扮也很好看。"

裴景烟心说，那可不，捯饬了大半天呢，能不好看吗？

但她面上笑得谦虚："还好吧。"

互相夸了这么两句，桌上的气氛也缓和不少，话题就此打开。

裴景烟到底年轻，努力装了会儿沉稳，还是没忍住，问谢纶："上次拍卖行那枚钻石，是你付的钱吗？"

谢纶轻点了下头："裴小姐是 9 月 25 日的生日，也就是 10 日之后，这枚钻石当作见面礼，也可当作我送你的生日礼物。"

裴景烟"啧"道："那你可真大方，第一次见面就送这样贵重的礼。那以后要是多相几次亲，怕不是要送破产了。"

她欲盖弥彰地端起酒杯喝了一口，又朝他笑笑："当然，谢先生年轻有为，事业版图定会越做越广。"

谢纶没接她这话，手指有一下没一下摩挲着银质勺柄。

静了十秒，他才撩起眼帘看向她："裴小姐没看上我？"

这话问得直接，险些叫裴景烟被酒水呛到。

她咳了两下，谢纶适时递给她餐巾："是我唐突了。"

裴景烟摆摆手，等喝过白开水缓了缓，才发现男人仍旧盯着她。

显然，他还是要个回答的。

裴景烟硬着头皮道："我们刚认识，还不是很熟……"

谢纶"嗯"了声，然后问："要多久才算熟，或是什么程度才算熟？"

裴景烟："嗯？"

他定定看着她："裴小姐，我需要一位太太。"

裴景烟蒙了。

这么直接的吗?

谢纶的声音慢条斯理:"我们各取所需,皆大欢喜。如果你需要一桩婚姻的话,我会是个很好的结婚对象。所以,还请你认真考虑下我们的关系。"

裴景烟一时不知该说什么,只头脑空白地望着他。

外头的霓虹光影倒映在男人那双狭长的黑眸里,叫他的目光看起来真挚、温柔、含情脉脉。

目前看来,他的确是个优秀的结婚对象。

服务员送菜的动静,打断了裴景烟混混沌沌的念头。

谢纶不疾不徐:"裴小姐,先吃饭吧。"

裴景烟怔怔"噢"了声,夹了块黑鳕鱼慢慢吃着。

食物味道如何,她没仔细注意,满脑子净想着男人那些话。

直到一顿饭吃完,她还在想。

谢纶付过账单,对裴景烟道:"明早我要飞京市参加个会议,恐怕不能陪你看电影或是散步,现在送你回家?"

本来坐在一起吃饭就有些不自在了,一想到要跟他在密闭的车内独处,裴景烟连忙说不用:"我叫司机在停车场等着了。"

谢纶也不勉强:"也好。"

他一直将她送到停车场,分别时,拿出手机:"加个联系方式?"

算起来也见了三面,他又是送钻石又是请吃饭,裴景烟也不好拒绝。

但她耍了个小心机,只报电话号码,并不打算加微信。

毕竟她经常发些"沙雕"朋友圈,万一哪天忘记分组了,叫这男人看到,岂不是有损她完美光鲜的形象?

谁知道她这边输入他的电话号码时,屏幕上方突然跳出"三只小天鹅"的群消息。

一只小鸟飞飞飞:【@美少女景,你跟谢纶处得怎么样啦? 蹲个

后续！】

　　裴景烟表情有一瞬凝滞，匆忙将消息划过，悄悄抬眼朝前看去，恰好对上谢纶乌黑的瞳。

　　他薄唇轻启："不介意的话，再加个微信？"

　　裴景烟眼睫轻颤："好……好吧。"

　　于是彼此又扫了微信。

　　望着那个美少女战士的 Q 版头像，谢纶薄唇微翘，敲下备注。

　　裴景烟则根本不用改备注，因为谢纶的微信名就是 XLun。

　　"谢先生，那我先上车了？"

　　裴景烟将手机放下，一双水灵灵的杏眼看着谢纶，像是等班主任宣布下课的学生。

　　谢纶单手按着西装，另一只手替她拉开车门："回去吧。"

　　等她上车坐稳，系好安全带，谢纶将车门关上，弯腰叮嘱："路上小心，到家报个平安。"

　　这份细微体贴，叫裴景烟不自在地垂下眼："好。"

　　等轿车开出一段距离，她忍不住回头往后看。

　　只见男人身形笔挺地站在原地，目送着，直至车子拐弯消失不见。

　　裴景烟靠在车座，拿出手机，点开新加的联系人。

　　谢纶的头像是一片冰川雪山风景。

　　她轻抿着下唇，犹豫两秒，还是忍不住点进他的朋友圈。

　　干干净净一片，唯一几条动态还是他们公司的宣传链接。

　　老男人可真是无趣。

　　裴景烟撇了下唇，等她退出谢纶的朋友圈，再返回时，忽然发现男人的头像变了。

　　不再是那一片冰川雪山风景图，而是——

　　Q 版的夜礼服假面。

3

怎么换头像了？

——这行字在输入框被删了又打，打了又删。

裴景烟很想问，却又不知道该以怎样的立场去问。

最后裴景烟将手机丢在一旁，心绪纷乱地往座椅靠去。

算起来她只跟谢纶见了三面，可每次他总能拨乱她的情绪。

啊，这种感觉真的很不爽！

憋着一肚子好奇的裴景烟回到家里，再次打开手机，点进那个夜礼服假面的头像。

美少女景：【谢先生，我到家了。】

发完这条，她眼珠微转，又发了个微笑表情。

"这个表情，他这个年纪的应该挺喜欢用的吧。"裴景烟喃喃道。

见他还没回消息，她便将手机放在一旁，先去洗漱台卸妆。

一分钟后，手机振动了一下。

裴景烟才卸掉一边眼妆，于是一只手按着化妆棉，另一只手划开手机，以一种独眼龙的姿势点开消息。

XLun：【好的，早些休息。】后面跟着个一样的微笑表情。

裴景烟："……"

虽然知道这个微笑表情对于他来说，或许真是表达"友好微笑"的意思，可是，她还是觉得他在"呵呵"她！

算了，眼不见心不烦，现在各回各家了，她没必要再去在意这些。

她退出对话框，锁了屏幕，继续卸妆洗漱。

就在她躺在浴缸里贴着面膜享受泡泡浴时，秦霏和温若雅的视频电话打了过来。

裴景烟按下接听键，只见秦霏和温若雅一人半张脸，挤满整个屏幕。

"小景，你在做什么？怎么群里一点动静都没有！"

裴景烟抚平面膜："这还不明显吗？"

秦霏："哇，在洗澡？"

温若雅："就你一个人？"

裴景烟："……不然呢？"

秦霏和温若雅交换了个眼神，笑得暧昧。

秦霏："谢纶呢？"

裴景烟翻了个白眼，神色慵懒道："吃完饭就散了呗。"

对面两人才不满足。

秦霏："快跟我们讲讲相亲的过程！"

反正贴面膜泡澡，闲着也是闲着，裴景烟就与她们说了。

至于谢纶换头像这事，她迟疑两秒，也说了出来："你们帮我分析一波，他这什么意思？"

秦霏发出一声"哟"，挤眉弄眼："情侣头像都安排上了，还能什么意思吗？"

温若雅点头，表示赞同："没想到啊，上回见着挺高冷稳重一大佬，私下里还有这等操作，佩服佩服。"

裴景烟眉头轻蹙："所以他突然换头像，是想跟我凑情侣头像？"

秦霏："没错，可见他对你很满意。"

温若雅："好了，我觉得我和霏霏可以开始挑选伴娘服的款式了。"

雾气萦绕的浴室里，裴景烟握着手机，乌黑的杏眼里浮出迷惘。

谢纶真的看上她了？

是，她的确年轻美貌，聪明灵巧，家庭条件也优越，可她也是沪城出了名的坏脾气——

如果提起她，女人大都会撇撇嘴："哦，裴家那个矫情的啊。"

男人们用词倒还算客气："裴家那个小公主嘛，长得是漂亮，但听说可难伺候，找她当女朋友岂不是找了个祖宗？"

所以，谢纶是有多想不开，非得找上她？

裴景烟表示不解。

临睡之前，她躺在床上想着，下回再和谢纶见面，她非得亲口问问他才是。

4

然而，自那天分开后，谢纶就像是消失了一样。

连着七天没有电话，也没有微信消息，更别说提出下一次约会了。

裴景烟哪里遇到过这样的情况，从前男人加了她的微信，起码"早安""午安""晚安"是少不了的。

下午三点半，位于城郊的玫瑰庄园茶厅。裴景烟懒洋洋地缩在藤编秋千篮里，奶茶色的薄绒高领毛衣将她的巴掌小脸衬得越发精致。

不过现在，这洋娃娃般精致的脸上写满了不高兴，蜜桃色红唇微微噘着："既然他不发消息，还加我微信干什么？"

坐在她斜对面享受日光浴的秦霏道："没准他太忙了呗。谢总又不像唐马克那些游手好闲的，整日无所事事，他手下可管着那么大一个新励科技呢。"

裴景烟捧着一杯百香果葡萄柚绿，吸了一口，百香果粒在嘴里咔咔响："再忙的话，总不会忙到一条消息都没空发吧？"

听到这句话，秦霏偏过头："你要是想他了，主动给他发条消息呗。"

裴景烟顿时炸毛："谁想他了？"

秦霏伸着玫红指甲："你咯。"

裴景烟柳眉挑起："才没有！我只是觉得他这个人……嗯，很没礼貌！现在才处于相亲阶段呢，他就玩失踪，装高冷，呵，如果真跟他结了婚，那他岂不是更过分？"

秦霏挑挑眉，提醒道："小景，你可别忘了你们这是商业联姻。"

裴景烟一怔，纤细浓密的眼睫低垂。

她当然明白秦霏的意思。

这种为了双方利益结合的婚姻，明面上过得去就行了，私下里都各玩各的。

是她拎不清了。

秦霏见裴景烟咬着吸管不说话，从沙发椅上撑起半边身子："裴景烟，你不是看上那个谢绹了吧？"

裴景烟果断否认："没有！"

"好，就算没看上，但起码，你在乎了。"秦霏耸了下肩，没骨头般重新躺回沙发椅，拿起手机玩，"听我一句劝，男人精明得很。尤其谢绹这种凭借一己之力摸爬滚打上位的，更是道行深，咱可不敢轻易动感情。"

裴景烟稍抬下巴，面露骄矜："那肯定，我才不会那么轻易动心。"

她将饮料放在一旁，翻看起刚才在法式玫瑰墙旁拍的那组照片。

秦霏催道："你快发朋友圈，我好用你的图。"

裴景烟应了声，精心选了九张图，底片拍得好，随便加个滤镜就很完美。

她心满意足地点开微信，视线扫过联系人列表时，不经意看到那个夜礼服假面的头像。

红唇轻抿，她暗暗想着，忙就忙呗，她才不在乎。

她点开朋友圈，配上九宫格照片，写道：【美女与玫瑰。】

秦霏点开朋友圈，一边手指翻飞地打着"让我瞧瞧这是谁家的仙女下凡了？原来是我家的小景公主"，一边不客气地吐槽："你这文案还是一贯的自恋哈。"

裴景烟毫不脸红："姐就是女王，自信放光芒。"

"还别说，你今天这几张照片真的绝，配你这件毛衣，浓浓法式慵懒风。"

秦霏不吝啬地夸着，忽然想到什么，抬眼问道："小景，你这条朋友圈屏蔽谢绹了没？"

裴景烟杏眸微闪，嘴角往下撇了撇："这有什么好屏蔽的。我这么好看，就当美化他的朋友圈了，他该感激我才是。"

秦霏笑着："是，谢纶要是看到你这么美，一定折服于你的魅力，给你点赞、发消息！"

裴景烟"嘁"了声："谁稀罕。"手指却忍不住点开手机屏幕。她盯着那不断增加的红色数字，轻抿了下唇。

5

京市，傍晚，日暮云倦。

多场会议连轴转，总算签下合作合同。

谢纶往沙发椅上一靠，抬手松了松银灰色领结，闭目养神。

不一会儿，门外传来有节奏的两下敲门声："谢总。"

谢纶嗓音清冷："请进。"

助理闻松走进来，恭敬低头："谢总，王总他们已经离开，云水间那边收拾妥当，您今夜可以去那边好好休息。"

修长的手指揉了揉眉心，沙发椅上端方矜贵的男人沉沉地"嗯"了声，语气有几分倦意。

半分钟后，他站起身来，往外走去："备车。"

闻松应了声"是"，连忙联系停车场候着的司机。

等电梯时，谢纶将手机的飞机模式关闭，很快，各种信息唰唰唰弹了出来。

他一一浏览处理，最后点开朋友圈时，人已坐上车，前往在京市的别墅。

当他看到那油画般色调浓郁浪漫的九宫格时，滑动屏幕的指尖停了下来。

只见大片大片玫瑰花里，少女穿着毛茸茸的高领毛衣，一头微卷的长发绑成两根松松的麻花辫，在秋日明净的阳光下，浑身好似散发着温暖且明亮的光芒。

她笑容灿烂，比玫瑰还要明艳。

从头图点开，他一张张划过，漆黑的眼底映着绚烂的光影，明暗不定。

少女扎两根小辫的模样，与三年前，好似并没多少变化。

谢纶狭眸轻垂，面色平静地点了个赞。

"闻松。"他唤。

"谢总有什么吩咐？"

"订最近一趟回沪城的航班。"

"谢总今晚就回去？"闻松诧异，毕竟谢总这几日为了合同的事劳心费力，很是辛苦。

谢纶的视线在日历标注的 25 号停留两秒："嗯，今晚回去。"

与此同时，沪城，裴家。

看着谢纶的点赞，裴景烟拿着手机，嘴角翘起，活像只骄傲的小孔雀。

哼哼，她就说吧，她的魅力可大了！

手机忽地振动一下，屏幕上跳出一条新的微信消息：

【裴小姐，请问明天有空吗？】

第三章·【第二次的约会】
她想换个星球生活了。

1

明天有空吗?

裴景烟在柔软的浅粉色羊羔绒床单上滚了一圈,双手握着手机,边打字边嘟囔:"有你个大头鬼。"

美少女景:【不好意思,没空。】

回完这条,她就切出微信,兴致寥寥地刷起短视频软件。

大概划过两条美女变装视频、三只猫猫卖萌视频,手机突然进了个电话。

裴景烟吓了一跳,幸好手机握得稳,差点砸到她的脸。

定了定心神,她看着来电显示:谢纶。

她细长的眉梢微微挑起,微信邀约被拒了不甘心,打电话来了?

小女生那点小小的虚荣心得到一种莫名的满足。在手机铃声又响了三下之后,裴景烟盘腿坐起身,一边伸手揽过床头的玫红色草莓熊公仔,一边按下接听键。

手机那头隐约传来机场的播报声,静了有两秒,才响起男人清冽的嗓音:"裴小姐,是我,谢纶。"

裴景烟拿着手机，散漫应道："嗯，我知道。谢先生有什么事？"

电话那头的人道："明天裴小姐是一整天都没空吗？"

"嗯，没空。"

"那后天呢？"

"也没空。"裴景烟答得干脆。

可答完之后，见手机那头半晌没有声音，她忽然又有点不安。

说起来，她还欠谢绔一枚钻石的钱，如果两人婚事真没谈成，她得赶紧把钱还给他才是，她从不愿意欠别人的。

就在她斟酌着如何补救一下，男人的声音再次传来："裴小姐心情不好？"

裴景烟微怔，矢口否认："谁说的，我心情好得很。"

"我以为裴小姐在生我的气。"

"……我生你的气做什么？"

她又不是那种无理取闹爱生气的女生。

不过在别人的嘴里，她好像就是这样的属性。难道谢绔也是这样看她的？

鬼使神差地，裴景烟补充一句："我没生你的气。"

"嗯，那就好。我刚看了你的朋友圈，照片拍得很好看，看得出来你玩得很开心。"

不急不缓的语调传来，像是朋友间般随和，可下一秒，他又折回到最初的话题："不知裴小姐什么时候有空？"

裴景烟故作淡然地问："你约我有什么事？"

"七天没见到裴小姐，想约裴小姐再次见面。"

停顿片刻，他低醇的嗓音娓娓传入裴景烟的耳朵："在你答应我的结婚请求前，我觉得约会培养感情是很有必要的环节。"

裴景烟难以想象男人是以一种怎样的表情说出这样的话，这么客套程序化，果然是个没有感情的机器人吗？

见裴景烟半晌没出声，谢绔的尾音稍微提高："裴小姐？"

裴景烟堪堪回过神来，思索三秒后，说道："那明天吧，正好我也有事找你。"

"好，明天下午四点，我去接你。"

谢纶等着裴景烟那头挂了电话，才将手机放下。

助理闻松适时递了杯红茶给他："谢总喝茶。"

谢纶接过光洁精致的白色骨瓷杯，茶汤澄红浓郁，香气温和香甜，浅啜了一口，他侧眸看向闻松。

闻松被老板这带着几分探究的目光看得有些不自在，挤出个笑："谢总，是红茶太烫了吗？"

"不是。"

"那您……有什么其他吩咐？"闻松硬着头皮问。

"如果我没记错，你一毕业就来公司了？"

"是，谢总，我已经在公司工作三年了。"

谢纶"嗯"了声，漫不经心地问："有女朋友了没？"

闻松心里觉得奇怪，谢总平时就是个无情的工作机器，对员工的生活并不关心，怎么今天突然问起这些了？难道是等飞机太无聊了，所以对下属表示一下温情关怀？

他心里涌出各种想法，嘴上却老老实实地答道："谈了，大学里谈的，谈了有三年了。"

谢纶道："三年了，也不算短了，计划什么时候结婚？"

提到女朋友，闻松面上露出些幸福的赧色："我女朋友是我学妹，比我小两岁，现在还在读研。我打算等她读完研，再向她求婚，目前最重要的还是得努力工作，争取攒够首付钱。"

谢纶心算了下闻松女朋友的年纪，约莫二十出头。

他手指轻抚过瓷白杯壁，身子稍稍坐直了些："像她们这个年纪的女生，约会都喜欢做些什么？详细说说。"

闻松愣了愣，等瞧见老板英俊的面容满是认真之色，脑子也转过弯来。

所以，谢总这是为了那位裴小姐问的?

这还真是难得!闻松心头咂舌，也不敢耽误，连忙摆正态度，诚恳给出过来人的心得。

2

第二日临近中午，裴景烟睡到自然醒，下楼吃早饭。

客厅电视机开着，又在重复几十年前的经典老剧，有些台词裴景烟耳濡目染都能背下来了，裴母却是百看不厌。

不过让裴景烟惊讶的是，这个时间点，爸爸竟然还在家里?

看着沙发旁穿着淡蓝色衬衫，外头套件灰黑色的夹克衫，戴着老花眼镜看报纸的父亲，裴景烟打着招呼:"爸爸，你怎么没去公司啊?"

夫妻俩听到这声音，不约而同朝她看去，反应也是各异。

裴母一贯的慈爱温柔:"小囡起床了，快些吃早饭吧，今早李阿姨做了葱油拌面和鲜肉小笼包。"

裴父则是抖了下报纸，忍不住絮叨:"是不是昨晚又熬夜打游戏了?都这样大的人了，怎么还跟小孩子一样，这么喜欢玩游戏?身体是革命的本钱，你别总是熬夜，作息不规律，容易引发各种疾病……"

眼见父亲又要开养生课堂了，裴景烟连忙道:"我知道啦，爸爸。而且昨天晚上我没打游戏，我在看霏霏发给我的公司资料，她最近打算参与个电视剧项目，问我有没有兴趣参与投资。"

她走到餐桌旁入座，帮佣很快将咖啡和餐食端来。

裴景烟喝了口温热的焦糖拿铁，好奇地问父亲:"爸爸，你还没说你怎么没去公司呢?怎么，最近不忙?"

裴父将报纸放下，面容满是正经:"再过两天就是你二十一岁的生日了，我早上与谢纶通过电话，邀请他来参加你的生日宴会，顺便问了下你们最近的发展。"

裴景烟端着咖啡的手微微一顿，有点心虚地抬起头，悄悄觑着自家父亲的脸色："那他怎么说的？"

"他说你很好，很希望能促成这门亲事，还说他这些日子忙于工作，可能对你有所忽略，所以今天约了你出门。"

裴景烟松了口气，还算这个谢纶够上道。

裴父将女儿的小表情看得一清二楚，手指轻点了下桌面，一派领导发表讲话的腔调道："谢纶这个小伙子嘛，还是很不错的……"

裴景烟忍不住吐槽："三十岁了就别说小伙子了吧。"

裴父："……"

裴母忍不住瞪了裴景烟一眼："你爸爸说话别插嘴，再说了，三十岁怎么就不是小伙子了？在我和你爸爸面前他就是小伙子！"

裴景烟"哦"了一声，低头默默吃着葱油拌面。

"你和你哥就是两个讨债鬼，就不该惯着你们。"裴父伸手抚了下胸口，一副气不顺的样子，"还好你嫂子是个有本事的，把你哥这匹野马给勒住了，叫我少受点气，否则我迟早有一天要被你们两个给气死。"

说起裴景烟她哥，在结婚之前也是个不听话的，专门跟裴父对着干。

最开始叫他相亲时，他也是百般不乐意，气走好几个相亲对象，大概是天地万物皆有克星，最后一次相亲，他遇上了泰平集团顾家的女儿顾沅，从此就一发不可收拾地陷入爱河，头也不回地成了个"老婆奴"。

哥哥嫂子婚姻的成功案例，也给自家爸妈打了一剂强心针，导致他们对裴景烟这场联姻也很有信心。

裴父寻回开始的话题继续道："谢纶这种优质的单身人士，外面好多人都想嫁！所以你得抓紧些，别在人家跟前耍你那小公主脾气，要懂事成熟些……"

裴景烟慢慢嚼着面条，自己哪里不懂事了？

她嘴上却是乖乖应道："我知道了。所以亲爱的爸爸，你什么时候把我的卡解冻呢？"

裴父觑了她一眼，洞若观火般："在你和谢纶婚事定下来之前，你的卡暂时不解冻。你想买什么东西，我会派秘书去替你付。"

裴景烟杏眸圆瞪："那我以后买东西不是都要跟你报备才能买？那多麻烦。"

"你另一张卡上还有余额，你省着点，够你花了。如果真觉得不够……"裴父气定神闲道，"等会儿谢纶过来接你，我们今天把婚期谈好，我明天就给你解冻，怎么样？"

裴景烟闷闷地吃了口面条，腮帮子气到鼓起："不怎么样！"

3

吃过早午饭，裴景烟就被母亲催上楼梳妆打扮。

离约定的时间还差一个小时左右，她才开始化妆。

选了个番茄枫糖色口红，薄涂一层，那漂亮的花瓣形嘴唇红艳小巧，仿佛散着蜜糖香气。

帮佣轻敲两下门，提醒道："小姐，夫人让我提醒你，谢先生来了。"

裴景烟头也没回应了声："哦，知道了。"

裴景烟不紧不慢地看了眼时间，下午三点半，他倒是来得早。

不过这会儿他应该跟爸爸妈妈在楼下聊天，她也不着急，慢悠悠地拿卷发棒卷头发。

发型整理好，她又拿出最爱的一支果香调香水，喷了两下，空气中顿时弥漫着淡淡的清甜香气。

化了个秋日学姐妆的裴景烟对着全身镜左右照了照，越看越满意，戏精上身，捏着嗓音用翻译腔道："魔镜啊魔镜，请你告诉我，这天生丽质难自弃的小美人是谁家的呢？"

话音刚落，忽地响起一道磁沉嗓音："是裴家的小公主。"

突然出现的声音把裴景烟吓了一跳，她忙转过身，只见卧室门外，表情尴尬的裴母身边站着个穿黑色风衣的高大男人。

他幽深的眼睛弯起些许弧度，似笑非笑地望着她："裴小姐，又见面了。"

裴景烟："……"

再见，她想换个星球生活了。

裴母干笑两声，上前打着圆场："小囡，你这边收拾好了没？我看谢纶头次登门，就带他到家里四处逛逛。"

裴景烟简直不知道该怎么吐槽，这倒霉程度真是绝了。

早不逛晚不逛，偏偏在她戏精上身的时候逛到她卧室门口。

看来冥冥之中自有天意，让谢纶见识她的真面目，有意不想让她和谢纶成一对！

嗯，一定是这样的。

裴景烟尽量调整了下表情，朝着门口走去，有母亲在场，她的态度越发客气得体："谢先生，你好。"

谢纶垂下眼看着她，她好像每回都是不同的打扮，不同的风格。

今日是复古学院风，墨绿姜黄拼色毛衣搭配着深驼色百褶长裙，鬈发随意披散着，头上戴着经典款格子纹发箍，耳边是两颗小巧的海贝珍珠耳坠，使她的气质变得温婉恬静。

看着她这副打扮，再联想到她方才对着镜子的自恋模样，谢纶的薄唇不禁翘起："裴小姐今天也很漂亮。"

裴景烟捕捉到他嘴角那微扬的弧度，心头郁结，这绝对是在嘲讽吧！

她面上挤出个虚假的笑："谢谢夸奖。"

裴母见两人你来我往聊得蛮好，面上笑容也轻松不少，心道：还好还好，看来这谢纶见多识广，没被自家女儿的奇怪行为给吓住，不然她都不知道该怎么解释为好。

裴母："小囡你收拾好了，就跟谢纶一起出门玩吧。"

裴母给裴景烟递了个眼神，转而又笑吟吟地对谢纶道："你刚才不是说订了电影票吗？快些出门，可别迟到了。"

谢纶对裴母的态度很是客气："好的，我们这就去。"

裴景烟还能说什么，只能配合着笑笑，随手挑了个百搭的小牛皮包包，随着两人一起下了楼。

她跟在后头慢慢走，谢纶和裴母走在前头，有说有笑的，恍然他们才是亲母子。

等下了楼，看到父亲待谢纶也一副亲热和蔼的模样，裴景烟顿时觉得大势已去，四面楚歌。

她心里不服气，于是偷偷录了段十秒钟的小视频，反手发给了自家哥哥。

美少女景：【哥哥，爸妈胳膊肘往外拐！呜呜呜，这个家真是没法待了！】

美少女景：【暴风哭泣。】

消息发出去半天，都没人回她。

她越发丧气了，看了眼世界时间，这会儿在国外的哥哥八成正搂着老婆高高兴兴睡觉呢，唉，孤单的只有她！

4

跟父母说了再见，裴景烟坐上谢纶的车。

今天他没带司机，选的车也是一辆较为低调的黑色车，在这繁华热闹的沪城里并不算显眼。

裴景烟系好安全带，歪头问他："去看什么电影？"

谢纶冷白修长的手搭着方向盘，好像被她问住了。想了两秒，他才答道："昨天新上映的爱情电影，叫《那年夏天的烟花》。"

听到这电影名字，裴景烟飞快地蹙了下眉，面上却并没说什么，只淡淡"哦"了一声，手指熟练地打开影评软件，搜了一下。

昨天才上映还没有开分，不过看电影简介下面的一星、两星、三星的评论，裴景烟忽地有种不太好的预感。

一个小时后，坐在电影院里，这种不太好的预感成真了。

电影里，女主角撞见男主角劈腿出轨，冒着大雨哭着跑出去，然后被车撞飞，男主角抱着女主角仰天大喊着："小羽，我错了，你千万不能有事，不然我绝不会原谅我自己！"

裴景烟看得嘴角微抽。

镜头一转，女主角抬起沾血的手抚摸着男主角的脸庞，眼含泪水，气息奄奄地说："我曾经深爱的那个少年已经死在了那年夏天，我不怪你，只是希望如果有下辈子，再也不要遇见你。祝你和她幸福。"

煽情的背景音响起，裴景烟尴尬到脚趾抠地。

更为尴尬的是，她和谢纶的前排坐了一对小情侣，那女生看到这一幕哭了起来，身旁的男生连忙揽着她的肩膀哄着："宝宝不哭，都是演的。"

女生："他们在校园里多相爱啊，等我们毕业了，你会不会也变心？"

男生："不可能，我怎么会变心呢？我心里只有你。"

裴景烟：请速速给我一刀！

这份来自电影和现实的双重精神伤害太过刺激，她尴尬得无所适从地偏过脸去。

没想到这一偏头，正好对上身旁男人侧过来的脸。

黑暗的影院里，大屏幕透出来的光照在他身上，叫他本就棱角分明的面容越发深邃英俊。

四目相对，彼此都从对方的眼里看出尴尬。

还是谢纶先开了口，他挺有公德心，声音压得很低——

没打扰别人，顶多就是叫裴景烟听不清他在说什么罢了。

见他一副等着自己回应的模样，裴景烟蹙了下眉，身子稍稍往他身边靠过去："你说什么，我没听见。"

距离拉近，少女白皙幼嫩的脸颊就在他身旁。

黑暗中人的其他感官都变得敏锐起来，他能嗅到她发间淡淡的香水味，青涩沁脾。

他嗓音更沉了些："你觉得这电影怎么样？"

裴景烟摇了下头，虽说出于礼貌，她应该装装样子说一句"还行"，但她实在不想违背自己的良心。

"我觉得吧，在烂片里，也算是烂得中规中矩吧。"

她的如实评价，叫谢纶沉默下来。

就在裴景烟怀疑是不是自己的大实话太扎心，毕竟这电影是谢纶挑的，只听他开口道："那我们走吧。"

裴景烟怔了怔："不看了？"

谢纶："你还想看？"

裴景烟果断起身："走。"

人生那么美好，做点什么不好，干吗要在烂片上浪费时间？

望着她利落出去的身影，谢纶好几次想拿出手机，问一问助理闻松，这就是年轻女孩爱看的电影？

他想了想，到底忍住了——也不能怪闻松，要怪就怪自己找错了咨询对象。

稍作思索，他从通讯录里找到裴氏集团副董事长裴元彻的联系方式，发了条短信过去：【裴先生你好，我是谢纶，你妹妹的相亲对象，方便加个微信？有事想咨询你。】

与此同时，远在国外度蜜月的裴元彻拿出手机，看着裴景烟和谢纶两人一前一后发来的消息，哼笑了一声。

这个准妹夫倒是有点意思。

秋日白昼短，才下午五点多，天色就暗了。

因为提前从电影院出来，还没到与餐厅预订的时间，谢纶抿了抿薄唇，提议道："在商场里逛逛？"

要是搁之前，裴景烟还挺乐意逛街的，但现在她的信用卡被冻结了，万一买多了没钱付，岂不是又丢人了？

她摇头："今天就先不逛了。"

但这样干站着也不是办法，她忽然想到离这儿不远就是温若雅的大学："我闺密在沪大读书，他们学校的银杏林黄了，挺好看的，不如去那边逛逛？"

谢纶眉梢轻挑："逛大学？"

裴景烟摊开手："我知道你是港大优秀毕业生，不过你可别瞧不起沪大，沪大的校园是国内十大最美校园之一呢。"

听到她提到他的学历，谢纶黑眸微动："裴小姐看过我的资料？"

裴景烟一噎，然后虚张声势般拔高语调："怎么说你也是我的相亲对象，了解一下不可以？"

谢纶眉目舒展，眼底渐渐染上薄笑："可以。"

他稍稍欠身，儒雅随和："网上资料不够齐全，裴小姐还有什么想了解的话，我也十分乐意亲自替你解答。"

这话让裴景烟的脸莫名发烫，好像她有多想了解他似的！

她白嫩纤细的手指悄悄攥紧包包链条，避开他的目光，咕哝道："再不走的话，太阳都要落山了。"

谢纶站直了身子，大步跟上。

5

日薄西山，红霞满天，沪大的银杏林果然很美，随便一拍就是一幅风景画。

然而相比于这秋意浓厚的银杏林，银杏林百米外的篮球场更是吸引她的目光——

年轻的、高大的、健康的、满满荷尔蒙的阳光男生们啊！

趁着谢纶去买奶茶的当口，裴景烟不由自主地就溜达到了篮球场的铁丝网外。

她边用欣赏的目光看着场上的男生们挥洒着青春和汗水，边随手拍了一张照片，发到了微信群里。

取昵称真的好难：【你去了我学校？】

美少女景：【是啊，跟谢纶一起来看银杏。】

取昵称真的好难：【我怎么嗅到了狗粮的气息？】

美少女景：【哪有狗粮，我和他就单纯闲着没事来逛。话说回来，你们学校男生质量还挺不错的嘛，我瞧见几个蛮帅的。】

取昵称真的好难：【你不是吧？你身边都有谢总那样的大帅哥了，还看得上学校里这些小男生？】

裴景烟刚想回复，下意识朝奶茶店那边瞥了一眼。

只见旖旎霞光背景之下，身形高大挺拔的男人端着两杯奶茶朝她走过来。

道路两侧的女学生们见到谢纶都不由得停下脚步，双眼放光看着他，脸上掩不住见到帅哥的兴奋，有的叽叽喳喳跟同伴交流，还有的拿出手机偷拍，不过并没有上前搭讪的。

估计是他气场太强，小女生们都望而却步。

谢纶走到裴景烟跟前站定，举着两杯奶茶："不知道你喜欢喝什么，听店员推荐他家招牌是海盐茉莉清茶，就买了过来。一杯七分糖，一杯五分糖，你要哪杯？"

裴景烟接过五分糖那杯，轻声道了句："谢谢。"

眼角余光瞥见不少女生往他们这边看，有惊艳的、有羡慕的，她默默吸了一口海盐茉莉清茶，视线又飘回篮球场上，正好两队在争夺最后一个投篮机会。

场上有个穿红色9号球衣的男生胳膊长腿长，留着个平头，看着格外清爽阳光，属于裴景烟会喜欢的类型，她不由得多看了几眼。

谢纶顺着她的视线望去，当看到场上那男生时，不知想到了什么，幽深的眸如一汪寒潭。

"你喜欢看打篮球？"他漫不经心地问。

裴景烟随口答着："还好吧。"

相比于篮球，她更喜欢在篮球场上奔跑的少年们。

见她的目光仍旧一动不动，谢纶抿了下薄唇。

忽而，他抬步，直接挡在了裴景烟面前。

他本就生得高，肩宽腿长，现在刻意往她眼前一挡，像原地升起一堵高墙，叫裴景烟除了他挺拔的胸膛，再看不到其他。

裴景烟扬起瓷白小脸，黑白分明的眼睛里有一丝迷茫。

"我也会打篮球。"

他忽然来这么一句，给裴景烟整不会了。

她眨了眨水灵灵的杏眸："所以？"

傍晚的霞光下，男人长眸低垂，语调不急不缓："你想看的话，我可以组织篮球赛，打给你看。"

怔了一瞬，裴景烟好像明白什么，眼神逐渐讶异。

谢纶将她的眼神变化收入眼底，也意识到自己的失态，手指不动声色地捏紧。

安静片刻，他薄唇轻启，再次开口："裴小姐，这些日子你有认真考虑我们的婚事吗？"

才咬着吸管吸了一口茉莉清茶的裴景烟呛了两下，等缓过来，她对上跟前男人阒黑的眸。

他容色正经，语气庄重："我已经将你视为结婚对象，只要你点头，即刻可以筹备婚礼等事宜。"

裴景烟浓密的眼睫轻颤，虽不知该怎么回答，但耳朵却以肉眼可见的速度开始泛红了。

第四章·【她的生日宴会】
"我考虑好了，我们结婚吧。"

1

约会结束，谢纶送裴景烟回家，已是晚上九点。

裴父裴母都在家里等着，就想问问今天约会进展怎样。

裴景烟腹诽，那谢纶是开火箭的吧，进展神速，把人都给整蒙了！

她原本还想跟他谈一下那债务能不能分期付款，也被这一下弄得忘了问。

她面上则是与父母敷衍着："出门一趟有些累了，我先回房睡觉，其他的事明天再说，爸爸妈妈晚安！"

也不等父母再次开口，她噔噔噔跑上楼，关上房门。

裴父直摇头："这孩子，真是被宠坏了！"

裴母拍了下他的背："好了，女孩子家总是害羞的嘛。咱家小囡什么脾气你不知道？如果她真看不上谢纶，早就跟咱们闹了，哪里还会打扮得漂漂亮亮，出门赴约呢？你忘了她小时候养的一只小猫，被她表妹莉莉看上了，咱家小囡闹的那一出？她鬼精着呢。"

那年裴景烟六岁，养了只蓝眼睛布偶猫，她特别喜欢。后来过年家里来亲戚，她姑妈的女儿宋莉看上了猫，仗着比裴景烟年纪小，哭着闹着非得要。

小景烟先是将猫咪藏在阁楼上，后又偷偷找到父母，小大人般："爸爸妈妈要跟我站在一边，如果你们帮别人家小孩，我就再也不理你们了。"

然后她又当着一众亲戚的面，眨着天真无邪的大眼睛对着姑妈说："姑妈，你是不给莉莉表妹零花钱吗？乖小孩是不能抢别人东西的。如果你家没有钱，我可以借你点压岁钱，给莉莉表妹买猫！"

这话当时就叫裴家姑妈涨红了脸，转头去训斥莉莉不许再哭。

裴父裴母连忙出来打圆场，还是那一句老话："哎，还是个孩子嘛。"

最后，那只猫成功留了下来。

用裴景烟的话来说："是我的，谁也抢不走。"

同理，她不想要的人或事硬塞给她，她也坚决不会妥协。

这天晚上，裴景烟做了一个乱七八糟的梦。

她梦见她真的变成了美少女战士，在危机来临，夜礼服假面及时出现，他们在月光笼罩的屋顶下跳舞。情到浓时，两人的脸一点点贴近。

唇瓣贴上之前，她觉得他的面具碍事，便问他："可以摘了吗？"

夜礼服假面说："当然可以，我的公主殿下。"

她伸出手，缓缓地摘下那枚轻巧面具，出现的却是谢纶的脸。

"啊！"

裴景烟陡然睁开眼睛，遮光窗帘效果很好，唯独两边相交处透出一些明亮的光，告知着已经天亮。

她抬手拍了下额头，又侧过身，摸过手机。

屏幕亮起，显示着早上六点二十八分。

这还是裴景烟回国以来，在没有闹钟的情况下，醒得最早的一次。可见刚才那个梦的惊悚程度，简直比闹钟还要折磨人！

她大概是疯了，竟然会梦到谢纶。

肯定是那个男人用了夜礼服假面头像，无形中给她洗脑，再加上昨晚睡前她一直在考虑和他的婚事，日有所思，这才夜有所梦。

在心里这般宽慰了自己一番，裴景烟拿开手机，有条来自哥哥的消息。

"哼，总算记得回我了。"她一边咕哝着，一边点开那条消息。

裴：【谢纶还不错，珍惜这段缘。】

裴：【另外，爸交代我了，不许借钱给你。】

发完一个疑惑的表情包，裴景烟翻了个身，一边说着男人果然没一个靠谱的，一边找到嫂子顾沅的微信，发了个卖萌的表情过去。

美少女景：【嫂子，我哥欺负我。】

顾沅：【他怎么了？】

还是嫂子温柔。

裴景烟清清嗓子，发了段长语音过去，控诉家里人胳膊肘都往外拐，尤其自家哥哥无情无义无耻。

顾沅那边很快回了消息：【没事，你哥所有密码我都知道，如果需要急用钱的话，尽管跟我说。】

美少女景：【嫂子，你就是我亲嫂子！】

消息才发出去，那头又发来一条：【不过你和那位谢先生接触得怎么样？我之前在宴会上见过他两回，印象中是位很英俊的绅士。我想爸爸既然愿意撮合你与他，他应该是很优秀的。】

如果这段话是哥哥发来的，裴景烟肯定要撇嘴，但由人美心善的大嫂发来，她不由得认真斟酌起来。

思忖一阵，她问：【嫂子，那你当初为什么答应和我哥结婚啊？】

约莫一分钟，那头回复：【你哥追求我的时候很真诚呀，后来相处下来，我也喜欢他，就顺其自然地结婚了。】

美少女景：【我哥结婚前，就是混世魔王，又爱装相，这样的你也喜欢？】

反正是自家亲哥，损起来真是毫无心理负担。

聊天界面显示那边"正在输入中"，不一会儿，一个语音电话打了过来。

裴景烟才连上通话，手机那头就响起自家哥哥没好气的声音："裴景烟，少挑拨我跟你嫂子的关系！"

背景音还有嫂子温柔又急切的声音："裴元彻，你把我手机还回来！"

"不还，除非你说你最喜欢我。"

"……"

"说不说？不说手机不还你。"

"……好，我最喜欢你，行了吧。"

"这还差不多。"

旋即，语音通话"嘟"的一声，挂了。

躺在床上的裴景烟有些无语。

这是一大早就被秀了一脸？

怎么着，有对象了不起啊！可恶！

2

不过这么闹了一通后，裴景烟的心反倒静了下来，开始思索顾沅说的"真诚"。

论真诚的话，谢纶的确很真诚。

替她解围刷卡时真诚，在餐厅吃饭时真诚，夸她的时候也挺真诚，昨天傍晚那番婚姻邀请更是真诚。

又坐在床上发了会儿呆，裴景烟的肚子咕咕叫了起来。

接近早上七点，这个点再睡回笼觉也没多大意义，她随手抓了抓头发，起床去浴室洗漱。

当看到裴景烟这么早下来吃早饭，家里的帮佣连带着裴父裴母都觉得诧异。

"小囡，你怎么醒得这么早？过来吃饭。"裴母朝她招了下手，又吩咐厨房再做一份。

裴景烟走到餐桌旁，跟父母问了声好，才拉开椅子坐下："昨天睡得比较早。"

裴父赞同地看了她一眼："以后都该这样，早睡早起身体好。"

裴景烟："……知道了，爸爸。"

不多时，就有帮佣端上一碗热气腾腾的鲜虾馄饨。

裴景烟拿勺子吃着，餐桌上气氛闲适，电视里放着早间新闻，看到感兴趣的，裴父点评两句，裴母也连声附和。

吃掉小半碗馄饨时，裴景烟忽然唤道："爸爸，妈妈。"

裴父和裴母同时看向她："怎么了？"

裴景烟端正表情，试探着问："如果我爱上一个穷小子，你们会答应我和他在一起吗？"

裴父和裴母都瞪圆了眼，桌上安静了足有三秒钟。

等反应过来，裴父问："是哪家臭小子，我去打断他的腿！"

裴母则是蹙着眉头："小囡呀，你怎么这样糊涂？跟着穷小子，你要吃苦的啊。"

裴景烟眨眨眼："如果我很爱他呢？"

裴父抿唇不语，思考着该怎么劝退那个不知所谓的穷小子。

裴母则是不紧不慢道："有句话叫'贫贱夫妻百事哀'，你如果非得去吃苦，那你就去吃好了。你自己的人生，自己做主。"

裴景烟做出个可怜兮兮的表情："那你们就舍得看我吃苦吗？"

裴母斜了她一眼："你自讨苦吃，我们可不管。"

裴父刚想说话，裴母伸手按住他的腿，示意他别出声。

果然，裴景烟歪着头思考了半分钟后，再次开口："既然如此，那行吧，我答应和谢纶试试。"

这话题的跳跃叫裴父还摸不着头脑，裴母却是笑逐颜开："这才对嘛，我就知道我家小囡脑袋灵光的，肯定能想明白。"

裴景烟浑不在意："反正都要嫁，肯定嫁个力所能及最好的呗。

如果真处不下去，离婚也不是难事。"

她低头吃掉最后一颗小馄饨，拿纸巾擦了下嘴："我今天约了若雅，先上楼换衣服了。"

裴母笑道："去吧，早点回来，明天生日宴上可得有个好状态。"

裴景烟"嗯"了声，又看向父亲："爸爸，别忘了把我的卡解冻。"

裴父："……好。"

等女儿上了楼，他扭头问自己老婆："昨天提起谢纶，她不是还一脸爱搭不理的吗，怎么今天答应得这么干脆？是不是我们逼得太紧，把她逼出什么问题来了？要不要找个心理医生来给她看看，最新数据表明，现在小年轻的心理素质不是很好……"

"哎哟我说老裴，你就别操心了。"

裴母打断丈夫的絮叨，一边动作优雅地喝着汤，一边淡定道："我就说你不懂女儿，她问那些话，摆明就是想寻求个肯定，好叫她彻底定下心意罢了。"

裴父拧起眉头："寻求肯定？"

裴母叹道："小女孩要面子，用他们年轻人的词来说，傲娇，你懂不？她啊，肯定是对谢纶有意思。唉，你不懂就算了，这把年纪了，糊里糊涂过吧。"

3

某私人美容会所，香薰机里升腾着高雅缱绻的玫瑰香雾。

裴景烟和温若雅一左一右窝在沙发里，脸上覆着火山泥面膜，边刷着手机，边有一搭没一搭地聊着明天的生日宴会。

温若雅忽然发出一道惊呼。

裴景烟瞥了她一眼："怎么，又刷到什么瓜了？"

温若雅扭头道："不算瓜，但是和你有关！"

裴景烟的脸被泥膜遮得严严实实，仅露出的一双灵动眼眸浮现迷惑："哈？"

"你在我们学校论坛出道了。我把帖子分享到群里了，你去看吧。"

学校论坛？

裴景烟疑惑地点开群里的链接，等跳转进去看，只见帖子大大的标题格外夸张——

【震惊，是在我们学校拍偶像剧吗？点击就看神仙颜值！】

裴景烟忍不住吐槽："这发帖人是在营销号实习过吧？"

沿着屏幕往下划，只见里面有三张照片。

一张是谢纶在奶茶店的单人照，一张是她站在篮球场边的照片，最后一张是他俩站在一起的照片。

主楼【昨日傍晚，楼主去三食堂觅食，路过糖心奶茶店时拍到的！小哥哥小姐姐简直太般配了，随手一拍就是偶像剧既视感！我拍不出他们的颜值，真人更加好看！】

在这颜值当道的流量时代，这个标题和配图很快吸引了一大堆人跟帖。

【1楼：高冷商界大佬×温柔学姐，我先嗑为敬！】

【2楼：绝了，真的绝了，这颜值、衣品、气质，这真的不是在拍戏吗？】

【3楼：我昨天也看到了他们！最先是注意到小哥哥，他真的好高，目测一米八五以上，腿贼长，鼻梁也好高，真是人间绝色！】

【4楼：小姐姐也好美，长得好甜，穿搭也好甜，是个甜妹！】

【5楼：这也太般配了，顺便歪个楼，有好心人分享下小姐姐身上这件拼色毛衣链接吗？】

……

【76楼：回复5楼，去搜了同款，价格劝退。】

【109楼：回复76楼，流下贫穷的泪水。】

一个帖子翻下来，有嗑颜值的，有夸穿搭、气质的，还有现场写小作文，编出各个版本故事的。

裴景烟一个面部护理做完了，才勉强将这快五百多层楼的帖子逛完。

再看温若雅那副看好戏的模样，裴景烟喝了口清爽的白桃乌龙茶，润了润嗓子问："我和谢纶，真有那么般配？"

温若雅斩钉截铁地点头："配，绝配！我已经在期待你和他会生出怎样的小崽子了。"

裴景烟无语，这未免也想得太远了！

这天晚上，零点一过，裴景烟的手机就叮咚叮咚响个不停。

都是发送生日祝福的。

有秦霏、温若雅的，也有哥哥裴元彻和嫂子顾沅的，还有一些平时一起玩耍的普通朋友……

每年生日差不多都这样，裴景烟已经见怪不怪，在那堆生日祝福里挑了几个关系好的回复了。

刚准备放下手机睡个美容觉，她忽然想起什么似的，又拿起手机。一百多条消息里往下翻，最后总算在较为底下的位置找到了那个夜礼服假面的头像。

谢纶也发了消息，而且发送的时间很准，零点过一秒。

XLun：【生日快乐！】

裴景烟盯着这条消息看了足有三十秒，才回复：【谢谢。】

几乎下一刻，对面就回复了：【还没睡？】

美少女景：【还没。祝福太多，被吵醒了。】

XLun：【抱歉，那我也有一部分责任。】

裴景烟粉嫩的嘴角不自觉翘了下，回道：【今天心情好，就不跟你计较了。】

XLun：【多谢裴小姐。】

XLun：【早点睡吧，明天生日宴上见。】

眼见对话要结束，裴景烟稍作迟疑，咬着下唇又发了个消息过去：【谢纶，我考虑好了，我们可以结婚。】

这条消息发出去后,屏幕上方的"正在输入中"持续了许久。

就在裴景烟以为他打了这么久字,会发一篇声情并茂的小作文过来时,屏幕跳出他的回复。

XLun:【好的,我来安排。】

裴景烟:"……"

就这?

她这样肤白貌美大长腿的青春美少女嫁给他,他不得喜极而泣,不得开个香槟,不得下楼跑个八百米,这样淡定真的合理吗?

裴景烟忽然就生起闷气。

她将手机丢在一旁,双手环抱在胸前。她气呼呼地想,没答应之前他再三叫她考虑,现在答应了他就这样冷淡!

这还没领结婚证、办婚礼呢,他就这样敷衍,以后的日子岂不是更没法过了?

难道是她答应得太快了?毕竟太容易得到总是不被珍惜。

她往柔软的真皮靠枕倒去,心里开始后悔,已经过了两分钟,现在撤回消息也来不及了!

就在她懊悔不已时,手机突然又振动一下。

她心里想着"我才不在乎",手却很诚实地伸了过去,查看消息。

XLun:【早点睡,晚安。】

自己是在期待什么?

裴景烟扯了扯嘴角,小声喃喃:"坏男人!"

4

第二天裴景烟醒来时,手机里又是一堆生日祝福。

她踩着毛茸茸的拖鞋,在浴室里边刷牙边看,来来回回都是那么几句祝福。

除此,还有一个好友请求,点开一看,是唐马克的。

裴景烟是在去年一个游戏局上与唐马克认识的,当时大家一块儿玩桌游，他提出加个微信，她想着抬头不见低头见的，加个微信也没什么了不起。

谁知道加了之后，唐马克一天到晚骚扰她，每天早中晚三次"请安"也就算了，他吃个饭要给她发消息，打个游戏也给她发消息，就连去医院输液也要拍个照片发给她。裴景烟忍了三天，实在烦得不行就把他删除拉黑，从此一片清净。

没想到这个唐马克又发了好友请求过来，备注消息是：【烟烟，生日快乐。】

裴景烟低头吐出嘴里的牙膏泡沫，面无表情地点了拒绝。

十分钟后，她穿着套米白色家居服下了楼。

裴父和裴母见到她，都是满脸笑容："起床了。"

裴母张开双手去抱自家宝贝女儿，眸光和蔼："祝我家小囡，生日快乐，越长越漂亮。"

"谢谢妈妈二十一年前辛苦把我生下来。"裴景烟在母亲怀里腻了两下，凑到她脸边吧唧亲了一口。

裴母捏了下裴景烟嫩滑的脸颊。

裴父也走上前，揉了下裴景烟的脑袋，素日不苟言笑的脸庞现在也挂着慈爱的笑："祝我们家小公主身体健康，平安快乐。"

被父母的爱笼罩着，裴景烟眼里也满是笑意："谢谢爸爸。"

裴母揽着她的肩膀道："好了，先去吃长寿面，面坨掉了就不好吃了。化妆师中午十一点左右到，客人们是下午两点多来，今天你是主角，可得漂漂亮亮、惊艳全场。"

裴景烟有点小得意地抬抬下巴："那当然。"

这算是裴景烟在十五岁以后，第一次在国内摆生日宴。

在这之前的生日，她都是在国外过的，裴母每次都会飞过去陪她过生日，裴父和裴元彻是有空才去，如果手上公务繁忙，就远程视频给她唱生日歌。

是以这次生日宴，裴家办得很是隆重。一来是宠这个女儿，让裴景烟高兴；二来也是让裴景烟正式在长辈们面前露个脸，让大家都知道裴家有女初长成，到了议亲的年纪——尽管亲事人选已经内定。

秦霏和温若雅是来得最早的客人。

在一楼与裴家父母打过招呼后，她们就熟门熟路地去化妆间找裴景烟。

当看到靠在懒人沙发上打游戏的裴景烟时，两人异口同声发出赞美："小景，你今天真是美出新高度啊！"

裴景烟刚拿了一把首胜，又听到闺密的吹捧，心情自是倍儿棒。

她故作潇洒地撩了下额前留下的一缕碎发，朝两个闺密抛了个妖妖娆娆的媚眼："嗨，没什么，毕竟我天生丽质。"

秦霏和温若雅对她这自恋劲儿见怪不怪了，走到她身边，一左一右坐下，也拿出手机来："现在还早，再玩两把？"

于是，三个穿着高定礼服的千金，排排坐打起了游戏。

打游戏间隙，温若雅随口问了句："小景，你生日宴谢纶会来吧？"

裴景烟眼睛一错不错地盯着游戏页面："应该来的。"

秦霏一下兴奋起来："听你们说了那么多次谢纶，这回总算能见到真人了！不过昨天看到若雅分享的帖子，啧，光看照片的话，真是个大帅哥，分分钟可以签约出道了。"

一想到昨晚谢纶那冷淡的反应，裴景烟还有些气闷："哪有那么夸张，也就一般吧。而且他都三十岁了，再帅也就这么几年了。等我三十岁，风华正茂，他都成四十岁的大叔了。"

秦霏听出她话里的幽怨，挑起眉："怎么，谢纶招惹你了？不能够呀，前天你们不是还一起看电影，喝奶茶，跟对校园小情侣似的。"

裴景烟不说话了。

温若雅也觉出一点不对劲，抬眼看着她："小景，怎么了？"

沉默一阵，裴景烟抿了抿唇，别别扭扭开口："我今天凌晨……答应跟他结婚了。"

秦霏："这么快！"

温若雅："哇哦！"

在两个闺密惊讶又兴奋的八卦笑容里，裴景烟深深叹了口气："别提了，我现在就是后悔，很后悔。"

秦霏和温若雅一听，就像是掉进瓜田里的猹，更加兴奋了！

裴家别墅共有三层，是宋韵风格的现代中式设计，前草坪，中庭院，后院和顶楼各有一个游泳池，南边是一片小花园，裴母隔三岔五就爱请老姐妹们来这儿喝下午茶。花园里那些珍贵灿烂的花草树木，由专门的园丁负责打理。

下午两点之后，陆陆续续有宾客来到别墅。

所谓生日宴，生意人一多，性质更像是社交酒会。

一袭柔粉色轻纱露背晚礼服的裴景烟站在自家父母身边，听着他们给她介绍各位叔叔伯伯、阿姨伯母，脸上那标准又优雅的社交笑容就没停过。

真的笑到脸僵！

她偷偷背过身，揉了揉笑僵的脸，皱着眉头，小声问母亲："妈妈，是我的错觉吗？怎么感觉今天来的客人特别多，而且好多我都不认识。"

裴母拍拍她的手，安抚道："你在国外待了这些年，沪城圈子也会更迭变化的。今天你爸爸邀请了不少他生意场上的朋友，你不认识也正常。"

"好吧。不过晚上我和霏霏他们在前院草坪开聚会，就不过来陪你们应酬这些叔伯阿姨了。"

裴母道："好，你玩你的去，我和你爸爸会招待好的。"

不知不觉中，天色渐渐暗了，贵客也基本来齐。

只是迟迟不见那人的身影。

裴景烟几次打开手机，找到谢纶的联系方式，犹豫要不要发个消息问问。

这男人不会是悔婚了吧?

嗯,应该往好的方面想,也许是路上爆胎了。

这样想想,心里果然舒坦了许多。

相比于裴景烟的小焦虑,裴父和裴母则很是淡定。裴父说:"大概是公司事忙,忙完了就会过来的。你先去找霏霏和若雅她们玩吧。"

见父母都这样说了,裴景烟也不好再表露情绪,不然显得她多在意他似的。

她提着繁复轻垂的裙摆,往那点缀着璀璨星星灯的草坪走去。这边都是他们这些年轻人一起玩,长辈们都在大厅里喝酒聊天谈生意。

秦霏见裴景烟单独一人从星光下走来,很是讶异:"你家谢总还没来?"

"他车胎爆了。"裴景烟淡淡说着,伸手从帮佣的托盘里拿过一杯薄荷芙莱蓓,喝了一口,绿薄荷的刺激清爽叫她由舌尖到脑神经都冷静了不少。

秦霏显然对这个带着些许负气的回答是不信的,却也没多说,只牵着她的手:"男人不重要,这不是有我和若雅陪着你,走,跳舞去!"

裴景烟笑了下,两口将浅酒杯里的绿薄荷香甜酒喝完,放下酒杯,跟她们往舞池走去。

她今天的晚礼服很是仙气,柔粉色的纱裙将她本就白皙的肌肤衬得晶莹剔透,腰侧的蝴蝶结灵动可爱,纱裙面料带着细闪,行走间仿若流萤飞舞、星辰闪耀,真如童话城堡里走出的公主般,优雅华贵。

不少公子哥跃跃欲试,走上前邀她跳舞。

裴景烟婉拒了两个,等第三个走上前,她瞧着模样还算顺眼,正打算伸出手,忽而天边传来一阵嗡嗡嗡嗡的响声。

这响声不大不小,却叫露天草坪上的众人都无法忽视。

"是无人机!"

"哪儿来的这么多无人机?"

"咦，亮起灯光了，难道是裴家安排了无人机表演？"

场上一众少男少女都好奇仰起头，议论纷纷。

温若雅和秦霏凑到裴景烟身旁，问她："这是你家安排的？"

裴景烟仰着脸望着天空那上百架无人机，乌黑杏眸里也满是迷茫："我也不知道啊。"

难道这是爸爸妈妈特地给她安排的生日惊喜？

第五章 · 【一场高调求婚】
"成为我的另一半，与我共度余生。"

1

与此同时，周围响起悠扬浪漫的音乐声，伴随着音乐的节奏，上百架无人机开始变换着各种图案。

一个穿裙子的小女孩，在路上捡到一颗粉色的爱心。随后那颗爱心变成无数颗，绕着女孩起舞。

画面一转，爱心变成个小男孩，单膝跪在女孩面前。

裴景烟看得入迷，全然没察觉其他。直到周围的人发出兴奋惊喜的呼声，她的目光才从天幕挪开。

循声看去，只见正前方的灯光依次亮起，而在那璀璨如星的光影之下，一袭深灰色夜礼服的男人手捧着一束洁白的铃兰，缓步朝她走来。

裴景烟脑袋嗡了一声，怔怔站在原地，一时不知该做出什么反应。

谢纶走到她跟前站定，而后单膝跪在她跟前。裴景烟这才注意到铃兰花束里还放着一枚鸽子蛋钻戒，火彩绚丽，熠熠生辉。

她也不知自己现在是个什么表情，瞳孔微微放大，眸光紧盯着谢纶。

不会吧，他不会吧。

怎么突然整这么一出？

真是毫无防备，她人都傻了！

谢纶捧着那小巧精致的铃兰，黑眸深邃，语调低缓："裴小姐，不知你是否愿意成为我的另一半，与我共度余生？"

裴景烟纤长的睫毛垂着，她的大脑有些混乱，明明这样正经的时刻，她的注意力却分散——

一会儿想着，这男人是怎么做到把问句说出肯定句的气势；一会儿又想着，铃兰只有在五月才有极为短暂的花期，现在都快十月底了，他是上哪儿搞来的？瞧着也不像仿生花。

不过这枚钻石戒指挺漂亮的，是她喜欢的公主方形。传说公主方形始于比利时国王在心爱的女儿出嫁时专门为她缔造的，四个棱角代表勇气、感情、责任和尊宠。

瞧见裴景烟看到钻戒时的明亮神采，谢纶从花束中捏起戒指，朝她伸出手："裴小姐。"

他的目光仿佛带着蛊惑人心的神奇力量，裴景烟眼睫轻颤了两下。

周边适时响起起哄声，秦霏和温若雅两个看热闹不嫌事大的先起的头："答应他，答应他！"

起哄声越来越热烈，甚至连裴父裴母以及一干商界的长辈也都聚集过来，带着笑容与好奇朝他们看来。

在这样的氛围下，裴景烟的心跳也不自觉加快，垂在裙边的手悄悄捏紧。

男人依旧保持着单膝跪地的绅士姿势，见她迟迟没伸出手，语气透着几分无奈，压低嗓音道："裴小姐，你再不给点反应，我快跪不住了。"

裴景烟这才缓过神，对上他漆黑染着薄笑的眸，轻轻点了下头："好。"

身边顿时响起一阵欢呼鼓掌声："喔——"

谢纶握住裴景烟的手，犹如骑士在受公主的封赏，庄重而虔诚，将那枚绚烂夺目的钻戒轻轻戴上她纤细白嫩的手指。

几乎是同时，天边炸开一朵朵绚烂的烟花，万紫千红，璀璨明艳。

裴景烟诧异看去，漆黑的天幕里除了火树银花，还有那摆成"XL & PJY"图案的无人机，就连闪烁的灯光都是她最爱的粉色，实在是梦幻至极。

她惊叹于这场烟花的美丽，同时也忍不住看向身旁的男人。

如今两人的关系有了变化，再次与谢纶对视时，裴景烟莫名有点不大自在，她撇了撇脸，小声咕哝："速度倒还挺快。"

从她零点发送"同意结婚"的消息，到现在才仅仅过去十九个小时。

十九个小时，钻戒、铃兰、无人机表演、烟花秀，处处尽显他周到的安排。

最后一波烟花绽放时，裴景烟随口问他"你昨晚说的'你来安排'，是指安排这些？"

谢纶低低"嗯"了声，又问她："还满意吗？"

裴景烟瞥了眼无名指上的鸽子蛋，红唇微撇："还行吧。"

见男人嘴角翘起的弧度，她又觉得不能让他太得意，便又补充一句："就是这无人机的阵势和放烟花的手段有点老土。"

听到她说老土，谢纶面上半点不见不悦，只淡声道："关于求婚，我咨询了你哥哥，这无人机和放烟花是他的建议。"

裴景烟神色微僵。

谢纶不疾不徐地继续说："他原本还建议我坐着热气球从天而降，我仔细思考过后，觉得有些浮夸，所以没采纳。"

裴景烟嘴角抽动一下："还好你没听。"

知道是自家哥哥的建议，她便不觉得奇怪了。

毕竟哥哥是那种为了追求嫂子，挑灯苦读文学的恋爱"小天才"。

安静两秒，她看向谢纶，语重心长道："以后……你还是少跟我哥学。"

一家有一个"小天才"就够了。

谢纶挑了下眉，不置可否。

烟花秀结束，亲朋好友们也纷纷上前，为这对成功牵手的男女嘉宾献上祝福。

秦霏抓着裴景烟的手，欣赏着那枚不容人忽视的大钻戒："你家谢总出手可真是大方。"

说起来，今天裴景烟的脖子上戴着的钻石项链，就是不久前在拍卖行拍下的那枚梨形粉色钻石。

粉色钻石与柔粉色的公主裙，完美绝配。

温若雅则比较感性，眼圈都红了，搂着裴景烟的肩膀呜咽："真是太感人、太浪漫了。"

裴景烟哭笑不得："他这求婚手段是从我哥那里学的，你们不觉得老土吗？"

温若雅摇头："哪里土了，我觉得好极了。以后我要找男人的话，他也要按照这样的排场给我整一出，不然我可不答应。"

秦霏深以为然："土到极致就是潮！"

另一边，谢纶朝前来道贺的宾客们一一敬酒致意。

见着未来女婿在交际场上谈笑风生、如鱼得水，裴父和裴母互相交换了个眼神，都很满意。

因着这场出其不意的求婚，生日宴的气氛推向高潮。

在现场乐队的音乐演奏下，谢纶朝裴景烟伸出手，邀她共舞。

"小景。"

他一只手握住她的手，另一只手揽过她纤细柔软的腰肢："是这样称呼你，还是换个其他昵称？"

也不知是不是两人靠得近了，裴景烟觉得他的嗓音听着都醇厚许多。

尤其"小景"两个字，从他嘴里说出，犹如珍珠划过丝缎般缱绻，叫她耳尖无端发烫。

她低声道："换个称呼吧，你这样叫我，总感觉怪怪的。"

谢纶："景烟？烟烟？或者……"他稍弯了腰，尾音往下沉了些，"亲爱的？"

炽热的鼻息若有似无地拂过肌肤，裴景烟只觉细小电流沿着背脊往下，尾椎骨都酥软。

呼吸也乱了一阵，她有几分气急："不许，不许这样叫！"

谢纶似有些为难："总不能再继续叫裴小姐？未免太过生分。"

这种近距离的姿势下，对视总显得格外暧昧，裴景烟没办法，只好说："那就叫小景。"

谢纶微笑："好，小景。"

裴景烟低下头，目光不知往哪儿放，最后停在男人晚礼服的银质金属扣上。

不多时，一曲快到尾声，她随着乐声旋转。

男人配合地牵着她的手，看着她的腰肢摆动，裙摆飞扬，纤细修长的脖颈宛若天鹅，矜贵又优雅。

最后一个音符落下，她仰身倒在他的怀里，他宽大的手掌稳稳托住她的细腰。

裴景烟能闻到男人身上沉稳的乌木香味，沉稳又高级，还透着些淡淡书卷气，这个味道给人一种舒适与亲近之意。

谢纶凝视着怀中的女孩，忽而淡声道："小景的舞也跳得很好。"

他夸她的时候，神色很认真。

也是这份认真叫裴景烟脸颊微微发烫，礼尚往来地说了句"谢先生的舞跳得也不错"，随后小手轻推了下男人结实的胸膛，赶紧站起身子。

谢纶很配合地收回放在她腰上的手，指尖不动声色摩挲两下："你别再叫我谢先生了。"

裴景烟理了下落在肩膀微卷的发，闻言看了他一眼："小纶，老谢？"

谢纶慢悠悠地掀起眼皮，看着少女精致脸蛋上坏心眼的笑，不以为意地抚平袖口："谢纶，或者……"顿了顿，他道，"过些时日领了证，可以叫老公。"

裴景烟的脸唰地就红了。

到底是年轻女孩，脸皮薄，她红着脸瞪他一眼，提着裙摆就走。

看着她小孔雀般高傲的背影，谢纶眼底染上淡淡笑意。

2

晚上九点过后，宾客也差不多告别。

作为裴家的准女婿，谢纶一直留到最后，与裴父裴母一起送走全部的宾客，才准备告辞。

所谓"丈母娘看女婿越看越满意"，经过这短暂一晚的相处，裴母对谢纶简直比对亲生儿子还要热情。

见谢纶要离开，再见自家女儿耷拉着脑袋一副懒洋洋的模样，裴母不由得扬声道："小景，还愣着做什么，你送送谢纶。"

从下午开始裴景烟就没怎么歇过，这会儿只想回房间躺着："门不就在那儿吗？这有什么好送的……"

话音未落，就见自家父母两双眼睛齐齐扫过来，目光锐利，透着威胁。

裴景烟："……"

惹不起，惹不起好吧！

她闷闷站直了身子，心头腹诽，到底谁才是亲生的？

她走到谢纶跟前，懒怠道："走吧。"

谢纶朝裴父裴母点头致意："伯父伯母，那我就先告辞。"

裴父裴母笑容温和："去吧，今天准备这一场求婚，你也辛苦了。"

谢纶看了眼身旁的裴景烟，说道："小景能答应我和她的婚事，一切都值得。"

裴景烟在心里默默附和：就是就是，能娶到我这样兼具有趣灵魂和优秀皮囊的小可爱，简直超值的好不好！

裴父一个眼光投去："你点什么头？"

裴景烟："……"

对不起，一个没忍住。

她讪讪地笑："啊，我没点头呀，爸爸你肯定是累坏了眼花了。好了好了，你赶紧和妈妈回房歇息吧，我送谢纶出门。"

她抬手轻扯谢纶的衣角，压低声音催促着："走吧。"

谢纶低眸浅笑："好。"

两人一起往外走，天边坠着宝石般的星辰，明亮闪烁。

并未送到停车场，而是走了五十步左右，谢纶就停下来："就送到这儿吧。"

裴景烟看他："不用再送送？"

谢纶道："不用，你穿这么久高跟鞋，应该很累了。"

裴景烟微怔，脚尖不自觉挪动一下，轻轻"嗯"了声："行吧，那我不送了。"

谢纶道："早些歇息。"

裴景烟单手握着另一只手的手腕："知道了。你先走吧，我看着你走，不然这么快返回，我爸妈肯定要问了。"

"好。"谢纶轻轻点头，"回见。"

说完，他转过身，往停车场走去。

裴景烟目送着谢纶离开，璀璨星光下，男人身形挺拔，是那种光看背影就觉得是帅哥的类型。

当然，正脸也是帅哥范畴。

她垂了垂眼，手指摩挲着那枚公主方钻，暗暗想着，虽然不知道接下来会怎样，但就目前看来，这门婚事好像还挺不错的。

这念头刚起，手机忽地振动一下。

裴景烟划开一看，是微信群消息。

群消息里有一个链接，说裴景烟上热搜了。

裴景烟一边发送"我又不是女明星，有什么好上热搜的"，一边点开了那条链接分享。

的确是上了热搜，不过是同城热搜。

热搜下网友发表了很多评论，纷纷表示太震撼了。

有一条较为前排的评论吸引了裴景烟的注意——

【喵了个咪：小道消息，据说是新励科技的董事长在告白。】

新励科技这几年宣传方面做得不错，请了不少一线代言人，再加上产品技术算是国内顶尖，在年轻人市场极具口碑。不过相较于品牌，新励科技的董事长却低调到几乎神秘。

这条评论一出，下面不少网友跟帖：

【刚去查了下，新励董事长今年才三十岁！九年前才在深市创立的新励公司。】

【什么，才三十岁？不是吧，我一直以为这种大老板，都是四五十岁那种大腹便便的中年人。】

【楼上的你这属于刻板印象了。不过人家三十岁是上市集团的老板，我三十岁还是个家里蹲的咸鱼。】

【有人知道他求婚的对象是谁吗？】

裴景烟觉得没什么回复的必要，就让网友们思维发散，猜去吧。

她退出微博，找到微信群，发了条消息。

美少女景：【上个热搜而已，小阵仗，淡定淡定。】

一只小鸟飞飞飞：【给你买个热搜，昭告天下？】

美少女景：【你可别，低调低调。】

取昵称真的好难：【还低调呢，我好几个微信群都在聊谢纶跟你求婚这事呢，圈子里都炸了！你等着，我给你截几张聊天记录。】

温若雅常年待在国内，她在沪城圈内的交际，比裴景烟和秦霏都要广泛，各种群也都有她的一席之地。

等裴景烟回到卧室，温若雅的聊天记录截图也发了过来。

大部分都是表示惊讶，当然，也不乏阴阳怪气的"柠檬精"，譬如与裴家并不交好的阮家。

阮梦思：【裴家那位眼高于顶，出了名的难相处，人家新励科技的谢总可不是她身边的那些小跟班，哪里会惯着她的脾气？瞧好了吧，这段婚姻维持不了多久的。】

底下还有小跟班帮腔：

【就是！每次看到她那副高高在上的样子，我就觉得好笑，她到底哪来的优越感啊？趾高气扬给谁看呢？】

裴景烟看到这个也不生气，只是脑补起阮梦思在手机屏幕那头的嘴脸。

如果她没记错，有一回吃晚饭时，父亲随口提到过阮家是最早有意与谢绲联姻的，不过神女有心，襄王无意，谢绲拒绝了。

现在看阮梦思这反应，可见之前真有这么一茬？

3

今晚这一出，不仅裴景烟的圈子炸开了锅，谢绲也收到不少商业伙伴的热心关怀。

科技商圈大佬群里，谢绲被 @ 了无数次。

【谢总你可以嘛，老牛吃嫩草，抱得美人归了。】

【不过听说裴家那位千金小姐很娇气，老谢，你这是娶了个小祖宗回去，你吃得消不？】

【是啊，我也听说老裴总的这个女儿，从小娇生惯养，吃喝穿戴不是最好的都入不了眼，虽说你能赚钱，但经得住她这样花吗？】

【要我说，娶老婆还是得娶踏踏实实过日子的。】

刚从浴室里出来的谢绲，腰间系着一条白色浴巾，头发还未全干，有水珠沿着肌肉线条往下，滑过性感结实的八块腹肌。

他指尖划过手机屏幕，快速浏览了下群消息。

思忖三秒，他单手打字。

XLun：【感谢各位的关心，等定下婚期，还请各位赏脸前来喝杯

喜酒。】

可谓是十分客气，十分官方。

群里的消息也纷纷变成了画风，一致变成"一定一定""恭喜恭喜"。

谢纶面无波澜地将手机丢在一旁，取了墨灰色睡衣，转身回到浴室。

第二天，裴、谢两家联姻的消息彻底传开，圈内震动。

倒不是诧异于强强联合，而是惊讶于这两个性格天差地别的人，竟然凑成了一对。一时间，圈内众说纷纭，还有不少看热闹不嫌事大的公子哥组局下注：赌谢纶和裴景烟这一对能撑多久才离婚。

赌注赔率还蛮高，要不是禁止本人参赛，裴景烟自己都想参与了。

不过被求婚之后的日子，好像与之前并没多少差别，唯一的区别大概是，谢纶不论多晚，都会给她发一条晚安。

这句晚安，好像是提醒她，她的生命里有个未婚夫的存在。

谢纶是个大忙人，最近好像又在和京市的公司搞什么合作，这阵子一直在京市和沪城两头飞。

他这样忙，裴景烟也不好去打扰，每回找他的心思一冒出，秦霏那句"你们可是商业联姻"就如雷贯耳，叫她清醒过来——

商业联姻就该有商业联姻的样子，可以利益交换，唯独不要奢望真情。

转眼步入十一月，一场秋雨打湿桂花，沪城也骤然降温。

这天早上八点，裴景烟被闹钟吵醒。

她睡眼惺忪地关了闹铃，继续趴在真丝软枕里迷瞪，可没两分钟，手机铃声又响了起来。

裴景烟有些起床气，抓过手机放在耳边，闷闷地懒得说话。

手机那头传来秦霏清脆的声音："小景，你别忘了上午十点来我公司开会啊。"

"嗯，知道了。"裴景烟语调懒怠。

"快起来啦，要不我给你点播一首《好运来》？"

裴景烟头都大了，睁开一只眼睛，瞥了眼屏幕上方的时间："才八点十五分，放心，我不会迟到的。"

大不了偷个懒，不化妆了呗。

反正最近睡眠充足，皮肤状态很好，素颜出门也没问题。

秦霏又提醒了两句，就挂了电话。

裴景烟也没多少睡意了，躺在床上刷了会儿社交平台，正好刷到个短视频，推的就是《月落乌啼霜满天》这部小说。

而她马上要去秦霏的公司开的会，正是这部小说改编影视剧的投资会。

大学毕业后，裴景烟去了世界各地旅游，后来玩得差不多了，回国又订了婚，她也想沉下心来，开始搞事业。

总不能都二十一岁了，想买个东西，还要管父母伸手要钱。

不过她账户里那笔投资启动基金，也是爸妈给的。

但她写了个借条，保证赚了钱就还。

且说这部《月落乌啼霜满天》，一部言情古装偶像剧，原是网络小说，男主的形象深得读者喜欢，这读者里也包括秦霏。

秦霏是个重度言情小说迷，不但看书，还热衷于买版权拍剧。

她之所以创办影视公司，一是能翻拍她喜欢的小说，二是方便她追星。

裴景烟至今还记得，某天半夜她睡得正香，秦霏给她打电话哭得稀里哗啦。

裴景烟还以为秦霏失恋了，仔细一问，原来是小说剧情太虐了，"刀"得她睡不着。

裴景烟当场跟她绝交二十四小时。

这回秦霏心愿得偿买到《月落乌啼霜满天》这部剧的版权，隔三岔五就在裴景烟耳边念叨："要不要一起赚钱，这剧本绝对能大爆的，你信我！"

裴景烟禁不住她软磨硬泡，也去看了下原著，的确有点意思，这才决定去参加投资会，进一步了解。

上午九点五十分，一辆车停在乐淘影视公司大门前。

秋日的阳光明亮刺眼，裴景烟下车后眯了眯眼，将墨镜戴好后，打量了眼前这座小型办公楼一番，才迈着步子进去。

她才进门，就收到秦霏发来的消息：【到了没？我派个人去门口接你？】

裴景烟走到电梯前回复：【已经在楼下了，三分钟。】

秦霏：【好。】

电梯快到一楼时，裴景烟身后响起一阵脚步声。

她随意斜了眸，往后一看，是三男两女，男帅女美，瞧着二十左右的年纪，叽叽喳喳说着话。

电梯叮咚一声打开，裴景烟收回目光，缓步走进电梯。

那三男两女也走了进来，见裴景烟按了三楼，不由得好奇看了她几眼。

她今日打扮比较知性干练，简约的黑白裙装搭配山茶花耳钉，头发绾在脑后用珍珠发卡固定，手上提着个米白色亮面鳄鱼皮小包。

黑框墨镜遮住她大半张脸，只露出挺翘的鼻梁和涂着复古棕红色口红的唇瓣，给人一种年轻却又气质非凡的特殊感。

一个打扮有点日系风格的男生比较胆大，主动搭讪："小姐姐，你也是公司新签约的艺人？"

裴景烟淡淡道："不是。"

男生继续问："那你是来面试的？你这样的外貌条件，肯定没问题的。"

裴景烟纤细的指尖拉下墨镜，一双明亮杏眼审视般扫了他们一遍，又将墨镜往上推了推，微笑道："我就当你在夸我漂亮。"

她这一瞥一笑的动作，叫几个男生都愣了下。

大概才签约，还有些青涩，那男生脸颊有些泛红，羞赧又热情："正好我们要去见经纪人，不然小姐姐跟我们一起吧？我们经纪人挺不错的，我给你做个介绍？"

还不等裴景烟回答，又是叮咚一声，电梯门开了。

"多谢你的好意。我到了，麻烦让一让。"

她这般说着，电梯里那几个年轻男女也鬼使神差般，真的自动退到两边，给她让出一条道来。

等她走出电梯，几个人才后知后觉反应过来，他们也是在这一层下的啊，为什么要给她让道？

还没等他们想明白，就见那优雅走出电梯的年轻女孩忽而转过头，莞尔道："与你们做同事怕是不太行，不过，我有可能会成为你们的领导。加油！"

电梯里的年轻艺人们一头雾水。

这位姐什么来路，说话这么狂？最诡异的是，这份理所当然的狂，还有点莫名可爱？

秦霏在会议室门口见到裴景烟，离上午十点还有三分钟。

"你可算来了，人都齐了，就差你了。"

"我说了不会迟到，这点时间观念还是有的。"裴景烟取下墨镜，放入包中。

秦霏瞥见她眉眼间愉悦的笑意，好奇地问："捡到钱了，心情这么好？"

裴景烟将耳畔落下的一缕碎发撩到耳后，黑眸狡黠："没什么，逗了逗你家小艺人。"

秦霏还想再问，秘书过来提醒该开会了，她只好揽着裴景烟的肩膀："走吧，先开会。"

第六章 · 【她总得见公婆】
"年纪大知道疼人，我就喜欢他。"

1

开会时，裴景烟主要负责坐在秦霏身旁，边听边优哉游哉地喝茶。

杯中的茉莉花茶沏了三遍，这场会议也开到尾声。

会议桌上的人也都知道裴景烟的身份，这可是位大资方，若能拉到她的投资，基本就不用愁开机了。

这部戏的导演周睿并不出名，之前只拍过两部网剧，虽成本不高，可口碑很不错，秦霏用他，主要看中他细腻婉约的拍摄风格。周睿也感激于秦霏的赏识，决心要将这部戏拍好。

见整场会议下来，裴景烟并未发表意见或者提出问题，周睿虚心问道："不知裴小姐对我们这个项目有什么建议？"

突然被问到的裴景烟稍稍坐正了身子，见桌上一干人等都朝她这边看，她也不慌，清了清嗓子道："方才听你们讨论，我对这个项目也有了个大概了解。说句老实话，我是外行人，对拍摄电视剧这些并不是特别清楚，但从商人的角度来看，这部剧的卖点还是很足的，也有一定的投资价值。至于建议……"

她稍作停顿，清澈的杏眸微弯，语调清淡："作为观众，吸引我的剧最重要的有两点：第一，核心故事好；第二，主演颜值高。"

桌上众人连声称"是"。

裴景烟继续道："原著我读过了，老老实实照着原著拍，故事就不会烂。这些是编剧专业的事，我就不瞎指点。至于第二点，我觉得我审美还是不错的，只要选出来的演员颜值高，贴合角色，那这部剧我就乐意投。就算最后不赚钱，拍出来我也开心。"

秦霏在选角方面与裴景烟的想法一致，她伸手敲了下桌，吩咐着右手侧戴眼镜的男人："这样，参与选角的演员信息先给我们过目。"

戴眼镜的男人答应下来。

会议结束。

裴景烟去秦霏的办公室转了圈，"啧啧"评价："你这办公室装修风格挺不错的，刚才看你主持会议的样子，还真有几分商界大佬的味道。"

秦霏站在桌边理着资料："你就别调侃我了，我这才刚起步。要说大佬，你家那位谢总才是真大佬。"

闻言，裴景烟的表情有些不自在："好好的提他做什么？"

秦霏问她："怎么了？他还在京市没回来？"

裴景烟说："他可是大忙人，又不像我这样清闲。"

秦霏轻笑了下："等忙过这一阵应该就好了。走吧，咱们出去吃饭，有家老牌子的本帮菜在附近开了分店，咱们尝尝看？"

裴景烟"嗯"了声，从奶黄色的小沙发起身，抬手理了下裙摆，跟秦霏一起出了门。

也是缘分，在等电梯时，她们又遇到那个日系风格的小男生。

那男生见着裴景烟也是眼睛一亮，待看到秦霏时，立刻恭敬起来："秦总好。"

秦霏只一瞥，就猜到开始裴景烟说逗小艺人是怎么回事了，故作沉稳地说了声"好"，又随口介绍了一下："司朗，这位是……小裴总。"

司朗一怔，这年轻的小姐姐真的是领导？

他诧异低下头，打招呼："小裴总好。"

秦霏勾唇笑："这是我们公司新签的练习生，司朗。"

裴景烟轻轻应了一声，没再多说。

等电梯门打开，司朗很是自觉地担起电梯先生的职责，按下电梯楼层。

也是在电梯里，裴景烟接到了谢纶的电话。

看到来电显示时，她还愣了两秒，上次接到谢纶的电话是什么时候来着？

秦霏见她握着手机发呆，提醒道："怎么不接呀？"

裴景烟眨了下眼，接通电话："喂。"

片刻之后，那头响起男人好听的声音："是我，谢纶。"

裴景烟心说"我知道是你，我又不是没打备注"，嘴上却说道："嗯，有事吗？"

"没事就不能给你打电话？"

"……你这么忙，寸秒寸金的，我可不认为你有空闲聊。"

她本意嘲讽，可这嘲讽的话落到他人耳中，莫名变了味。

像是在撒娇，调情。

电话那头短暂嘈杂，又归于静谧："下午有空见一面吗？"

裴景烟沉吟片刻，答道："好。"

电梯门打开，裴景烟和秦霏往外走，司朗客客气气道"两位再见。"

年轻的男声飘入对话，很轻，很简短，却叫对面静了一瞬。

裴景烟原以为这通电话结束了，忽而又听男人问了句："你在哪儿，我去接你？"

裴景烟有些摸不着头脑，但想到他们已经是未婚夫妻的关系，他问一句行踪也没啥不妥，便道："我在我闺密公司，现在准备出门吃午饭。"

谢纶："到餐厅后，发个定位给我，我去接你。"

反正下午也没事，吃完饭跟他见一面也没关系。

裴景烟答应下来，挂了电话。

秦霏挤眉弄眼："你家谢总查岗来了？"

裴景烟："他应该从京市忙完回来了，听那语气，应该是有事。等会儿吃完饭，他来餐厅接我。你自己回公司行不？"

秦霏挽着她的手："没问题，走两步就到的事。"

小姐妹俩说说笑笑走了，电梯旁的司朗望着那道婀娜离去的背影，心头蓦地有点小遗憾。

没想到小姐姐已经有对象了。

不过就算没有对象，像她这样的富家女，一定也很难追吧？

2

沪味，本帮菜饭馆。

浑然不知自己不经意间撩了一颗少男芳心的裴景烟端着杯凤梨霜汁，将定位发给了谢纶。

不多时，鲜美清淡的菜肴一一端上桌，嗅着那香味，裴景烟也有些饿了，早上出门她就随便吃了两片烤吐司，并不十分顶饱。

她盛了一小碗米饭，边慢慢吃着，边与对面的秦霏聊起投资的事。

这家餐厅的松江鲈鱼做得很不错，裴景烟再次伸出筷子时，斜前方突然响起一道熟悉的声音。

"烟烟，真的是你！"

裴景烟拿着筷子夹菜的动作一顿，抬眼看去，便见到大半个月没见的唐马克一脸欣喜地朝这边走来。

她突然就没什么食欲了。

她皱了下眉，将筷子搁在一旁，神色清冷。

唐马克很是自来熟地与裴景烟和秦霏打着招呼，一双小眼睛始终黏在裴景烟的身上："烟烟，好巧啊。"

裴景烟嗓音冰冷："唐马克，我跟你说过八百遍，我和你不熟，你别这样叫我！"

"烟烟，你怎么这样冷漠？我们都认识快一年多了，还不熟吗？"

裴景烟深吸一口气，乜向他："你有事吗？没事的话别打扰我们吃饭。"

却见唐马克抽了张椅子坐下："有事！我有事要问你！烟烟，你真的答应那个谢绔了？你真要嫁给他？"

提起这茬，裴景烟乌黑的眸子轻闪，旋即扬起红唇笑道："是啊，我生日那天他当着那么多人的面跟我求婚，阵势可大呢。我记得现场还有人录了小视频，你想看吗？想看的话，我可以邮箱发你一份。"

她的笑容天真灿烂，落在唐马克眼里，却无比残忍。

他紧握拳头，愤懑不平："那个谢绔比你大了快十岁，你又不喜欢他，为什么要嫁给他？烟烟，是不是你家里人逼着你嫁的？是了，上次你银行卡被冻结，就是因为这个原因吧？"

拍卖行的事算是裴景烟本年度的糗事之一，现在又被唐马克提起，她只想堵住他的嘴。

"谁说我不喜欢他了？笑话，我裴景烟不想做的事，还有谁能逼我不成。"

"烟烟，你！"

"我跟你说，谢绔他好得很，长得帅，身材好，还能赚钱，就算比我大怎么了？年纪大知道疼人，我就喜欢他！"

裴景烟语气轻蔑，一口气说了这一通，直把唐马克气得脸都绿了。

对面坐着的秦霏乐呵呵地看着好戏，简直都想给裴景烟鼓掌喝彩了。

可笑容才挂在脸上没多久，就停住，她咽了咽口水，轻声唤道："小景。"

裴景烟这会儿一门心思想怼走唐马克，见秦霏叫她，只当闺密是想帮忙，摆了下手："不用，我可以应付。"

她又继续对唐马克道："我很早就把话跟你说得清清楚楚、明明白白，你死缠烂打除了让我看到你就反感，并不会让我觉得半分感动。"

唐马克咬牙切齿，一张脸涨得通红："裴景烟！"

裴景烟面不改色，平静地看他："怎么着，想动手？"

唐马克一噎。

裴景烟知道唐马克这人，于是偏过脸："好走不送。"

唐马克双拳紧握，眼睛死死盯着少女精致的脸蛋，迟迟挪不动步子。

明知道她可恶、骄傲、冷淡，可他就是……很喜欢。

裴景烟能感受到他看过来的黏腻目光，觉得恶心，也懒得再给他留最后一点体面，果断扬声喊道："服务员——"

压着尾音，身后响起一道冷淡倦懒的男声："在。"

裴景烟一愣。

她的眼角余光闪过黑色西装衣摆，下一刻，男人挺拔的背影如墙壁挡在她跟前，西装裤勾勒出他窄腰长腿的身体线条，她能嗅到他身上淡雅的乌木沉香。

裴景烟心里"咯噔"一下。还不等她反应，就听男人用透着冷意的平淡语气道："再不走，我就报警，告你骚扰我未婚妻。"

唐马克惊愕地看着眼前这个气势凌厉、冷眼俯视着他的男人。

谢纶怎么来了？

真人瞧着比照片上还要高许多，那无形中袭来的层层压力叫人无端心颤。

见唐马克不动，谢纶从口袋掏出手机。

唐马克立刻反应过来："别、别报警！我走，我这就走。"

他仓促起身，踉踉跄跄往外跑去，很是狼狈。

烦人精总算赶走，可当下的情况，对裴景烟好似并没有更友好。

有谁能告诉她，谢纶什么时候来的？

她为了怼唐马克，张口就来的那一段肉麻台词，他又听到了多少？

裴景烟抬手遮住半边脸，疯狂地给对面的秦霏使眼色。

——他什么时候来的？你怎么都不提醒我？

——我提醒你了啊，你说你可以应付！

秦霏一脸无辜，无辜中又带着八卦的小兴奋。

裴景烟觉得她肯定是跟谢纶八字不合，不然怎么每次这种社死场合，总有他！

谢纶并不急着出声，等两个女孩的眉眼官司结束，才打招呼："小景，秦小姐。"

秦霏抬手笑道："谢总好。"

裴景烟："……"

并不是很想问好。

谢纶也不在意，只问："你们吃好了？我会不会来得太早？"

裴景烟腹诽，是的，你就是来得太早了，哪怕你再晚个三分钟呢。

秦霏摇头道："不早不早，我们吃得差不多了。"

再看自家闺密一脸生无可恋的表情，秦霏忽然一拍额头："啊！对了，我忽然想起我公司还有些事，小景，谢总，那我就先走了。"

谢纶道："账单我已经付过了。"

"哎，谢总真是客气了，那我就沾沾小景的光，蹭你一顿饭了。"秦霏说着，转脸给裴景烟递了个"姐妹你男人真上道"的眼神，便拿起包开溜了。

"霏霏……"

看着一会儿就跑没影的秦霏，裴景烟很是无语，这个没义气的！

将她脸上变换的小表情收入眼底，谢纶眸底掠过一抹浅笑，问她："再坐一会儿，还是现在走？"

裴景烟抬手将剩下的小半杯凤梨霜汁喝完，拿纸巾按了下嘴角，闷闷道："走吧。"

谢纶往旁边退了两步，给她让出行动的空间。

裴景烟提包起身，视线刚好与男人那一丝不苟扣着的白色衬衫扣子持平，再稍稍抬眼，就是男人性感的喉结和棱角分明的下颌。

一刹那，脑海中克制不住地想起她刚才说的那些话，什么他长得帅、身材好之类的。

救命，她刚才是怎么说出口的？

这男人听到这些话，估计心里美死了吧！他会不会觉得她裴景烟对他情根深种，爱他爱到无法自拔？

不行，绝对不行！

一走出餐厅，裴景烟骤然停下脚步，仰起一张瓷白的小脸望着他："那个……刚才我说的那些话，你听听就好了，我主要是为了气那个唐马克。"

谢纶无声地勾了勾嘴角："哪些话？"

裴景烟微愣。

他没听到？不会吧……

她柳眉轻蹙，试探地问："你是什么时候来的？"

谢纶似是认真回想了两秒，一本正经道："大概是在你说，谁说我不喜欢他的时候。"

裴景烟："……"

这男人在跟她演呢！

她的脸颊瞬间滚烫，却强撑着镇定，杏眸轻闪："呃，那些话都是我乱说的，假的，不作数，你别往心里去。"

谢纶眯起黑眸，低头看她："所以，你觉得我其实长得并不帅？"

裴景烟的目光掠过男人俊美清隽的脸庞，有点心虚。

他继续问："身材也不算好？"

裴景烟的目光又往下瞥过男人的宽肩窄腰大长腿，心更虚了。

谢纶玩味一笑："至于会疼人，这一点得日后多多相处才能证明。"停顿一秒，他的黑眸扫过女孩染上淡淡粉色的嫩白耳尖，语气轻缓，"但我会努力叫你满意的。"

不知何为，"满意"这两个字，不轻不重，却无端有些缱绻暧昧的滋味。

裴景烟觉得空气莫名变得稀薄，指尖掐了掐掌心。

她低下头，匆匆往前走："快走吧，别挡着别人做生意。"

谢纶微笑说了声"好"，跟上她的步伐。

3

两人并肩走下楼，裴景烟不好意思看谢纶，只得东拉西扯找话题，尽量盖过刚才的尴尬。

"我的司机在霏霏他们公司停车场里等着。"

"嗯，我也开车来了。"

安静三秒，她又问："那你突然过来找我，是有什么事？"

谢纶视线一动，低低"嗯"了声："算是有事。"

裴景烟偏头看他一眼。

谢纶也看向她："这周末你有空吗？"

裴景烟觉得奇怪，他们这才见面没十分钟呢，他就开始约下次见面了？

似是看出她的疑惑，谢纶慢声解释："你的父母我已经见过了，所以这个周末，我想带你回苏城见我父母，你觉得怎样？"

裴景烟呆住。

见父母？！

他要是不提，她都忘记还有这一茬了。

谢纶见她凝滞的神色，似笑非笑："你该不会以为我是石头里蹦出来的，无父无母吧？"

裴景烟面露讪然："没有没有……只是突然听你说要见父母，我心里也没个准备。"

谢纶："丑媳妇总得见公婆——"

还不等裴景烟的眉头皱起，男人立刻接下句话："何况你长得这么漂亮，我爸妈见了，会很高兴的。"

裴景烟的眉头才舒展开来，娇嗔地瞥了男人一眼，还算他会说话。

不过——

"我也不了解你爸妈，这么快见面，会不会太仓促了？"

谢纶宽慰她："别担心，我爸妈很好相处的，不会为难你。"

话说到这份上，裴景烟也不好再拒绝，毕竟他提出的要求合情合理。

她握着手包的指尖轻轻捏紧，沉下心，点头答应："好吧。"

谢纶说了声"多谢"。

他这样客气，倒叫裴景烟有些难为情。

到底还是停下了步子，她望向他，大大方方道："说起来，刚才在餐厅的事，我得谢谢你，替我解围。"

谢纶似有些诧异，饶有兴致地盯了裴景烟两秒，随后淡淡道："不用客气。你是我的未婚妻，那种情况是个男人都会站出来。"

他稍作沉吟，又问她："刚才那个人是？"

裴景烟冷冰冰道："厚颜无耻的烦人精。"

见她气呼呼的模样，谢纶垂了垂眸，放柔嗓音："嗯，看来美女也不是那么好当的。"

裴景烟一愣，对上他认真的神情，终是绷不住笑出声来。

她笑了笑，又矜持地收起笑容，白嫩的颊边染上浅浅的绯色："像他那种男人，面对女人总是无所畏惧的，哪怕那个女人比他强，有能力打倒他，他也有自信觉得可以制伏她。可一旦面对男人，哪怕只是身形比他高大一些，表情比他凶狠一些，但同为男性，他就会畏惧，会退缩逃跑。"

男人在女人面前，总是有种过于盲目的自信，仿佛骨髓深处都带着对女性力量的鄙夷与轻蔑。

这还是谢纶头一次听裴景烟在他面前表达观点。

他的目光包容而平和，隐隐还透着欣赏与鼓励。

就像是古板敬业的班主任在看优秀学生上台朗读作文。

这不那么恰当的比喻叫裴景烟皱了下眉，但见他是赞同她的，心底又像是刮过一阵轻轻软软的暖风。

有一种难以言喻的奇怪感觉，不知不觉中，两人走到一楼广场。

谢纶唤住她，问道："我们一起去选些见父母的礼物？"

裴景烟下午本来就空着，寻思着趁买礼物的时候，正好打听些他父母的事，起码心里有个底，真见面了也不至于太手足无措。

于是她点头答应下来："好。"

这日下午，裴景烟跟谢纶逛了两个小时商场，每每要结账，谢纶总是很熟练地拿出卡。

裴景烟虽然挺享受有人帮忙刷卡的快乐，但总占他便宜不太好："按理说，我去见你父母，应该是我付账才是。"

谢纶道："虽说如此，但这些礼物是送我父母的，当然该我付钱。"

裴景烟："……"

在这儿整绕口令呢？

不过他既然愿意刷卡，裴景烟也懒得再坚持，反正这些东西也没多少钱，下回她给他买个礼物补上就是了。

谢纶大概是忙完了京市的事，有了空闲，买好礼物，和裴景烟吃了晚饭，才送她回裴家。

裴父裴母见到谢纶送女儿回来，笑容那叫一个灿烂——

年轻人私下里能约着一起玩，说明互相很有好感。

得知裴景烟这周末要跟谢纶回苏城，裴父裴母很是赞同，顺便抓着她叮嘱了一大堆礼仪事项。

裴景烟自是一一应下。

眨眼又过了两天，迎来了周末。

这日一早，谢纶的车就停在裴家别墅前。

见到一楼客厅好整以暇的男人，裴景烟有些忐忑地扯了下衣服，为了见他父母，她特地搭配了一件柔雾淡黄连衣裙配米白色毛衣开衫，然后一步步走下楼梯。

高跟鞋踩在木质地板上发出噔噔声响，楼下的人抬起眸，缓缓看来。

清晨空气里，四目相对。

裴景烟莫名有点局促，抬起手，干巴巴地打了声招呼："早上好。"

男人眼角微扬，轻笑起来："嗯，早上好。"

从很早开始，他就幻想着这么一日，能与她互道早安。

第七章 · 【共度苏城一夜】
"那时候还小。"

1

与父母告别后，裴景烟跟着谢纶一起往停车场去，两人有一搭没一搭聊着。

"上次买的那些礼物……"

裴景烟才开个腔，谢纶就自然而然地接上："都放在后备厢里。"

裴景烟："哦，好。"

谢纶道："我家离沪城不远，不堵车的话一个半小时车程，所以这回没带司机，我开车。"

裴景烟点头："嗯，自己开车也方便。"

说话间，两人走到车前。

谢纶拉开副驾驶座的门，望向身旁的人："上车吧。"

裴景烟单手捂着胸前，弯腰上车，不经意间看到男人挡在车门上的手，简单的小动作，却叫她心下微动。

等她坐上车系好安全带，将座椅调整到最舒适的状态，谢纶也上了车。

裴景烟仔细一看，这才注意到他今日的打扮，不再是西装革履，而是白色内衬搭配浅灰色针织衫、卡其西装裤，外头罩着件长款黑色大衣，像是时尚杂志里走出的男模，休闲又商务，浓浓的深秋气息。

以她挑剔到近乎刻薄的目光来看，这男人的衣品还是蛮不错的。

她心下做着评价，谢纶突然转过脸，朝她看来："准备出发了。"

两人的目光猝不及防对上，裴景烟眼神一闪，忙偏过头："哦，你开吧。"

谢纶像是并没注意，轻勾了下嘴角，坐正了身子开车。

车载放着 R&B（节奏蓝调）风格的歌，旋律不错，有时也能听到一两首耳熟的，不过裴景烟都说不出歌名。

她打开识别音乐一搜，发现都些老牌歌手，是她读小学的时候大红大紫的。

代沟啊！

裴景烟这般想着，手机振动一下，微信群里跳出消息：

一只小鸟飞飞飞：【宝子们，周末了，嗨起来！】

取昵称真的好难：【嗨不了，陪我妈参加救助小动物慈善活动。】

裴景烟想了下，拿起手机，找了个角度拍了张自拍，点击发送。

美少女景：【我周末不在沪城，去苏城见谢纶他爸妈。】

一只小鸟飞飞飞：【哇哦！】

取昵称真的好难：【这么快就见家长了？】

美少女景：【是啊，说实话，我有点小紧张。】

取昵称真的好难：【谢总在你旁边开车？】

看着这条消息，裴景烟瞥了眼驾驶座上专注开车的男人，发了个"嗯"过去。

这个"嗯"才发过去，身旁的人突然开了口："你今天的妆容和打扮很好看。"

没头没脑的一句夸奖，叫裴景烟愣了一瞬。

虽不知道谢纶为什么突然夸她，不过有夸奖就是让人高兴的，她嘴角微翘："眼光不错。不过，你能看得出我的妆容区别？"

谢纶思考了足足三秒钟，才以严谨的口吻答道："口红的颜色变了，上次见你的口红颜色更红一些，这次的没那么红。"

裴景烟："……"

果然在男人眼中，口红色号就是不同程度的红色。

这个话题显然没法继续下去，车里又安静下来。

裴景烟继续低头玩手机，打了两把游戏，眼睛有些累了，便调低座位闭目养神。

察觉到车内的音乐声缓缓降低，她薄薄的眼皮轻动，随后整个人也放松下来，昏昏睡去。

裴景烟做了个短暂的梦，梦里她变成了个弹性十足的 QQ 糖，一个顾客买了她，一边捏着她，一边笑着说"真好玩"。

好玩个鬼啊！

她今天的底妆那么完美，都要被蹭花了！

在那个顾客再一次捏她的时候，捍卫妆容的力量化作愤怒涌上大脑，她猛地睁开眼，面前是一张放大的俊脸。

鼻尖萦绕着淡淡的乌木沉香，她直直对上一双睫毛浓长的漆黑眼眸。

最要命的是，一根骨节分明的修长手指还戳在她细嫩的颊边。

裴景烟怔在座位："你……"

"到了。"

谢纶淡定地收回手指，下颌微绷，抿了抿唇，低声道："我想叫你起来时，发现你脸上沾了点东西。"

沾了点东西？

裴景烟睫毛轻轻颤动，这话她能信？他当她是三岁小孩。

脸颊莫名发烫，她心里咕哝着老套把戏，却又忍不住想，这男人戳她的脸做什么？

却也不知该说些什么，见车停下了，她匆匆解开安全带，下了车。

驾驶座的男人捏紧手指，冷白俊美的侧脸浮现出一抹可疑的红。

2

苏城是座文化底蕴深厚的历史文化名城，老城区是一派小桥流水人家的水墨江南景，新城区则是高楼大厦现代文明。

裴景烟虚捏着小皮包的银质挂链，漫不经心地打量着眼前这座高档私密的花园小区。

关于谢纶的家庭情况，裴景烟也了解了个大概。

他虽不是像她这样的豪门家庭出身，但也称得上家境优渥、生活富足。

谢父是一家制衣厂的老板，厂里有两千多个工人，厂子开了快三十年，每年进账很是可观。谢母原是苏城大学的历史系教授，前年退休，平时养花、旅游、跳跳广场舞。

说实话，这样背景的长辈，裴景烟并没接触过。

谢纶将车停好，手上提着大包小包，走到裴景烟跟前："待会儿可能需要你装一下。"

裴景烟："……"

"我父母比较传统，我一直跟他们说，我和你是自由恋爱。所以在他们面前，还请你装得对我……亲热些。"

"亲热些？"

"嗯，装装样子。"谢纶垂下黑眸，"会很为难？"

裴景烟眼神一晃，旋即在男人静默的注视下，矜傲地抬起下巴："这有什么难的，小意思。"

谢纶莞尔："那就好。"

两人走到一座独栋两层小别墅前，门庭是浅蓝色的，大门两边的空地上种着石榴树、桂花树，还弄了个假山水造景，石臼水盆里养着小荷叶和两尾红色的小鱼。

谢纶两只手都提满东西，没办法按门铃。

裴景烟见了，上前按了一下，又退到谢纶身边。

她也不知道自己在紧张个什么劲儿，明明是商业联姻，搞得这么真情实感。

门很快打开，一个系着围裙的中年女人探出半个身子，面上堆满笑容："小谢总回来了。哎哟，这位小姑娘是你女朋友吧，模样长得可真水灵。"

谢纶颔首，唤了声："田姨。"

裴景烟也看出这位田姨是谢家的保姆，客气地朝她点头致意。

"快请进屋来，谢总和李老师从两天前就盼着你们回来呢。"

田姨勤快地接过谢纶手中的礼品，又转头朝着里头喊着："谢总，李老师，小谢总和他女朋友到了。"

裴景烟的呼吸不自觉屏住，走到玄关处，谢纶忽地停住脚步。

还不等裴景烟反应，他牵住了她的手。

男人的指尖微凉，掌心却温热干爽，手指很长，一掌便将她的手裹住。

裴景烟心头砰的一声，猛地抬眼，乌黑的瞳仁里满是错愕。

男人面不改色，依旧是那副淡然持重的模样，望着她惊讶的表情，他微微俯下身，用只有两人听到的声音道："要开始演了。"

这般俯身低语的姿势，落在旁人眼中，只当小情侣亲热。

谢父和谢母闻声走来时，正好就见到这一幕。

眼瞧着自家儿子牵着个精致如洋娃娃般的小姑娘，谢父和谢母顿时有种多年夙愿成真的激动——

这么多年了，儿子可算带女朋友回家了！

打从谢纶上大学起，谢母一直就旁敲侧击问儿子有没有找女朋友。不过那时她也不着急，只是关心问问，有的话好好谈，没有也不要紧。

可后来儿子毕业，一门心思搞创业忙工作，眼见着年过三十，依旧一副清心寡欲的模样，别说结婚生子了，连个女朋友都没有，谢父和谢母真是急都急死了。

且说回现在，裴景烟瞥过男人牵住的手，瓷白的小脸不由得泛起淡淡的红。

她在心里自我暗示着，演戏，这是演戏。只是牵个手而已，稳住，不要慌！

看到明亮客厅里那对目光和善的夫妇，裴景烟露出个矜持得体的笑，乖乖由着谢纶牵上前。

"爸，妈，这是小景。"

谢纶介绍着："小景，这是我爸妈。"

裴景烟甜甜喊道："叔叔阿姨好。"

谢父身量高大，西装革履，周身是庄严的气质，一张国字脸看起来不是很爱笑，但这会儿却尽量露出温和的笑意，朝裴景烟点了下头："小景好，欢迎来家里玩，第一次见面，这个……是叔叔阿姨的一点心意。"

他从口袋里摸出个厚厚的红包，递到了裴景烟跟前。

裴景烟一怔，下意识地看了眼谢纶。

谢纶朝她点了下头。

裴景烟这才伸手接过，微笑道："谢谢叔叔。"

谢母一身檀色倒大袖花罗旗袍，肤白柳眉，浓浓书卷文雅气质，快六十岁的人，却依稀可窥见几分年轻时的美貌。她说话的声音很柔，带着几分吴侬软语的调调："小姑娘长得真俊，我们家谢纶能找到你，真是几世修来的好福气。"

裴景烟深以为然，就是就是，他真是好福气！

她面上却露出个害羞的笑意："阿姨夸得我都不好意思了，能和谢纶在一起，也是我的福气。"

话音刚落，她感觉牵着她的那只手顿了一下。

难道是她这话太肉麻了？

裴景烟悄悄抬眼，男人脸上却无半分异色。

"好了，都别站着说话了，快坐下喝杯茶。"谢母笑吟吟地张罗着，又扬声问道，"田嫂，饭菜准备得怎么样了？"

田姨答道："可以了，鸡汤放点盐就能出锅了。"

谢母应了声好。

谢纶牵着裴景烟到客厅沙发坐下，田姨很快端来果盘和茶水："小谢总，裴小姐，请喝茶。"

谢父和谢母在他们对面坐下。

"小景，你别客气，把这儿当成自己家。"

裴景烟浅浅一笑："嗯。"

为了避免干坐着尴尬，她端起沏好的绿茶，茶汤清亮，香味清雅，看叶片形状是西湖龙井。

她并不精通品茶，但父亲喜欢喝茶，她耳濡目染也知道一点皮毛。

谢母在对面坐着，一双温柔的眸子端详着裴景烟，越看越满意。

一开始知道儿子的结婚对象是裴氏集团的千金小姐，她着实吃了一惊，等接受这个事实后，忍不住担忧起婆媳相处问题。

她原以为小姑娘可能脾气大，不大好相处，没想到见着本人，又漂亮又有礼貌，最重要的是，和儿子在一起那真是郎才女貌，天造地设的一对璧人！

简单聊了几句，田姨便过来提醒吃饭。

趁谢纶带着裴景烟去盥洗室洗手之际，谢母难掩高兴地对谢父道："小姑娘长得跟电影演员似的，咱家儿子长得也帅，以后他俩生的小宝贝一定可爱极了。"

谢父道："人家小姑娘才第一天上门呢，你就想着抱孙子，是不是太早了点？"

谢母道："不早不早！小景手上都戴着戒指了，咱抓紧跟小景爸妈见一面，把两个孩子的婚期定下。婚一结，孩子不就有了？哎，成天见老陈和老徐在朋友圈晒孙子孙女，可把我羡慕死了！"

谢父虽觉得自家老婆想得太早了，但心里也是期待着早日当爷爷的。

毕竟他们厂里跟他一个年纪的老朋友,人家孙子孙女都上小学了!

3

裴景烟全然没想到她去洗个手的工夫,两位长辈已经在思考去哪儿给孙子孙女买学区房了。

午饭可谓是十分丰盛,一碟碟美味菜肴摆满长桌,其中不少苏城当地的特色菜,像是松鼠鳜鱼、碧螺虾仁、响油鳝糊、樱桃肉。除了菜,还放着两碟子糕饼,一碟桂花猪油年糕,一碟蟹壳黄酥饼。

"小景,你多吃些,不要客气呀。"

谢母热情地劝菜,又朝谢纶使眼色:"小景有什么喜欢吃的,你给她夹,叫她多吃些。"

谢纶扫了眼那一桌菜,最后舀了一勺碧螺虾仁,送到裴景烟碗里:"吃吧。"

裴景烟弯起眸,甜甜笑道:"好。"

她笑起来时,水灵灵的眼眸就像阳光下的太湖水,波光粼粼,清澈又灵动。

明知道她是在装乖,可谢纶的喉头还是止不住发紧。

他挪开目光,端起一旁的水杯,喝了两大口。

一顿午饭吃得算是融洽。

席上主要是谢母在说话,谢父只偶尔附和两句。

裴景烟隐约察觉出,谢纶好像跟谢父并不是很亲近。

不过这也算不得什么,她哥哥和她爸爸的关系也差不多这样,明明是父子,但一见面就冷冰冰的,互看不惯对方。

吃过饭,谢父将谢纶叫去书房,似有事要问。

裴景烟则跟着谢母去二楼阳台闲坐,初冬的太阳暖洋洋的,照在人身上很是舒服。

谢母不愧是大学老师,思路清晰,口才很好,裴景烟与她带过的那些学生年纪相仿，所以跟年轻人打交道，她自有一套。

坐着聊了两句，谢母便拿出相册，一边给裴景烟看谢纶小时候的照片，一边展开话题。

不得不说这招很管用，裴景烟的确对谢纶小时候的照片有兴趣。

涂着浅粉色指甲油的纤细指尖掀开相册，一打开，就是个光着屁股的小团子坐在澡盆里的照片。

谢母笑道："这是谢纶一岁的照片，我二十七岁生他，在我们那个年代，这个年纪生孩子算很晚了。"

裴景烟盯着那光屁股的小子："……"

虽然知道这只是个一岁的小孩，洗澡嘛光溜溜的也正常，可一想到这人是谢纶，裴景烟还是觉得莫名的羞耻，赶紧翻看下一张。

照片是按时间顺序摆的，裴景烟眼看着一个小团子慢慢长大，穿上小学校服、中学校服，然后是大学毕业的学士服……

不得不说，这男人真是从小帅到大，尤其高中时期那几张，简直是校园剧男主角本人了。

见裴景烟盯着那两张校园照看了蛮久，谢母笑道："谢纶读高中时，还有小姑娘偷偷塞情书到我们家门口呢！不过你放心，他都没收，他那会儿只想着读书考大学，从没谈过朋友。"

裴景烟心血来潮地问："阿姨，我可以拍一下这两张照片吗？"

"当然可以。你要喜欢的话，这两张照片送给你。"

裴景烟摇头："我拍着留个纪念就好了。"

她拿手机拍了那两张照片，谢母继续在旁边讲述着谢纶高中之后的事。

夫妻俩最早对谢纶的期望，是希望他考沪城大学，等毕业了就回家继承制衣厂。谁知谢纶修改了大学志愿，漂洋过海跑去港城读了计算机专业，之后一门心思研发科技系统，自主创业，而后一步步做大做强，才有了今日的新励科技。

也因着谢纶的那份自作主张，最初那几年，谢父跟谢纶之间闹得很僵。

直到谢纶这些年的成就越来越高，两人关系才稍有回转。

一本相册翻到底，谢纶那边也跟父亲聊完了。

谢母见着儿子来了，很有眼力见地起身："谢纶，你陪小景先坐，我去看看客房收拾得怎么样了，今晚你们就在家里住一晚。"

谢母走后，谢纶在裴景烟斜对面的藤椅坐下，随口一问："你和我妈聊了些什么？"

明净的阳光落在他浅灰色的针织衫上，边缘一圈细小的羊绒仿佛给他镀上一层柔和的滤镜，让那张平日里显得清冷疏离的面孔添了几分温柔随性。

鬼使神差地，裴景烟脑海中又浮现那张小时候的谢纶坐在澡盆里的照片。

救命！

她脸颊发烫，含含糊糊道："就聊你小时候，看你以前的照片。"

望着她诡异红起来的小脸，谢纶眉梢轻挑："你很热吗？"

裴景烟"啊"了一声："没，没。"

谢纶："那你为什么脸红？"

裴景烟："我脸红了吗？肯定是太阳太晒了。"说着，她煞有介事地将椅子往里挪了挪。

谢纶默然不语，随手拿起玻璃桌上的相册，翻开第一页。

裴景烟："……"

谢纶："……"

短暂沉默后，他将相册合上，转脸看向少女刻意回避的绯红脸庞。

裴景烟被他的目光看得怪不自在，在男人开口之前，她哗啦站起身，语无伦次："我……我先去下洗手间。"

望着那落荒而逃的纤细身段，谢纶轻叩着相册，轻呵一声。

水龙头的水哗啦啦往下流，裴景烟将手放在水流之下，试图让自己怦怦直跳的心平静下来——

洗完手，她拿出手机看到秦霏她们发了消息过来：

一只小鸟飞飞飞：【小景，怎么样，谢总爸妈对你好不？】

美少女景：【挺好的，他妈妈很温柔，他爸爸话不算多，目前相处得不错。】

取昵称真的好难：【那你在苏城待几天啊？今晚在他家住吗？】

美少女景：【今晚在苏城住一晚，明天下午就回沪城了。唉，本来我是想去酒店住的，可我还没来得及开口，他妈妈就交代保姆收拾客房了。我也不好再改口，说要出去住酒店吧。】

取昵称真的好难：【住客房？都求婚成功了，不跟你家谢总住一间？这不合理。】

一只小鸟飞飞飞：【说得对。】

美少女景：【你们两个真是够了。】

这时，门外响起三下有节奏的敲门声。

咚咚咚！

"好了吗？我妈叫我带你去园林逛逛。"

男人清冽的嗓音在门外响起。裴景烟赶紧将手机按灭，清了清嗓子，应道："好了。"

她一边对着镜子照了照，一边从雪粉色手袋里拿出口红补了下唇色，确定美貌无误，才开门走了出去。

谢纶就靠在廊边的墙上，听到开门声，抬眼朝她看来："出去逛逛，园林、博物馆……或者商场？"

"园林吧，商场逛沪城的就够了。"

有一下午的时间，光待在屋里也怪无趣的，苏城园林甲天下，套用经典老话，来都来了，不去可惜了。

谢纶说了声好，微笑："很荣幸能给裴小姐当半日司机加导游。"

裴景烟精致的眉眼染上生动的矜傲："嗯哼。"

两人一起下了楼。

谢父谢母见他们要去逛园林，很是热切地给出本地人的游玩指南。谢父还不忘交代谢纶："多拍点照片留念呀，我上次和你妈去玩，看到很多小姑娘穿那个古装拍照，蛮不错的，小景也可以搞一套穿穿。"

谢母纠正道："那个叫汉服。"

谢父点点头："对对对，李老师说得对。"

裴景烟轻笑道："叔叔阿姨放心，谢纶会带我玩好的，是吧？"

她抬眼看他，清凌凌的眼眸像是盛了两汪水色。

谢纶垂下眸，再次牵住了她的手，在她微诧的眸光里，从容笑道："当然。"

两人的对视，落在谢父谢母眼里甜蜜极了。

等他们一出门，谢母笑容更盛："我看他俩好得很！早知道我就不安排客房了，反正都要结婚了，迟早要住一间的。"

谢父不赞同："那不行，还是得照规矩来，等他们领了证，结了婚才好睡一间。"

谢母："我这不随口一说嘛。对了，你和谢纶商量的是下个礼拜去沪城见亲家是吧？"

谢父"嗯"了声。

谢母忙起身："那我得去柳师傅的店里一趟，看我上次定的那套旗袍做得怎么样了，顺便再做一套新的，等他们婚礼上穿。"

谢纶是个很好的导游，领着裴景烟逛园林，讲解得很是细致。

就是直男拍照的技术实在堪忧，裴景烟摆好姿势让他拍了两张，拿起手机一看，柳眉直蹙，透着满满的不可置信。

谢纶看了看照片，再看向裴景烟，薄唇轻抿："再试试看？"

裴景烟："不必了，你拿手机站着，我眨眼，你就按快门。"

谢纶："……好。"

于是，裴景烟带着她专属的一米八五高人形自拍杆，在风景如画的园林里各种拍拍拍。

直到日头偏西，两人也逛得差不多了。

坐在回程的车上，裴景烟乐此不疲地挑照片。

在遇上两张照片都很好看，无法取舍时，她趁着等红绿灯时问谢纶："这两张哪张更好看？"

谢纶看着那两张照片，沉默两秒："有区别吗？"

裴景烟："……有啊！这张我嘴角的弧度更翘一些，侧脸线条更完美。"

谢纶："那就这张。"

裴景烟："可另一张我的眼神很好，有种温柔如水、岁月静好的氛围感。"

谢纶："那两张都留。"

裴景烟："这个取景我只想发一张，其他取景还有一堆漂亮照片呢。"

谢纶："……"

这一刻，他忽然觉得长篇累牍的全英合同以及数据报表，算得上是件简单事了。

好在裴景烟没继续纠缠他，自己纠结去了。

等回到花园别墅，她也编辑好朋友圈发了出去：

【君到姑苏见，人家尽枕河。今天是江南美人。】

配图九宫格，张张都很美。

她才发出去没多久，下面就收集一堆点赞和评论。

其中还包括裴父的：【摄影师水平不错。】

裴景烟回复道：【都是我调教出来的，爸爸你怎么不夸是你女儿长得漂亮呢？】

没过一会儿，评论下出现个Q版夜礼服假面的回复：【是，多亏小景调教得好。】

裴景烟看到这条评论愣了下，转脸去看身旁的男人。

谢纶读懂了她的目光，面不改色："我有伯父的微信，很奇怪吗？"

裴景烟："……"

是她大意了，可这男人也太会顺杆爬了！

4

上了年纪的长辈夜里睡得都早，用过丰盛晚饭，又坐在客厅里喝着桂花冬酿酒闲聊了一阵，谢父谢母就上二楼歇息了。

谢纶的房间与客房都在一楼，隔着一条走廊。

站在各自门前，谢纶道："早点休息。"

裴景烟掩唇打了个小小的哈欠，懒洋洋地应道："晚安。"

谢纶说着"晚安"，目送她回房，关上门，才转身回了自己的房间。

一廊之隔，一个躺在床上打游戏聊天，一个坐在电脑前处理工作。

不知不觉中，电脑屏幕右下角的时间跳到晚上十一点四十五分。

谢纶往工学椅靠背倒去，抬手捏了捏眉心，这仰脸的姿势叫男人的喉结线条越发清晰。

缓了好一会儿，他才起身，将电脑合上，转身进浴室。

十分钟后，他穿着浴袍，半湿着黑发走出来。

或许他太久没在家里住，浴室里的吹风机坏了。

谢纶本想去二楼衣帽间拿个吹风机，才打开房门，就见对面的房门几乎同时打开。

开门的刹那，双方皆有些诧异。

裴景烟微微睁大眼睛，只见对门的男人穿着墨青色浴袍，腰带系得并不严实，略显松垮，从脖颈往下，露出小半片冷白结实的胸膛。

那不短的黑发透着湿意，半搭在额前，不似白天那一丝不苟的冷峻，搭下来莫名显乖——

裴景烟顿时想到谢纶高中时期的那两张照片，清冷俊美的白衬衫少年。

别说，他这副皮囊真的没得挑。

　　她的视线不由自主沿着那微松的领口往下，隐约可看到胸肌的线条……

　　不等她发散思维，一道好听磁沉的嗓音在面前响起："好看吗？"

　　"好看"两个字险些说出口，在舌尖打了个转，又绕了回去，裴景烟抬起头，对上男人似笑非笑的漆黑眼眸，脸颊烧了起来。

　　"咳咳咳……"

　　她生硬地咳了两下，扭过头，小声嘟囔："唔，你大晚上的不睡觉，出来做什么？"

　　"我房间的吹风机坏了，我去二楼拿。"

　　"……噢。"

　　"你呢？"谢纶问她，"还不睡。"

　　提到这个，裴景烟抿着红唇，闷闷道："床太硬了，枕头也太高了，我睡不着。"

　　她虽不认床，但对床品的要求很高，平时也习惯睡较软的床垫，硬床垫睡得她骨头都疼。

　　这会儿她也只是在谢纶跟前抱怨一句而已，没想到男人沉默了两秒，出声道："穿上外套，等我两分钟。"

　　裴景烟："……"

　　谢纶："去开房。"

　　二十分钟后。

　　站在五星级酒店亮堂堂的大厅，看着那璀璨绚烂的水晶吊灯，裴景烟神思还有些恍惚。

　　真的来住酒店了？

　　浅灰色制服的前台小姐查看过入住系统，朝身前俊美高大的男人露出个略显歉意的笑："先生，实在不好意思，这两天本市在开峰会，房间很早就订满了，而且现在已经是半夜了，我们酒店目前只剩最后一间尊享行政大床房了，您看可以吗？"

最后一间大床房。

谢纶清隽的眉心微皱，转过脸，看向裴景烟。

裴景烟："……"

虽说苏城最近在开五国峰会这事，她在新闻上也看到过，而且现在大半夜的跑来订酒店，没房也正常。但她还是忍不住在心里吐槽，这是什么运气！

前台小姐好奇打量着眼前这对客人，男俊女美，般配无比，按理说两人应该是情侣，但又不像寻常情侣那般亲密，透着些陌生与客气。

收回打量的目光，她微笑提醒："先生，女士，与我们同等级酒店的房间应该也已订满了，现在时间也不早了，你们如果需要办理入住的话，我这边可以立即安排。"

沉默了片刻，谢纶道："开吧。"

他从黑色卡包里抽出身份证，指尖轻抵着推到台前。

见裴景烟还杵着，红唇轻轻咬着，似有迟疑，谢纶弯下腰，凑到她耳边压低声音道："无论婚前婚后，未经你同意，我不会碰你。"

说话的气息若有似无地拂过耳畔柔软敏感的肌肤，裴景烟纤长的睫毛轻颤了两下。

谢纶瞥过她微小的神色变化，语调略沉："你怕？"

简单平淡的两个字，落到裴景烟的耳中，莫名有种被挑衅的感觉。

她身子往后仰些，水灵灵的杏眸直直瞪着他，精致的眉眼间净是不服气："谁怕了，这有什么好怕的。"

她都已经二十一岁了，成年人开个房怎么了？

再说了，她和未来法定丈夫共住一间房，很正常的嘛。

这般胡乱想了一通，她低下头，从小包里拿出身份证，递到谢纶的手中："喏，拿去。"

"嗯。"谢纶接过，转手给前台。

前台小姐的办事效率很快，三分钟后，两人就领了房卡。

房间在二十八楼，高度足以俯瞰整个苏城新区的繁华夜景。

上楼的电梯里，谢纶和裴景烟两人并肩站着，谁都没说话，空气中弥漫着淡淡的尴尬。

叮咚一声，电梯门打开。

谢纶先走了出去，裴景烟掐着掌心，过分老实地跟在他身后。

就莫名其妙有种干坏事的感觉……

刷了房卡，房间内的灯光依次亮起，那装潢华丽的宽敞空间被照得亮堂堂的，尤其是正中那张整齐摆放着六个枕头的床——

真是好大的一张床！

裴景烟有些局促，目光都不知道往哪里放。

身旁的男人突然开了口："你洗过澡了吗？"

裴景烟微怔，嘴巴比脑子快，干巴巴地答道："洗、洗过了。"

谢纶："那你先上床吧，我去浴室吹下头发。"

裴景烟："……好。"

不知为何，她嗓子有些发干，尤其他们这番对话，真的好奇怪啊！

谢纶从衣柜拿出拖鞋换好，径直去了浴室。

听到浴室门关上的声音，裴景烟那颗紧张的心才放松下来，她快步走到长桌旁，拧了瓶矿泉水。

她喝了半瓶，那种口干舌燥的感觉才有所缓解。

然而再看一眼那张大床，她还是忍不住捂住了胸口，心脏怦怦怦跳得太厉害，仿佛随时要跳出胸膛一般。

虽说谢纶保证了未经过她的同意不会碰她，可是她长这么大，还是头一次跟个男人同床共枕！说不紧张是假的。

不过房都开了，这个时候再后悔也来不及了。

裴景烟走到床边坐下，床垫的软硬程度在她可接受范围内，还有那高矮软硬不一的枕头，她挑了个较为合适的中枕。

她只能趁着谢纶上床之前，先赶紧躺下。

反正这张床这么大，她睡一边，他睡另一边，两人也挨不着。

抱着这般想法，裴景烟脱下外套，可看着背包里带来的睡衣时，她指尖微顿。

她压根就没想过会跟谢纶睡一张床，所以随手带了条杏粉色吊带蕾丝睡裙。

换吧，未免显得太暴露了些；不换吧，穿着毛衣和牛仔裤睡觉也太难受。

犹豫两秒，裴景烟还是决定舒服为上，换了睡裙。

谢纶给足了少女准备的时间。

他吹干头发，换好了睡衣，才走出浴室。

室内的光线昏暗许多，只走廊边留着两盏小夜灯，床边几乎是暗的。

朦朦胧胧的昏黄灯光下，大床的一角鼓起个小包，被子遮着少女的半张脸，基本整个人都埋在里头。

他轻扯了扯嘴角，放轻脚步，走到床的另一头坐下，再看那捂得严严实实的一团，抬手将空调温度调低了些。

静谧的空间里，裴景烟听到嘀嘀两下调节空调的声响。

随后，她又感觉身旁的床垫往下陷了一块，有窸窸窣窣的响声，还有淡淡的沐浴露的清香气味。

他在她身旁躺下。

她被子里的手悄悄攥紧，呼吸也不自觉屏住。

冷不丁地，身畔响起男人沉哑的嗓音："睡吧，别憋气，小心憋坏了。"

裴景烟："……"

她呼吸放松下来，小声地"哦"了下。

两人盖着同一床被子，中间虽隔着大概两掌的距离，可身旁骤然多了个男人，裴景烟一时还是难以入眠。

人一失眠，就容易胡思乱想。

譬如此时，她的脑海中一会儿蹦出谢纶那张洗澡的周岁照，一会儿又蹦出他穿着浴袍开门的场景……

半晌，黑暗中又响起男人的声音："还不困？"

"……困。"

"那怎么还不睡？"

她睡得着早就睡了！

在她的沉默里，身旁的男人忽然翻了个身。

裴景烟顿时僵了下，呼吸都有些乱了。

他怎么翻身了？他要做什么？

就在她脑中嗷呜嗷呜响起警铃时，男人缓慢而懒怠的声音传来："你不用紧张，我说了不会碰你，你安心睡觉就好。"

裴景烟："……"

这下紧张倒是不紧张了，可为什么莫名有点生气？

是她没有魅力，吸引不了他吗？

出于对自我魅力的捍卫，她小声道："等结了婚，我们要睡一张床吗？"

谢纶："嗯。"

裴景烟："那睡一张床，只要我不点头，你就一直不碰我？"

这回安静了三秒。

裴景烟从谢纶的沉默中找回一点小得意：看吧，我就说嘛，我还是很有魅力的。

她闭着眼睛，嘴角微翘："你说话算话，到时候别打脸了。"

话音刚落，身旁的男人忽然伸出手，隔着被子搂住她的腰，重重往他那边一带。

这突如其来的力量把裴景烟吓了一跳。

等回过神来，她整个人几乎贴在了男人宽厚的胸膛上，呼吸之间净是他身上沉郁好闻的乌木香气。

她能清晰感受到他过分炽热的怀抱，还有她那聒噪不断的心跳声。

"谢、谢纶……你骗人……"她话都说不利索了，脑子里不断循环着"他怎么敢"。

　　静谧的黑暗里，谢纶轻轻低下头。

　　他灼热的气息划过她细嫩的脸庞，低哑的嗓音透着危险的气息："小姑娘，有没有人跟你说过，不要在床上挑衅男人，嗯？"

第八章·【唾手可得的梦】
"我的小公主，晚安。"

1

浓厚的男性气息铺天盖地压过来，裴景烟从未这么紧张过。

阒静的黑暗中，人的感官灵敏度都被放大，她明显感到男人箍在她腰间的手臂很紧，仿佛再用力就能掐断她的腰。

"我没……没挑衅你……"她嗓音透着轻微的颤，心里直喊冤枉。

隔着棉被，谢绗依旧能感受到怀中的柔软，独属于少女的淡淡清甜香味涌入鼻尖。他喉结上下滚了滚，声音又沉又哑，带着浓浓的警告："我是个正常的男人，你该明白。"

裴景烟将手抵在他的胸前，轻轻咬着红唇："明白了，明白了。"

"真的明白了？"

裴景烟用力点头，无比乖巧："真的。"

谢绗："……"

他一开始只是想吓唬下她，可这会儿见她这样乖，绵软一团抱在怀里又出乎意料地舒服，忽然间就不舍得松手了。

他轻轻闭上眼睛，低声道："那就睡吧。"

裴景烟小声"啊"了下。

睡，怎么睡？这样？

见谢纶就这样抱着她，真的再没半点松开的意思，裴景烟咽了下口水："谢……谢纶？"

头顶响起他的声音："嗯？"

裴景烟道："那个，你还没松开我。"

"嗯，就这样睡。"

他这理直气壮的口吻叫裴景烟都惊了："你不是说，我不同意的话，你不会碰我的吗？"

谢纶："嗯。"

裴景烟："那你现在？"

不但碰了，还碰了很多！

他胳膊搭着她的腰，她半个身子都在他怀里，虽说隔着一层被子，但也很亲密了！

谢纶半睁开眼，线条分明的下巴轻轻擦过她的额发，磁沉的嗓音透着淡淡懒怠："我说的碰，不是指这种。"

裴景烟一时上头，脱口而出："那是哪种？"

说出口的第一秒，她就后悔了。

她感到男人的呼吸粗重了些，叫她浑身都紧绷起来。他的头更低了，薄唇几乎贴着她的额："你想知道？"

裴景烟："不不不，我不想！"

起码现在不想，她还没准备好。

这毫不犹豫的拒绝，叫谢纶的眸色暗了几分。

片刻后，他抬手，抚上她的脸。

裴景烟僵住，一双眼睛睁得大大的。

他修长的手指却沿着她的脸颊往下，按住她柔软的唇瓣，而后不轻不重地点了两下。

"不想知道的话，就闭上嘴巴，安静睡觉。"说完，他将手拿开，依旧维持着先前的姿势，半拥着她。

裴景烟："……"

就很气!

她心里那只土拨鼠在疯狂尖叫,臭男人!气大了不起啊!

但出声是不再敢出声了,她并不傻,明明白白地感觉到男人周身的气场都不一样了。

此时的谢纶,全然不像白日里那般绅士有礼。

裴景烟丝毫不怀疑,她再多说一句,他可能就一不做二不休,把她的嘴给堵了。

算了,抱着就抱着睡吧,就当裹了层电热毯。

她一边在心里自我开解,一边坏心眼地想:这样枕着他的胳膊睡一晚,酸不死他!

她思路一换,神经一放松,连绵困意很快如潮水般席卷。

听着怀中很快传来的均匀呼吸,谢纶缓缓睁开眼。

借着光线微弱的夜灯,他看到女孩安静乖巧的睡颜,长长的睫,柔软细腻的肌肤,饱满红润的唇瓣,精致又艳丽。

可望而不可即的梦,如今唾手可得。

他喉结轻滚,想将她拥得更紧些,嵌入身体的深,却不忍惊扰安睡的她,手掌克制地收起,将身上那股燥热压下。

"我的小公主,"他轻轻吻过她柔软的发,声音是从未有过的热忱与温柔,"晚安。"

大概是这一整日经历了太多,裴景烟的梦就像是脱缰的野马般,头也不回地乱跑。

她梦见她翻看手机相册,开始一切还正常,后来翻到谢纶那张周岁照片。

一阵氤氲烟气扑面而来,再看过去,澡盆里的小孩不见了,取而代之的是站在淋浴喷头下洗澡的谢纶。

热气缭绕,一行行晶莹剔透的水珠沿着男人高挺的鼻梁往下流动,滑过那薄薄的唇瓣、凸起的喉结，修长的脖颈之下是宽厚的肩膀和结实的胸膛……

她站在离淋浴间不远的位置，雾气越发浓重，什么也看不见。

就在她皱眉时，男人注意到她的存在，眯起黑眸问她："好看吗？"

梦里的她格外诚实："好看。"

他朝她一笑，然后就从浴室里走了出来——

她瞳孔因兴奋而放大，可下一秒，就跳出个双手交叉的"不行"表情包。

过于离谱的梦，叫裴景烟顶着一头意犹未尽的问号睁开了眼。

映入眼帘的是一片冷白肤色，她的鼻尖还有温热的触感。

这是什么情况？

她蒙了三秒钟，大脑总算开了机，临睡前一幕幕纷至沓来。

裴景烟屏住呼吸，脖子僵硬地往后仰去，小心地抬起眼，放大的俊颜冲击着她的视网膜。

救……命。

怎么就睡成这样了？两人贴得这么近，这像话吗？

不过他的睫毛可真长啊，鼻梁也的确又高又挺。

裴景烟突然察觉到她和谢纶的身体之间并没有隔着被子，而是实打实地拥抱在一起。

她现在是只穿了一条吊带裙的状态，鬼知道裙摆会被睡到哪个位置。

带着某种不祥的预感，她伸手检查着自己的睡裙。

柔滑的真丝布料缩在腿侧，她的手指尴尬地停住，眉头纠在一起。

乐观点想，起码还遮在腿上不是，之前她自己在家睡觉，好几次醒来，睡裙都皱到腰上了。

唉，这都叫什么事啊。

她试图趁着男人还在熟睡，挪开距离，可才轻轻扭了两下腰，那原本搭在她肩上的手骤然抬起，掐住她的腰。

头顶响起喑哑的男声："醒了？"

这个时候该说什么？早上好？

一点都不好。

裴景烟打定主意不抬头，也不说话，只继续往一边挪去。

她才扭了两下，就意识到不对劲，背脊僵住。

她缓缓抬起眼，那贴在腰间的手也缓缓动了动，漆黑水灵的杏眸写满震惊。

下一秒，男人的手掌就捂住了她的眼睛。

昏暗光线里，贴在腰上的触感消失，同时还有男人沉哑到不像话的嗓音："一大早就不乖，乱蹭什么。"

一本正经的语气，像是教训不听话的小孩。

裴景烟有些不服，红着脸辩驳："关我什么事！"

谢绂略微低下头，女孩巴掌大的脸被他捂住大半，只剩一张莹润嫣红的唇一张一合。

从他这个角度，可以窥见那洁白软被下，滑落在单薄肩头下的杏粉色吊带，精致小巧的锁骨……之下便是宛若西方油画般细腻柔婉的一抹白腻。

天真又摇曳，无辜又勾人，叫人想狠狠咬一口，留下痕迹。

半开合的黑眸里情绪深深浅浅地起伏着。

少顷，他扯上被子，将他怀中之人裹了个严实，推到一边。

突然被包成粽子的裴景烟一头雾水。

眼前没了遮挡，她不明就里地回过头，就见谢绂坐在床边，背对着她。

"你……"

"你再睡会儿，我去冲个澡。"

他冷淡地撂下这句话，起身就往浴室去。

2

浴室里响起哗啦啦的水声，裴景烟也不再赖床，赶紧换下睡裙，穿好毛衣和牛仔裤。

等穿戴好后，她拿起手机一看，已经是上午十点五十分。

"这么晚了。"她轻声呢喃，再点开手机，有好几条来自秦霏在九点二十分、九点五十分、十点半发来的消息。

【小景，这是目前预备接触的男主角人选，你看看有哪几个顺眼的。】

【不是吧，这个点还没醒吗？第一次去谢家，睡到中午不大好吧！】

【景啊！你人呢？谢纶不会把你拐卖了吧？你好歹吱一声呀。】

裴景烟捧着手机，指尖轻敲，发了个"吱"过去，又点开那份文件，坐在落地窗前的沙发上，慢慢看了起来。

一张张男演员的照片和简短介绍在指尖划过，不得不说，因为上次会议上重点强调了，所以这次交来的候选人，颜值都还不错。

就在裴景烟看到第七页时，秦霏一个视频电话打了过来。

裴景烟微挑了眉，点了接通键。

屏幕上立刻出现秦霏那张担忧的脸："你没事吧，这么晚才回消息？瞧你这样子，刚醒？"

视频那头的秦霏已然坐在办公室里，裴景烟吐槽："今天周日，你还上班？这也太'卷'了。"

秦霏笑道："别跟我贫，今天要跟光凯传媒谈个合作我才来公司的，谈完了我就去西郊打高尔夫。"

她说着，突然察觉到不对劲之处，疑惑道："你这是在谢纶父母家？你昨天不是说他家是双层小别墅吗？咋这么高，这起码得二十层了吧？"

裴景烟一怔，恍然意识到她背后大大的落地窗，将苏城的高楼大厦照映得一清二楚。

她一时语塞："唔，我……"

秦霏发达的八卦雷达立刻察觉到不同寻常的气息："我怎么觉得这背后的窗帘有点眼熟呢？好像是某家全球连锁酒店的。"

裴景烟："你看错了吧。"

秦霏："小景，坦白从宽，抗拒从严！你怎么跑去酒店了？你跟谢总开房了？"

裴景烟："……"

"啪嗒"一声，浴室门打开，洗过澡气息清爽的谢纶走了出来。

恰好手机里又传来秦霏激动兴奋的大嗓门："你们发生了什么没，怎么样？难怪你起得这么晚，验货还行吧？"

裴景烟麻木地低下头，挂断了视频通话。

她一边想着还是考虑换个星球生活吧，一边在心里流泪祈祷：救救孩子吧，保佑谢纶没听到那句话！

等她再次抬眼，谢纶已经走到她面前，垂下的黑眸神色难辨："验货？"

裴景烟仰着白皙小脸，颇为无辜地眨了眨大眼睛："你说什么，我怎么听不懂……"

她试图装傻。

谢纶眯起黑眸："挂视频这么快，有什么我不能听的？"

裴景烟避开他的灼灼目光："我们在说商业机密，不好对外泄露。"

她边从沙发起身边东拉西扯，转移话题："唔，浴室你用好了，那我先去洗漱了。方便的话，你叫酒店送下早饭吧。一杯45℃的脱脂牛奶，两片全麦吐司，半杯坚果，还有一个溏心蛋，谢了。"

擦肩而过时，谢纶骤然抬手，握住她纤细的手腕。

裴景烟步子一僵，诧异地看他。

谢纶面无波澜地垂下眼，慢条斯理道："随时欢迎。"

裴景烟面露茫然："嗯？"

谢纶松开她的手，薄唇从容不迫地说出两个字："验货。"

刹那间，裴景烟只觉耳边轰的一声，绯红在嫩白脸庞晕开，尽显艳丽。

她捏紧手指，头也不回地朝浴室里跑去。

啪的一声，门被关得很响。

美少女景：【秦霏，速速出来受死！】

美少女景：【这朋友做不下去了，有缘的话，漂流瓶联系吧。】

裴景烟背抵着浴室深灰色的大理石台面，手指简直要把屏幕键戳出洞，两条消息发出去，她转过身。

偌大的镜子里，照出她泛红的脸。

她愤愤抬手揉了下脸颊，易脸红体质什么的真是太讨厌了。

不一会儿，秦霏那边发来足足三十秒的哈哈大笑的语音消息。

裴景烟一度怀疑秦霏的办公楼都要被她这笑声笑塌。

裴景烟简单与她解释下因果，末了，还不忘批评她："思想健康点。"

秦霏"啧"了声："都躺在一张床上了，竟然无事发生？谢总不太行啊。"

想起昨晚谢纶搂着她的强势，裴景烟小脸通红。晃了晃脑袋，她按着手机："不跟你说了，我先刷牙，晚点看完文件再给你答复。"

等走出浴室，酒店的早饭也送来了。

一杯温热的脱脂牛奶，两片全麦吐司，半杯坚果，一个溏心蛋，上面还用番茄酱画了个微笑。

完全是按照裴景烟的要求。

她拉开椅子坐到餐桌旁，轻声道："谢了。"

谢纶看她一眼："吃吧，等会儿回去收拾行李，去趟乡下奶奶家。"

裴景烟知道谢纶还有位八十岁高龄的奶奶在乡下老宅住着，为了见老人家，她这回还特地带了件素雅的浅青色平裁旗袍。

3

一个小时后。

在谢家换好旗袍，化好妆，裴景烟这副温婉清秀的形象一亮相，顿时获得谢父谢母一致好评。

谢父："人长得漂亮，穿什么都好看。"

谢母："像民国时期的大家闺秀，气质如兰，大大方方，老人家见着一定欢喜。"

有了两位长辈的肯定，裴景烟信心大增。

唯独谢纶不置一词，裴景烟袅袅婷婷走到他跟前，撩了下耳畔的珍珠耳坠："你觉得我今天这身怎么样？"

抬手撩发的动作间，腕间的和田玉镯轻晃，衬得她腻白的手腕越发纤细。

好似哪儿哪儿都细细的，细胳膊细腿，还有那一把盈盈不堪握的细腰。

谢纶修长的指尖轻捻了捻，带着些许回味的旖旎，随后又不动声色地捏紧。

谢纶对上裴景烟明澈的水眸，薄唇微微扯出一抹弧度："很好看。"

十分钟后，一行人出了门。

因着在乡下拜访完奶奶，裴景烟和谢纶就直接回沪城，所以谢纶父母另外开了一辆车。

去乡下的路上，裴景烟偏头问着驾驶位的男人："昨天晚上我们在外面过夜，你爸妈他们会不会不高兴呀？"

虽然他们中午回花园别墅时，谢父谢母全无不悦，反而越发热情，但裴景烟还是有些担忧。

谢纶握着方向盘，目不斜视："为什么不高兴？"

裴景烟："就觉得我娇气呀，放着客房不住，花钱住酒店。"

谢纶："不会。"

裴景烟："真的？"

谢纶："嗯，我说是我带你去的酒店。"

然后他爸在电话里训了他一顿，骂他没分寸。

他妈在电话里也作势骂了他两句，叫他收敛些，早些回来，下午还得去乡下。

裴景烟从他平淡的话语中嗅到些不寻常的意味，心里再琢磨了一遍，也明白了几分。

她有些窘迫地侧过脸，假装无事发生看风景。

渐渐地，窗外的景色也逐渐由高楼大厦变成连绵的田地与自建房。

裴景烟漫不经心地问："为什么不把你奶奶接到城里住，老人家一个人在乡下，都没个照应。"

谢纶答道："她不想搬，之前试图搬过两回，她一个人又偷偷跑回来，险些走失。家里没办法，只好由她在老宅住着，派了两个人照顾她饮食起居。"

裴景烟的爷爷奶奶和外公外婆都在她小时候先后去世了，所以对这方面的亲情她体验不深。

乡下发展得很好，道路修得平坦笔直，没多久，车子就驶入一座三层自建楼房，白墙黑瓦，浓郁的江南风格。

提着礼品下了车，谢父谢母走在前头，裴景烟和谢纶跟在身后。

今日是个好天气，阳光明媚，庭院正中有棵很高大的桂花树，一位穿着棕红色薄棉袄的银发老太太就躺在摇椅上眯眼晒太阳。

"老太太，你儿子儿媳、孙子孙媳妇来看你啰！"

保姆凑到老太太耳边提醒了两遍，她才慢悠悠地睁开了眼。

老太太认真打量着院子里的来人，神情却像孩童般无辜懵懂，像是在努力辨认他们是谁。

谢父谢母对此习以为常了，扬起声音喊道："妈，我们来看你了。"又转头对谢纶和裴景烟招手，"来，让奶奶看看你们。"

谢纶牵住了裴景烟的手。

一回生二回熟，裴景烟觉得今天他牵手的动作越发自然熟练。

她腹诽归腹诽，面上还是端着羞赧客气的甜美笑容，盈盈跟着谢纶走上前。

谢纶走到摇椅旁，弯着腰喊道："奶奶，我来看你了，这是我的未婚妻，小景。"

裴景烟乖巧喊道："奶奶好。"

老太太还是用陌生的眼神打量着他们，扭头对保姆说："他们是谁，我不认识他们。"

这反应叫裴景烟愣了下，她给谢纶递了个疑惑的眼神。

谢纶抿了下薄唇，低声解释："前年奶奶确诊了阿尔兹海默症，也就是老年痴呆症，这两年越来越严重，基本不认识人了。"

裴景烟也听过这种病症，却是第一次接触到患病老人。

谢纶看出她的紧张，安抚着："没关系的。"

说着，他蹲在老太太跟前，耐心道："奶奶，你还记得我吗？"

老太太眯起眼，认真端详他好半晌，忽而眼睛亮起，情绪也激动起来："啊，你回来了！"

就在众人以为她记起来时，她紧紧抓着谢纶的手喊："书清，你可算回来了，我等了你好久啊。你叫我等你三年，可我等了你足足八年，你好狠的心啊！"

院内的人都愣了下，谢父略有些尴尬地拍着老太太的背，提醒道："妈，你认错了，这是你孙子谢纶，不是爸爸。"

老太太一怔，狐疑地盯着谢纶："你不是书清？"

谢纶面色如常，淡声答道："奶奶，我是谢纶。"

老太太面露迟疑，嘴里呢喃着"谢纶，谢纶"，随后似是记起来一般，点了下头，用苍老的声音道："是我糊涂了，我老糊涂了。"

这下她好像彻底清醒了，上下打量了谢纶一遍，慈爱地朝他笑："是小纶啊，都长这么大了。"

她撑着佝偻瘦小的身子从摇椅上起身，一只手拽着谢纶的袖子："来，进屋看电视，别跑出去玩了，奶奶给你拿糖果吃。"

谢纶轻声唤道："奶奶。"

老太太转过身："怎么了？"

这一转身，她总算注意到孙子身旁还站着个水灵灵的小姑娘，眼中露出惊艳，夸道："这是谁家的小姑娘呀，长得可真俊。"

谢纶耐心地复述了一遍："奶奶，她是你的孙媳妇，小景。"

老太太眼睛睁大了："我的孙媳妇？"

裴景烟适时上前，再次问了声好："奶奶好。"

老太太仔细看了看她，笑眯眯道："好，好，你是我家小纶的媳妇呀？那也进屋来，我给你俩拿糖吃。"

她朝裴景烟伸出手，满目慈爱。

裴景烟微怔，随后伸手握住。

老人的手细瘦干瘪，却很温暖。

老太太就这样一手拉着谢纶，一手拉着裴景烟，走进屋里。

她将他们带到沙发坐下，笑着挥手："坐近些，亲热些才好。"

裴景烟嘴角维持着不尴不尬的笑，与谢纶肩贴肩，腿贴腿地挤坐在一块儿。老太太这才觉得满意，点头道："你们看电视，我去给你们拿糖吃。"

看老太太走路颤颤巍巍的样子，裴景烟有些担心，刚想说"奶奶我们不吃糖"，谢纶就按住她的手，朝她摇了下头。

裴景烟不解："你要吃糖？"

谢纶道："让她去拿吧，不然她要不高兴了，老太太脾气不小。"

裴景烟只好作罢。

不过安静没两秒，她一脸戏谑地看他："小纶？"尾音慢悠悠上扬，透着股蔫坏儿的劲。

谢纶黑眸垂下，狭长的眼尾半垂半勾，静静看了她两秒。

在裴景烟察觉到危险信号想要躲避之前，他先一步捏住了她的手。

不同于之前的牵，他微微粗粝的指腹不疾不徐地摩挲着她的掌心，忽轻忽重，一下又一下。

明明只是捏手，可裴景烟却莫名觉出几分……挑逗。

她心下略慌，开始后悔调侃他。

她想抽回手，他却与她十指相扣，高大身形朝她倾来，几乎擦过她的耳垂，嗓音磁沉："没大没小的，真不乖。"

裴景烟只觉像是有电流划过耳郭，引得尾椎骨都一阵发麻。

好在谢父谢母这时走了进来，谢纶坐直了身子，不动声色地松开了裴景烟的手。

谢母见裴景烟神色不自然，关心问道："小景，你怎么了？"

裴景烟回过神，勉强一笑："没……没什么。"

谢母只当她是被老太太这症状给吓到了，温声安慰："老太太虽然糊涂了，但人很好的，你别害怕。"

裴景烟点头："嗯。"

说话间，老太太捧着个极具年代感的铁皮盒子，慢慢走了出来。

她径直走向裴景烟，笑吟吟地将盒子塞到裴景烟手上："小纶的媳妇，你拿着。"

裴景烟心想，盒子都脱铁皮了，这里面的糖果还能吃吗？

但面对老太太慈爱的期待目光，她不忍心拒绝，于是接过盒子甜甜道："谢谢奶奶。"

"打开看看吧。"

"好。"

裴景烟低着头，打开铁皮盒子。

出乎意料的是，里面并不是什么过期糖果，而是一堆存折、房本、户口本，还有玉镯子、金耳环等物。

裴景烟惊得不知道说什么好："奶奶，你这……拿错了吧？"

老太太摇头，没牙齿的嘴巴露出个瘪瘪的笑："没错没错，小纶要拿这些讨媳妇。"

说着，她拉过裴景烟和谢纶的手，将他俩的手叠在一起，絮絮道："你们要好好的呀，结为夫妻不容易，要相伴到老啊！"

这一刻，老人家的目光格外清明。

第九章 · 【一次亲密接触】
"越是漂亮的女人越会骗人。"

1

今天要赶回沪城，所以谢纶和裴景烟并未在乡下久待。

吃过一碗香甜软糯的酒酿桂花汤圆，两人便告别谢家父母和老太太。

谢家父母送两人到车边，谢父还不忘提醒谢纶："回沪城后记得安排好餐厅包间，下周六好跟小景爸爸妈妈见一面。"

谢纶扶着车门，语气平淡："爸，从昨天下午到现在，这是说的第七遍了。"

谢父一噎，旋即板着张国字脸："哼！你千万安排妥当，双方父母第一次见面，不要叫小景爸妈觉得咱家失了礼数。"

谢母伸手扯了下谢父的衣摆，很是无奈："好了好了，儿子办事向来周到，不用你说他也会安排好的。"又笑着对谢纶和裴景烟使眼色，"你们早些回去吧，今天是周末，再晚些高速上会堵。"

裴景烟在旁看着父子俩斗嘴还饶有兴味的，见谢母打圆场了，也收起吃瓜的心情，轻声道："叔叔阿姨，那下个周末再见。"

等上了车，系了安全带，两位长辈还站在路边招手，叮嘱他们路上小心。

车子平稳朝前行驶，蔚蓝明媚的天际下，那两道长久驻足的身影越来越远，最后彻底消失在后视镜里。

灰黑色车窗缓缓上升，裴景烟扭头看向谢绝："你爸和我爸性格差不多，都是严父型的。"

谢绝淡淡"嗯"了声。

裴景烟寻思着他既然不想聊，那她也懒得搭话，索性拿出手机，继续看起秦霏发来的候选男演员名单。

可还没等她看两页，身旁的男人冷不丁又开了口："或许因为原生家庭，他对父子相处并不擅长。"

裴景烟纤细的指尖在屏幕顿住。

好像有故事？

她竖起两只小耳朵，虽然有兴趣却装作姑且可听一听的高冷模样，语调慵懒："嗯？"

于是在上高速之前等的四个红绿灯路口的间隙里，谢绝给裴景烟讲了段往事。

在那个时局动荡的年代，谢家老太太是家境殷实的女大学生，而早已离世多年的谢绝爷爷——谢书清，是她的老师。

根据谢父和谢绝的外貌可知，谢书清的长相也不赖。

清俊儒雅的年轻老师和情窦初开的女大学生，爱情在不经意间萌发。

期间两人克服了种种困难，总算修成正果，并在第二年拥有了爱情的结晶，也就是谢父。

然而三口之家还没幸福多久，那十年动荡来临，谢书清被迫离家，自此与妻儿分离数载。

缺失父爱的童年叫谢父过早成熟，辍学打工，靠着一张好脸和人格魅力，成功追到家境厚实的谢母，走上开厂致富的人生巅峰。

听完整个故事，裴景烟不由得感叹："可见颜值的重要性啊！"

谢纶："我讲了这么多，你的重点放在这儿？"

裴景烟一本正经地点头："是啊，但凡你爷爷长得丑一点，哪有你爸和你这么个孙子。"

谢纶："……"

他眉心微蹙："我怎么感觉你在骂我？"

裴景烟先是怔了下，再一寻思，哽了哽，抿着红唇憋笑道："没，我可没那个意思。"

或许先前是没有的，可这会儿她憋着笑，那就明显是有了。

谢纶淡淡乜了她一眼："先开车。"晚些再算账。

他将后半句隐于齿间。

回程的路上，裴景烟认真将那近三十页的 PDF 文档看完，选了三个比较顺眼且综合评分较高的发给秦霏。

美少女景：【我觉得这三个比较贴合，也有原著男主那种脆弱又疯狂的感觉。】

美少女景：【你那边再综合考虑下吧，我在回沪城的车上，手机看久了有点眼晕，先眯一会儿。】

放下手机，裴景烟将座椅靠背往后调了些合适的位置，开始闭目养神。

下午五点前，黑色轿车刚好驶入裴家别墅，完美避开一波下班高峰期。

绚烂的绯色霞光连绵，裴景烟从车里出来，懒洋洋地抻抻胳膊扭扭腰，眼角余光瞥见谢纶关好车门走过来，手中还拎着她亮紫色的小行李箱。

察觉她投来的目光，他淡淡道："送你进去，顺便跟伯父伯母问声好。"

"噢。"裴景烟随口应着。

刚走到门口，管家就迎上前来，与裴景烟他们躬身问好，并说道：

"小姐，姑太太和宋莉小姐来访，现在正与太太在花园喝茶。"

闻言，裴景烟眉头蹙起，小声嘟囔："她们怎么来了？"

迟疑两秒，她又问管家："我爸爸在家吗？"

管家道："先生在书房。"

裴景烟"嗯"了声，然后对谢纶道："我带你去书房见我爸爸吧，我妈妈那边你就别过去了，我替你问个好就行。"

谢纶看了她一眼："好。"

裴景烟边吩咐帮佣将行李箱拎到房间，边领着谢纶去二楼书房。

没想到才走到一楼的旋转楼梯口，就见对面的走廊里，走来说说笑笑的三人。

听到那熟悉的说笑声，裴景烟心里暗道倒霉，面上努力控制着表情。

躲是来不及了，那就只能迎上。

谢纶见她不断变换的表情，压低眉眼："怎么了？"

裴景烟回望着他，一双杏眸透亮如清泉："现在轮到你陪我演了。"

说着，她一把挽住他的胳膊，亲亲热热，仿佛没骨头恨不得挂在他身上。

她抱得很紧，隔着一层内里加绒的真丝面料，他的手臂不可避免地贴到那柔软之处。

谢纶垂下眼，阒黑狭眸里情绪浮浮沉沉，起伏不定。

两边人迎面撞上，裴母走在前头，旁边的是一位珠光宝气的中年妇人，长得与裴父有几分相似。她身后还跟着一位与裴景烟年纪相仿的女生，容貌清丽，一身的品牌，手中挽着一个最新限量款鳄鱼包。

裴景烟一眼就看到了那个包，倒不是因为限量款难得，而是那包与宋莉今日的穿戴实在不搭。

就像是灰姑娘挂着花木兰的宝剑，格格不入。

"小景，谢纶，你们回来了。"裴母见着女儿准女婿，脸上的笑容也多了些真情实意。

"是呀，刚到家。"裴景烟挽着谢纶走过去，笑眸弯弯地看向姑姑裴思珍和表妹宋莉，"姑姑，莉莉表妹，你们来了呀。"

裴思珍是裴家祖父在外的私生女，十八岁之前一直被藏在外头，成年了才被领回裴家。

她今年四十多岁，保养得不错。

此刻，她笑容满面地看向裴景烟："小景啊，听说你去苏城见公婆了，怎么样，一切还顺利吗？这位就是侄女婿吧？哎哟！真是一表人才，跟你般配得很呢。"

谢纶嗓音清淡："您好，我是谢纶。"

裴思珍笑着点头："好好好。"

察觉到身后一直没有声音，她回过头，只见女儿宋莉正一错不错地盯着谢纶看，目光热忱。

裴思珍有些不自在，轻咳了声："莉莉，还不快跟你表姐和表姐夫打声招呼，都这么大人了……"

宋莉回过神，目光闪了闪，再看到裴景烟投来的冷淡眼神，她蓦地有些心虚。

不过这心虚只维持了一秒，她就抬头挺胸，摆出个甜美的笑："小景表姐，表姐夫。"

裴景烟微笑："算起来我也有两个月没见姑姑和表妹了，没想到好不容易见一回，不凑巧赶上你们要走了。唉，不过这会儿走也挺好的，还能避开晚高峰。"

裴思珍母女怔了下，谁说她们要走了？

宋莉嘴快，皱眉道："我们现在不走啊。"

裴景烟捂嘴惊讶道："啊？现在不走吗？可我看莉莉拎着包一个劲儿往身前摆，还以为你迫不及待要回家了呢。难道是我误会了？"

她这浮夸的表演，叫谢纶微不可察地扯了下嘴角。

裴思珍面上有些不大好看，却没出声。宋莉则撇着一张小嘴，眸光委屈，隐隐有泪光："舅妈……"

裴母无声地给裴景烟递了个眼神：你这促狭鬼。

裴母笑着缓解尴尬："你姑姑和表妹今晚留在咱家吃饭。"

"哦，这样啊，"裴景烟笑得无辜又单纯，"妈妈，那你继续招待姑姑和表妹吧，我带谢纶上楼给爸爸问好。"

裴母："去吧。哦，对了，谢纶啊，你也留下来吃个晚饭吧。"

还不等谢纶张嘴，裴景烟忙道："不用了，他今晚已经跟人约了饭局，是吧？"

她笑着朝谢纶眨眨眼。

谢纶看着她，两秒钟后，薄唇轻启："是。"

裴景烟松了口气，还好他配合。

宋莉眼睛黏在男人几乎完美的侧颜上，轻声道："饭局不可以推吗？"

才说出口，她就感觉好几道目光都落在身上。她心头略慌，面上却不显，只摆出一贯单纯的表情："我的意思是，难得遇上了，亲戚们一起吃顿饭嘛。"

裴景烟挑挑漂亮的眉："莉莉，你表姐夫的饭局动辄千万上亿的生意，可不是你的那些姐妹茶话局。再说了，等我和他结婚，以后有几十年的时间可以跟亲戚们吃饭，也不急这么一会儿啦。"

宋莉咬唇。

裴思珍连忙出声："莉莉，你姐夫是大忙人，别耽误人家正事。"

裴景烟嘴角弧度更翘了："还是姑姑理解人……那我们就先上楼。亲爱的，走吧。"

"亲爱的"这三个字，她喊得嗲声嗲气。

明知道她在演，谢纶还是忍不住看她一眼。

裴景烟："……"

其实她喊完就后悔了，虽说能气到宋莉，但实属有些用力过猛，她自己也被肉麻到了。

她用眼睛对谢纶说：不是故意恶心你的，下次不会了。

谢纶："……"

沉默了两秒，他朝裴母她们点头致意："那我和小景先上楼了。"

裴母笑道："去吧，去吧。"

2

走前半段楼梯时，裴景烟还能感觉到背后始终有道目光跟随，等绕过旋转楼梯，那道"羡慕嫉妒恨"的目光才消失。

她脸上那抹岁月静好的甜蜜笑容顿时敛起，哼唧道："真是倒霉，本来今天心情蛮好的，没想到撞上她们了。"

谢纶问："你很讨厌她们？"

裴景烟："我那姑虽然经常来我家蹭东西、借钱，起码态度还算诚恳。可宋莉从小就爱装可怜抢我东西，我最烦她。"

说到这里，她恍然意识到自己还挽着谢纶，于是赶紧撒了手，脚步也往旁边退了两步。

前一秒还连体婴儿般亲密，下一秒就泾渭分明，客客气气。

裴景烟一边自顾自地往前走，一边夸道："你刚才配合得不错。"

谢纶望着她干脆利落的绰约背影，眸色微暗。

书房和裴景烟的房间都在右边走廊，走到自己房间门口时，裴景烟就懒得动了。

她停住脚步，随意指了下书房门："我先回房间休息了。喏，走廊尽头就是我爸的书房，你自己过去吧。"

说罢，她伸手推开房门。

几乎是同时，她手腕被一股强势的力量拽住。

还不等她反应，单薄的背脊就抵在门上，高大的阴影袭来。

"你……"

猝不及防的动作，叫裴景烟大脑空白。

男人温热的掌心握着她的细腰，仿佛一切尽在他股掌之中。

他盯着她，神色难辨，灼烫的呼吸却越来越近。

裴景烟握着门把的手指不禁捏紧，呼吸间那清清浅浅的乌木沉香味宛若催化剂，叫她的心跳越来越快。

映着她漆黑莹润的眸底，谢纶俯下身。

强烈的男性气息拂过她细嫩的耳畔，他的嗓音又沉又欲："利用完就甩？"

他靠得实在太近了，近到空气都变稀薄。

裴景烟咽了下口水，颤声辩解："我哪有……"

压着尾音，放在她腰上的手掌惩罚般重重捏了下。

裴景烟汗毛都竖起来，刚想发作，却对上男人幽深的眸："用得上的时候叫亲爱的，用不上了送两步都不乐意？"

他这语调缓慢又透着些小哀怨的控诉，叫裴景烟微哽。

这么一听，好像……是有点过分？

一丝愧疚感浮上心头，她挤出个卖乖的笑："刚才演戏嘛，你懂的，夸张是常用的艺术手法。"

谢纶不出声，只静静看着她，一副"你编你继续编"的淡然模样。

裴景烟："而且不是我不想送你，是我真的有些累了。"

她边说边眨了眨水灵灵的大眼睛，无辜又勾人。

谢纶懒声笑问："不知道你这个年龄段的人还看不看武侠剧。"

裴景烟："……"

话题未免跳得太突兀了吧。

"金庸的《倚天屠龙记》里有句很经典的台词：越是漂亮的女人越会骗人。"谢纶凝视着她，慢声道，"你觉得这话说得对吗？"

裴景烟心说，我管这话对不对，反正我这会儿就是糊弄过去，你问再多我也不承认。

至于漂亮？毋庸置疑她肯定是漂亮的！

就在她思绪乱飞时，谢纶突然攥住她的下巴。

他低下头来，平静清冽的嗓音响起："我觉得这话挺对。所以是你不乖，得受惩罚。"

惩罚？

裴景烟炸毛："你敢……唔！"

唇瓣忽地被堵住，热热的，软软的，带着淡淡的清雅薄荷香。

这吻很快落下，又很快离开，蜻蜓点水般。

裴景烟眼瞳震动，脑袋空了足有两秒，才找回意识，细腻白皙的小脸绯红一片，水眸直直瞪着身前的男人："你……你……"

"我怎么？"谢纶的指腹慢慢地轻抚过嘴角，似在回味，好整以暇地看着她。

他本就生着一张清冷的好皮囊，做出这个动作时，更是莫名撩人。

可是，那又怎么样！

现在是欣赏男色的时候吗？

这男人厚颜无耻地亲了她！

她的初吻，她的初吻，她的初吻啊！

裴景烟努力把脑子里不合时宜冒出的想法给撂了回去，呼吸急促，胸口也起伏着，脑袋里蹦出很多骂人的词汇，却一个字都说不出来。

好一会儿，她才从混沌的大脑词库里拎出一个词来。

她腮帮子微鼓，恶狠狠地瞪着他："你为老不尊！"

——对，为老不尊，高级骂人词汇，我可真棒！

她才在心里夸过自己，就见对面的男人神色愉悦，低低地笑了一声。

裴景烟："嗯？"

大哥，你怎么还笑得出来？

"你笑什么，不许笑！"裴景烟气冲冲地举起拳头挥舞，以示警告。

殊不知这副模样落在谢纶眼里，就像只漂亮小奶猫龇着牙，"喵喵喵"叫个不停。

不过，谢纶还是敛了笑。

他轻而易举握住她的手腕，再次将人抵在了门板上，黑沉沉的视线在她细嫩的面上睃了一遍，最后停留在那柔软又清甜的粉色唇瓣上。

他清冽的嗓音略沉，摩挲着她耳朵："你怎么这么可爱。"

上一秒还在忐忑防备这男人再次偷亲的裴景烟，下一秒就被这句话给带偏了。

她挑起漂亮的眉毛，矜傲地哼了声："我本来就可爱。"

谢纶"嗯"了声："可爱到想让人再亲一亲。"

裴景烟的耳朵唰地绯红滴血，错愕地看着他。

他怎么能这样一本正经地说出这种话来？

红着脸的她更可爱了。

谢纶再次俯身，靠近……

在即将吻上时，他却戛然停住。

也是这短暂的停止，给了裴景烟反应时间，一把捂住自己的嘴，以一种委屈的目光恨恨地控诉他。

谢纶嘴角微弯，头稍稍一偏，薄唇若有似无地擦过她的耳垂，低声道："这次先算了。"

他直起腰身，玉骨般的手指理了理领口，又恢复最初清冷客气的样子，语调也是平淡寻常："我先去书房见伯父，你好好休息。"

裴景烟微微蹙眉，一秒钟变成正经人？

好家伙，这人竟然还有两副面孔。

不过亲完就想跑？没有这么好的事！

她气鼓鼓地放着毫无气势的狠话："你等着瞧吧，这梁子算是结下了……"

还没等她说完，谢纶淡声提醒："有人过来了。"

裴景烟微诧，下意识地朝楼梯口看去。

谢纶还很配合地往里侧了下身子，好叫她看清来人。

他并没转过头，只淡声道："听脚步，应该是你那个表妹？"

看着楼梯间的来人，裴景烟嘴角微抽："恭喜你，答对了。"

谢纶："有奖？"

裴景烟面无表情："做梦呢。"

谢纶："嗯，小气。"

裴景烟："……"

3

见到他们亲密的站姿，宋莉也不避开，反而一边继续走过来，一边露出一副又惊又羞的无措表情："啊！我不是故意打扰你们的！"

裴景烟默默翻了个白眼，面上也摆出个又惊又羞的无措表情，一边推开谢纶，一边娇声嗔怪："都怪你，让表妹撞见了多不好意思呀。"

谢纶退到一旁没说话，只神情冷淡地看向来人。

这淡漠的目光看得宋莉心头一凛。

她轻轻咬了咬唇瓣，缓步上前，细声细气地解释着："我是替舅妈来问问表姐，晚饭的汤品想喝什么……"

说这话时，她的视线始终黏在谢纶身上。

那隐隐压着热忱的视线叫谢纶眸光微暗，旋即侧过脸去。

裴景烟自然也注意到宋莉这黏腻的眼神，内心真是无语极了。

——我本人还在这儿呢。

在心里嘀咕完，裴景烟才摆出个微笑："莉莉，你这是要问我，还是问你姐夫呀？"

宋莉眼神一晃，总算看向裴景烟："当然是问表姐啦，表姐夫今晚又不留下来吃饭。"

裴景烟继续微笑："你既然问我，一直盯着他看做什么？"

宋莉显然没想到她问得这么直接，一时语塞。

裴景烟"善解人意"地替她答："我知道了，肯定是你表姐夫长得太帅了是吧？倒不是我会吃醋，但是盯着初次见面的人看个不停，很不礼貌。"

这温情脉脉的语气，叫宋莉那张伪素颜的清丽脸庞涨得通红。

她低下头，肩膀微微颤抖，等再次抬头，眼圈已然泛红，微哽道：

"是，我知道了……"

又来了，又来了。

裴景烟嘴角往下撇，楚楚可怜的戏码还真是演多少遍都不腻啊。

"表姐，那你要喝什么汤？"

宋莉轻声问着，小心翼翼的神情仿佛裴景烟随时都会朝她耍脾气。

裴景烟曾经与秦霏、温若雅她们认真分析过一波，她之所以"作名在外"，一半原因的确是她自己的问题；但另一半原因则是宋莉、阮梦思尽心尽力地添油加醋，一再巩固了她矫情的人设。

不过裴景烟无所谓，她日子过得自在又潇洒，在乎那些流言蜚语干吗。

不遭人妒是庸才嘛。

"最近有点干燥，就炖雪梨煲唐排吧。"裴景烟盈盈看向宋莉，"谢谢表妹传话，不过以后这种事吩咐帮佣来问就好了，怎么说你也是客人。"

宋莉笑意微滞，却又不知该如何接话。

毕竟裴母一开始就是吩咐帮佣来问的，是她主动提出上楼问的。

垂下的手指微微收紧，再看裴景烟那副笑容美好的样子，宋莉只觉心口堵得慌。

裴景烟肯定知道了，她是故意嘲讽自己！

裴景烟："莉莉，你还有事吗？"

宋莉勉强笑着："不用问问舅舅吗？"

裴景烟："这有什么好问的，我爸肯定以我的想法为先呀。"

说完她也不再看宋莉的表情，转身对谢纶道："你先去书房见我爸爸吧。"

虽说这男人刚刚亲她，她还没跟他算账，但看到宋莉的眼神老往他身上飘，她心里更是不爽。

内部矛盾暂时放一边，先一致对外。

谢纶眼尾弧度上扬，轻轻"嗯"了声。

他又抬起手，揉了揉裴景烟的发，语气宠溺又温柔："这两天辛苦宝贝了，你好好休息。"

宝贝？

裴景烟的脸抽一抽，下意识就要拍开他放在脑袋上的手——

谢纶嘴唇无声动了下：宋莉。

裴景烟：……忍住，忍住！

她努力维持着笑意，眼神透着杀气，语气却温柔如水："我会的，你快去吧。"

谢纶以拳抵唇，遮住翘起的嘴角，抬步往书房走去。

栏杆旁的宋莉见他走得干脆利落，别说打招呼了，甚至连个眼神都没给她，仿佛全然忘了还有她这么个人站在这儿，抑或是他们真把她当成帮佣了？

想到这个可能，宋莉眼底闪过一抹嫉恨。

裴景烟好不容易消化了那声"宝贝"带来的震撼，抬头一见宋莉还在，也不演了，冷声道："他都走了，你还站着做什么？"

宋莉红着眼睛，娇滴滴道："表姐，你变脸这么快，就不怕姐夫看到吗？如果他知道你刚才的样子都是装出来的，他还会喜欢你吗？"

裴景烟："他喜不喜欢我这个样子，我不确定。但他绝对不会喜欢你这种的，没看到他刚才一个眼神都没给你吗？"

宋莉被戳中，脸色一变。

裴景烟摇头叹气："说真的，就你这种程度的小心机，在谢纶跟前，你还不够道行，我劝你还是省省吧，别再丢人了，刚才我都替你尴尬。"

宋莉咬着红唇："他看不上我，就看得上你吗？谁不知道你们是商业联姻，指不定什么时候就离了。"

"哦？那就拭目以待啰。"裴景烟弹了下手指，笑得妖冶又艳丽，"不过在那之前，你最好记住，不论是东西还是男人，只要是我裴景烟的，你宋莉想都不要想。"

她转身走进屋里："我休息，你自便。"

奶油白欧式风格的木门啪的一声关上，隔绝内里华美精致的一切。

宋莉狠狠地捏着栏杆，咬牙切齿。

裴景烟有什么了不起，不过是投了个好胎而已！

4

美少女景：【唉，男人长得太好看也不行，不守"男德"就算了，还招蜂引蝶！】

这条消息才发出去两秒，秦霏就冒了出来：【有瓜？】

美少女景：【……没瓜。】

一只小鸟飞飞飞：【你家谢总不守"男德"，不能吧？不是才从苏城回来？】

望着屏幕上的消息，裴景烟的手指不由得抚上唇瓣，耳畔又回响起他的声音。

——你不乖，得惩罚。

——你怎么这么可爱。

——可爱到想让人再亲一亲。

脸颊又逐步升温，裴景烟猛地往柔软的大床上倒去，两条纤细的小腿上下踢了踢，又一把扯过被子蒙住脑袋。

啊——他怎么敢！

无耻，太无耻了！

可是，那感觉好像并不让人讨厌。

甚至他的唇软软的、温温热热的，鼻梁蹭过她的鼻尖时，她的心跳都慢了一拍。

意识到自己在想什么，裴景烟抬手拍了拍脸，自我开解着：

因为是第一次被男人亲，所以才会这样。

对，一定是这样，等以后多亲几次就有经验了。

救命，她怎么还想着跟他亲啊！是被他蛊住了？

裴景烟这头做着激烈的思想争斗，谢纶那边已然与裴父约好双方父母的会面。

从书房出来，经过裴景烟的卧室，他脚步停住。

他抬起手正准备敲门，手指还没敲下去，就听里头隐隐约约地传来奇怪的声音。

他半屈的手指停在空中两秒，最终放了下来。

他站在门口，发了条微信给她：【我回去了。】

里头的怪声停下了。

很快，收到了回复，简简单单一个字：【嗯。】

谢纶看着这条回复，再看了眼紧闭的卧室门，眼底笑意清浅。

晚上八点，夜色沉沉，华灯初上。

裴思珍和宋莉在裴家别墅用过晚饭，就告辞离开。

派帮佣将她们送出去后，裴母叫住了准备溜回房间的裴景烟："小景，过来。"

裴景烟："……哦。"

她磨磨蹭蹭走到父母对面的单人沙发坐下："请问亲爱的父亲大人和母亲大人有什么要交代女儿呢？"

裴母被她这故意搞怪的语调逗笑了："别闹，跟你说正事呢。"

裴父端起枸杞茶喝了口，才慢悠悠道："说说吧，这两天在苏城怎么样？谢纶他爸妈对你怎么样？"

裴景烟就猜到他们要问这个，除却在酒店过夜这件事，其他都如实讲了一遍。

听完后，裴父和裴母交流了个眼神，皆露出满意之色。

"父亲大人，母亲大人还有什么要问的吗？没有的话，我就先回房间休息。"裴景烟懒声道。

"没了，你休息去吧。"

"好嘞。"

裴景烟站起身，走了两步，又骤然扭过头看向母亲："对了，姑姑今天又是什么原因登门？"

裴母面上笑意敛了些，拨着手中的翡翠镯子："亲戚间相互走动，要什么原因。"

"她们向来是无事不登三宝殿，"裴景烟眯了眯眼，"难道又是为了姑父借钱？"

裴母没接话。

裴父道："这是大人的事，你小孩子别管，上楼歇息去吧。"

"我也懒得管。只是想到我们家的钱拿去接济赌鬼，觉得不值当而已。"

从有记忆开始，裴景烟就打心眼里看不起那个吃软饭上位的姑父宋家豪——

裴思珍虽是老爷子的私生女，可老爷子临死前，也给她留了一笔不菲的家产。不过她活得糊涂，爱上个嘴甜心花的小子，不管不顾嫁了过去。

这样的爱情故事并不像电影里那样完美，宋家豪用着裴思珍的钱玩，再丰厚的财产也经不住这样败。裴思珍只能隔三岔五厚着脸皮回裴家蹭点、求点、借点。

不过这些事裴景烟并不插手，父母都是有分寸的人，用不着她操那些心。

这晚临睡前，裴景烟照常收到谢绛发来的晚安。

之前她心情好的话，偶尔会回个表情包。

可现在，她还记着下午那个吻，心里堵着一口气——肯定是这两天我太好说话，叫这男人得意忘形了！

于是，她决定冷他一阵。

这一冷，五天过去了。

没有电话，没有其他微信，也没见到他人影。

　　要不是每天晚上雷打不动的那句晚安，裴景烟都搞不清楚，到底是谁冷谁？

　　终于，在周五晚上，那条晚安再次发来时，裴景烟忍不住回了个微笑表情。

　　XLun：【嗯？】

　　美少女景：【没事，测试下你是不是安装了什么自动发送晚安的小助手。】

　　XLun：【是我亲自手打发送的，没有设定小助手。】

　　XLun：【不信的话，视频验证？】

　　裴景烟撇了下嘴，嘟囔道："谁要跟你视频啊。"

　　她的手指按着屏幕键，"大可不必"四个字还没发出去，那头视频电话就发了过来。

　　裴景烟吓了一跳，手指一滑——

　　已连接。

　　她呼吸骤然屏住。

　　她手忙脚乱地想挂断，可房间网速太快，还不等她按红键，屏幕上就出现谢纶那张俊脸。

　　裴景烟："……"

　　就很尴尬，这会儿挂还是不挂呢？

　　屏幕那头，谢纶轻推鼻梁上的金丝边眼镜，盯着荧屏上穿着白色蕾丝吊带睡裙的少女，黑眸眯起，嗓音沉哑："你肩带掉了。"

第十章 · 【他的领证礼物】
"谢太太，你好。"

1

裴景烟连忙扭头查看，右边肩带果然垂下来，虚虚搭在白皙纤细的手臂间。

"不准看！"

她边拉着肩带，边挂了视频。

再低头回看自己的衣着打扮，她的脸颊瞬间滚烫起来。

她是趴在床上玩手机的姿势，肩带·掉，连带着领口的位置都低了，柔滑的真丝面料勾勒出些许弧度。

而且这个点，她是准备睡的，并没穿胸衣。

那男人不会看到什么了吧？

可恶，大半夜的打什么视频！

就在她在心中怒骂谢纶时，手机屏幕再次亮起。

XLun：【怎么挂了？】

裴景烟气得七窍生烟，他还好意思问？

美少女景：【再见。】

XLun：【……】

XLun：【生气了？我以为你接了视频，是愿意理我了。】

裴景烟眉毛高高挑起，怎么着，你还委屈起来了？

美少女景：【手滑，才点了接通。】

XLun：【所以你还在生气？】

XLun：【别生气了。】后面还发了一个微笑表情。

美少女景：【？】

他还敢发"微笑"表情嘲讽她？

更生气了！

裴景烟只觉得那张"微笑脸"的嘲讽意味格外浓郁，刚想发送一百个"微笑"怼回去，然后拉黑这个男人。

然而她的手指放在拉黑键时，她又犹豫了。

明天双方父母就要见面了，如果把他拉黑了，他在她父母面前告她状，她不就惨了？

算了，再忍一天，明天见完面再拉黑。

这样想着，她点开手机勿扰模式，直接关灯睡觉。

另一头，谢纶一直看着手机上那行回复，直到屏幕自动灭了，才从沙发椅上起身，回到卧室。

灯光亮起，卧室是一片灰黑的清冷风格，与她卧室柔和温馨的粉色系完全不同。

不知道想到什么，谢纶那张素来清冷的面容笼上些许暖色。

他拿起手机，给助理闻松发了条信息：【采买一套浅色系床上用品。】

闻松回复得很快：【好的，花纹和图案有具体要求吗？】

谢纶：【年轻女孩喜欢的。】

消息才发出去，他恍然记起上次看电影的情况，他这个助理的审美好像是有点问题。

于是他又补充一句：【纯色即可。】

闻松：【好的，谢总，明天上午我就去采买。】

谢纶收了手机后，躺上床睡觉。

可一闭上眼，他脑海中却浮现出刚才屏幕里的画面。

穿着白色蕾丝吊带睡裙的少女，蓬松随意垂落的发丝，细嫩白皙的肌肤。

像是一场绮丽的梦境。

叫他迫不及待想要抓住。

第二天一早，裴景烟打开房门，又看到熟悉的造型团队。

裴母热情地招呼着她："小囡，快来，今天要见谢纶爸妈，咱可得打扮得漂漂亮亮。"

裴景烟："可是妈妈，现在才上午九点，会不会太早了？"

裴母："不早不早，得从头到脚捯饬一遍，保证每根头发丝都是精致的嘛。你不是说谢纶妈妈很有书卷气质吗？你妈妈我可不能输给她。"

裴景烟："……"

女人这攀比心呀。

母女俩搞了大半天造型，下午四点一过，便开车前往约定好的餐厅。

等裴家人到达时，谢纶和他爸妈早已在雅间里等着了。

谢母今日穿了套竹青色兰花丝绒旗袍，绾着发髻，全套的海水珍珠首饰，清雅又有气质。

裴母则是穿着条高奢黑色连衣裙，配着一件薄款的貂皮外套，端的是低调奢华、贵气逼人。

两位母亲一见面，满脸堆笑夸着对方的打扮和穿戴。

两位父亲一见面，则握着手，不断点头说着"你好你好""久仰久仰"。

至于裴景烟和谢纶一见面，一个小嘴微撇，一个似有无奈。

谢纶有意搭话，可小姑娘脾气大，压根不理他，扭着小腰就跑妈妈堆去了。

总体来说，这场父母见面的饭局，气氛格外融洽。

尤其裴父和谢父都有个参军梦，且都爱好钓鱼，三杯白酒下肚，两人亲热得就差当场杀鸡插香拜把子。

裴母和谢母也很有得聊，裴母对谢母这种高知女性很是崇拜。

聊着聊着，两个母亲就讲起对孩子的教育。

裴母："我家小囡小时候可聪明了，爱跳舞、爱唱歌还爱研究天文，她爸爸买了很多专业望远镜让她看星星。我一直以为她长大可以成为天文学家的，谁知道上高中后，物理成绩很不理想，语言方面倒是很不错。"

谢母："我家谢绐小时候也聪明得很，从不要我和他爸爸操心，从小学到高中，回回都是年级第一，他高考还是我们省的理科状元呢。后来上大学了，他那会儿和他爸爸闹不愉快，我家老谢就停了他的生活费。谢绐也是个倔脾气，拿奖学金交学费，又在港城打工赚生活费，真没管家里要一分钱。"

裴母惊讶："那可真了不起呀。"

谢母掩唇笑："哪里哪里。"

裴景烟淡淡瞥了身旁的男人一眼。

所以这家伙就是大部分父母口中的"别人家孩子"吧。

谢绐捕捉到她莫名嫌弃的小眼神，眉心微皱："怎么了？"

"没什么。"

裴景烟端起红酒杯轻轻晃了两下，浅啜一口，浓郁果香涌入鼻尖，是她喜欢的味道。

谢绐看着她轻轻舔掉唇瓣上沾着的红酒，喉结微滚。

片刻后，他轻声问："你喜欢看星星？"

坐在一张桌上，旁边有长辈，裴景烟也不好不理他，便答着："一般。小时候喜欢看星星，是觉得星星像钻石一样好看。"

她喜欢钻石，谢绐是知道的。

在他搜集到的资料里，裴氏集团的小公主最爱收集各种各样的钻石，排在兴趣爱好里第一位。

一个烧钱又浪漫的爱好。

这场会面持续了足有三个小时，很是成功。

双方父母都做足了功课，说起婚期吉日，如数家珍，口若悬河，最后双方敲定在元旦。

问裴景烟和谢纶的看法时——

裴景烟："可以，1月1日很好记。"新年和结婚纪念日一起过，省心省力不费脑。

谢纶："可以，我明天就联系各大婚庆团队，让他们七日内拿出方案，以供挑选。"

双方达成共识，握手再见，各回各家。

回去路上，裴父裴母一直在夸谢家父母和谢纶，裴景烟懒洋洋不想接话，打开手机发消息：

美少女景：【姐妹们，婚期定了，1月1日，你们的伴娘服可以看起来了。】

一只小鸟飞飞飞：【恭喜宝贝！】

取昵称真的好难：【恭喜恭喜！】

一只小鸟飞飞飞：【不过会不会太快了？就剩一个月的准备时间，来得及吗？】

美少女景：【应该来得及吧。反正谢纶说他会安排好，七天后出方案让我选。】

取昵称真的好难：【你家谢总这样说了，那应该没什么问题，毕竟他求婚仪式都能在24小时搞定。】

一只小鸟飞飞飞：【啊——我真的好激动，小景要结婚了，突然好想哭。】

取昵称真的好难：【我也是，一种嫁女儿的心情。】

美少女景：【你们够了。】

取昵称真的好难：【伴娘服我和霏霏老早就看起来了，选了这一款。】

裴景烟点开对方发的图片一看，是很显气质的淡紫色蓬蓬裙。

美少女景：【这个不错，显白。】

取昵称真的好难：【那当然，毕竟是婚纱大师的手笔。】

取昵称真的好难：【那你们婚期定好了，接下来要去民政局领证了？】

裴景烟这边刚想回复"不知道"，谢纶的消息就跳了出来。

她皱了皱眉，点开一看。

XLun：【后天上午九点，民政局见？】

裴景烟一怔。

这人是她肚子里的蛔虫吗，还是他在她手机里安了什么窃听软件？

想了想，她回复：【九点起不来。】

消息发送后，屏幕那头很久没动静。

她纤长的羽睫轻垂，心下忐忑。

自己是不是拒绝得太干脆了？

毕竟他工作那么忙，行程怕是早就排得满满当当的，如果要改动一个行程，牵一发而动全身。

三分钟后，他总算回了消息。

XLun：【下午两点？】

美少女景：【可以。】

XLun：【嗯，周一见。】

裴景烟看着他这条信息，阴阳怪气地念了遍："还周一见呢，不知道的还以为是狗仔队爆料呢。"

坐在一旁的裴母见女儿突然自言自语，很是奇怪："小囡，你说什么呢？"

裴景烟愣了愣，挤出个笑来："没什么。不过妈妈，周一你把户口本给我，谢纶要和我去领证。"

裴母一听，喜上眉梢："哎哟，好好好，待会儿到家我就给你。"

裴景烟："……"

倒也不必如此迫不及待。

周一下午，民政局。

谢纶是一身剪裁合宜的黑色西装，裴景烟在裴母的强烈要求下，穿了条白色连衣裙，外面配黑色呢子大衣。

两人一走进民政局，立刻吸引无数惊艳的目光。

在这些惊艳的目光注视下，他们拍照、宣誓、领证，然后各自领着各自的小红本本出来。

看着结婚证上，那张自己挂着"我和他不是很熟"的尴尬笑容照片，裴景烟漂亮的眉头皱起。

谢纶垂下眼："怎么？"

裴景烟："后悔。"

谢纶："嗯？"

裴景烟仰起白皙小脸，一本正经地问他："这照片可以重拍吗？我觉得我笑得有些傻。"

原来是后悔这个。

谢纶语气平和："应该不能重拍。没关系，我觉得很好看。"

你觉得有什么用，就你那直男审美。

裴景烟轻轻叹了口气："就这样吧，反正这证件也是压箱底，别人看不到。"

两秒后，她捏着这轻飘飘的小本子，莹润的乌瞳中透着些许恍惚："这就算是结婚了？"

谢纶："嗯，从此刻开始，你就是我的合法妻子。"

裴景烟抬起眸。

只见明媚和煦的冬日阳光下，西装笔挺的英俊男人上前一步，走到她面前，嘴角轻勾："谢太太，你好。"

2

"谢太太，你好。"

——讲真的，当谢纶说出这句话的那一刻，裴景烟忽然觉得这桩婚姻还是有些浪漫可言的。

不过下一刻，一通电话就打断了这点朦胧的浪漫感。

谢纶拿出手机，看了眼屏幕，对裴景烟说了声抱歉："接个电话。"

他侧过身接电话，听称呼和内容是工作上的事。

裴景烟将结婚证放进包里，寻思着要不要发个朋友圈，毕竟领证也算是件蛮重要的喜事。

话说回来，这样的日子应该也值得纪念一下吧？

生活需要仪式感，不然，她约谢纶吃个烛光晚餐？

就在她斟酌着该怎么开口，才显得不那么刻意时，就见谢纶挂了电话，走了过来。

他身形高大地站在身前，暗影将她笼得严严实实："我下午四点钟有个会议，你现在是要回家，还是另有安排？"

裴景烟微微一怔。

等反应过来，她扯了下嘴角，语气凉凉的："谢总还真是贵人事忙，行程安排得这么满。你有会议就先走吧，不用管我，我自己会叫车过来。"

阴阳怪气的味道太浓了。

浓到裴景烟自己都有些后悔。

何必呢，无理取闹的，显得她多在意似的，本来他们领证就是走个过场而已。

谢纶垂下眼，精准捕捉到她脸上一闪而过的懊恼，薄唇微抿："我送你？"

裴景烟杏眼耷拉："不用。"

她拿出手机，给司机打电话。

才响了一声，谢纶倏忽抓住她的手腕。

裴景烟的手机险些掉下去，两眼诧异地看他。

谢纶："上车。"

裴景烟皱起眉头，语气不佳："干吗？"

谢纶："上车就知道了。"

裴景烟觉得莫名其妙，拒绝道："不上。"

谢纶忽然上前一步，两人距离被拉近，近到像是即将相拥般。

"要我抱你上车吗？谢太太。"

这话不像是疑问句，且现在两个人的距离，裴景烟丝毫不怀疑他干出这事的可能性。

"……我自己走。"

她还是要用冰凉凉的语气，摆出一脸不爽的表情，毕竟气势不能丢。

她径直绕过谢纶，踩着黑色高跟鞋往路边那辆车走去。

才坐上后座，谢纶也跟上来，在她身边坐下。

车门关上，淡淡的东方木质香在车厢里弥漫。

前排司机问："谢总，您去哪儿？"

谢纶："附近最大的商场。"

司机应下，前排与后座间的黑色挡板缓缓升起，将空间隔绝开来。

裴景烟原本是不想搭理他，但又实在按捺不住心头疑问，于是双手环抱胸前，斜斜地也了他一眼："你不是要去开会吗，去商场做什么？"

谢纶没说话，只打开卡包，修长白皙的手指从里面抽出一张卡，递到裴景烟面前。

裴景烟微微皱眉："什么意思？"

谢纶："领证礼物，密码是你的生日。"

这是想用金钱腐蚀她？

他当她会为金钱所动吗？

裴景烟盯着那张卡看了足有三秒，视线才慢悠悠挪到男人俊美清冷的脸庞上："限额多少？"

谢纶："没有限额。"

裴景烟眼神一晃，有些不相信："没有限额？你就不怕我把你刷破产？"

爸爸给她的卡都是有一定额度上限的，就是怕她冲动购物，买过了头。

可谢纶却给了她一张没有限额的卡……

他是不是低估了她的能力？

似是看懂她的眼神，谢纶慢条斯理道："领证后，我名下的所有资产都是夫妻共同财产。就算你刷破产，欠下的债务也是夫妻共同偿还。"

他拉过她的手，不紧不慢地将她的手指掰开，把卡放入她掌心后，又将她的手指合上。

"谢太太放心，我尽量保证赚钱的速度赶上你花钱的速度。"他温声道。

没有什么能比一个男人愿意把一张随意消费的卡放在你手中，更让人心动了。

虽然知道这样太肤浅，可她心里那点小情绪却是切切实实地烟消云散了。

裴景烟尽量控制着嘴角上翘的弧度，捏着那张卡，轻飘飘道："行吧，这个礼物……还算你有些诚意。"

她低头将卡放进包里。

再次抬头，见男人依旧看着她，她不大自在地抿了下红唇，瓮声瓮气道："我现在不生气了。"

谢纶"嗯"了声，却还是望着她。

裴景烟目露迷茫："那你干吗还看我？"

谢纶黑眸微动："我的礼物呢？"

裴景烟刚想说"什么礼物"，猛地想起自己刚收的那张卡是领证礼物。

好嘛，果然天底下没有免费的午餐。

她"唔"了声："我还没准备，不然我等会儿去商场给你挑一件。不过话说在前头，我可没你那么阔绰，但老话说得好，礼轻情意重……"

话还没说完，就见男人的身子朝她倾来。

几乎没有给她反应的时间，下一秒，吻就落了下来。

裴景烟倏然睁大了眼。

她伸手想推他，可他预判了她的动作，精准扣住她纤细的手腕，按在柔软的皮质靠背上。

与上次的浅尝辄止截然不同，这回的吻又深又重。

"停！"

裴景烟果断伸出手，"啪"一下捂住他的嘴。

柔软的掌心细腻温热，还带着清甜的玫瑰香气，男人眯起黑眸。

裴景烟推着他，同时身体往车门那边挪了挪。

在男人深邃又略带危险性的目光下，她小脸殷红欲滴，却强撑着气势，咽了下口水道："我……我劝你适可而止，回头是岸，放下屠刀，立地成佛……那个……色即是空，空即是色……"

谢纶眼中的欲色逐渐褪下，将她捂在嘴上的手拿走。

裴景烟一怔，猛地抽回手，捂住了自己的嘴。

谢纶眼底浮现浅淡的笑意："间接接吻？"

裴景烟愣了一秒才反应过来，赶紧将手挪开，一脸嫌弃："谁要跟你接吻！"

谢纶扯了扯薄唇，不置可否。

他坐回自己的位置，仰头靠着车座，抬手轻解开白色衬衫领口的纽扣，松了松衣襟，性感的喉结轮廓越发明显。

裴景烟盯着他喉部的线条，有片刻失神。

黑西装、白衬衫、喉结，这男人是有点性感的。

直到谢纶偏头看来，嗓音沉哑："这个领证礼物，我很喜欢。"

裴景烟面红耳赤地挪开视线，一边按下车窗，叫外头的风吹进来醒醒脑子，一边气呼呼道："你下次再占我便宜，我就……"

谢纶："嗯？"

裴景烟憋了好一会儿，才道："我就让你尝尝正义的铁拳！"

谢纶："你家暴。"

倒打一耙？

裴景烟咬牙道："谁家暴了？"

谢纶坐直了身子，一本正经道："你刚才说的。"

裴景烟："那是你先耍流氓，无耻！"

谢纶："作为受到法律保护的合法夫妻，我不认为亲吻我的太太，属于耍流氓的范畴。"

裴景烟一噎。

好嘛，原来在这儿等着她呢。

"领证了不起啊，停车，停车！现在掉头去民政局离婚。"

听到这话，男人纤长的眼睫微垂，无奈地叹了口气，举起手机："要离也行，回头伯父伯母问起来，我只能把刚才的录音发给他们，让他们知道真实的离婚原因。"

裴景烟登时傻了眼，他什么时候录的音？

不行，这要是被父母听到，肯定得啰唆她了。

"你快删掉！告状算什么本事……"她伸手就要去抢手机。

谢纶手长，举得高高的，就是不让裴景烟拿到，她只好去抓他的手臂——

等她终于抓到那部手机时，几乎大半个身子都扑在了谢纶怀中。

头顶响起男人慵懒缓慢的嗓音："谢太太，你这样算不算占我的便宜？"

裴景烟：后悔，就是很后悔。

她动作僵硬地从他怀中离开，坐回了自己的位置，故作淡定地扯了扯裙子，目视前方，语气生硬："咳，你把录音删掉，我们俩互相抵消。"

谢纶："真的？"

裴景烟："嗯。"

谢纶："嗯，我没录音。"

裴景烟陡然扭过头，待对上男人笑意清浅的黑眸，她只觉得自己脑袋上齐刷刷冒出三个大字——

大、笨、蛋。

她磨了磨后槽牙，强压下掐死这个男人的冲动，挤出一抹"和善"的笑："很好，谢纶，算你狠。"

3

车子在商场前停下，裴景烟啪地狠狠关上车门，踩着高跟鞋，头也不回地走。

谢纶降下车窗，提醒她："天冷，把大衣穿上。"

裴景烟没说话，只转头朝他做了个鬼脸。

前排的司机看得战战兢兢，谢总和太太不是半个小时前才领的证吗？

他干巴巴地问："谢总，您和太太……还好吧？"

谢纶面色平静，薄唇扬起微不可察的弧度："还好。"

司机：真的吗？他不信。

"太太年纪小，难免有点小脾气。"

谢纶淡淡说道。直到那道婀娜的身影消失在商场大门里，他才道："走吧，回公司。"

美少女景：【果然男人会带来不幸，步入婚姻会变得更不幸！】

取昵称真的好难：【怎么了？你今天不是跟谢总领证去了吗，领好了？】

一只小鸟飞飞飞：【发一张结婚证照片看看。】

美少女景：【照得不好看，算了吧。】

一只小鸟飞飞飞：【不准你这样妄自菲薄！我们家景宝天生丽质，随便一拍就绝美！发嘛发嘛，满足下我们的好奇心。】

取昵称真的好难：【发嘛。】

眼看两个小姐妹这么期待，裴景烟想了想，从包里摸出那本结婚证，拍了张照片发过去。

取昵称真的好难：【你管这叫不好看？】

一只小鸟飞飞飞：【哈哈哈，不过小景的表情的确蛮搞笑的，但谢总的硬照还是很帅的，这颜值不出道真的可惜了。】

一只小鸟飞飞飞：【好怪。】

取昵称真的好难：【小景，你现在和谢总在一起？】

裴景烟这会儿也不想回家，索性打个语音电话过去，邀温若雅和秦霏一起出来玩。

现在正好是下班时间，三人一拍即合，约着吃了顿晚饭。

吃饭时，那本结婚证被温若雅和秦霏来来回回看了好几遍，嘴里还"啧"个不停："没想到你竟然是我们中最早结婚的一个。"

裴景烟一只手托着白嫩嫩的腮帮子，神态妩媚又慵懒："领证了又怎么样，还不是各过各的。"

温若雅和秦霏本想安慰她，但想到如果有个给你无限刷卡，又帅又高又不黏人的老公，还委屈个啥！

裴景烟也从两个闺密的眼中看出吐槽，不好意思地咳了下："我是不是有点作了？"

温若雅点头："嗯。"

秦霏补充："不止一点。"

裴景烟："……"

她轻撇红唇，放下酒杯："好吧，既然你们都这样说了，那我就大发慈悲地原谅他了。"说着，她开始自夸，"唉，我这个人，就是太大度，太善解人意了。"

温若雅和秦霏："……"

算了，这么多年，习惯了。

温若雅："你们啥时候搬到一块儿住？"

裴景烟："大概……就最近吧，我也不知道。"

这种事，总不好是她先提，不然显得她多迫不及待似的。

她内心是想拖一拖的，毕竟一想到要跟一个男人住在同一屋檐下，她总觉得不太自在。

哪怕那个男人，已经是她的合法老公。

可她这边想拖，某人却跟她作对般，没给她机会。

这天晚上，谢纶发来那条晚安后，又发了一条消息。

XLun：【谢太太，这周末方便搬过来？】

第十一章 ·【一起拍婚纱照】
"这怎么能叫偷拍呢?"

1

裴景烟盯着那条消息看了半分钟,不知道该怎么回复。

遇事不决,装死为先。

这样想着,她果断退出微信,打开勿扰模式,拉下真丝眼罩睡觉。

可心里挂着事,不是立刻就能睡着。

幸亏晚上喝了点酒,她翻来覆去几个回合,翻累了也就睡了过去。

第二天早上。

裴母坐在客厅悠闲地喝着茶,一见到裴景烟下楼,一双眼睛都冒光:"小囡,昨晚你几点回来的呀?结婚证领了吗?拿来给妈妈瞧瞧。"

裴景烟昨晚和秦霏、温若雅吃完饭,又开了个包厢唱歌,接近深夜十二点才到家。

裴父裴母有心等女儿回来看看结婚证,可实在扛不住过于强人的生物钟,熬到晚上十一点就回房睡了。

这不,一大早裴母就在楼下"守株待兔",就等着裴景烟醒来。

裴景烟一听母亲的问话,脑子清醒三分,折返回屋拿了结婚证才下楼。

"不错不错，这照片拍得蛮好。"裴母捧着那红彤彤的结婚证，眼角眉梢都透着笑意。

裴景烟一手捧着温牛奶，一手拿着牛奶吐司，懒洋洋地往沙发上一坐："哪里蛮好，明明就没拍出你女儿我的十分之一美貌嘛。"

"这还不好？当年我和你爸爸领证，可没你们这么好的条件。"

裴母边说边拍了张照片，发到"相亲相爱一家人"的微信群里。

照片刚发出去，很快就收到七大姑八大姨、表哥表弟、表姐表妹的一片恭喜。裴母看得心满意足，回道：【谢谢亲人们的祝福。】

裴景烟默默地屏蔽了群聊。

手指划过屏幕时，她看到那个夜礼服假面的头像，以及那条还在等待她答复的消息。

"妈妈，我有个事想要问你。"

裴母忙着看群聊，扶着老花眼镜，头都没抬："什么事？"

裴景烟挪到母亲身边坐下："就是……我现在不是跟谢纶领证了吗？然后，他问我这周要不要搬过去。"

裴母抬起头："搬过去？"

裴景烟："嗯。"

男人要抢走你的宝贝女儿了，你快抨击他！

哪知裴母慢慢摘下老花眼镜："你们已经领证了，是合法夫妻了，是该搬过去一起住的。是这周搬吗？那我周五吩咐帮佣替你收拾行李箱？"

裴景烟："……妈妈，你都不挽留一下？"

裴母笑得很开明："你都结婚了，要有自己的小家了，总不能一直跟着爸爸妈妈住吧。你看看你哥跟你嫂子，当天领证，第二天一早你哥就带了辆货车去你嫂子家楼下等着。"

例子太过"生动"，裴景烟一时无法反驳。

毕竟这的的确确是她老哥干出来的事。

裴母看出女儿的迟疑，轻声道："小烟，你难道不想搬？"

裴景烟拨着纤细的手指："不是说不想搬，就是觉得太快了，我一时间有些接受不了。"

这桩婚姻说来就来，她的身份也从单身少女摇身一变成为已婚少妇——

太快了，她需要时间来适应身份的转变。

自己的女儿，裴母也能理解，抬手轻抚着她的背："那就不着急搬，等你什么时候适应了再搬。我看谢纶不是不讲道理的人，你跟他解释一下，他能理解的。如果你不好意思解释，那我给他打电话说说。"

"那不用，我跟他说就好了。"

"嗯，你俩能商量好，那自然是最好的。夫妻嘛，就该有商有量，日子才能过得长久。"

裴母趁着这会儿闲着，便拉着裴景烟的手，好好与她讲了一堆夫妻间的相处之道。

裴景烟开始还能聚精会神地听一听，越听到后来越困，幸好母亲接到个电话，解救她于水火。

裴母握着手机，嘴里"嗯嗯嗯""好好好"应了一通。

聊了足有两分钟，她才挂了电话笑着对裴景烟说："是你嫂子打来的，说是订好下周一的回国航班了。"

裴景烟表示知道了，借口给谢纶打电话，赶紧溜上楼，生怕母亲又继续说教。

回到房间后，做了两个深呼吸，裴景烟拨通谢纶的电话，并拒绝了他发出的搬家邀请。

电话那头的人沉默半晌，才道："嗯，可以。"

一贯清冷无波的语调，听不出半分情绪。

裴景烟握着手机的手指不自觉收紧："你……没别的想说了？"

谢纶："如果是指这件事的话，我尊重你的想法。"

裴景烟："哦。"

脆脆的一声"哦"，却带着她自己都不曾发觉的淡淡失落。

两人都没再说话，电话里一下安静下来。

过了片刻，裴景烟踢了踢脚尖："那你忙吧，我先挂了。"

在她手指快触到挂断的红点时，男人清冽的声音从手机里传来："周末空出来了，不忙。"

裴景烟的指尖在冬日微凉的空气里停顿。

电话里的人又问："拍婚纱照吗？还是等主纱制作好了，现场再拍？"

裴景烟本想拒绝的。

她一直觉得那种摆特定动作拍出来的婚纱照挺傻的，冲洗出来的照片也多余，反正她是不会放大出来挂在床头的。但她突然想起在苏城时，谢母给她看的那本相册。

相册后面还空了很多页，补上几张婚纱照，老了翻来看看也还行？

裴景烟抿唇："在沪城拍吗？都没约摄影师。"

谢绾："你想拍的话，都可以安排。"

裴景烟："唔，那拍吧。"

谢绾："安排好后，我给你发消息。"

挂断电话后，裴景烟也没再想这事，但她显然低估了谢绾的办事效率。

第二天上午十一点，裴景烟才在秦霏公司签好投资合同，谢绾就将摄影师的联系方式以及工作室地址等信息发到了她的微信上。

XLun：【这个摄影师的风格，你觉得怎样？】

裴景烟添加了好友，对方很快通过，并发送了一段既专业又不失客气的自我介绍及风格介绍等。

Monica：【谢太太，更多摄影主题可点进我们工作室的小程序看一看。如果您有什么其他想法的话，也可以告诉我，我可以按照你的要求，为你量身定制方案。】

美少女景：【好的，我先看看。】

她点进小程序逛了逛，忽然觉得这些风格有些眼熟。

这时秦霏提着两杯豆乳麻薯奶茶进来，裴景烟顿时记了起来："霏霏，你之前一直给我'安利'的女摄影师叫 Monica？"

"是啊，怎么了？"

秦霏拿出三分糖的那杯递给裴景烟："你不是说懒得拍婚纱照吗，又想拍了？不过你现在再约怕是约不到了，我上个月帮我表姐咨询了，Monica 的档期都排到明年三月份了。"

裴景烟："哦，我约到了。"

秦霏十分震惊。

裴景烟将手机递给她看，又拿出吸管，噗一下捅破塑料纸，吸了一口浓郁豆乳香味的奶茶。这寒冷的冬天，没有什么比一杯热奶茶更让人觉得幸福了。

秦霏看着聊天记录，咂舌道："我跟她约的时候，她直接就说档期满了。啧，果然是谢总有面子，我真是心服口服。"

她边说边往裴景烟身边挤了挤："正好工作忙完了没事干，我给你参考参考拍哪套。"

裴景烟自然高兴有人帮着参考。

于是，两个小姐妹窝在沙发里，边喝着奶茶，边选起婚纱照主题来。

选了一下午，外加温若雅的建议，最后敲定了三套。

一套是西式风格的公主与骑士，一套是复古旗袍，还有一套是汉服婚照。

经过协商，第一套西式等过两天敲定婚礼方案后，再决定去哪个国家进行拍摄。第二套可在沪城棚拍，第三套可棚拍，也可飞去影视城或是传统古建筑进行实景拍摄。

虽然秦霏极力说红墙白雪拍古色古香的照片一定超绝，可裴景烟想到京市的冬天，忍不住打了个哆嗦，拒绝了。

两套她都选了棚拍，反正工作室的布景足够精细，而且她觉得婚纱照，她和谢纶才是主角，总不好叫背景喧宾夺主了——

想看风景，直接去网上搜图看个够呗，看什么婚纱照。

2

转眼到了周末，这日一早谢纶就接裴景烟出门。

谢纶之前联系的婚庆团队也拿出了六个婚礼方案，裴景烟坐在车上选了一通，最后敲定了英国伦敦的古堡婚礼。

"就选这个吧，正好第一套的西式婚纱照可以在那儿取景。"

"好。"谢纶拿起手机就联系助理安排。

电话打完，轿车正好停在摄影工作室门前。

这是个三层楼的独栋别墅工作室，入口有喷泉，庭前是大片绿茵茵的草坪。

走进前厅，前台很是热情地上前招待，不一会儿，负责人也下来迎接。

与她那黑白冷淡风的头像对比鲜明的是，Monica染着一头蓝中又透着薄荷绿的短发，据她的百科资料显示，她今年已经三十六岁，可接触本人后，她呈现的状态完全是二十出头的样子。

"谢先生，谢太太，你们好。"

Monica边打着招呼，边引着他们上楼，并介绍着今天的拍摄流程："上午十点到下午一点，我们先拍复古旗袍。中间两位休息一个小时，调整好状态我们再上妆，拍摄第二套明制汉婚。这套因为要做发型，耗时大概会久一些，不过下午六点之前可以拍好。"

说话间，几人到达二楼。

工作室无论是设备、服装、人员都是业界前列，在造型师的陪同下，两人各自选好服装，又坐在镜前做造型。

男人化妆简单得多，大概半个小时，谢纶就做好了造型。

工作室助理请他到休息室等候，奉上茶点与糕点。

三十分钟过去，四十分钟过去，六十分钟过去。

就在谢纶思忖是否打个电话给闻松，叫他送一些文件来处理时，化妆室里传来一阵惊呼喧闹。

他慢悠悠地掀起眼皮看去，只见在造型师和工作人员的夸赞惊艳声里，一抹白色的婀娜身影摇曳而出。

少女梳着复古波浪长鬈发，一袭珍珠白真丝重缎倒大袖旗袍，外搭坠珍珠流苏的小斗篷，耳边、脖间、腕上都戴着复古的珍珠首饰，肤白如雪，黛眉弯弯，红唇饱满，宛若民国时期的千金大小姐。

"谢太太，这条古法旗袍是我花重金从一位老师傅手里收来的，因为对腰身的要求很高，收来快一年了，您是第一个敢于尝试，并且试穿出量身定制效果的客人。"Monica毫不吝啬夸奖，"您这腰臀比实在太完美了，简直为我后期省了太多工夫。"

裴景烟浅浅一笑："多谢夸奖。"

感受到来自前方的视线，她抬眸看去，只见谢纶一袭深灰色的长衫，姿态端正地坐在沙发上，修眉俊目，像极了那个年代的教书先生，自带一种文墨书香的风流与俊逸。

这一刻，裴景烟忽然理解为什么秦霏总嚷嚷着谢纶该出道的。

这颜值，这气质，不去拍民国戏真的可惜了啊！

不行，不能她一个人土拨鼠尖叫。独乐乐不如众乐乐。她边寻思着等会儿偷拍一张照片发群里，边踩着白色高跟鞋缓缓朝男人走去。

谢纶的视线从裴景烟纤细的脚踝往上，扫过那纤细摇摆的腰肢，最后落在她那张明艳又娇嫩的白皙脸庞。

那双水汪汪的眼眸带着些许小得意，亮晶晶地望着他："怎么样，我这一身好看吧？"

他徐徐从沙发起身，站在她身前，垂下黑眸对上她的眸，声音不经意放缓了："好看。"

当摄影助理指导裴景烟姿势动作时，谢纶找到Monica："我想买下我太太身上的那件旗袍。"

Monica有些诧异，望着身前年轻男人英俊的脸庞，很快明白什么，微笑道："当然可以，谢太太穿这件旗袍很好看，看得出她也很喜欢，买回去留个纪念也挺不错的。"

谢纶并未多说，只淡淡地"嗯"了声，看向明亮灯光下手持白色羽毛扇的少女，眸色深暗。

调整了三分钟，裴景烟稍微找到了点拍摄的感觉。

Monica 先拍了两张单人的看了看效果，然后比着"好"的姿势，提醒道："谢总，该您入镜了。"

"好。"谢纶走到了裴景烟身旁，两人并肩站着。

Monica 看着取景框，眉头微皱一下，然后从相机后露出脸，尽量委婉道："谢总，谢太太，虽说这个风格是偏含蓄的，但你们拍的是婚纱照，不是纪念合影，不用离得那么远的……"

摄影助理听到这话，连忙上前帮助他们调整动作："不然谢太太先坐下吧，谢总您的手搭在她的肩膀上。"

"好。"裴景烟理着旗袍，施施然坐下。

谢纶站在裴景烟身后，手掌配合地搭在她小巧的肩头。

Monica 再次举起相机：

"好，保持这个动作，微微带点笑容。对，很好。"

"再来一张，谢总您可以低头看着谢太太，对对对，这个眼神很好。"

"谢太太，您仰头与谢总来个眼神对视……您的眼神稍微柔和一些，眼前的人是你的爱人，您得表现出爱意……"

裴景烟："……"

她仰着妆容精致的巴掌脸，望着跟前的男人，努力让自己的眼神多些爱意。

可彼此眼神一交汇，她的脸颊就止不住发烫，眼神也下意识躲避。

不行啊，这样对视真的太尴尬了。

而且谢纶为什么眼神看起来那么深情？她差点顶不住了！

几番尝试无果，Monica 也看出裴景烟的局促，忙道："没关系，咱们可以换个动作。这样吧，谢太太您站在窗户旁看书，谢总您从后面抱住她，咱们拍出一种岁月静好、相濡以沫的感觉。"

摄影助理赶紧调整着打光，开了个暖黄色调的太阳灯。

裴景烟从圈椅起身，走到那仿古的雕花木窗旁，随手拿起桌上的蓝色封皮书卷，假装翻看。

当听到身后的动静时，她下意识偏过头去看，没想到鼻尖几乎擦过男人的胸膛，惊得她睫毛都颤了两下。

谢纶贴着她的背站着，问她："你很紧张？"

裴景烟赶忙盯着书卷，声音紧绷："谁紧张了，拍个照片而已，有什么好紧张的。"

谢纶"嗯"了声："不紧张就好。"

他抬手圈住那纤细的腰肢，感受到掌下之人有一瞬的僵硬，浓眉不由得微挑："还说不紧张？"

裴景烟咳了声："我腰上比较敏感，怕痒。"

谢纶："哦，这样。"

Monica 那边找好角度，提醒道："两位再亲密些，谢太太您可以往谢总怀里再靠一些，上半身放松，依偎在他怀里。"

裴景烟配合地往谢纶怀里靠去，彼此都只穿着薄薄的衣裳，贴得近了，她的背能感受到男人温热的胸膛和遒劲结实的肌肉线条。

"对对对，这个动作很好。两位也可以自由发挥，谢总可以摸下谢太太的头发，或者低头亲吻她；谢太太也可以踮起脚，假装跟谢总说悄悄话，怎么甜蜜怎么来……"Monica 那边尽心尽力指导着。

还没等裴景烟想好怎么说悄悄话，腰上的那只手忽地收紧了些。

她诧异抬眸，只见谢纶低下头，轮廓分明的脸庞一点点朝她靠近。

灼热的鼻息拂过，她的脸颊忽然变得发烫，分不清是因为他的靠近，还是这耀眼的摄影灯光。

她怔怔地望着他，心头打鼓，他不会要亲她吧？

这么多人瞧着，他未免也太放得开了！

在他的薄唇离她还剩五厘米时，男人的动作停住了，裴景烟的呼吸也屏住了。

一瞬间，周遭都静了，仿佛只有照相机的快门声。

"很好很好，这个姿势和眼神都很好！"Monica 惊喜的夸奖声打破这短暂的暧昧。

裴景烟如梦初醒，双手赶紧推了下男人的胸膛——

这触感，好结实！

这不合时宜的刹那分神，叫她脸颊更烫了，忍不住在心里狠狠鄙夷自己：裴景烟你清醒点，现在是想这个的时候吗？

然而两分钟后，当她按照要求，正面抱住谢纶的腰，并"深情"注视他时，她满脑子都是"啊——他的腰好细啊，可是好结实有力的样子"之类的念头。

谢纶垂下眸，望着少女脸颊上那渐渐晕开的可疑红晕。

好在这一套主题的亲密动作并不算多，又拍了一些，Monica 喊停："这套拍得差不多了。两位看看这些素材够了吗？如果觉得差不多了，那这套就算完成。两位可以先吃顿午饭，稍作休息，下午我们再改妆造，拍下一套。"

可算拍好了。

裴景烟悄悄松口气，见谢纶站在 Monica 身边查看底片。

她赶紧拿出手机，打算趁着离开这个民国造景的摄影棚前，偷偷拍两张谢纶的照片。

哪知刚找好角度，按下拍摄小圆点，只见哗啦一道白光亮起——

照亮了谢纶俊美清冷的脸庞，也照亮了裴景烟惊恐、尴尬的小脸。

救命！

忘了关闪光灯！

谢纶缓缓撩起眼皮，看向捧着手机仿若石化的少女："你在做什么？"

裴景烟："我说我不小心按到的，你信吗？"

谢纶："……你觉得呢？"

眼见裴景烟默默收起手机打算开溜，谢纶对Monica说了声"这些照片够了"，便大步朝那道纤细身影走去。

他腿长步子大，三步并作两步，很快堵住裴景烟的去路。

Monica及其他工作人员很有眼力见地退下，谢纶看向耷拉着脑袋的裴景烟："偷拍？"

裴景烟有些心虚，但见他这样堵她，理不直气也壮地说道："夫妻之间，怎么能叫偷拍呢？不让拍就不拍呗，大不了我删掉。"说着，她低头划拉着手机，找到那张惊鸿一瞥的照片。

在她点击删除确定时，手腕被男人握住。

下一刻，头顶响起男人低沉好听的嗓音："谢太太说得对，夫妻之间，不能算偷拍。"

裴景烟错愕地看着他。

谢纶神色淡然，眸底闪过一抹淡淡笑意："下次你想拍的话，跟我说一声就好。"

裴景烟先是一愣，旋即鼓起腮帮子，红着脸道："才没有下次！"

她握着手机，气急败坏地跑了。

3

中午吃过一顿私厨饭馆的外卖后，裴景烟和谢纶就进行下一套汉服婚照的拍摄。

这套的妆容、造型耗时更长，但最后妆造做出来的效果，可谓是非常惊艳。

裴景烟站在镜子前，都被自己的美貌给惊呆了，掏出手机咔嚓咔嚓拍了一堆自拍，还录个小视频发群里。

美少女景：【沉迷在自己的盛世美颜中无法自拔，我怎么这么好看！】

一只小鸟飞飞飞：【绝了绝了，仙女本仙了，小景考虑出道吗？

我给你当经纪人！】

取昵称真的好难：【这适配度也太高了吧，感觉你穿古装比现代装还要美。】

美少女景：【下次你们也来试试。】

姐妹们的夸赞让裴景烟心情愉悦极了，又忍不住点进相册，反复欣赏了几遍自己的美照。

当划到上午那张偷拍的照片时，她抿了抿红唇，犹豫着要不要发出来，群里倒是先催了起来。

一只小鸟飞飞飞：【你家谢总穿汉服啥样？啧，还真想象不出来。】

取昵称真的好难：【女生穿汉服普遍比男生好看，古装对男生的脸型和仪态要求更严格。】

一只小鸟飞飞飞：【有道理。之前看那些男演员现代造型还行，一上古装，唉呀妈呀，真是辣眼睛。】

美少女景：【我还没看到他的汉服造型，不过上午倒是拍了张复古民国风的。】

她把那张偷拍的照片发了出去，脸上还有些发烫。

毕竟偷拍被抓了个现行实在太丢人了。

可她转念一想，反正都已经丢人了，再不分享一下照片，岂不是更亏了？

那张照片发出去三秒钟后，聊天界面都快被秦霏和温若雅发的感叹号刷屏了。

裴景烟嘴角微抽，虽说这张照片拍得是不错，但也不用这么夸张吧。

她刚想打字，叫她们冷静点，一句话还没打好，就听身后传来工作人员的问好声："谢总。"

裴景烟赶紧退出聊天界面，按灭了屏幕，扭头朝门口看去。

这一看，她霎时呆住。

男人一袭红色喜袍，头戴纱帽，腰系玉带，长身鹤立，轩然霞举，再寻常不过的一个工作室，再普通不过的白墙，因着他的出现，整个屋子都明亮了起来，生动美好得宛若一幅杳霭流玉的画卷。

绝了。

裴景烟咽了下口水，恍惚间，又觉得谢纶这副模样似曾相识，就好像前世见过一般。

意识到自己这离谱的想法，裴景烟眼神一晃，忙站起身来。

她站得急，头上和身上的发钗配饰等都叮当乱晃。

谢纶见状，朝她走来，伸手扶了下她头上的冠："很重？"

裴景烟的声音没来由地变小："还……还行吧。"

谢纶望着她身上繁复的衣裙，朝她伸手："扶你过去。"

男人修长好看的手，在红色袍服的映衬下，越发显得冷白如玉，犹如雕塑大师的杰作。

手控再一次狠狠心动。

裴景烟强行控制好面部表情，将视线从他的手挪开。

这个时候，她是不想再与他接触的。

可看到工作人员们都挂着暧昧的笑容朝他们这边看，叫她重新记起他们是夫妻的事实，两秒钟后，到底还是将手放在了谢纶的掌心。

"谢谢。"她低低道。

谢纶眼波微动，意味不明地瞥过她绯红的耳尖："客气。"

汉服婚照相较于上午那套复古旗袍，更为中规中矩，完全没有搂抱的动作，一定程度上避免了些尴尬。再加上有上午拍摄的经验，下午拍摄起来也适应许多。

下午五点半就拍好了全部，等卸完妆、选好片，离开摄影工作室时，已接近晚上七点。

冬天的天黑得格外早，这个点外头已经全黑了，还刮起了风。

裴景烟一出门，就忍不住打了个哆嗦。

她边拢紧身上的大衣，边在心里嘟囔，白天也没这么冷啊，沪城这烦人的风！

　　倏然，一条手臂揽过她的肩，她的背脊贴到男人怀抱里的那一刻，仿佛盖上一层厚厚的抗风被，顿时就不冷了。

　　还很热，唰一下点燃似的。

　　裴景烟抬起头，黑沉沉的夜幕里，借着路灯的光，男人的眼眸里也亮着光，倒映着她的影。

　　"走吧。"他这样说，语气熟稔得就好像他拥抱她只是个再寻常不过的动作。

　　裴景烟就这样怔怔被他搂着，一直走到车边，他替她打开车门，她坐了进去，脑子里还有些乱糟糟的。

　　一个声音说他怎么自来熟？

　　一个声音说你们都是夫妻了，抱一下怎么了？如果不是你拒绝了他，按理说今天你们都要搬到一起住了。

　　她脑中在激烈辩论，谢纶却没事人般在她身旁坐下："肚子饿不饿？"

　　裴景烟回过神，老实回答："饿了。"

　　谢纶："想吃什么？"

　　裴景烟："随便。"

　　谢纶："本帮菜？"

　　裴景烟："可以。"

　　谢纶跟司机报了个地名，车子很快开动。

　　夜晚的沪城繁华璀璨，灯红酒绿的风景从车窗闪过，裴景烟静静坐着，没说话。

　　谢纶看出她的心不在焉，沉吟一阵，问她："怎么了？"

　　裴景烟摇头："没事。"

　　谢纶："你看起来不像没事的样子。"

　　裴景烟抿了抿唇，忽而侧过脸，看向身旁的男人："之前你叫我搬家，我说不搬，你都不问问我理由？"

　　"原来是在想这事。"

谢纶深深看她一眼："想问，但又觉得没必要问。"

裴景烟在他洞若观火的眸光下，往车窗方向偏过脸，闷闷道："我就是觉得……太快了，我还没准备好，有的时候感觉这场婚姻就像一场梦，怪不真实的。"

谢纶轻捻着指尖："能理解。"

裴景烟乌黑的杏眸微动："你真的能理解？"

谢纶嘴角轻扯："嗯，有时我也觉得像一场梦。"

美梦成真，既欢喜，又叫人惶恐，怕拥有了又失去。

他凝视着少女白皙素净的脸庞，半晌，抬手轻揉了下她的发："我可以给你时间准备，不过，这个时间不会特别长，你得尽快适应，知道了吗？"

他说这话时，眼神专注而认真，带着某种不容置喙的力量，甚至让裴景烟忘记计较他这亲昵的动作，只扇了扇浓密的眼睫，被蛊惑住似的，怔怔答道："知道了。"

谢纶收回手，冷白俊朗的脸上神色温和："乖。"

十秒钟后，仿佛解除蛊惑的裴景烟十分疑惑。

她刚才干吗要顺着他的话？

这男人会什么催眠术不成？

吃过晚饭后，谢纶将裴景烟送回了裴家别墅。

裴父裴母都还没休息，留着谢纶说了会儿话，提到明天裴景烟兄嫂回国的事，还特地邀请谢纶一起来家里吃顿晚饭。

谢纶答应下来，喝了两口茶，就起身告辞。

第二天下午，裴景烟在外度了将近半年蜜月的兄嫂总算舍得回国。

塑料兄妹见面，照例互怼了一通，最后还是嫂子顾沅出来打圆场，拿出蜜月途中给裴景烟带来的一行李箱礼物，成功转移了她的注意力。

等到傍晚时分，谢纶开车过来，跟裴家人一起吃了顿晚饭。

某种程度上，也标志着他正式成为裴家的家庭成员之一。

用过晚饭，男人们在楼下客厅闲聊生意上的事，裴景烟则和嫂子顾沉坐在顶楼的玻璃房花园里，喝着茶，看星星看月亮，从蜜月风景聊到婚姻和男人。

顾沉微笑地看她："我今晚观察了一下，那个谢纶对你还是很不错的。"

裴景烟想了想，总体来说那男人对她的确还行，起码花钱很大方。

她喝了口甜汤，语气慵懒："勉勉强强凑合吧。"

顾沉知道自家小姑子跟老公一样，都是口是心非的傲娇鬼，轻笑了下，又算了算时间："现在你们证也领了，婚纱照也拍了，婚礼方案也敲定好了，就等元旦举办婚礼……在伦敦办的话，你们计划什么时候飞过去？"

裴景烟懒懒道："大概圣诞节前后吧，这些事都是谢纶和爸爸妈妈安排，我只管听他们通知。"

顾沉点了点头："圣诞节前后的话，那也快了，还剩半个月。"

裴景烟仰脸看着玻璃房顶那闪烁璀璨的星星，颇为感慨地叹了声："是啊，还剩半个月。"

婚礼之后，就算她不想搬，父母怕是要亲自把她和铺盖一起卷了，打包寄到谢纶跟前。

留给她的时间，真的不多了啊。

就在裴景烟感慨万千时，茶几上的手机忽地振动一下。

她拿起手机一看，是群里的消息。

一只小鸟飞飞飞：【若雅，圣诞夜我们公司办睡衣派对，你来不来！】

取昵称真的好难：【来！】

美少女景：【来！】

一只小鸟飞飞飞：【@美少女景，你都名花有主了，凑什么热闹。】

取昵称真的好难：【就是，就是。】

美少女景：【就当是婚前单身派对呗，在结婚前再享受一回自由

的单身时光，有问题吗？毫无问题！】

　　一只小鸟飞飞飞：【说起来，我和若雅之前是商量过要不要给你搞个告别单身派对的，但怕被你家谢总拉入黑名单，想想还是算了。】

　　取昵称真的好难：【那这回一起玩嘛，反正是霏霏公司举办的，应该没什么乱七八糟的，来玩玩也没事。】

　　一只小鸟飞飞飞【啊这……我还请了些身高一米八以上的男模。】

　　顾沅看到裴景烟捧着手机打字满脸堆笑的模样，随口一问："你在聊什么呢，这么高兴？"

　　裴景烟抬起头，尽量克制着嘴角上扬的弧度："没什么，跟闺密们约着圣诞节活动呢。"

　　顾沅好奇地问："什么有趣活动？"

　　"就是睡衣……"

　　话才出口，裴景烟眼角余光瞥见从电梯间一起走出来的谢纶和裴元彻，心里"咯噔"一下，立刻改了口："随意，就是随意跟朋友们聚一聚！"

　　"哦，这样。"顾沅不疑有他，温柔笑道，"那要玩得开心啊。"

　　裴景烟长舒了一口气，笑着分外真诚："嗯嗯，会的。"

第十二章 · 【参加单身派对】
"你找我太太有事？"

1

圣诞节来临前的一周，沪城气温骤降，北风凛冽，寒意刺骨。

天气预报从一个礼拜前就说可能降雪，可一直到平安夜都没降下来。

下午六点，裴景烟打开衣柜，纤细的指尖从那一排款式各异的睡衣划过，最后停在一件墨绿色的真丝睡袍上。

墨绿色很衬皮肤，偏黄的白皮都能显出冷白皮的效果，遑论裴景烟本就是冷白皮，睡衣一上身，那袒露在外的细嫩肌肤简直白得发光，璀璨如珠。

头发随性拿卷发棒弄得更蓬松了些，戴上两枚王冠款耳钉，脖间配着条细细的简约款玫瑰金项链，长度恰好在锁骨之上，显得那两道锁骨越发小巧精致。

化了个淡妆，涂上蜜桃色唇釉，裴景烟在落地镜前照了又照。

微信群里，秦霏已经在催了：【小景，你来没来？我已经接到若雅了。】

裴景烟拿起手机回道：【来了来了，在路上了，半个小时。】

回完消息，她随手从衣柜里拿了件黑色羊绒大衣，又配了条经典款驼色格纹围巾系上，这才离开卧室。

裴母正在吩咐帮佣准备晚饭，见裴景烟这副打扮，忍不住念叨："外头冷得要命，你怎么穿这么少？哎哟，腿上还穿丝袜？你赶紧回屋再穿条裤子，寒从腿入懂不懂啊？等以后得老寒腿了，你就晓得后悔了！"

"走两步就上车了，车上有空调，派对现场也有空调，冻不着的，你放心。"

裴景烟一边打着哈哈，一边快步往大门走去，朝着母亲摆手："霏霏和若雅已经在等着我了，妈妈，我先出门了。"

"你几点回来？别玩太晚啊！"

见人一会儿就跑没了影，裴母摇头，一脸无奈："唉，这孩子……"

睡衣派对安排在金融中心附近的娱乐会所五楼，三面都是落地窗，二百七十度俯瞰沪城繁华夜景。

派对现场节日氛围很是浓郁，正中央是一棵挂满装饰物的圣诞树，门口站着发礼物的圣诞老人，秦霏不知道从哪里搞来了两只羊驼，一棕一白，脖子上都套着铃铛，头上还别了顶红色圣诞帽，配上每隔十分钟就自动降下的人工雪花，圣诞气氛瞬间拉满。

裴景烟赶到时，派对现场已经十分热闹。

穿着各种睡衣的俊男美女们手持酒杯和甜点说笑嬉戏，就连端着饮品酒水的服务员个个都是一米八以上的大长腿。

秦霏和温若雅见着裴景烟来了，迎上前来，嘴里不客气地吐槽："一个小时前给你打电话，你说来了来了。半个小时前给你打电话，你说快了快了，你家时钟是树獭成精啊？"

裴景烟笑道："这不是路上堵车吗？平时就堵得一塌糊涂，更别说今天平安夜了，街上到处都是人。"

说话间，她打量着两位小姐妹的穿搭。

秦霏穿了条很应景的圣诞红睡衣，头上戴着个麋鹿角发箍。温若雅则是黑色系，里面是一件吊带，配着一条宽松的长睡裤，外面罩着件宽大的黑色外袍，鼻梁上架着枚金丝边的单片眼镜，又飒又酷。

三人互相吹了通彩虹屁，秦霏伸手招来个服务员，促狭地朝裴景烟眨眨眼："快拿杯酒喝，暖暖身子，等会儿可要玩游戏了。"

那一米八的服务员将手中的托盘放低了些，微笑道："很高兴为您服务，请问您想喝什么酒？"

裴景烟的视线漫不经心划过服务员那结实的胸大肌，伸手拿了杯酒："我喝这个就好。"

服务员直起腰，笑容更灿烂："好的，您慢用，有什么需要随时叫我。"

等那服务员走开，秦霏迫不及待地问："怎么样，这些帅哥养眼吧？"

裴景烟轻轻抿了口那可可香味浓郁的酒水，不知为何，脑海中忽地浮现出上次在苏城，无意撞上谢纶穿着浴袍出来的场面。

他那件系得松松垮垮的睡袍下，胸肌的线条在微暗的灯光下若隐若现。

"小景，小景？"

两声呼唤将裴景烟飘远的思绪拉回，一抬眼对上秦霏和温若雅两双笑意暧昧的眸子。

秦霏："你刚才在想什么呢，脸都红了？这还没到正菜呢，你不至于吧？"

裴景烟不自在地干咳了一声："我没想什么啊，就是觉得空调温度有点高，怪热的。"

秦霏挤挤眼睛，也不拆穿她，只拉着她往里面去："今天你就安心玩吧，我可安排了不少精彩的节目，保证让你们玩个尽兴！"

水晶灯光绚烂迷离，纸醉金迷的夜生活才刚刚开始。

2

同一个平安夜，新励科技沪城总部，董事长办公室。

助理闻松抱着一沓文件走进来："谢总，这季度的财报分析送来了，请您过目。"

谢纶的视线从电脑屏幕上挪开，淡淡道："放下吧。"

闻松将文件整整齐齐放在桌边，却没立刻离开，一副欲言又止的模样。

见他这样，谢纶不由得多看他一眼："怎么？"

闻松挤出一抹腼腆的笑："谢总，您还有别的吩咐吗？如果没有的话……"

后面的话不用他说，谢纶也知道。

他瞥了眼屏幕下方的时间：七点五十分。

谢纶扭头再看窗外的天色，已然全黑，洁净的玻璃上倒映出明晃晃的灯影。

原来已经这么晚了。

他有些恍然，再看闻松，轻声道："嗯，你下班吧。"

闻松立马弯腰："是，谢总。"

谢纶往黑色沙发椅靠去，抬手捏了下鼻梁："以后过了下班时间，你可以提醒我一声，不然我忙起来总不记得时间。"

闻松一怔，点头称是，又讪讪补充着："其实平时加点班没什么，这不是今天是平安夜嘛，得早些回去陪女朋友……"

平时他还是很乐意加班的，毕竟老板在加班工资上从不苛刻。

谢纶眉心微皱："平安夜？"

闻松点头："是啊，今天是24号了，明天就是圣诞节了。"

他小心觑着自家老板的脸色，忽然意识到什么，忍不住善意提醒："谢总，平安夜和圣诞节在年轻人里挺流行的，有点类似情人节的味道。"

谢纶："圣诞节怎么成情人节了？"

闻松："在国内，好像是这样的。"

谢纶："……"

闻松："谢总，您今晚不用陪太太吗？"

谢纶捏鼻梁的动作一顿，缓缓放下手来，抬眼看向闻松。

那无声的眼神似乎在问：这种时候是要陪太太？

闻松也用眼神无声地回答：肯定啊，不信您去街上逛一圈，情侣扎堆啊！

谢纶薄唇微抿，默了半晌，淡淡道："我知道了，你下班吧。"

闻松体贴问道："谢总，需要替您订一束花吗？"

谢纶："晚些再说，我先联系她。"

闻松应了声"是"，毕恭毕敬地退下。

随着办公室的门关上，室内重新归于静谧。

谢纶从办公桌前起身，缓步走到落地窗前，俯瞰着灯火明亮的城市夜景。

两分钟后，他拿出手机，拨通裴景烟的电话。

"嘟嘟嘟……"

"对不起，您拨打的电话暂时无法接通，请稍后再拨。"

机械冰冷的女声从手机里传出来。

连续打了三遍，依旧如此。

谢纶盯着手机屏幕，刚到八点，这个时间点，裴景烟不可能睡了？

是在忙，还是在生气，怪他今天没主动联系她？

静默三秒后，他点进微信，寻到置顶的联系人。

XLun：【在吗？】

XLun：【有空见一面？】

等待回复的过程总是难熬的，他退出对话框，百无聊赖地点进朋友圈。

他并不是沉迷社交网络的人，逛朋友圈也是在与裴景烟加了微信后，次数才多了些。

根据朋友圈的动态来看，平安夜的确热闹，有不少秀恩爱的。

他面无表情地往下翻了些，觉得无趣，正想退出，刷到一条最新的动态。

是个十秒的小视频，配文：【玩嗨了。】

是个圈里的富二代发的，之前跟富二代他爸谈合作时，一起打了场高尔夫，顺便加了个微信。

按照平常，这种纸醉金迷的视频动态，谢纶不会点进去看。

可视频界面自动播放时，一个一闪而过的镜头，叫他警觉地眯起黑眸。

他手指一点开视频，便传出震耳欲聋的激烈音乐声。

镜头扫过现场观众，每个人都尖叫着，欢呼着，肆意享受着这派对的热烈氛围。

而视频的第八秒，他看到人群里，那一抹熟悉的墨绿色的身影。

裴景烟手执酒杯，长发披散，正笑意妩媚地与一个穿着浅灰色条纹睡衣的年轻男人说着什么。

虽然镜头闪得很快，可谢纶还是一眼认出了她。

不会认错的。

所以，她不接电话，是忙着参加派对，跟别的男人说笑？

捏着手机的修长手指不自觉收紧。

谢纶盯着这条动态下面的定位地址，薄薄的嘴角勾起一抹冰凉冷淡的弧度。

好，真是好得很。

3

主光源被按灭，四周亮起五彩斑斓的射灯，舞台上DJ在打碟，《Something just like this（只是想要这样的）》的音乐声响起，喝嗨了的男男女女随着音乐扭扭蹦蹦，有借机调情的，有拍照发圈的，也有在舞台下玩游戏的。

譬如此刻玩真心话大冒险输掉的裴景烟。

大家都是出来放松的，气氛到位，其他人都拍着桌子起哄道："真心话！大冒险！真心话！大冒险！"

裴景烟三杯鸡尾酒下了肚，这会儿也有些上头，懒洋洋靠在沙发上，半眯着杏眸道："我选大冒险。"

真心话什么的，她才不乐意暴露人前。

她这样说了，立刻就有人将大冒险的签放在她面前，让她抽。

裴景烟抬手随意抽了一支，递给身旁的温若雅："若雅，你帮我看看，我头有点晕，眼花认不出字。"

温若雅接过那大冒险的签，读道："与一位异性十指相扣，对视十秒。"

相比于其他大冒险的内容，这个还算简单的。

周围的人都略有失望地嘘了一声。

秦霏指着桌边一排的男人，笑眯眯地对裴景烟道："小景，随便挑一个吧。"

裴景烟稍稍坐直了腰，视线从那一排风格各异的帅哥身上扫过，最后落在了身穿浅灰色条纹睡衣的司朗身上。

好歹这个算得上熟悉。

她歪了下脑袋，轻笑地问："司朗弟弟，配合一下？"

本来今晚能再见到裴景烟，司朗就难掩雀跃，好不容易鼓起勇气与她打了个招呼，他就已经心满意足了。

现在见她玩大冒险选了自己，他心头更是一热，立刻答应："好。"

旁边的人很有眼力见地给司朗让了道，司朗走到裴景烟身旁坐下。

裴景烟看出他的紧张，红唇微翘，朝他伸出手："十秒钟，很快。"

司朗脸颊微红，好在射灯变幻着光效，将他的羞赧敛去几分。

他伸出手，去碰裴景烟，十指相扣，与她对视着。

"十秒钟倒计时开始——"

周边一群人拍着掌，齐声喊着："十、九、八、七……"

裴景烟倒是没什么反应，真心话大冒险这种老游戏，从前的局上她没少玩。

而司朗盯着眼前这双明亮乌黑的杏眸，只觉心跳不自觉地加快……

有人注意到他的耳尖红了，起哄得更厉害，一时起哄声不断。

谢纶寻进来时，正好是倒计时的最后三秒。

不断变幻的光影下，他的合法妻子闲适惬意地坐在沙发上，在哄闹的人群中显得很是另类。

明明不久前，她与他拍婚纱照，都无法直视他的眼睛。

可现在，她与一个年轻男人十指相扣，四目相对，含情脉脉，没有半分闪躲忸怩。

是游戏。

他这般告诉自己，只是年轻人之间的游戏而已。

可一股难以言喻的躁郁情绪在心头涌动，叫嚣着该冲上前将他们的手拉开，并狠狠给那个年轻男人一拳。

可他已不是十八岁的毛头小子，早过了冲动的年纪。

等待着那三秒倒计时结束，他轻抚过袖口的蓝宝石袖扣，从经过的服务员的托盘里取了一杯鸡尾酒。

他抬起酒杯，送到薄唇边上，一口闷了。

酸。

酸到他浓眉皱起。

服务员看到他这气度和打扮都怔住了，本想开口询问是不是来找人的，却见他一口闷了杯威士忌酸酒，问询的话也变成了关心："先生，我去给您倒杯水？"

谢纶面无波澜："不用。"

他将空酒杯放回托盘，再次转头，就见裴景烟方才坐的位置已经空了。

而她那两个闺密，表情很不自然地回避着他这方向——

显然是已经注意到他来了。

谢纶目光轻轻一转，果不其然，就见那个以圣诞树作为掩护，鬼鬼祟祟准备开溜的身影。

他薄唇扯了扯，清楚地听到自己冷笑了一声。

在被谢纶堵在走廊上的前一秒，裴景烟还暗自庆幸，还好自己溜得够快，没被发现。

然而就在这念头刚起的下一秒，她就被一道高大的身影抵到了墙上。

那一瞬间她险些尖叫出声，男人灼热的鼻息先一步落在她耳后，嗓音低哑："是我。"

裴景烟的背脊僵住，大脑都变得空白。

怎么办？怎么办？怎么办？

被抓住了。

就听男人轻呵一声："玩游戏玩到手拉手？"

裴景烟："……"

果然被他看到了。

她半耷眼皮，小声道："就玩个小游戏……除了司朗，其他人我真的碰都没碰一下。"

谢纶被她这话给气笑了："那我还得夸夸你？"

裴景烟："那倒不必。"

主要是她看男人的标准大概被谢纶拉高了，再看别人，感觉都入不了眼。

4

就在两人你问我答时，身后冷不丁响起一道脚步声。

裴景烟一怔，下意识地想推开谢纶。

谢纶却瞥过她单薄的睡衣，眉头紧蹙地将人拉进怀中，藏于宽松的黑色大衣里。

他面无表情地扭过头，当看到来人时，眸光顿时锐利几分。

追上来的不是旁人，正是拿着裴景烟大衣的司朗。

裴景烟虽被男人裹得严实，可司朗还是认出她的高跟鞋，他有些尴尬地唤了声："小裴总……"

裴景烟听到这唤声，想探出脑袋，却被谢纶无情塞了回去。

"你找我太太有事？"谢纶语调淡漠。

"我……小裴总的大衣忘记拿走了，外面冷……"

司朗讪讪打量着眼前气度非凡的男人，这就是小裴总的丈夫吗？他之前查过资料，可网上都找不到这位大佬的照片。他只知道小裴总年仅二十一岁，却要嫁给一个年逾三十的男人，之前还为小裴总惋惜了一阵。

没想到真人却是这样英俊高大、清冷威严，与他想象中完全不同。

谢纶不耐烦被个小男生打量，尤其这小男生刚才还碰了裴景烟的手。

他尽量克制着语气，朝司朗伸出手："大衣给我。"

司朗愣了下，赶紧递上前去："噢噢，给。"

谢纶抿了下唇，不再看他，只低头问怀里的人："还走得动吗？走不动我抱你。"

裴景烟被他牢牢抱在怀里，险些没被他的胸肌给闷死，这会儿面红耳赤，微喘着："不…不用了。"

谢纶嘴角微翘，说了声好，便搂着她的腰往电梯间走去。

司朗站在原地，痴痴地望着那两道离去的背影，眼底有些落寞。

他再低头看了眼自己的手，仿佛还残留着高贵的香气。

可他本该知道，他们本就不是一个世界的人。

第十三章 · 【盛世古堡婚礼】
"总算娶到你了。"

▼

1

不知过了多久，裴景烟感觉自己被人抱起来。

她本能地避了一下，忽然头顶响起男人清冽的嗓音："到了。"

她揪着男人的衬衫，睡意朦胧半撑起眼皮，眼前灰蒙蒙一团："到哪儿了？"

谢纶："裴家。"

话音落下，那揪着他衣襟的手放松了些，她轻轻"噢"了声，而后乖乖窝在他怀中，由着他抱。

谢纶眉眼间闪过一抹淡淡的无奈，将人打横抱出车内。

前排司机体贴地将裴景烟的包和围巾都拿出来."谢总，我帮您拿着，还是？"

谢纶摊开手掌："给我。"

司机应了声，把围巾和包都递到他手中。

这时，怀里的人忽然抬手摸了下脸，娇娇地嘟囔一声："好凉。"

听到这话，谢纶将人往怀里抱紧了些，倏忽间眼前晃过一片片白影。

身旁司机惊喜出声："下雪了！"

下雪了吗？

谢纶抬眼看天，明亮路灯下一片片雪花簌簌落下，随风飞舞。

看了三秒，他收回视线，伸手捏了捏怀中人的脸颊："小景，醒醒。"

裴景烟睡得迷迷糊糊，拍开脸上的手，没好气道："干什么？"

"下雪了。"

谢纶头更低了些，拿冰凉的下巴蹭她的脸，嗓音带着淡淡的笑："看一眼再睡，嗯？"

裴景烟被他冰凉的体温追着，缩了缩脖子，脑子也清醒了些，嘴里重复着"下雪了"，倒真慢慢睁开眼。

朦朦胧胧的灰蓝色天空里，白色雪花肆意飞扬，衬着暖黄色的路灯光芒，如梦似幻。

"真的下雪了。"她抬起手，试图抓住一片雪花。

可什么也没抓住，倒是两片雪落在她的脸上，冰得她打哆嗦："好冷。"

谢纶看着她透着红晕的白皙脸颊，还有那双纯净迷离的水眸，心头忽地一软，忍不住俯身，吻了吻她脸颊上融化的雪水："冷的话就不看了，明早再看。"

裴景烟又被他的鼻梁和下巴冰到了，边偏过脸，边气呼呼地声讨着："你怎么又亲我，冰死了。"

见她醉酒就变得像小孩般无赖，谢纶失笑："好，不亲了。"

他手臂往上托了托，大步往别墅走去。

全程目睹小夫妻恩爱的司机无语了。

他或许不该在车外，应该在车底。

谢总这也忒温柔了吧，和两个小时前从公司里寒着脸出门的样子，完全判若两人啊！

果然结了婚的男人，就是不一样。

司机边摇头感叹，边拿出手机，跟其他几个司机分享着老板的两副面孔。

值夜的帮佣们见到谢纶抱着自家小姐回来，惊讶地迎上前："谢总，我们小姐怎么了？"

谢纶："喝醉了。"

帮佣们伸出手："那我们扶小姐回房间。"

谢纶不动声色地避开："不用，我抱着就好。"

帮佣们："……"

好吧，您不嫌累就好。

这是谢纶第三次来裴景烟的房间，第一次来的时候，她在屋里对着镜子演戏，第二次他和她在门前初次亲吻——

现在，他将她放在铺着灰粉色床单的柔软大床上，替她脱去厚实的大衣，听她懒洋洋地吩咐："口渴，想喝水。"

谢纶："嗯，等会儿给你倒。"

他将大衣和围巾放在一旁，弯下腰，替她脱鞋。

意识到她纤细修长的腿上只穿着一层薄薄的丝袜，他眉头轻皱，低声道："不怕冷？"

裴景烟上半身懒洋洋地靠在床垫上，似乎听懂了他在问什么，呢喃答道："美丽冻人，不懂了吧。"

男人宽大的掌心扣住她小巧的脚踝，将闪亮亮的银色高跟鞋脱下，淡淡道："等老了膝盖会疼。"

"你怎么跟我妈说的一样。"

裴景烟嘟囔着，见鞋子脱好了，麻溜地伸进了暖和的被子里，娇气催道："要喝水。"

"好，给你倒。"

谢纶起身，走到桌边，拿着玻璃杯装了杯温水回来。

她喜欢粉色，就连玻璃杯都是淡淡的粉色。

走到床边坐下，谢纶轻捏了下她的脸，将玻璃杯递到她嘴边："喝水。"

裴景烟半睁着眼睛，就着他的手小口小口喝着。

从谢纶这个角度看，女孩儿小扇子般的睫毛耷着，腮帮子微动，给他一种喂小猫的错觉。

喝了半杯水，裴景烟伸手推开："不喝了。"

谢纶瞥过她殷红唇瓣上的亮泽水光，莫名也觉得口渴。

他抬起手，微带薄茧的指腹擦过她的唇瓣，来回按了两下，在她略呆的目光下，又将杯中剩下的半杯水喝完，把杯子放在乳白色床头柜边。

"不是说困了？现在可以安心睡了。"他轻揉了下她的发，"我先回去了。"

裴景烟盯着眼前这面容清隽的男人瞧了好半晌，或许是酒精作用，她的鼻子突然有些发酸，小嘴也往下一撇。

看到她这委屈的脸，谢纶眉心微蹙："怎么了？"

裴景烟摇了摇头，看着他没说话。

谢纶："那干吗垮着脸？"

裴景烟："我不知道，就突然觉得难过。"

谢纶："难过什么？"

裴景烟："不知道，可能是因为夜深了，容易情绪化……"

谢纶："……"

他将被子给裴景烟盖好，不紧不慢道："你有吃有喝有玩，有什么好难过的？闭上眼睡觉，明天起来就好了。"

"噢。"裴景烟乖乖躺下。

谢纶跟她道了晚安，准备离开时，手忽然被拉住。

他身形微顿，侧眸看去。

只见床上的女孩拽着他，水灵灵的杏眸深深看着他，唇瓣嗫嚅，小声道："你……还生我的气吗？"

谢纶眼神一晃："没有。"

裴景烟："真的？"

谢纶"嗯"了声，稍作停顿，补充道："你会考虑我的心情，我就不生气。"

许是借着酒意，话也多了起来。

裴景烟松开谢纶的手，抿了抿红唇："你是不是觉得我很幼稚？"

谢纶沉吟片刻，答道："有时候。"

这个过分诚实的回答叫裴景烟有些不高兴，将脸往被子里埋了半张，嘟嘟囔囔："嫌我幼稚就别娶嘛，去找那些成熟、大方、懂事的，我又不是非得嫁给你，现在反悔还来得及……"

"小景。"男人的嗓音严肃起来。

裴景烟心虚地闭上叭叭的小嘴。

谢纶抓住她的手，高大的身子朝她倾下。

她整个人像是被他笼住般，那滚烫的热息擦过她的脸颊，低沉的话语透着几分警告："再胡说八道，你今晚就别想睡了。"

裴景烟一怔，两只手抓紧身前的被子，说话都磕巴了："我警告你……你、你别乱来，这可是我家，我爸妈就在隔壁。"

"就算伯父伯母知道了，难道他们会反对我在这儿留宿？"

裴景烟一噎，红了脸："你，你不要脸！"

谢纶不以为然："夫妻之间要什么脸。"

"……"

怼不过他，裴景烟无能狂怒地"啊"了一声，扯过被子蒙住脸，整个人都钻进被子里。

看着手边那个鼓起的"小山包"，谢纶哑然失笑。

他不再逗她，扯了扯被子："好了，别把自己闷坏了。"

见被子里的人倔强不肯露头，谢纶轻叹了下，站起身来："夜也深了，我明早还有个会，先回去了。"

床上那个"小山包"还是不动。

直到那沉稳的脚步声远去，又传来啪嗒一声门合上的声音，被子里才露出半张闷得发红的脸。

裴景烟看了看关上的门，又看了眼放在床头柜上的玻璃杯，也不知想到了什么，眼波闪了闪，旋即又拿被子蒙住了脸。

2

第二天，裴景烟一直睡到将近中午十二点，还是裴母敲门叫她起床吃午饭。

饭桌上，裴景烟胃口不佳地扒拉了两口米饭，就不想再吃。

裴母舀了一碗热气腾腾的陈皮冬瓜老鸭汤送到她面前："早饭都没吃，胃里本来就空，午饭再不多吃些，你是要修仙不成？喏，先喝碗汤暖暖胃，秋冬最是要滋补养生的季节。"

"知道了。"裴景烟拿勺子扒拉一块冬瓜，一边慢慢吃着，一边看着已经被"99+"消息占领的微信群。

几乎全是秦霏和温若雅的"关心"问候，当然还有她们两个天马行空的八卦想象。

裴景烟忍不住笑出声，发了个白眼。

手机里两个闺密问起昨晚的情况，饭桌上裴母也问了起来："小囡呀，我早上听管家说，昨晚是谢绝把你送回来的？"

裴景烟边手指飞快地回复着群消息，边答道："嗯，是他送回来的。"

裴母道："昨晚下了雪，外面那么冷，你怎么都不留他在家里住一晚，还大老远开车回去，多折腾啊！"

听到这话，裴景烟脑中忽然闪过谢绝抱着她，叫她看雪的场景。

手中的勺子微松，撞在骨瓷碗壁发出叮一声脆响，她回过神来，轻声道："他洗漱用品和睡衣都没带，住着多不方便，还不如回去。"

裴母看出她的恍神，皱起眉道："你昨晚喝多了，人家谢绝抱着你上楼的？"

昨晚喝迷糊了不觉得有什么，现在清醒了再提到，裴景烟怪难为情的，含含糊糊"嗯"了声。

裴母摇头，不赞同道："小囡呀，不是妈妈啰唆，不过你现在已经结婚了，有些事还是要注意些。我看人家谢绝蛮好的，也是愿意跟你好好过日子的，谁也不想看自己的另一半是个醉鬼啊。从前你爸爸在外喝酒应酬，我都得埋怨他两句，反过来想想，谢纶也会不高兴的。"

裴景烟喝着汤，垂着眼道："我知道了，这回……这回是最后一次了，以后我会注意的。"

见她这般说了，裴母也不再唠叨，只提醒道："吃完饭你记得回房收拾行李，检查下护照和其他证件，明天下午就要飞伦敦了，可别漏了什么东西。"

"放心啦，这个不会忘的。"裴景烟朝母亲卖乖地笑了笑，顺便在群里提醒着秦霏和温若雅。

美少女景：【明天飞伦敦，别忘了。】

一只小鸟飞飞飞：【好！】

取昵称真的好难：【准时到达。】

12月26日这天下午，裴家和谢家两家第一批亲朋好友包机飞往伦敦。

之后几天，其他参加婚礼的亲戚朋友也陆陆续续到达伦敦。

元旦那天，裴氏集团董事长千金和新励科技董事长谢纶的婚礼在伦敦的克里斯托弗教堂举行。

婚礼现场装扮得非常浪漫，有管风琴乐队伴奏、当地少年唱诗班歌颂，还用粉色玫瑰布置现场，整个婚礼宛若粉色花海，配上璀璨柔和的灯光，现场美轮美奂。

当头戴闪着细碎银光的白色头纱，身着手工蕾丝刺绣的白色婚纱的裴景烟在裴父的陪伴下，踏上红毯，现场的嘉宾们都不禁屏气凝神，目不转睛地盯着这美丽的新娘。

裴母坐在台下，眼中闪着泪花儿。

顾沅轻声宽慰她："妈妈，你看小景今天多美啊。"

裴母拿巾帕按了下眼角，笑着道："是啊，我家小囡今天真漂亮。"

相比于裴母的克制，秦霏和温若雅两个人抱头哭得眼泪哗哗——

"呜呜呜，景宝好美好美，美到窒息。"

"呜呜呜，太绝了，怎么回事我又想哭又想笑的。臭小景，她竟然结婚了。"

"没事，还有我陪着你。"

"谢纶如果敢辜负我们小景，我一定不放过他！"

裴景烟走过红毯时，眼角余光瞥见两个闺密的样子，也不禁红了眼眶：搞什么嘛，这两个女人，煽什么情，我可不想哭花了妆。

她深吸一口气，调整好情绪，继续往前走。

那光线明亮的宣誓台旁，一袭笔挺黑色西装的谢纶端正站着，深邃的目光始终如一地看向她。

触及男人的目光，裴景烟的心跳忽然加快。

如果说一开始她还有点过家家的轻松心态，那么这一刻，在确确实实看到谢纶的这一刻，她忽然感受到了婚仪的庄重与神圣。

她是真的要嫁给这个男人了。

在双方父母、亲朋好友的见证下，与他成为相伴终生的夫妇。

两人面对面站着时，白胡子神父问出那段经典的誓言："谢先生，你愿意娶裴小姐为你的妻子，照顾她，爱护她，无论贫穷还是富有，疾病还是健康，相敬相爱，不离不弃，永远在一起吗？"

谢纶目光柔和地凝视着面前的女孩儿，她穿婚纱的样子比他千百次想象中还要美丽纯洁。

"我愿意。"他答道，神色肃穆而认真。

这样的神情，裴景烟上次见，还是在民政局领证宣誓时。她当时看他那么庄重，也稍微敛起无所谓的情绪，尽量配合他。

如今又一次宣誓，她心底忽然有了些不一样的感觉。

等白胡子神父拿同样的话询问她时，她认真地聆听了誓言的每一个字，认真地在脑海中过了一遍，她想，自己也是愿意的。

"我也愿意。"

裴景烟出声答着，嗓音因紧张而干哑。

不想被谢纶察觉到她的紧张失态，她全程都没敢看他的眼睛。

直到白胡子神父叫他们交换婚戒，在亲朋好友的祝福和掌声中，谢纶揽着她的肩，低头寻到她的唇瓣。

他亲吻着她，又用只有他们两个人听见的声音说："总算娶到你了。"

裴景烟被这当众亲吻弄得很不好意思，脑子里还嗡嗡嗡的，听到他这句话也没细想。

主仪式结束，新郎新娘和亲朋好友到外面拍照留念。

Monica 的摄影团队也在邀请之列，裴景烟和谢纶便在这粉色玫瑰前拍摄了他们最后一组婚纱照。

看着小两口在浪漫花海里甜甜蜜蜜地拍着照，双方父母面上都是欣慰的笑容。

现场还有宾客将这场极致浪漫的婚礼发了社交圈，在网络上引起不小的反应。

3

婚礼后的酒会一直持续到晚上十点左右才散。

谢纶还被他的几个朋友缠着喝酒，裴景烟先被温若雅和秦霏推回了酒店房间。

裴景烟今晚也喝了两杯果酒，这会儿又累又醉，一坐在沙发里就瘫着，半根手指头都不想动。

秦霏脸上挂着暧昧的笑："你可别懒了，快起来吧。趁着你家谢总还没回来，赶紧卸妆洗澡，香喷喷躺床上等他，春宵一刻值千金。"

裴景烟羞红着脸瞪了她一眼："一天天想什么呢，快把你脑子里的废料倒一倒！"

秦霏嘻嘻笑："可不是我想什么，怕是谢总得想点什么。"

温若雅也附和着，打趣裴景烟。

说着，她还和秦霏对视一眼，笑得很是暧昧。

　　裴景烟本来就因为即将来临的夜晚有些紧张，现在又听这两个损友不停调侃，更是窘迫得恨不得挖个地洞连夜逃跑。

　　好在秦霏和温若雅也没继续揶揄她，说说笑笑了几句就离开了。

　　裴景烟将酒店门关上，背抵着门缓了一会儿酒劲，脱下高跟鞋，换了舒适的棉拖鞋，走到浴室里准备卸妆。

　　太累了，结婚实在是太累了。

　　那么多人说一辈子结一次婚就够了，估计是被累出心理阴影了。

　　她站在镜子前，一边卸着妆容，一边思考着，等会儿谢纶回来，他俩会不会发生什么……

　　一想到这个，她就觉得莫名地紧张。

　　"嘀！"

　　门外传来的房卡开门声打断了裴景烟混乱的思绪。

　　谢纶回来了？这么快！

　　她屏住呼吸，下意识将浴室的门反锁住。

　　与此同时，三声有节奏的敲门声响起，伴随着男人磁沉悦耳的嗓音："小景，你在里面？"

　　裴景烟单手扶着洗手台，清了清嗓子，故作镇定地答道："我在。"

　　谢纶："嗯，那你先洗吧。"

　　裴景烟"哦"了一声，反手将水龙头打开，哗啦啦的水流出，她隐约听到男人离开浴室的脚步声。

　　她心里那根弦微微松了些。

　　可也没松多久，毕竟她总不能在浴室里待一个晚上不出去。

　　裴景烟只能尽量拖延时间，磨磨蹭蹭地泡澡洗头，涂护发精油、吹头发、涂身体乳……

　　也不知道过了多久，门外再次响起敲门声："小景？"

　　裴景烟眉心一跳："啊？"

　　"你好了吗？十二点了。"

　　"……好、好了。"

再拖下去也不是事，裴景烟对镜理了理头发和睡衣，深吸一口气，打开了浴室的门。

谢纶就站在门口，西装外套已经脱下，只穿着一件白色的衬衫，领口两粒扣子解开，略显凌乱地敞着，露出性感凌厉的喉结。黑色西装裤上不见皮带的踪影，劲瘦的腰身下是两条笔直修长的腿。

他大概喝得有些醉了，冷白清隽的脸庞泛着薄红，相较于平日一丝不苟的端正模样，多了几分随性不羁。

裴景烟刚与他的目光对上，触电一般，赶紧挪开眼。

谢纶看她穿着长袖长裤的暗粉色睡衣，眸光微动，轻声道："我还以为你在里面睡着了。"

裴景烟低下头："没，就是我洗漱一般都比较久……"

"哦，这样。"他这般应了声，也不知信没信。

裴景烟抓紧手机，小声道："你去洗吧，我先……先睡了。"

她抬步就要走，可谢纶却上前一步，手撑住门框，拦住她的去路。

裴景烟愣了下，抬头看他，有些不解。

谢纶黑眸深沉，情绪不辨："要睡了？"

裴景烟嗅到他身上淡淡的酒气，心跳不禁加快，咽了下口水道："忙了一天，你都不累吗？"

谢纶："有点累。"

裴景烟："那你快去洗漱，就能早点睡了。"

看着她仿佛化身鸵鸟般恨不得把脑袋埋进土里的局促模样，谢纶薄唇勾起一抹讳莫如深的弧度："好。"

他收回撑在门框上的手，身子往旁边让了下。

裴景烟如释重负，立马开溜。

卧室里，那张两米宽的大床按照双方父母的要求，铺上了大红的床单和被套，在这古典英伦风格的房间里显得格外突兀。

不过裴景烟此刻也顾不上挑剔床单颜色，脱了鞋上了床，她抬手将主灯关掉。

床头灯按灭一盏，她裹着被子侧身躺着，眼睛合上，心跳却始终聒噪。

说实话，她这会儿真的很困了，从早折腾到晚，身体精疲力竭想休息，可脑子却是活跃着，想东想西。

也不知过了多久，那紧张的情绪才渐渐放松下来，她感觉浓重的困意如潮水般袭来。

眼皮越来越沉，意识越来越模糊。

就在她半梦半醒之间，身边的床榻陷下去一块。

仿佛耳边叮地响了声，裴景烟的意识清醒过来，她睁开眼睛，屋内漆黑一片，也不知道男人什么时候关的灯。

眼睛看不到，耳朵就变得越发灵敏。

她听到窸窸窣窣的衣料摩擦声，又感觉到男人掀开被子躺了下来。

当他的手臂揽住她的肩膀，高大健硕的身躯贴着她时，她的背脊不由得僵住，整个人如遇到沸水的虾米，紧张得连脚趾都缩了起来。

"还没睡？"

男人低沉的嗓音从耳后响起，喷薄的鼻息似乎还带着水汽的潮湿，叫裴景烟细嫩的肌肤都冒出小疙瘩来。

她缩了缩脖子，小声道："睡了。"

谢纶道："睡了还能说话？"

裴景烟低声道："快睡着了，被你吵醒了。"

"我怎么吵你了？"他轻叹口气，受到冤枉般，"我还什么都没做。"

裴景烟的耳根顿时更红了。

就在她大脑混沌之际，男人的吻倏然落在她的耳垂。

裴景烟倒吸一口凉气，他来真的？！

一时之间她都不知该做出什么反应，只一动不动的。

谢纶感受到她微绷的背，拍了拍她的肩："睡吧。"

裴景烟低低"嗯"了声，闭上眼睛。

屋内安静下来，

可睡着后的裴景烟并不老实，香香软软的身躯缠着他、抱着他，无时无刻不在考验他的定力。

谢纶只得尽量忽视怀里不安分的人，默默想着：

再等等吧，三年都等过来了，也不差这么些时日。

第十四章 · 【他家的女主人】

就像是黑暗中多了一盏暖黄的灯。

▼

1

第二天，裴景烟醒来时，谢纶已经穿戴整齐。

她抱着被子顶着凌乱头发坐在床上，看到屋里多出来的西装革履的男人，神思还有些恍惚。

谢纶端了杯温水到她跟前："还没睡醒？"

裴景烟木木地接过他递来的水杯，等那温水一点一点浸润唇舌，她的意识也逐渐清醒，同时苏醒的还有昨夜熄灯后的记忆。

他不知亲了她多少下，他们耳鬓厮磨，就差最后一步……

裴景烟的脑袋不禁低下，一同降低的还有说话的底气："现在几点了？"

谢纶："上午九点十八分，双方长辈已经用过早餐，在群里约我们一起用午餐。"

裴景烟轻轻"哦"了声，将水杯放在一旁。

见男人还站在床头，她有些不好意思掀被子下床，于是问："你先下去吃早饭吧，不用等我，我洗漱好了自己会下去。"

谢纶："我叫了客房服务，早饭很快送来。"

裴景烟："……"

她沉默了下，道："那你去阳台坐坐？"

谢纶："为什么？"

裴景烟从男人的语气里听出淡淡的笑意，白皙的脸颊微微涨红，忍不住咬牙瞪了他一眼：明知故问！

看着她那双瞪得圆圆的乌黑杏眸，谢纶眉梢微挑，忽而朝她俯下身来。

裴景烟吓了一跳，下意识往后倒，同时抬手捂住自己的嘴巴："你！你不许！"

谢纶骨节分明的手扶着柔软的皮质床背，离她更近了，鼻梁差点就蹭过她的脸，低沉的嗓音透着些晨起的沙哑："不许什么？"

热息拂面，裴景烟的眼睛瞪得更圆了："……我……我还没刷牙！"

谢纶轻笑："我不嫌弃。"

裴景烟瞬间炸毛："我嫌弃！"

见她音调都变尖，谢纶耸肩放弃。

他又伸手理了下她凌乱翘起的发丝，薄唇轻翘地看着她："那等你刷完牙，再亲。"

裴景烟："……"

谢纶站直腰身，稍理了下袖口，在裴景烟要咬人的目光下，走向阳台外的沙发边坐下。

裴景烟抬手揉了揉自己的脸，心里骂自己没出息，又被这无耻的男人戏弄了！

吃了点早饭垫肚子，上午十一点左右，裴景烟与谢纶一同下楼。

来参加婚宴的宾客大多是今天回国，上午双方父母应酬送走了一拨，这个时间点倒清闲下来。在酒店管家的组织下，剩下的宾客在草坪上搞起烧烤音乐会。

新婚小两口一露面，立刻吸引所有人的目光。

裴景烟和谢纶跟亲戚朋友们打了个招呼，又走到双方父母跟前问好。

见儿子儿媳十指紧扣的手，谢父谢母都笑眯眯的，心里是一千个一万个满意。

谢母温和地问着小两口："你们昨晚休息得还好吗？"

裴景烟微窘，不知道怎么开口。

谢纶淡淡答道："还好。"

谢母见着他俩的反应，脸上的笑意更深，温声说道："那就好。这里晚上还是很安静的，住得也舒服。你们可以多住几天……"

与双方父母闲聊了几句，裴景烟就被秦霏和温若雅以烤肉之名，拉到一旁八卦。

秦霏上下打量着裴景烟，嘴里"啧啧"出声："红光满面，色若桃花，看来昨晚过得很不错。"

裴景烟红着脸，伸手就要去揪她："别乱说！"

温若雅挤挤眼睛："何止是不错，十一点才下楼来，我刚看谢总眼下都有些乌青。"

听到这话，裴景烟的脸更烫了。

她一觉睡得安稳踏实，谢纶却看起来一脸疲惫。

与此同时，不远处，裴元彻觑着自家妹夫眉间的倦意，意味深长地拍了拍他的肩："虽说新婚宴尔，但还是得悠着点。"

谢纶："……"

用过午饭后，下午又有一批宾客准备离开。

裴景烟和谢纶一起在酒店门口送别客人，在他们百年好合、早生贵子的祝福里，以客气微笑回应。

轮到姑姑裴思珍一家告别时，裴景烟轻扯了下谢纶的袖子。

谢纶低垂下眼，见她有话要说的样子，配合地俯下身。

裴景烟凑到他耳边，低声道："我那姑父脸皮特别厚，你不用跟他太近乎，否则他要管你借钱了。"

谢纶意味不明地看了她一眼。

裴景烟自顾自地解释："你可别多想，我只是看不惯他们扒着亲戚吸血的行为。"

谢纶："谢太太觉得我像冤大头吗？"

裴景烟："……"

说实话，他之前对她出手的阔绰劲儿，真有些像冤大头。

这也是他运气好，遇上了她，要不然换成居心不良的女人，早就把他的家底掏空了。

唉，她可真是太善良了。

谢纶似乎读懂了裴景烟那略显陶醉的小表情，薄唇轻扯了扯。

其他的话他也没说，只捏紧了她的手："都听你的。"

他这包容顺从的态度，叫裴景烟心尖微软，还想说些什么，就见裴思珍一家走上前来。

裴景烟一看到姑父宋家豪那张挂满谄媚的笑脸，忍不住在心里翻了个白眼，面上却还得保持客气，与这一家三口打着招呼："姑姑，姑父，莉莉表妹。"

裴思珍上前与裴景烟和谢纶道着恭喜。

宋家豪知道裴家这小侄女眼高于顶，一向看不上他，也不去与她搭腔，只笑着与谢纶说话，又递出名片："你娶了小景，以后咱们就是一家人了。侄女婿你年轻有为，以后要是有什么好的发财机会，可千万记得我这个姑父啊！"

谢纶接过名片，表面客气："一定。"

见谢纶将名片收进口袋，宋家豪很是满意，笑道："我们家小景什么都好，就是叫我大哥大嫂养得脾气娇了些，侄女婿以后可多担待些。"

许是中午多喝了两杯，叫他有点飘了，转头又对裴景烟道："小景啊，你现在嫁了人，也该收收脾气了。你能找到谢总这样的好老公，可得好好珍惜，给人当妻子可得贤惠些，花钱大手大脚的毛病也得改一改。谢总也有三十岁了，你俩也得抓紧要个孩子了，这么大个家业还等着人继承呢。"

裴景烟心头冷笑，又来了，这种三杯黄汤下肚就爱摆长辈架子教育小辈的口吻，还真是厌恶得很。

换作平时，她一定要怼回去，可今天情况特殊，还有两边的亲戚朋友看着呢。

裴景烟深吸一口气，告诉自己要心平气和。

没想到一旁的谢纶却开了口："小景嫁给我，不是叫她受委屈的。她婚前怎样，婚后就怎样。至于要不要孩子、什么时候要，也是她的选择，我都听她的。"

这话一出，在场的男人们表情各异，女人们则都面露笑意，谢母裴母更是非常欣慰。

宋家豪没想到自己拍马屁拍到马腿上，脸上表情微僵。

还是裴思珍赶紧笑着打圆场："呵呵，小景啊，你可真是好福气，找了谢纶这样会心疼人的老公，以后好日子长着呢。"

裴景烟也从谢纶发声的错愕中回过神来，挤出个敷衍的笑，应了两声。

宋莉全程就站在宋家豪和裴思珍身后，没怎么说话。

直到走出庄园酒店大门，上了前往机场的轿车，宋莉才忍不住埋怨："爸爸，你好端端的说那些话做什么，自讨没趣。"

宋家豪坐在副驾驶座，本来吃了瘪，面上就有些挂不住，现在听到宋莉这话，顿时怒了："我爱说什么就说什么，轮得到你来教训我了？"

宋莉面色白了白，却依旧梗着脖子："本来就是，你看不出那个谢纶跟裴景烟是一边的吗？你讨好他有什么用，白费功夫。现在裴景烟指不定在背后怎么笑话你呢。"

宋家豪怒道："她敢笑话我？"

"她凭什么不敢笑话你？她从来都看不起我们家。"宋莉语气冰冷，"爸爸，我可提醒你一句，你以后就算遇到事，也别去找谢绐，还是老老实实找舅舅帮忙得了。谢家那门亲戚咱们可靠不住，也攀不上。"

宋家豪知道女儿这话不是毫无道理，但想到新励科技这么大一棵树，如果能攀上那肯定是最好的。

"生意上的事我自有分寸，轮不到你教我。倒是你什么时候也长些出息，不求你像裴景烟一样找到谢绐这样的人家，能有谢绐十分之一的家底和本事，也能让我和你妈享享福了！"宋家豪语气里是止不住地羡慕，不得不说，裴家这次真是找了个极好的对象。

宋莉听到宋家豪的话，冷笑连连，心里既酸涩又愤懑："是我不够出息吗？就我们家这个样子，好男人见着都要望而却步了。"

她实在厌恶透了这个家，讨厌宋家豪，也厌恶裴思珍——明明捏着一把好牌，却把日子过成了这样。

同样流着裴家的血，然而她与裴景烟的日子天差地别，更别说在婚姻的抉择对象上，她怕是一辈子都比不过裴景烟了。

这种无力感叫她窒息，叫她愤怒。

这场婚宴，她本不该来的，来了也是自找不痛快。

眼见父女俩又要吵起来，裴思珍忙按住宋莉的手："好端端的吵什么。莉莉，快跟你爸爸道歉。"

宋莉咬着唇不想道歉，可在裴思珍哀求又无奈的目光下，还是低下声道："爸爸对不起，我不该跟你顶嘴。"

宋家豪哼了声没应她，背靠着座椅，将车窗降下三厘米的缝，闭着眼睛睡了起来。

2

庄园酒店里，下午又送走一批宾客后，剩下的也就是些直系亲属和关系亲密的好友了。

双方父母以及裴元彻夫妇都是明天中午的航班回国，秦霏和温若雅则打算再玩个两天再回国。

两人问起裴景烟的蜜月计划，很热心地建议道："国内这会儿冷得很，你们找个热带岛屿躺一个月吧。"

听到这个，裴景烟也认真考虑起蜜月旅行选址的安排来。

这天晚上，回到房间后，裴景烟就把蜜月的想法与谢纶说了。

她脸上贴着面膜，坐在沙发上懒洋洋地问着男人："你觉得哪里更好些？"

谢纶倒着红酒的手顿了下，侧眸看向裴景烟："这个月？"

"嗯呢。"裴景烟看着手机上的旅游攻略，随口道，"蜜月不就是在结婚之后吗？"

谢纶道："这个月我恐怕腾不开时间。"

裴景烟的视线从手机屏幕上挪开，朝着斜对面的男人投去。

只见男人手执红酒杯，高大的身形倚着深褐色酒柜。酒柜灯条的灯光在他俊美的脸庞落下一棱一棱的光条，叫他本就深邃的五官更添了几分神秘淡漠的电影质感。

谢纶看向她，薄唇微抿："我明天下午六点的航班飞柏林谈生意。"

面膜遮住裴景烟的表情以及她皱起的眉，她有很多话想问，可话到嘴边，又不知道该怎么问出口。

毕竟他是要去谈生意，而蜜月这回事，对于他们来说，本就是可有可无。

沉默了三秒，她故作轻松："那也没事，你忙你的吧。正好我也想和霏霏、若雅在伦敦玩。"

谢纶凝眸看向裴景烟，试图去分辨她的情绪。

虽然有面膜做掩护，但被他这般盯着看，裴景烟还是不大自在，忙从沙发上起身，往浴室走去："我先去洗漱。"

浴室门被关上，很快响起水声。

谢纶垂下黑眸，望着杯中轻晃的深紫色酒液。

他的长睫半耷拉着，黑眸中涌动的思绪让人难以揣测。

夜深人静，灯光落下。

裴景烟侧躺在床边，听到脚步声靠近，她赶紧闭上了眼。

不多时，那带着淡淡沐浴露香气和湿润水汽的身躯从背后覆了上来，他轻而易举将她圈在怀里。

她虽然打定主意装睡，但绷紧的背脊还是出卖了她。

身后的人没说话，只展开温热的掌心，沿着她的背脊一点点往下抚，似在安抚她的情绪，叫她放松。可随着他的触碰越往下，她到底没憋住，反手按住了他的手。

耳畔响起男人低沉的声音："怎么了？"

裴景烟抿了抿红唇："困了。"

身后有短暂静谧，他的唇落在她耳后薄薄的肌肤上，低低呢喃："真的困了？"

裴景烟从他微沉的语调以及那紧贴在腰上的反应，猜到他的意思，可她心里憋着口闷气，虽然知道怪不到他身上，但就是忍不住。

她将脸遮在被子里，悄悄挪动着腰："你明天不是还得去谈生意吗？早点睡吧。"

一把细腰才往前挪动些许位置，又被男人强而有力的手掌捞了回来，她的脸颊滚烫，闭着眼睛支吾道："你松开些，这样我没法睡。"

谢纶将脸埋在她的脖颈上，嗅着她身上淡淡清甜的香味："昨晚我也没法睡。"

裴景烟："……"

他像是在诱惑她，温柔而细密地沿着她的后颈往下吻："今晚可以吗？"

裴景烟心跳加快，轻咬着唇瓣，一会儿想着他亲得好舒服，一会儿又想，不行不行，不能被男色所惑，明明还生着气呢，自己才不要配合他！

她挪开他放在腰上的手，昏暗的灯光下，沉沉唤他的名："谢纶。"

感受到她的态度，谢纶的吻停下，少顷，伸手将她的身子扳过来。

虽是面对面，可她睡得低，鼻尖快要贴到他的喉结，轻柔的鼻息拂过他的脖颈，痒痒的。

谢纶低了低头，下颌扫过她的额头："等忙完这段时间，我再陪你去海岛玩？"

原来他知道她为什么生气。

裴景烟撇唇："……不用了，我想去的话，自己可以去，用不到你陪。"

谢纶："还生气呢？"

裴景烟："没生气。"

话音刚落，男人的手指就抚上她的唇，沿着唇形描摹两下："嘴都噘起来了，还说没生气？"

裴景烟一怔，随后恶向胆边生，张嘴咬住他的指尖。

谢纶半点不惊讶般，由着她咬。

他低下头，借着微微的夜灯光线，望着她咬着他指尖的动作，眸色越暗。

这样一来，倒叫裴景烟不好意思了，她赶紧把他的手指松开。

男人的语气似带着笑："不咬了？"

裴景烟羞恼地别开脸。

谢纶笑而不语，过了一会儿，又将人揽在怀里，亲亲她："这回去柏林的生意谈妥了，我腾出时间，好好陪你。"

裴景烟："你忙你的，我又不是不讲道理，我也有我的事，咱们各自忙。"

说着，她的手抵在他的胸膛前，呈现一种防备姿态："好了，睡觉了！"

谢纶喉结微滚，最终还是什么都没说，搭着她的肩，闭上了眼。

3

第二天，待双方亲戚好友上了车远去，裴景烟敛了笑意，松开谢纶的手说："我先上楼收拾东西，晚上和霏霏、若雅去另一家酒店住。"

也不等谢纶开口，她就踩着小高跟鞋，昂头挺胸朝电梯间走去。

一个小时后，她提着小行李箱，与秦霏、温若雅到了庄园酒店大门。

谢纶知道小姑娘还生着闷气不乐意搭理他，于是拜托秦霏和温若雅："麻烦你们照顾下我太太。"

秦霏和温若雅自是满口应下："一定一定。"

裴景烟用力关上车门，又按下车窗，不耐烦地催道："上车啦，再晚些就赶不上看秀了。"

秦霏和温若雅无奈叹口气，与谢纶说再见。

等上了车，从后视镜里见到男人依旧站在原地的身影，秦霏感叹："不知怎么搞的，突然有种拐人家老婆的负罪感。"

温若雅点头附和，"我也觉得，谢总好可怜一男的。"

听着两个闺密叛变，裴景烟柳眉倒竖："他哪里可怜了？"

秦霏捂着额头："你家谢总不是得赚钱给你花吗？"

温若雅："不然你们改去柏林度蜜月得了，你现在折回去还来得及。"

裴景烟咕哝道："我才不要。"

现在折回去，显得她多舍不得他似的？她不要面子的啊。

见裴景烟嘴硬的样子，秦霏和温若雅面面相觑，交换了个眼神——

完了完了，陷进去了。

两人却是看破不说破，毕竟感情这回事，旁人说千道万，都比不过当事人自己体悟。

裴景烟与温若雅、秦霏在伦敦玩了三天，看秀看展逛街购物，仿佛忘了自己还有个老公。

这三天，谢纶收到关于裴景烟的消息，仅限于信用卡的消费扣款短信。

随着每日消费金额的起伏，他也能窥得她的情绪变化。

第四日，裴景烟和两个闺密回了国。

刚回到裴家，谢纶就派了秘书去接裴景烟。

秘书毕恭毕敬："谢总还在柏林，五天后的航班回国，他吩咐我先来帮太太搬家。"

裴景烟心头腹诽，他倒是消息灵通，她前脚到家，他后脚就派人来帮她搬家。

可搬过去做什么呢？空荡荡的一个大房子，还不如住在自己家舒服。

不等她开口拒绝，就对上自家父母欣慰的笑脸："谢纶真是有心了，人在国外忙着，还不忘惦记着你搬家的事。"

裴景烟："……"

为了不让父母记挂，她还是挤出一抹笑："是，他一向都挺贴心的。"

搬吧搬吧，迟早也是要搬的。

谢纶手下的人办事效率很高，当天晚上七点，裴景烟就搬进了谢纶的云水雅居。

这是套位于西城区的高端别墅，东靠青灵山，北有青浦湖，依山傍水，风景极佳。

裴景烟换了拖鞋走到餐厅时，桌上已经摆好热气腾腾的晚饭。

三菜一汤，全是她爱吃的。

保姆赵阿姨舀了米饭送上来，团团脸笑得很是和气："这些菜都是先生吩咐做的，太太尝尝看，看吃得习不习惯？如果有什么要改进的地方，尽管跟我说。"

裴景烟微微掀了下嘴角："好。"

她拿起筷子，在赵阿姨期待的目光下，每道菜都尝了一口，而后给出评价。

好的地方她夸，不好的地方她提出来，赵阿姨听得连连点头："太太说的我都记下了，下次一定改进。"

裴景烟轻"嗯"了声，又半开玩笑地问："谢纶会这样挑剔吗？"

赵阿姨一怔，忙答道："先生平时很忙，又经常出差，有时候两三个月都不一定在家吃顿饭。"

说到这里，她又笑着对裴景烟道："现在太太在家了，先生应该会经常回来吃饭，我的厨艺也能练得更好些。"

"那可不一定。"

裴景烟淡淡说着，在赵阿姨错愕的目光里，多解释了一句："我是说他不一定会经常回来吃饭，结了婚他照样很忙。"

赵阿姨缓过神，笑了笑："没事，太太您尽管提要求，照顾好您是我的职责。"

裴景烟对这赵阿姨的观感还不错，又与她聊了两句，就叫她先下去歇息。

裴景烟这边慢悠悠地喝着汤，手机忽然振动一下。

划开一看，是谢纶发来的消息：【到家了吗？】

盯着屏幕片刻，裴景烟拍了张桌上的饭菜，发送过去。

XLun：【嗯，那就好，好好吃饭。】

看着这条回复，裴景烟嘴角微撇，她又不是小孩子了。

也不想再理他，她将手机放在一旁，继续吃饭。

等吃饱喝足后，她坐着玩了会儿手机，便起身参观这套豪华又宽敞的别墅。

再怎么说，她以后就住在这里了，总要熟悉熟悉地盘。

设计感倒不错，就是太大了，空荡荡的，他一个人住也不嫌冷清。

也不知她在这儿能不能睡习惯。

逛着逛着，裴景烟也逛累了，正好帮佣也将衣帽间都整理好了，她便溜达到了主卧。

然而一推开门，她整个人都呆住了。

只见黑白灰色调的房间里，正中那张两米宽的大床上铺着雾粉色的床单，床头还摆着两个可爱的卡通玩偶……

这个画风，是她打开的方式不对吗？

她揉了揉眼睛，关上门，又打开了一回。

所以，有些人表面清冷，其实私底下偷偷盖着粉色床单，抱着玩偶睡觉？

她忍不住拿出手机，拍了张照片发给谢纶。

美少女景：【粉色？没想到你是这样的谢纶。】

XLun：【……乱想什么。】

XLun：【按照你的喜好布置的。】

裴景烟愣了下，缓步走到床边坐下，手指轻抚过雾粉色的床单，触感柔软又暖和。

这是专门为她布置的？

她手指放在屏幕键上，少顷，发送一条：【我们以后……是住在一起吧？】

XLun：【嗯。】

美少女景：【睡一张床？】

XLun：【嗯。】

美少女景：【那你也盖粉色被子？】

XLun：【嗯。】

美少女景：【你除了"嗯"不会说别的吗？】

XLun：【你喜欢粉色，家里都听你的安排。】

看着这条回复，裴景烟嘴角有些小得意地翘起，这还差不多嘛。

半分钟后，手机又振动一下。

XLun：【一个人在家住，会不会怕？】

美少女景：【我又不是小孩，再说了，不是还有赵阿姨在。】

XLun：【那就好。我下周一的航班回国。】

美少女景：【不着急，谢总你慢慢忙。】

美少女景：【不跟你说了，我洗澡睡觉了。】

与此同时，柏林市中心。

谢纶看了眼玻璃幕墙外明晃晃的午后阳光，再看手机上那两条消息，薄唇微扯出一抹苦笑。

还在发着小脾气。

小姑娘哪里都好，就是年纪小，脾气大，难哄。

不过，好歹是搬去了家里。

一想到那清冷空荡的房子里，终于有了个女主人，就像是黑暗中多了一盏暖黄的灯，他的心里也蓦地敞亮。

发了个"晚安"过去，他将手机收起，继续忙着手头的工作。

4

在云水雅居连住了三个夜晚，裴景烟也逐渐适应了这个新家。

除了比较清冷，这里她还是很满意的。最让她满意的两个点：一个是顶楼的露天花园，还有一个是那极其宽敞的地下车库——谢纶竟然收藏了不少好车，其中还有好几辆是她心心念念的限量款！

在征得谢纶的同意后，这个周日，裴景烟开着其中一辆，去马术俱乐部玩。

车子一开进场地，立刻吸引不少目光。

等裴景烟从车里下来，那群富家子弟的表情也都变成了然。

原来是裴家的千金，新励科技的董事长夫人，她这个身份，能开这个车也就不稀奇。

温若雅已经在马场骑了好几圈，见着裴景烟来了，暗暗地笑她："可恶，今天又被你装到了。"

裴景烟将墨镜一摘，笑得明媚张扬："淡定淡定，常规操作。"又四处张望了一番，没见到秦霏的人影，不禁问道，"霏霏人呢？"

温若雅道："她先走了，好像是公司的艺人出了事，她作为老板得出面解决下。她叫我们先玩，下次她请客吃饭。"

裴景烟感慨了声："当老板不容易啊！"

温若雅："谁说不是呢。"

两人说着话，正准备去更衣室换衣服，没想到狭路相逢，半路遇到个冤家。

"哟，这不是裴景烟嘛，还真是巧了。"

说话的女人留着一头褐色鬈发，尖下巴，双眼皮，长相称得上漂亮，但也看得出后天加工的痕迹。

这人正是与裴景烟不对付的沪城名媛之一，阮氏集团的二千金阮梦思，也是先前试图与谢纶联姻未果的那位。

裴景烟也没想到今天会在这儿遇到她，怪影响心情的，轻挑了下眉："嗯，巧了。"

阮梦思上下打量了她一眼，嗲声嗲气道："你不是才在英国结婚，排场弄得挺大嘛，这个时候不在度蜜月，怎么有空跑来骑马？"

裴景烟也向她："你管我。"

阮梦思一噎，却也不气馁，扬起嘴角笑道："我哪敢管你啊，你现在可是沪城圈里的大红人呢，谁提起你，不得说一句你嫁了个好老公。"

裴景烟懒得与她浪费口水，弯起眼眸笑道："好了，还请阮小姐让一让，别堵着路。"

阮梦思脸上白了白，却还是往旁边让了道。

不过在裴景烟经过后，她佯装与身旁的同伴闲聊："得意什么，不过是商业联姻而已，谁知道能持续多久。"

她身后的跟班附和着："就是。我可听说他们婚礼结束第二天，谢总就飞去德国谈生意了，现在都还没回来。笑死，别说蜜月了，连个婚假都没有，可以说是很敷衍了。"

另有一人发出恍然大悟的声音："原来是这样，怪不得她跑来骑马呢。"

听着身后那阴阳怪气的叽叽喳喳，温若雅看向裴景烟："小景，你还好吧？"

裴景烟面色淡淡："好啊，好得很。就她们这些小伎俩，根本就不够瞧的，她们爱说就说，反正我照样开我的车，过我的潇洒日子，气死她们！"

温若雅仔细观察裴景烟的表情，见她的确并不在意，这才松了口气："你这样想就对了。有句老话说得好，君子坦荡荡，小人长戚戚。"

裴景烟笑道："我也不是君子，你可别给我戴高帽。"说着，她一把揽过温若雅的肩，"别说那些不高兴的了，好久没有骑马了，今天咱们骑个尽兴。"

温若雅笑着应下来："好。"

裴景烟走进更衣室换马术服，敛起眼底那一点儿小失落。

好吧，她必须承认，婚礼第三天，新郎就跑去出差，她的确是有些不爽的。

不过这份不爽，她才不会表露出来，叫旁人看笑话。

再说了，在与谢纶领证之前，她就清楚这桩婚姻是个什么模样。

说到底，是她贪心了，也怪不到谢纶。

和温若雅骑了一个下午的马，裴景烟出了一身汗，心情也畅快不少。

换下马术服，她拿起手机看了眼，一个来自"母上大人"的未接来电。

按了回拨键，点了外放，她边整理着头发，边等着电话接通。

嘟嘟声响起三下，电话那头就传来裴母的声音："小囡，你在哪儿？怎么不接电话？"

裴景烟："我刚才骑马呢，手机锁在柜子里没接到。妈妈，你找我什么事？"

裴母道："没什么事，这不是今天周末嘛，你哥你嫂子晚上回家吃饭，你晚上有其他安排吗？没安排的话也回来吃个饭吧。"

裴景烟应道："好，那我等会儿先回去洗个澡，再回家吃饭。对了，妈妈，我突然想吃你做的糯米蒸排骨了，你亲自下个厨好不好嘛。"

裴母笑道："你这个馋猫，好，你回来吧，我做给你吃。"

裴景烟："妈妈最好啦。"

母女俩说笑两句，就挂了电话。

温若雅很是羡慕："你妈可真好。唉，要是我妈也会做饭就好了，从小到大她就给我煮过一次面，那回豆角还没煮熟，害我食物中毒进了医院……要不是看过出生证明，我真怀疑我是她捡来的。"

裴景烟对温若雅那次食物中毒印象很是深刻，忍俊不禁道："那年我们读六年级，我记得我和霏霏还带着花去医院看你，哭着叫你要坚强，来世还要做姐妹。"

"去你的。"温若雅也笑了，又催着她，"好了，你赶紧走吧，时间也不早了，别在路上堵了。"

在俱乐部与温若雅分开后，裴景烟先开车回了云水雅居。

她出了一身汗，浑身黏腻得不舒服，而且骑了一下午马，身上好像还沾着马场的味道。

她直接脱了个干净去主卧浴室洗澡，智能音箱放着节奏感十足的音乐。

她边冲澡边跟着哼唱：

"So baby pull me closer in the back seat of your Rover, That I know you can't afford……"

温热的水流哗啦啦往下落，浴室里歌声震响，屋外开门放行李的声音显得那样微不足道。

二十分钟后。

当裴景烟裹着浴巾从浴室里出来，看到坐在床边的男人时，吓到扶墙，尖叫出声。

谢纶慢悠悠地掀起眼皮，漆黑的瞳看向浴室门边的女人。

她湿漉漉的发随意绾起，身上裹着条白色浴巾，消瘦的肩颈和精致的锁骨裸露无遗，再往下是两条纤细白皙的腿。许是在热水里冲得有些久了，她的肌肤泛着淡淡的粉色，就连光洁圆润的脚趾都泛着好看的浅粉色。

"几天不见就不认识了？"谢纶淡声道。

裴景烟回过神来，单手捂住胸口，略显局促地望着跟前的男人："你什么时候回来的，都不出个声？而且你不是明天的航班吗？"

"生意谈妥，就提前回来了。"见她慌张无措的模样，谢纶略微挑眉，"你不想我回来？"

裴景烟微怔，干巴巴道："那倒没有……"

——不过，你可真会挑时候回来啊！我还没穿衣服呢！

她视线生硬地转到那随手丢在床上的内衣内裤，象牙白的蕾丝花边，内衣正中还缀了个小巧的水滴形珍珠，可爱又浪漫。

裴景烟："……"

后悔，现在就是很后悔。

早知道谢纶会回来，她就该在洗澡的时候把内衣裤也带进去，而不是这样大剌剌丢在床上。

现在好了，叫他看了个一清二楚。

他会不会觉得她的内衣太幼稚了，一点都不性感？

顺着裴景烟懊悔的视线，谢纶看向那内衣裤，抿了抿薄唇，他朝那蕾丝边的内衣裤伸手。

裴景烟三步并作两步冲上前，一把抢过，面色羞红："你干吗？"

谢纶的指尖在空中微顿，侧眸看她："想给你送过去。"

裴景烟咬着唇瓣："不用。"

刚沐浴过，她的唇本就鲜艳饱满，贝齿轻轻咬着，唇瓣色泽更是艳丽。

谢纶蓦地想到分开前的头天夜里，她咬住他手指的模样。

羞愤，气急败坏，像只张牙舞爪的小野猫。

慵懒又清甜的玫瑰沐浴露香味伴随着淡淡水汽涌入鼻尖，他盯着她轻咬的唇，喉结轻滚。

感受到男人凝视的目光，裴景烟脸颊越发滚烫，揪紧手中的内衣裤，小声道："我先……先去换衣服……"

话音未落，她的手腕骤然被握住。

还未等她反应过来，随着一阵倾倒的力量，她整个人跌坐在男人坚实的怀抱中。

"谢纶，你……"

指责的话还在唇边，就见男人微眯起黑眸，视线晦暗不明地盯着她锁骨之下。

裴景烟怔了怔，下意识低头看去，只见她身上裹着的浴巾松开一片。

旖旎雪色，半遮半露。

她脑袋轰的一声，小脸瞬间爆红，连忙伸手掩着胸口，急急道："闭上眼，不许看！"

她下巴陡然被攫住，下一刻，男人俊美的脸贴上来。

他高挺的鼻梁轻蹭过她绯红的脸，清冽的嗓音透着微哑："已经看到了，怎么办？"

第十五章 · 【出差归来的他】
"谢太太给点甜头尝尝？"

▼

1

裴景烟觉得自己的耳朵都要像漫画书里画的那样往外冒烟了。

这会儿她本就羞耻得恨不得找个地洞钻了，偏偏男人还纠缠她不放，泛青胡楂的下巴有一下没一下蹭着她颊边肌肤，缓声道："我加班加点地赶回来，谢太太给点甜头尝尝？"

裴景烟纤浓的眼睫颤了颤，试图装傻："你……你累了就先休息……"

——找我给什么甜头！我又不是蜂蜜罐！

她这边挣扎着要从他怀里起身，可腰上那只手掌握得很紧，叫她整个人都被牵制着动弹不得。

可她不信邪，还想再起身，男人的吻倏忽就落下来。

裴景烟陡然睁大了眼睛！

男人修长的手指轻覆上她的下巴，稍稍一挤，她的唇就嘟了起来，连带着原本紧紧闭着的贝齿也被撬开，下一刻，淡淡薄荷气息的唇舌轻车熟路地勾缠着她的舌尖。

"谢……唔……无……"

那个"耻"字她还没说出口，就被炽热的吻狠狠堵了回去。

这回的吻和前几次很不一样，强烈又凶猛，宛若大海深处暗藏的巨大海怪，掀起惊涛骇浪，带着吞噬一切的力量。

裴景烟被这猛烈的攻势搅得一团糟，原本抓紧胸前浴巾的手也渐渐失了力气，不知不觉抵在男人健硕的胸膛前。

完了完了，她感觉自己要完了。

像是完全被他掌控住，浑浑噩噩的，就连什么时候被放倒在床上，他俯身压着她亲吻，她都浑然不觉。

外头寒风瑟瑟，屋内开着地暖和空调，26℃恒温，暖和如春。可浴巾凌乱敞开时，裴景烟还是忍不住泛起一阵阵战栗。

呼吸乱得不像话，他暂时离开她的唇，抬手解开衬衫领口的两粒扣子，在她眼中意识又稍有清明时，再次俯身。

热吻从唇瓣游移着，移至她的耳垂和脖颈。

玫瑰沐浴露的气味馥郁馨香，她香软得不像话，宛若一块撒着玫瑰花瓣的粉色酒心蛋糕，他慢条斯理地品尝着她的甜美。

屋内的灯光还明亮着，冰凉的皮带扣贴到平坦的腹部，刹那的凉意叫裴景烟的脑袋清醒了些。她心跳咚咚咚跳得厉害，扭过脑袋，有气无力地推了下谢纶："你别……"

谢纶的动作顿了下。

随后，他精准扣住她纤细的手腕，举过头顶，那双阒黑的眸子深邃如墨，哑声道："婚礼那晚，我说过的，下次不会放过你了。"他低下头，炽热鼻息扫过她的眉眼，"谢太太，你该准备好了。"

裴景烟语塞，一时找不出反驳的话语和理由。

谢纶也不给她思考的时间，伸手托住掌下的细腰，将人往床上送了些。

屋内的气温节节攀升，就在意乱情迷之际，床头柜上的手机忽然响了起来。

两人皆是一怔。

裴景烟睁开眼睛，扭头朝床头柜看去，微微喘道："我的电话……"

谢纶吻着她的嘴角："不管。"

他按着她继续亲，可那电话还在响个不停。

裴景烟从他的吻中断断续续地说："接……接一下吧……"

恼人的电话铃实在破坏气氛，谢纶只得撑起半边身子，将手机捞起。

他本想按挂断，可看到屏幕显示的"母上大人"，俊美的侧颜有一瞬僵硬。

裴景烟："是谁的电话？"

谢纶："岳母。"

裴景烟陡然想起正事来，面红耳赤道："对了，我妈叫我晚上回家吃饭！肯定是来催了！"

看着眉眼间神情略沉的男人，她赶忙扯过被子遮在身前，朝他摊开手："手机给我吧，我接下。"

谢纶薄唇轻抿，将手机递给她，面无表情地坐在一旁。

裴景烟按下接听键，不经意瞥过男人凌乱的衣衫以及那已经松开的皮带扣，脸颊瞬间滚烫，赶忙别开眼。

话筒里传来裴母慈爱的声音："小囡啊，到哪里了？你哥哥嫂子已经到了，就等你了。"

裴景烟一只手捂着发烫的脸，试图让自己的嗓音正常些："我……我快了，我马上就出发了，大概半个小时吧。"

裴母："噢噢，出发了就行，你路上开车不着急，安全为主，知道了吗？"

裴景烟："知道了。妈妈，那我先挂了。"

裴母："好好好。"

手机挂断，屋内重归安静。

安静得有些……尴尬。

裴景烟悄悄看了眼床边的男人，轻咳了一声："那个……我要回裴家吃晚饭了，你是一起去，还是在家里休息？"

谢纶侧眸看她。

这一看，裴景烟浑身都不自在，下意识把被子往身上扯了扯，只露出一双湿漉漉的眸以及两只绯红的小耳朵。

安静了三秒，谢纶道："我换个衣服，跟你一起去。"

裴景烟："噢。"

见他起身要往浴室去，她忽地想起什么："你要用浴室很久吗？"

谢纶："嗯？"

裴景烟："我等会儿还要吹头发，你如果很久的话……"

谢纶："我洗把脸。"

裴景烟："哦哦，那你去用吧。"

谢纶眯起黑眸，意味深长地看了她一眼，终是什么都没说，径直往浴室去。

浴室门一关上，裴景烟坐在床上长松了口气。

再看那随手放在床头的内衣裤，还有那基本失去遮挡功能褪到腰间的浴巾，她忍不住捂住脸，羞耻地嗷呜了一声。

差一点，就差一点，如果不是母亲打来的那个电话。

她也不知道自己此刻的心情是怎样的，铃声响起时，她小小地松了口气，同时又有些失落，当然，更多是骤然从情爱中拉回现实的羞窘。

裴景烟觉得自己真的是被谢纶给蛊住了，这男人怎么这么会吻？

她胡乱想了会儿，便拿起内衣裤躲进衣帽间。

本来她今天是想穿一条米白色圆领羊绒毛衣的，可照镜子时，锁骨处却多了抹红色吻痕。

她纤细的手指在吻痕上揉了揉，愤愤地噘起唇，咕哝道："臭男人！"

圆领毛衣换成了淡黄色高领毛衣，想到刚才室内灯光明亮，她几乎被谢纶看了个遍，她又从衣柜里拿了件黑色长款羽绒服。

从头到脚，包得严严实实。

2

黑色宾利在朦胧夜色中行驶，车厢里暖空调将车载香薰都蒸出暖暖的木质香味。

在裴景烟第七次偏头打量身旁闭目养神的男人时，他陡然睁开眼："有话要说？"

被抓了个正着，裴景烟悻悻坐直身子："唔，看你好像挺累的，你其实不用陪我来的……"

谢纶单手支着额头，黑沉沉的眼睛看着她，没出声。

裴景烟抿了抿唇，有点没话找话的味道："你今天回来，怎么都不提前跟我说一声？"

谢纶："想给你个惊喜。"

想到打开浴室门见到他的刹那，裴景烟嘴角微抽，还真是好大一个惊喜。

想说的说完了，两人又陷入沉默。

见男人再次合上眼，裴景烟低头玩着手机。

一路无话，直到裴家别墅。

回到温馨热闹的家里，裴景烟整个人都放松了。

明明才搬走没几天，可再次回来，却是截然不同的心境和感受。

裴父裴母和哥哥嫂子都在客厅里坐着聊天，气氛很是轻松。见着裴景烟和谢纶一起过来，裴家父母笑容更甚。

裴母边张罗着谢纶坐下，边拍着裴景烟："你这孩子也太不懂事，谢纶回国了你怎么不在电话里说一声，我好再加几个菜。"

裴景烟撇了撇唇，刚想开口，谢纶那边接过了话茬："妈，不怪小景，我也是刚到家不久。"

裴母见他维护着女儿，眉开眼笑："原来是这样。"

裴父看了眼手表，从沙发上起身："好了，都别干说话了，上桌吃饭吧。"转脸又吩咐管家，"难得今天一家子都齐了，去酒柜里把我那瓶珍藏的三十年好酒拿出来。"

管家弯腰应下。

众人一齐入了座，裴景烟想跟顾沅坐，硬是把裴元彻挤去了谢纶身边。

裴元彻今天心情不错，也不与她计较，只侧眸看着身旁的妹夫："没休息好？"

谢纶随口答道："时差还没倒过来，回去睡一觉就好。"

裴元彻"嗯"了声，与他聊起此次合作的事来。

男人们饭桌上聊着生意，裴景烟则与顾沅约着去泡温泉："是若雅家新收购的一家温泉山庄，环境设施都很不错，冬天泡温泉最舒服了，嫂子，你和我哥也一起来玩吧，人多更热闹，还能一起玩桌游。"

顾沅温柔的脸庞透着遗憾，摇头道："我怕是去不了……"

裴景烟微怔："为什么呀？反正我们时间还没定下，你什么时候有空都可以的。"

"不是因为这个。"顾沅轻笑，面露赧色，"是因为……"

她有些难为情，还是对面的裴元彻出声道："小景，你嫂子这一年都不宜泡温泉。"

裴元彻和顾沅互相看了眼，夫妻俩仿佛达成默契。

最后还是裴元彻坐直身子，以拳抵唇，清了清嗓子，面色庄重又难掩笑意地宣布："今天我们回来是有个好消息宣布，沅沅怀孕了。"

这话一出，别说桌上的裴家人了，就连一旁伺候的帮佣们都露出惊喜之色。

裴景烟眨了眨杏眸，好奇又欢喜地看向顾沅平坦的腹部："嫂子，你怀孕了？"

顾沅娇美白皙的脸庞羞红一片，轻轻点了下头："嗯，前两天测出来的，昨天去医院做了个检查，确定有五周了。"

裴母激动得直拍裴父的手："老裴，你听到了没，咱们要当爷爷奶奶了！"

裴父被裴母拍得手疼，脸上也满是笑容，连连应着："听到了，听到了。"又板起脸，去告诫裴元彻，"沉沉现在怀孕了，你小子可得仔细照顾她。至于公司的事，那些要出远门的商务你都安排给别人做，你就老老实实在沪城，多陪沉沉，知道了吗？"

裴元彻道："爸，这些不用你说，我都会安排好的。"

裴父"嗯"了声，又另外叮嘱着其他。

裴母这边也拉着顾沉的手，眼睛频频往她肚子看去，又将桌上不适合孕妇吃的菜肴都挪到了裴元彻跟前，同时交代着："你怀孕了可得千万仔细着，温泉是肯定不能去泡了，那地上又滑，万一磕着碰着了怎么办？而且温泉里有硫磺，温度也高，肚子里的孩子受不了的。"

怀孕生子这事，裴景烟压根没有发言权，只睁着一双圆溜溜的眼睛，在旁边像个好奇宝宝般听着。

她一会儿感叹怀孕生子太奇妙了，一会儿又忍不住嫌弃地看着自家哥哥。

啧，效率还真高，那大半年的蜜月真的没白度。

对面裴元彻看到自家妹妹投来的嫌弃小眼神，挑了挑眉，来了招祸水东引，促狭地撞了下谢纶的胳膊肘："妹夫，我家小景一直挺喜欢孩子的，你看，我老婆怀孕，她多高兴。"

谢纶慢悠悠地看向对座的裴景烟，意味不明地说了声："是吗？"

裴景烟："……"

——别拦我，我要掐死这哥哥！

裴景烟局促地端起手边的橙汁喝了口。

无奈哥哥不依不饶再次提她："接下来就等着你们的好消息了，到时候我一定给大外甥包个大红包。"

裴景烟抬眼瞪着裴元彻。

裴元彻面带微笑地迎上妹妹杀气腾腾的眼神："不客气。"

裴景烟扯了扯嘴角，紧捏着玻璃杯。

如果眼神可以杀人，哥哥早就被她的目光扎成了刺猬。

裴母也看出兄妹俩的眼神较劲儿，无奈地瞪了裴元彻一眼："你妹妹才结婚呢，急什么。"

裴景烟一脸感动地看向母亲，果然世上只有妈妈好！

下一秒，又听裴母笑吟吟道："不过谢纶年纪也不小了，上次跟亲家聊起来，他们也想着早些抱孙子呢。小囡啊，你们这两年要一个也差不多。"

裴景烟大窘，娇嗔地喊了一声："妈妈。"

谢纶则道："爸，妈，我和小景会计划好的。"

裴景烟微愣，抬眼看向对面淡定从容的男人。

谢纶不动声色地回望了她一眼。

她面上一热，连忙低头喝汤，假装没瞧见。

因着嫂子怀孕的喜事，今晚饭桌上的气氛格外热烈。

裴父那瓶珍藏的好酒也被喝光，三个男人都喝得有点醉。

转眼到了十点，儿女们也要各自回家。

裴景烟看着沙发上带着酒气的男人，磨磨蹭蹭不肯靠近。

还是裴母推了裴景烟一把，她才不情不愿地走过去，扶他起来："我们也回去吧。"

谢纶掀眸看了她一眼，旋即撑着身子站起，毫不收敛地揽过她的肩膀，大半个身子都压在她背上："嗯，回去。"

裴景烟一时分不清他是真醉还是假醉，碍于父母在场，她也不好直接把他撂开，只好由他揽抱着。

她挤出个笑脸对父母说："爸爸妈妈，那我们先走了。"

谢纶："爸，妈，回见。"

裴母扶着红光满面的裴父，挥手道："好好好，你们赶紧回去休息。小囡啊，你回去记得叫保姆煮碗醒酒汤给谢纶，不然明天起来头要疼了。"

裴景烟敷衍地"嗯嗯"了两声，扶着男人往外走。

她严重怀疑他是故意的！不然这也太沉了些！

一直走到车边，司机搭了把手，裴景烟才将男人塞进后排。

车门一关上，裴景烟松了口气，吩咐司机："回云水雅居。"

司机："是。"

车子发动，裴景烟边揉着酸痛的肩膀，边看向身侧的男人嘟囔："既然酒量不好，喝那么多做什么？明天这个样子怎么去公司？"

话音才落，身旁的男人忽然睁开了眼，把裴景烟吓了一跳。

下一刻，男人高大的身子朝她倒了过来。

突然被圈入怀抱的裴景烟有些蒙。

鼻尖萦绕着男人身上的乌木气息和淡淡的酒气，裴景烟脸上泛红，鼓着脸，气呼呼道："你果然是装的！谢纶，你给我起来！"

她挣扎着想从他怀中出来，可男人却拍了下她的臀，埋在她脖颈间的嗓音透着淡淡的倦意："乖，让我抱会儿。"

裴景烟身形僵住。

不知是因为他这慵懒又莫名宠溺的话语，还是因为他那轻佻的动作。

他竟然拍她那儿？臭不要脸！

她脑子混乱时，耳边传来一阵均匀而平缓的呼吸。

裴景烟："嗯？"

他睡着了？他竟然还睡着了！

她磨了磨后槽牙，讲道理，这会儿她挺想抬手把他推到一边的，反正也没别人在，她不用装模作样营业好夫妻形象了。

然而，她纤细的手指才收紧成拳，又一点点松开。

算了算了。

她缓缓放松着紧绷的身子，手也垂了下来，小声咕哝："看在你出差辛苦赚钱供我刷刷刷的份上，我就勉为其难把肩膀借你靠一靠。不过仅限这一回，下次可没这么好的事了。唉，谁叫我人美心善呢，你娶了我真是赚到了……"

她小声絮叨着，全然没注意到光线昏暗处，男人微微翘起的嘴角。

3

黑色宾利在浓重的夜色里驶回云水雅居，裴景烟搓了搓手，准备挟私报复拍醒谢纶的前一秒，男人就睁开了眼。

这让她那离他脸庞只有三厘米距离的手显得有些尴尬。

光线昏暗的车厢里，男人眸色难辨，鼻音浓重地问："到了？"

"到了。"

裴景烟默默收回手，略有些心虚地挣了挣肩膀，像是甩开一张厚重的网："快点下车吧，一身酒味，难闻死了。"

说着，她自己先下了车，又叫司机把谢纶扶出来。

谢纶自己从车里钻出来，也不让司机扶，只斜倚着车门，一错不错地盯着裴景烟看。

裴景烟试图避开他的视线当没看见，可男人的目光太过锐利，再加上司机那尴尬在原地的为难样，纠结三秒，裴景烟还是硬着头皮上前去扶谢纶。

司机如释重负，弯着腰，毕恭毕敬地朝向谢纶："谢总，明天我几点来接您？"

谢纶懒散地搭着裴景烟的肩，半醉半醒地答："明天我不去公司，不用来接。"

司机应了声"是"，站在原地跟裴景烟和谢纶道了再见，再目送着他们上电梯。

电梯由地下车库直达别墅三层楼。

走进电梯间，裴景烟先按了二层，又忍不住扭过头，两道漂亮的眉细细皱起："谢纶，你别装了，我知道你没喝醉！"

谢纶半合着眼："醉了。"

裴景烟："……"

信他个鬼！

不等她再次开口，电梯门叮一声打开。

赵阿姨二十分钟前接到裴景烟打来的电话，就在客厅守着了。

见着电梯里走出来的两人，赵阿姨连忙上前打招呼："先生，太太，你们回来了。"

裴景烟闷闷地"嗯"了声。

赵阿姨见到靠在裴景烟身上的谢纶，不禁惊呼出声："啊哟，先生怎么喝了这么多？"说着，伸出手要扶谢纶。

谢纶抬手拒绝，只倚在裴景烟身上。

裴景烟算是看明白了，这男人借酒耍无赖，故意折腾她。

她咬了咬牙，费力将背上这个"巨型人形挂件"拖到沙发旁，毫不客气地推下去。

赵阿姨在旁边看得心惊胆战，这还是她头次见着先生太太相处的状态。

不是说新婚宴尔，如胶似漆吗？这怎么跟她想象中的新婚夫妻不大一样？难道是刚吵过架？

裴景烟活动着肩颈，问赵阿姨："醒酒汤煮好了吗？"

赵阿姨忙道："快好了。先生太太先回房间休息吧，等醒酒汤好了，我给你们送去。"

"嗯，也好。"裴景烟应了声。

赵阿姨这边极有眼力见地往厨房去了。

裴景烟扭头看着躺坐在沙发上的男人，语气不算客气："别装了，回房间洗澡了。"

谢纶缓缓睁开眼，望着她："头晕。"

裴景烟撇了下嘴角："我才不上你的当。你再不起来，我自己回房间了。"

谢纶："真的头晕。"

裴景烟："……"

　　望着男人被酒气熏染得有些泛红的眼角，那张冷白俊朗的脸庞也透着些许红，再想到今晚饭桌上，他的确喝了三分之一瓶白的，还有两大杯红的，不同酒混着喝最是醉人。

　　裴景烟心下有些犹豫，也许他不是装的？

　　站在沙发旁踌躇了三秒，裴景烟捏了捏手指道："头晕的话那你就在这儿躺着吧，喝完醒酒汤再叫赵阿姨扶你进屋，我先走了。"

　　管他装不装的，她都已经扶了他一路了，这都到家了，有保姆伺候着，她才不惯着他呢。

　　这般想着，她转身往卧室走去。

　　毛绒拖鞋在木板上发出踢踏踢踏的声响，渐行渐远。

　　谢纶往沙发上靠了靠，抬手揉了下眉骨，低垂的黑眸里，神色难以揣测。

　　不知过了多久，那踢踏踢踏的声音又响起。

　　朦胧光影下，那道娇小绰约的身影走了回来，白皙的小脸鼓着，殷红的唇瓣抿成一条薄薄的线，她弯腰朝他伸出手，没好气道："我肯定上辈子欠你的！"

　　谢纶眼底闪过一抹浅笑，配合地站起身。

　　裴景烟一边把人拽回卧室，一边碎碎念着："明天我就去把那个奶茶色的小羊皮包拿下来，刷你的卡！"

第十六章 · 【鸳鸯被共枕眠】
图她的心。

1

等谢纶喝过醒酒汤，去浴室洗漱时，已将近晚上十一点半。

裴景烟白天骑了快两个小时的马，晚上又出门一趟，这个点也有些累了。

简单洗漱一番，她就换了睡衣上床。

她寻思着谢纶今天才坐了十几个小时飞机回国，又喝得这样醉，深更半夜应该不会再有什么其他活动，心情也放松不少。

在被窝里寻到一个舒适的角度，她侧躺着刷了下短视频。

浴室里忽然传来啪一声重物落地的响动。

这声闷响十分清晰，叫裴景烟原本上扬的嘴角凝固住。

小耳朵不自觉竖起，听着里头没了动静，她放下手机，坐起身，朝浴室方向问了声："怎么了？"

浴室里安安静静，没有回答，只有水声。

裴景烟皱起眉来，开始疯狂脑补——

难道谢纶喝得太醉，摔倒了？头磕到浴缸了？血流成河，昏迷不醒了？

坏念头一起，再想遏制住就难了。

迟疑两秒，裴景烟掀起被子起身，走到浴室门前。

她敲了敲门，问："谢绘，你没事吧？"

浴室里依旧没声音。

裴景烟心里"咯噔"一下，坏了，不会真摔晕过去了？

她纤瘦的手虚虚搭在门把手上，又扬声喊道："你不出声我就进去了。"

浴室门没有反锁，一拧就开了。

淋浴房里烟气缭绕，在那淅沥沥的淋浴喷头之下，身形挺拔高大的男人正好端端洗着头发。

似有所感应般，他缓缓掀起眸，朝门口看来——

裴景烟只觉得一股热意直直往脑袋冲，她足足愣了两秒钟，才反应过来，忙不迭抬手捂住了眼睛，嗓音也因极具尴尬变得尖厉："我……我不是故意的！我什么都没看到！"

也不等男人开口，她火速退到门外，啪地把门关上。

心脏怦怦跳得飞快，快得要跳出胸口一般。

裴景烟捂着胸口，赶紧钻回床上，一把抓过被子蒙住了脸，可方才瞧见的那一幕，却反反复复不断在眼前闪回。

被水淋湿的宽阔上半身，性感结实的胸肌和八块腹肌……

救命。

她心里的土拨鼠在疯狂尖叫，完了完了，自己的眼睛和脑子都不干净了！

虽说先前几回同床共枕的经历，她对他的身体也有所了解，可前几次都是黑灯瞎火，远远没有这次直白的视觉冲击强烈。

她抬手拍了拍自己的脸，自我警告着：睡觉睡觉，不能再乱想了。

可刚才浴室里那声响动是怎么回事？而且他既然没事，自己喊他的时候，他干吗不出声？

好嘛，他会不会是故意的？心机！狡猾！

她也不知在心里骂了谢纶多久，久到那份羞窘渐渐平息，浓浓睡意即将占领上风时，男人走到了床边。

裴景烟的脑袋叮地响了下，困意也跑了些，但还是困的，于是她选择顺其自然，装睡。

床头另一边的灯光也灭了，室内又归于黑暗，一切动静都被放大。

谢纶一靠过来，裴景烟的睫毛就条件反射般颤了两下。

她还想继续装睡，可男人压根不给她机会。

他从背后拥着她，沐浴露的香气还混着若有似无的酒气，轻轻咬了下她的耳垂："小妖精睡了？"

裴景烟："……"

按理说她该继续装的，可这个称呼叫她好不服气！

她忍不住怼回去："谁妖了！"

谢纶："嗯，原来没睡。"

裴景烟："……"

她就知道他在诈她！

热意涌上脸庞，她没好气地拿胳膊肘抵着他的胸膛，脸埋在被子里发出的声音都有些闷："别说话了，睡觉。"

谢纶："你睡得着？"

裴景烟："为什么睡不着？"

谢纶的唇还贴在她的耳畔，絮絮低语，仿若情人亲昵："可我睡不着。"

裴景烟身子一僵，全当没听懂他话里的暗示，咕哝道："睡不着的话，你出去跑两圈。"

耳边响起低低轻叹，男人灼热的鼻息拂过肌肤，叫她脸颊越发滚烫："你就这么没良心？"

裴景烟尽量想带过去的一茬，陡然又被提起，直叫她脑子轰地炸了。

她窘迫地抓紧了被角，话都说不利索："你……你别乱说……谁看你了……"

话音落下，床上安静了两秒。

谢纶忽而抬手，将她的身子扳到他这边。

喝醉酒的人力气好像格外大，裴景烟一个不防就被他带了过来。

鼻尖蹭到男人袒露的胸膛时，她倒吸一口气，他怎么都不穿睡衣！

男人修长的手指懒散地插入她蓬松散开的发间，谢纶低下头，语调沉沉："你明明就看到了。"

也不知是空调温度太高，还是被子里的热度太高，裴景烟只觉得自己热得呼吸都变得急促，压根不敢抬头，只争辩着："我又不是故意的。"

"不是故意？"他哑着声音重复了一遍，薄唇毫无征兆地落在她的眉眼间。

裴景烟又紧张起来，嗓子发干解释着："我在门口喊了你，你不出声，我以为你摔死了……"

游移到她嘴角的吻顿了下，男人似气笑了："摔死了？"

裴景烟尴尬道："不是……摔晕过去……我明明听到有重物落下的声音……"

"洗发水掉了。"谢纶的指尖滑入她睡衣底下。

裴景烟微喘："那我喊你，你干吗不出声？"

谢纶："水声太大，没听见。"

裴景烟试图按住男人作乱的手："我才不信，你诓我……别……"

"信不信，不重要了。"

谢纶反扣住她的手，顺势覆上身去，幽深的目光落在她细嫩的脸庞，宛若雄狮在窥视着捕获的猎物，嗓音沉哑得不像话："重要的是，你得对我负责。"

裴景烟的睡意顿时荡然无存，也知道即将要发生什么事。心脏又开始狂跳，像是掉入陷阱的小兽，明明没有逃生的可能了，却还试图做着无用挣扎。

她偏过头,小声道: "你……你不累吗?"

"时差还没倒过来,不累。"

谢纶沿着她的脖颈吻下去,漫漫长夜,没人再来打扰,他解她的睡衣扣子都多了几分耐心。

"你不是还喝醉了……嗯……"

"不影响。"

"可、可现在太晚了……"

"明天不去公司。"

"可……可……"

裴景烟还想找借口,艰难转动混沌大脑之际,睡衣已被丢出被子外。

等一切都停歇,已是凌晨两点。

灯光再次熄灭,裴景烟习惯性侧着睡,缩成一团,刻意离那危险的男人远远的。

可她再怎么避,床就这么大,逃也逃不掉,最后还是被圈入怀里。

她还striking扭着,在被子下掰着他的手指,嘟囔道: "别抱我。"

话音才落,男人反倒把她抱得更紧了。

裴景烟气得不轻,扭了扭腰,少顷她僵着不敢再扭,只觉得不可思议,嗓音微颤: "你怎么又……"

谢纶扳过她的肩膀: "你再乱动,就别睡了。"

裴景烟睫毛颤了两下,双手抵着他的胸膛,说: "睡,我这就睡……"

谢纶低低 "嗯" 了声,却还有些不满,抓住她抵着的两只手,让她抱着他的腰。

裴景烟不肯配合,又被按着亲了一通。

等这个深吻结束,谢纶问她: "还闹吗?"

裴景烟耷着眼皮,哼唧了一声,也不再跟他犟,老老实实抱住他的腰。

谢纶这才放过她，手指轻抚着她的发："睡吧。"

裴景烟没再说话，她真的太累了，眼睛一合上，不一会儿就沉沉睡了过去。

第二天她一睁开眼，眼前是一张男人的脸。

"醒了？"

男人低沉的嗓音带着微微的沙哑，气息扫过耳畔时，激起一层细小的电流般，裴景烟瞪着一双圆圆的眼睛看他。

谢纶嘴角微掀。

他的小妻子什么时候才明白，她这副瞪人的模样，奶凶奶凶的，只会叫人更想欺负她。

"睡了一觉，又饿了。"他轻声道。

"饿了你去吃饭啊。"

裴景烟皱着小脸，就见男人视线扫过她，随即俯身吻她的耳朵。

裴景烟心脏咚咚狂跳，一把掀开被子，准备开溜。可还没等她跑开，纤细的脚踝就被握住，轻轻松松被捉了回来，身后响起轻笑。

裴景烟觉得她上当了。

之前她看过篇数据报道，说男人过了三十岁体力就会下降。

可和谢纶相比，她好像才是三十岁的那个，体力被碾压不说，还要被他教育，平时有空去健身房练练体力。

士可杀，不可辱！

于是裴景烟又狠狠地咬了他一口，解恨是解恨，但也换来变本加厉的折腾。

待一场风浪平息，裴景烟觉得她有些低血糖了，脑袋发晕，眼前还冒星星。

谢纶给她倒了水喝，又抱着她去浴室洗漱，她连拒绝回怼的力气都没了，就由着他抱来抱去。甚至连吃午饭，都是他抱着她去了餐厅。

赵阿姨眼观鼻、鼻观心，把饭菜端上后，就极有眼力见地回了保姆间。

谢纶给她舀了一碗百合银耳燕窝羹："先喝些汤羹暖暖胃。"

裴景烟想到赵阿姨退下前的暧昧眼神，羞耻得恨不得把头埋进汤里。再看身侧男人穿着干净白衬衫，一副神清气爽的干净模样，她暗暗磨了磨牙齿。

谢纶读懂她的眼神："骂我？"

裴景烟："……没有。"

谢纶挑挑眉，不置可否，又看向她："我喂你？"

裴景烟："不要。"

她腿是没什么力气走路，但手又没废掉。

她拿起汤匙，低头慢慢喝起了汤。

谢纶也拿起筷子，慢条斯理用餐。

两人吃着东西，都没说话，餐厅一时静谧得有些尴尬。

裴景烟偏过头，划拉了一下从昨晚到今天都没怎么碰过的手机，屏幕显示中午十二点四十五分。

安静半晌，她忍不住问他："你今天不去公司吗？"

谢纶拿着筷子的手指微顿："不去。"

裴景烟："那你什么时候出门？"

谢纶："……"

他掀起眼皮，淡淡看向她："今天不出门。"

裴景烟一怔，表情恍惚。

所以他要在家里待一整天？她也要跟他朝夕相处一整天？

噩耗降临，她如遭雷劈——

谢纶将她的小表情尽收眼底，俊脸神色疏冷，薄唇轻启："我空了三天的行程，专门陪你。"

裴景烟："……"

他好整以暇地看她："高兴得说不出话了？"

裴景烟：你看我这像是高兴的样子？

她漂亮的眉毛轻轻皱起："你不是才谈好柏林的合作，接下来应该很忙的吗？怎么有空在家……"

谢纶："普通员工都有婚假，我有婚假很奇怪？"

裴景烟："话虽然这么说，但你不用特地陪我的，时间就是金钱嘛，工作最重要，我能理解的。"

才一个晚上加一个上午，她就快吃不消了！

接下来还要腻三天，这谁受得了？不妥不妥。

谢纶眼眸轻眯，语调不急不缓："谢太太还真是大方贤惠。"

裴景烟笑得谦虚："哪里哪里。"

谢纶："……"

沉默了一下，他给她碗里夹了个鸡腿，不咸不淡道："多吃些，省得晚些又喊没力。"

裴景烟面上一红，想怼回去又找不到词，最后鼓着白嫩嫩的腮帮子将那鸡腿丢回他的碗里。

她才不要这嗟来之食！

她决定了，接下来绝不再让他得逞。

2

谢纶虽说不去公司，却也不是什么工作都不管。

手机一旦开机，面对各种信息、邮件之类的，还是得回复处理。

他在书房里处理工作，裴景烟回了房间，乐得自在。

她无聊打开了谢纶的衣柜，里面却整整齐齐叠放着一件女装。

裴景烟脑袋嗡嗡作响，第一反应是，谢纶带其他女人回这里住过？

胡思乱想之际，裴景烟将那件女装从透明印花防尘袋里拿起来。

展开一看，她神色微怔。

这件白色旗袍，不是她拍复古婚纱照的那套吗？怎么会跑到了谢纶的衣柜里？

她蹙眉思索时，门外冷不丁响起一阵脚步声。

裴景烟心尖一颤，忙不迭将旗袍往抽屉里塞去。在抽屉合上的下一刻，男人的声音在外面响起："小景？"

裴景烟抬手捂着唇，屏着呼吸。

外面的人又喊了两声，见没人应，脚步声又远了。

裴景烟松了口气，轻抚着胸口，还好卧室和衣帽间都足够大，不然要是叫谢纶撞见她在这儿鬼鬼祟祟的，那多尴尬。

确定外面没了动静，裴景烟轻手轻脚走出去。

也不知道谢纶去哪里找她了，挂着名贵油画的走廊和客厅都空荡荡的，没有人影。

她全当无事发生，走到电梯间，直接按下三楼按键。

吃饱喝足的午后，最适合去三楼的露天花园晒太阳。

冬日阳光灿烂明净，晒在身上暖洋洋的，裴景烟躺在浅米色懒人沙发上，给 Monica 发了条微信，询问旗袍的事。

约莫三分钟后，手机振动一下。

裴景烟还以为是 Monica 的回复，没想到却是秦霏发来的，说她忙了一晚上。

美少女景：【你一晚上干什么去了？】

消息才发出去，秦霏就发了一大段语音过来，主要是抱怨她公司的一个男演员。

"他运气不错，演了部网剧小火了，靠人设吸了不少粉丝。公司本来想再叫他继续巩固当前的清冷学霸人设，有什么好资源也先紧着他。他倒好，刚火就飘了，私生活乱得不行！"秦霏的声音都充满愤怒，"这个人是我最早签约的一批，人也是我选进公司的。啊！我现在只觉得浪费我的资源、人脉！"

裴景烟边听着秦霏吐槽，边上网搜索，果然看到那男艺人的不良八卦。

热搜已经降下来了，但话题里依旧骂声一片。

"那你怎么处理？"裴景烟懒洋洋地问。

"还能怎么处理，违约了，叫他赔钱解约滚蛋。"秦霏愤愤道，"提起这事还窝火，不说了。你今天有空吗？陪我去做个 SPA，晚上再去沪城大剧院看场喜剧，放松一下心情？"

裴景烟刚准备回复有空，电梯门缓缓打开。

她下意识抬眼，只见谢纶缓步从电梯间走出来。

他套了件浅灰色毛衣开衫，浓密黑发依旧耷在额前，鼻梁上架着副金丝边眼镜，阳光照在他深邃的眉眼间，很高冷。

发型果然很重要，顺毛减龄，一点都看不出是三十岁的男人。

记起之前拍的谢纶高中时期照片，裴景烟暗暗在心里评价着，这才是货真价实的清冷学霸吧。

等到男人走到跟前站定，她才回过神。

想起刚才自己在楼下藏东西的事，她佯装淡定地问："你怎么上来了，忙完了？"

"嗯。"谢纶看了她一眼。

"……"

不知是不是做贼心虚，裴景烟总觉得谢纶这一眼有点意味深长。

谢纶挨着她坐下，她下意识地往旁边挪了挪。

他跟过来，她又挪。

挪到再无可挪的余地，裴景烟忍不了："你挤我干吗？"

谢纶平静地看她："你先躲我。"

裴景烟一噎，支吾着："我不习惯跟别人靠太近。"

谢纶黑眸注视着她，不紧不慢道："我也算别人吗，谢太太？"

裴景烟："……"

她还是有些不大适应"谢太太"这个称呼，可谢纶似乎很爱这样称呼她，隐约带着某种宣告主权的意味。

在这之前，她以为他们两家是强强联合的结合体，所以他给予她作为妻子该有的体面。

按理说她也该表现得贤良大度，作为这桩联姻的回馈——目前她还没做到就是。

但经过昨晚，她真的越发看不懂这个男人。

他的表现好似对她带着爱意，还有某种难以言喻的珍视。

裴景烟有些分不清，那种爱意是她累昏了头的错觉，还是她太自恋？

她在这方面毫无经验，连个对照组都不知道。

望着近在咫尺的这张俊颜，裴景烟眼神飘忽——难道他喜欢上自己了？

这不大合理啊！

满打满算他们才认识三个多月，谢纶又不是什么情窦初开的毛头小子，难道……

她的魅力这么大？

"在想什么？"

男人清冽的嗓音将她从自我魅力的审视中拉回，裴景烟轻咳了一声："没、没什么。"

就在这时，手机响了起来。

是秦霏的电话。

裴景烟看了眼身旁的谢纶，见他并没有避开的意思，犹豫片刻，按下了接听键。

"聊着聊着怎么突然没声了？去不去看喜剧？我现在好订票了。"秦霏的大嗓门就算没开免提，也隐约漏出些来。

裴景烟眼角余光瞥见男人正静静看着她，一时踌躇起来。

秦霏还在电话里问："喂？小景，你听得见吗？奇怪了，是信号不好吗？"

裴景烟硬着头皮忽视身旁男人的目光，背过身答道："听见了。你订票吧。"

秦霏："好，那下午三点悦蝶见？"

裴景烟看了眼手机时间，现在换个衣服开车去外滩差不多："好，待会儿见。"

电话挂断，她握着手机缓缓转过身。

澄澈阳光透过玻璃房，折射出五彩的光斑，男人好整以暇地看着她。

他没说话，无形中却给人一种压力。

裴景烟心里敲起小鼓，可转念间，她又想，自己不用心虚的啊，难不成结了婚她就不能跟闺密出去玩了？哪有那样的道理。

但面对男人的安静，她觉得有必要打声招呼，最基本的礼貌嘛。

"咳，你刚才也听见了吧，我跟闺密约好出门了……"

她说这话时，觑着谢纶的脸色。

他面无波澜，也没说话。

裴景烟抿了抿唇。

他在生气？可他有什么好生气的，凭什么他忙，她就得体谅他。他不忙，她就得在家陪他？

她又不是他招之即来挥之即去的小宠物。

不说话就不说话呗，她也不稀罕。

"那你自便，我先出门了。"她站起身来，还没迈出步子，手腕被男人拽住。

裴景烟眉心一跳，扭头看向身后。

懒人沙发上，男人屈指推了下鼻梁上的金丝边眼镜，隔着薄薄的镜片，他眸黑如漆："就这样走了？"

裴景烟愣了下："不然呢？"

谢纶："……"

她这理直气壮又满不在乎的态度，还真是叫人牙痒。

裴景烟被他盯得有些浑身发毛，嘟囔道："你要在家闲着没事，也出去找朋友玩呗，我又不拦着你。"

谢纶没接这话，只问她："戏剧几点结束？我去接你。"

"不用，我自己开车。"

说到这里，她稍作停顿，清凌凌的杏眸轻睐："谢总，我又不是小孩子了，难不成你还得规定我晚上几点回家？"

软糯的嗓音，满满的阴阳怪气。

谢纶薄唇微抿，面上看不出情绪。

裴景烟眨眨眼，扭身走了。

这边刚进电梯，眼见门要合上，忽然一只手扶住电梯门，而后那高大的身子陡然挤了进来。

裴景烟吓了一跳，睫毛轻颤："你……你干什么？"

谢纶："送你出门。"

裴景烟："……"

她脑袋往一旁偏了偏，没说话。

等电梯到二楼停下，裴景烟径直走向卧室，准备换身衣服出门。

谢纶就在她身后跟着，像个影子。

她又没法不让他跟，毕竟作为别墅的主人，这全是他的地盘。

然而当看到谢纶往衣帽间去时，她心跳仿佛漏了一拍，立刻叫住他："你进去干吗？"

谢纶面色平淡："换衣服。"

裴景烟挪着小碎步到他跟前："你要出门？"

谢纶："不是说送你？"

裴景烟"啊"了声，反应过来："不用麻烦，我自己去就成了。"

谢纶："送自己老婆出门不麻烦。况且，你既然不知道什么时候回来，我正好问下你朋友。"

裴景烟："……"

敢情在这儿等着她呢。

不过他叫"老婆"怎么叫得这么顺口？

她缓了缓心绪，仰起小脸，轻声道："感谢谢总的关心，不过真不用你送。我等会儿问下霏霏戏剧什么时候结束，看完就回来好吧？"说完她忍不住小声咕哝，"我爸妈都没这样管过我。"

谢绯："爸妈太宠你了。"

裴景烟下意识顺着他的话反问"那你不宠我"，话刚溜到嗓子眼，在男人玩味的目光下及时咽了回去。

谢绯似是看懂了般："谢太太，你该适应婚姻的规则。"他弯腰拉起她的手，戴着婚戒的手指轻碰了下她的，"我们现在是夫妻，彼此都有理由知晓对方的动向。"

看着那两枚精巧又独一无二的婚戒，裴景烟一时语塞。

偏偏谢绯依旧凝视着她，等着她表个态。

无声地僵持了半分钟，裴景烟耷了下眼皮，踢踢脚尖，闷声道："知道了。"

谢绯这才松开她的手："去换衣服吧。"

裴景烟见他没再往里走的意思，松了口气，转身进了自己的衣帽间。

3

"感觉在他眼里，我就像个小孩子，还是那种爱无理取闹的小孩，然后他就像个耐心的大人，一板一眼地跟我讲道理……"

悦蝶公馆，裴景烟与秦霏吐槽着谢绯："我最烦别人跟我讲大道理了。"

秦霏扑哧笑出声："在谢总眼里，你可不就是个小孩。"

裴景烟不服气："他凭什么觉得我幼稚，我还没嫌弃他老呢……"

"好好好，不说这个。"秦霏应着，将话题引到了电视剧《月落乌啼霜满天》的拍摄上。

主演已经敲定，计划年后就进组开拍，秦霏问："开机典礼，你要不要去影视城凑个热闹，就当旅游了？"

裴景烟眯着眼："到时候再说吧，有空就去。"

香薰机里散发着淡雅好闻的白茉莉和橙花味，按摩师技巧娴熟而轻缓，伴随着柔和悦耳的纯音，两人都舒服得渐渐睡过去。

直到 SPA 做完，她们才从舒缓的睡梦里醒来。

在休息室里缓了半个小时，两人才换好衣服出门，外面已经是红霞漫天。

秦霏懒洋洋地伸了伸胳膊："小景，不然你和你家谢总一起去剧院吧，我先回家了。"

裴景烟一听，立刻挽住她的手，瞪着圆眼睛："你又要放我鸽子？"

"这不是看你们新婚宴尔的，得趁着这新婚期好好促进下感情嘛。"

秦霏觉得她现在好像那种抢别人老婆的恶人，伸手戳了戳好友："这大冬天的让你家谢总独守空房，你良心不会疼吗？"

"别闹。"裴景烟被她戳得痒痒，躲了一阵，才敛了笑意，"他自己会找事做的，那么大人了，还担心他干吗？倒是咱们赶紧找个地方吃饭，睡一觉，肚子饿死了。"

这话刚出口，她忽然觉得有些似曾相识。

再仔细一想，可不就是谢纶早上说过的，嘴里说着肚子饿，然后把她吃干抹净。

"小景？想什么呢？"秦霏张开五根手指在裴景烟眼前晃了下。

"没、没什么。"

她回过神，心里却控制不住地去想，谢纶这会儿在做什么，晚上吃什么，赵阿姨做饭？

不然，发个消息问候一下？

她念头才起，下一刻就打消了，这有什么好问的，难不成他还会饿着自己不成。

在大剧院附近找了家餐厅填饱肚子，裴景烟和秦霏一起进剧院看戏。

晚上十点半，云水雅居别墅，二楼书房。

电脑屏幕亮着淡淡的光，微信群里不断闪着消息。

得知新励科技和 century 集团合作，商圈大佬群里不少人 @ 谢纶：

【谢总，你这真是事业爱情双丰收啊，恭喜恭喜。】

【那些人傲得很，能谈下合作，新励科技的海外市场又迈开一大步。】

【这会儿是在沪城？明天有空吗，一起出来喝一杯？】

【是啊，这段时间你忙得很，咱们也很久没聚聚了。】

发出邀请的是谢纶他们这个圈子里的大佬之一，也是谢纶私交不错的好友——陆明琮，主研 AI 芯片。

见谢纶没回群消息，陆明琮又私聊小窗：【明天去城西钻爵山庄，叫上张哥、老顾他们聚一聚？】

谢纶扫了眼电脑屏幕，回复：【这两天没空。】

陆明琮：【？】

谢纶：【在家陪老婆。】

陆明琮：【？？？】

陆明琮：【兄弟，你被盗号了？】

谢纶：【……没。】

陆明琮：【你家小娇妻管得很严？】

陆明琮：【当初就跟你说了，这个年纪的小姑娘黏人，何况你家这位是从小娇贵优渥的主，费心费力费钱都不一定能哄好。就你如今的身价地位，想要怎样漂亮乖巧的女人没有，非得娶个小祖宗回家供着，你说你图啥呢？】

图什么呢？

谢纶低下头，看了眼手机，屏幕上是裴景烟刚发的朋友圈——

【和我家霏宝一起看戏。】

下面还配着四张照片，自拍里她眉眼明艳，托着腮帮子笑得乖巧极了。

小没良心的。

他点了个赞，继而回复陆明琮：【图她的心。】

陆明琮：【你绝对被盗号了！】

他刚想截图保存，就见屏幕显示：【对方已撤回一条消息】

谢纶：【老婆回来了，回聊。】

电脑另一头的陆明琮皱起了眉头，怎么感觉被秀了一脸？

怎么着，有老婆了不起啊？！

与此同时，斜倚在门口的谢纶淡淡乜向蹑手蹑脚回来的裴景烟：

"回来得挺早，嗯？"

裴景烟："……"

为什么莫名感觉双腿发软？

第十七章 · 【酒局接他回家】
"我是他太太。"

1

女人的第六感还是很准的。

关于那件藏在抽屉里的旗袍，裴景烟是出了大剧院后，才收到 Monica 的回复：

【谢太太，不好意思回复晚了，刚下飞机，才看到你的消息。那件旗袍在你们拍婚纱照当天，谢总就表明购买的意愿。第二天一早，他的助理来取走了。】

她还反问裴景烟：【你不知道这事？估计谢先生是想给你个惊喜。】

当时看到这回复，裴景烟的想法是：他早不送我，晚不送我，藏在抽屉里做什么？是不是有什么奇奇怪怪的癖好？

事实证明，的确如此。

夜深人静，衣帽间里没开灯，只借着卧室斜照进来的一束暖橘色光影。

灯光照不到的阴影角落里，前后两双赤着的脚踩在浅胡桃色木质地板上，脚边是散落的衣物。

屋里开了一天地暖，暖气从脚底缓缓往上蹿，半点不会觉得冷。

"看来那家 SPA 馆的舒缓效果不错。"

略显狭小的空间里，男人磁沉的嗓音低低在耳边响起。

"……"

裴景烟单手扶着衣帽间的门，被旗袍勾勒得越发纤细的腰肢被温热的掌心把握着，泛红的眼尾半垂，压根不想搭理他。

旗袍最是考验穿着者的身段，多一分太满，少一分又缺少风韵。

而这件剪裁合宜的旗袍，谢纶既然愿意花高价买回，就是肯定了它穿在裴景烟身上的价值。

从背后看，随意绾起的乌黑长发下，虚掩着一截雪白纤细的脖颈。

乌发雪肤，宛若泼墨山水画卷。

而从衣帽间那扇黑色边框的两米落地镜里看，又是截然不同的风景。

"你穿旗袍很好看。"

他低低夸着她，慢条斯理地赏画，亦是赏花。

泼墨山水画卷透透在眼前展开，又如温室里一朵精心养护，在期许目光里缓缓地绽放花瓣的玫瑰，秾丽明艳，惹人怜爱。

他修长的手指勾起一绺发丝放在鼻间，问她："身上怎么有玫瑰香？"

裴景烟纤羽般的睫毛轻颤，调匀呼吸道："做 SPA 的时候选了玫瑰精油……"

谢纶"嗯"了声，从镜子里见她轻咬红唇的模样，骨节分明的手指按上她的唇："怎么总是咬着？"

他一点点抚开她的唇。

裴景烟却清楚得很，他才不是担心她把嘴巴咬破。

他不让她安生，也别怪她不客气。

洁白的贝齿没好气地咬住他的手指。

几乎霎时，仿若错觉，她从镜子里看到男人那双清冷无波的深眸缓缓地眯起，薄薄镜片下折射出兴味又危险的暗芒。

手指捏紧木质门框，她看着落地镜里他身上整齐洁净的白衬衫，大脑短暂失神地想，果然是衣冠禽兽。

直到夜更深，二楼卧室的灯才关掉。

暖融融的被窝里有柔顺剂的淡雅香味，很是好闻。

裴景烟疲累地窝在男人的臂弯里，意识混沌，浓重的困意裹挟着她。

她现在只想马上睡觉，可颊边又传来痒痒的触感，叫她忍不住哼唧："真的好困了……"

见她闭着眼梦呓的模样，谢纶问："明天还出去吗？"

裴景烟："……"

最后一丝倔强让她试图装死。

谢纶俯身轻咬着她的耳朵："看来还是想往外跑的。"

感受到他的唇往下游移，裴景烟肩膀瑟缩一下："不跑了……"

谢纶："骗我怎么办？"

裴景烟困死了，逐渐爹毛："随你，都随你。"

"乖。"谢纶轻拍了拍她的背，哄孩子般，"睡吧。"

这两个字一出，裴景烟立刻放弃思考，沉沉睡了过去。

她觉得她这辈子都没睡过这么沉的一觉。

当然，她也没想过接下来的两天，竟能过得那样疲累。

大概是为着第一天她撇下他，跑去赴闺密局的事，这男人睚眦必报，身体力行地把她的精力榨光光。

周四早上，谢纶终于要回公司上班。

临出门前，他系着领带，再看床上的裴景烟，一只白嫩纤细的胳膊斜搭在被子外。

她睡得香甜，童话里的睡美人般。

他在她颊边落下一吻："我去公司了。"

裴景烟懒洋洋地从鼻子里发出一声敷衍的"嗯"，被子掩着半张脸，又睡过去。

　　谢纶一回公司就忙了起来，连着好几天都是裴景烟睡下了，他才回来，而后圈着她入睡。除此，他还有各种应酬、出差。

　　经过之前三天日夜相对，再看这成日不着家的状态，说没有落差是假的。

　　但裴景烟也清楚，年底事多，工作繁忙是常态。或者说，这也是他们婚姻本该有的状态。

　　这日上午，裴家别墅，三楼的瑜伽室内。

　　做完一组动作的裴景烟盘腿坐在地垫上喝茶，裴母也盘腿坐在她身旁，觑着她瞧了一会儿，直看得她怪不自在的，才出声道："小囡，是遇到什么烦心事了？"

　　裴景烟否认："没啊。"

　　裴母："你是我肚子里出来的，你有心事我还能瞧不出来？来，跟妈妈说说怎么了？"

　　裴景烟："真的没怎么。"

　　见她不说，裴母自个儿猜了起来："难道是谢纶惹你不高兴了？"

　　话音落下，她就见到女儿那一脸无所谓的表情有了波澜。

　　尽管裴景烟嘴里还是答："跟他没关系。"

　　裴母往裴景烟身旁挪了下，璀璨阳光从落地窗洒进屋里，她不再年轻的容貌却有种岁月洗礼过的雍容："你搬出家里后，妈妈一直没跟你好好聊过。今天有空，咱们聊聊？"

　　裴景烟将手中的茶杯放下，忽然看向母亲："妈妈，你说我是不是也该找点事做。霏霏开公司，若雅忙着读书，嫂子怀孕了都在家办公，好像就我游手好闲的。"

　　裴母惊诧道："去年叫你来你爸爸公司上班，你不是不乐意吗？怎么突然转性了？"

　　"就是感觉得找点事做吧。"裴景烟蹙眉，在亲妈面前也不隐藏，

"谢纶那样忙，我在家待着也怪没劲儿的。"

"原来是这样。"

裴母算是看出来了，女儿这是婚后焦虑："你也不用想那么多，结了婚虽说与单身时是有些不同，但不代表你要完全摒弃你从前的生活。凡事都有个适应期，有些事你可以和谢纶商量着来……"

"我的事为什么要跟他商量？"

"他是你的另一半啊。"裴母好似发现症结所在，端详着女儿精致漂亮的脸庞，"你们相处也有段日子了，你觉得他怎么样？"

裴景烟轻飘飘地评价："就还行吧。"

裴母："只是还行？"

裴景烟："……"

实话实说，谢纶的长相、家世、性格、能力，各方面都没什么好挑剔的，非得说缺点，太折腾人算一项？

短暂跑偏的思绪又被裴母拉了回来："小囡，你喜欢他吗？"

裴景烟险些没被水呛到，咳了两下，瞪着圆圆的眼睛看向母亲——喜欢谢纶？

"不喜欢？"裴母也瞪大眼睛看她，"一点都不喜欢？"

"妈妈，都叫你少看点偶像剧啦。"裴景烟抬手摸了下鼻子，"而且你之前不是说，结婚过日子，喜不喜欢不重要，门当户对才最重要吗？"

裴母一愣，当初劝女儿结婚时，她和老裴的确是这套说辞。

不过人都是贪心的，眼见女婿这么出色，做父母的当然希望小夫妻能甜甜蜜蜜。

况且她听老裴说过，最开始是谢纶提出两家联姻的。

既然是男方先提出，多少对自家小囡也有所了解、有些好感的吧？当然了，也不排除谢纶只是单纯看中与裴氏联姻带来的利益。

"我看谢纶挺好的，你在他身上多用些心，好的婚姻是经营出来的。"裴母劝道。

"那也不是靠我一个人就能经营出来的。"裴景烟懒声道。

说话间，放在小茶几上的手机叮咚响了下。

"谁发的消息？"裴母随口问。

裴景烟打开，快速浏览了下："是时装委员会发来的电子邀请函，邀请我去二月底举行的巴黎时装周。"

"那你去吗？"

"去啊。满十八岁后，我每年都去的。"裴景烟问母亲，"妈妈，要不今年你也一起去？"

"算了吧，坐飞机坐得头疼，又要倒时差，年纪大了也是懒得动弹。"

裴母婉拒着，又打开日历看了眼日子："二月底的话，是在年后。说起来，你和谢纶说好过年去哪儿吗？上回他来家里吃饭，我都忘了问了。"

"还没商量。这不离过年还有些时间吗？"

"那你回去记得问问，如果是去苏城，得提前跟你公婆说一声。"裴母絮絮念叨着，"要我说，不然你们今年还是回苏城过年，谢家老太太身体不好，上次你们结婚仪式她也来不成，挺遗憾的，不如趁着过年陪陪老人家。"

因着常年待在国外，裴景烟对过年也没多少特殊感觉，无可无不可地应着："我回去问下他。"

2

这日直到在裴家别墅用过晚饭，裴景烟才离开。

回云水雅居的车上，她把跟母亲的大致谈话分享在群里。

秦霏表示：【唉，躺赢的人生就是这么朴实无华的枯燥。】

美少女景：【真不是，就是觉得结了婚后，好像对其他事都提不起兴趣。昨晚还想着去北海道滑雪，可今早选酒店时，突然又觉得一个人去没什么意思……】

一只小鸟飞飞飞：【寂寞了。】

取昵称真的好难：【孤独了。】

美少女景：【你俩什么时候有空陪我玩？不然我就要去找新的姐妹了！】

一只小鸟飞飞飞：【叫你老公陪。】

取昵称真的好难：【小景，你有没有想过，你之所以突然对其他事情提不起兴趣，其实是因为你的注意力已经被另一件事给吸引了。】

美少女景：【？】

取昵称真的好难：【你老公。】

一只小鸟飞飞飞：【同意。】

看着屏幕上的消息，裴景烟手指飞快地打字，只恨不得打出八百字的反驳小作文。

可打着打着，她纤浓的眼睫不知不觉耷拉下来。

难道自己这段时间情绪低落，真的是因为谢纶吗？

不能吧？

美少女景：【你们的意思是，我恋爱了？】

一只小鸟飞飞飞：【你这叫"坠入情网而不自知"。】

取昵称真的很难：【是啊，喜欢一个人会惦记他，这很正常。不是有个词叫"茶饭不思"吗？】

裴景烟漂亮的眉头皱得更深了。

自己喜欢谢纶？

不可能！就算喜欢，也得是他先喜欢自己好吧！

裴景烟殷红色的双唇轻抿着，斩钉截铁地回复：【我才不喜欢他！】

消息发出后一秒，一个电话打来。

看着来电显示的"谢纶"两个字，裴景烟心脏猛跳两下。

他真的没在她手机里装什么监视插件吗？还是"背后不能说人坏话"这么灵验？

裴景烟清了清嗓子，坐直身子，按下接听键。

"喂。"

电话那头较为嘈杂，而后才传来男人透着醉意的低沉声音："谢太太，方便来接我吗？"

——在外面喝了酒还敢打电话叫自己接他？

裴景烟翻了个白眼，刚要冷漠拒绝，背景音忽地飘进来一道调笑的女声。

脆生生的，听起来如银铃般，又嗲又娇。

她握着手机的手指不禁捏紧了，乌黑的杏眸冷冷的。

"地址发我。"她听到自己声音冷淡地说。

"复兴中路 512 号，北明公馆。"

"哦，知道了。"

她应了声，直接挂了电话，吩咐着司机准备在前面路口转弯。

半个小时后，轿车缓缓驶入这座百年公馆里。

裴景烟对镜补着口红，复古丝绒正红，大气又明艳。

确保妆容精致无缺后，她把镜盒啪嗒一声合上。

司机恭敬地替她开门："太太请。"

裴景烟刚下车，就见公馆门口的接待员迎上前来："请问客人您是？"

"谢纶在里面吗？我是他的……"

裴景烟稍顿，"老婆"两个字说不出口，最后说："我是他太太。"

便是这两个字，她的脸颊也有些发烫。

这好像是她第一次主动开口承认她"谢太太"的身份。

接待员听到她的话，不由得多看了她两眼，最开始看这小姑娘年轻貌美，穿戴打扮都不俗，还以为是哪位老总的小女朋友，没想到人家竟是谢总的太太。

他的态度也越发恭敬："原来是谢总太太，谢总在二楼呢，您请随我来。"

　　裴景烟淡淡"嗯"了一声，拢了拢黑色系带羊绒大衣，一边随着接待员往主厅走，一边打量着这高大花岗岩石的仿巴洛克式老建筑。

　　旋转楼梯延伸向两边，接待员引着裴景烟往二楼去："我们先生昨天刚回的沪城，今天特地请朋友来这儿聚聚。"

　　裴景烟懒洋洋地应了声，随口问了句："你家先生是？"

　　接待员微诧，没想到裴景烟连主人家是谁都不知道，面上却不动声色，只答道："我们先生是蒋越。"

　　裴景烟面色一凛，一改开始的懒散："蒋越？华尔街搞投资的？"

　　接待员笑得与有荣焉："是的，最近他刚回国休假。"

　　裴景烟心底发出一声惊叹，谢纶的人脉真广啊！

　　蒋越算是这几年国际金融界鼎鼎大名的人物。

　　对于裴氏等实业集团来说，蒋越这种金融投资家是骄子，也是疯子，敬而远之。

　　"谢太太到了。"

　　接待员将裴景烟送到二楼门口，敲了三下门，缓缓推开。

　　暖白色灯光将宽敞且华丽的棋牌室照得明亮，里头大概有十几号人，男男女女，三三两两聚着，玩牌的、打台球的、喝酒聊天的。角落里摆了几台游戏机，还真是印证男人至死是少年。

　　裴景烟一进来，屋内众人的目光都齐刷刷朝她投来。

　　应对这种社交场合对裴景烟来说是家常便饭，面不改色地接受瞩目的同时，她的目光在室内扫过，最后停留在沙发上。

　　只见一袭黑色西装的谢纶坐在棕色真皮沙发上，手执红酒杯，姿态闲适，他身边还坐着个同样拿酒杯的穿银灰西装的男人。

　　裴景烟眉头轻蹙一下，瞧谢纶这状态也没有醉得很厉害吧？干吗还要自己来接他？

　　身后的接待员直接引着裴景烟："谢太太，您瞧，您家谢总和我家先生坐在一块儿呢。"

　　那个银灰色西装男是蒋越？倒是比想象中的帅。

她这般想着，缓步朝沙发那边走去。

"这就是你的新婚妻子？"

蒋越将杯中的威士忌饮尽，眯眼看向那身姿摇曳，面容精致又透着清冷矜傲的年轻女孩，嘴角勾起一抹笑："如果她不是你太太，我在街上遇见她，一定会疯狂地追求她。"

谢纶轻抬眼皮，乜了他一眼："她已经是我的了。"

"唉，可惜了。"蒋越夸张地喟叹一声，又拿空杯碰下谢纶的红酒杯，狐狸眼里满是笑意，"祝你新婚快乐。"

"谢谢。"谢纶将杯中酒喝了，坐直身子。

酒杯放在茶几上的后一秒，裴景烟走了过来。

蒋越从沙发里起身，目光落在裴景烟身上，微笑地伸出手："谢谢太太，你好，我是蒋越，你可以叫我 Johnny。"

裴景烟先是看了眼谢纶，而后才与蒋越握手："你好，我是裴景烟。"

蒋越笑道："裴氏集团的千金，我早有耳闻，今日一见——Dylan真是艳福不浅啊！"

后半句他是扭过头对谢纶说的。

谢纶脸上没多少表情，只走到裴景烟身边，自然地揽住她的肩膀，看向蒋越："我人太寻来了，我先回去，你们接着玩。"

蒋越叹道："现在还早呢，这么着急回去干吗？难得你太太过来，不如留下来一起玩。"

说着，他又与屋内其他人介绍着："各位，这位是咱们谢总的新婚太太，裴家的千金，都来打个招呼。"

一时间，屋里不断响起打招呼的声音。

裴景烟不慌不忙地与他们微笑问好。

屋里有些面孔她见过，但大多是生面孔，到底她和谢纶的圈子不同，接触的人群也不同。

待应付完一圈，裴景烟悄悄掐了下谢纶的掌心。

她仰起脸，黑亮眼瞳直直看着他，面上和善微笑，眼里却是另一种"和善"——

还有完没完！

谢纶明白她的不耐烦，反手握住她的手，算作安抚。

他带着她再次走到蒋越面前："我真得陪老婆回去了，下次再聚。"

蒋越瞥见夫妻俩的小动作，玩味一笑："也是，你刚结婚不久，肯定要多陪陪老婆才是，我送你们下楼！"

谢纶也不推辞，与屋内其他人告了别，就牵着裴景烟一道出门。

蒋越性格是出乎意料的活泼，从走廊到下楼的路上，嘴巴就没停过，时不时蹦出一两句美式笑话，弄得裴景烟忍俊不禁。

到达一楼后，蒋越热情地发出下次邀请："你们举行婚礼的时候，我手头刚好有笔大生意，实在赶不过去，抱歉抱歉。这样吧，过几天我请你们夫妻俩吃饭！"

裴景烟没说话，只一副好妻子的模样安静地挽着谢纶的手，等着他应付。

谢纶淡声答着："客气了。你难得回国，该是我请你才是。"

蒋越："我跟你有什么好客气的，咱们什么交情，你请我请都一样。"

两个男人打了两轮太极，才结束话题，互道再见。

夜色漆黑，星辰明亮。

直到坐上车，裴景烟才敛起脸上的假笑，顺便嫌弃地甩开男人的手，挨着门边坐。

她瞥向谢纶，漂亮的小脸蛋上写满不高兴："你明明就没喝醉，干吗给我打电话，叫司机不成？"

谢纶侧眸，清隽的眉眼在昏暗光影下显得越发深邃："我没想到你真的会来。"

裴景烟一怔。

总不好说她的确没想来，只是听到背景音里有女声，所以才过来看看。

谢纶见她不说话，当她是羞赧，眼底染着薄笑："不过，被老婆接回家的感觉挺不错的。"

裴景烟轻哼："现在还不到晚上九点，你继续玩，反正我又不会催你。"

尽管她一副无所谓的态度，可语气里的小情绪依旧掩饰不住。

谢纶往她身边挪去，刚想开口解释，就见裴景烟捏着鼻子，纤细白皙的手指抵着他的肩膀，满脸挑剔："你别过来，身上有酒气。"

"我才喝了三杯，难闻？"

谢纶眯了眯黑眸，旋即温热的掌心捏住她的手指，将这别扭的小姑娘圈入了怀中，一本正经道："大概是闻错了，过来仔细闻闻。"

猝不及防被男人按进坚实的胸膛，鼻尖萦绕着他浓郁的男性气息和乌木沉香味，裴景烟险些都忘了呼吸。

等她涨红着小脸从他的怀里钻出来，清凌凌的眼刚好对上男人低垂的眸。

四目相对，他嗓音低沉地问："难闻吗？"

裴景烟只心虚了一秒，就虚张声势地瞪大眼睛，气咻咻道："你要闷死我！"

谢纶凝视着她绯红的小脸，忽而，他眼神轻晃，若有所思地扫过裴景烟身前，又低头附于她的耳畔，鼻息炽热："不然，给你个报仇的机会，换你闷我？"

3

换她闷他？

也亏得他说出口！还是这样一本正经的口吻！

裴景烟瓷白的小脸霎时红霞弥漫，没忍住将手握成拳直接往他胸口捶了一拳。

不是那种"小拳拳捶你胸口"的娇羞捶法，而是真的发出一声闷响。

谢纶皱起眉，按住她的手："谋杀亲夫？"

裴景烟也被那一声吓到了，不过那一丁点的愧疚感很快就被男人咬耳垂的动作冲得烟消云散。

她咝地倒吸了一口凉气，捂着耳朵瞪他："你属狗的呀？"

怎么这么喜欢咬人？

谢纶屈指，轻弹一下裴景烟白净的额头："是你先动手。"

裴景烟算是看明白了，男人但凡沾了点酒，就露出真面目了。

眼珠一转，她边远离他，边将话题踢了回去："你还没说为什么要我来接你？"

谢纶由她离开，身子往座位后靠。

指骨分明的左手不紧不慢松着衬衫扣子，平日里清洌的嗓音此刻透着些许倦意："不想再待下去，要个借口离场。"

裴景烟细细的眉蹙起："你拿我当借口？"

领口第一颗纽扣解开，男人偏过头，神色懒散："嗯，家里太太管得严，不让在外花天酒地。"

裴景烟："……"

他这有理有据的口吻，叫她一时间不知道该怎么反驳。

这好像的确是个逃避酒局的好借口，不过——

"你这不是在抹黑我的形象吗？你的朋友会不会在背后笑我'母老虎'？"

裴景烟边说边回忆着刚才那些人看向自己的目光，好像对她的突然到来，都很惊讶。

惊讶之余，更多是对她的好奇打量，或许也有嘲笑？她没怎么注意。

谢纶盯着裴景烟那张写满纳闷的明艳娇颜，忍不住抬手，捏了下她的脸颊："'母老虎'倒不至于，顶多是只凶巴巴的小野猫。"

裴景烟："……"

她没好气地拍开男人不安分的爪子，咬牙切齿："你才是野猫呢！"

谢纶收回手，似笑非笑地挑下眉："不是野猫，是'妻管严'。"

裴景烟愣了愣："对，你这回乖乖被我领回家，你朋友肯定要笑你。所以说你图什么呢？如果不想应酬，可以随便编个别的借口的。"

"有这样现成的好借口，哪还需要想别的。"谢纶牵过她的手，放在掌心如解压玩具般把玩着，平静的视线缓缓投到她的脸上，"就是辛苦你了。以后你有什么要推掉的局，也可以打电话给我，我会全力配合。"

裴景烟："我谢谢你。"

谢纶微笑："不客气。"

裴景烟："……"

这男人可真会气人！她决定不跟他说话了。

然而，三分钟后，当谢纶问起裴景烟过年有什么安排时，她就有点憋不住了。

闷了半晌，她还是开了口："我妈妈今天也提了这事，她叫我回来跟你商量。"

谢纶看向她："所以你什么打算？"

裴景烟："我没什么打算，都行。"

谢纶见她说这话时轻松随意，是真的并不介意，略作斟酌，出声道："三十当天中午回裴家吃饭，用过午饭，开车回苏城过除夕。大年初一给奶奶拜了年，我们再回沪城给你爸妈拜年。等明年过年，两家顺序反过来，你觉得怎样？"

裴景烟轻垂了垂眼，她之前倒是听过新婚夫妇会为过年去谁家而吵架，虽说她对这事不是很在意吧，但也挺好奇谢纶的想法。

现在听到他的安排，她心里不由得感叹，这男人安排得真周到。

"不过这样赶来赶去，会很累。"裴景烟拖长了尾音，故意为难他。

谢纶薄唇轻抿，良久才道："主要是奶奶的身体原因，不然可以提前把他们接到沪城来过年，我们也不用来回奔波。"

见男人当真了，裴景烟也收了逗他的心思。

她也不是那种不讲道理的人，谢老太太的情况她是亲眼见过的，老太太待她和蔼慈善，她自然也不忍心折腾老人家。

"就按照你说的办吧。"裴景烟随意撩了下耳畔落下的发，淡淡道，"反正我不开车，一上车我就闭眼睡觉，睡过去，睡回来。"

谢纶清冽的嗓音染上淡淡笑意，捏了捏她的手："嗯，我开车。"

这捏手的动作，仿佛有种哄小孩的味道，叫裴景烟心跳莫名其妙地快了两拍。

她试图把手收回来，尝试两下，没成功，反倒又被男人圈入怀中抱着。

他将脸埋在她的脖颈里，低声道："别动，很久没抱了。"

裴景烟心说哪有很久没抱了。

每天半夜回家，一钻进被窝就把她当成抱枕的男人是谁？

她暗自腹诽着，却也懒得再挣扎，毕竟靠在他怀里的确比靠着车座是要舒服不少。

之后两人都没说话，只这样静静依偎着。

甚至因为男人的怀抱太温暖太舒服，裴景烟还昏昏沉沉睡了过去。

直到被打横抱出后座，她才迷迷糊糊醒过来，感受到失重感，两条柔软而纤细的胳膊本能地钩住男人的脖子，嗓音透着困意的娇懒："到哪儿了？"

谢纶见她没急着从他怀里蹦下来，而是搂着他，黑眸微动，语气也越发温和："到家了。"

他将她抱得更稳了些："继续睡吧，我抱你上楼。"

裴景烟懒劲儿上来，想着他既然不觉得累，她自然也乐得享受，便心安理得由着他抱。

送两口子回来的司机是裴家的，亲眼见着谢总抱着自家小姐上楼的一幕，回去之后，忍不住把这事跟裴家其他帮佣都说了。

当晚，裴家帮佣纷纷感慨："小姐还真是好命，没结婚前在家里被宠成公主，结婚之后，老公继续把她宠成公主。"

感慨归感慨，却没人觉得这有何不妥，仿佛这是再正常不过的事——

裴家的千金，本来就该被人捧着、宠着、爱着。

裴景烟的确是被人爱着，各方面的爱。

早知道把谢纶接回来的后果，是被这样那样，她就不该管他！

感受到怀中人的气息还乱着，谢纶轻揉了下她的发，磁沉的嗓音带着舒缓的餍足："还不睡？"

裴景烟闭着眼，小气音哼哼道："腰疼……"

黑暗中，男人沉默了两秒，旋即替她轻揉起腰侧来："下次我会注意。"

裴景烟耳尖一烫。

她轻咳了下，连忙把话题往其他地方引："你和那个蒋越玩得很好吗？我今天见到真人，发现他比想象中有趣多了，在这之前我一直觉得他们这种金融大佬是那种……怎么说呢，就不像正常人的那种。"

揉腰的大掌顿了下，旋即又揉起来。他说："如果跟他交好，我也不至于拿你当借口提前离场。"

裴景烟微诧。

谢纶慢声道："他是我大学室友，那会儿关系不错。大二下学期，他家里出了变故，他就辍学了，没人知道他去了哪儿。失去联系后的第五年，我才知道他去国外读书……在那之后也没怎么联系，后来才知道他在华尔街。再后来，偶尔他回国，或者我去国外出差，会约着吃顿饭。但这些年过去，各自的道不同了，也没有再继续联络下去的必要。"

裴景烟好奇，探出半个小脑袋："他家里出什么变故了？"

谢纶把她探出被子的小脑袋按回去："……很糟糕的事，说了怕你今晚睡不着。"

裴景烟"喊"了一声："说得这么夸张，我哪有那么胆小。"

知道她"打破砂锅问到底"的性子，一阵沉默后，谢纶道："蒋越父亲长期家暴他母亲，那天是他母亲的生日，他拿到奖学金，特地请假回家给她庆生……却目睹他母亲从十楼跳下……"

语毕，屋内就陷入死寂。

谢纶明显感受到被窝里的小姑娘往他怀中蹭了些。

到底还是怕的。

他叹了口气，似有无奈，安抚般地轻拍了拍她的背："好了，别去想那些。"

"可是……"她控制不住自己的大脑。

"没什么可是，那是别人家的事，与你无关。"

谢纶冷淡地截断她的话，少顷，嗓音又放平和了些："前段时间你不是说想去泡温泉？这周末我陪你去。"

"你这周末有空？"

"嗯。"

"行吧。"裴景烟淡淡应着，"那我明天跟若雅说一声，叫她安排周末的私汤。"

谢纶低头，亲了下她的额："好了，睡吧。"

裴景烟嘴里应着，可过了一会儿，还没睡着。

见她动来动去，谢纶也不再忍，翻身把人按着亲了一通。

直亲得裴景烟大脑发昏，呼吸凌乱。

他语气沉沉，两根手指捏着她的小脸："到底想不想睡？"

裴景烟咽了下口水："睡！"说完，麻利地闭上眼，一动不动，安分极了。

大鱼

有爱的青春陪伴者

公主病

1

小舟遥遥 著

天津出版传媒集团

天津人民出版社

第十八章 · 【一盒奶油草莓】
他的女孩怎么这样可爱?

▼

1

第二天上午,裴景烟醒来时,床边已经空空荡荡。

她侧躺在床上玩了会儿手机,顺便往群里发了条微信:【这周末去泡温泉吗?】

上午十一点钟,正是空闲的时间,微信群里回复也很快。

取昵称真的好难:【冲!】

一只小鸟飞飞飞:【想冲,可这周我要出差,去京市参加个电影艺术展。】

取昵称真的好难:【那你下回去,这回我跟小景去。】

美少女景:【那个,谢绹跟我一起去的。若雅,要不你再叫几个朋友一起来?人多热闹。】

取昵称真的好难:【……冷冷的狗粮在脸上狠狠地拍。】

一只小鸟飞飞飞:【没事,还有我陪你一起孤寡!这周就让他们小两口去,你等我下周回来一起。】

一只小鸟飞飞飞:【@ 美少女景,泳衣准备带哪套?】

美少女景:【……】

一只小鸟飞飞飞【嘿嘿,若雅,记得给他们安排一个隔音效果好的私汤。】

取昵称真的好难:【好!】

回完这条消息的三分钟后，温若雅就安排妥当，私发了段语音消息给裴景烟：

"安排好了，高级景观套房带独立私人汤泉小院，你去了直接打客户经理的电话，他会到门口接你们。"

顺便还把客户经理的电话发了过来。

裴景烟发了个"比心"表情包过去，又聊了两句，得知温若雅今晚有空，便约着去打卡一家新开的餐厅。

一番简单洗漱后，裴景烟套了件浅米色长款毛衣，扎了个丸子头，懒洋洋地走出卧室。

赵阿姨在外面擦擦抹抹，见着裴景烟起床了，笑着打了招呼："太太上午好，蒸箱里有鸡蛋羹、紫薯泥、甜玉米，我给你端来先垫垫肚子，午饭你有什么想吃的菜吗？"

相较于谢纶极其规律的作息，裴景烟起床的点都比较尴尬，吃早饭太晚，吃午饭太早。

之前在裴家，她都是随便吃些吐司面包和水果沙拉，过个把小时，再和裴母一起用午饭。

现在搬到云水雅居，谢纶不在，就她一个人等着吃饭，她也懒得叫赵阿姨弄什么几菜几汤的，只道："随便炖一盅汤吧，我晚点喝。"

赵阿姨点头应下："好的。"

她转身去厨房给裴景烟取来早餐，还有一杯温热的纯牛奶、一小碟椒盐西蓝花。

五彩斑斓，又营养丰盛。

裴景烟随手拍了张照片发去"平安喜乐"的群里：【早饭打卡。】

这个群是裴家的小群，群主是裴父，最初的群成员是裴母、裴景烟、裴元彻，等裴元彻结婚，把顾沉也拉了进来。

照常理，裴景烟也该把谢纶拉进来才是。

但她考虑到自己在这个群里过分话痨，事无巨细都会拍个照分享给家人，时不时还会跟爸妈撒娇，这实在与她高贵冷艳的仙女形象不符合。

万一把谢纶拉进来，他觉得她话多群吵，到时候屏蔽了，岂不是很尴尬？

说到底，还是没那么熟悉。

熟到完全把他当作家人。

这边早饭照片发出去不久，家里人就给了回复。

父亲大人：【多吃绿色蔬菜和粗粮，对身体好。】

母亲大人：【@顾沅，今天感觉怎么样？要多多休息，维生素和钙片记得要吃。】

顾沅：【阿彻每天都会提醒我吃的。】

裴景烟喝着牛奶，看着屏幕里的消息，忍不住"啧"了声，这扑面而来的爱情酸臭味啊。

母亲大人：【那就好。】

最后裴元彻发了个群红包，聊天才告一段落。

裴景烟抢了个手气最佳，美滋滋地发着消息：

【感谢老哥请客今天的奶茶。】

她还发了一个"这个发红包的人真帅"的表情包。

手机那头，裴元彻哼笑一声："这小丫头，都结婚了，还跟个孩子似的。"

说着，他又想到什么似的，将裴景烟那两句话截了个图，转手发给了谢纶。

下午三点，裴景烟在衣帽间里挑选泳衣时，赵阿姨敲响了卧室的门。

"请进。"

裴景烟随口应着，目光在一条黑色蝴蝶结比基尼和另一条复古黑白波点纹的挂脖泳衣来回流连。

思忖间，赵阿姨提着个纸袋子进来："太太，这是您叫的外卖吗？"

裴景烟愣了下："我没叫外卖呀。"

赵阿姨也不解："这上面的地址、收件人和电话号码都没错。"

裴景烟接过那纸袋子，打开一看，是杯芝士草莓奶茶。

芝士奶盖与奶茶分开，绵密雪白的奶盖上堆着满满当当的香甜草莓。奶茶杯是粉色星空杯，上面还有粉色卡通贴纸，十分梦幻可爱。

这杯奶茶好像是沪市一个网红奶茶店推出的新品。

前两天裴景烟还在朋友圈刷到过，说是排队买奶茶的人都要等三个小时以上。

裴景烟疑惑满满，又拿起配送单看了眼。

当看到上面收件人写的是"谢太太"三个字，她忽然明白了什么。

"赵阿姨，你先出去吧。"

"噢噢，好的。"赵阿姨见她收下了，躬身离开了卧室，顺便带上房门。

裴景烟将奶茶放在一旁，拿起手机，给谢纶发了条消息：【你点外卖了？】

那头的回复出乎意料地快：【好喝吗？】

果然是他送的。

裴景烟眼波微动，旋即殷红的嘴角不由自主地翘起，手指按着屏幕键【还行吧。】

顿了顿，她又发了一条：【不过你怎么突然想起给我点奶茶了？】

这突如其来的小惊喜，感觉还不赖。

裴景烟放下手机，将那包装得严严实实的奶盖和奶茶打开，先拿小叉子插了个沾着芝士奶盖的草莓，送入口中，酸酸甜甜的汁水在舌尖迸开。

吃过草莓，她又插吸管喝了口奶茶，温热，五分甜，茉莉茶底配牛乳。

难怪那么多人排队买，味道的确不错。

她这般想着，谢纶的回复也发来：【因为你想喝。】

裴景烟：【？】

她什么时候说她想喝了？难道她昨天晚上说梦话了？

还不等她问，谢纶又发了个红包过来。

微信金额有限制，红包顶额是两百元。

裴景烟：【？】

看着谢纶刚发的那个"这个发红包的人真帅"的表情包，裴景烟突然就懂了：【我哥跟你说什么了？】

XLun：【喝了奶茶，收了红包，你都没什么表示？】

表示？

裴景烟挑了挑眉，随手发了个"谢谢老板"的表情包。

目光扫过那杯草莓奶茶，她插了个草莓举起，拍了张照片，发送过去。

美少女景：【喏，给你吃一口。】

屏幕那头，靠坐在沙发椅上的男人看着那张随手拍的照片——

女孩纤细白皙的手指捏着枚插着草莓的小叉子，作为背景的奶茶吸管上，有一圈淡红色的口红印。

再看那句俏皮的话，谢纶眸底笼上淡淡的笑意。

他轻敲手机，回复：【这一口留着，我晚上回家再吃。】

助理闻松敲门走了进来，见到自家老板捧着手机，清隽的眉眼间透着笑意，脚步不禁顿了下。

"谢总。"他小心翼翼地唤着。

谢纶抬眼看来，脸上那闲适的笑意虽敛去，又恢复平日清冷淡漠的模样，可愉悦的状态却是不假的："怎么？"

闻松走上前："会议室里人已经齐了，就等您过去。"

谢纶淡淡"嗯"了声，站起身来，拿起西装外套，边套边往外走去。

闻松跟在身后，或许感受到老板心情不错，再想到不久前老板吩咐自己买奶茶的事，胆子也大了些，搭话道："谢总，太太收到奶茶了吧？"

谢纶："嗯，这次你挑得不错。"

闻松不好意思地笑笑："我也是问我女朋友的，她说这个奶茶最近很火，我寻思着太太应该会喜欢。"

谢纶赞许地看了他一眼，忽而想到什么，吩咐道："散会后买一盒奶油草莓送来。"

2

人们常说，女人的衣柜里永远缺少一件衣服。

对此刻的裴景烟来说，她觉得缺了一件适合泡温泉的泳衣。

于是和温若雅一起吃过泰餐后，两个小姐妹直奔商场购物。

光线明亮的泳衣店内，导购热情地跟在身后服务："裴小姐，您看这件怎么样？玫瑰豆沙色，您是冷白皮，穿这个色肯定好看。"

裴景烟淡淡扫了眼："款式一般。"

"那这件呢？这件姜黄色吊带款，是我们店里的新品。"

"唔，这个颜色我有件差不多的。"

"那您看看这件？今年流行，这套雾霾蓝配白色木耳边的包臀款，减龄又性感。"

裴景烟接过那套雾霾蓝的，摸了下胸垫，薄薄一层，还没有钢圈。

她忍不住低头看了眼自己的胸。

一旁的温若雅见状，弯起眼眸笑了，悄悄跟她咬耳朵："怎么，难道你家谢总觉得你身材不够好？"

"去你的。"裴景烟脸颊一红，又挺了挺胸，不服气道，"本仙女身材好得很！"

"是是是，前凸后翘，性感小尤物。"

温若雅笑着，眼睛一扫，指着一套黑色法式蕾丝鱼骨款："那个好像不错，试试看？"

裴景烟抬眼看去，眼前一亮。

导购很有眼力见地将衣服取了过来，笑眯眯地夸道："两位小姐眼光真好，这是我们店的设计款，有鱼骨支撑，收腰显胸，性感又优雅。"

裴景烟瞧着不错，跟导购去了试衣间。

穿好后，她走到温若雅跟前："怎么样？"

温若雅"啧"了声："你穿成这样，谢总哪里还有心情泡温泉。"

裴景烟："不好看？"

温若雅没说话，只朝她挤了挤眼睛。

裴景烟羞赧地嗔了温若雅一声。

导购则在一边各种吹，恨不得将裴景烟夸上天般。

不过有一说一，这件泳衣的设计款式，的确很得裴景烟的喜欢。

对着镜子左右照了照，她转身回到试衣间换下。

再次出来，裴景烟又挑了一会儿，然而珠玉在前，其他泳衣就再难入眼，眼见着时间也不早，裴景烟叫导购把那件泳衣包起来。

付账时，温若雅捧着手机，走到裴景烟身旁："我天，这唐马克什么操作？"

许久没听到这个名字，裴景烟皱起眉："怎么了？"

"你看看。"温若雅将手机递给她。

裴景烟一看，是唐马克新发的朋友圈。

一个坏笑的表情，配上四张照片，是他搂着个小美女的亲密合照。

下面有共同好友评论：【唐老弟，这是新女朋友？】

唐马克回了一个笑脸。

乍一看这条朋友圈就是个秀恩爱的动态，并没有什么特别之处。

可问题在于——

"小景，你看他这个新女朋友的脸，是不是跟你有点像？尤其鼻子和嘴，还有这个妆容……"

温若雅眉头紧皱："他这是搞什么？替身文学？"

裴景烟伸手点开一张照片，乍一看的确有六七分相像，不过后天加工的痕迹太明显了。

她一时间不知该说什么，但的确是有些硌硬的。

温若雅："你说他是照着你的样子找的，还是这女的照着你的样子整的？"

"我哪知道。"裴景烟将手机还给温若雅，耸耸肩，"算了，反正也不会再跟那姓唐的打什么交道，他这些操作我也不感兴趣。"

温若雅想想也是，顺手点了个屏蔽朋友圈，也不想再看这个人的行为。

这边买完泳衣才出门，裴景烟就接到谢纶的电话。

温若雅在一旁打趣，压低声音道："你家谢总查岗了？"

裴景烟伸手拍她一下，稍稍整理了下脸上的表情，按下接听键："喂？"

电话那头很安静，男人低沉悦耳的声音缓缓传来："在哪儿？"

"在跟若雅逛街，怎么了？"

"需要我去接你吗？"

"不用了。"裴景烟抬手按了下电梯按键，随口答着，"逛好了，现在准备回去了。"

谢纶说："那我在家等你。"略作停顿，补充一句，"我买了草莓回来。"

买个草莓有什么好说的。

裴景烟心里咕哝，也没多想，淡淡应了声，就挂了电话。

电梯门打开，她和温若雅走了进去。

温若雅上下打量了裴景烟一番，摇头叹道："结了婚的女人果然不一样。"

"哪里不一样了？"

"就是不一样了。"温若雅瞅着她，含笑揶揄，"不过没想到谢总瞧着那样高冷的一个人，竟然挺顾家的，下班就回家，不在外头乱玩。"

裴景烟撇撇红唇："那你是没看到他前段时间忙的样子，早出晚归的，半个影子都瞧不见。"

"大人物都是这么忙的。"温若雅安慰地挽住她的手。

说话间，电梯门叮咚一声打开，到达负一层停车场。

两人刚跨出门，迎面就见一个短发中年女人牵着个小孩等电梯。

见着温若雅和裴景烟，那女人先是一怔，旋即惊喜出声："哎哟，这么巧啊！"

裴景烟和温若雅一齐看向跟前的短发女人。

对方约莫三十七八岁，穿戴都是轻奢名牌，生着一张圆圆的脸，戴着副圆圆的眼镜。

裴景烟觉得眼熟可一时半会儿又叫不出来，那短发女人显然也没认出她，而是笑容满面地看向温若雅："若雅，真是巧呀，和朋友来逛商场？"

温若雅已然认出面前的人，态度肉眼可见地变得客气："周老师，好巧啊，没想到在这儿遇上您。"转脸再看身旁的裴景烟一脸迷茫，赶紧提醒着，"小景，周老师你忘了？"

裴景烟再看那张熟悉的圆圆脸，总算对接上了中学的记忆。

眼前的人，是她的初中语文老师——周洁。

由于裴景烟和秦霂初中毕业就去了国外一所寄宿学校读书，温若雅则是从沪城明耀国际学校的初中部升至高中部，再加上她成绩优秀，又曾担任语文课代表，是以周老师一眼就认出温若雅来。

"周老师您好。"再见到初中老师，裴景烟顿感岁月流转，"您还记得我吗？"

"你是……"周老师轻推鼻梁上的眼镜，又仔细瞧了瞧才恍然道，"你是裴景烟吗？真不得了，女大十八变，你真是越长越漂亮了，我还当是哪个女演员呢。"

裴景烟笑了笑，望向周老师："多年不见，您最近还好吧？"

"蛮好的。"周老师点头，又牵了下她身旁的小男孩，笑道，"这是我儿子。来，小明，跟两位姐姐打招呼。"

那小男孩抬起头，黑葡萄般的大眼睛滴溜溜看向裴景烟和温若雅，而后脆生生道："两位漂亮姐姐好。"

"真乖。"裴景烟和温若雅都笑了，这小子可以嘛，小小年纪嘴巴这么甜。

阔别多年，师生再度重逢，不免多寒暄几句。

再见到从前的学生，周老师感慨颇多："一晃十年过去了，我那时刚调到明耀不久，你们是我带的第一届学生。我还记得你们那个时候个子小小的，长得跟洋娃娃一样漂亮。我还记得有一回班里表演节目，裴景烟穿着一条粉红色蓬蓬裙，头上还戴着宝石王冠，就像童话里出来的小公主。"

裴景烟也记起初中往事，精致的脸庞露出些许怀念神色："还是那时候无忧无虑……"

此时此刻，周老师望着眼前两个漂亮年轻的女孩，目光和蔼："你们还记得徐晨吗？你们班的班长，他在组织年底的同学聚会。你们既然都在沪城，有空也一起来聚聚嘛。虽说这么多年过去，你们这群孩子都各自奔向不同的前程，但同学一场也是缘分。"

温若雅接话："这事我知道，前两天徐晨还联系了我。"

"咱们班不少同学都跟你一起升入高中部了，你们还有联系也挺好的。"周老师微微笑了下，又看向裴景烟，"你有空也一起来玩呀。"

裴景烟随口应了声："嗯嗯，我看看时间方不方便。"

大人们聊着天，小孩子不耐烦了，扯着周老师的袖子，一副浑身长刺的模样，嘟囔着："妈妈……"

周老师无奈地笑了笑："小孩子就是待不住，我先带他上楼了。"

裴景烟和温若雅两人乖乖让在一旁，十足的好学生模样，微微点头。

"老师再见。"

周老师带着孩子跟她们说了再见。

走进电梯时，周老师忽地回头，对裴景烟意味深长地笑了下："听说许之衡也会来，他以前可是我们班里的小帅哥。裴景烟，你以前是不是喜欢过他？"

裴景烟愣了愣，旋即否认："没……没啊！"

周老师一副"你别说，老师都懂"的表情，朝她们挥了挥手："回见了。"

电梯门缓缓合上。

温若雅感慨着："唉，岁月真是把杀猪刀，周老师这个样子我真差点没认出来，她当年超可爱的，任课老师里我最喜欢她了！"

裴景烟也回过神来，附和道："是啊，十年没见，她好像沧桑了很多。"

温若雅："我之前好像听人说，她一直单身到三十多岁，最后扛不住家里人压力才相亲结婚，但没多久又离婚了。"

"怪不得她孩子那么小。"

想到那小男孩圆圆的眼睛，裴景烟歪了话题："都说儿子像妈，那小男孩的确跟周老师长得很像，长大估计也很可爱。"

两人边说边走到停车位，开门上车。

温若雅的单身公寓离附近不远，裴景烟开车送她回去。

系好安全带，温若雅闲适地玩着手机："小景，同学聚会你去不？"

裴景烟握着方向盘，目视前方："不去了吧，初中同学都没什么联系了，见面也是尴聊。"

温若雅："许之衡也去！你不好奇咱们明耀的人现在是什么样子吗？"

裴景烟："……不好奇。"

温若雅："啧啧，狠心的女人，当初骗了少男芳心，转脸拍拍屁股飞去英国……"

回想往事，裴景烟头皮发麻，小声辩解道："谁没有个年少心动。再说了，当初那事……"

她欲言又止，最后还是闭了嘴。

说到底，的确是她对不住许之衡。

见裴景烟不说话了，温若雅安慰道："没事，反正你也只是跟他告了个白，恋爱都没谈过，算不上什么风流情债。"

裴景烟"嗯"了声。

打开车载音乐，两人有一搭没一搭地聊着其他的。

忽然，温若雅叫了一声。

裴景烟侧眸看她："又怎么了？"

温若雅捧着手机："周老师在班级群里说见到我们了，现在群里的同学都在聊我们，不对，都在聊你呢！"

裴景烟："……"

3

明耀初中二班微信群里。

周老师一句"岁月如梭，当年咱们班里的小公主长成大美女了"的感慨，以及一张模糊且有年代感的文艺汇演照片，炸出群里不少潜水的同学——

【哇，这照片上的人是裴景烟吧？】

【除了她还能有谁，这条裙子我印象深刻，当时就觉得她是真人芭比，羡慕死了。】

【老师怎么突然提起她了？她好像初三下学期就在办出国读书的手续，连毕业照都没来照。】

每个班级里，总有那么一两个让人难以忘记的同学，裴景烟正是这种。

她虽然不在明耀了，可明耀的同学们依旧记得关于她的一切。

周老师回复：【刚才偶遇了裴景烟和温若雅两位同学，勾起从前的一切回忆，同学们都长大成人了。】

群里顿时更热闹了——

【裴景烟现在长什么样了？应该超美吧？】

【怎么说也是咱们班的班花，能不好看吗？】

【之前不是听说她在英国读金融吗？这次是回国过年？】

【猴子你怎么回事，村通网？她元旦就结婚了你不知道？】

【什么，小公主结婚了？】

【@许之衡，结婚了？】

【……】

群里很快聊出了"99+"的消息。

裴景烟把温若雅送到公寓楼下时，温若雅表情为难道："小景，班长私聊我，叫我把你拉进群里，还邀请你参加同学聚会。你看这……"

裴景烟有些无语。沉吟两秒，她道："拉吧。"

温若雅歪了歪脑袋："那我拉了？"

裴景烟"嗯"了声："反正我潜水，至于同学聚会，随便找个借口拒了就成。"

见她有对策，温若雅将她拉进了群里。

裴景烟瞄了眼手机。

她进群后，见消息一条一条飞快刷屏，抿了抿唇。她先关了群通知，而后发了个"同学们好"，就放下手机。

"若雅，我先开车回去了。"

"嗯嗯，去吧，路上注意安全。"温若雅朝她挥手。

黑色轿车很快潜入夜色里。

温若雅边上楼边玩着手机，见同学们都在欢迎裴景烟，替她发了句：【小景在开车，不方便回消息。】

同学们纷纷表示理解，也不再@裴景烟。

夜色朦胧，云遮明月。

裴景烟回到云水雅居时，将近晚上十点。

她一手拎着泳衣包装袋，微微弯腰，另一只手脱着高跟短靴。

等换了毛茸茸可爱的拖鞋，她伸着懒腰，慢慢往卧室走去。

当看到书房照到廊上的光线时，她脚步一顿。

谢纶还在办公？

她脚步不由得放轻了些。

书房门虚虚掩着，她走到门口，有些犹豫要不要敲门。

就在她迟疑时，书房门从里打开。

那一抹光影被男人高大宽阔的身躯遮住，他轻垂黑眸，神色平静："回来了？"

裴景烟怔了下，拎着包装袋的手紧了些，呆呆地"嗯"了声。

谢纶从头到尾打量她一遍，问："既然回来了，干吗不出声？"

裴景烟目光轻晃："这不是怕打扰你办公嘛。"

谢纶："忙完了，在等你。"

他说这话时，一直看着裴景烟，叫裴景烟莫名心虚，感觉自己好像在外面鬼混回来似的。

"那我先回房间了。"她避开他的目光，又悻悻解释了一句，"我先送若雅回去，路上耽误些时间，所以回晚了。"

谢纶没说话，只抬手将书房的灯关了，跟着她一起回卧室。

回到熟悉的房间，裴景烟随手将袋子和包丢在软皮床尾凳上，自个儿转身倒水喝。

等她端着茶杯转身，看到谢纶拿起那袋子时，险些没呛到："咳咳，你……你干吗……"

谢纶淡淡抬眼："帮你把东西归置好。"

裴景烟放下茶杯，快步走过去："不用不用，我自己收拾就好。"

谢纶瞥了眼那纸袋子里的衣物："新衣服？"

裴景烟伸手去抢。

见小姑娘一脸紧张，谢纶黑眸眯起，举起袋子："什么衣服不能看？"略微拖长的尾音，显得莫名暧昧。

这男人会不会想歪了？

裴景烟的白皙脸庞闪过一抹不自然的红，蹦蹦跳跳着去抢："没什么，就是泳衣而已！"

见她一蹦一跳怪有趣的，谢纶伸手按住她的小脑袋："泳衣有什么不能看的？"

裴景烟只觉得身高受到了侮辱，气呼呼地鼓着小脸："就不给你看！"说着，很不客气地踩上谢纶的脚，一只手扯着他的肩膀，试图把他的手拉下来。

"还给我。"

她贴得很近，小手把谢纶的睡衣都拉得向一边歪去。

拉扯之间，气氛逐渐变了，一同变得不对劲的，还有男人的眼神，身躯的反应。

裴景烟顿时不敢乱动了，一双水灵灵的杏眼瞪得圆乎乎："你……"

她松开他的衣袖，脚步直往后退。

然而，牢牢地禁锢在她细腰的炽热掌心，明确告诉她，现在跑已经晚了。

纸袋子是放下来了，裴景烟却被抱起来了。

"你做什么？"她脸颊绯红，瞪着他，"你放我下来！"

"抱你去洗澡。"

"我不洗。"

"你觉得这是商量的口吻吗？"谢纶低下头，高挺的鼻梁轻蹭了下她的额头，教育孩子般口吻正经，"要爱干净。"

"……"

裴景烟气得咻咻冒烟，谁不爱干净了！

然而，等她意识到自己的关注点又被男人带偏后，人已经被带进了浴室。

热气氤氲，风暖融融。

这个澡洗得委实有些太久。

谢纶拿过浴袍系好，黑眸轻垂，便见裴景烟湿漉漉的黑发随意散在雪白背上，冰肌玉骨，红痕点点，宛若一个个草莓印。

再往下，漂着花瓣和泡沫的温水中，若隐若现的滑腻。

察觉到那灼灼逼人的目光，裴景烟羞恼得恨不得把脸都埋进水里。谢纶轻扯了扯嘴角。

用浴巾将她包着抱到房间床上后，他又端了碟新鲜饱满的奶油草莓回来。

在她困惑不解的目光下，他抓着她的手捏起了一颗草莓。

她眨了眨眼睛，刚想往自己嘴边送，身后的人轻捏了下她的腰。

裴景烟扭过头，便对上男人深邃如墨的眼眸："下午不是说喂我吃？"

她大脑有一瞬短路，等反应过来是怎么回事，霎时红了脸，毫无底气地辩解："我那是跟你开玩笑，随口说说而已！"

怪不得他无缘无故在电话里说一句"买了草莓"，敢情是在这儿等着她呢。

谢纶握着她的手，嗓音沉哑："可我当真了。"

迎上男人深深凝视的目光，裴景烟呼吸微乱，只能硬着头皮递了颗草莓到他嘴边。

细白的指尖，殷红多汁的草莓，宛若散落白雪的红宝石。

谢纶低下头，含住那颗草莓，以及她的指尖。

温热的触感叫裴景烟心口猛跳，忙不迭收回手——救命，心跳得好快，小鹿快要撞死了吧！

"很甜。"他细嚼慢咽吃完，又拿起一颗，递到裴景烟嘴边，"你尝尝。"

那送到嘴边的草莓有浓郁好闻的果香，直勾勾刺激着嗅觉，裴景烟忍不住咽了下口水。

她到底还是张开小嘴，接过。

谢纶缓声问她："甜吗？"

裴景烟嚼着嘴里的草莓，酸酸甜甜的汁水在舌尖弥漫，刺激着味蕾，她含糊答道："挺甜的。"

"是吗？"男人视线停留在她殷红的唇瓣，嗓音越发低了，"那我也尝尝。"

裴景烟微怔，下一刻，男人的唇印了上来。

草莓的甜味在彼此舌尖纠缠着，味觉、呼吸、意识，连带着一同被掠夺。

一碟草莓，以各种吃法，被他们吃了一颗又一颗……

甜的，酸的，奇奇怪怪的。

混乱的画面叫裴景烟心如擂鼓，晃了晃脑袋清空大脑，抬眼见着始作俑者好整以暇地盯着她。

她尴尬地偏过脑袋，小声道："拿出去，不吃了。"

这一个冬天，她都不想再吃草莓了！

静谧卧室里。

看着那孤零零掉在地毯上的纸袋，谢纶缓步走过去。

他弯腰拾起，少顷，修长的手指勾起袋子里那件单薄的布料。

一条黑色蕾丝鱼骨泳衣。

不知想到什么，白日里端方矜贵的男人，薄唇微掀一抹清浅的弧度。

裴景烟一沾上枕头就浑浑噩噩睡去，连看一眼手机的精力都没有，自然也没注意到微信里的好友申请。

第二天早上，她意识迷糊地醒来，柔软的腰肢上还搭着一条手臂。

短暂的惊讶后，她扯下真丝眼罩，头微微抬起，就对上男人英俊安睡的脸庞。

他怎么还在家，不要去公司的吗？

她伸手推了下男人的胸膛，轻声道："现在几点了，你还不起床吗？"

谢纶缓缓地睁开眼，漆黑的眸里睡意尚未散去，仿佛傍晚连绵的山影间笼上一层轻纱白雾。

"迟些没关系。"他轻捏了下裴景烟的脸颊，"倒是你，怎么醒得这么早？"

"不知道，大概这个点身边还有人，有些不适应。"

裴景烟拿开男人不安分的手，又从他怀里稍稍挣开了些，翻过身，伸手去拿床头上的手机。

屏幕上显示是九点二十分。

的确比她平时的起床时间要早一个多小时。

"现在九点二十了。"她懒洋洋地提醒了身边男人一句，看到微信上的红点，习惯性点了进去。

除了聊天界面各种消息，还有好友界面的十几条好友申请。

点进去一看，都是通过班级群发出的申请——

裴景烟一溜划下来，对这些人基本没什么印象了，都没加。

倒是初中班长徐晨她还记得，于是顺手点了个同意。

她继续往下翻，当滑到第一条主动的添加信息时，纤细的指尖在冰凉的屏幕上顿住。

【备注信息：许之衡。】

这三个字刚映入眼帘，她脑海中就自动浮现出自带柔光特效的一幕——

盛夏蝉鸣时节，篮球场上挥汗如雨、身姿矫健的俊秀少年。

的确是能够惊艳青春时光的人物啊。

不过都过了这么多年了，他突然加她干吗？

就在裴景烟盯着那条好友请求恍惚出神时，身后的男人大概不乐意被冷落，翻身拥了过来，懒声道："在看什么？"

裴景烟眼皮轻跳，下意识将手机点到其他界面，佯装平静道："没什么，随便刷下朋友圈。"

男人高大的身躯从后拥着她，热意融融。

他黑发茂密的头颅埋进她的肩颈，薄唇贴到他细腻的肌肤时，忍不住轻咬了下："手机那么好玩？"

炽热的鼻息弄得裴景烟忍不住缩脖子，轻哼了一声："别闹，你还要不要去公司了？"

谢绐揽过她的肩膀，哑声道："下午再去公司也没关系。"

下一秒，裴景烟想反驳的话被蒙在被子里。

手机从掌心滑下，随意丢在枕边，屏幕渐渐暗下。

4

这日，谢绐在家里陪裴景烟吃过中饭才出门。

因着谢绐这么一打岔，裴景烟都忘了好友申请那回事，直到傍晚，初中班长发来微信。

徐晨：【裴景烟，你好啊。】

徐晨：【我在组织初中同学聚会，时间定在大年初八，你有空来玩吗？这么多年没见了，也不知道老同学们都变成什么样了。】

裴景烟印象中的徐晨是个很斯文的男生，谦逊有礼地对待每个同学，善良又敏感，是个很负责的班长。

虽然接触不算多，但她对徐晨观感不错，起码他对待女生很尊重、有礼貌，不像其他青春期的男孩那般浮躁狂妄。

不过，同学聚会她还是不打算去。

裴景烟：【徐班长你好，过年比较忙，腾不出空来，聚会就不去了。】

徐晨：【这样啊，挺遗憾的。】

裴景烟：【下次有机会再聚。】

大家都知道，这是成年人的客套话。

屏幕那头"正在输入中"持续了好一会儿，徐晨才回复：【如果还有机会的话。】

发出后没过几秒，消息又被撤回，改为：【好的。那祝你生活愉快，身体健康。】

裴景烟看着手机皱了下眉头。

思忖片刻，她截了个图，跑去群里问闺蜜：【难不成徐晨当年也暗恋我？】

秦霏第一个冒头：【徐晨？同学聚会？为啥我不知道？】

温若雅随后也冒了头，把昨晚偶遇周老师的事跟秦霏说了一遍。

秦霏顿时来了兴趣：【小景不去，我去啊！我还挺想看看许之衡现在长什么样。他当年长得真帅啊！如果没长歪，没准我还能签他进军娱乐圈？】

美少女景：【你想签人签疯了不成？逮到个帅哥就想签？】

一只小鸟飞飞飞：【你家谢总又不给我签。】

美少女景：【他的身价，你签得起？】

一只小鸟飞飞飞：【打扰了。】

一只小鸟飞飞飞：【不过同学聚会我真挺想去玩一玩的，若雅，你拉下我，我去。】

取昵称真的好难：【好！】

眼见她们把话题聊歪了，裴景烟无语一阵，又问了遍：【我总觉得徐晨这话有点怪怪的。】

一只小鸟飞飞飞：【大概是你想多了，就是很正常的寒暄呀。】

一只小鸟飞飞飞：【当初没觉得他暗恋你啊，班长好像对所有女生都很友善的。】

裴景烟也仔细想了想，大概真是她想多了吧。

群里秦霏和温若雅就同学聚会聊了起来，聊起往事，不可避免就说到许之衡。

裴景烟没加入话题，而是翻回好友申请列表，点进许之衡的头像。

他的头像是漫画《灌篮高手》里的流川枫。

个性签名：无。

朋友圈：仅展示半年可见，空白一片。

还真是干净简洁。

抿了抿唇，裴景烟退出界面，选择无视这条好友申请。

过去的就过去了，说白了，也不过是青春岁月里一件很不起眼的小事而已。

回首再看，根本微不足道。

转眼到了周五。

这日下午四点，裴景烟接到谢纶电话，他有个紧急会议要开，请她帮忙收拾下他的衣物和洗漱用品，他派人接她来公司。

会议结束，他们直接从公司开车去奚山的温泉山庄过周末。

裴景烟嘴上说着："我又不是你的保姆。这么忙的话就别去了呗，一天天的这么多事……"

然而吐槽归吐槽，挂了电话，独自生了阵闷气，她还是替他收拾了牙刷和换洗衣物。

说起来，这还是她长这么大，头一次给男人收拾东西。

小时候倒是见过母亲给父亲收拾出差的行李，现在看着自己替谢纶收拾贴身衣物，裴景烟恍然感受到几分为人妻的实质感。

好像在不知不觉中，她慢慢也接受了这个男人融入自己的生活，变为日常的一部分。

这个认知叫裴景烟有些无所适从，内心却并不排斥。

去温泉山庄只住两个晚上，男人的东西少，一个小包就够了，裴景烟的东西则装了一个小行李箱。

行李箱锁扣啪嗒关上，门外也响起赵阿姨的敲门声："太太，先生派来的司机到了。"

裴景烟应道："你进来吧，把东西拿去车上。"

赵阿姨说了声"是"，一手拎着包，一手拉着行李箱往外去，还不忘提醒着："太太，今天外面风大，您穿得保暖些，别感冒了。"

于是裴景烟折返衣帽间，挑了条紫粉色格子羊绒围巾，搭配她今天穿的米白色牛角扣大衣。

蓬松的长发随意扎成个斜麻花辫搭在胸前，配着与大衣同色的贝雷帽，耳朵上是闪亮亮的珍珠耳钉，低调又贵气。

对着镜子照了照，裴景烟满意地出了门。

随着司机来接的，还有谢纶的助理闻松。

一见到裴景烟，他先是递上一杯温热的厚乳珍珠奶茶和一大束弗洛伊德玫瑰花，又恭敬道："太太，谢总说辛苦您专程跑一趟。"

其实女孩子很好哄的，只要肯用心哄。

看着这奶茶和大束鲜艳芬芳的玫瑰花，裴景烟那点小情绪就消了一半，嘴角轻撇了下，心说还算他上道。

她面上却是满不在乎，接过玫瑰花和奶茶，径直坐上了后排。

车子启动，她随口问了句副驾驶位的闻松："他这个会要开很晚吗？"

闻松答道："是中东市场那边出了点问题，谢总与分公司领导开视频会议，应该不会太晚，快的话下午六点就能结束。"

裴景烟淡淡"哦"了声，也没多问，拿出手机玩。

两把游戏打完，车已到达新励科技集团沪城总部。

这是与谢纶认识以来，裴景烟第一次到他的公司。

最初新励科技的总部是在深市，三年前才搬到沪城，从此在沪城发展，深市的成了老总部。

裴景烟手握着半杯奶茶下了车，闻松在前头引路："太太，这边。"

细细高跟鞋踩在瓷砖上发出嗒嗒嗒的声响，这会儿快到下班时间，顶层领导们开会，打工人们则高高兴兴收拾东西，喜迎周末。

前台正摸鱼玩手机，冷不丁见到总裁助理领着个明艳漂亮的大美女上了总裁专用电梯，顿时精神起来。

等她想起拿手机偷拍一张，人已经进了电梯里。

公司匿名群里：【爆料！刚才撞见闻助理领着个美女上了大老板的电梯！】

周五下班前的一个小时，最适合摸鱼了，谁还有心思上班啊！

消息一发出去，一石激起千层浪——

【瞧见什么样子了吗？】

【年轻漂亮，大眼睛高鼻梁，还有点眼熟，好像个演员。】

【这个时间点被闻助理接来，难道是大老板的女朋友？】

【不会吧？老板不是才结婚不久，听说娶的还是裴氏集团的千金。】

【结婚了又怎么样，像他们这种都是商业联姻懂不懂？没有真感情的。

据小道消息说，那裴家千金性格很差，动不动就发脾气，哪个男人受得了这样的老婆？】

【啊，这样？那谢总也太惨了吧，娶了这样一个老婆。】

【各玩各的，哪里惨了。我倒是好奇谢总找的是哪个女演员。】

【我记起来了，好像是这个，前段时间才上了部网剧的，在里面演女二。等等，我去搜个图。】

没过一会儿，几张精修的美照就发进了群里。

【她不是女团出来的吗？好像叫什么苏欣冉。】

【看照片的确挺漂亮的，不过这摆明是整容脸。原来谢总喜欢这一卦的？】

【可她真人一点看不出整容脸，比照片漂亮多了！我刚才看到本人都惊艳到了，大概是她不上镜吧？】

且说闻松这边把裴景烟送进总裁办公室后，就恭敬退下。

前往会议室的路上，他拿出手机，给女朋友说一声，可能要晚点回家。

发完消息，正准备放回手机时，却不经意瞥见匿名群里的消息，他嘴角不由得抽搐。

谢总对太太可是一心一意！

他想了想，也点了个匿名，发了消息：【什么女演员，是正牌老板娘来了。】

又翻到前面的聊天记录，看到那几张女演员的照片时，闻松眉头不由得拧起。

还别说，乍一看这女演员是有点太太的影子。

不过一个后天加工，一个天然美女，气质上更是云泥之别，完全不是一个级别。

他这条消息一发，群里立刻不少人问他，纷纷要他展开说说。

闻松绝不可能再泄露更多消息，退出群聊界面，揣好手机直接往会议室去。

5

此时的裴景烟还不知道她的到来，引发了新励集团员工们的热烈讨论。

门关上后，她就打量起谢纶的办公室来——

宽敞而空旷，明亮又冷清，对于裴景烟这种喜欢暖色调、鲜花、彩虹、彩色宝石的人来说，冷色调的办公室在彰显高大上的同时，莫名有种压抑的寂寥。

如果是她的办公室，她要把墙刷成蒂芙尼蓝和莫兰迪暗粉，办公桌上要摆个法式浮雕玻璃花瓶，每天换着不同的鲜花。譬如周一用粉色的伊萨贝拉百合，周二换成白色重瓣郁金香，周三再换糖果色的霓裳玫瑰……

裴景烟满脑子想着鲜花，不知不觉走到办公桌后一扇浅灰色门前。

这估计是谢纶的休息室。

推门而进，里面的空间甚至比办公室还要大——有洗手间、浴室、卧室，还有个小型书房，落地窗旁边摆了个跑步机、哑铃之类的健身器材。

裴景烟边打量着边咋舌，这以后要是跟他吵架了，把他赶出门，他来公司住也蛮好的嘛。

走到书架边，裴景烟随意扫了眼那些书册，而后目光却慢了下来。

她原以为谢纶这种理科计算机金融男，看的书应该是什么理科、计算机，或者成功学、资本论之类的——她爸爸和她哥的书架上就摆着这些。

当然，之前哥哥为了追嫂子，书架上还多了些奇奇怪怪的书籍。

思绪回笼，裴景烟的指尖在整整齐齐的书本上划过，眉梢挑起的弧度越来越高。

谢纶书架上的书本，竟然跟她读过的书重合度极高。

她在英国读书那阵，大多是在市中心的书店买书，读的都是英文原版书籍。

而此时，她从谢纶的书架上，随手抽出一本书——

书籍扉页上的出版社就在英国。

裴景烟捧着书本，发了会儿呆。

她觉得这未免太巧合了些，可这事除了巧合，好似也没什么其他可解释的理由。

大概，真应了"缘分，妙不可言"这句话？

闲着也是闲着，裴景烟抽了本简·奥斯汀的《傲慢与偏见》，坐到沙发上看起来。

许是吃了甜食容易犯困，再加上房间空调开得太暖，看着看着，书页上的英文字母就变成一个个小蝌蚪，游啊游，游得裴景烟眼皮越来越沉，越来越重……

"她人呢？"

会议结束，谢纶松了松深色暗纹的领带，大步往外走。

闻松捧着文件夹和会议本紧跟其后："太太还在您办公室等着呢。"

谢纶看了眼手机，已经是晚上六点半，算起来她等了两个多小时。

没有电话，没有短信，微信上也没有半条催促。

倒是出乎意料的好耐心？

他转脸看向闻松："你接她过来时，她心情怎么样？"

闻松想了想，答道："好像……还行吧。来的一路上，太太在玩游戏。"

真就是个二十一岁的年轻女孩儿，一点都不像人们想象中的那种高贵神秘的富太太。

说话间，两人走到办公室门口。

闻松上前开门，办公室里空无一人，除了办公桌上随手搁着的奶茶杯，证明裴景烟的确来过。

"谢总，太太她……"闻松面露诧色。

"应该在休息室里。"

谢纶示意他将文件放下，抬眼看向落地窗外漆黑的天色，淡声吩咐："去订两人份的日料送来。"

闻松躬身称是，放下文件就退出办公室。

谢纶轻碰桌边那个奶茶杯，一片冰凉。

他收回手，缓缓走向休息室。

推门，屋内其他地方都是暗的，唯独读书角亮起一盏落地台灯。

明黄色的灯光笼罩一方小小的空间，深灰色布艺沙发上的人闭着眼睛熟睡，手上还捏着一本书，麻花辫随意搭在身前，浅浅光影下，她纤长的睫毛在眼睑投下一片秾丽的暗影。

宛若一幅散着柔光的印象派油画，静谧又美好。

谢纶脚步放轻，走到裴景烟身旁。

靠近了看，才发现因为蜷睡的姿势，每一回呼吸，她微鼓的胸线起伏明显，好似他前年在蒙古林间猎到的小鹿。

温顺，乖巧，脆弱。

他弯下腰，准备将她手中的书本拿开，才碰上，就见她小鸡啄米似的猛栽了下头，旋即睁开了眼。

当看到身前高大的身影时，她眼中的迷糊顿时变成戒备，伸手捂着自己的胸口："你干什么？"

谢纶抽出她手上的书："醒了？"

裴景烟一怔，环顾周围，当看到窗外漆黑的天色，脑子有点蒙，半晌才找回思绪："你开完会了？现在几点了？"

"开完了，六点半。"他站直腰身，不紧不慢地将书放回书架，又淡淡瞥了她一眼，"睡得挺香？"

裴景烟微窘："还不是等你，早知道你要这么久，我就撇下你，自己去泡温泉了。"

她从沙发上起身，姿势蜷着，睡得她腰酸脖子疼，才扭了两下脖子，谢纶手掌落在她纤细的脖颈上。

男人的掌心灼热，裴景烟缩了下肩膀。

"别动，我帮你揉。"他这般说着，按着她的肩膀，叫她重新坐回沙发。

还别说，他揉得还挺舒服。

"肚子饿吗？"

他冷不丁地问，叫裴景烟脑子险些没转过来，呆呆地看着他，诚实地答："有点。"

谢纶："好巧，我也是。"

裴景烟："嗯？"

谢纶："有研究表明，接吻一定程度能缓解饥饿，试试看？"

裴景烟瞪大杏眸，胡扯什么呢！

她必然是不会答应："试……"

"你个头"三个字还没说出口，男人微笑地截断她的话："好，试。"

不给她反应的工夫，他的薄唇就印了下来。

热烈而缠绵的法式深吻，叫人双腿直发软。

彼此的呼吸缠绕，拥抱着陷入沙发里。静谧狭小的空间里，逐渐升温。

"你怎么……"他单手捧着她的脸，定定盯着她染了绯红的脸颊，深邃的眸底暗涌着痴迷，"这样可爱。"

他的女孩儿脸蛋那样小，在他的掌心里，妍丽的眼睫轻颤，可怜又可爱。

身上热意涌动，手指轻解开两粒衬衫扣子，在她回答之前，他再次覆上她的唇瓣。

裴景烟都快被亲得喘不过气了，等再一次被放开，她一边大口呼吸，一边撑着男人的胸膛。

谢纶还是有分寸的，察觉到时间差不多，也没再亲，而是抱孩子般将人搂在了怀里，轻贴着她的耳朵，半真半假道："不然以后每天早上，我把你带到公司来，你就在这里休息……"

他想她，推门就能见到她。

可以亲，可以抱。

裴景烟听到他这磁沉的话语，半边身子都麻了。

感性告诉她，他好像是在跟她说情话；理性告诉她，每天早上跟他来上班，她怎么可能起得来？不可能，绝对不可能，任何人都不能打扰她的美容觉！

就在她决定无情反驳他时，门外响起敲门声。

"谢总，晚餐到了。"

"知道了。"谢纶懒洋洋地应了声。

在办公室用过简便晚饭后，裴景烟和谢纶上车，前往奚山的温泉山庄。

裴景烟在车上闲来无事，问起他书架上的书："要不是我们才认识不到半年，我都怀疑你偷了我的书单。"

谢纶面无波澜，说了句"真巧"，然后继续盯放在膝盖上的笔记本电脑，仿若一个没感情的工作机器。

见他这样，裴景烟觉得没劲儿，暗暗"喊"了一声，自个儿拿出手机玩。

奚山风景区离沪城市中心四十分钟的车程，因着周五晚上，愣是花了两倍的时间才到达目的地。

办好入住手续，礼宾推着行李进客房时，已将近十点。

单独的套房带着个花园庭院，院里日式枯山水搭配着几丛翠竹，小巧而精致的双人温泉散发着蒸腾热意。

谢纶到了房间，依旧坐在电脑前忙碌，裴景烟问他："要忙到很晚？"

谢纶抬了抬眼皮："大概一个小时。"

裴景烟"哦"了声，漂亮的脸蛋上没什么情绪："那你忙吧，我出去泡一会儿就睡觉了。"

谢纶凝视她两秒，而后出声道："嗯，你先休息。"

裴景烟嘴角轻撇，也没多说，收拾了衣物，径直去了院外。

温泉水很舒服，环境也很清幽，可裴景烟的心情实在算不上好。

温若雅在微信里问她：【经理说你已经到了，怎么样，还可以吧？】

裴景烟轻敲了几个字回复过去：【蛮不错的。】

温若雅：【那你和谢总好好享受，山庄环境挺不错的，露天温泉中心还有不同的药浴，你们也可以去试试。山庄西边修了江南园林风格的理疗区，你白天可以出去拍些美照，发个朋友圈，正好替我家宣传宣传。】

裴景烟：【没问题。】

温若雅：【不打扰你和谢总的夜生活了。温馨提示，温泉别泡太久，容易缺氧。】

看着这条消息，裴景烟一阵无语，又扭头朝屋里看去。

裴景烟刚才换衣服，把谢纶赶去了客厅里。现在卧室里空荡荡的，超白玻璃里只倒映着她的影儿。

这个男人忙得连个眼神都分不出来，早知道跟他出来会这样无聊，她就该等过几天秦霏从京市回来，跟她们一起玩！

碎碎念地泡了一刻钟，裴景烟浑身暖烘烘地从温泉里出来，回浴室里简单冲了个澡，就爬上床。

　　她属于泡完温泉就犯困的体质，半边脸埋在柔软的枕头里，没一会儿就睡了过去。

　　也不知道过了多久，大概是半夜，身边的床垫往下凹陷了一大块。

　　少顷，一个暖烘烘的身躯从后面贴了上来。

　　那熟悉的气息和温度让裴景烟清醒了几分，但她心里还憋着气，便往外躲，才不让他抱。

　　察觉她的小动作，身后的人停顿片刻。不一会儿，英俊的脸庞埋在她的脖间，低声道："生气了？"

　　裴景烟含糊地哼唧了一声："别吵我。"

　　身后人抱得更紧些，清冽的嗓音在静谧黑夜里缓缓响起："已经忙完了。"

　　好了不起，给你发朵小红花要不要啊。

　　裴景烟心里这样想的，可困得嘴皮子都不想动。

　　见男人抱着她不肯松开，她也懒得跟他吵，只意识模糊地想——

　　先由他抱着吧，等明早睡醒了，再把他踢下床去。

第十九章 · 【温泉山庄游记】
温泉泡太久，真的会缺氧。

1

翌日清晨，阳光和煦。

山林间单独的院落分外静谧，静谧到仿佛整个天地间，只有他俩的存在。

谢纶盯着裴景烟圆溜溜的猫眼，忽而伸手捧住她的脑袋。

就在裴景烟以为他又想做什么时，他却只是俯下身，线条分明的下巴蹭了蹭她的额头。

"痒不痒？"他问。

"痒呀！你松开……"

裴景烟捂着额头，觉得不可思议，忍不住凑上前，又一次踩上他的脚背，踮着脚："你弯下腰给我看看？"

对于这小姑娘毫无顾忌踩脚背的行为，谢纶黑眸轻眯，却没多说，而是伸手扶住她的腰，手臂稍稍用力，直接将人托抱着放到洗漱台上。

在裴景烟欲言又止的目光下，他配合地低下头。

裴景烟的注意力又放回他的下巴，皱着眉头看了看那泛着浅青色的小胡楂，不禁抬起手去摸："一个晚上就能长出来吗？"

谢纶低垂着眼，视线静静落在她孩子气的柔软脸颊上："嗯。"

"竟然长得这么快。"她语气里透着些惊叹。

她纤细的指尖在男人的下巴处点点蹭蹭，全然没注意到男人暗下的眸色。

刷牙洗漱，又耗费一个小时。

这日中午，裴景烟把她那份餐食吃得干干净净，甚至连例汤都喝光。

吃饱喝足，她也不敢再继续在房间里待了——和谢纶单独待在同一空间，太危险了。

于是，她换了套美美的裙子，打算先去理疗区做个推背、采耳的全套服务，然后借着白墙黛瓦的园林风景拍几张打卡照片，发个朋友圈。

从独栋私汤到理疗区步行五分钟，新翻修的山庄，无论是服务还是设施都无可挑剔。

裴景烟和谢纶到达理疗区大厅，立刻有员工引着他们去包厢。

裴景烟挑了个一百八十分钟从头到脚、到头发丝的尊享护理。

谢纶既然陪她一起过来，便也选了个同样的套餐。

见状，裴景烟忍不住嘲讽："谢总时间宝贵，与其浪费三个小时按摩，不如叫人把笔记本电脑送来，你继续工作？"

谢纶知道她还记着昨晚的事，嗓音悠悠："不工作，陪老婆。"

听到"老婆"这两个字，裴景烟精致眉眼间的嘲讽劲儿顿时被封印住。

虽然说，她的确是他老婆……可是，她现在还在适应"谢太太"这个称呼的阶段啊！

裴景烟选择闭了嘴，安安静静地享受着按摩师的服务。

三个小时在舒缓的音乐与服务中悄然过去，两个人再次走出包厢，窗外日头已呈式微之态。

裴景烟浑身轻松，边往外走，边捧着手机，在群里给予温若雅肯定的反馈——

美少女景：【若雅，你家这个山庄的理疗师有点水平，按得超级舒服，我都想挖墙脚了。】

美少女景：【谢纶也说不错。】

取昵称真的好难：【那当然，我们家山庄的理疗师都是在泰国经过专业培训才上岗的。】

取昵称真的好难：【你拍美照了没？蹲你朋友圈都蹲一天了。】

一只小鸟飞飞飞：【若雅，你个不懂情趣的。老夫掐指一算，她和谢总怕是才起床没多久。小景，我说得对不对呀？】

屏幕这头，裴景烟小脸发烫。

她决定忽视秦霏的话荐，只回复温若雅【我现在就去拍照，拍一个小时，刚好吃晚饭。】

消息发出去，她放下手机，正准备寻个好拍照地点，迎面就见一对黏黏糊糊的小情侣走过来。

四目相对，裴景烟眉心一皱，这是什么运气？

唐马克也没想到会在这里遇上裴景烟，视线触及那张瓷白明艳的脸庞时，他先是惊讶，而后是窃喜，再然后却有些慌张——既慌张于她身边的男人，又慌张于自己身旁的女人。

然而眼前只有一条路，避无可避，他只能正面对上。

唐马克拉着小女朋友的手，深吸一口气，边往前走，边在心里想着如何自然地与裴景烟打招呼。

或者他也可以炫耀一番，他不是非她不可，这不是也找到了个女朋友，千依百顺，叫她往东不敢往西，乖巧听话得很。

不承想，他的手刚抬起，那句"好巧啊"才发出"好"的音，裴景烟挽着谢纶视若无睹地擦肩而过。

唐马克的手僵在半空中，小眼睛里满是不可置信——

她就这样过去了？

连个眼神都没给，宛若他是空气？

许是和裴景烟样貌相仿的女朋友对他百依百顺让他有些飘了，此刻被裴景烟无视的愤怒与不甘噌噌涌上心头，唐马克壮起胆子，扭身喊道："裴景烟！"

这声喊叫不像打招呼，更像寻仇。

裴景烟脚步停顿的同时，她感到身旁之人的手迅速搭在她的肩上，呈现保护的姿态。

这微小的细节让她心头一暖，还没来得及仔细去想，唐马克就拦上前来。

裴景烟看着他，好看的眉头皱起："你有事？"

其实她想说的是"你有病"，但碍于旁人在场，还是要维持优雅风度。

唐马克接收到她淡漠的眼神，仿若兜头浇了桶冷水，心底涌起的那点火气顿时浇灭，突然就无所适从起来，干巴巴道："我……跟你打个招呼。"

裴景烟淡淡道："招呼打完了？麻烦让一让，别挡着路。"

唐马克一噎，却没准备让。

他讪讪地挤出笑："没想到会在这里遇见，可真巧啊。对了，冉冉，你过来，给你介绍一下！"

那被忽略在旁的小女朋友苏欣冉如梦初醒般，赶紧走到唐马克身边。

唐马克寻回些自信，介绍道："这两位可都是了不得的人物，这位是裴氏集团的千金，这位是新励科技的谢总。"

苏欣冉打量着眼前这对高颜值夫妇，目光复杂，面上却是客客气气："裴小姐好，谢总好。"

唐马克一直注意着裴景烟的表情变化，见她始终淡然，很是不爽，一把揽过苏欣冉的纤腰，笑着强调："烟烟，这是我新交的女朋友，苏欣冉。"

裴景烟："……"

之前唐马克那条秀恩爱的朋友圈，看照片，她就挺硌硬的。

这会儿真人在跟前，更是一言难尽了。

裴景烟盯着苏欣冉那张酷似自己的面容看了三秒，随后望向苏欣冉的眼睛——

都说眼睛是心灵的窗户，她从苏欣冉五官里那双最不像自己的眼睛里，看到对方的错愕、慌张，以及寻常人见到她都会有的羡慕、嫉妒与自卑。

错愕，那苏欣冉为什么是错愕呢？

就在裴景烟好奇时，那搭在她肩膀上的手轻捏了两下。

她缓过神，仰头对上谢纶阒黑的眸。

他道："走吧。"

好像有点不高兴似的。

裴景烟觉得奇怪，他有什么好不高兴的，该觉得硌硬的是她才对。

她杏眸轻闪，也不想再与唐马克多废话，只淡声说了句："那恭喜你了。"

便静静等着唐马克让开。

唐马克还想再说什么，谢纶忽而上前一步，面无表情道："让开。"

简单两个字，却是不容置喙的冰冷。

莫说是唐马克和苏欣冉，就连裴景烟都不由得多看谢纶一眼，没想到他冷脸的模样这么骇人。

相处这么久，这还是她第一次见到谢纶这一面。

苏欣冉小心翼翼地躲到唐马克身后，扯了扯他的袖子："唐哥，让一让吧。"

唐马克脸都绿了，磨着牙，却又惹不起眼前的人——无论是比拳头，还是比权势，他都不是谢纶的对手。

僵持不过两秒，他握紧拳头，还是往一旁退去。

等到人擦肩而过，唐马克还有些不甘心，回过头阴阳怪气："谢总真是好威风，不过大家都在生意场上，做事留一线，日后好相见，你现在在我跟前摆脸色，保不齐哪天也有求到我头上的时候……"

他这话还没说完，就听到一道扑哧的笑声。

唐马克："嗯？"

只见裴景烟扭过头，秾丽的眉眼间笑意散漫："你家要是没镜子的话，你往前走五十米，叫工作人员带你去洗手间照一照。"

唐马克咬牙："裴景烟，你别太过分！"

谢纶淡淡乜了他一眼，又低下头，神色严肃地对裴景烟道："走了。"

一直等人走远，唐马克的视线仍旧黏在那道绰约婀娜的身影上，有愤懑，有不甘，更多的还是痴迷。

结了婚后，她变得更漂亮了。

就像是风露中摇曳的玫瑰，娇艳馥郁，秾丽明艳。

再想到她方才与谢纶亲密无间的状态，唐马克脸色更难看了，明知道她从不属于他，可女神成了别人的，还是叫人愤怒和沮丧。

苏欣冉觑着唐马克的表情，忽然明白了什么。

怪不得他愿意给她钱，陪着她去整容，原来是为了把她变成个替身？

说不愤怒是假的，可是愤怒对当前的她来说，毫无意义。

"唐哥……"苏欣冉上前挽着唐马克的手,轻柔的语气含着酸楚,"人影都瞧不见了,你还看什么呢?"

唐马克回过神来,视线转到跟前的女人身上,有片刻的恍惚:"冉冉,你……"

苏欣冉太明白男人这个眼神了,她眨了下眼,连忙装出一副委屈表情,语调幽怨:"唐哥,你让人家整成现在的样子,是因为这位裴小姐?"

唐马克不自在地咳了两声:"瞎说什么呢。"

苏欣冉从他的反应里,也明白了该如何表态,小嘴一噘,眼里有了泪:"原来是这样,我还以为你是真的爱我……"

她松开唐马克的手,转身就往回跑去。

唐马克怔了怔,等反应过来,才快步追上前:"冉冉,你听我解释……"

2

不远处的高亭上,裴景烟"啧"了声:"这两人搁这儿演琼瑶剧呢?"

并没有人应她。

她回过头,见谢纶站在一旁,单手插兜,板着脸不说话。

裴景烟看向他:"你怎么了?不说话,装高手?"

谢纶薄唇微抿:"那个女人……"

"科技太发达了嘛。"裴景烟耸耸肩膀,轻声感叹着,"唉,没想到有一天我也能成为整容模板。不过换个角度来看,说明我真是天生丽质,美貌无敌,你说是吧?"

见她这副没心没肺的模样,谢纶失笑:"你不介意?"

裴景烟:"刚开始觉得怪不舒服的,但后来再想想,那个女生才是真的惨,不管是不是她自愿,她都活在别人的影子下……相比之下,我又有什么好介意的呢?我就是我,是颜色不一样的烟火——"

说到最后一句,她还唱了起来。

不过也就唱了这么一句。

谢纶好整以暇地看她:"怎么不唱了?"

裴景烟狡黠地眨了眨眼:"就会这么一句。"

她从大衣口袋里拿出手机，塞到谢纶的手里："好了，不说那些扫兴的事。我看这边光线和取景都蛮不错的，你给我拍几张照片……"

这会儿还有些落日余晖，裴景烟将外头套的大衣脱下，露出精致的打底裙，打了个哆嗦。

谢纶："不冷？"

裴景烟搓了搓手："冷啊，所以你赶紧拍！上次教你的拍照技巧还记得吗？你要把我拍难看了，哼，等着瞧。"她说着，找了个光线明亮的角度，摆起姿势来。

抬肩，歪头，弯眸笑。

谢纶配合地给她拍照。

大概换了三四个姿势，他放下手机，拿起搭在栏杆旁的大衣，将小脸冻得泛红的女孩儿裹住，按进怀中。

裴景烟的脸颊贴着男人温暖的胸膛，蒙了一瞬，旋即嚷嚷着："才拍一会儿呢！"

谢纶："拍了很多张。"

裴景烟："万一拍得不好看呢，多拍几张我还能选。"

谢纶："穿好衣服再拍。"

裴景烟："可我里面这条裙子好看，套上大衣就没那味了。"

男人温热的掌心捂着她的脸，微微弯下腰，眸光专注："那就回房间拍。你不是买了新泳衣？挺好看的。"

裴景烟："……"

她迎上男人深邃的黑眸，他的目光很是坦荡。

"你怎么偷看我的衣服？"她羞恼道，又抢过谢纶掌心的手机，自顾自地把大衣穿好。

"它掉在地上，我捡起来，不算偷看。"

裴景烟说不过他，系好大衣带子，转身就走。

谢纶跟在她身后，她低头点开相册，本想在照片上挑挑刺，意外发现这男人拍的几张照片都挺好看的，比上次在苏城园林拍得好多了！

"工作之余看了些摄影技巧的视频。"他注意着她的微表情，补充道。

裴景烟抿了抿唇，脆生生地发出一个"哦"字。

怎么着，还想她夸他不成？她才不会！

两人路上都没说话。

等回了房间，谢纶才开了口："还要拍照吗？"

裴景烟心说房间里有什么好拍的，懒洋洋道："不拍了，这几张图够用了。"

谢纶沉默了下："泳衣？"

他这样问，裴景烟顿时脑补出很多奇怪的画面，忍不住抬起清澈的杏眸瞪着他："光天化日的，你想什么呢！"

谢纶蹙眉："我想什么？"

裴景烟："……装，你就装！"

大尾巴狼在她面前装什么纯情小男生呢？

她懒得理他，转身就要往里去，下一刻，手腕蓦地被拽住。

力道拉扯间，她猝不及防被男人抵在了门上。

裴景烟吓得叫了一声，待对上男人深邃的黑眸，心跳怦然："你干吗？"

谢纶黑眸微闪："明白了。"

裴景烟："……"

谢纶微笑："不装了，我想看。"

裴景烟呆了呆，等反应过来，她瓷白的脸满是红霞："不，你不想！"

然而被打通任督二脉的男人却不肯轻易罢休，俯下身，亲了亲她圆润柔软的耳垂："白天不行的话，那晚上再看，嗯？"

热意拂耳，裴景烟快要承受不住这份暧昧，这要再腻歪下去，九成九晚饭吃不成。

她敷衍地应了两声，赶紧从男人的怀里钻出来。

谢纶也没拦着她，只抬眼看向窗外的天色。

落日余晖，霞光灿烂，夜生活才刚刚开始。

用过晚饭后，谢纶开电脑处理了一个小时工作。裴景烟则修图发朋友圈，顺便跟母亲打了个视频，盛邀她带着她的老姐妹们来这儿泡温泉。

裴母欣然答应，又叮嘱她和谢纶玩得开心些。

待挂了视频，谢绹也忙完了，走到沙发旁，目光灼灼地看向她："泡个温泉再睡觉？"

裴景烟："……"

话是正经话，可从他的嘴里说出来，好像每一个字都变得不正经。

譬如，泡温泉。

再譬如，睡觉。

她捏着手机，轻咳一声："我昨天泡了，今天就不泡了，你自己去吧。"

谢绹沉默一会儿，出声道："那我也不泡了，直接睡觉？"

裴景烟登时咳得更厉害了，赶紧从沙发上起身："我现在还不是很困……"

她还没跑一步，就被男人从后头圈住。

她背脊微僵，就听他好听低沉的嗓音在头顶响起："你不要的话，我不碰你。"

裴景烟脸颊通红，一时不知道该怎么答。

男人的声音再一次响起："别躲着我。"

不知是不是错觉，裴景烟忽然觉得自己好像个玩弄真心的坏女人，而谢绹是个劝浪子回头的痴情人。

心软就在一瞬间。

然而，半个小时后，当她被某人抵在温泉池里骨酥腰软时，裴景烟只想把"女人倒霉，从心疼男人开始"这一行字刻在脑门上。

她是个听男人鬼话的傻子！

事实证明，温若雅说得对，温泉泡太久的话，真的会缺氧。

谢绹抱着她回到床上。

情到浓时，他含咬着她的耳垂，嗓音哑得不像话："你怎么这样招人？"

裴景烟听话听音，原来他还为唐马克和那小女友的事生闷气。

她钩着他的脖子，水眸潋滟，红唇扬起的弧度有几分得意："魅力大怪我？"

谢绹低笑一声，腾出手捏了捏她白里透红的脸颊："自恋鬼。"

"事实好吧。"

裴景烟偏过头，娇声咕哝："还有，你别捏我的脸。"

她又不是小孩子，他总捏她的脸做什么。

"好，不捏脸。"

他低低应了声，手掌滑进被子，换了个地方捏。

山林间，星月朦胧，夜色正酣。

第二十章 · 【出席慈善晚宴】
他怕是真栽她手里了。

1

在温泉山庄放松两天，再次回到城市里，年关来临，这份悠闲也不复存在。

谢纶又像陀螺般忙个不停，早出晚归。

裴景烟也没闲着，年底各大品牌的活动邀约络绎不绝，再加上她如今还多了个"谢太太"的身份，时不时要陪谢纶参加晚宴，出面应酬。就算每天只参加一场活动，到年前这半月的时间也被安排得满满当当。

这日，她好不容易抽出时间准备睡个美容觉，一大早却接到哥哥裴元彻打来的电话。

他临时要去杭市出差，让她陪嫂子顾沅去医院做体检。

兄妹情很塑料，但姑嫂情却是情比金坚。

看在嫂子的面上，裴景烟抗住寒冬被窝的封印，起床前往君临别苑接人。

一个小时后。

"只是例行体检而已，我自己可以去的，倒还麻烦你跑一趟。"顾沅的脸庞圆润了些，但腰身半点不显，依旧纤细窈窕。

裴景烟挽着顾沅的手，亲亲热热道："一家人说什么麻烦不麻烦的，反正我今天也闲着没事。"

说话间，两人一起上了车。

裴景烟开车，顾沅坐在副驾驶座，车载音乐换成轻缓柔和的风格。

一路上，两人有一搭没一搭地闲聊着，聊近期趣事，聊婚姻，聊男人，聊孩子。

顾沅笑吟吟地问着自家小姑子："前阵子看你朋友圈发的温泉照，照片拍得蛮不错，是谢纶给你拍的？"

裴景烟手握着方向盘，目不斜视："拍得马马虎虎吧，勉强能发。"

顾沅暗笑："看来你和谢纶相处得不错。"

裴景烟羽睫轻颤了两下，还是那句话："马马虎虎，勉强过吧。"

许是觉得自己这样答，有点话题终结者的味道，她又将话题岔回到顾沅身上："嫂子，你怀孕了身体状态怎么样？跟之前比有什么改变吗？"

"一切还好，这孩子是个懂事的，半点不折腾人。"顾沅的手习惯性地抚上腹部，脸上笑意也多了份温柔的母性，温声细语，"希望他能一直这样体贴我，叫我少受点罪。"

听到这话，裴景烟弯唇笑道："这孩子的性格肯定是随了你，温柔安静，要是随了我哥，那你怕是比怀个哪吒还辛苦。我妈说过，她当初怀我哥时，他可磨人了，简直是个讨债鬼。"

顾沅轻笑："你们还真是亲兄妹。你哥在我面前，也是这样说你的。"

裴景烟闭着眼睛都能想到自家老哥怎么编排自己，轻哼了一声："他那是抹黑我。我妈说了，她怀我的时候我可乖了，就连生的时候，也是眼睛一闭一睁轻轻松松就出来了。"

顾沅笑了笑，过了会儿，又侧眸看向身旁的年轻女孩儿："话说回来，你和谢纶聊过孩子的问题吗？"

话才说出口，就见裴景烟的眉头轻蹙起来，她柔声补充道："小景，我不是催你的意思，毕竟你还很年轻，孩子的事并不着急。不过谢纶年纪不小了，他和他家那边有没有给你压力？"

裴景烟知道嫂子是最温柔不过的人，漂亮的眉头舒展，淡淡道："没聊过这个，他忙得很……"

但凡有空闲待在一起，他俩也没聊过什么正儿八经的现实问题。

"他爸妈那边也没怎么联系，自从结婚见过，之后就打过一次电话……"

就连那次打电话，也是谢纶母亲主动打过来，说是谢老太太在乡下散养的鸡下了很多土鸡蛋，老人家一直留着鸡蛋要给小纶和小纶媳妇吃，问他们什么时候有空，派个人去拿。

"也是，你们才结婚不久。"顾沅轻点了下头，以过来人的身份提醒道，"不过孩子这回事，你和谢纶有空也可以交流下彼此的想法。婚姻嘛，最重要的就是沟通。"

裴景烟嘴上应着"知道了"，心里却是想着，谢纶应该不急着要孩子吧？

思绪乱飞了一阵，她集中注意力开车。

不多时，轿车驶入沪城富人区的高档私立医院。

在体检中心，有专门的护士带着顾沅做项目，裴景烟就跟在一旁玩手机。

打完两把游戏，体检项目也全部做完，花钱买服务，效率简直不要太高。

姑嫂俩一边往电梯去，一边约着回裴家别墅吃饭。

裴景烟打电话给母亲："妈妈，中午我想吃荷叶糯米排骨，嫂子也回家，你吩咐厨房多做些她爱吃的。"

裴母在电话那头欣然答应："好好好，你们尽管来就是。"

电话挂断，电梯门也应声而开。

电梯角落里站了两个人，一个身形矮胖的中年妇女捂着脸呜咽着，另一个高高瘦瘦穿着灰色长款羽绒服的年轻男生安抚着她："妈，你别哭了，还在外头呢。"

感受到有人进电梯，那年轻男生转过身，神色尴尬地致歉："不好意思……"

剩下半截话卡在喉咙里，年轻男生望向来人，愣怔片刻，惊讶喊道："裴景烟？"

裴景烟这边刚把手机揣进包，冷不丁听到有人唤她，疑惑地抬起眼。

眼前这年轻的高瘦男生，迅速与记忆里那个斯文温和的初中班长融合。除却个子高了些，人瘦了些，成熟了些，他的模样与初中时期并没特别大的变化。

"徐晨？"裴景烟也很诧异。

"是我。"徐晨客气打量她一番，笑了笑，"没想到会在这里遇上你，你来医院是？"

"我陪我嫂子来做体检。"

裴景烟往里走了走，伸手按下"1"，又朝徐晨身边的妇人投去目光："你这是？"

徐晨窘迫地挤出一抹笑："没什么，这是我妈。"

说着，他拍了拍那中年妇人的肩膀，语气无奈地哄道："妈，别哭了，我同学在呢，你再哭多失礼呀。"

徐妈妈听后，抬起袖子抹了抹眼泪，看向裴景烟和顾沅时，先是闪过一抹惊艳，而后面露赧色地说道："两位同学，叫你们看笑话了。"

裴景烟这会儿也挺尴尬的，客气地喊了声："阿姨你好。"

徐妈妈挤出个笑，便低着头，没再说话。

徐晨还算比较自然，随和地与裴景烟寒暄："这么多年没见，你真是越长越漂亮。听说你新婚不久，恭喜恭喜。"

裴景烟实在不太擅长应付这种场面，说了句"谢谢"后，就不知道该怎么尬聊。

好在电梯很快到达一楼，她与徐晨母子道了声再见，就挽着顾沅的手出去了。

"小景，那是你的同学？"

"嗯，初中班长。"

"初中同学，倒难为你还能认出来。"顾沅回忆了一下自己的初中同学，只记得寥寥数个面孔。

裴景烟道："初中班长嘛，而且他人挺不错的，读书那会儿就友爱同学，成绩优异。"

顾沅想想也是："瞧着是斯斯文文的。不过他家是遇上什么事了，他妈妈哭成那样？"

裴景烟摇头："我也不知道，这么多年没联系了，我也没想到今天会在这里撞见。"

闲来无事，她顺便把同学聚会的事说了，又松口气道："还好他刚才没在电梯里提这事，不然气氛要更尴尬了。"

顾沅浅浅笑着："你都明明白白说了不去，但凡知道些人情世故的，都不会再提的。"

裴景烟点头说是，两人也没再聊这么个小插曲。

中午在裴家别墅吃过饭，她们就留在家里看电影闲聊，直到下午六点，裴元彻开车过来接老婆。

夫妻俩和和美美把家还，裴景烟没人接，宛若一棵小白菜。

裴母见状，斟酌着问她："谢纶最近很忙？"

裴景烟撇了下唇，满不在乎："他哪天不忙？"

裴母圈着她的肩，笑着安慰："他忙他的，你还可以腾出些时间陪我和你爸爸。"

裴景烟不置可否。

这日夜里，她也懒得再赶回云水雅居，直接就留在裴家别墅住。

躺在自己卧室的大床上，裴景烟给谢纶发了条微信【我今晚在老宅住了，不回去了。】

消息发出去一分钟，她把朋友圈刷完了。

消息发出去五分钟，她刷了好几个短视频。

消息发出去三十分钟，她把微博热搜挨个看了遍。

谢纶却始终没有回复。

裴景烟瞟了眼时间，晚上十点三十五分。

这个点了，谢纶在做什么呢？是在公司加班，还是在外应酬？

她有点想打个电话去问，念头才起，又被强按了下去。

反正他忙完了自己会回家，行程她也按照他的要求报备了，其他的她才不管。

她把手机调成睡眠模式，关了灯，拉下眼罩，沉下心睡觉。

酒局结束，已过零点。

谢纶是在回云水雅居的路上，才看到裴景烟发来的那条消息：【我今晚在老宅住了，不回去了。】

骨节分明的手指轻捏了捏眉心，俊美的脸庞上还有些微醺的醉意。

消息是两个小时前发出的。

这个点，人大概已经睡下了。

略作思忖，他发了个晚安的表情过去。

他将手机搁在一旁，仰脸靠在车座后，闭目养神。

直到司机提醒到了，他才缓缓睁开眼，拉开车门出去。

电梯直通二楼，客厅里惯例留了盏墙灯。

推开卧室门，谢纶的视线不由自主往床上看去。

大床上整整齐齐，没有一丝褶皱，没有一个鼓起的"小山包"。

习惯是件很可怕的事，潜移默化地改变一个人。

突然之间，谢纶觉得心里很空。

洗漱后，他躺在床上，侧过身想要去寻那香香软软的身躯，身旁却空荡荡，那份空更加具象化。

只有身旁的枕头上，残留着几分属于她的香味。

谢纶闭上眼睛想，他怕是真栽她手里了。

2

翌日一早，裴景烟睡到自然醒，浑身舒爽。

她懒洋洋地摸过手机一看，谢纶的头像上冒着红点。

"哼，总算舍得回消息了。"她小声嘀咕，手指点开消息。

第一条消息在 00:36。

XLun：【晚安。】

第二条消息在 07:28。

XLun：【早安。】

第三条消息是 09:01。

XLun：【明天晚上君懿有个慈善晚宴，需要你陪同出席。】后面还发了一张图片。

裴景烟点开图片，淡淡扫过。

是他随手拍的邀请函，时间地点都很清楚，受邀人写着"谢纶夫妇"。

她侧躺在床上，轻敲屏幕，回道：【知道了。】

刚想放下手机起床洗漱，手机振了起来。

看着谢纶发来的视频邀请，裴景烟眼底划过一抹诧色。

一大早他打什么视频？这会儿他应该在办公室吧？

考虑到自己刚醒来，蓬头垢面的，裴景烟点了拒绝。

XLun：【怎么不接？】

美少女景：【有事？】

屏幕那头"正在输入中"持续了三十秒，最后发过来一个"嗯"。

随后，视频邀请又打了过来。

裴景烟还真以为他有要紧事要说，从床上坐起身，拿手随便抓了抓头发，这才按下接听键。

直男拍照或者视频，总是有些谜之角度。

比如当下，视频一接通，屏幕上就是谢纶清晰的下颌线视角。

裴景烟："……知道你的下颌线比我的人生规划还要清晰，你把手机拿远一些，好吗？"

视频那头的人将手机拿远了些，男人英俊的脸庞总算完整出现在屏幕上。

明明才一天一夜没见，可隔着屏幕，裴景烟莫名有种许多天没见的错觉。

稍定心神，她淡淡地问："什么事？"

谢纶没说话，只盯着她看。

如果不是他的眼睛会眨，裴景烟还以为是信号卡了："怎么不说话？你打电话来有什么事，没事的话我先起床，肚子饿死了。"

男人好听的嗓音通过扬声器传来："没什么事。"

裴景烟："……"

好嘛，大早上要耍她呢？

她一脸无语，没好气道："你闲得慌啊。"

就在她的手指摸上挂断键时，屏幕那头的男人又道："就想看看你。"

白皙的指尖一顿，裴景烟的心跳仿佛漏了一拍。

视线往下移，重新落在手机屏幕上，男人清隽俊朗的眉眼间，神色专注而认真。

她咽了下口水，故作镇定道："我先起床了，挂了。"

手指迅速点了挂断。

裴景烟往柔软的靠垫上躺去，一只手缓缓按上胸口。

小鹿在欢快蹦迪。

她连做两个深呼吸，闭上眼睛愤愤地想，这男人是吃错药了？

一年一度的君懿慈善晚宴，已经在沪城连续办了十五年，几乎沪城叫得上名字的富商都会应邀参加。

这日，裴景烟睡到自然醒，才用过赵阿姨精心烹饪的早餐，化妆造型团队就按响云水雅居的门。

昨天傍晚，裴景烟就跟造型师商量好了风格和搭配，所以团队一来，直接安装设备、整理用具。大概十分钟后，裴景烟就坐在镜子前进行妆造。

做妆造的时间漫长而无聊，裴景烟发了张做头发的自拍到"三只小天鹅"群里：【宝子们在做什么？】

很快，秦霏和温若雅都回了消息。

她俩也都在做妆造，显然也很无聊。

美少女景：【今晚咱们三个在一块儿，绝对惊艳全场！】

一只小鸟飞飞飞：【谢太太，你今晚应该要全程陪在谢总身边吧？】

取昵称真的好难：【就是，我和霏霏抱团取暖，可不敢跟谢总抢老婆。】

美少女景：【陪他应酬一圈，差不多了就各玩各的呗，难不成全程听他跟人谈生意假客套？可饶了我吧。】

提到谢绲，裴景烟不由得点开那个夜礼服假面的头像，微微出神。

昨天早上那通视频搞得她心绪不宁的，一直磨磨蹭蹭在家里赖到晚上七点，然后被自家爸妈赶回云水雅居。

她原本还紧张，回来后该如何和谢绲相处——笑死，人家根本就没回来。

直到半夜，她睡得迷迷糊糊，背后才拥上一个男人。

以至于她今早起来时，还蒙了好一会儿，以为自己做了个梦。

"裴小姐？裴小姐？"

造型师的声音将裴景烟的意识唤回，她看向镜中："怎么了？"

造型师笑容尴尬："按照咱们昨天商定的造型，你今天应该做个盘发的，可我看你脖子后面好像是……被蚊子咬了？"

这大冬天的哪里来的蚊子？

裴景烟愣了一秒，旋即意识到什么，忙不迭扭脖照镜子。

果不其然，雪白纤细的脖颈后，有道粉色的吻痕。

她的脸轰地发烫，面上强装淡定："大概是……皮肤过敏吧，遮瑕膏遮得住吗？"

造型师讪讪笑道："裴小姐，你皮肤白，这一块用遮瑕膏的话有些不自然。尤其今天搭配的是一条露背纱裙，背后如果有瑕疵的话，有点突兀。"

裴景烟心里暗恼，又问着造型师："那怎么办？换条礼服？"

造型师连忙说道："那倒不用，可以把盘发改成半披发。"她边说着，边拿着梳子，简单给裴景烟演示了一遍，"你看，前面的头发照样梳上来，简单留几绺碎发修饰脸型，到后脑勺这儿用抓夹固定，后半边头发自然披散。我给你稍稍烫卷一些，有种慵懒又精致的风韵，还能遮住脖子上的痕迹，你觉得怎样？"

裴景烟照了照镜子，觉得还行："就这样办吧。"

见她点头，造型师松口气，继续做着造型。

裴景烟则捧着手机，给毁她造型的男人发了个消息过去。

美少女景：【晚宴七点开始，我们君懿门口碰面？】

XLun：【我大概七点半到。】

美少女景：【行吧，那我和霏霏、若雅她们先进去，你到了联系我。】

XLun：【好。】

XLun：【或者你来公司，我们一起出发。】

裴景烟"啧"了声，他还真敢想，又叫她跑去找他？她闲得慌啊。

美少女景：【穿着礼服，不方便。】

XLun：【嗯，那君懿见。】

话题就此结束，裴景烟将手机丢在一边，闭着眼睛等上妆。

3

夜幕降临，繁华的都市灯红酒绿，霓虹璀璨。

二十一楼的宴客厅轩丽明亮，慈善晚宴上的宾客们衣香鬓影，言笑晏晏。

酒水吧台处，以阮梦思为首的千金们正集中火力，对眼前穿着雾蓝色礼服的宋莉阴阳怪气。

"哎哟，还真是巧了，宋小姐身上这条礼服怎么这么像这一季的新款呢？思思，你身上这条是从米兰空运过来的，那她这条……"

"懂的都懂嘛。毕竟宋家这个情况，宋小姐能弄到一身像样的礼服穿出来，已经很不错啦。"

"穿不起新款礼服就别穿嘛，穿个假货出来抛头露面，真是笑死人了。话说回来，我真好奇主办方是怎么发邀请函的？难道君懿的门槛已经这么低了，怎么什么人都能进来？"

这话立刻引起一干千金的附和："是啊，连带着拉低了我们的身份。要明年还这样，我可不来了。"

眼见着宋莉的脸色越来越黑，一直没说话的阮梦思轻翘起嘴角，出来打圆场："好了，都少说两句，我相信宋小姐也不是故意的……没准她也是被人骗了，并不知道她身上的礼服是山寨的？你说是吧，宋小姐？"

宋莉咬了咬唇，面色涨得通红。

她怎么也没想到自己会这么倒霉，花高价租借来的礼服竟然跟阮氏集团的千金撞衫了。

自己身上的礼服是不是假的，她并不清楚。

可阮梦思和她这些跟班已然一口咬定自己身上的是假货——也是，阮氏集团千金的礼服怎么会是假的。

宋莉只觉得百口莫辩，手指紧紧揪着裙摆，准备离她们远些。

可还没等她迈出两步，阮梦思的跟班们就堵住她的去路，继续嘲讽：

"我们思思就是太善良了，不跟你计较。要我说，有些人要是有自知之明的话，就赶紧离场换套礼服吧，别继续在这儿丢人。"

"是啊，而且你的皮肤偏黄，穿这个颜色更显黑，简直是东施效颦。难道你选礼服的时候你的造型师没跟你说吗？"

"呵呵，连礼服都是假的，谁知道有没有造型师呢？"

"不会吧？再怎么说，宋家背后还有裴氏这座大靠山呢。我说宋莉，你和裴景烟好歹是表姐妹，要是真的没衣服穿，你管裴景烟借一件？"

"就是，裴景烟有那么多高定，随便借你一件，你也不至于穿山寨货嘛。"

宋莉最恨旁人拿她和裴景烟比较，肩膀都气得发抖，猛地抬起头来，狠狠地瞪着身前的几人。

她的目光太怨毒，把那些千金都吓了一跳。

等反应过来，有一人捂着胸口，嫌弃地皱眉："你瞪什么瞪？我们说的都是事实嘛。"

宋莉忍住把酒杯砸到她们脸上的冲动，咬牙道："你们不要太过分。"

其他人都笑起来，个顶个的无辜："我们怎么过分了？明明是你自己出来丢人现眼，还不让人说了？"

宋莉脸上一阵白一阵红。

就在气氛僵硬凝固之时，一个懒洋洋的声音从沙发角落里传出来："哇！没想到晚宴才开始，就有这么精彩的戏码，这趟没白来。"

这冷不丁的男声，叫众千金都吓了一跳。

阮梦思她们赶紧回头，这才看到吧台后面，不知何时坐着个穿墨蓝色西装的年轻男人。

那男人生着一双狐狸眼，笑起来眯着，风流又俊美，精明又虚伪。

众千金面面相觑，低声嘀咕着："他是谁？怎么之前都没见过？"

阮梦思打量着跟前的男人，虽然不认识，但直觉告诉她，这男人不好惹。她稍整表情，露出个标准的优雅笑容："这位先生，你是？"

男人迈着两条大长腿走过来，从容而慵懒："蒋越。"

这个名字一出，在场的众千金都满脸惊愕，圆瞪的眼睛紧紧盯着这位华尔街的传奇人物。

阮梦思更是又惊又喜，爸爸一直想约蒋越吃顿饭，搭个关系，然而蒋越行踪难定，神秘又难约。

没想到他竟然来了沪城？而且还出现在这场慈善晚宴上！

甚至，他比她们想象中的还要年轻、帅气……

"蒋先生你好，我是阮梦思。"阮梦思笑容灿烂而甜美，主动朝蒋越伸出手，"我父亲是阮氏集团的阮志新。"

蒋越扫了眼那纤纤素手，并没伸手去握，而是淡淡道："嗯，你好。"

在阮梦思僵硬的笑容下，他侧眸看向站在一旁的宋莉："你是 Dylan 太太的表妹？"

宋莉一瞬间有些蒙。

蒋越捕捉到她的迷茫，微笑着解释："谢纶太太，裴景烟，她是你的表姐？"

宋莉反应过来，迟疑地点了头头："是。"

蒋越道："听说他们夫妇今晚也会来。"

他稍作停顿，扫过那群千金小姐，朗声道："大家受邀来参加慈善晚宴，本意是做善事献爱心，何必为了一条礼服裙闹出难堪？"

这明显是在替宋莉解围了。

这些千金小姐知道宋家势弱，且宋莉与裴景烟关系不好，这才毫不顾忌地出面踩她。

可现下，蒋越站了出来，哪怕他是看在谢纶和裴景烟的面子上为宋莉说话，她们也不好驳了蒋越的面子。

阮梦思弯眸笑得和善："蒋先生，我们并没有在为难她，不过是闲聊罢了。"

她又朝宋莉眨眨眼："宋小姐，你可别误会了。"

宋莉扯了下嘴角："不会。"

至此，这场闹剧也告一段落。

阮梦思本想还与蒋越聊两句，可蒋越并没那方面兴趣，拿了杯鸡尾酒走开了。

宋莉见状，提着裙摆，低着头追上前去："蒋先生……"

蒋越回过头，好看的狐狸眼眯起。

眼前这个表妹与裴景烟截然不同，不论长相还是气质，半点看不出是表姐妹。

他冷淡出声："有事？"

望着眼前英俊多金的男人，宋莉轻咬着唇瓣，嗓音不自觉变软："蒋先生，谢谢你方才帮我说话。"

蒋越："小事而已。"

说完，他转身要走。

宋莉见状，心头一急，下意识叫住他："蒋先生，等等。"

蒋越眉心轻皱："还有事？"

宋莉鼓足勇气迎上前，面色羞赧地看他："你帮了我，我很感激。方便的话，可以加个微信吗？"

蒋越眉梢轻挑："不太方便。"

宋莉："……"

她呆愣在原地，这还是她第一次主动要男人微信却被拒绝。

不远处，阮梦思冷哼："真是笑死人，她该不会觉得蒋越替她说句话，就是看上她了吧？"

一旁的跟班们连连附和："就是，她什么身份，还敢惦记蒋越？"

"不过这个蒋越长得好帅啊，看起来也很年轻。听他刚才的话，他和新励科技的谢总是好友？"

"也不知道他结婚了没？"

"谁知道呢，他神秘得很。"

这边叽叽喳喳聊着，忽而有一人惊呼出声：

"裴景烟来了！"

有的人，生来就注定被人仰望。

比如，裴氏集团千金裴景烟。

只见她身着一袭温柔优雅的香槟色露背纱裙，领口呈大 V，以梦幻轻柔的薄纱点缀，雪白的肌肤半遮半掩。金箔叶纹的束腰设计，将她本就盈盈的腰肢衬托得更为纤细。略微蓬松的裙摆是裴景烟一贯喜欢的风格，层层轻纱，在行走间摇曳生姿，华丽璀璨。

那丰茂的深栗色头发慵懒地梳起一半，金色蝴蝶翅膀的抓夹尾巴上还挂着大颗钻石的流苏，在水晶灯的照耀下钻石火彩炫目，低调又奢华。

随着她的出现，宴会厅内议论纷纷：

"裴景烟这身也太美了吧，是哪家的啊？"

"应该是私人定制，这种宫廷风少女心的裙子简直是为她量身定做的。"

"绝了，怎么感觉她结婚之后好像更漂亮了。"

"话说，她怎么一个人来啊？我进门前看了眼签到页，主办方邀请的是谢纶夫妻俩？"

裴景烟从容不迫地享受着众人投来的惊艳目光，目光在宴会厅里扫了一遍，最后落在香槟塔旁，朝她招手的秦霏和温若雅身上。

她微微一笑，从侍者的托盘里拿了杯甜酒，踩着银光闪亮的细脚高跟鞋，缓步走过去。

一路走，耳朵里一路灌进各种低声谈论。

谈论她的美貌，谈论她的造型，这些夸奖令她愉悦。

当然，也有些泛酸的言论，比如为什么她独自前来？

"早就听说她和谢总貌合神离，夫妻关系冷淡，看来是真的了。"

"虽说人是难伺候了些，但脸蛋还是很不错的，就算当个花瓶摆在家里，每天见着心情也不错嘛。"

"漂亮有什么用，男人都喜欢百依百顺、乖巧听话的，谁想讨个祖宗啊。"

"就是，我听说前阵子谢总在外应酬，她还专门跑去砸场子，把桌子都掀翻了呢。"

"啊？竟然还有这种事？快详细说说。"

裴景烟听到这些话，嘴角微扯，论谣言是怎么生成的。

她浑不在意地走到香槟塔旁。

温若雅和秦霏举杯和她碰了下，戏谑道："我们景宝又一次艳压全场了。"

裴景烟打量着秦霏的黑色束胸晚礼服以及温若雅的墨紫色短款礼服，浅啜一口甜酒，夸道："你俩今天的妆造也美翻了，一个暗夜精灵，一个紫色妖姬，绝配。"

三人互吹了一通，秦霏迫不及待与裴景烟分享着刚才的热闹。

"你要是早来十分钟就好了！真是一出好戏啊！"秦霏说得眉飞色舞，又将半杯酒喝光，痛快地"嗞"了一声，"这才是来参加宴会的意义！"

裴景烟漫不经心瞥了眼正在与人闲聊的宋莉，目光转动，又看向斜对面的阮梦思小团体。

好巧不巧，阮梦思也正往她这边瞧。

目光一对上，裴景烟神色淡淡地瞟过，没想到阮梦思却站直了身子，朝她这边走来。

裴景烟眉心微蹙："……她过来干吗？"

秦霏和温若雅不约而同地看去，而后异口同声："来者不善。"

秦霏低声道："我赌五毛钱，她肯定会揪着谢总没陪你出席的事嘲讽。"

温若雅："我押一块钱,她说不过小景。"

裴景烟:"……我真是谢谢你们。"

秦霏和温若雅浅浅一笑,异口同声道:"客气。"

说话间,阮梦思已经带着她的跟班们走了过来。

果不其然,简单寒暄两句后,阮梦思好奇地问:"你家谢总怎么没陪你一起来呀?"

裴景烟轻晃酒杯:"他路上堵车。"

阮梦思拖长尾音:"哦,原来是堵车啊。我们刚还奇怪呢,寻思着这种场合,怎么就你一个人过来?就算你们夫妻私下里再怎么不和,起码面上也装装样子嘛——"

裴景烟并不接话,只一脸"我就静静看你表演"的吃瓜表情。

阮梦思见裴景烟这副满不在乎的状态,好像拳头砸在棉花上,毫无成就感。

她面上却是不显,还朝裴景烟举了举酒杯:"那就祝谢总路上别再堵了,早点赶来陪你。不然作为谢太太受邀,谢总却不陪着来,也挺尴尬的是吧?"

裴景烟虚抬了下酒杯:"比起跟人撞衫,也不是很尴尬啦。"

阮梦思一噎。

就算她穿的是正品,可在这种场合跟人撞衫,总是很令人不爽的。

说了没几句,阮梦思就面色不豫地带着她的跟班们走了。

裴景烟耸了下肩膀,评价道:"没劲儿。"

秦霏深以为然:"刚才她们嘲讽宋莉倒是兴致勃勃,说到底,看人下菜碟,欺软怕硬罢了。"

温若雅看向裴景烟:"你家谢总真堵在路上了?"

裴景烟从链条款的银色小包里取出手机,看了眼时间,七点四十五分了。

明明中午的时候,谢纶说七点半就到的。

为此她还特地在车里等了一下他。

思忖三秒,裴景烟发了条微信消息过去:

【你人呢?】

第二十一章 · 【晚宴上的亲昵】
独一无二的她，是他的。

1

一个小时前，新励集团总部。

处理完公务，谢纶刚准备关电脑，门口就响起闻松的敲门声："谢总。"

谢纶："进。"

闻松快步走进来，待在办公桌前站定后，一副欲言又止的为难神色。

谢纶修长的指尖轻捏着眉心："车备好了？"

闻松"啊"了声，答道："车已经备好了。不过……"

谢纶慢悠悠地抬眸看他："嗯？"

闻松斟酌一阵，小心翼翼道："谢总，有位女士在前台，要求见您。"

女士？

谢纶浓眉皱起："谁？"

"叫苏欣冉。"闻松觑着自家老板的表情，见他对这个名字很是陌生，连忙拿出手机，找出那个小明星的网上资料介绍，重点是点开照片，举着展示，"谢总，就是这个。"

本来听到前台说有个女士没有预约，就想见谢总，闻松第一反应是，大老板是随便什么人都能见的吗？不见。

直到发现那个女的是跟太太容貌相似的演员，闻松隐约觉得这事，或许要跟谢总禀报一下。

果不其然，见到屏幕上这张脸，大老板淡漠的脸色总算有了点变化——

变成了更为冷淡的神色，甚至透着不悦。

闻松揣着小心，躬身问道："谢总，见还是不见？"

冷白的长指有一下没一下地轻叩着办公桌面，半晌，那沉闷的敲击声才停下。

"让她进来。"

"是。"闻松低头应着，转身退下。

闻松心里暗想，看老板这反应，认识那个苏欣冉？不过那个女人来找谢总做什么？

怀着种种疑惑，闻松下楼去到前台，将那小明星带了上来。

电梯一路直达总裁办公区，女人的细高跟鞋踩在光洁如新的大理石瓷砖上发出清脆的响声。

闻松语气严肃地提醒着身后那左顾右盼的女人："谢总时间宝贵，最忌讳拖泥带水，你有事说事，不要说些没意义的废话。"

苏欣冉稍稍收敛神色，轻声道："知道了，真是麻烦你替我传话了。"

闻松公事公办道："客气。"

到达总裁办公室门前，他抬手敲了三下门，直到里面传来一声"进"，他才示意苏欣冉进去。

闻松站在门边，正准备退下，就听老板不带情绪地吩咐："门敞开，你站着。"

闻松一听，顿时明白老板的意思，这是叫自己当个见证人呢。

也对，孤男寡女的，这女演员单独进了老板办公室，要是被太太知道了，肯定要不高兴。

苏欣冉朝门口杵着的人瞥了一眼，再看向办公桌前气场强大的男人，虽觉得有外人在场不方便谈话，但到底也没敢提出异议。

她深吸一口气，手指捏紧挎包的皮质提手，放轻脚步走到办公桌前："谢总您好，我是苏欣冉，之前在奚山的温泉山庄见过的，您贵人事忙，不知道还记得吗？"

谢纶乜过她的脸。

今天她没有刻意模仿裴景烟的妆容，相似度少了些，也没那么令人反感。

他薄唇轻启，淡淡道："找我什么事？"

正如闻松提醒的那样，开门见山。

苏欣冉有片刻怔忪，待缓过神来，指甲用力掐了掐掌心，硬着头皮道："我……我想，跟谢总做一笔交易。"

谢纶黑眸眯起："交易？"

苏欣冉点点头，尽管强装镇定，但嗓音还是泄出些颤抖："我是被唐马克给骗了，他骗我按照谢太太的模样去整容，在见到谢太太之前，我一直被蒙在鼓里。谢总，我后来才发现，他把我当作谢太太的替身，不但要我的妆容、发型、穿搭都模仿谢太太，他甚至……"

她有些难以启齿。

谢纶眸色漆黑："甚至什么？"

苏欣冉面露难堪，咬唇道："甚至在那回之后，他破罐子破摔，变本加厉地叫我模仿谢太太，甚至在床上，他叫我……烟烟。"

话音一落，屋内顿时静得落针可闻。

门口的闻松心都吊起来了，只恨不得把脑袋埋进地砖里，这是他能听的吗？

这头的苏欣冉屏气凝神注意着谢纶的反应，他神情虽没有丝毫的变动，可她明显感受到他周身骤然沉冷的气场。

只要他介意，她与他交易就多了份筹码。

苏欣冉强压住心底的慌张，申明立场："谢总，我不想给人做替身，发现这事后，我也恶心得不行。"

最开始她是想忍一忍，起码在唐马克身上捞够了好处，再抽身而去。可她发现他在床上那么变态，她实在受不了，这才决定赌一把，来找谢纶。

谢纶没兴趣与别的女人多费口舌，直截了当："说，你要与我交易什么？"

苏欣冉也不再弯弯绕绕，说出她的要求："三百万，还有一部电视剧的女二位置。这对于谢总来说，不过是举手之劳。只要谢总您答应，我出了这个门，就跟唐马克彻底断了。并且我会立刻联系整容医生，把所有与谢太太相似的部位都进行调整，在保证安全的前提下，尽可能地抹掉谢太太的痕迹。"

谢纶并未出声，守在门口的闻松却是听呆了，心里惊叹连连——果然女人狠起来，就没男人什么事了，这苏欣再是个狠人啊！

见谢纶默不作声，苏欣再有些急了，连忙道："谢总，我也不是狮子大开口，整容费用不菲，而且要承担很大的风险……至于电视剧女二的位置，离了唐马克，整了脸，我也得为我的将来打算。这笔生意，您的不亏的，虽说这事，对你们的生活并无实质性伤害，但影响你们的心情不是？"

苏欣再很清楚，三百万对他们这些人来说，算不得什么。

不过有钱人也不是傻子，她这会儿一颗心七上八下，没底得很。

办公室里安静了足有半分钟，对面的人才有了反应。

谢纶抬头，幽深的视线停留在苏欣再脸上片刻："治标不治本，直接解决唐马克，岂不是更好？"

冰冷而缓慢的语调，宛若钝刀子割肉，叫苏欣再心里"咯噔"一声。

她开始慌了。

的确，谢纶要想解决这个麻烦，也可以直接对付唐马克。

只是，怎么对付？

电视剧里的剧情顿时涌上大脑，她手心开始冒汗，双腿也有些站不住了。

在这诡异且极致的静谧里，办公桌上的手机振动了一下。

那份僵硬的凝肃有片刻松动，苏欣再大气都不敢出，慌张地看着谢纶拿起手机看了眼，而后，那冷肃的眉眼似乎……闪过一抹笑意？

苏欣再以为自己眼花了。

谢纶垂下黑眸，盯着屏幕上那行：【你人呢？】

他长指轻敲屏幕，回复：【在路上了。】

那头的消息很快发来：【哦！你赶紧来，再不来，外面都要传我们离婚了。】

他薄唇轻扯了下，在放下手机的下一刻，那抹浅淡的笑意转瞬即逝。

再次抬眼，他深邃的面容一片冷漠，凝视着苏欣再："一个月，改头换面？"

苏欣再愣了愣，随后赶紧点头："可以的可以的，只要钱到位，什么都好说。"

谢纶淡淡"嗯"了声。

他站起身来,吩咐闻松:"你加个班,和法务部拟个合同,三百万从我私人账户走,至于电视剧角色,明天把剧方信息给我。"

闻松立刻直起腰身,一一应下。

谢纶拿起搭在椅背上的黑色大衣,又问:"车在负一层?"

闻松点头:"是。"

谢纶不再多说,迈着两条大长腿径直往外走。

等他走到门口,苏欣冉才如梦初醒,往前跑了两步,不可置信道:"谢总,您这是答应了?"

门口的脚步一顿,谢纶蹙眉:"不然呢?"

苏欣冉眼睛亮了起来,连连鞠躬:"多谢谢总!真是太感谢您了。"

谢纶眸光冷清:"不必谢我,要谢就谢我太太。"

苏欣冉一怔:"您太太?"

谢纶:"她说过,不论你是否自愿,活在别人影子下的人,很惨。"

今晚是去参加慈善晚会,这三百万,权当行善积德。

望着那道消失在廊上的高大身影,苏欣冉心头五味杂陈,感激、羡慕、酸涩……

那位裴小姐可真是好命啊,显赫的家世、漂亮的外貌,还有一个这样优秀出色的丈夫,反观自己,遇到的都是些什么人!

她们拥有相似的面孔,却是截然不同的命运。

2

君懿慈善晚宴上。

第一轮拍卖刚结束,场上穿插着助兴表演,厅内气氛正热烈。

温若雅和秦霏陪着家人前去应酬,裴景烟落了单,挑了个高脚椅端着杯白葡萄酒浅啜,等待着第二轮拍卖开始——

这种晚宴对她来说实在无趣极了,还不如去酒吧蹦迪来得嗨。

就当她在心里把谢纶痛骂了无数遍时,蒋越端着一碟黑森林蛋糕走了过来。

"吃蛋糕吗？"那双狐狸眼含笑眯起，态度友善，"甜食能让心情变好。"

裴景烟的视线由那精致诱人的蛋糕缓缓往上移，线条分明的手腕肌肉，墨蓝色的西装，笑容和煦的俊美男人……

嗯，如果换个场合，换个身份，这或许是场艳遇的开端。

"谢谢，最近我在减肥，不吃甜食。"她微笑婉拒。

"真可惜，这蛋糕味道挺不错的。"

蒋越面露遗憾地耸了下肩膀，自顾自地拿起叉子吃了一口，眼睛笑眯眯地看向裴景烟："你的身材很完美。"

自从知道蒋越的经历后，裴景烟对这个一直带笑的男人多了一丝同情。

设想一下，同样的事如果发生在她身上，她肯定会崩溃成疯子。

蒋越边吃着蛋糕，边在她对面的高脚椅坐下，有一搭没一搭地闲聊着："他还在忙？"

裴景烟随意答着："说是在路上。"

蒋越道："沪城的交通嘛，可以理解。"

裴景烟笑笑不说话，端起酒杯喝了口。

闲着也是闲着，两人自然而然聊了起来，而聊天内容，也是围绕着他们最大的共同话题——谢纶。

蒋越善谈，说起从前和谢纶在港城读书的趣事，时不时把裴景烟逗得发笑。

他俩这边相谈甚欢，不知蒋越和谢纶关系的旁人，都忍不住嘀咕起来：

"果然是表面夫妻，瞧瞧，谢总没来，她就跟别的男人这么亲密……"

"就是，也不知道聊什么能聊这么久。"

"我看他俩眼神就不大对，像是之前就认识了？"

就在众人脑补谢纶头顶冒绿光时，有人不经意往门口瞥了一眼，脸上顿时溢满看热闹不嫌事大的兴奋来："快看快看，谢总来了！"

霎时，各种目光齐刷刷往门口看去。

只见身着高定黑色西装的俊美男人大步而来，沉静的目光在宴会厅巡视一圈，最后定定看向裴景烟所在的位置，朝她走去。

　　蒋越这会儿正说起播音系系花给谢纶递情书的事，裴景烟面上满不在乎，心底却有个声音——播音系系花了不起啊，想我读大学的时候，也有一大堆金发碧眼的小帅哥追我呢。

　　"我记得系花被拒绝后，还不死心，情人节还亲手做了爱心巧克力……"蒋越的话语停下。

　　裴景烟看向他："然后呢？怎么不讲了？"

　　蒋越眼中笑意更深，朝她眨眼示意，又抬起手，与那大步走来的男人打招呼："你可算来了。"

　　裴景烟一怔。

　　她莫名觉得后背涌起一股寒意，扭过头，就见谢纶平静如潭的黑眸一错不错地落在她光洁纤薄的背上。

　　"……"

　　裴景烟之前都想好了，等谢纶到了，一定要跟他发脾气，谁叫他害她等这么久！

　　可现在被谢纶这目光一打岔，她忍不住侧了侧美背，一双水灵灵的杏眼凶巴巴瞪着他。

　　看什么看，没看过露背礼服吗？

　　谢纶走到她身旁，手掌自然而然搭在她的肩头："路上堵车。"

　　裴景烟："呵呵。"

　　他又看向蒋越："你也来了。"

　　蒋越微笑："是，很久没参加国内的宴会。不过今天是慈善晚会，我就来了。你知道的，我人生一大爱好就是做慈善。"

　　谢纶扯了扯唇，不置可否。

　　两个男人闲聊着，蒋越明显很有聊下去的兴趣，可谢纶的态度始终冷淡。

　　等第二场慈善拍卖开始，谢纶牵过裴景烟的手，对蒋越道："我们去那边看看，你自便。"

　　蒋越温和地笑了笑："好。"

　　"你松开，松开！"

　　走到拍卖区域的角落里，裴景烟将手从男人的掌心挣脱，看向捏红的手背，眉头不悦地皱起："你把我手都捏疼了！"

　　谢纶垂下眼，抚上她的手背轻揉了揉："你和他聊什么？"

　　裴景烟："就闲聊呗。"

　　谢纶："闲聊，聊得那么高兴？"

　　裴景烟心里翻白眼，你管天管地还管我跟别人聊天聊得高不高兴？

　　不过白眼翻到一半，她觑着男人微沉的脸色，忽然意识到了什么。

　　她水汪汪的眼眸一眯，嘴角带着掩饰不住的小嘚瑟微微翘起："谢先生，你不会是在吃醋吧？"

　　话音才落，男人屈指弹了下她的额头。

　　裴景烟捂着额头，灼灼目光带着怒气："谢纶！"

　　要不是场合不对，她肯定要挠他！

　　谢纶毫无波澜："不是吃醋。"

　　裴景烟："……"

　　不吃就不吃，谁稀罕不成！

　　她没好气道："那你管我跟谁聊天，这是社交场合，社交你懂吧？我长着嘴巴不跟人聊天，我一个人坐着玩自闭？"

　　谢纶语气缓了下来："有事耽误，这才来迟了。"

　　裴景烟撇唇，掐着嗓音道："是，谁不知道谢总是个大忙人呀。"

　　"小景。"他眼神微肃。

　　裴景烟瞪圆了眼睛："好哇，你迟到了，你还好意思凶我？"

　　谢纶噎了下："我哪里凶你了？"

　　裴景烟："就是有凶我！你的眼神在凶我！这日子没法过了……"

　　她甩手就要走，手腕却被男人牢牢拽住。

　　谢纶也顾不得场合，一把将人揽在怀中，手臂揽住她的肩："别闹。"

　　"你松开我啊，要不要脸，这么多人看着。"

　　裴景烟红着脸，只觉得不少目光往他们这边投来，她声音都低了："谁闹了，明明是你莫名其妙，现在还来倒打一耙……"

　　她一张小嘴叭叭叭念着，谢纶无奈，低下头，用只有两人听到的声音道：

"迟到是我不对，回去再说。不过现在，你要再耍小性子，我就……"

裴景烟扬起脸，很是不服气："怎么，你还能打我不成？"

谢纶凝视着她，语调不急不缓："我就亲你。"

裴景烟："……"

听听，这说的是人话吗？

她迎上男人漆黑深邃的眼眸，他的神情认真，并不像在开玩笑，还有一种"你不信就试试"的从容。

裴景烟白皙的小脸登时火烧火燎般，狠狠拿手肘捣了下他的胸口，咬牙道："不要脸！"

谢纶："还闹吗？"

裴景烟："……你放开。"

语气明显软了。

谢纶这才松开她，慢条斯理地整理着领口。

裴景烟也低着头扯了扯裙，那隐隐约约传入耳朵里的议论，叫她不好意思抬头看向别处，只在心里骂了谢纶一遍又一遍。

不远处的宾客目睹了小两口打情骂俏的全过程，神色各异。

不是说他们夫妻感情不好的吗？怎么现在看起来，这两人跟小情侣似的！

尤其是谢总，对外形象一向是清冷持重，刚才竟然主动抱住裴景烟？

实在是不可思议！

现下谢纶来了，裴景烟也担起"谢太太"的职责，和他一起应酬交际。

为了气一气阮梦思，裴景烟还拉着谢纶跳了一支舞，刻意秀了波恩爱。

眼瞅着阮梦思的笑容凝结，裴景烟笑得那叫一个灿烂，比她发夹上的钻石坠子还要明亮。

谢纶的手掌搭在她的细腰上，问她："你和那位阮小姐有过节？"

裴景烟顾盼生辉，眼波流转："过节算不上，不过给她添堵，挺有趣的。"

顿了顿，她又看向谢纶："怎么，你会不会觉得我是个坏女人？"

谢纶答得干脆："不会。"

裴景烟挑了下眉："哦？"

谢纶淡淡地"嗯"了声，并没多说。

只等到一个敷衍的"嗯"，裴景烟"喊"了声。

两个舞步后，男人忽然冷不丁出声："你是我妻子，所以我无条件站在你这边。"

裴景烟一时竟不知该怎么接话，心跳却莫名加速。

她不自然地低下头，过了好一会儿，才闷闷道："就因为你来迟了，她专门跑到我面前笑话我。当然，她也没讨到好就是……"轻软的嗓音透着埋怨，以及隐约的委屈。

望着女孩耷拉着的漂亮脑袋，以及那遮住情绪纤长而浓密的羽睫，谢纶眉心微微动了动。

他手臂将人稍稍往怀里拢了些，嗓音低醇："是我的错，对不起。"

裴景烟："……"

倒是没想到他道歉道得这么干脆。

而且态度还算诚恳，诚恳到她都不知道该怎么发作。

她抿了抿红唇，不以为然地哼道："对不起有什么用？这世上最没用的东西就是对不起。"

语毕，那搂在她腰间的温热手掌倏忽收紧。

高大的男人弯下腰，犹如情人喁喁说着情话，薄唇轻擦过她细嫩的耳垂，清冷嗓音透着点微哑："那么，谢太太想要什么补偿？"

3

补偿？

鼻尖萦绕着男人身上好闻的乌木沉香气息，以及那擦过肌肤若有似无的触碰，裴景烟咽了下口水，原本搭在男人臂膀上的手改为抵住他的胸膛："公共场合，你好好说话。"

说个话，靠这么近做什么！

谢纶稍稍松开手上力道，好整以暇地端详着她轻闪的黑眸："我是在好好说话。"

裴景烟："……"

谢纶重复一遍："想要什么补偿，我会尽全力满足。"

他问得突然，裴景烟一时半会儿也想不出要什么。

谢纶也不催她，安静地与她跳着舞。

宴会直到晚上十点左右结束。

社交是件很费精力的事，再加上喝了些酒，一坐上车，裴景烟就懒洋洋地瘫在宽敞的车座里，一动不想动。

谢纶在她身边坐着，给她递了瓶纯净水："喝口水。"

裴景烟抬起眼皮，瓶盖已经拧开，她接过喝了两口，又推了回去。

谢纶将水瓶放在一旁，侧身看向她："想好要什么补偿了？"

裴景烟抬手抚着额头，懒声道："没想好，费脑子。"

窥见她明艳眉眼间的疲累之色，谢纶抬手握住她的肩膀，将人往怀里带："累了就靠着睡，到家我叫你。"

他的怀抱暖烘烘的，裴景烟并不抗拒和他的身体接触。

她踢掉高跟鞋，双腿放上座椅，上半身倒在男人的胸膛里，肩膀轻蹭着，调整个最为舒适的角度。

谢纶扶着她，手掌不经意贴到她光洁纤薄的背脊。

一瞬间，掌心的温度仿佛更热。

裴景烟浑然不觉，一只手揪着他的衬衫，脸朝着他的怀里。

男人身上熟悉的气息叫人很是放松，她闭着眼，忽而想到一事，慢悠悠地聊起："其实，我觉得蒋越那人挺不错的。"

谢纶眉心微拧。

"怎么说你们曾经也是室友，虽然现在各自发展的方向不同，但你也不用刻意疏远，表现得好像比陌生人还要陌生人。"裴景烟思忖道，"我见到宋莉，还能假笑一会儿呢。"

谢纶："你觉得他很好？"

裴景烟严谨地纠正他："不是很好，是还好。"

谢纶抬手，轻捏了下她脸颊的软肉："平时相处倒还行，但他行事手段太狠辣。"

稍顿，他问："知道他为什么喜欢做慈善吗？"

裴景烟拍开脸上的爪子："积德行善？"

"蒋越自己也清楚，操控金融所带来的巨额财富之下，隐藏着许多家破人亡的悲剧。"

顶级投资家之所以被称作金融大鳄，只因他们就像流着悲悯的眼泪，却残忍吞噬猎物的鳄鱼。

谢纶都这样说了，裴景烟也不好再说什么，毕竟他拥有自由选择朋友的权利。

就在她打算让沉默揭过这个话题时，谢纶话锋一转，提起另一件事来。

"来君懿之前，那个整成你样子的女明星来公司找我。"

裴景烟的醉意顿时醒了大半。

谢纶垂下眼看向她，言简意赅地把经过讲了一遍。

裴景烟一边听一边不合时宜地想：这男人这脸真的绝了，仰视的魔鬼角度看他，都挑不出瑕疵来！

怪不得什么校花、系花、班花、各种花都来追求他，本钱还是很足的嘛！

这样想想，自己跟他结婚，其实也不亏——

"小景？"

男人的唤声将裴景烟从天马行空的思绪里拉回。她对上他探究的视线，眨了眨漂亮的杏眸："嗯，我在听，你给了她三百万，还给她一个角色位置，然后呢？"

谢纶眯起眼："……"

她这反应，可以说是很敷衍了。

他问："你不高兴了？"

裴景烟"啊"了声，疑惑地摇头："我没不高兴……"

见她思路跑偏，谢纶及时拉回："那你刚才心不在焉，在想什么？"

裴景烟被问住了。

殷红的小嘴微张，裴景烟开始瞎编："我在想，这个苏欣冉还挺清醒的，及时离开唐马克，开启新生活，蛮好的。"

说到唐马克，她又一脸嫌恶的表情："那个唐马克，被他喜欢真是倒霉八百辈子，呕！"

见她气鼓鼓的模样，谢纶指尖点了点她白嫩嫩的腮帮子："别气了，相似的脸能解决，他也能解决的。"

裴景烟轻蹙起眉，笼着迷茫的乌黑眼眸定定看向他。

谢纶伸手轻抚过她的眼睛："别这样看我。"

裴景烟嘴比脑子快："为什么？"

谢纶眸光轻晃："会想欺负你。"

裴景烟："？"

她瞬间体会到他口中"欺负"的含义，没好气地瞪他一眼，嘴里咕哝着无耻。

谢纶挑眉："在说什么？"

"没什么！"她火速闭上眼，将脸朝向他怀里，"不说话了，我眯一会儿。"

车厢里陷入安静。

借着车窗外变幻的霓虹光影，谢纶凝视着怀里精致的巴掌脸，红唇雪肤，乌发修颈，宛若一只小小的精灵坠入尘世间。

独一无二的她，是他的。

到达云水雅居夜已经更深。

裴景烟睡得迷迷糊糊，感觉男人把她抱起来，把她放在床上，然后伸手解开她浅金色束腰的系带。

像是在拆封一份精心包装的礼物——

残留的意识让她勉力睁开了眼，睡眼惺忪道："你干什么？"

谢纶不紧不慢道："脱衣服。"

"我自己来。"她撑起半边身子坐起。

谢纶也站起身，倒了杯水回来，问她："喝吗？"

裴景烟摇头，又顺手取下发夹，从床头柜里摸出个玫红色发圈，随意扎起个辫子。

谢纶喝了两口温水，待低下头，瞥见裴景烟露出的修长脖颈，眼波轻闪。

他抬起手，略带薄茧的手指按上那纤细白皙的颈部肌肤，引起掌下之人的微颤。

"这里红了。"他轻声道。

裴景烟偏过头:"你还好意思说。要不是为了遮一下,我今天本来是盘发的。"

谢纶没出声,将水杯放在桌边,又去看那抹浅粉色的痕迹:"淡了些,明天就没了。"

裴景烟被他灼灼的目光看得怪不自在,抬手推了他一下,催道:"你快去洗澡。"

她自己从床上起身,准备回衣帽间脱礼服。

谢纶没立刻走开,只静静地看着她。

这个眼神,裴景烟太熟悉了——

像是盯住猎物的鹰隼,盘算着怎么拆吃入腹。

她心里蓦地有些忐忑,一边想着他今晚喝多了吗,表现得也太明显了吧!一边想着,不行不行,自己今天真是累了,真没精力跟他折腾。

她细白的手指不禁捏紧裙摆,硬着头皮尽量忽视那道炽热的目光,默默往外挪动。

"需要帮忙吗?"男人问。

"不了,不了。"她这般应着,提着裙摆一溜烟跑了。

望着那道宛若害怕十二点钟声敲响的落跑公主身影,谢纶冷白俊朗的脸庞浮现一层浅淡的笑意……

夜阑人静。

他洗漱完躺在床上时,已过了凌晨。

温暖柔软的被窝里,裴景烟被男人捞入他怀中。

"想了一个晚上。"谢纶亲了下她的眉心,嗓音微微沉哑。

裴景烟一个激灵,心说:他果然是喝醉了!

念头才起,又听男人继续道:"想好要什么补偿了吗?"

裴景烟:"……"

哦,原来是问她。

说话大喘气干吗,吓死人了!

她重新闭上眼睛,刚想说"没想好",感觉到男人的吻越来越往下,越来越细碎——

　　"想好了！"她轻喘着，两只手扯住睡衣扣子。

　　"嗯？"

　　他的薄唇落在她纤细而脆弱的脖颈，吸血鬼进行初拥仪式般。

　　裴景烟手指轻插进男人浓密的黑发，防止他再往下，呼吸混乱："补偿就是……唔，你今晚不许碰我，现在让我睡觉。"

　　亲吻戛然而止。

　　温热的鼻息拂过她的脸侧，男人嗓音都低了："这算什么补偿？"

　　"美容觉，怎么就不是补偿了？"裴景烟哼道，又慢慢挪开腰，离那危险根源远了些。

　　短暂沉默过后，谢纶轻咬她的耳垂，气笑了："是补偿，还是折磨我？"

　　裴景烟嘴角轻翘，语气透着几分幸灾乐祸："那你也受着。"

　　她翻了个身，将被子裹好，心情愉悦地闭上眼："谢先生，说话算话。"

　　没多久，她就昏沉睡过去。

　　静谧的黑暗里，耳畔是女孩儿平稳均匀的呼吸，她身上淡淡的馨香若有似无地萦绕在鼻尖，丝丝缕缕地勾缠。

　　谢纶抿了抿唇，旋即沉沉合上眼，遮住眼底那起伏不定的欲念。

第二十二章 · 【和他一起跨年】
"谢太太，新年快乐。"

1

腊月二十五，新励科技年会。

按理说，作为新励科技的老板娘，公司总部的年会裴景烟应该出席的。

好巧不巧，年会的日子正好撞上她生理期，而头一天晚上她还作死，吃了顿重庆火锅，外加一大杯杞果冰沙——

直接导致她瘫倒在床，宛若一条废得不能再废的咸鱼。

年会自然也没法去，这个时候，裴景烟只想捧着生姜红糖水，在床上当废物。

微信里，裴母发来慰问：【小囡，肚子还疼吗？】

美少女景：【还好，躺着就没那么难受。】

裴母：【谢纶去他们公司年会了是吧？】

美少女景：【他是老板，肯定要去的嘛，各个分公司的负责人都会出席，都年尾了，他可不得给那些人画画饼，展望一下美好未来。】

裴母发了个哈哈大笑的表情包，又问她：【那你晚上吃什么？要不然，我去你那儿给你煮碗酒酿圆子吃？】

看着妈妈发来的消息，裴景烟心里暖融融的。

不过这大冬天的，她也不忍心让妈妈来回折腾。

于是她回复道：【不用，赵阿姨刚给我煮了碗生姜红糖水。我晚上想吃鲜虾馄饨，她正在厨房包呢，过一会儿就能吃了。】

裴母：【那也行。】

裴母：【不是妈妈啰唆，你也是的，明知道自己生理期要到了，吃东西也注意点嘛！乱吃乱喝的，你以为外面那些餐厅、饭馆都是好东西吗？吃多了对身体很不好的！】

说着，她连转了四五条微信营销号的健康推文链接给女儿，每个推文标题都带好几个感叹号！

裴母：【你看看这些文章，看你下次还敢不敢乱吃乱喝。】

美少女景：【知道了，知道了。】

母女俩又聊了一会儿，裴景烟手里的生姜红糖水也喝光了。

她打开投影仪找了部最新美剧，悠悠闲闲追着剧，晚上吃了碗手工鲜虾馄饨，继续追剧。

期间谢纶发了条消息过来：【好些了吗？】

看到这条消息，裴景烟眼尾轻垂了下。

还算这家伙有点良心。

她没骨头似的躺坐在柔软床上，莹白脸庞不自觉地带着小小矜傲，以及浅浅的愉悦。

她手指轻敲着屏幕键盘：【原来你还记得家里有个备受生理期折磨的小可怜太太啊？】

消息发出去两秒，裴景烟就后悔了。

这话好像在跟他撒娇似的？

她才不要跟他撒娇！

她赶紧按了撤回，然而还没等她松口气，屏幕那头的人回道【一直记着。】

裴景烟："……"

糟了，还是被看到了。

屏幕前的她小脸一红，试图挽回形象：【女性生理期激素比较紊乱，情绪就有点……不受控，你知道吧？刚才那条消息，我可没有跟你撒娇的意思，你别误会。】

XLun: 【嗯，没有在撒娇。】

美少女景: 【……】

怎么感觉越描越黑，有此地无银三百两那味了。

谢纶的消息又发了过来: 【好好休息，我忙完就回家陪你。】

裴景烟心说谁要你陪，手指却敲了个"哦"回过去。

脆生生的一个"哦"。

隔着屏幕，谢纶都能想象到那小姑娘敲出这个字的表情。

应该是躺在床上双手捧着手机，殷红的唇轻抿着不屑一顾，可那双透着清凌凌光亮的乌黑杏眸却是带着浅笑的。

世界第一的口是心非傲娇鬼。

"谢总，该你上台发表讲话了。"

闻松在一旁轻声提醒，顺手将准备好的致辞稿双手呈上。

谢纶敛眉，淡淡"嗯"了声。

他将手机放入西装口袋，接过那份致辞稿，略理了理领带，昂首阔步往主席台走去。

台下是如雷般响亮的掌声。

连看了三集电视剧后，裴景烟的眼皮子越来越沉。

她也懒得再等谢纶回家了，用脚指头都猜到，年会结束后，他跟那些高层领导八成会转场去其他地方继续应酬。

她拿起遥控器关了投影，果断缩进被子里睡觉。

这大概是她过得最养生的一天，晚上九点半就入睡。

昏沉沉时，她还做了个梦。

梦里她成了个古代公主，无上尊荣，可惜国家政局不稳，她为了稳固皇兄的政权，不得已去西边和亲，嫁给一个大权在握的老将军。

她千里迢迢嫁过去，洞房花烛夜的晚上，紧张又忐忑。

她等啊等，好不容易等到新郎官进洞房，掀起盖头——

她傻了眼，怎么还是谢纶的脸？

这是什么孽缘，做梦都逃不过这个男人！

就在她愤愤丢开红盖头，准备逃跑时，男人直接搂住她的腰，把她抱进了大红喜帐里。

他说："我娶妻不是娶个菩萨供起来的。"

她羞愤欲死地骂他："莽夫，无耻！"

迷迷糊糊中，鼻尖仿佛嗅到丝丝缕缕的酒意，身子也感受到另一种不属于自己的温度，尤其那覆在腹部的掌心触感，真实得简直不像做梦。

纤长卷翘的羽睫颤了两下，裴景烟猛地睁开眼睛。

眼前是一片黑暗，身后传来男人磁沉又透着几分懒哑的嗓音："做噩梦了？"

他的手掌抚上她的额头，又拿下颌安慰似的蹭了下她的脸侧，低声哄道："别怕，我在。"

裴景烟有些恍惚，但男人的怀抱和温和话语，的确叫她有了些实质感。

她定了定心绪，小声道："也不算是噩梦……"却也没打算再提，而是侧了侧身，困意浓郁地问他，"现在几点了，你什么时候回来的？"

床边多出个人，她竟然一点察觉都没有。

谢绺从背后圈着她："晚上十点回来的，现在大概十一点。"

裴景烟微诧。

他竟然十点就回来了。

她不禁问他："你们公司的领导层年会结束后，都没有其他活动的？"

"有。我没去。"

"……为什么？"

"要陪太太。"

他似是轻笑："我说过，这个理由很好用。"

一时间，裴景烟心里有种说不出来的感觉，胀胀的，有些暖，还有些说不清道不明的高兴。

谢绺问她："肚子还疼吗？"

裴景烟娇懒地发出一声不低不高的回应："嗯。"

但其实，并不疼，就有点胀。

谢绺见她说疼，手掌再次覆上她的腹部："揉一揉，应该会缓解些。"

像是只敞开肚皮让主人撸毛的小猫咪，裴景烟享受地闭上了眼，嘴上却是不饶人："你怎么知道生理期要给女生揉肚子？难道以前给别人揉过，有经验了？"

谢纶答道："网上查的。"

裴景烟哼唧："谁知道呢，上次君懿的晚宴上，蒋越可跟我说了不少你的事呢。"

揉肚子的动作稍停，他又继续揉着，一同不紧不慢的还有他的语速："他怎么说的？"

"说你在大学很受欢迎，一堆女生给你送情书，还有系花给你送巧克力……啧，可以嘛。"

"别人示好，不算我的桃花债。"

"哦？那什么算你的桃花债？"

谢纶嗓音淡了淡："想知道？"

裴景烟："爱说不说。"

谢纶轻笑一声："嗯，那不说了。"

裴景烟："……"

他绝对是故意的！

可恶，他越这样，她的好奇心越强烈！

但是现在说想知道，岂不是正中他下怀？他指不定多得意，以为她多在乎他的事呢。

裴景烟这边自己把自己气了个够呛，忍不住找碴儿："别抱着我，身上有酒味，臭死了。"

谢纶："上床之前，洗过澡，还喷了香水。"

裴景烟："那还是有味道！"

谢纶："……"

看出来了，小姑娘有情绪了。

将怀里温软的身躯抱得更紧，他拍了下她的臀，无奈地叹了声："有你一个小债主就够了。"

裴景烟扭了扭腰，红着脸："你别乱拍！"

谢纶喉结滚了滚，扶住她的腰："你也别乱蹭。"

裴景烟顿时不敢动了。

"好了，很晚了。"谢纶半合着眼睛低声道，"睡吧。"

"哦。"

裴景烟身子缓缓放松下来，也不再说话，试图寻回那缥缈的睡意。

2

第二天，一觉睡到自然醒，裴景烟又满血复活，精神十足。

等生理期彻底结束，新年的钟声也即将敲响。

转眼到了除夕这日。

赵阿姨回家过年前，把云水雅居的门窗贴了春联和福字，添了不少春节的氛围。更别说那大街小巷红灿灿、喜洋洋的一片，以及随处可见的"恭喜发财""好运来"之类的洗脑旋律。

按照之前跟谢纶商量好的行程，除夕这天上午，小两口先回到裴家别墅，和裴家人吃了顿午饭。

约莫下午两点，裴母提醒裴景烟："时间不早了，你们也该出发去苏城了，万一路上堵车，耽误年夜饭可不好。"

裴景烟看了眼手机时间："才两点呢，除夕高速没那么堵的，要返程的人早就返程了。"

裴母伸手拍了下她，摇头嗔怪道："新媳妇第一次回婆家过年，你还想踩点吃饭不成？再说了，高速不堵，万一城区堵了呢，难不成你还要谢纶爸妈和他家老太太，眼巴巴等你们两个小辈？那多失礼！"

裴景烟被教训得无法反驳，只好点头："行吧，那我们现在出发。"

"快去吧，年礼我已经叫人提前放到车子后备厢了，到时候你直接提着送你公公婆婆就行。"

顿了顿，裴母又补充道："要我说，你和谢纶明天也别急着赶回沪城了，这好不容易回一趟苏城，又是大过年的，不如趁机多陪陪长辈才是。"

裴景烟蹙眉："那我们就不能在大年初一给你和爸爸拜年了。"

裴母道："那又没关系，元宵节前有半个月时间可以拜年呢，实在不成，电话、视频都方便。"

裴景烟没说话,低头踢了踢脚尖,不知道为什么,心里有点儿酸。

裴母一眼就看懂女儿的情绪,温和宽慰着:"妈妈知道你是个孝顺懂事的孩子,不过,你现在不仅仅是裴家的女儿,也是谢家的儿媳。夫妻之间要互相体谅、包容,凡事也要为对方考虑一下。你们住在沪城,你想回家就回家,方便得很。谢纶爸爸妈妈一年到头见到谢纶的次数,屈指可数,是吧?"

裴景烟咕哝着:"是谢纶工作忙,不去看他们,跟我有什么关系。"

裴母伸出手指,点了下她的额头:"又说孩子话了,夫妻是一体的啊。我问你,谢纶爸妈和奶奶对你不好吗?怠慢你了吗?"

裴景烟:"那倒没有。"

平心而论,谢家的长辈待她还是蛮不错的。

裴母:"是了,那你们多在家陪他们两天,是件很难的事吗?"

裴景烟:"……"

说这些道理,她不是母亲的对手。

裴母又拉着她说了一堆父母子女的相处之道,听得裴景烟连连点头:"啊,对对对。"

裴母这才结束小课堂,叫她和谢纶出发。

十分钟后。

望着那缓缓驶出别墅大门的黑色轿车,裴母保养得当的雍容脸庞露出几分怅惘。

她转脸与身旁裴父感慨着:"我们家小囡长大了啊。"

裴父:"女婿跟她求婚的那天,你也这样感叹了。"

裴母:"……"

裴父:"他们结婚那天,你又说了一遍。"

裴母:"……"

裴父:"唉,你们女人啊,就是喜欢多愁善感、长吁短叹的。"

裴母冷笑:"哦,那小囡结婚那天,在教堂里偷偷抹眼泪的是谁?"

裴父:"……"

夜幕降临，万家灯火亮起。

到达苏城的花园别墅时，新闻联播的开场曲正响起。

跟谢家父母打了招呼，谢纶牵着裴景烟走到客厅。

谢老太太穿着件簇新的棕红色毛衣，坐在沙发上慢悠悠地剥橘子。

不知是人逢喜事精神爽，还是来之前谢家父母和她讲了很多遍，她今天见着小两口，也没犯糊涂，笑眯眯道："小纶和小景回来啦？"

裴景烟笑吟吟道："是，奶奶，我们回来了。"

她本就长了一张很讨长辈喜欢的福气脸，现下弯眸笑着，更是甜美乖巧。

谢老太太乐呵呵地点头："好，回来就好，你们快去洗个手，准备吃年夜饭了。"

裴景烟说了声"好"，放下包往洗手间去。

谢父低声与谢纶道："你前几天派人送回来的新床垫和床上四件套都换好了，今晚你和小景就在家里住，可别再去外头住了。"

谢纶淡淡垂眸："知道了。"

热气腾腾的饭菜很快上了桌，谢父搀扶着谢老太太到餐桌主位坐下。

年夜饭无比丰盛，谢家父母坐在右侧，谢纶和裴景烟坐在左侧，电视里的新闻联播是背景音。

桌上氛围很好，尤其是见到裴景烟和谢纶比婚礼时还要亲密，谢母脸上的笑容就没停下过。

这个儿媳妇，谢母真是越看越喜欢，年轻漂亮不说，性格又好，儿子跟她在一块儿，身上都多了几分鲜活的烟火气，再不像从前那样冷冰冰，满脑子只有工作和赚钱，一点不像过日子的模样。

不过，人都是贪心的，现下见儿子和儿媳妇这般亲密，谢母就忍不住盼着更圆满的热闹——

要是桌上再多个小娃娃就好了。

不论是像父亲，还是像母亲，都是一等一的好模样。在饭桌上，会说会笑，还会奶声奶气唤她和老谢爷爷奶奶……

光是在脑子里想一想，谢母嘴角都咧开了，甚至忍不住畅想，到时候抱着小娃娃去其他退休同事跟前转一圈，旁人朝自己投来羡慕的眼神。

"哈哈……"谢母忍不住笑出了声。

桌上其他人都疑惑地朝她看去。

谢父也不解，低声道："你突然笑什么？"

谢母敛了敛笑意，微窘地打着哈哈："没什么，就是突然想到下午刷到的搞笑视频。"又拿公筷给裴景烟夹了块牛肉，满目慈爱，"小景多吃些，我瞧着你好像又瘦了？女孩子太瘦了不好的，健康是最重要的。"

裴景烟笑："谢谢妈。"

谢母点头，又佯装无意地问："前段时间我看你妈妈朋友圈，你嫂子怀孕了是吧？"

裴景烟夹着牛肉的筷子一顿。

来了来了，催完婚必催生！

她面上却不动声色，轻轻应了声："是，两个月了。"

"那可真是大喜事。"谢母道，"我记得你哥哥嫂子好像结婚也就一年多吧？"

裴景烟："是，前年冬天结的婚。"

谢母："那他们要孩子的速度蛮快的哈。"

裴景烟："……"

铺垫做得差不多了，如果她没猜错，下句话应该就是：那你和谢纶什么时候要孩子呀——

念头刚起，果然就听到谢母继续道："那你和谢纶计划什么时候要个孩子呢？"

裴景烟："……"

谢纶："……"

谢母双眼满是期待，谢父也挺期待的，不过表现得没那么明显。谢老太太听力不好，依旧乖宝宝似的坐着接受保姆的喂饭。

遇事不决，甩锅为上！

裴景烟羞答答地把球踢到谢纶身上："这个，主要看谢纶……"

桌底下，她毫不犹豫地踩上谢纶的鞋，以实际行动告诉他，谨慎发言！

谢纶侧眸看了她一眼，淡淡道："才结婚，不着急。"

看着儿子儿媳截然不同的反应，谢母那叫一个心焦，急啊，怎么能不着急！

她语重心长地看向谢纶："过了这个除夕，你就三十一岁，过不了几年马上就快奔四十了！"

谢纶一脸无语。

眼见桌上气氛有点凝固，谢父赶紧出来缓和："哎哟，你急什么，他们才结婚，二人世界还没过够呢。来来来，都吃菜，吃菜！"

谢母瞪了谢父一眼，转脸笑吟吟地对裴景烟道："小景啊，你们过二人世界的同时，也可以努努力的嘛。到时候你和谢纶的孩子还能跟你兄嫂的孩子一起长大，做个伴。要是你们不想带，可以送来苏城嘛，我照顾着，再请保姆和专业的育儿嫂，保证给你带得白白胖胖、健健康康的。"

裴景烟勉力维持着微笑，桌底下的脚继续踩谢纶。

快说句话啊！这话真没法接。

桌面下，谢纶的手搭上她的大腿，修长手指轻敲她的膝盖。

裴景烟瞪大了眼睛，不可思议地侧头看他。

这都什么时候了？

谢纶黑眸轻眯。

裴景烟：眯什么眯，也不怕眯成近视。

她撤开某人搭在大腿上的"爪子"，毫不犹豫地卖队友，嗲着嗓音，委委屈屈："我想努力的呀，可谢纶工作太忙了，每天早出晚归，人影都见不到……"

这话一出，谢家父母齐刷刷看向谢纶，满脸恨铁不成钢。

接下来的时间，基本是谢家父母对谢纶的批斗教育大会，尤其当春晚上演催生催婚的小品、相声时，谢家父母更有底气了。

裴景烟窝在谢老太太身边吃板栗，满脸幸灾乐祸。

看谢纶被教训，可比看春晚有意思多了！

然而，乐极生悲。

晚上十一点左右，裴景烟打算回房先洗个澡，再继续出来守岁。

她前脚才进卧室，后脚谢纶就跟了上来。

下一秒，她整个人被压在门上。

看着那近在咫尺的俊颜，裴景烟的心脏都猛地跳动起来，杏眸微眯："我警告你别乱来，长辈们都在外面……"

谢纶单手扣着她的肩，高大的身躯俯下，温热的鼻息明显洒过她的脸颊，暧昧又缠绵："怪我不够努力？"

裴景烟怔了怔，等反应过来她饭桌上的甩锅行为，悻悻笑道："那不是随便找个借口嘛。"

他修长的手指抬起她的下巴，眸色深暗："可我当真了。"

语毕，他按着她深深亲下去。

唇齿纠缠，如火点溅入干柴，门外隐约还可听见春晚的歌舞声以及长辈们的说话声。

夜更深了，屋外传来断断续续的声音——

"亲爱的观众朋友们……时间过得真快，现在只剩下一分钟，我们就要迎来新的一年了。在这里我们祝愿大家新年快乐！让我们倒数十个数，来迎接新的一年！"

"十！"

"九！"

……

"三！"

"二！"

"一！"

"新年快乐！"

"红红火火逢盛世，欢欢喜喜送华年……"

电视里有烟花绽放的响声，小区内外也响起电子鞭炮以及迎接新年的欢呼声。

"砰砰砰……"

绚烂而璀璨的烟火升上天空，朵朵绽放，万紫千红，美不胜收。

　　裴景烟攀着谢纶的肩，恍惚中仿佛也看到那火树银花不夜天的美景。

　　等那令人痴迷癫狂的烟花缓缓暗淡，漆黑的天空归于平静，她的呼吸又急又乱。

　　谢纶抱着她。

　　他亲吻着怀中女孩儿濡湿的明艳眼尾，嗓音轻缓而温柔："谢太太，新年快乐。"

第二十三章 · 【收获新年礼物】
"你喜欢就值得。"

1

直到屋外响起经典曲目《难忘今宵》，谢纶才抽空出门跟父母解释。

"今天坐车有些累，她先休息了。"

谢父谢母也没多问，只偷偷塞了两个大红包到谢纶手上，低声提醒："给你俩的压岁钱，新的一年，岁岁平安。"

"谢爸妈。"谢纶接过，又看向他们，嗓音稍缓，"爸，妈，新年好。"

看着眼前比自己高出一个头的儿子，谢父不苟言笑的脸也露出中国式父亲矜持而严肃的温和。他抬手拍了下谢纶的肩："你现在也成了家立了业，以后好好工作，好好经营你们的小家庭……当然，最重要的是身体健康。"

谢母连连点头，又补充着："事业虽然重要，但你也要多花些时间陪陪小景，可别让她受委屈了。"

谢纶："嗯，我知道。"

谢母笑道："还有啊，你们抓紧要个孩子……"

谢纶打断道："妈，大年初一你们还要招待客人，早些回屋歇息吧。"

谢母还想再说，谢父拉住她的袖子，朝她摇了下头，而后面向谢纶："好了好了，我们先回屋，你和小景也早点睡。"说着，把谢母拉上二楼，回了他们自己的卧室。

门一关，谢母忍不住沉下脸："你拉我做什么？难道你不想当爷爷啦？"

谢父摆摆手："我们想有什么用，主要还是看孩子们的意思。唉，谢纶什么性子你不知道？他没那个意思，咱催八百遍也没用。"

谢母噎住。

儿子的性子她再清楚不过，不然当初也不会跟老谢闹翻，一个人跑去港城勤工俭学。

"儿孙自有儿孙福，反正他们才结婚，等过两年感情到位了，自然就会计划孩子了。"

谢父打着哈欠："不说了，快一点了，赶紧睡吧。"

二楼灯光熄灭。

一楼主卧里，裴景烟侧躺着玩手机，无数条新年问候涌进来，一刷朋友圈，各种晒新年图片的。

就像皇帝批阅奏折，她一条条翻下去，看到感兴趣的，拇指轻按点个赞。

朋友圈看得差不多，谢纶从浴室出来，上了床。

裴景烟不好意思看他，于是继续侧身玩手机，尽量忽视他的存在。

谢纶看着她的背影："还不睡？"

裴景烟："你先睡。"

谢纶没说话，伸手关了床头灯。

屋内喑了下来，漆黑一片。

裴景烟感受到身旁的人盖着被子躺下，而后，朝她靠了过来。

就在她以为他要抱她，或是做些其他什么事，男人那肌肉线条流畅的长臂越过她的肩，轻轻松松将她的手机抽走。

"这样玩手机伤眼睛。"

谢纶摸黑将手机放到床头柜，又重新躺下，扳过裴景烟的肩："开始不是说累了，还不睡？"

裴景烟哪里比得过他的力气，咕咕哝哝，顺势靠在他的怀里。

这男人在冬日里暖被窝还是很舒服的。

有那么一瞬间，她想问问他对孩子的想法，但心里又有些忐忑，怕问出口，他的想法与她不同。

如果他说想要，那她该怎么办？

她才二十一岁，才不想这么早就生孩子！

可对于谢纶来说，他并不年轻，像他这个年纪的人，也足够当父亲了。

胡思乱想了一阵，裴景烟也累了，困意席卷而来，她昏昏沉沉睡过去了。

第二天早上，裴景烟睡过了头。

盯着陌生的房间愣了足有十秒，她才反应过来，这里是苏城谢家。

而她，在大年初一，一口气睡到了上午十点！

在她手忙脚乱刷牙时，穿戴齐整且明显起床很久的谢纶进了卧室。

裴景烟嘴边还有一圈牙膏白沫，愤愤地埋怨他："你干吗不叫我起床？害我睡得这么晚。"

昨天母亲千叮咛万嘱咐，大年初一不能睡懒觉，要早点给谢老太太和公公婆婆拜年……

现在别说拜年了，估计上门拜年的亲朋好友都走了三拨。

谢纶双手抱胸，斜倚在门前，看到她爹毛的模样，嘴角轻扯："看你睡得香，没忍心打扰你的美梦。"

裴景烟无语，咕噜咕噜把嘴里的牙膏沫冲掉后，边洗脸边问他长辈们的反应。

谢纶："我跟他们说了，我们很晚才睡。他们叮嘱我，让你多睡会儿。"

裴景烟转脸看他：你认真的？

谢纶略一颔首：嗯，他们大概率往那方面领悟。

裴景烟傻眼，她大概没脸见人了。

她不染尘埃的小仙女形象啊，活生生被这男人给毁了。

怀着尴尬而羞愧的心情，裴景烟加快了洗漱的速度。

为了搭配大年初一的节日氛围，她今天穿了件宽松的红毛衣，配上黑呢半身裙，一头微卷的长发随手用红金色发圈绾了个丸子头，显精神，又充满活力。

谢纶拿着手机坐在床边，见她收拾好了，慢悠悠地抬眼，随后说道："你穿红色好看。"

听到夸奖，裴景烟乱糟糟的心情愉悦了不少，薄涂正红唇彩的饱满嘴唇轻翘起一抹弧度："人长得好看，穿什么颜色都好看。"

谢纶上前拉她的手："走吧，小仙女，出门拜年。"

裴景烟脸颊微烫，跟他一起出了卧室。

经过谢纶那番刻意误导，谢家父母对裴景烟晚起的事毫不介意，反而热情地催她去吃早饭，别饿着肚子。

眼见快要吃中饭了，裴景烟随意吃了半个培根鸡蛋三明治，就去后花园跟谢老太太拜年。

谢老太太坐在梅树下，眯着眼睛晒太阳，身边除了保姆，还有些谢家的亲戚。

有些面孔裴景烟在婚宴上见过，有些却是第一次见。

不过有谢纶在身旁陪着，她也能不慌不忙与亲戚们聊上两句。

亲戚们见到新媳妇都很热情，夸完她的长相和穿衣打扮，又夸她和谢纶郎才女貌天造地设，话赶话又问起他们什么时候要孩子——

并不熟悉的亲朋好友们凑在一起，聊来聊去也只有这些话题。

裴景烟继续维持"羞涩新媳妇"形象，把谢纶推到身前当挡箭牌："看他的安排。"

谢纶在亲戚们的眼里一向是高冷寡言，气场超强，三言两语就结束了这个话题。

眼见有点冷场，一位堂伯母尬笑着把话茬转移到在场唯一一个小学生身上："我们家小明这学期语文考了一百分，老师都夸他聪明呢！小明，给叔叔婶婶们背一篇课文，就背朱自清的《匆匆》！"

大人们很是捧场，纷纷鼓起掌。

小学生扭扭捏捏被推上前，硬着头皮背起来："燕子去了，有再来的时候；杨柳枯了，有再青的时候；桃花谢了……"

裴景烟坐在椅子上抓了把瓜子，边听边问谢纶："你小时候有没有这样被迫当众表演？"

谢纶坐在她身旁，面无表情："没有。"

裴景烟诧异："真的？"

謝纶："我妈试图那样做，我拒绝了。"

裴景烟"啧"了声："那你挺有个性。"

谢纶反问她："你呢？表演过？"

裴景烟想了下，点头："算吧，小时候我学过一段时间古典舞，过年家里来亲戚了就跳了一次。"

当时读几年级她记不清了，只知道外婆外公和爷爷奶奶尚在人世，那时候过年还是很热闹、高兴的。后来长辈们一个接一个离世，她也出国读书，对春节的意识也逐渐淡了。

怀念了一阵童年的春节，裴景烟侧过脸，发现身旁的男人还在看她。

她有点不自在："我妆花了？"

谢纶："没有。"

裴景烟："那你这样看我干吗？"

谢纶似笑非笑地看她："在想，什么时候可以看你跳舞？"

裴景烟手中瓜子都要吓掉了，她转过脸，毫不留情地拒绝："想得美。"

谢纶盯着她泛红的耳尖，眼底笑意更浓。

2

裴景烟和谢纶一直在苏城住到大年初三，才收拾东西启程回沪。

跟他们一同出发的还有谢家父母，他们备了丰厚的年礼，打算去裴家拜年。

路上开了两辆车，谢家父母一辆，裴景烟和谢纶一辆。

回程的路上，裴景烟系好安全带，坐在副驾驶座，统计着这几天收到的新年红包——

看着账户上那好几个零，裴景烟心情无比愉悦。

谢纶问她："收到多少？"

裴景烟也不瞒他，报了个数。

见她这样高兴，谢纶道："你怎么都不问问我准备的新年礼物？"

裴景烟目露惊讶："你还给我准备礼物了？"

谢纶"嗯"了声："很惊讶？"

裴景烟："大年初一你不是给我发了大红包吗，那不就是新年礼物？"

所谓嘘寒问暖，不如打笔巨款，她以为转钱就是直男表达浪漫的方式。

谢纶："那是给你的压岁钱。"

裴景烟："你给我压岁钱干吗？"

谢纶手握方向盘，淡淡道："你不是说我年纪大，都能喊我叔叔了。"

突然被翻旧账，裴景烟试图装傻："……我有说过吗？"

谢纶轻呵一声："作为叔叔辈，给侄女发压岁钱，没毛病。"

裴景烟："……"

算了，看在压岁钱的份上，先不计较这男人占她便宜的事。

她身子稍稍朝他那边倾了些，眨了眨眼："那你送我的新年礼物是什么呀？"

谢纶抽空瞥了她一眼，慢条斯理道："开车不方便，等下到了服务区再告诉你。"

半个小时后，车子在服务区停下。

冬天的服务区里有卖烤栗子和烤红薯，谢母下车溜达，顺便买了些回来，敲着车窗喊："小景，拿着吃。"

裴景烟觉得吃烤红薯弄得手上黏糊糊的，只拿了份烤栗子："谢谢妈。"

"你吃吧，外头风大，快把窗户关上，别冻着。"谢母朝她笑了笑，揣着红薯和板栗径直往后头的车子去。

裴景烟坐在副驾驶座，边剥着甜香四溢的烤栗子，边等着谢纶揭露新年礼物。

谢纶在车外与父亲聊了两句，一根烟的工夫后，才重新坐回车里。

才一上车，他就感受到身旁小姑娘始终跟随的目光。

他扭头对上她清凌凌的眼眸，也没继续卖关子，嗓音沉缓："你之前不是想去海岛度蜜月吗？"

裴景烟眸光轻闪，难道新年礼物是蜜月旅行？

谢纶道："我给你买了座岛。"

裴景烟一怔："买了座岛？"

谢纶精准捕捉到她眼中亮起的光芒，眼底闪过一抹浅笑，回归正题："送你的这座岛位于巴哈马群岛西侧，占地面积三百五十英亩，岛上有一幢三层度假海景别墅。"

裴景烟黑眸亮晶晶的："巴哈马群岛，那里的水质不错。"

谢纶颔首："附近海域的珊瑚礁很丰富，也适合潜水。"

语毕，裴景烟的手机屏幕亮了起来。

是收到新邮件的提醒。

谢纶淡淡扫了眼："应该是闻助理发的岛屿的详细信息和产权证书。"

效率这么高？

裴景烟低头，划开手机，点进邮件查看。

那座编号为 s186 的岛屿信息齐全，除了 360°的全景照片，还附有一段航拍视频。至于产权证书扫描件，上面清清楚楚写着 JINGYAN PEI，以及护照号码等身份信息。

"合同及产权证书等原件还在境外备案，预计年后能拿到手。"他道。

裴景烟咽了下口水，忽然有种吃人嘴软，拿人手短的无措，盈盈看向身旁的男人："你这……也太客气了。"

谢纶嗓音温和："你喜欢就值得。"

没有什么比一个容貌俊美且心甘情愿为你花一大笔钱的男人朝你微笑，更撩人的事了！

裴景烟的心怦怦直跳。

这一瞬间的感觉很难诠释，连她也分不清，自己到底是被这份诚意满满的礼物所打动，还是被他说出"你喜欢，就值得"时的眼神……

她低下了脑袋，尽量平息着气息，又故作镇定道："挺喜欢的。"

透过车窗的午后阳光明亮且温暖，谢纶垂下眸，清晰看到小姑娘轻颤的眼睫。

他薄唇微掀："毕竟是送你的第一份新年礼物，总得用心些。"

裴景烟被撩得有些思绪混乱，她抬起漂亮的小脸蛋，发出疑问："你的意思是，以后第二份、第三份新年礼物，就不用心了？"

谢纶失笑。

少顷，他屈起长指，敲了下她的额头："想知道以后的礼物用不用心，那就等明年再看。"

裴景烟揉了揉额头，本想瞪他，转念一想，看在这么贵重的新年礼物份上，就勉强让他敲一回吧。

她心情愉悦，甚至还亲手剥了颗板栗给他："喏，尝尝，挺甜的。"

谢纶这边刚把安全带系好，侧眸便瞧见那白白嫩嫩的手掌上一颗浑圆金黄的板栗，以及小姑娘清甜的笑脸。

"手碰了方向盘，脏。"他眉梢轻挑，语气透着淡淡笑意，"你喂我。"

裴景烟一怔，有些羞恼，这人怎么给他三分颜色就开染坊！她都亲手给他剥板栗了，竟然还要她喂？

谢纶从她微鼓的腮帮子也猜出她所想，也不改口，头还往她那边凑了些："谢太太？"

望着那张越来越近的俊颜，裴景烟心跳速度也变快。

她身子往后退了些，忙不迭将那颗板栗递到他嘴里。

她纤细的指尖触碰男人柔软温热的唇瓣，刹那间，仿佛有电流从指尖蹿过。

裴景烟迅速收回手，将脸扭到一边——救命，为什么喂个板栗，都觉得很暧昧！

谢纶好整以暇地看着她，慢慢嚼着板栗："嗯，是挺甜的。"

裴景烟反手推了下他，没好气地催道："你快开车！还要不要回沪城了。"

谢纶浅笑着说了声"好"，旋即坐正身躯，发动车子。

车载音乐播放着玛丽亚·凯莉的《梦幻》，旋律轻松又欢快——

I get kinda hectic inside

我心里就有种纷乱

Mmm baby,I'm so into you

宝贝我如此喜欢你

Darling,if you only knew

亲爱的但愿你能知道

All the things that flow through my mind

我心里飘过的所有事情

But it's just a sweet,sweet fantasy,baby

它是如此的甜蜜幻想，宝贝……

裴景烟把专属于她的小岛信息仔仔细细看了一遍，明艳眉眼间的笑意就没消失过。

真是一份很棒的新年礼物！

她按捺不住欢喜，反手将岛屿的照片发到闺密群里，顺便发了个朋友圈——

【来自谢先生的新年礼物。】

朋友圈发出去的同时，闺密群里也炸开了锅。

一只小鸟飞飞飞：【牛啊！】

一只小鸟飞飞飞：【大过年的，这么一大口狗粮，我快要噎死了。若雅，救我！】

取昵称真的好难：【帮不了你。】

看到闺密们的反应，裴景烟小小的虚荣心得到了大大的满足。

屏幕另一头，却有不少人眼红地咬了牙。

其中就包括宋莉。

手机屏幕上那美景怡人的海岛照以及那幢浓郁摩洛哥风情的别墅照片，宋莉看了足有三分钟。

裴景烟拥有了一座岛。

宋莉感觉她的心，像是被一只无形的大手紧紧抓牢，一点点榨干她的血液，铺天盖地的嫉妒占据着她全部的思绪，叫她忍不住颤抖。

而客厅外传来的父母争吵声，更是叫她崩溃——

钱钱钱，又是为了钱。

从除夕就开始吵，一直吵到今天也没个消停！

她气急败坏地想着，倏然，屋外传来一阵玻璃破碎声。

宋莉眉心猛跳，赶紧打开卧室门，往外看去。

只见宋家豪气势汹汹地站着，而裴思珍捂着脸瘫坐在沙发旁，手边是砸碎的茶杯。

"你打我，大过年的你打我！"裴思珍泪水涟涟，仰着脸哭道，"宋家豪，你这样对我！"

宋家豪也烦得很。

眼角余光瞥见门口探出脑袋的宋莉，他忍不住凶道："看什么看，你个没用的东西！"

宋莉铁青着脸，冷笑道："谁没用？打女人的男人最没用！"

宋家豪登时火冒三丈："你吃我的喝我的，现在还敢跟我顶嘴了？"

眼见宋家豪就要冲过去，裴思珍一把抱住他的腿，扭头对宋莉道："你回房去，把门关上！大人的事，我们自己处理！"

宋莉望着裴思珍那张红肿且满是泪痕的脸，心中五味杂陈——

哀其不幸，怒其不争。

但凡她能有骨气些，早点离开宋家豪，也不至于沦落到这个地步！

宋莉往后退了一步，面无表情地关上门，从里反锁。

纤瘦的背脊抵着冰冷的墙壁，她望着偌大的房间，闭上眼睛，背脊沿着墙壁一点点往下滑，她失神地跌坐在地上。

如果，有钱就好了。

像裴景烟那样，拥有挥之不尽的财富，就能永远无忧无虑，永远是最体面、耀眼的公主。

这辈子是不可能重新投个好胎了，但如果能找到个像谢纶那样的老公，或许她能改变现在的命运？

念头才起的下一秒，眼前蓦地浮现一张慵懒面容。

上次那个在慈善晚会上帮她解围的蒋先生，蒋越。

或许，这是她能抓住的最好机会。

第二十四章 · 【一个完美假期】
承认吧，你坠入爱河了。

▼

1

大年初四这晚，两家人坐在一起，其乐融融地吃了顿团圆饭。

裴家父母还盛情挽留亲家留宿，谢父谢母客气婉拒，跟着裴景烟和谢纶一起回了云水雅居。

老夫妻俩只在沪城住了两晚，就开车回苏城，并未多去打扰小辈们生活。

转眼到了大年初七，春节假期结束，返工潮来袭，五湖四海为了梦想和生计的人们，叫这座繁华都市又变得拥挤热闹。

谢纶也要回公司上班——

尽管春节假期期间，他也没闲着，每天都要线上办公，但起码人是陪在身边的。

现下身边骤然少了个人，裴景烟一时间还有些无所适从，犹如本体少了个影子。

她将这归结于节后综合征，秦霏却笑话她："什么节后综合征，摆明是你习惯谢总的陪伴了。承认吧，你坠入爱河了！"

"才没有！"裴景烟翻了个白眼，锃亮的银质小叉插起一块树莓冰激凌松饼送入嘴里，优雅地细嚼慢咽，"智者不入河，我聪明着呢。"

秦霏一脸"懒得拆穿"的表情，端起香草拿铁轻抿，换了个话题："明天晚上的同学聚会，你真的不去？"

裴景烟淡淡道："不去。初中同学我都记不得几个了。"

秦霏耸耸肩："行吧。如果明天有什么趣事，我发群里跟你共享。"

大年初八这日，裴景烟回裴家待了一天。

陪着裴母和顾沅一起瑜伽、插花、烘焙，悠闲的时光总是过得很快。

快到用晚饭时，谢纶也来了。

裴景烟见到他还有些诧异："今晚怎么有空？"

"也不是天天忙。"谢纶轻应着，施施然坐在她身旁。

裴景烟今晚本来想在家里住的，现在谢纶来了，吃完饭，裴母就提醒她早点回家休息。

"开春了，正是公司事忙的时候。"

裴母苦口婆心地教育着："再说了，下周一你又要飞去法国参加那什么时装周，一来一回也有小半月。新婚夫妻聚少离多不好的，趁着现在有空，多相处相处。"

"妈妈，我知道了。"

裴景烟嘴上乖乖答应，心里却深深怀疑谢纶是故意来截她的。

回程的车上，她玩手机，谢纶膝上搁着台超薄黑灰色笔记本，处理着公务。

裴景烟瞅了一眼他的屏幕，密密麻麻全是德文，看也看不懂，于是默默收回目光，看向自己的手机屏幕。

微信群里，秦霏和温若雅宛若两个前线新闻记者，你一言我一语地汇报着同学聚会的现场情况。

等裴景烟打完一把游戏再去看，群里一大堆现场照片。

一只小鸟飞飞飞：【小景，快看！你还认得出他吗？】

下面附着三张照片。

不同角度，不同动作，但都挺糊的，很明显是偷拍。

裴景烟点开第一张照片，入目是张俊秀的侧颜。

长长的睫毛，笔挺的鼻梁，优秀的下颌线，白色衬衫和浅灰色外套，扑面而来的清澈少年感。

帅哥就是帅哥，即使过去这些年，依旧帅得很瞩目。

见裴景烟迟迟没有回复，秦霏又在群里艾特了她一遍：【没认出来？不会吧？】

裴景烟红唇微撇，轻敲屏幕，回复道：【认出来了，许之衡。】

一只小鸟飞飞飞：【帅吧！我都想签他了！】

发完这条消息后，秦霏就没了动静。

过了五分钟左右，她再次冒了出来。

一只小鸟飞飞飞：【小景！许之衡刚才主动跟我打招呼了，他还问起你了！】

看到这条消息，裴景烟愣了愣。

三秒钟后，她问：【他说什么了？】

一只小鸟飞飞飞：【就问你怎么没来，最近怎么样？我说你忙着和你老公贴贴，蜜里调油。不过我看他好像对你余情未了啊。】

投进车窗的昏暗光影下，裴景烟殷红色的双唇轻抿：【都过去这么久了，余情未了个鬼。】

虽说如此，但想到年前许之衡发来的那条好友申请，她的心绪还是有些微妙。

这时，手机忽地又振动一下。

秦霏又发来了一张照片，并道：【啧啧，帅哥的魅力无穷啊。要不是你和他有那么一小段，我都想上去撩了。】

照片上是一群打扮时髦的年轻女生围着许之衡说话。

气质清爽的大男生端正坐着，神色略显局促，宛若误入盘丝洞的唐长老。

他这副神情，倒叫裴景烟记起初三那年盛夏，她跑到篮球场，给他递了一瓶矿泉水的场景。

那时他也很局促，惊讶地看着她，不知该不该接过那瓶水。

刚打过一场篮球赛，少年清隽的脸上还流着汗，在明亮的阳光下折射出晶莹的光，沿着线条分明的下颌缓缓滴落。

见他迟迟没接过，她秀丽的眉梢一挑："快点接呀，我手都举累了。"

少女的嗓音清脆轻柔，宛若山间潺潺流动的一汪清泉，炎炎夏日里，驱散闷热。

更别说她此刻骄矜又好似撒娇的模样，压根叫人无法拒绝。

许之衡伸手接过那瓶矿泉水。

篮球场周围顿时响起同学们的起哄声。

裴景烟至今还记得，许之衡那两只红红的耳朵，透过金色阳光，薄薄皮肤下血管都清晰可见。

相比于少年的羞涩，她倒像个没心没肺的女人，若无其事地笑了笑，转身就走了……

那是她与许之衡的第一次正面接触。

也是那一回打赌，她成功从秦霏和温若雅那里赢了一套珍藏版的纪念邮票。

察觉到身旁的人很久没有动静，谢纶的视线从文件挪开，侧眸看向右边。

女孩儿正捧着手机出神，那亮起的屏幕上是一张照片。

"看什么看得这么入迷？"谢纶朝她那边靠近。

裴景烟一阵恍惚，待对上男人带着探究的黑眸，她才陡然回过神："没……没什么。"

她手指一按，锁了屏幕。

谢纶眼神轻晃，语气淡了淡："是我不能看的照片？"

裴景烟莫名有点心虚，但面上不显，打着哈哈说："是我们初中同学聚会的照片，我的同学你又不认识，没什么好看的。"

谢纶："初中同学聚会？"

裴景烟"嗯"了声："我初中在国内上的，老班长突然要搞什么同学聚会，若雅和霏霏都去了，我没去。"

谢纶静静看了她好一会儿，才问："为什么不去？"

裴景烟漫不经心地答："不想去。"

谢纶没出声，黑眸情绪难辨地在她漂亮的脸蛋上一点一点睃着，试图找出些什么痕迹似的。

那带着探究的灼热目光，看得裴景烟怪不自在，小声咕哝着："这样看我干吗？"

难道不去同学聚会是什么很奇怪的行为吗？

莫名其妙的。

就在她准备偏头看窗外时，男人忽然抬手，两根骨节分明的修长手指精准攫住她的下巴。

裴景烟乌黑的眼瞳下意识睁大。

谢纶略略抬起她的下巴。

他本来想继续问她，不去同学聚会到底是因为不想，还是因为某个人。

可目光落在她微微嘟起的唇瓣上，他思绪一顿。

她今天好像换了个口红，淡淡的红，斑斓的光影下泛着亮晶晶的光，像软软的果冻，又像汁水饱满的草莓。

男人高挺的鼻梁蹭过她小巧的鼻尖。

轻微又暧昧的触碰，叫她心脏咚地撞了下。

她轻轻闭上眼，迎接着即将来临的吻。

一秒钟过去。

两秒钟过去。

三秒钟过去……

吻迟迟没落下，那拂过面庞的温热气息也骤然拉远了。

裴景烟眉头皱起，莹润的水眸睁开，雾蒙蒙的，满是疑惑。

这男人搞什么？

谢纶眼尾稍弯，轮廓深邃的面庞却是清冷的，语气也很正经："新口红？"

裴景烟两道漂亮的眉毛皱得更深："嗯，新唇釉，怎么了？"

"没什么。"

谢纶淡淡道："这颜色挺好看。"

就这？

裴景烟嘴角微抽，忍不住嘲讽他："你凑这么近，就是想看我口红颜色？"

谢纶见她闷着一口气的模样，薄唇轻扯："不然呢？"

裴景烟："……"

看个口红有必要靠得这么近吗？

她磨了磨后槽牙，挤出一抹"和善"微笑："你要是喜欢这个颜色，明天我送你一百支，你随便涂，随便看。"

说完，也不等他说话，她往车门那边坐了坐，小脸朝车窗一扭，扬声道："别跟我说话，我睡觉了！"

谢纶轻笑。

也没再逗她，他坐直身子，继续忙着手头的事。

回去的路上，裴景烟越想越气。

一会儿想着，谢纶绝对是故意的！他就是想耍她！

一会儿又想着，难道是自己的魅力不够了？

憋着一肚子乱糟糟的闷气，她一路都没跟谢纶说话。

等到了云水雅居，谢纶先去书房，裴景烟则回到卧室，开着投影看剧。

晚上十点左右，她拿着换洗衣物去浴室洗漱。

估摸着温若雅和秦霏那边也差不多要散场了，裴景烟坐在马桶上，与她们分享这件事——

【你们说，他是不是故意的？还是我和他已经褪去新婚的热情，步入平淡期了？】

难道是他已经对她失去了兴趣？

不，绝对不可能！

裴景烟果断把这个念头从脑海中赶走，仙女怎么可能失去魅力呢！不存在的。

2

转眼又过了几天，裴景烟也忙了起来。

2月23日这天，裴景烟参与投资的那部《月落乌啼霜满天》在影视城开机。

收到现场图片时，裴景烟刚落地巴黎的戴高乐国际机场。

秦霏发来一大堆照片，连同网上的热搜链接。

裴景烟坐在前往酒店的车上，拿着手机不疾不徐地翻看着图片。

秦霏最新一条消息是：【你没来真的可惜了，男女主角颜值超养眼！】

　　为了这部剧，秦霏真是倾注了十足的心血和本钱。

　　不仅从剧本到选角一路跟进，就连服化道和拍摄点都仔细考究，还请了不少业内的指导专家。

　　至于男女主角，一个是实力派一线演员，一个是新生代小花，颜值不用多说。

　　当初男女主角妆造一出来，秦霏立刻兴奋得嗷嗷叫，这就是她心目中的男女主角。

　　裴景烟点进热搜看了看，各家粉丝都在为自家偶像宣传造势，当然其中也不乏对家趁机浑水摸鱼。

　　娱乐圈复杂得很，她抱着看客心情随便看了看，就切回聊天界面，回复着秦霏：【我才下飞机不久。】

　　她又圈出一张现场图片，问道：【这个男三号好像有点眼熟？】

　　秦霏回：【你这么快就忘了我们公司的人了？】

　　裴景烟眉头轻蹙，想了足有十秒钟，才记了起来：【是叫司朗的那个？他这个古装造型跟换了个人似的，我差点没认出来。】

　　一只小鸟飞飞飞：【原定的男三号前不久因交通肇事闹上了新闻，还被几个官媒点名批评，影响极差。没办法，只好临时换人。】

　　这时，温若雅也冒了出来：【小景，你还记得唐马克之前那个女朋友吗？她竟然也是个小演员，前两天刷短视频看到她露脸，我都吓了一跳！】

　　裴景烟心说：那我可太记得了。

　　也不知道她现在整成什么样了。

　　温若雅又发了条消息：【不过她好像跟唐马克分手了。也是，唐家最近倒霉得很，股票连连下跌不说，老唐总还爆出两个私生子。她继续跟着唐马克，怕是也捞不到什么好处。】

　　裴景烟一怔，轻敲屏幕：【私生子？】

　　她才出国一天，就爆出这么新鲜的瓜！

　　取昵称真的好难：【是啊，我听我妈说的，那小三给老唐总生了一对双胞胎儿子，都快上高中的年纪了。老唐总想安排这两个儿子去国外读书，办手续的时候也不知怎么泄露了信息，叫唐夫人知道了。现在唐家乱成一团，

唐夫人把老唐总的脸都划破了。】

一只小鸟飞飞飞：【嘶，刺激！】

唐家突然出了这档子烂事，裴景烟觉得活该的同时，又突然想起参加君懿晚宴回来的那晚，谢纶好似提到过唐家……

当时他说什么来着？

好像是说唐马克也能被解决？

那男人不是无的放矢的人，他既然说出这样的话，难道……最近唐家的事跟他有关？

看着群里秦霏和温若雅兴奋讨论着八卦，裴景烟默默点开与谢纶的聊天界面。

做了豆沙色美甲的纤细手指按上屏幕，她斟酌着该怎么询问他是否与唐家的事有关。

下一秒，聊天框上出现"正在输入中"的提示。

裴景烟微怔，就见谢纶的信息发了过来：【到酒店了？】

还真是巧，竟然同时想到找对方聊天。

这算不算是心有灵犀？

念头才起，裴景烟就被自己肉麻到了，赶紧晃了下脑袋——瞎想什么呢，谁跟他心有灵犀了。

她答道：【快到了，在去酒店的路上。】

XLun：【嗯，到了好好休息。】

美少女景：【我刚听了个八卦，唐家爆出两个私生子。这事你知道吗？】

XLun：【知道。】

难道真的跟他有关系？

在裴景烟惊愕之际，谢纶一个视频打了过来。

想到自己坐了一晚飞机的憔悴模样，裴景烟把视频转为语音接通。

手机里传来男人好听沉稳的嗓音："喂？"

裴景烟应道："能听见。"

谢纶道："为什么不接视频？"

裴景烟："……用流量，视频可能会卡。"

很蹩脚的理由。

好在谢纶没有揪着，回归正事："唐家那点烂事，之前也听人说起过一二。这次只是揭开他们的真面目而已。"

裴景烟沉吟片刻，捏着手机的手指微微攥紧："你为什么要这么做？"

她心里其实有个答案，但还是忍不住问。

因为她也不确定自己的答案对不对，万一是她自作多情，那多尴尬。

"给唐马克一个教训而已。"

"……所以你曝光了老唐总的私生子？"

"世上没有不透风的墙。"

"可私生子终究是私生子，只要唐夫人不离婚，唐马克继承人的身份也不会改变。"

裴景烟这话刚说完，明显听到电话里男人低声浅笑："那可不一定。"

轻飘飘的语气，透着胜券在握的从容。

裴景烟细细的眉头微皱："你还有后招？"

谢纶道："现在还不是时候。"

这话说得含混不清，裴景烟还想再问，就听电话那头传来助理毕恭毕敬的提醒声。

"我先开会。"

略作停顿，他轻声道："你好好休息，玩得开心。"

裴景烟淡淡地"哦"了声，挂了语音。

她身子懒洋洋地往车座倒去。

她侧着头，望着窗外疾驰而过的巴黎街景，以及明媚纯净的阳光，慵懒地眯了眯眼。

在巴黎的一周，裴景烟每天的生活基本是看秀、看展览，参加各种宴会，合影拍照……

她这边玩得乐不思蜀。

与此同时，沪城西边的高端会馆包厢里。

被好友陆明琮拉到酒局上的谢纶，面容平静地刷着裴景烟三分钟前新发的朋友圈。

照片上的年轻女孩儿，穿着一袭拖地墨绿色丝绸长裙，本就莹白的肌肤衬得越发白皙，散发着玉质的柔光。

一头蓬松的乌发绾起，头上戴着枚小巧而别致的王冠，她站在旋转楼梯上，从下往上的仰拍角度，蓦然一回首，宛若高贵的公主，举手投足间是睥睨一切的矜傲。

下一张照片，是她和今晚这场大秀的首席设计师的合照。

尽管知道这只是正常社交，但看到裴景烟和他挽着手拍照，谢纶还是忍不住皱起眉头。

"老谢，你一个人干坐在这儿做什么？"陆明琮端着杯威士忌朝他走来。

"没什么。"谢纶不动声色地将手机收起。

"难得你家小娇妻不在国内，没人管，咱哥几个今晚也好好聚一聚。"陆明琮笑道，"来，上桌玩两把，都好久没跟你玩牌了。"

谢纶没拒绝，从沙发起身，径直走到牌桌前。

陆明琮也上了桌，桌上另外两人也都是圈子里身价不菲的老总。

四人边玩牌边闲聊，几杯烈酒下了肚，话题逐渐放开。

谢纶拿着牌，面无表情地听着。

没过多久，就有人带着一些肤白貌美大长腿的年轻女孩儿过来。

见谢纶始终没动静，组局的徐总试探道："谢总没有看中的？我吩咐他们安排。"

谢纶淡淡抬眸："不用。"

徐总微怔，将目光投向一旁的陆明琮："陆总？"

陆明琮摆手道："你们自己玩就好，咱们老谢都娶了裴家的掌上明珠，哪里还瞧得上这些庸脂俗粉。你说是吧，老谢？"

谢纶瞥了他一眼，没说话。

又玩了两把，谢纶随手把牌一丢，起身准备告辞。

陆明琮起身追了两步："小嫂子又不在家，你这么早回去干吗？"

谢纶理了理袖口，扫了眼略显躁动与暧昧的场子，语调清冷："回去睡觉。"

陆明琮"啧"了声:"结了婚的男人就是不一样啊。"

酒局大都这样,从前谢纶还能睁只眼闭只眼多待些时间,现在结了婚,倒是越来越洁身自好了。

陆明琮都有些好奇了:"老谢,哪天有空,把小嫂子带出来吃个饭见一见。我倒想看看是怎样的女人,竟能把你管得这样服服帖帖。"

谢纶漫不经心道:"再说吧。"

他这边存了要走的心思,旁人再挽留,还是留不住。

夜色迷蒙,月牙弯弯。

回云水雅居的车上,谢纶修长的手指捏了捏眉心。

他靠着车座,闭眼缓了缓酒劲。

半晌,他重新睁开眼,拿起手机,找到置顶聊天,发了条消息过去:

【回程机票订了吗?】

这个点,巴黎正是下午。

直到车子停到地下车库,手机屏幕才亮起回复。

美少女景:【订好了。】

XLun:【什么时候到?我去接你。】

望着手机屏幕上这条消息,裴景烟轻推了推鼻梁上的墨镜,涂着玫红色唇膏的嘴角微微翘起。

她把机票行程单截图发给他。

是明天的机票,后天上午十点到达沪城国际机场。

不过十点,正好是国内的工作时间。

裴景烟轻垂眼眸,问道:【你有空来接?】

XLun:【会安排好时间。】

这迅速的回复叫裴景烟不禁思考,这会儿他在做什么,这么有空?

这个点,国内已经是深夜了。

难不成他一个人躺在床上孤孤单单睡不着,空虚寂寞冷,从而对她思念如狂,按捺不住给她发消息?

她这边脑补着那场景,暗暗偷笑,微信上却很高冷:【好!】

两日后，国际航班准时准点，平安降落在沪城。

只是裴景烟没想到，美好假期结束后，国内等待她的除了谢纶，还有一件烦心事。

第二十五章 · 【烦人的宋家人】
"谢太太，你这送别未免有些敷衍？"

1

那是裴景烟回国的第二天。

头天晚上她和谢纶"小别胜新婚"，累到浑身酸软，睡得天昏地暗。

迷迷糊糊中，放在床头的手机不停响起，鼓噪不已。

裴景烟一手抓过枕头捂着脑袋，希望电话那头的人能识趣些，主动挂断。

可电话铃依旧响个不停。

她心里烦得不行，闭着眼睛摸过手机。

她倒要看看是哪个不识相的打电话扰人清梦！

待她懒洋洋地撑起睡眼惺忪的眼皮瞥了眼屏幕，来电显示：裴思珍。

八百年不联系的，她突然打电话过来干吗？

稍微调整了一下心头的烦躁气息，裴景烟按下接通键，将手机放在枕头旁，懒洋洋地"喂"了声："姑姑？"

话音刚落，手机里登时传来裴思珍悲怆的哭声："小景啊，你现在在国内吗？今天有空回老宅一趟吗？这回只有你能帮姑姑了！我是真的没有办法了……"

裴景烟被这段没头没尾的哭声给整蒙了。

零星的睡意也被赶跑了，她从被窝里钻出来，揉了揉眼睛："出什么事了？"

裴思珍抽抽搭搭地哭着，也不说明白是什么事，只不停重申着："你来老宅，咱们见面再说吧。"说完就挂了电话。

裴景烟拿着手机，一头问号。

就很无语。

被吵醒不说，打个电话过来，事情还不说清楚？

反正被这么一通电话一闹，裴景烟也没了睡意，随意抓了两下头发，她下床倒了杯水喝，同时给自家老妈拨了个电话过去。

手机响了三声，那头就接通了。

裴母温和的声音响起："小囡？"

裴景烟满脸郁闷地把刚才那通电话跟母亲说了，又疑惑问着："难道姑父又整什么幺蛾子了？"

似乎每家都有那么一两个奇怪亲戚，裴思珍和宋家父女于裴家而言，便是如此。

裴母在电话里深深叹了口气："这回不是你姑父，是宋莉。"

裴景烟眉梢扬起："哈？"

"她啊，真是胆大包天！蒋越你知道吧？就是那个搞金融的，也不知道宋莉是哪儿来的胆子，昨天竟然摸进了高尔夫俱乐部，偷偷往蒋越的水里下药，想钓金龟婿！"

裴母语气里难掩鄙夷："说到底也是被你姑父给带坏了，年纪轻轻的小姑娘一肚子歪心思！这种事情都做得出来，真是猪油蒙了心。"

宋莉和蒋越？

裴景烟杏眸微睁，实在难以把这两个八竿子打不到一起的人名联系在一起。

她缓了缓心绪，追问："然后呢？"

"那个蒋越哪是那么好糊弄的？狐狸一样的人物，只喝了一口水，立刻就报了警，又去医院做检查，连同那瓶药一起送去实验室做检测。人赃并获，他一告一个准……"

裴景烟心里连着发出好几声惊叹。

她纤细的手指捏紧了手机，好奇地问："那宋莉现在在哪儿？"

裴母怅然道："还能在哪儿，被警察带回看守所了呗，现在还拘在里头。你姑姑从看守所回来，一大早就跑我们家哭……对了，她还说蒋越跟你有些交情，想叫你做个中间人，帮宋莉说两句好话。小囡啊，你什么时候认识蒋越的，怎么都没听你说过？"

裴景烟："蒋越是谢纶的同学，我也就跟他见过两面而已。"

裴母："噢，这样。"

裴景烟隐隐约约从那头的背景音里听到哭声，眉心轻蹙："姑姑现在还在我们家？"

裴母对这个小姑子也是不喜的，语气里透着嘲讽："不然她还能去哪儿？你姑父那个赌鬼，这会儿还不知道在哪里鬼混，电话也打不通。"

不过打通了又能怎么样，宋家豪从来都不是能扛事的人。

"爸爸怎么说？"裴景烟问。

"你爸爸那边在试着联系蒋越。唉，怎么说也是亲戚，你爸爸总不能坐视不理，眼睁睁看着宋莉去坐牢。"

裴母苦笑一声："都是你爷爷造的孽……算了算了，过了这么多年了，再说这些也没意义。小囡啊，这事你就别管了，我们会处理好的。"

就在裴景烟准备挂电话时，那头传来一阵惊呼声，以及裴母慌张的"啊"声。

裴景烟眉心一跳："妈妈，怎么了？"

裴母急急道："没什么。小囡啊，我先不跟你说了，挂了。"

通话结束。

裴景烟拿着手机，红唇紧抿，心中莫名觉得不安。

静坐了两分钟，她将手机放在一旁，立刻起床洗漱。

早春明亮的阳光透过窗户，洒在浅胡桃木色的地板上，映出一片碎金波澜。

裴景烟赶到裴家别墅时，裴思珍正躺在二楼客房的床上休息。

电话里那一声惊呼，是因为蒋越明确拒绝了裴父"私下调解"的请求，她急火攻心，晕倒在地。

病床旁，裴母温声细语劝着泪水涟涟的裴思珍："你哥真的想办法了，可蒋越这个人脾气古怪冷僻，他不缺钱，也不缺资源和人脉，我们家之前与他也没交情，他这边不接受私下调解，我们也没辙啊。"

裴思珍知道裴母说的都是实话，可她却不管，只一味地哭着："嫂子，没办法也得想办法啊，我就莉莉一个女儿，要是真的进了牢里，她一辈子就毁了啊！你和哥是看着莉莉长大的，她喊你们一声舅舅、舅妈，你们可不能不管我们母女啊。"

裴母神色尴尬，心想着"你女儿做出这种事来，你还好意思哭"，面上却不显，只闭口不言。

裴思珍哭了一阵，见裴母也不接茬，便知道求嫂子是没用了。

她掀开被子就要下床："我去找小景，小景肯定有办法的。莉莉说了，她之前看到那个蒋越和小景有说有笑的，他们是认识的。叫小景去说说情，没准蒋越就愿意放过莉莉一回。"

裴母嘴角抽动，示意帮佣拦着她，又道："莉莉大概是看错了，我家小景跟蒋越能有什么交清，顶多只是社交场上的简单寒暄而已。"

早在裴家与谢家联姻的时候，裴母就暗下决心，绝不会让裴思珍这一家子再扒上女儿女婿那边吸血——

如果叫裴思珍知道蒋越和谢纶是同学，她铁定要去打扰女婿了，小夫妻感情正稳步上升呢，任何人都不许去添堵！

裴思珍此刻却如困兽一般，宋莉是她唯一的孩子，她绝不允许女儿有牢狱之灾。

哪怕只是一丝希望，她都要抓住。

见裴母有阻拦之意，她扑通一声跪在裴母跟前，哐哐哐地磕头："嫂子，我求求你，你就让我去找小景，让她帮帮忙吧。我这辈子已经这样了，下半辈子唯一的指望就是莉莉了。她要是坐牢了，我该怎么办？"

裴母被裴思珍的下跪吓了一跳。

再看屋内帮佣偷偷投来的目光，她浑身不自在，像是被架在火上烤似的，连忙去扶地上的人："哎呀，你快起来，你这像什么样子，不知道的还以为我欺负你了。"

裴思珍却是死活不肯起，只哀戚哭着："好嫂子，你就当可怜可怜我。你也是有女儿的，你想想看，如果小景要是遇上这样的事，你能不急吗？"

裴母脸色微沉，心里连忙"呸呸呸"。

她家小景虽说娇气了些，但一颗心却是正的，才不会干出这种违法乱纪的事！

就在屋内乱成一团时，门外倏然响起一声清冷的嗤笑："姑姑，别说我干不出这种事。就算我真昏了头做出来，还被人逮个现行，我自然会老实接受改造，绝不会连累我爸妈在外面低声下气地求人。"

听到这话，裴思珍的哭声戛然而止。

屋内众人也纷纷看向门口。

只见一袭蓝色宽松长款毛衣的裴景烟袅袅地站在门口，白净的脸庞神色平静，微扬的唇瓣透着几分不耐烦。

裴母见到裴景烟来了，眉头当即就皱了起来，用眼神无声地问：你怎么来了？

裴景烟以眼神回道：你电话挂得那么突然，我一颗心七上八下的，不来看看怎么安心？

再说了，她要不来，岂不是要错过这样一出"道德绑架"的精彩大戏。

"小景，莉莉怎么说也是你的表妹，你们从小一起长大的呀，你可不能见死不救。"

裴思珍两只眼睛哭得像桃子，犹如看到救命稻草般，泪眼盈盈地看向裴景烟："只要莉莉平安出来，以后姑姑给你做牛做马，感激你一辈子……"

"感激有什么用。"裴景烟面无表情地打断她，"你扪心自问，这些年来，我爸妈帮过你们多少回了。"

升米恩，斗米仇，她老早就看透了这家吸血虫的本性。

裴思珍被问得噎住，神色无措又彷徨，轻声喃喃："小景……"

裴景烟扭过脸不去看她这可怜模样，语气强硬道："这次的事本来就是宋莉做错了。她早就不是小孩子了，成年人就该为自己的错误负责，难道她不知道这是犯法的吗？"

说到这里，裴景烟也真是服了宋莉的脑子。

平时自作聪明就算了，现在直接当法外狂徒了？

面对裴景烟的质问，裴思珍再次哑口无言。

裴母见状，赶紧叫帮佣把裴思珍扶起来，又柔声劝道："思珍，不然还是花钱找个好律师，争取宽大处理……"

裴思珍一听，受了刺激般，不断摇头："不行不行，莉莉不能坐牢……"她又看向门口的裴景烟，两只眼睛睁得大大的，有些歇斯底里，"小景，我知道你一向不喜欢莉莉，可那都是小孩子间的玩闹，说到底，你们也是表姐妹，骨子里也流着一样的血。你既然认识那个蒋越，只要跟他说两句好话，也许就能救你表妹一回，你别这么狠心啊。"

狠心？

裴景烟眸光闪了闪："姑姑，你有空指责我狠心，为什么不去找找姑父？怎么说他也是宋莉的亲爸，女儿都被抓了，他人影都没半个，他才最狠心吧。"

这话狠狠地扎了裴思珍的心窝子，她的脸色陡然发白。

裴母怕裴思珍又气晕过去，于是快步走到裴景烟身边，扯着她的毛衣袖子："好了好了，你少说两句。"

裴母将裴景烟往门外拉，低声教训着："都叫你别管了，落个清静不好吗？"

裴景烟咕哝："她都给我打电话了，躲也躲不掉的，倒不如过来看看是什么情况。"

裴母斜她一眼："现在看到了？"

"看到了，咱家又被缠上了。"裴景烟耷了下肩，皱眉道，"妈妈，这事你和爸爸也别管了吧，他们家真是没完没了，凭什么宋莉做了这种事，要叫爸爸出钱出力去打点？"

裴母何尝不是这样想的，可当初裴老爷子去世前，拉着裴父的手，叮嘱他一定善待裴思珍。

裴父又是个孝顺的，想着就一门亲戚，平时指缝里漏点，也算不上什么事，就当做慈善了。

"行了，这事你爸会处理的。等她冷静下来，也就慢慢接受了……"裴母这般说着，拍了拍裴景烟的手背，"家里一团乱，我也不留你了，你先回去吧。"

裴景烟担忧地看向母亲："妈妈，你这边应付得来吗？"

"放心，我应付得住。"裴母说着，面上又浮出笑意，"结婚了就是不一样，你这小丫头还知道替我担心了。"

裴景烟娇嗔："我之前也很关心你的。"

裴母连声说是，将裴景烟送下楼，又问她："谢纶平时跟你姑父家没来往的吧？"

裴景烟"嗯"了声："结婚的时候我就跟他说了，别跟宋家来往。"

裴母放下心来："没来往就好，你们小两口好好过日子，别沾染这些破事。"

说话间，母女俩下了楼梯，走到一楼。

就在裴景烟跟母亲说再见时，二楼传来一阵纷乱喧闹。

母女俩不约而同朝上看去，只见裴思珍推开帮佣，直接爬上二楼栏杆，一条腿跨出去——

"你们别过来，再过来我就跳下去了！"

裴景烟一怔。

裴母倒吸一口凉气，扬声喊道："思珍，你做什么？"

裴思珍望向一楼，目光主要落在裴景烟身上："小景，你就帮姑姑一回吧。平心而论，这些年我待你也不坏吧？哪怕看在我这个姑姑的份上，你就去找那蒋越求情，说两句好话……我真的没办法了，莉莉要是真坐牢了，那就是要了我的命啊。我还不如直接跳下去，一了百了……"

裴景烟紧盯着栏杆旁摇摇欲坠的人，白皙的脸颊神情微沉。

又是这些老招数？

裴母这边看得心惊胆战，不断说着好话劝裴思珍下来。

可裴思珍半句都听不进去，满脑子只记得在看守所里女儿对她说的话——

"妈，你救救我，我才二十岁，我还年轻，我不想坐牢。"

"妈，你去求裴景烟，裴景烟跟那蒋越认识的。裴景烟要是不答应，你去求谢纶。他们出面了，那蒋越应该会撤诉的。"

"妈，只有你能救我了！"

这些话如魔咒般，一遍又一遍在裴思珍的耳边回荡。

裴思珍双眼呆滞地盯着裴景烟，嗓音沙哑道："除非小景答应去找蒋越，替莉莉求情，不然我就跳下去。"

裴母看出裴思珍的状态不对，扭脸看向裴景烟，态度略有松动："小景，要不你就……"

裴景烟殷红的嘴角往下耷拉："我没有爸爸那样慈悲，不吃这一套。"

而且她最讨厌被人威胁了。

就好像不帮忙，她反倒成了个大罪人。

又一次扫了眼二楼，裴景烟用力掐着掌心，沉下心道："妈妈，我先走了。"

她转过身，刚迈出一步，就听裴思珍哭道："你好狠的心啊！"

裴景烟脚步顿了顿，却没回头，继续朝前走。

不承想下一秒，伴随着一阵尖叫声，背后传来一声重物坠落的闷响。

裴景烟背脊一僵。

她刚要回头，裴母上前一把捂住她的眼睛，扭头朝帮佣们急急喊道："快叫救护车！"

2

城南私人医院，高级病房。

裴景烟表情淡漠地站在走廊尽头，微凉的阳光透过玻璃窗笼在身上，衬得她气质越发清冷。

直到现在，她还有些蒙。

她怎么也没想到裴思珍会真的跳下来，老实说，她真的有被吓到。

那一声坠落的闷响，仿佛仍在耳边回荡。

唯一庆幸的是二楼不算高，裴思珍并没有性命之忧，否则她真的需要联系心理师做疏导治疗。

"小囡。"

这声音唤回裴景烟的思绪。

她徐徐抬眸，看向缓步走来的母亲，又瞥了眼那虚掩着的病房门："她怎么样了？"

"右腿摔骨折了，中度脑震荡，其他就是些小伤。"

裴景烟面色算不上好，白里透着青，一半是吓的一半是气的："她真是发了疯，哪有这样求人的！"

裴景烟走上前，伸手摸了摸母亲的胳膊安慰着："妈妈别生气了，为这事气出皱纹可不划算。"

"我没事。"裴母心疼地看她，"倒是你，吓坏了吧。"

"还好。"裴景烟故作轻松道。

母女俩相安慰了一阵，裴母忽然出声道："小囡，不然你叫谢纶给那蒋越打个电话，问一问吧？"

裴景烟一怔。

谢纶虽然和蒋越是同学，但谢纶已经明着两次说过，不想跟蒋越来往。

现在要他主动去联系蒋越……

她轻抿红唇，漂亮的眉眼微微皱起。

她实在开不了那个口！

裴母也看出女儿的为难，叹了口气："我也不想拿这事去麻烦女婿，不过我看你姑姑这状态，跟魔怔了似的，现在连跳楼这事都干得出来，我怕她再走极端……要真闹出人命，对咱家也不是什么好事。"

同为人母，裴母深刻清楚一个母亲为了孩子，是真能豁出性命的。

说到底，裴思珍也是姓裴的，这事要是闹到外头去，不论是非黑白，裴家难免要遭人诟病指点。

"你就打个电话问问，至于蒋越答不答应，那就不关我们的事了。"裴母恼恨道，"裴思珍是不见棺材不掉泪，咱就让她死了这条心。"

裴景烟闷闷地咕哝："我真是受够他们一家子了，要是可以断绝关系就好了。"

"我知道你烦她，我也烦啊！可人生在世，凡事留一线，要是真撕破脸皮了对谁都不好。"裴母也烦闷得很。

裴景烟知道母亲的意思，心里虽不乐意，但看母亲满脸疲惫的神色，含混不清地"嗯"了声："我回去问问。"

裴母点头："嗯，多的也不用说。宋莉既然有脸做出这事，总得叫她吃些苦头才是！"

裴思珍听到裴景烟愿意跟蒋越那边联系，简直比打了一针超高效止痛针还要精神，又哭又笑地朝裴景烟道谢。

裴景烟冷淡道："人家答不答应还不一定，别这么早说谢。倒是姑姑你，今天闹这么一出也够了，见好就收吧。"

裴思珍面露窘色，低着头没说话。

裴景烟也懒得再说，她这会儿心里硌硬得很。

一想到还要麻烦谢纶，她就更烦了。

回去的路上，她在闺密群里疯狂吐槽——

【烦死了，烦死了。】

【当初还是我主动提醒谢纶，叫他别去搭理宋家豪，别管宋家的事。好嘛，现在我自己打脸。】

【要是他和那个蒋越关系好一点倒还好说，可他跟那蒋越关系很冷淡。】

秦霏冒了出来：【不然你准备个烛光晚餐，把你家老公哄高兴了，他自然心甘情愿帮个小忙。】

温若雅也冒泡：【要我说你们都是夫妻了，家里遇到这种事，直接跟他商量呗，这么生分做什么？】

美少女景：【你们不明白，我每次在他面前提到蒋越，他都一副不想多说的样子，我也不想拿这破事去麻烦他。】

裴景烟觉得她现在和谢纶的相处就蛮好的。

白天大家各忙各的，互不干涉，不给对方添麻烦，可以说是商业联姻最舒服的状态。

可是现在，这份美好的平衡要被打破——

而且，还是因为她家这边的事！

很不开心！

又在群里和两个小姐妹吐槽了一阵，裴景烟看向窗外尚且明亮的天光，心想着，要不然今晚回去亲手给谢纶做顿饭，先哄哄他？

于是，她坐在车上打开烹饪软件，反反复复看了好几遍炸酱面的做法。

就在她满怀自信，觉得今晚一定能用自己的手艺征服谢纶的胃时，一回到云水雅居，却见到在卧室里收拾行李的谢纶。

现在是下午三点，按理说，他不应该出现在家里。

望着卧室里那道挺拔修长的身影，裴景烟皱了皱鼻子："你这是……要出差？"

谢纶慢条斯理地将行李箱合上："嗯，临时要去深市总部出差。"

裴景烟："……"

还真是巧了。

她刚回来，他就要走。

见裴景烟直愣愣站着一副心不在焉的模样，谢纶缓步朝她走去："上午去哪里逛了？"

"就回了趟家里。在国外给我爸妈买了些礼物，正好拿过去。"

她淡淡说着，沉默两秒，又问他："你几点的飞机？现在就要出门？"

"下午六点的飞机。"谢纶抬手看了眼腕间精致的钻表，时针已经指到四点。

裴景烟："那你得出门了，不然遇上晚高峰，路上得堵车。"

谢纶垂下黑眸，端详她片刻，忽而道："怎么感觉你今天……格外安静？"

裴景烟仰脸看他："难道我平时很吵？"

谢纶微笑："不吵，是活泼。"又敛了笑意，低头看向她，认真道，"你有心事？"

他的目光平静而锐利，莫名叫裴景烟有些紧张。

也许现在是个很好的契机，只要顺着他的话茬往下，说出今天遇到的破事，然后叫他给蒋越打个电话……

他应该、可能、也许会答应的吧？

起码看在她在巴黎给他买了不少毛衣、帽子、衬衫的份上。

她深吸一口气，出声："那个，你方便……"

谢纶："嗯？"

裴景烟：“……”

还是不行。

视线一触及他阒黑的眸，那句"你方便跟蒋越联系一下"就像鱼刺般卡在喉咙里，她实在不知道该怎么说出口。

太尴尬了，实在太尴尬了。

某一瞬间，她觉得自己这种行为，好像跟裴思珍母女并没区别，也有种"道德绑架"的味道。

区别在于，裴思珍是用"亲戚"的身份，而她是用"妻子"的身份。

她不想叫谢纶跟她一样为难。

"小景？"谢纶眉心轻皱。

"没、没什么。本来是想问你方不方便去港城帮我带个包，忽然想起来导购前两天给我发过消息，沪城已经配货了。"

裴景烟眨了眨眼睛，转移着话题："对了，你这次去深市待几天？"

谢纶道："后天回来。"

裴景烟点点头："哦，那挺快的。"

忽而，谢纶上前一步，修长的手指轻按了下她的眉心，语气戏谑："皱眉做什么，舍不得我？"

裴景烟被他这一逗，心情也松快了些，拍开他的手："谁舍不得你了，自恋。"

见她明艳的眉眼重新舒展，谢纶嘴角微掀。

他反握住她的手，牢牢地捏在掌心里，轻声道："送我出门？"

裴景烟倒没拒绝。

将人送到了门口，她懒得再换鞋，就懒洋洋地斜倚在玄关处看他穿鞋。

谢纶穿好鞋，并没立刻出门，而是直起身好整以暇地看她，平静的狭眸透着兴味。

裴景烟："……"

好吧，她懂。

抬起手，她幅度很小地左右摆了摆手："忙去吧，回见。"

谢纶失笑："谢太太，你这送别未免有些敷衍？"

裴景烟试图装傻："敷衍吗？"

谢纶一本正经："嗯，敷衍。"

裴景烟："……"

这男人要求还挺多。

她站直了身子，又加大了挥手的幅度，配合着假笑，掐着嗓子娇哝哝道："谢先生出差辛苦了，要好好工作，我在家里等你回来呀。再见！"上一秒哆声哆气，下一秒又恢复娇懒的状态。

谢纶清隽的眉眼浮现淡淡的笑意："还少一个。"

裴景烟："嗯？"

谢纶忽地上前一步，手臂揽住她的腰，还不等她反应过来，那高大挺拔的身躯已然倾来。

带着淡淡须后水香味的唇印了上来。

裴景烟呼吸一乱。

等意识到保姆赵阿姨还在旁边时，她瓷白的小脸更是以肉眼可见的速度染了绯红。

他自己厚脸皮就算了，还带着她一起！

她瞪大一双乌黑的杏眼瞪他。

好在谢纶只是浅尝辄止，缓缓松开了她。

那张冷白俊朗的脸庞扬着淡淡的笑："谢太太，回见。"

裴景烟："……"

出个差还不忘记占她便宜，可恶！

等谢纶这边出了门，裴景烟抬手擦了下嘴唇，一转过身，就见保姆赵阿姨笑吟吟道："太太和先生真是恩爱。"

裴景烟脸颊微烫，干笑了两声："还好吧。"

赵阿姨问："太太今晚在家里用饭吗？有什么想吃的，尽管吩咐。"

裴景烟这会儿没什么胃口，让赵阿姨随意做。

赵阿姨应了声是，便下去忙了。

等回到卧室，面对空荡荡的房间，那被谢纶撩起的愉悦情绪逐渐平息，转而涌上来的又是宋莉那件破事。

裴景烟郁闷地呈"大"字形躺在柔软大床上。

她盯着天花板上的灯，开启郁闷模式，果然快乐是短暂的，悲伤和烦恼才是生活的真相吗？

好在并没郁闷太久，裴景烟忽然想起来，上回去君懿慈善晚宴，蒋越好像给了她一张名片。

反正她只答应裴思珍，打个电话问问，她和谢纶谁问都是问。

霎时间，她觉得这件事轻松不少，相比于跟谢纶开口，她自己给蒋越打电话可简单多了。根据她和蒋越仅有的两次见面，那人还是挺友善随和的。

很快，她就从那一大堆名片夹里翻出一张印着 Johnny JIANG 的黑色镏金名片。

她盘腿坐在床边，输入上面的数字，按下拨通键。

"嘟嘟嘟……"

约莫响了七下，电话接通，对面响起透着懒散的悦耳嗓音。

"喂？"

裴景烟稍稍调整气息，尽量平静道："喂，是蒋先生吗？我是裴景烟。"

那个男声明显多了几分精神："你好。"

裴景烟："你好，蒋先生。冒昧给你打电话，是想跟你聊一聊关于我表妹宋莉……冒犯你的事。对于你的遭遇，我深感抱歉。我也没想到她竟然会做出这种事，你报警是正确的，至于你不愿意接受私下和解，我也十分理解……"

"所以，你打这通电话过来，是慰问我的遭遇，还是想替你表妹说情？"男人语气听着放松且散漫，叫裴景烟原本有点紧张的情绪也缓缓放下。

她单手支着额头，语气纠结且无奈："说实话，我是不想替她说情的，她既然有胆子做出这种事，也该做好被法律制裁的准备。可我那个姑姑，逼我给她说情。我实在被烦到没办法，才给你打电话……"

她说了这么一大通，蒋越耐心地听完，只问了一句："谢纶知道这事吗？"

裴景烟愣了愣。

她也不知道他这话，是问谢纶知不知道宋莉这事，还是她给他打电话这事。

静默两秒，她如实回答："他不知道，他刚出差去了，而且这是裴家……不，应该说是宋家的事，他没必要牵扯进来。"

蒋越静默两秒，轻笑："我明白你的意思了。"

裴景烟：……他明白什么了？

捋了捋思绪，她继续说："你是受害者，完全有理由追究宋莉的责任。我打这通电话也不是替她求情，只是为了应付下我那个姑姑，你不必受我的干扰，不想和解也没关系。我要说的也差不多了，打扰了，祝你早日走出这件事的阴影……"

"再见"两个字即将说出口时，电话那头的人陡然说道："我可以接受和解。"

裴景烟："嗯？"

蒋越："看在他的份上，和解并不是不行。"

倒也不必如此客气。

而且，他和谢纶的关系很好吗？好到甚至愿意谅解宋莉的行为？

实在让人难以理解啊！

"蒋先生，其实……你不用勉强自己的。"裴景烟声音干巴巴的。

"并不勉强。"蒋越那边轻描淡写，"明天有空喝杯咖啡吗？除了商谈和解事宜，还有样东西麻烦你转交。"

裴景烟："……什么东西？"

蒋越："算是礼物。"

礼物？裴景烟轻蹙眉头，委婉道："这个等谢纶出差回来，你自己送给他嘛。"

蒋越为难道："我明天晚上的航班飞纽约，下次回国大概是明年。"

裴景烟迟疑片刻，答应道："……那好吧。"

蒋越微笑："明天见，地址和时间稍后发你。"

挂断电话后，裴景烟脑子还有些晕乎。

这就答应和解了？

就这？

她甚至都没替宋莉说一句好话！

虽说某种意义上, 打这通电话的目的达成了, 可她心里怎么这样不安呢?

还有蒋越说的礼物。

这非年非节的, 也不是谢纶的生日, 好端端送什么礼物?

裴景烟从床上坐起, 又在脑中回想了一遍之前与蒋越的短暂相处。

在慈善晚宴上大方阔绰, 对她和谢纶的态度和气友善, 可是对比扭送宋莉去派出所的果断干脆, 拒绝裴父时的不近人情, 简直判若两人。

这一晚, 裴景烟带着一堆乱七八糟的思绪入睡。

浑浑噩噩一觉醒来, 两个黑眼圈大得都能直接去成都当国宝了。

望着镜子里自己的黑眼圈, 裴景烟磨了磨牙。

为了宋莉这件事, 她美貌都受损了。

第二十六章 · 【他对她的心意】
"把我当作你的爱人。"

1

裴景烟到达咖啡馆时,刚好下午两点半。

初春阳光和煦,她穿着一条白色丝绒镶珍珠边的连衣裙,配着腰带款橘粉色大衣,简单大方,又带着春日的生机娇丽。

一进门,整个咖啡馆好似都明亮了几分。

她的视线漫不经心地在咖啡馆里转了一圈,蒋越坐在靠墙的角落里。

他今日穿着一件灰色休闲西装,手上戴着块黑色运动手表,不像华尔街精英商务人士,更像个家境优渥的闲散富二代。

蒋越也看到了裴景烟,稍稍抬起手,笑道:"这里。"

服务员领着裴景烟过去,边在心里感叹这对"情侣"的颜值,边叹息女娲造人的不公。

裴景烟走到卡座,蒋越朝她微微一笑:"谢太太,下午好。"

裴景烟将皮包放在一旁,缓缓坐下:"蒋先生你好。"

拿着菜单的服务员一顿:敢情这不是一对?

服务员心里的八卦因子疯狂蹿动,面上却客气道:"您好,这是我们的菜单。"

裴景烟随意扫了眼,轻声道:"一杯岩盐香草拿铁,半糖。"

"好的，您稍等。"服务员弯腰应下，转身离开。

裴景烟这边与蒋越客气寒暄了一阵。

等香草拿铁端上桌，她浅啜了一口，而后慢条斯理地放下杯子，敛了笑意，说起正事来。

"蒋先生，你是真的愿意和解吗？"

她开门见山，蒋越也从容不迫："是，看在宋莉算是谢纶亲戚的份上，和解并不是不可以。"

裴景烟搭在桌上的细白手指微动，淡淡看向对面的男人："和解的条件呢？"

蒋越散漫地摊手："我没什么要求，我也不介意谢太太趁着这机会向你姑姑提要求。毕竟被人威胁，你心里也不痛快吧？"

被说中心事，裴景烟有些不自在地抿了下唇，稍缓心绪，她又看向蒋越那双因为微笑而弯起的狐狸眼。

明明他在笑，所传达的信息也是随和且友善的，可她总觉得怪怪的。

这个蒋越，未免也太好说话，太大度了些。

纠结了一阵，裴景烟到底没忍住问出来："蒋先生，你和谢纶的关系很好吗？"

蒋越没答，狐狸眼更弯，反问她："他在你面前提起过我吗？"

裴景烟："……有吧。"

虽然都是她主动问起，他才会提。

蒋越问："他怎么说的？"

裴景烟边想边说："他说你是他的大学室友，你们当时相处得还挺不错。但之后……"

她稍作停顿，避开蒋越辍学的事："后来你们各奔前程，中途有好些年没联系，关系也淡了些。大概就是这样？"

蒋越轻叩着桌面："是，大概是这样。"

"既然关系算不上特别好，你为什么还愿意和解？难不成他曾经救过你的命？"

后半句话，裴景烟是浓浓的玩笑口吻。

不承想，蒋越眉梢轻轻一挑，慢悠悠道："算是吧。"

裴景烟："嗯？"

她轻咳几下，差点被咖啡呛到。

"谢纶真的救过你的命，这是怎么一回事？我都没听他提起过。"裴景烟一头雾水地问。

仔细想想，她虽然跟谢纶结婚有些时间了，可她对于他的了解并不比网上的人物简介多多少。

反过来，谢纶对她了解很多，知道她喜欢的颜色、歌曲、品牌、菜品等。

这样看来，她作为妻子，好像蛮失败的。

蒋越解释道："他是个少说多做的性子，尤其这些过去的事，他大概不会主动去提。如果你想知道的话，我可以告诉你。"

裴景烟做洗耳恭听状。

蒋越微笑："他有跟你提过我大学因为家事辍学吗？"

裴景烟点头："嗯，提到了……很抱歉说起你的伤心事。"

蒋越眼底划过一抹诧色，重新打量了裴景烟两眼："看来他比我想象中的还要喜欢你。"

裴景烟愣了愣，一时间没跟上他思绪跳跃的速度。

蒋越继续说："家里出事后，我很消极，一度产生轻生念头，是他及时送我去医院，保住一条命。后来，我得到好心人资助的一笔钱，去国外读书，重新开始。"

他看向裴景烟，神色正经："资助我继续求学的好心人，也是他，虽然是匿名，且是他父亲朋友的匿名，但几经辗转，我还是查到了。"

在裴景烟惊讶的目光里，蒋越笑得温润："他是个很好的人，不是吗？"

信息量太大，裴景烟略显迟钝地点了下头："是，很好……"

难怪蒋越对谢纶这样友善，原来是有这份恩情在里面。

等缓过神来，她朝蒋越尴尬一笑："他都没跟我提起过这些。"

蒋越也笑了笑："是，他施恩不图报。"

裴景烟喝了口咖啡："如果你是因为这份恩情才答应和解的话，那还是不必了。宋家不配沾谢纶的光……"

蒋越一副无所谓的态度："话虽如此，但他一直不接受我的回报，而我也不想欠着他。这次好不容易有一件事我能帮上忙，我很乐意去做……"

说到这里，他眼中带着兴味，看向裴景烟："你是他的太太，他不接受我的回报，你接受也是一样的。"

裴景烟算是明白他的意思了。

可她也不想借谢绂的恩情，便说："你还是回报谢绂吧，我也不好用他的人情。"

蒋越眯起眼，探究地看着眼前的年轻女孩儿。

裴景烟被他这眼神看得无所适从："蒋先生？"

蒋越收回目光，说了声"抱歉"，又道："谢太太，你和他是真的夫妻吧？"

裴景烟："……是啊。"

蒋越："既然是夫妻，你们就是家人，何必这样生分？我看得出来，他是很喜欢你的，如果你的麻烦能够解决，他也会为你高兴。"

裴景烟讪讪道："我和他……生分？"

蒋越不置可否，也没就他们的婚姻问题多说，而是拿起两份文件递给裴景烟。

"这一份，是我签署过的撤诉声明以及和解协议书，其他事务皆由我的律师代理，名片也在文件袋里，你可以联系他。至于这一份，是我送给你们的新婚礼物。"

蒋越扯了扯嘴角，苦笑着补充道："其实我知道他并不想与我多来往，但我一直很感激他当年对我的援助，这份贺礼还请你们收下。"

裴景烟迟疑片刻，接过那两份文件，分别打开看了。

关于宋莉的，她只简单扫了眼，并不关心。

至于那份新婚礼物，裴景烟眼底不禁露出惊讶，是位于京市西山的一套大宅，太平长安。

法式纯独栋，宫殿造型，吸纳世界名建筑的精髓，三面环山，依山而建，环山抱水，是建筑，更是艺术品。

不得不说，是份很重很重很重的厚礼！

裴景烟咽了下口水，默默将那份文件推了回去："蒋先生，这份礼太重了，我不能收。你要真想送，你送给谢纶，我做不了主。"

蒋越："你觉得他会收吗？"

裴景烟："……"

九成九不会。

她没说话，蒋越有些失望，自嘲道："礼送不出，也怪尴尬的。"

好在他没继续坚持，只换了话题，笑得仿佛没有送礼失败这回事："谢太太，我了解到你姑父一家这些年给你们家带来了不少困扰，是吗？"

他既然这样问了，看来是向圈里人打听过。

裴景烟也没什么好隐瞒的，如实道："嗯。"

蒋越淡淡道："嗯，明白。"

裴景烟扯了扯嘴角："家家有本难念的经。"

蒋越笑着说是，又提醒道："谢太太，我的律师告知我，如果我坚持追究宋莉的法律责任，在当前的司法条件下，她最多判一年。她坐不坐牢，判一年还是几年，对我毫无意义，我不在乎。但对你们裴家而言，这或许是个摆脱他们的很好的机会……希望你能好好把握。"

机会。

裴景烟乌黑的眸子抬了抬，对上蒋越那双满含深意的眼睛。

明明是浮着浅笑的，可那层笑意后好似有团看不真切的阴影，透着睥睨众生、漠视一切的高傲。

裴景烟蓦地有些后怕。

眼前这个人，并不像他外表这么温润，他的眼神凉薄得骇人。

也许，正如谢纶说的那样，道不同不相为谋，他们并不是一类人。

裴景烟忽然有些后悔这次见面，甚至想把第一份文件也还回去，叫宋莉老老实实在牢里待着得了。

这时，蒋越先行起身告辞："时间不早了，我差不多也要去机场了。"

他优雅从容地朝裴景烟点头致意："谢太太，有缘再见。"

裴景烟也站起身："蒋先生一路顺风。"

听到这话，蒋越脚步稍顿，侧眸轻笑："他是个很好的男人，你该珍惜他。"

说完，他抬步离开。

望着那道修长孤冷的背影，裴景烟微微蹙眉，他这话说得好像她是个辜负谢纶的坏女人似的。

她难道对谢纶不好吗？

她去巴黎给他买的礼物比给她亲哥买的礼物还多，昨天他出差，她还亲自送他出门了呢。

站在原地出了会儿神，裴景烟也拿起包，准备离开。

才走到咖啡馆前台，就有服务员叫住她："这位小姐，请等等。"

裴景烟微怔，第一反应是难道蒋越忘记结账？

她转过身去，只见服务员拿着一份文件袋走过来："这是那位先生留下的，叫我转交给你。"

那熟悉的文件袋，摆明就是京市那套房产。

裴景烟傻了眼。

她下意识往门外看了看，这会儿蒋越早就走得没影了。

真是个老狐狸，哪有这样送礼的。

裴景烟一阵无语，见服务员还巴巴等着她的反应，到底还是伸出手，接过那个文件袋。

等明天谢纶回来，把这个交给他处理吧。

2

裴景烟拿着这两份文件，并没有立刻回裴家，或者把这事告诉家里人。而是思考着蒋越那句"这对你们裴家来说，或许是个很好的机会"，坐车回了云水雅居。

这的确是个很好的机会。

裴思珍既然能用性命来要挟她，她为什么不能用宋莉的前程来要挟裴思珍？

不如趁着这次机会，叫裴思珍与裴家彻底断了关系，以后再不纠缠裴家？

裴景烟专注思考这件事的可行性，甚至都没注意到玄关处多出的一双皮鞋。

直到走到客厅，沙发那边突然响起一道清冽的嗓音："回来了？"

偌大的客厅里冷不丁冒出的男声，把裴景烟吓得心尖一颤。

她循声看去，只见光线偏暗的沙发里，一道清逸挺拔的身影徐徐站起，而后朝她走来。

男人的面庞逐渐清晰，裴景烟惊讶出声："你什么时候回来的？"

谢纶在她面前站定："半个小时前。"

裴景烟："不是说明天才从深市回来吗？"

谢纶："原本是的。"

裴景烟："……"

谢纶垂下黑眸，面色沉静地看她："中午接到岳母的电话，她说了些家里的事。"

不知是不是裴景烟的错觉，她觉得最后几个字，谢纶咬得略重。

他如有实质的视线扫过她的脸颊，嗓音淡淡的："你去哪儿了？"

裴景烟眼皮跳了两下，莫名有点心虚。

她抓着文件袋的手指稍稍捏紧，纠结一阵，硬着头皮小声道："我刚和蒋越见了一面。"

话音落下，空气里是一片寂静。

裴景烟忽地紧张起来。

她悄悄打量了谢纶一眼，见他英挺的脸上并没多少表情，一颗心更是七上八下。

这是生气了？

他不会误会她和蒋越了吧？

"你别误会，我和蒋越见面是因为宋莉的事。哦对了，他还说有东西要送给你，要我转交给你。"

裴景烟赶紧将手中的文件袋举起来，明亮的眼眸里满是清白："在这之前，我和他可从没联系过。"

她这着急解释的模样，叫谢纶冷冽的面部线条稍缓。

他修长如玉的手指接过那两份文件袋，又顺势拉住她的手腕，把人牵到沙发旁。

裴景烟愣愣地跟着他走。

他缓缓在沙发坐下。

她也跟着坐下，心里寻思着，既然他都牵她的手了，看来误会解除，不生气了吧？

这念头才起，就见谢纶神色严肃，语气听不出喜怒："为什么不告诉我？"

裴景烟："……"

思忖一会儿，她轻歪着脑袋："你是说见蒋越吗？这不是你正好出差了，而且我给他打电话的时候，也没想到会见面。再说了，你不是不喜欢跟他打交道，我寻思着左右不过这点小事，我自己跟他商量就行，不用麻烦你。"

谢纶眉心轻折，依旧沉默。

裴景烟心里咚咚敲起小鼓，像是考场上被监考老师盯着的学生，难道她答错了？

斟酌片刻，她又补充着："宋莉是裴家的亲戚，我们家倒霉，摊上这么一门亲戚没办法。你不一样，能不牵扯就别牵扯进来。而且你工作那么忙，我总不好拿这么点小事去打扰你，叫你操心……"

越说到后面，她的声音越小。

谢纶薄薄的嘴角轻扯一下："听你的意思，我还得多谢你体谅我。"

裴景烟："那倒不用……了吧。"

她眼眸轻闪，尤其看到男人渐渐沉冷的脸色，更是喉咙干涩，如坐针毡。

他好像还在生气。

气什么呢？气她之前没把裴家这点破事告诉他？

可这事她自己可以处理好，何必还要麻烦他。

客厅里一片安静，没开灯，初春的日光暗得也早。

略显灰暗的光线下，谢纶硬朗的五官嶙峋错落，笼着一层沉郁的暗色。

半晌，他薄唇轻启："裴景烟，你把我当作什么？"

清清淡淡的嗓音在偌大而显得空旷的客厅里响起，沉金冷玉般。

裴景烟眉心猛地一跳。

这还是他们相识以来，谢纶第一次连名带姓地叫她。

这样严肃，叫她不由自主地坐直了身子。

他黑漆漆的眼眸定定看着她，看得她心里有些慌。

殷红的嘴唇轻轻动了动，她嗓音发紧："我、我把你当作……"

她把他当作什么呢？

一时间，她的脑子有点乱糟糟的，他问得这么突然，她都不知道该怎么答。

可他就这样静静看着她，等着她回答。

卷翘的睫毛颤抖两下，裴景烟轻掐掌心，犹犹豫豫地给出答案："合法的丈夫？"

谢纶哼笑出声："丈夫？"

裴景烟："……"

难道又没答对？

不会吧，这是标准答案啊。

扫过她微蹙的眉，谢纶问她："你真的有把我当丈夫？"

裴景烟理直气壮："怎么没有？你要不是我丈夫，你喝醉酒我为什么去接你？我出去玩为什么要给你买礼物？晚上干吗还要睡一张床……"

她小嘴叭叭地举着例子。

谢纶耐心地听她讲完，才继续问："既然把我当丈夫，家里出了事，为什么不告诉我？"

裴景烟拧起眉头："我刚才不是说了嘛，这是宋家和裴家的事，我不想叫你搅和进来，这又不是什么天上掉钱的好事。要是天上真掉钱了，我绝对第一个通知你。"

谢纶抿唇，默不作声。

少顷，他冷不丁出声说："妈在电话里说，姑姑的事，你吓坏了。"

裴景烟一噎，生硬地转过脸，避开他的目光，瓮声瓮气道："没那么夸张，我又不是玻璃做的，哪有那么容易吓坏。"

柔软的手忽然被一抹温热罩住，他握紧了她的手，唤她的名："小景。"

裴景烟眸光闪了闪，缓缓看向他。

谢纶眼眸漆黑，低声道："我会担心你。"

裴景烟心头猛地一动。

他继续说，嗓音耐心而磁沉："你是我的妻子，你的烦恼就是我的烦恼，你的事就是我的事，不存在什么麻烦不麻烦。除非你并没把我当作家人，才和我这样生分。"

裴景烟沉默了。

谢纶的话戳中了她心里伪装的那层壳，她的确没有把他当家人。

可她心里很清楚，她是想把他当家人的，只是……

她怕自作多情。

然而现在，谢纶主动提出，要她把他当作家人看待。

心脏鼓噪地跳了起来，她睫毛轻轻眨动，清澈的眸子对上男人的黑眸，呆呆地问："谢纶，你为什么对我这么好？"

这个问题，她其实很早就想问了。

从他们第一次见面，他慷慨地替她买下那枚粉钻，在那之后，他们的每一次相处，他对她总是十足的耐心、包容、宠溺。

她自己清楚，她的脾气实在算不上好，作起来的时候连自己亲哥哥都受不了。

可谢纶从没一次跟她红脸，从没一次说她不好，一直毫无底线地纵容着她。

难道他对谁都这么好的耐心吗？

她盯着他，等他回答。

谢纶轻捏下她的手："你是我的妻子，我娶了你，自然要对你好。"

"就因为这个？"

裴景烟漂亮的眼眸闪过一抹失落，闷声闷气："如果跟你商业联姻的对象不是我呢？如果你当初跟阮家结亲，娶了阮梦思呢？难道你对你的妻子都会这样好？"

她忍不住去想，如果当初自己没答应和他结婚，那他娶了别的女人为妻，他也照样会对他的"妻子"这样……

光是想想，她心里就克制不住地酸涩起来。

她耷拉着脑袋，明丽的眉眼间难掩失落。

谢纶失笑。

骨节分明的长指抬起，他捏了捏小姑娘软嫩的脸颊，宠溺的语气里透着几分无奈："谢太太，难道你还看不出我对你的心意？"

3

他对她的心意？

裴景烟呼吸不由得屏住，周遭一切俱寂，她只听到自己的心脏扑通扑通跳得很快。

他这是在告白吗？

不行，自己得稳住，又不是第一次被男人表白，得淡定些。

她乌黑的杏眸波光潋滟，尽量让呼吸平稳："你的心意，我好像看不出，不然你说清楚点？"

快点说你喜欢我！

谢纶深深望进那双清澈如泉的眼，语调微缓："真的看不出？"

裴景烟眨了眨眼，有些小傲娇："嗯哼。"

谢纶黑眸眯起，下一刻，他的掌心捧住她的脸颊，俯身凑了过去。

裴景烟心口猛跳。

男人却没亲她，薄薄的唇若有似无地擦过她脸颊，贴到她敏感的耳畔："那要怎么样你才明白？"

温热的气息扫过肌肤，裴景烟被弄得痒痒的，一张脸迅速染上红色，心里又有些闷。

这男人肯定是故意的，他明明知道她要他说什么，可他就是不说！

小心眼，幼稚鬼！

她双手抵上他的胸口，将他推开，气咻咻地瞪着他。

不说就不说呗，不稀罕！

谢纶见她这模样，薄唇轻扯："生气了？"

裴景烟嘴一撇："我干吗要生气？"

谢纶语调不紧不慢，透着几分戏谑："没生气的话，怎么气鼓鼓的样子？"

裴景烟长睫低垂，咕哝道："你管我，我乐意。"

谢纶失笑，旋即缓缓低下头。

他的额抵着她的额，高挺的鼻梁抵着她小巧的鼻尖，嗓音清冽温和，又似在自言自语："有时候我也奇怪，怎么偏偏喜欢上你这么个口是心非的小姑娘。"

他低沉的嗓音如大提琴音缓缓传入耳朵里，裴景烟原本黯淡的眸子唰一下亮了起来。

喜欢。

他说他喜欢她！

她心里像是有暖融融的春风拂过，噗噗地开出一朵一朵鲜艳的花，莺飞蝶舞。

她就知道！

这男人憋不住了吧，就是被她小仙女的魅力给折服了吧！

裴景烟尽量控制着脸上的表情，但她那亮晶晶的眼眸，以及忍不住翘起的殷红嘴角，还是出卖了她此刻的雀跃。

她脸往后仰去，明眸灿若星辰："你这是在跟我表白是吧？"

谢纶捕捉到她眉眼间浅淡的笑意，眉梢轻挑："嗯。"

裴景烟嘴角的弧度顿时更大了。

是他先表的白！

她扭过头，轻咳了一声，一副"本仙女被告白经验丰富，见过大世面"的矜持模样，淡淡道："好啦，现在我知道你喜欢我了。"

谢纶眼底也笼上浅浅的笑意，问她："然后呢？"

裴景烟眨眨眼："什么然后？"

谢纶道："我告白了，你接受吗？"

裴景烟心说，接不接受，证都领了，婚都结了，难道他还要自己向他告白？

唔，才不要。

她裴景烟长这么大，都是男生喜欢她，她才不会向别人告白——

除了许之衡那回，不过那回是个赌约，不走心的，不算数。

"就你这告白，没有鲜花，没有礼物，也没有烛光晚餐……"裴景烟挑剔着，目光转到谢纶那张过分英俊的脸庞上，挑剔程度减少了些，"不过看在你说出心里话的份上，我就暂且不追究那些了。"

说到这里，她又弯起眼眸，娇娇的语气透着几分小得意："我就知道嘛，没有人能抵抗得了我的魅力。"

高岭之花怎么样，还不是被她折下来了。

谢纶漆黑的眸子垂下："所以现在，谢太太可以把我丈夫的身份稍微升级吗？"

丈夫的身份还有升级余地吗？

裴景烟脑子还有点没转过来，讷讷地问："你想当爸爸了？"

谢纶眸光轻晃，语气意味深长："这个升级也不错。"

裴景烟："？"

这话好像有歧义，她脸颊微红，轻咳了一声。

"不过在那之前，"谢纶伸手指了指她的心口，慢悠悠道，"先把我当作你的爱人。"

爱人。

这一个词在心尖翻覆，在这之前，她从没觉得这个词是那样的缱绻美好。

裴景烟脸颊轰地发烫，不好意思地避开男人灼灼的目光，又伸手拍开他指在心口的手，嗓音轻软地嗔道："别乱指。"

谢纶收回手。

想说的话已经说出了口，他也不急着叫她现在回应——

尽管她那两只泛红的耳朵，足够说明一切。

谢纶坐直身子，伸手拿起那随意放在沙发边上的两份文件。

他打开封口，看了起来。

裴景烟注意到谢纶的举动，微怔了下。

见谢纶最先拿出的是那份太平长安的别墅文件，她连忙解释："这是蒋越送的，说是给我们的新婚贺礼。我拒收了，可他偷偷把这文件袋留在咖啡馆，我只好带回来了……"

谢纶只扫了一眼，就塞回了文件袋。

裴景烟观察着他脸上的表情，无波无澜，不禁问道："蒋越今晚就飞纽约了，这个……你打算怎么处理？"

谢纶沉吟片刻，抬眼看向裴景烟："这套别墅，你喜欢吗？"

裴景烟诧异地"啊"了声。

谢纶淡淡道:"你喜欢,就留下;不喜欢,我退回去。"

裴景烟倒没想到谢纶有收下的打算,她一时也不知道怎么答,只偏头问他:"我以为你不会收的。"

估计蒋越也是这样想的,所以才会留下文件袋就溜。

谢纶:"我不收,他以后还会送。"

裴景烟:"……"

一个要报恩,一个不接受报恩,好像的确是个死循环。

她抿了抿唇,轻声道:"你既然救了蒋越,还暗中资助过他,那就收下吧,否则他一直觉得亏欠你,没完没了的,不如就趁着这回两清了。"

谢纶抬眸:"他跟你说,我救了他?"

裴景烟"嗯"了声,再看谢纶那神色难辨的脸庞,她眉头轻皱:"难道不是吗?"

沉默了下,谢纶冷淡道:"也许吧。"

当年,他收到蒋越发来的轻生短信,立刻请假,赶到蒋越家里。

他撬开大门,蒋越和蒋父喝了掺了毒药的汤。

蒋父摄入毒药过多,送去医院的路上就没了命。蒋越摄入量较少,抢救及时,捡回了一条命。

或许,他的确救了蒋越。

又或许,他不过是蒋越完美复仇计划里,被利用的一枚棋子。

谢纶低垂的眼里,盛满让人难以揣测的思绪。

裴景烟见他这般,忍不住唤他:"你怎么了?"

"没什么。"谢纶收回思绪,望着眼前这双清澈单纯的眼眸,淡声道,"都是过去的事,没什么好提的。"

说着,他打开另一份文件夹,看了起来。

裴景烟在一旁解释:"蒋越同意和解了。我觉得他有句话说得挺对的,或许可以利用这次机会,彻底跟那吸血虫一家断绝关系。"

"蒋越这样跟你说的?"

"唔,他只说这是个机会,叫我好好把握。"裴景烟低声道,"至于断绝关系这个，是我的想法。"

她很早就期待这么一天了。

谢纶将文件夹放在膝上，问她："怎么个断绝法？口头保证，写保证书，还是登报宣布？"

裴景烟："……"

这个她还没想好。

谢纶："这种断绝关系的保证书，法律上无效。而且就算现在签了，过段时间又赖上来，你怎么办呢？"

裴景烟："……"

她好像的确低估宋家人厚脸皮的程度了。

她皱着眉头，苦想了好半晌，也想不出个好办法，最后只好看向谢纶："那你有什么办法？"

谢纶轻捏着文件夹，丢到实木茶几上。

"中午我和爸通过电话，他说姑姑这个人本性不坏，就是脑袋拎不清，这些年都是被宋家豪拖累了。"

裴景烟深以为然："这倒是实话，恋爱脑就很可怕。"

谢纶继续道："断绝关系书法律上无效，但离婚证具有法律效应。"

离婚证？

裴景烟眼前一亮，就像厚厚云雾里突然照进了一缕光，顿时豁然开朗。

"不过，她愿意离婚吗？她对宋家豪谜之执着。"

谢纶漫不经心道："那就看她是要女儿，还是要男人了。"

裴景烟想了想，猜道："应该是要宋莉吧？怎么说也是她十月怀胎的孩子。"

谢纶没反驳，只道："她和宋家豪离婚后，爸会安排她们母女去国外生活，之后再不会给她们一分钱。"

"万一他们离了婚，又和好了，或者在国外又作妖了呢？"

"我会联系蒋越，让他保留起诉的权利，起码三年之内能落个清静。"

至于三年之后……

按照宋家豪的堕落程度，三年之后他没准在哪个街口捡垃圾，又或者是否还活着，也不一定。

裴景烟思忖过后，觉得这的确是当下最体面也最有利于裴家的解决办法。

"你和爸妈在电话里商量好了决策。"裴景烟红唇微撇，圆溜溜的眼睛透着几分妒意，"他们怎么都不跟我说？"

谢纶不咸不淡道："谢太太，现在你知道被排外的感受了？"

裴景烟语塞。

再看谢纶那淡漠的脸色，最开始那种心虚感又回来了，她挤出一抹尴尬的笑："我那不是……反正事都过去了，你现在也知道了不是？这事就翻篇吧。"

谢纶没说话，只意味不明地看了她一会儿，又拿过那两份文件，站起身来。

裴景烟仰脸看他："你去干吗？"

谢纶的俊美面庞上没什么表情："去书房，联系蒋越，处理这些事。"

裴景烟："哦……"

谢纶抬步径直往书房去。

望着那道修长挺拔的背影，裴景烟摸了摸鼻子，她怎么感觉，他还是有点生气的。

唉，早知道这男人气性这么小，她就该趁他表白那会儿气氛正好，直接亲上去的。

失策了，失策了。

她遗憾了一小会儿，很快又开心起来，拿出手机迫不及待在群里分享着喜悦——

【谢纶刚才跟我表白了！】

【他亲口承认他喜欢我！】

群里很快有了回复——

取昵称真的好难：【我还以为什么事呢，就这？】

屏幕这头的裴景烟皱起眉，这两个姐妹怎么回事，反应这么平淡？

她手指噼里啪啦地打着字，道：【谢纶跟我告白了！他说他喜欢我！】

一只小鸟飞飞飞：【这长了眼睛的，都看得出来好吧。】

取昵称真的好难：【嗯哼，就你当局者迷，才意识到。】

美少女景：【……他喜欢我这事，有那么明显吗？】

取昵称真的好难：【很明显，简直是司马昭之心，路人皆知。】

美少女景：【那你们不早点告诉我？】

秦霏和温若雅异口同声：【我们早跟你说过了啊，你不信。】

一只小鸟飞飞飞：【不对劲，谢纶跟你表白了，按理说你俩这会儿不该是你侬我侬，深入交流到天亮的吗？你怎么还有空给我们发消息？难道现在是中场休息时间？】

美少女景：【那个……谢纶虽然跟我告白了，但我好像惹他生气了。】

事情略微复杂，她直接发了段语音过去，把来龙去脉解释了一遍。

秦霏和温若雅听完，一致表示：【你就作吧。】

裴景烟撇了撇唇，试图辩解：【人家哪里作了。】

秦霏和温若雅一人发了个白眼表情包，又开始替她出主意——

【男人很好哄的。老话说得好，床头吵架床尾和，你今晚主动点。】

她们还发了不少参考图片。

看着那些奇怪的衣服，裴景烟白嫩的脸颊阵阵发烫。

而且现在下单，也来不及了吧。

不过现在买回来也行，没准下次她惹谢纶生气，就能派上用场了呢？

有备无患嘛。

她这般想着，默默点开秦霏发来的链接，认真挑选起来。

第二十七章·【亲自下厨哄他】
抓住一个人的心，先得抓住他的胃。

1

用过晚饭后，裴景烟就钻进浴室里洗白白，擦香香，从脚指头精致到每一根发丝。

她觉得她磨蹭得已经够久了，可推开门出去，卧室里还是空荡荡的，不见谢纶的身影。

裴景烟抬眸看了眼墙上的钟，已经是晚上十点半了。

这个点，谢纶还在书房忙？

纠结片刻，她轻手轻脚朝书房走去。

书房门没关上，只虚虚掩着，屋里照出的白炽灯光透过门缝，在浅木色地板打出一道笔直的光痕。

她白皙纤细的手微微抬起，在碰到门边的一刻，又停在半空中。

透过那道门缝，裴景烟看到书桌前的男人端正坐着，手执钢笔，全神贯注地忙碌着。

他看起来很忙的样子。

尤其那微微皱起的眉心，他好像在想很重要的事。

算了，还是不要打扰他了。

毕竟为着宋家那事，他提前从深市回来，估计工作安排也被打乱，有得忙了。

裴景烟轻轻吐了口气，收回手，放轻脚步走回卧室。

大不了她等等他。

这样想着，她躺上床，抱着毛茸茸的紫色小熊玩偶，打开投影看剧。

倍速看完一集又一集，困意不知不觉涌上来，裴景烟努力保持清醒，然而，眼皮却越来越沉重……

睡过去的前一秒，她还想着，就眯一小会儿，等下就醒了。

没想到这一眯，就彻底睡了过去。

迷迷糊糊中，她好像被两条有力的胳膊抱着躺下，而后眉眼间又有淡淡的温热贴上。

他是在亲她吗？

裴景烟睡意朦胧地睁了睁眼，却是黑漆漆一片，唯有熟悉的乌木沉香味涌入鼻尖。

她梦呓般，嗓音轻软："你忙完了？"

谢纶修长的手指轻捏了捏她的耳垂，低低地应了声，又问："吵醒你了？"

裴景烟在他怀里摇了下头："没，我一直在等你。"

说到"等你"这个词，她语气还透着些小委屈。

谢纶线条分明的下巴抵着她光洁的额："等我做什么？困了就早些睡。"

这会儿裴景烟脑袋虽然有些混沌，但她还清楚记得，她等谢纶，就想主动点，哄他别生气的。

不过现在，她困得要命，也没那份精力了。

"那不等你了。"她喃喃道。

见小姑娘困得说话都颠三倒四，谢纶将那馨香的身子往怀中拢了拢："那就睡吧。"

听到这句话，裴景烟就像接收到信号，思绪放松下来，很快又重新睡了过去。

第二天清晨，她在铺着柔软真丝被单的大床上醒来，看着身旁空荡荡的位置，懊悔地捂住了脸。

怎么就睡着了呢？

裴景烟啊裴景烟，你行不行？

在心里鄙视了自己一番，她伸手从床头柜摸过手机。

已经是上午十点二十五分。

有一条来自谢纶的微信消息，是一个小时前发的。

XLun：【下午两点跟爸妈约好，去医院探望姑姑，顺便商谈她和宋家豪的离婚事宜，你一起？】

裴景烟看着这条消息，轻皱眉头。

从最后那三个字里，她分明感受到这男人还在生气……

唉，不是说男人很好哄的吗？这都快一天一夜过去了，还记着呢。

裴景烟随意抓了两下头发，回道：【你都要去了，我干吗不去。】

发完之后，她又跑到家庭群里，严厉谴责父母胳膊肘往外拐的行为——

【@父亲大人@母亲大人，呜呜呜，我是不是你们亲生的，你们怎么什么事都跟谢纶商量，还不跟我说！】

最先回复的是裴母：【家里的事跟你老公说一声怎么啦？多大的人了，还掉小珍珠，害不害臊。】

美少女景【呜呜呜，不爱了就是不爱了，我再也不是你们的宝贝女儿了。】

母亲大人：【唉，你这孩子。】

母亲大人：【谢纶已经把事情处理得差不多了，就连给你姑姑的离婚律师都安排好了，只要你姑姑点头，明天就能把婚给离了。你不是一向不乐意管这些琐碎事的吗？现在你老公处理好了，你正好不用操心了。】

虽然知道母亲说的是实话，可裴景烟还是忍不住撒娇：【没有他，我也能处理好的。】

裴母没回复，倒是裴父出来了：【老话说得好，一个女婿半个儿，我裴家的女婿真不错。】

裴景烟在屏幕这头"喊"了一声，刚想发个白眼表情过去，就见屏幕上出现：【"父亲大人"拍了拍"谢纶"。】

裴景烟："嗯？"

她莹润的杏眸微微睁大，诧异地看向群聊人数。

原本的人数"5"，不知什么时候变成了"6"。

是谁拉谢纶进群的？

她怎么不知道——所以自己刚才在群里可怜巴巴撒娇的消息，谢纶都能看到？

就在裴景烟捧着手机表情复杂时，谢纶在群里回复了：【感谢爸的肯定。】

父亲大人：【我们家小囡交给你，我和她妈妈都放心。】

谢纶：【我会好好照顾她的。】

裴景烟："……"

谢纶又发了条私聊过来：【吃饭了吗？】

裴景烟回复道：【现在去吃。】

她抿了抿唇，忍不住问：【你怎么在群里？】

XLun：【昨天，爸拉我进群的。】

美少女景：【你倒是把我爸妈哄得乐呵呵的，现在他们都把你当成宝贝了。】

她酸溜溜地发了这条消息，发完后，又有点后悔，迅速点了撤回。

XLun：【。】

裴景烟盯着这个句号，眉心微皱——他这是什么意思？对自己无语？

她愤愤不平地把这条消息截图发到闺密群里，准备跟小姐妹们一起声讨男人。

哪知温若雅来了句：【你昨天把你老公哄好了没？按理说，哄好了不应该这样的啊。】

裴景烟顿时像是被扎了针的气球，咻地泄了气。

对啊，她差点都忘了，她还没哄好他呢。

突然间，裴景烟灵光一闪。

所谓的要抓住一个男人的心，先得抓住他的胃。

前两天她不是学了道炸酱面嘛，学都学了，不如就做了给他送去，当作爱心午餐。

正好吃完午饭，还能一起出发去医院。

她越想越觉得不错，往群里发了条【等着吧，本仙女今天就能把他哄好。】

裴景烟放下手机，哼着歌，踩着毛绒拖鞋，起床洗漱。

2

见到太太要为先生下厨，赵阿姨十分热情地在旁边打下手，并给出专业指导。

经过一个小时的不懈努力，裴景烟总算搞出一碗勉勉强强有点卖相的面条。

赵阿姨在旁边鼓励："太太第一次下厨，做成这样已经很不错了，最重要的是你对先生的心意。"

裴景烟不太确定，干巴巴道："这些食材，我都烧熟了吧？"

她满脑子都想着温若雅她妈当初做的一顿饭，直接害得年幼的温若雅食物中毒送去医院。

要是谢绐被她害得食物中毒，呃，她怕是要被全家批评了。

赵阿姨一脸轻松地安慰她："太太别担心，都熟了，吃是能吃的。"

潜台词：能吃，但不一定好吃。

不过裴景烟还是有被安慰到，叫赵阿姨打包装好。

十分钟后，她提着便当盒坐上了车。

裴景烟想给谢绐一个惊喜，所以到了新励集团总部的大楼下，直接联系了闻松。

闻松乍一接到老板娘的命令，很是惊讶，当听到老板娘已经到了楼下，赶紧看了眼还在开会的老板。

电话里，老板娘轻声吩咐着："先别告诉你们谢总。"

闻松懂了：夫妻小情趣。

他找来李秘书接替他三分钟，不动声色地离开会议室，一出门，赶紧下楼接人。

此时，公司前台。

一身优雅贵气小香风春装的裴景烟正淡定自若地打量着前台大厅，不愧是科技公司，装修风格也很有科技感。

前台毕恭毕敬上前，说话的声音都有些颤抖："太太，您要喝点什么吗？我们这儿有龙井茶、茉莉茶，还有橙汁，或者您想喝别的，我立刻去买。"

裴景烟朝她淡淡一笑："不用麻烦，我很快就去楼上。"

她这一笑，眉眼弯弯，前台小姐的脸都莫名红了，连连点头："是。"

没多久，电梯的门就打开了。

闻松快步迎上前来："太太，不好意思，叫您久等了。"

裴景烟从沙发起身，理了下头发，淡淡道："也不算太久。"

闻松引着她往楼上去。

等到那道婀娜优雅的身姿进入电梯里，前台小姐拿出手机，在公司小群里化身尖叫鸡。

【老板娘来公司了，近距离看到她，超级美，人也很好，她还朝我笑了。】

【她笑起来好甜啊！这颜值吊打娱乐圈一众小花，那个苏欣冉完全不是一个级别的！】

临近中午下班时间，打工人们都等着到点干饭，见着这条消息，也纷纷议论起来：

【老板娘今天怎么来公司了？】

【老板娘的颜值就像个传说，只听说过，没见过。上个月公司年会，我还以为能见到本尊，没想到她竟然没来。】

【我不夸张地告诉你，老板娘绝美！气质好，皮肤也好，细腻得找不到一点毛孔，白白嫩嫩跟豆腐一样，真羡慕老板！】

【有这么夸张？】

【老板娘好像是来给老板送饭的，我看她提着个食盒！】

【哇，亲自来送午饭吗？这也太甜了吧，我宣布我嗑到了！】

【吃完饭去一楼逛一逛，没准就能瞧见老板娘出门。】

【你蹲到了记得发照片在群里，大家一起欣赏老板娘的盛世容颜！】

公司群里聊得热火朝天，裴景烟则是直接去了谢绹的办公室。

按照往常，秘书都会从公司高层食堂，把餐食送到总裁办公室。

今天裴景烟送饭来了，就免了这一道。

她将保温袋里的便当盒拿出来，筷子、勺子、纸巾都摆出来——

一份炸酱面，愣是摆出了西餐的效果。

裴景烟仔仔细细摆好后，又拿出手机拍了张照片。

第一次下厨，得留个纪念才是。

就在她在修图软件里挑滤镜时，门外传来一阵沉稳的脚步声。

裴景烟一听这脚步声，神色一凛，心里默记着秦霏教导的，哄男人就得甜，就得温柔！

她眨了眨眼，露出个足够甜美的笑容，快步走到门边。

等到办公室门从外面被推开，裴景烟像只蹁跹的小蝴蝶般，扑到男人怀中。

她双手钩着男人的脖子，仰着漂亮的小脸蛋，嗲着嗓音道："老公，上班辛苦啦，我给你煮了面。"

谢纶："……"

他垂下黑眸，看向怀里笑眸潋滟的小姑娘。

不得不说，她那句甜甜的"老公"很大程度地取悦了他，他薄唇稍稍掀起一抹弧度，转瞬间又很快落下。

裴景烟注意着他的微表情，心里奇怪，怎么这个反应，难道还在生气？

谢纶单手扶住她的细腰，另一只手拿开那搂在脖间的白嫩手臂。

在裴景烟迷茫微诧的目光下，他不自在地轻咳一声，又压低嗓音道："乖，有外人，注意点。"

裴景烟："嗯？"

她眼睛微微睁大，又偏了偏头。

只见谢纶高大且宽厚的身形后，七八个西装革履的高层领导站在门外，脸上都挂着想笑又憋着不敢笑的暧昧之色。

察觉到她的目光，那群领导纷纷站直身子，恭敬地弯腰道："谢总夫人中午好。"

裴景烟："……"

竟然有这么多人！

裴景烟只觉脑袋嗡的一声，白皙的肌肤瞬间染红，她立刻从谢纶的怀中跳开。

三十六计，跑为上计。

反正她是没脸见人了，于是单手遮着发烫的脸庞，丢下一句"你们先忙"，转身就跑进了休息室里。

门啪嗒一声关上。

谢纶眼底的笑意逐渐隐去，转身再看身后的下属们，又恢复平日不苟言笑的淡漠神色："我家太太年纪小，大家别见怪。"

各部门的领导连连说着"不会"，又各种夸赞起来：

"谢总好福气，夫人不但长得漂亮，还这么关心谢总，亲自送饭过来。"

"就是，谢总和夫人这么恩爱，真是叫人羡慕啊。"

"早就听说夫人温柔漂亮，今天一见，真是如此。"

"谢总和夫人真是郎才女貌，般配极了。"

下面的人都是有眼力见的，夸完之后，有人建议道："不然谢总先陪夫人用午饭吧。刚听夫人说，送来的是面。那得抓紧吃，不然面坨了，味道就不好了。"

谢纶淡淡扫了眼紧闭的休息室门，轻"嗯"了一声："你们也去用午餐吧，晚上七点开个视频小会。"

各部门领导连忙应下，纷纷告退。

闻松也打算退下，却被谢纶点了名："你过来。"

闻松："……"

有点慌。

谢纶缓步走到落地窗旁，漫不经心道："太太什么时候来的？"

闻松双手搭在身前，战战兢兢，如实汇报。

末了，他还补充道"太太说要给谢总一个惊喜，特地叮嘱别告诉谢总您。"

惊喜。

谢纶扫了眼休闲茶几上摆出造型的炸酱面，再想到裴景烟刚才扑上来的甜笑模样，面色稍缓。

的确是个惊喜。

"谢总，您还有什么吩咐吗？"闻松揣着小心提醒。

谢纶回过神："你先下去。"

闻松如释重负："是。"

他赶紧离开办公室，还顺手将门关上。

3

【呜呜呜，真的太丢脸了。】

【现在好了，他公司的人背后肯定要笑话我了。本仙女一世英名，毁于一旦！】

休息室内，裴景烟拿着手机，生无可恋地讲述着自己的事。

一只小鸟飞飞飞：【哈哈哈哈哈哈。】

取昵称真的好难：【哈哈哈哈哈哈。】

美少女景：【你们的良心不会痛的吗？我这么惨了，你们还笑！】

一只小鸟飞飞飞：【不行了，我笑到肚子疼。不过经过这么一回，你家谢总应该能看到你的诚意了。】

美少女景：【现在我跳窗逃跑还来得及吗？太尴尬了，尴尬到不知道要怎么见他。】

还没等小姐妹们这边回复，裴景烟听到休息室门打开的声音。

霎时间，她的背脊一僵。

谢纶这么快就处理好公务了？

怎么办，该怎么面对他？

休息室的门被推开，谢纶迈步走进去，只见裴景烟背对着他，坐在沙发上。

那纤细的背影仿佛写着三个大字——别理我。

谢纶朝她走过去："谢太太。"

裴景烟没转身，只低着头，干巴巴道："你怎么这么快？外面的人都走了？"

"走了。"谢纶伸手搭上她的肩膀，"还在自闭？"

裴景烟："……"

她推开他搭在自己肩上的手，又捂住自己的脸，声音从指缝里泄出，又闷又悔："丢死人了，以后我再也不来你公司了。"

谢纶见她蓬松乌发下露出的两只粉红小耳朵，冷白的俊脸上泛起浅淡笑意。

他在沙发边坐下，伸手揽住她的肩，扳了两下，才将人扳过来，可她两只手还捂着脸。

谢纶不紧不慢地把她手拉下来："有什么丢人的，他们都羡慕我们夫妻恩爱，夸我有个温柔体贴的好太太。"

裴景烟撇唇："你是他们老板，他们肯定要拍你马屁，背后指不定怎么笑话我呢。"

谢纶："他们不敢。"

见他说得这么笃定，裴景烟"喊"了声，又忍不住嗔道："都怪你！"

谢纶被她这倒打一耙给气笑了："怎么怪我？"

裴景烟心说，要不是为了哄你高兴，我才不会扑上去，还说出那样肉麻的话。

果然美女倒霉，从心疼男人开始。

她嘴上却是不会承认她在哄他，只咬着殷红的唇瓣，咕哝道："我不管，就怪你。"

女孩儿白皙的脸庞泛着红晕，宛若盛夏枝头饱满的水蜜桃，红润水嫩，可爱得叫人想咬一口。

谢纶眸色深了些。

他朝她靠近了些，修长的手指轻托住她的脸颊，嗓音磁沉："现在没外人了，再叫一声老公听听？"

裴景烟的脸颊唰地又烫了起来。

她想偏过脸，但脸被他牢牢捧着，动弹不得，只得垂下睫毛："我才不叫。"

虽然说刚才她已经叫过一回了，可现在情况不同。

他这直勾勾盯着她，等她叫他，让她总有种说不出的羞耻感。

谢纶低下头，下颌蹭过她的额头，放柔的声音带着几分诱哄的味道："就叫一声。"

他靠得这样近，身上好闻的沉香味道像张网笼住裴景烟，她心跳都加快了。

"你……你快去吃面，再不吃就不好吃了。"她的手轻抵着男人坚实的胸膛，试图转移话题。

谢纶没动，只静静地等着她。

像是盯住猎物的鹰隼，不达目的不罢休。

裴景烟明显感觉到气氛不太对，再拖下去，吃不吃面她不确定，但她八成是要被吃了。

不行不行，下午还得去医院。

她轻轻咬了咬下唇，揪紧谢纶的黑色西装，含混不清地喊了声："老公。"

谢纶眉梢轻挑："没听清。"

裴景烟："……"

故意的，这男人绝对是故意的。

她抬起黑眸，瞪着他。

谢纶淡然地对上她愤愤的眼："喊清楚些。"

裴景烟咬牙："老、公！这次够清楚了吧。"

谢纶掀唇，语含戏谑："这么凶，你要吃了我？"

裴景烟："……你别太过分啊！"

"过分吗？"

谢纶单手扣住她纤细的腰，高挺的鼻梁滑过她的脸侧，低声道："你都这样说了，那就做点过分的。"

他吻上她殷红的唇瓣。

裴景烟轻喘着，乌黑的眼眸溥开一层迷离的水雾般，羞红着脸瞪他。

谢纶又俯身亲了亲她的额头，收敛杂念，从沙发起身。

等两人走出休息室，外面那碗炸酱面也凉了大半。

叫秘书拿到微波炉里热了三十秒，再次端回来，凉倒是不凉了，面却的的确确坨了。

"都怪你磨磨蹭蹭的，这下不好吃了吧。"裴景烟跷着脚坐在沙发凳上，一边托着小镜子补妆，一边瞄着谢纶那边。

谢纶毫不在意，端着面，拿起筷子，吃了起来。

裴景烟眼神一直往他那边瞄，仔细观察着他的表情，心里有点小忐忑："好吃吗？"

谢纶没立刻答，只看向斜对面的女孩儿。

她此刻的表情，就像是等待成绩公布的小学生般，紧张、期待，却又装作毫不在乎的样子。

他将嘴里的面吃了，薄唇轻启："好吃。"

这话刚出，他就看到她乌黑的杏眸咻地亮起，圆圆的眼睛像布偶猫一样："真的吗？"

谢纶："真的。"

裴景烟嘴角微微翘起："看来我下厨还是挺有天赋的。"

谢纶端着碗继续吃，裴景烟就托着腮，心情愉悦地看着他吃。

等到一碗面吃完，她美滋滋地想，拿人手短，吃人嘴软，这下他应该不生气了吧。

哄男人嘛，小意思啦。

吃过饭，裴景烟在休息室里玩了两把游戏，谢纶就在外面处理工作。

下午两点左右，闻松上来禀报，去医院的车已经安排好。

两人便一起出发，前往裴思珍住院的私立医院。

等他俩到达时，业内有名的离婚律师、裴父裴母也已经到了。

见这架势，裴思珍已然猜到是怎么回事，眼泪不停地掉，还试图跟裴父打感情牌："哥，我跟他那么多年的夫妻了，怎么好说散就散。老话说得好，宁拆一座庙，不毁一桩婚。你们怎么这样狠心？"

裴父和裴母都肃着一张脸，没搭腔。

裴景烟倒挺想搭腔的，但母亲一直朝她使眼色，示意她别说话，免得又把人刺激得走极端。

等裴思珍凄凄惨惨哭了一通，满屋子裴家人都没出声，最后还是谢纶站出来，面无表情地说："姑姑，人不能太贪心，贪多必失。这些年下来，岳父岳母待你已是仁至义尽，你还是多想想看守所里的宋莉，今天已经是她进去的第四天。"

一提到宋莉，裴思珍像是被掐住脖子的鸭，哭声戛然而止。

裴景烟适时补刀："姑姑，表妹她有洁癖，又爱挑剔，待在看守所里每一分每一秒都是煎熬，你还是赶紧做决定吧。再说了，世上男人千千万，老公可以随便换，可自己的孩子是身上掉下来的肉，是旁人都取代不了的。"

屋里的裴母赞同地点了点头："是啊，小景说得对，你多为孩子想想。"

裴父则和谢纶对视一眼，彼此都沉默了。

又经过半个小时的沟通，裴思珍终究是泪眼汪汪地在离婚协议书上签了名。

签下名字的那一刻，她的心情也很复杂，伤心、难过、不舍，但同时又有一丝她自己都没有意识到的解脱感。

接下来的事，自然有律师处理。

裴景烟从医院里出来后，心情好得跟过年似的，上了回程的迈巴赫，嘴里还哼着歌。

谢纶侧身而坐，抬手理了下她鬓边碎发："有这么高兴？"

裴景烟懒洋洋地往车座靠了靠："高兴呀，虽然我之前跟宋家也没什么交集，但一想到以后再也不用叫宋家豪姑父，真是神清气爽！"

最主要的是，最迟下月初，裴思珍和宋莉就会收拾东西去国外。

之后她就再也不用看到裴思珍那张苦哈哈的可怜脸，以及宋莉那个样了。

"你现在是跟我一起回家吗？"裴景烟看了眼窗外，太阳还没落山，"还早呢，你可以再回公司忙几个小时。"

谢纶淡淡道："不回公司，得多陪老婆。"

裴景烟有点诧异地看他。

谢纶抬手，似是无意捏了捏她的耳垂："怕表现不够好，被谢太人换了。"

裴景烟："……"

愣了两秒，她才从男人幽深的眸光里回忆起来，自己刚才在医院里说的那话。

精致的脸颊浮上一层薄红，她不自在道："刚才那话，是为了劝姑姑离婚嘛。"

谢纶似信非信地"嗯"了声。

裴景烟把男人在她耳朵上作乱的手拿开，问他："那今晚你在家吃饭？"

谢纶反问她："你想出去吃？"

"那倒没有。"她摇了下头，"赵阿姨的手艺比外面有些餐厅好多了。对了，你中午不是说我煮的面好吃吗？不然我晚上再给你煮一碗？"

她兴致勃勃且信心满满："晚上现做现吃，绝对比中午的要好吃一百倍，怎么样？"

谢纶握着她的手微顿，而后，他轻声道："你的心意我知道了，还是叫赵阿姨做饭吧。"

裴景烟蹙眉，一脸怀疑地看向他："你是不是嫌我煮的面不好吃？"

谢纶神色坦然："我是心疼你，做饭手会变粗糙，油烟会让皮肤变黄。"

道理是这么个道理，不过从他嘴里说出来，她怎么这么不信呢。

不过她对做饭也没什么兴趣，既然他都这样说了，她也懒得再动手。

她又恢复慵懒的"咸鱼躺"："行吧，那就叫赵阿姨做。"

这个时间段，路上不是很堵。

回到云水雅居，刚好快五点，夕阳西下，天边弥漫着艳丽的红霞。

赵阿姨在楼上听到车子回来的声音，还以为是太太回来了，笑眯眯地迎到电梯边，等着问太太送饭的进展如何。

等电梯一开，见着先生和太太牵着手一起出来，赵阿姨笑容更盛："先生，太太，今天这么早回来了。"

裴景烟朝赵阿姨点头致意，又吩咐她准备晚饭。

赵阿姨连忙应下："好，我这就去准备。"

走了两步，她忽然想起什么，与裴景烟道："太太，您的快递到了，我都放到您卧室门边了。"

裴景烟怔了下，快递？

下一秒，她突然反应过来，她昨天晚上在网上买的那些衣服。

不得不说，现在的快递速度也太快了。

"你买了什么？"谢纶随口问她。

裴景烟："……"

她根本不敢去看谢纶的眼睛，含含糊糊道："就买了点衣服。"

谢纶也没多问。

倒是赵阿姨热情提醒着："是衣服的话，太太您拆出来交给我，趁着这两天阳光好，我刚好洗了晒。"

裴景烟干巴巴地敷衍了一声，就撇开谢纶，回屋藏包裹去了。

第二十八章 · 【粉伞与"白月光"】
她好像比她想象的还要喜欢他。

1

这天用过晚饭后，谢纶就回书房开视频会议。

裴景烟趁机躲在试衣间里拆包裹。

谢纶发现，自从与裴景烟表白之后，她看他的眼神就不太对。

昨晚哼唧着要等他一起睡觉，白天又主动来公司给他送饭，吃晚饭的时候，她还会给他夹菜。就在刚才，她还给他泡了一杯枸杞红枣茶过来——

事出反常必有妖。

他这边拿着手机，依次查看着裴景烟的社交账号，寻找着她的关注、点赞痕迹。

另一边公司群里，又掀起一波关于老板娘的热烈讨论。

【老板娘和老板夫妻恩爱又添一实锤！刚才视频开短会，老板娘给老板送茶水，还温柔提醒老板早点休息，熬夜伤身。】

员工们白天刚嗑过"老板娘给老板送饭，并甜蜜喊老公"的糖，现在又看到一颗新糖，更是激动。

【谁说豪门婚姻没有真爱，我宣布，这就是真爱！】

【老板和老板娘这么恩爱，不知道今年能不能蹲到好消息。老板又帅又聪明，老板娘又美又温柔，他们的小孩一定也很可爱。】

【又是期待见到老板娘真容的一天。】

【楼上+1。难不成还得再等今年的年会，才能见到？】

【希望老板娘能多多下凡，来公司转转。】

群里的消息一条接着一条，聊得不亦乐乎。

谢纶遍寻社交平台，也没找到裴景烟最近感兴趣的东西，倒是之前给她的卡有记录昨日有一笔网购消费。

大概就是下午收到的那些快递。

云水雅居里，赵阿姨炖好了川贝枇杷吊梨汤，裴景烟才起床洗漱。

等她穿着浅蓝色家居睡袍经过书房时，脚步不由得一顿。

鬼使神差地，她想起昨天晚上看到谢纶拉开抽屉时，隐约看到里面放着一把伞。

一把叠得整整齐齐，几乎全新的短伞。

如果她没记错，那伞还是粉色的。

怎么会有人，把雨伞放在书房的抽屉里呢？一般那种东西，不都放在玄关或者鞋柜里吗？

女人的直觉告诉她，这把伞有点不对劲。

在书房门口静静站了一会儿，裴景烟捏了捏手指，到底推开门走进书房。

她快步走到书桌旁，蹲下身，拉开书桌抽屉。

只见里面放着一个老旧的密码盒，还有一把粉色的伞。

那是把某品牌的渐变伞，上面还印着浅粉色的樱花花纹。

从小到大，裴景烟也拥有不少这个品牌的雨伞，是以她一眼就认了出来。

可谢纶，为什么会有一把女伞？

粉色樱花的，还保存得这么好？

她才不信谢纶会用这样的伞。

一时间，无数猜测涌上大脑。

她抿着红唇，又看向那个有些年代感的老旧密码盒。

这里面会装着什么呢？他连支票本都没上锁，这个旧铁盒子却上了锁。

裴景烟缓缓垂下眼睫，心里咕噜咕噜冒着酸泡泡。

他竟然藏着其他女人的东西！还藏得这么好！

她不喜欢他了！

某餐厅。

室内装潢成黑红主色调，配合着昏暗的灯光，简直太适合裴景烟此刻郁闷的心情。

"我就知道，原来他心里一直住着个'白月光'，他还偷偷藏着'白月光'的伞！"

裴景烟端起红酒杯，喝了一大口，精致的眉眼间满是失意。

秦霏和温若雅无奈地对视一眼，一个负责去拿她的酒杯，一个负责安慰她。

温若雅："这会不会是误会？万一那把伞……"她噎住，也编不下去了。

粉红色的小折伞，怎么也解释不通。

秦霏只好接过安慰的接力棒，搭着裴景烟的肩，哄道："就算谢总曾经有那么一段，但现在你才是谢太太呀。都市男女，谁没有一段过去？你看看我，前男友都快凑齐十二星座了，可我对待下一段感情还是很认真的嘛……"

裴景烟脸颊红红的，泛着薄醉："你不一样。"

秦霏："怎么说？"

裴景烟："你是我姐妹。"

秦霏内心很是感动，也不劝裴景烟了，把酒杯里的酒加满，红光满面："姐妹大过天，男人去一边！再说了，男人那么多，这个不好，咱就换下一个。"

裴景烟端起酒杯，娇声道："对！我裴景烟也不是非他谢纶不可。"

看着小姐妹，对座的温若雅无奈地叹口气。

她就猜到最后会是这么个场景。

想到等会儿要开车送这两个醉鬼回家，温若雅也没喝酒，一边拿起叉子吃东西，一边拿起手机录下这两人的模样。

明天发群里给她俩看看这黑历史，看她们尴不尴尬。

视频录到一半，屏幕上方忽然跳出一条消息提醒来。

温若雅微怔，点进去看，是同学群里艾特全体成员的消息。

自从过年期间同学聚会后，这个群又恢复了沉寂，已经很多天没有消息了。

而那条新消息是班长徐晨发的——

【各位同学你们好，我是徐晨的妈妈，请原谅我的冒昧打扰，但还是怀着无比沉痛的心情，告知诸位同学，昨天下午徐晨在市中心医院因病辞世，年仅二十二岁。

徐晨是个很坚强懂事的孩子，治疗期间也保持着乐观向上的态度。过年期间，他就与我说过，组织曾经的老同学们重聚，再拍张班级合照，是他的临终心愿，他想跟生命中的每一位亲朋好友都体面地说一声再见。感谢诸位同学对我家徐晨的照顾。徐晨妈妈，泣告。】

寥寥数行字，让温若雅的心一点一点沉下来。

她怎么也不相信，春节期间还与他们温和说笑的班长，竟然去世了。

消息来得实在太突然，太令人震惊。

不单单是温若雅，群里的同学们也都冒了出来，皆震惊无比，纷纷劝慰徐妈妈节哀。

对座的裴景烟和秦霏两人见温若雅捧着个手机，一脸凝重不说话，秦霏出声问道："若雅，你发什么呆呢？"

温若雅怔了怔，目光仍旧有些迟钝。

她也不知道该怎么开口，索性将手机递到她们跟前，神色郁郁："你们自己看吧。"

裴景烟接过手机，眯起眼睛看了起来，脸上的神情也由最开始的随意，逐渐变得沉重。

静默了足有两分钟，裴景烟乌黑的眸子褪去几分醉意："徐晨去世了？"

还是她醉了眼花了？

温若雅钝钝地点头："嗯，去世了。"

群里消息还在增加，不少人询问徐妈妈悼念的地点和时间等。

温若雅看着群里的消息，说道："徐妈妈说，徐晨是脑癌晚期，无力回天。"

顿了顿，她补充："追悼会定在周三上午。"

秦霏半天没反应过来，等缓过神，嘴里不禁喃喃："好好的一个人，怎么说没就没了呢？我还记得同学聚会，他还夸我越长越漂亮了……等到散场的时候，他还站在门口，朝我们一个个挥手告别……是了，怪不得临走的时候，他还谢谢我能来。当时我还笑他太客气了。"

原来，谢谢你能来，是他对短暂人生中过客们的最后告别。

温若雅显然也想到这一层，唏嘘不已："班长，真是个很温柔的男生啊。"

秦霏表示同意，并问起温若雅追悼会的具体地点和时间。

"群里都有。"

温若雅指了指手机，而后又看向呆呆坐着的裴景烟："小景，追悼会你去吗？"

裴景烟纤长的眼睫微垂："……我之前在医院遇到过徐晨。"

还是在同学聚会前，她陪嫂子顾沅去做体检。

现在想来，徐妈妈之所以在医院里失态痛哭，大概是因为知道孩子的时日不多了。

但就是在那样的情况下，徐晨还是很从容地与她打招呼、告别。

她心里忽然有点淡淡的惆怅。

裴景烟伸手捏了捏眉心，答道："我也去吧。"

同学聚会没能好好告个别，追悼会上送一程，也算是全了同学缘分。

因着老班长离世这个噩耗，她们也没什么心情继续玩了，秦霏打电话取消了包间。

温若雅一左一右扶着两人上了车，依次将人送回家。

2

云水雅居，地下车库。

接到温若雅的电话，谢纶就在电梯间等着了。

等到车辆入库停稳，他朝温若雅点头致意，又绕到副驾驶位置，将门打开。

微暗的光线下，裴景烟脑袋朝着一边歪，闭着眼睛躺在副驾驶座上睡着了。

温若雅轻声道："谢总，人已送到，你赶紧抱她回去歇息吧。"

谢纶客气道："麻烦你了。"又弯下腰，把裴景烟身上的安全带解开，将人打横抱出来。

温若雅看着他这"老公力"十足的举动，心道：总体来说，谢总这个老公还是很不错的，谁知道偏偏有个"白月光"，魅力顿时大打折扣。

不过她还是希望小景和谢纶好好相处，毕竟谁没有段过去呢？他俩都结了婚，总该朝前看。

温若雅解开安全带，下了车。

那边裴景烟也醒了过来，迷迷糊糊睁开眼，见到男人俊美的侧颜时，大脑还有些发蒙，小声呢喃道："我是在做梦吗？"

还没等谢纶出声，她又懒洋洋地嘟囔道："烦死了，为什么做梦还要梦到这个男人？"

谢纶："……"

"男人"是指他？

温若雅走到他们跟前，看了眼醉醺醺的裴景烟，无奈地摊开手："她今晚是喝得有点多。"

谢纶问："她是心情好才喝多，还是心情不好？"

温若雅眉梢一挑，心说这你还看不出来？

她本想直接说出裴景烟所烦心的事，但转念一想，这是他们两口子的事，自己这个外人还是别去掺和。

而且小景也不想叫谢纶知道她搜抽屉，发现雨伞的事——

说白了，也是女孩子那点隐秘又骄矜的小心思，不想在男人面前承认她有多在乎他。

"谢总，小景是个很好的女孩子。希望你能好好珍惜她，不要辜负她的感情。"

温若雅平静地说完，轻点了下头："你快带她上楼休息吧，我先回去了，再见。"

她也只能提醒到这儿了。

无缘无故地，怎么突然说这么一段话？

谢纶抱着裴景烟，浓眉轻蹙，难道这小没良心的在外人面前说他坏话了？

等车开走，谢纶也抱着裴景烟上了楼。

回了卧室，他将人放在沙发上，替她脱鞋脱衣服。

当他的长指触及她腰侧的拉链时，裴景烟忽然睁开眼，伸手按住他的手："你做什么？"

谢纶轻抬眼皮，淡淡道："帮你换衣服。"

裴景烟细细的眉头蹙起，没好气地推开他的手："不用。"

感受到她的情绪不佳，谢纶静静凝视着她。

裴景烟借着三分醉意，睁着一双清润的杏眸，直直迎上他的目光。

四目相对，一个带着探究，一个带着赌气。

少顷，谢纶垂下眸，没说话，而是起身走开。

裴景烟见他这样一声不吭地走开了，心底又冒起酸涩的泡泡。

果然是不爱了。

现在连问她一句，哄她一句都不愿意了。

所谓"智者不入爱河"，自己就是个大笨蛋，才会对这个男人动真心！

她闭上眼睛，默默消化着这份酸楚与悲伤，却越想越生气，越想越难过。

这时，磁沉的嗓音在头顶响起："喝点水。"

裴景烟先睁开一只眼，只见谢纶站在她面前，白色衬衫的衣袖卷到手肘，修长的手指端着一杯白开水。

裴景烟："……"

谢纶将杯壁往她嘴边送了些："不渴？"

裴景烟眸光闪了闪，好吧，是有些渴。

她低头，就着他的手，默默喝掉大半杯水。

谢纶耐心地看着她小猫喝水的模样，嗓音放柔了些："还喝吗？"

裴景烟抿了抿被温水润泽过的红唇，故作冷淡道："不喝了。"

谢纶"嗯"了声，将杯子搁在茶几上，又伸手去拉她的手。

裴景烟眸光闪了闪，躲开了。

他的手在空中一顿，俊美的脸庞线条生硬了几分，语气略沉："今天是怎么了？"

裴景烟："没什么。"说着，她避开他目光，起身道，"我去洗澡。"

谢纶拧眉，分明看出她的情绪不对。

在她经过身旁时，他扣住她纤细的手腕："是遇到烦心事，还是谁惹你不高兴了？"

裴景烟垂了垂眸，盯着他拽着自己的手，大脑不受控制地去想，他珍藏的那个"白月光"是什么模样呢？

他是不是也曾经这样拉过那姑娘的手，也这般温声细语地哄着她？

虽然理智告诉裴景烟，过去的事情就不要去计较了，可她实在没办法控制住那份酸涩，克制不住去想那个"白月光"，还各种脑补他们曾经的点点滴滴。

那把雨伞，或许是他们的定情之物，没准还是一段青涩唯美的雨天爱情故事……

好烦。

裴景烟咬了咬下唇，动作生硬地甩开男人的手："你别管我了。"

曾经练泰拳的那股力量随着情绪一起迸发，谢纶猝不及防被甩开。

裴景烟头也不回地跑进了浴室，门啪嗒一声关上。

谢纶低下头，看着自己被甩开的手，头一次发现这娇娇小小的女孩儿，竟然有这么大的力气。

再看向那扇关上的浴室门，他的薄唇紧抿成一条线。

到底怎么了？明明昨晚还乖巧黏人，下午微信聊天也很正常……

自己一天都在开会、谈合作，也没做什么惹她生气的事。

生理期的话，也还差些日子。

难道是今晚出了什么事？

等两人都躺上床休息，灭了灯，谢纶翻了个身，习惯性地从后面抱住那柔软的身躯。

裴景烟扭了扭腰，试图挣开他的怀抱，被子里传出来的声音有些闷："松开，我要睡觉。"

"今晚不动你。"

男人低低的嗓音传入耳中，温热的气息徐徐洒在她后颈肌肤上："小景，有烦心事就跟我说。"

裴景烟："……"

"还记得前两天我说过的吗？我们是夫妻，你的事就是我的事，你有事别藏在心里，说出来，我跟你一起想办法。"

裴景烟心里一片黯淡。

他不提前两天还好，一提到，她不禁想到他与她告白时，她内心的雀跃与欢喜。

现在再想，只觉得自己愚蠢，也许商业联姻就不该动真感情。又或许他当时的告白是真心实意的，只是她对感情的要求太高了。

她自小到大，吃穿用度，什么都是最好最完美的。

所以在爱情方面，她也想要个一心一意，将她视作唯一的男人。

那把伞的存在，于他们现在的婚姻，并无妨碍，只不过是一把伞而已——要怪就怪她自己，没办法跨过心里那道坎。

理了理混乱的思绪，裴景烟闭上眼，轻柔的嗓音透着浓浓的倦意："我困了，不想说话了……"

谢纶眉心微动，到底没继续追问，只低头吻了吻她的发："那先睡吧，乖。"

最后一个字，嗓音温柔得宛若在哄孩子。

裴景烟忽地鼻尖一酸，死死咬住唇瓣。

怎么办，她好像比她想象的还要喜欢他。

第二十九章 · 【往事种种】
"谢纶，你适可而止！"

1

第二天，裴景烟醒来时，谢纶已经不在身边。

她从床头柜摸过手机，也没有他发来的消息。

昨天晚上借着酒精发作的场景闪现在脑海中，现在她静下心想想，自己好像是有些无理取闹了。

可情绪这种事，尤其是吃醋，真的难以控制。

她晃了晃脑袋，也不去想那些。

看到朋友圈有人发了去冰岛看极光的小视频，心想着不如出去散散心也好，于是她找到好友列表里的旅行定制师，叫他安排一周左右的行程。

正是工作时间，旅行定制师回复得很迅速：【裴小姐，请问您是单独出行，还是和朋友、家人一起呢？】

裴景烟想了想，反手发到群里，问秦霏和温若雅去不去。

一只小鸟飞飞飞：【谢邀，但我马上要参加一个选秀节目，这个月没空。】

取昵称真的好难：【出行日期正好和我爷爷八十大寿撞上了……】

美少女景：【好吧，那下次约。】

取昵称真的好难：【不然你跟谢总去？】

美少女景：【……】

算了吧，她出去旅行，就是想避开谢纶，自己静静心。

邀约无果，裴景烟回复：【我单独出行。】

旅行定制师：【好的。我这边会在今天之内给您发送定制行程单。】

确定好旅行计划，裴景烟放下手机，起床洗漱。

她边刷牙边盯着镜子里的自己想，也许就不该对男人付出全部的真心，还是得专注自己的生活才是。

不过，这份人间清醒，也只维持了一个白天。

等到入夜后，收到谢纶发的今晚有酒局，会晚些回来的消息时，她又悲伤成流泪猫猫头。

是不是因为昨晚她闹脾气，所以男人怀恨在心，故意冷落？

一定是这样，男人都是没有心的！

她自个儿在家生着闷气，好几次还想把那搅乱情绪的伞丢了，顺便把密码盒撬开，看看里面到底装了什么东西——情书还是照片，抑或是其他定情信物？

想归想，她到底没那样做。

怎么说那也是谢纶的私人物品，她要丢也得当着他的面光明正大地丢，偷偷摸摸搞小动作她裴景烟可干不出来。

这一晚，裴景烟再次怀着悲伤的失恋情绪入睡。

她睡得很不好。

再次醒来，外面的天还没大亮，她下意识翻了个身，身边一片空空荡荡——

一开始她以为是谢纶起床了，然而起身后，发现身边并没有睡过的痕迹，她才意识到昨晚谢纶根本没回来。

就像是往一堆干柴里丢了根火柴，唰的一声，愤怒如烈焰烧了起来。

他竟然连家都不回来了！

这是在跟她冷战吗？

裴景烟手指攥着真丝被单，白嫩的腮帮子气得鼓起来，宛若一只愤怒的河豚。

好啊，好得很，不就是冷战吗？谁怕谁！

　　与此同时，西城一处高级会所包间里。

　　仰躺在皮质沙发上的谢纶缓缓地睁开眼，醉酒后的眩晕感让他眉头皱起。

　　他修长的手指捏了捏眉心，坐起身子，看着桌上东倒西歪的酒瓶，还有抱着酒瓶，窝在沙发里呼呼大睡的陆明琼，眉心顿时皱得更厉害。

　　宿醉的感觉实在太难受，他倒了杯冷水喝，又拿起手机。

　　屏幕上显示早上五点十五分。

　　他黑眸微眯，点开微信。

　　置顶聊天的对话窗口里，还停留在他发送的那句"你早点睡"。

　　裴景烟没有回消息。

　　甚至他一个晚上未归，她也没发来一条消息，或是打一个电话过来。

　　就仿佛他没有成家，没有妻子。

　　谢纶的视线缓缓投向沙发上的好友——

　　就像陆明琼一样，没人关心没人爱。

　　"老陆，醒醒。"

　　他站起身来，脚步还有些虚浮，伸手推了陆明琼一把。

　　陆明琼抱着酒瓶，从梦中惊醒，还有些恍惚："怎么了？着火了？"

　　谢纶："……"

　　陆明琼揉着眼睛，昏昏沉沉地看向谢纶："老谢，现在几点了？我怎么睡着了？"

　　谢纶冷着脸："这话应该我问你，昨晚我不是叫你把我送回家去。"

　　陆明琼的记忆也找回来了一些，面露惭愧，悻悻道："哎哟，这不是我也喝多了嘛。"

　　他揉着脖子坐起来，见谢纶脸色不佳，揣着小心问："现在应该还早吧？你今天有重要行程安排，还是你家里那位打电话催你了？"

　　不提这茬还好，一提这茬，谢纶的神色更沉了几分。

　　陆明琼察言观色，拍了拍他的肩："哎，我说老谢，你这也太惯着她了。男人出来应酬常有的事，她这样管着你可不成。"

　　谢纶扯了扯嘴角，握着手机的掌心不由得捏紧。

她要是真管他，那倒好了。

裴景烟虽为谢纶一夜未归的事生了一顿气，但也记得今天是周三，还要去参加徐晨的追悼会。

她从衣帽间里选了一条长款黑色连衣裙，头发也端庄绾起，用一个白色珍珠发卡固定，其余的首饰都没戴。

一个晚上没睡好，再照镜子有些憔悴，她简单化了个淡妆，把黑眼圈遮住，口红也选了个很日常很低调的温柔豆沙色，既提气色，也不显得艳丽。

状态不好，她也懒得自己开车，于是打电话叫了司机。

坐在车里，裴景烟降下半边车窗，看了眼窗外的天色。

似是为了配合今天的心境，天色灰暗寡淡，空气中都有些压抑的感觉。

前排司机温声提醒道："太太，天气预报说这两天都有雨。"

裴景烟淡淡"嗯"了声。

江南地段，春季雨水最多，一场接一场的连绵细雨，没完没了地下。

等车子驶离别墅区，周遭街景热闹起来，裴景烟将车窗关上。

她懒洋洋地靠在后座，轻声道："老周，到了记得叫我，我先眯一会儿。"

司机应道："好的，太太。"

半个小时后，追悼会现场。

一进大堂，门两侧摆着许多花篮、小花圈和挽联，右侧是签到处，左侧摆着个牌子，上面挂着徐晨从小到大的照片。

从在地上爬行的婴儿照，一直到蹒跚学步，再到小学、初中、高中、大学的毕业照和大大小小的活动照，按照时间顺序排着，将他丰富却短暂的一生展现在众人眼前。

"小景，这边。"

秦霏和温若雅先一步到了，她俩也都穿着黑色衣裙，手中提着花篮，并肩站着朝裴景烟招手。

裴景烟朝她们走去："你们来得可真早。"

秦霏道："还好，也就比你早来几分钟。"

温若雅打量着裴景烟："是黑裙压肤色吗？我怎么瞧着你一副没睡好的

样子。"

裴景烟"唉"了声:"别提了。"

温若雅和秦霏交换了个眼神。温若雅:"你不会还在为那把雨伞的事,跟你家谢总置气吧?"

裴景烟:"……没有。"

温若雅、秦霏一脸了然:"果然。"

裴景烟也不想再提这事,忙道:"好了,别站着说话,先签个到,进去吧。"

三人往签到处走去。

徐晨生前与人为善,交际广泛,所以来参加他追悼会的人也不少。

在温若雅和秦霏的介绍下,裴景烟和几个初中同学打了招呼。

那些同学见着裴景烟,皆是一脸艳羡地套近乎。

裴景烟客气地敷衍了一阵,正准备找个后排的位置坐下,手肘被秦霏撞了一下。

她一开始还没在意,等到秦霏又撞了她一下,她才抬眼问:"怎么了?"

秦霏朝她挤眉弄眼,压低声音:"许之衡。"

裴景烟:"……"

怔了片刻,她抬头朝前方看去。

只见在一众路人的注视中,穿着白衬衫、黑色休闲西装的年轻男生穿过人群,径直朝她这边走来。

这场景,叫裴景烟记起她飞去英国读书那日,穿浅蓝色外套的少年穿过机场人群,在安检处喊她的名字:"裴景烟。"

当时,她回头看他一眼。

他站在人群里,久久驻足,静静沉默。

一晃这么多年过去,那股一往无前的锐气收敛许多,年轻男生多了些从容。

他走到她的面前站定,再次唤出她的名字:"裴景烟,好久不见。"

裴景烟眼神轻晃,旋即露出个客气的笑脸:"许同学,好久不见……"

许同学。

许之衡眸光稍暗,眼前的女孩儿与他想象中的一样,明艳美丽,光芒四射。

无论在中学时期，还是在这儿，她永远都是令人瞩目的存在。

高高在上，让人心愿臣服。

可是她已经结婚了。

刚满法定结婚年龄，她就听从家里安排，嫁给一个比她大近十岁的老男人。

"上次同学会你没有来。"许之衡轻声道。

"对，上次有事要忙，抽不开身。"裴景烟淡淡微笑，心里却是土拨鼠在尖叫。

她早该想到和许之衡遇上会很尴尬的！

现在心里的悔恨，都是年少轻狂时脑子里进的水。

许之衡凝眸端详她片刻，温声道："这些年，你都没怎么变。"

裴景烟干笑道："你也是。"

她稍稍偏过头，疯狂朝秦霏和温若雅使眼色，可那两个家伙都摆出一副爱莫能助的表情。

收回求助的目光，裴景烟尽量压下心底那点愧疚感，只当作老同学叙旧，跟许之衡聊着。

好在许之衡也没再提当年的事，只聊着彼此的近况。

裴景烟心里暗暗松口气。

之后许之衡也没去别处，就和裴景烟她们站在一块儿，有一搭没一搭地闲聊着。

待台上家属致辞结束，来宾敬献鲜花。

许之衡从家属端上来的托盘取了两朵花，很是自然地递给裴景烟一朵。

那家属不知道他们的身份，只当他俩是一对，客气道："感谢你们小两口能来。"

许之衡没说话，裴景烟却忙道："您误会了，我们不是一对。"

那家属连忙道歉："真是不好意思，我看你手上戴着婚戒，还以为你们是一对。"

裴景烟淡淡说了声"没事"，又瞥了眼自己指间的铂金婚戒。

这婚戒是谢纶专门定制的，戒身内圈还刻着他们的姓氏：X & P。

看向她手指婚戒的还有许之衡，他垂着眼，轻声道："没想到你这么早就结婚了。"

裴景烟："我也没想到。"

许之衡问："你丈夫对你好吗？"

裴景烟想到谢纶，漂亮的眉眼间神色微滞。

那种酸酸涩涩的失落情绪又席卷而来，卷翘的睫毛轻垂了垂，她低声道："嗯，挺好的。"

许之衡看着她这微妙变幻的情绪，心尖像是被什么扎了一下。

他印象中的裴景烟从来都是骄傲的、张扬的，这种失意落寞的神色，怎么会出现在她的脸上。

可见这桩婚姻并不幸福。

也是，她的丈夫比她大了近十岁，两个年代的人，怕是聊个天都有代沟。

"裴景烟……"他突然正色道。

"嗯？"裴景烟迷茫地看他。

还不等他说话，身后的秦霏提醒道："小景，轮到我们献花了。"

"哦，好。"

裴景烟应了声，再看许之衡："许同学，你刚才要说什么？"

许之衡黑眸微动，摇了下头："没事，先献花吧。"

裴景烟"嗯"了声，握着花上前，顺便把脑子里的谢纶继续赶出去。

一想到谢纶，她就难过，才不要想他！

2

献花过后，告慰家属，奏哀乐，鸣礼炮，这场追悼会也就散了。

与同学和家属们告别后，裴景烟和两个小姐妹一起走出会场外。

不知什么时候下起了雨，天呈灰白色，雨渐渐沥沥落个不停。

望着那湿漉漉的地面，秦霏皱眉抱怨："怎么突然下雨了？我的车停在露天停车场。"

裴景烟拿出手机，不紧不慢道："等一会儿吧，我车上有伞，我叫司机开过来。"

刚在追悼会上，手机全程是飞行模式，以防有消息打扰现场的气氛。

飞行模式刚关，就有消息跳出来。

两个来自谢绲的未接来电，还有他的微信消息。

二十分钟前一条：【起床了吗？】

三十分钟前一条：【怎么不接电话？】

看着这两条消息，裴景烟的唇不自觉地噘起，他个一夜未归的人，还好意思问她为什么不接电话。

不是要冷战吗？这么快就结束了？

"小景，你干吗呢，赶紧给司机打电话呀？"秦霏见她捧着手机半天没动静，催了一句。

裴景烟回过神来："这就打。"

她点出微信，给司机打了个电话。

放下手机后，她抬头看向寂寥的天色，心情也随着这雨天越发沉郁。

忽然间，头顶多了把雨伞，遮住一片阴影。

裴景烟微诧，看了看伞，又偏过头，看到站在身后握着伞的许之衡。

"我送你？"他清隽的脸庞上笑意温和。

"不用麻烦了。"裴景烟摇头，"司机马上过来。"

许之衡抿了下唇，似有些失落："这样……"

气氛有些冷凝，秦霏和温若雅总算义气了一回，笑着缓和尴尬："许大帅哥，不介意的话，替我和若雅撑下伞吧，我们的车停在外面呢。"

许之衡眸光闪了下，客气地应下："好。"却没立刻挪步，而是看向裴景烟，"中午有空一起吃个饭吗？"

这样直白的邀请，叫裴景烟局促了两秒。

她抿了下唇瓣，再次拒绝："不好意思，我中午有约了。"

许之衡神色又黯淡几分。

沉默间，司机开着车过来。

裴景烟如释重负："我的车来了。"

司机停好车，又绕到后备厢去拿伞。

许之衡将伞往她那边倾了倾："我送你过去吧。"

车子离大门有一段台阶和路肩的距离。

裴景烟对上许之衡清澈又执着的模样，到底心中有愧，想着不过这么点路，也没必要拒绝得太决然，于是点了下头。

她转身与秦霏和温若雅说了再见，许之衡替她撑着伞，一起往路边走去。

望着朦胧雨帘中那两道背影，秦霏唏嘘："唉，想当年，我也嗑过他和小景的。"

温若雅翻了个白眼："你怎么什么都能嗑？"

秦霏道："你个没情趣的女人。"

温若雅："是是是，你有情趣，喜欢的组合都散了。"

秦霏捂着胸口："你个坏女人，你好毒！"

温若雅笑了笑，忽然笑容凝滞在嘴角，皱眉道："霏霏，我怎么瞧着那边停着的那辆车，有点眼熟呢？"

秦霏眯眼看了会儿："好像是有点眼熟。"

话音刚落，车门打开，一双锃亮的皮鞋踩在淋湿的地砖上。

那西装革履的高大男人探出半边身躯，冷白的手指握着漆金色伞柄，黑色伞面缓缓撑开。

蒙蒙雨雾里，伞下是一张俊美无俦的清冷脸庞。

男人阒黑的眼眸，一错不错地盯着宾利车旁站着的那对年轻男女。

雨丝迷蒙，春意微寒。

许之衡单手扶住车门，清润的眼眸望着裴景烟："之前，我申请加你好友……"

他突然提起这事，裴景烟目光一晃，有些尴尬。

许之衡："是忘记加了？"

裴景烟本想糊弄过去，但对上男生真挚清隽的脸庞，也不想再糊弄了。

她敛起笑意，一本正经对他道："不是忘加了，是觉得没必要。"

女孩儿声音轻软甜美，说出的话却直白锋利，直直扎进心尖。

许之衡表情微滞，过了好一会儿，才寻回自己的声音，苦笑道："连加个微信好友的资格都没有吗？"

从前裴景烟倒没什么感觉。

但此时此刻，看到许之衡眉眼间的失落，裴景烟觉得自己错了。

"不是没资格，只是觉得没必要，都过去了这么多年……"

裴景烟白皙的脸上笼上一层愧疚之色，眼神放柔了些："许之衡，过去的事，我向你道歉，对不起。"

她不该随随便便撩人。

许之衡捏着伞柄的手指不由得收紧，眉心拧起，目光专注："裴景烟，有个问题埋在我心里很久了。你那个时候向我告白，是真心的吗？"

裴景烟呼吸微顿，轻摇了下头。

"那个时候，我太任性。跟你告白，也是一时性起。"她不敢去看许之衡的眼睛，低低道，"抱歉，让你误会了。"

许之衡只觉得心里那悬着的石头，啪嗒落进深不见底的水潭，虽没有再系在心头的重量，却莫名有些空空荡荡的。

但正如裴景烟所说，都过去这么多年了。

年少心动的刹那，在岁月长河里宛若流星，璀璨，短暂，不留痕迹。

见许之衡久久没出声，裴景烟仰起脸，勉力朝他露出一个友善的笑："许之衡，你人长得这么帅，又是学霸，喜欢你的女生那么多，我相信你一定能遇到一个两心相悦的好女孩。"

许之衡垂下眼，对上她明艳秾丽的笑眸，嘴角轻扯出一抹弧度："借你吉言。"

两人相视而笑。

落到旁人眼中，却是另一番理解。

"小景。"

沉稳有力的男声陡然插入其中。

裴景烟和许之衡都怔了下，不约而同循声看去。

当看到手执黑伞，步履沉稳而来的高大男人时，裴景烟脸上的笑容绷不住了。

谢纶怎么会在这里？

许之衡低头看到裴景烟的表情变化，下意识往前一步，将她护在身后：

"这位是？"

这保护的小动作落在谢纶眼中，他的面部线条越发沉冷。

裴景烟再迟钝也嗅到这氛围有点不大对。

她忙出声道："许之衡，这是我先生，谢纶。"

许之衡心头诧异，定定地看向缓步走来的男人。

只见他身着银黑色高级西装，身形笔挺，脸庞冷白俊朗，眉眼间满是上位者的从容不迫。

随着他的靠近，周身的气压都降低了般，气势浑厚，有强烈的压迫感。

这是裴景烟的丈夫？

与他想象中的三十多岁的创业公司老总完全不一样。

思忖间，谢纶已经走到两人跟前。

"你怎么来了？"裴景烟惊诧地问道。

谢纶没立刻答，伸手拉住裴景烟纤细的手腕，将人带到自己的伞下后，才道："接老婆吃午饭。"

他又面无波澜地看向眼前年轻帅气的大男生："你好，我是小景的老公，你是她的同学？"

从小到大，许之衡一直觉得自己是天之骄子，备受追捧，心里不免有几分矜傲。

可现在，面对这个相貌、事业、气度都远胜自己的成熟男人，他忽然觉得自己就像个稚嫩的弟弟。

"谢先生你好，我叫许之衡。"他礼貌地伸出手来。

"你好。"谢纶也伸出手，象征性地握了两下，又利落松开，"谢谢许同学替我老婆打伞。"

"小事而已。"许之衡面色悻悻。

裴景烟："……"

她好像完全插不上话。

不过谢纶这男人是怎么了，一口一个"老婆"的，听得她鸡皮疙瘩都冒出来了。

谢纶捏着她的手腕，微笑对许之衡道："没别的事，我们就先走了。"

许之衡："……好。"又望向夫妻俩拉在一起的手，轻声道，"裴景烟，再见。"

裴景烟挤出一抹笑，略带歉意："再见。"

谢纶一把揽过她的肩膀，宣示主权般，不由分说地把她塞进了后座。

他又收了伞，递给司机，利落关上了门。

车窗是黑漆漆的单向玻璃，外面看不见里面，里面却能看见外面。

许之衡站在车边停留两秒，便转身离开。

黑色宾利也很快发动，驶入朦胧雨雾之中。

许之衡回头看了眼。

想到那男人执伞时，指间戴着的那枚铂金戒指，倏忽间释然了。

裴景烟，再见。

裴景烟，祝你幸福。

3

"都开这么远了，还看？"

狭小的车厢里，男人冷冽的嗓音在身旁响起。

裴景烟漂亮的眉头轻皱，她看什么了！

见她的脸依旧朝着窗外，谢纶眉心紧拧了几分，随后抬手揽住她的肩，想将她的身子扳过来。

裴景烟却跟他杠上了。

他越要她转过来，她就越不转！

谢纶感受到她在使劲儿，那放在黑色裙摆的两只小手都攥得紧紧的，暗中发力。

他的薄唇紧抿成一条线，也有些恼了。

从昨天开始，她莫名其妙与他闹脾气，不回他微信，不接他电话，他主动来寻她，却见到她跟那个许之衡，她初恋的那个小子在一起情意绵绵地对视，现在她还在这儿跟他犟？

"裴景烟。"

他沉声唤着她的名字，手上加重了力气。

　　男女力量到底悬殊，他一旦发力，很快就把裴景烟给扳了过来。

　　裴景烟的肩胛骨被捏得发疼，眉头皱起，却咬住下唇不肯吭声，一脸"你能拿我怎么样"的倔强表情，无所畏惧地对上谢纶的眼："干什么！"

　　谢纶太阳穴突突直跳，语调微沉："你跟我闹什么脾气？"

　　裴景烟看向他："谁跟你闹脾气了！明明是你莫名其妙，我看窗外风景都不行了？"

　　谢纶冷笑："你那是看风景？"

　　裴景烟蹙眉："不然呢？不然我看什么，看你朝我摆脸色，对我发脾气吗？"

　　谢纶沉声道："你不回消息，不接电话，我来找你，却看到你跟别的男人有说有笑，我还不能摆脸色？你当我是什么，没有感情的工具人？"

　　"我又不是故意不回消息，不接电话，我在参加追悼会，现场要求关闭手机。而且你哪只眼睛看见我跟许之衡有说有笑了。"裴景烟也一肚子火气，他个一夜未归的人，凭什么指责她。

　　谢纶眉头依旧拧着："谢太太，你别忘了，你现在是有夫之妇，有必要和单身男性保持一定的距离。"

　　尤其是那个许之衡。

　　一想到之前收集来的资料里，许之衡是裴景烟二十一年感情史里，唯一一个她主动告白的男生，谢纶只觉得心口闷得慌。

　　她都是他的太太了，可她至今都没对他说过"喜欢你"。

　　凭什么那小子可以得到那份待遇。

　　见谢纶神色不豫，裴景烟只觉得这男人真是不可理喻，愤愤地反驳："怎么着？大庭广众之下，我连跟老同学说句话都不可以了？拜托，我爸都没你管得这么严！"

　　话音刚落，就见身旁的男人忽然倾来。

　　谢纶的黑眸蒙上一层冷意，彼此的鼻尖隔着十厘米的距离，他语调越发沉哑："是老同学，还是你放不下的初恋男友？"

　　裴景烟脑子蒙了下。

　　初恋男友？许之衡？

见她不说话，谢纶嘴角冷笑更深："所以，你这两天突然跟我闹脾气，是为了他？"

裴景烟更蒙了，眉头紧皱："你乱说什么，这跟许之衡有什么关系？"

谢纶眼睫低垂，瞳色幽深："到现在，你还维护他。"

"谁维护他了？你乱说什么，我早八百年就跟他没联系了。"她伸手去推他攥住下巴的手，没好气道，"你今天吃错药了吧，放开我。"

谢纶面上覆着一层寒霜般。

忽然，他把她按在柔软的后座上，俯身堵住那张不停说出伤人话语的殷红唇瓣。

"谢……"

裴景烟挣扎着，想骂他，反倒方便了他攻城略地。

这个吻，来势汹汹。

她能感觉到他的怒气，用力得仿佛要将她嘴唇咬破，她的舌尖都麻了。

手腕又被束缚着，狭小的车座空间，叫她连挣扎都不方便。

前排的司机一上车，就升起了中间的挡板，但隐隐约约还是能听到夫妻俩在争吵。

现在听不到争吵的动静了，司机还以为先生太太和好了，心里也松了口气，继续开着车。

挡板之后。

裴景烟白皙的脸颊满是绯红，嘴唇都肿了起来，有气无力地揪着男人的白色衬衫，带着几分报复性般，攥得很紧，故意给他揉皱。

谢纶高挺的鼻梁紧贴着她细嫩的脖颈，又一点点游走着，在她锁骨处啃了口，继续往下。

感受到掐在腰间的掌心越发灼热，裴景烟眼中清明了几分。

她推开身前那黑发浓密的头颅，羞恼地咬唇："谢纶，你适可而止！"

男人的动作一顿。

而后那温热的薄唇又贴上她的脖颈，惩罚般咬着她的耳垂，嗓音低哑得厉害："你是我妻子，我为什么要适可而止？"

男人浓厚的气息笼罩着裴景烟，她偏了偏头，躲避耳朵的痒意，涨红着脸说："我不要！"

她两只手抵在他身前，脸上还残留热吻后的酡红，乌黑的杏眸却是明亮清澈，满是戒备。

谢纶黑眸黯了几分，松开裴景烟，缓缓坐起身来。

他不紧不慢地理着衣领、衣袖。

他手指触到嘴角，有细微的疼，被她咬破了皮。

裴景烟看着他不发一言地松开她，又自顾自地整理着仪容，眼眶不由得一酸。

这男人把她当什么了？

他凭什么这样对她？

他又凭什么怀疑她和许之衡，明明他自己的书桌里还藏着某个女人的伞！

她细白的手指紧紧捏着皮质坐垫，默默将委屈的眼泪憋回去。

她才不要哭，尤其是当着他的面。

她裴景烟，才不会为男人掉眼泪，绝不会！

她慢慢坐直身来，低下头，默不作声地整理着衣裙、头发。

一时间，车厢里一片安静，两个人都没说话。

良久，裴景烟才按下传声器，吩咐前面的司机："回云水雅居。"

司机一怔："不去西林路的餐厅了？"

裴景烟："不去。"

司机应了声"好"，到下个路口掉转方向。

自始至终，谢纶也没拦着她，或是说一句话。

他靠坐着，闭目养神。

仿佛刚才没有争吵，没有那场无声硝烟的吻。

半个小时后，车子开回云水雅居。

一停稳，裴景烟就开了车门，果断下车。

就连上电梯，她也没等他。

赵阿姨见裴景烟回来，笑着迎上前："太太……"

"你回来了"四个字还没说出口，就见裴景烟板着小脸，气冲冲地回了卧室，门被摔得震天响。

赵阿姨愣住了，这是怎么了？

叮咚一声，电梯门再次打开，这回进来的是谢纶。

赵阿姨忙打招呼："先生回来了。太太她……"

谢纶眼神淡了淡："她心情不好，让她一个人静静。"说着，走到外面浴室，洗了把脸，又换了件熨烫平整的新衬衫。

等他再次回到客厅，赵阿姨觑着他的脸色，小心询问："先生要在家用午饭吗？"

"我回公司。"谢纶看了眼那紧闭的卧室，沉吟道，"给她准备午饭就好。"

赵阿姨应了声"好"，又忐忑地搓了搓手："先生，我想请两天假，我女儿带着外孙来沪城看病。您放心，我会做好午饭再走，晚饭太太一般吃沙拉，我会把食材都装盒备好，太太拿沙拉酱拌一拌就好了。"

赵阿姨做事勤快，一年到头难得请一次假，谢纶也不是不近人情，答应下来。

赵阿姨连声道谢，忙去厨房准备午饭了。

谢纶走到主卧门前，静立良久，终究是没有敲门。

他拿起西装外套，转身离开。

第三十章 · 【终于云开月明】
"我完了，我也坠入爱河了。"

1

外面雨还在下，而且随着天越黑，雨势越来越大。

午饭赵阿姨做好了，来叫裴景烟吃饭。

裴景烟趴在卧室床上生闷气，没出去吃。

等到下午三点左右，赵阿姨站在房门口敲了两下门，隔着门道："太太，饭菜我用保鲜袋装好，放进冰箱里了，你要是饿了就用微波炉热六十秒左右。如果不想吃饭菜，冰箱里有洗好的水果和切好的蔬菜……"

她又絮絮叨叨交代了许多，裴景烟才闷闷地回应了一句："我知道了。"

赵阿姨站在门外，轻轻叹了口气。

这好端端的，也不知道小两口为什么事吵成这样？前两天不还好好的吗？

门外脚步声远去，很快就没了声音。

唯有淅淅沥沥的雨滴敲打着门窗，浅灰色的窗帘都被裴景烟拉上，屋内没开灯，光线昏暗。

裴景烟都被气饱了，也没心情吃东西。

她本来是想收拾东西，来场离家出走的。

可转念一想，领证之后，云水雅居都过户到她的名下了，现在这里是她的房产，她干吗要走！

而且她这会儿谁也不想见，要是回裴家别墅，父母知道她和谢纶吵架，肯定又要担心，没准还会说她任性。

裴景烟在床上愤愤地打了几个滚，火气还是没消，索性拿过手机，把谢纶的电话号码屏蔽，又把他的微信拖入黑名单！

做完这些，那份灼灼怒气才稍微平息，她从床上爬起来，踩着拖鞋去浴室里卸妆洗脸。

照镜子时，她发现从耳朵往下，她的脖颈上、锁骨上，甚至连胸前，都零零星星散落着绯红的痕迹。

想到之前在车上的热吻，男人就像头暴怒的狮子，要把她拆吃入腹一般，又亲又啃的。

真是疯了，都吵架了，还吻得那么激烈。

看到身上那明显的痕迹时，她还是忍不住暗骂一句："无耻。"

他绝对是故意留下的，绝对！

不过，他为什么说许之衡是她的初恋男友？她父母都不知道她这一段，难道他调查她？

算了算了，先不想了。

裴景烟重新躺回床上，扯过被子把脑袋一蒙，天塌下来，睡一觉再说。

天空呈灰黑色，城市霓虹灯亮起，浓墨重彩的油画颜料似的，倒映在被雨水模糊一片的落地窗上。

谢纶记不清这是他抽的第几根烟。

陆明琼走进来时，都忍不住挥手在鼻子下扇了扇："哎哟，我说老谢你这是要把办公室给烧了？你不是最讨厌身上沾烟味的吗？"

谢纶不语，将剩下半根燃着的烟，反手按在黑色的烟灰缸里。

"怎么了你，一副为情所困的样子，还主动打电话约我喝酒？"陆明琼走到他对面的沙发坐下，跷起二郎腿，上下打量他一遍。

当看到男人薄唇上的小伤口时，他不由得乐了："嘿，老谢，你的嘴怎么了？"

谢纶眼皮微动："……"

陆明琮看他这反应，就知道自己说着了，脸上笑容更盛："可以啊，够刺激。"

谢纶用小拇指猜也知道陆明琮脑子里在想些什么，淡淡斜了他一眼："不会说话就别说。"

陆明琮看出他心情不好，也不再打趣，敛了笑容道："这到底是怎么了？难不成为了昨晚没回去的事，小嫂子跟你吵架了？"

谢纶："嗯，吵架。"

陆明琮："啊？那这是我的锅，要不你给你太太打个电话，约出来一起吃个饭，我请客赔罪，跟她解释解释。"

谢纶抬手捏了下鼻梁，嗓音透着浅浅的倦意："没什么好解释的。"

她压根就不在乎。

见好友这神色黯淡孤冷的样子，陆明琮起身，走到他身边，同情地拍了拍他的肩膀："小女孩嘛，总是难哄的，何况你娶的这位还是圈里出了名任性矫情的小公主。要不是你瞒得那么好，突然爆出要跟裴家联姻，作为兄弟，我肯定是要劝你三思的。"

谢纶沉默不语。

陆明琮那边继续道："也不知道你为什么要娶裴景烟，如果真要联姻，其实阮家也不错，听说那阮小姐温柔大方，长得也漂亮……"

"在我面前提别的女人做什么？"谢纶皱眉，不耐烦听，唰地从沙发上站起身。

陆明琮耸耸肩："好好好，不提。"见谢纶拿起西装外套穿上，问他，"去哪儿？"

谢纶看陆明琮一眼："你组个局，喝酒、打高尔夫、打桌球，都行。"

陆明琮瞬间明白了，比了个手势，又嬉皮笑脸地八卦："老谢，你这是单方面不想回家，还是被小嫂子赶出来了？"

谢纶眉心微拧："你再废话，我约别人凑局。"

"得得得，不问了。"

陆明琮摆手，从口袋拿出手机，开始联系人攒局。

等挂了电话，他道："去老刘家玩牌？他前两天从港城佳士得买了幅莫奈的画，正好瞧瞧去。"

谢纶面无表情地应了声，和陆明琼一起离开办公室。

下雨天最适合睡觉。

可一觉醒来，望着空荡荡的房间和灰暗一片的天空，心底又迅速被一种名为孤寂的情绪给占据。

裴景烟踢踏着拖鞋，打开卧室的门。

门边上贴着个便笺条，是赵阿姨留下的叮嘱，提醒她要吃饭，以及冰箱里的食物分别热多久，餐盘可放进洗碗机里，或者等自己回来再洗。

裴景烟看着这便笺条，心说"我又不是小孩子了"，但还是感觉到一丝被关心的暖意。

走廊和客厅都没开灯，她缓步走过去，感应灯依次亮了。

她一直知道这套别墅很大，可这会儿，只剩她一个人在家时，她才发现它真的大到离谱，她喊一声都能有回音。

走到厨房，她从冰箱里拿出备好的食材，简单拌了个蔬菜沙拉，坐在吧台上一边吃，一边玩手机。

打开微信界面时，她下意识去看那个夜礼服假面的头像有没有发消息过来，却连头像都寻不见了。

她愣了两秒，才后知后觉意识到自己把他删了。

咬了两口西蓝花，裴景烟点开群聊。

秦霏和温若雅正在里面聊得热火朝天，并艾特了她无数遍。

等翻到最上面的聊天内容，并一路翻下来时，裴景烟也惊了。

最开始是秦霏发了个新闻链接分享，一则警方通告，热心的群众举报了四人聚众吸食违禁品。

被爆出来的其中一个人的名字为：唐 × 克，还有前两天唐马克在京市发的定位朋友圈。

秦霏和温若雅她们确信被抓的人就是唐马克无疑。

一只小鸟飞飞飞：【唐马克这下完了。】

取昵称真的好难：【前阵子老唐总爆出私生子，唐夫人就跟老唐总大闹一场，好不容易才逼得老唐总把唐马克带进总部，正式宣布为接班人。谁知道这不争气的败家子背后整这么一出。】

美少女景：【这么一来，唐马克接班人的位置估计不保了。】

取昵称真的好难：【那肯定啊，都上新闻了，名字都曝出一大半。】

一只小鸟飞飞飞：【对了，这个微博你看了吗？小景你快去看！】

秦霏又发来一条微博链接。

裴景烟点进去，界面自动跳转到苏欣冉的微博。

这个名字……

裴景烟缓了两秒，记了起来，唐马克之前找的那个照她模样整容的女朋友。

只见苏欣冉转发了官方的那条微博，配文：【还好分得早。】

下面有很多网友骂她……

当然也有很多夸她目光长远的。

大概是被喷得厉害，苏欣冉又发了一条长微博，配上最新的自拍照。

那洋洋洒洒接近八百字的小作文，说了她刚入圈时，的确抵不住唐马克的糖衣炮弹，跟他在一起过。

但后来发现唐马克不停劝她整容，她被爱情冲昏了头脑，才一次又一次地整容。

直到后来她遇到一位人美心善的小姐姐，并在那小姐姐的帮助和提点下，幡然醒悟，决定改头换面，做回自己。以后会好好拍戏，不辜负支持她的那些粉丝之类的。

博文下面配的自拍照共有三张。

一张是她出道时的原始脸，一脸清纯。

一张是整容时期，整个脑袋被绷带缠成木乃伊。

最后一张是她现在的照片，脸还有些手术后的浮肿，但已经看不出与裴景烟的相似之处。

这条微博一出，顿时又在网上掀起一波热潮。

网友们议论纷纷，各种态度。

但因为苏欣冉这篇博文很真诚，网友们大都祝福她，回头是岸，努力搞事业才是王道。

就连秦霏也在群里说：【这个苏欣冉可真聪明，这个时候发文，一来蹭了波唐马克被抓的热度；二来借机洗白复出。也不知道她这篇文是自己写的，还是找的公关公司，我得去打听一下。】

温若雅则是问裴景烟：【她博文里说的那个人美心善的小姐姐，不会是你吧？】

美少女景：【应该不是我，我可没跟她说过话。】

想了想，倒是谢纶曾经帮过苏欣冉。

唐马克被抓这事，裴景烟怀疑是不是和谢纶有关。

一瞬间，裴景烟有点想问问谢纶。

可好奇心才起，就被好胜心给压下来——

都把他拉黑了，她才不要理他。

打发完一天的时间，不知不觉，就到了晚上十点。

裴景烟躺在床上，百无聊赖地放着电视剧当背景音。

都这么晚了，而且白天又跟谢纶吵了一架，他今晚……还会回来吗？

目光转到卧室门锁的时候，裴景烟有些犹豫，自己要不要反锁呢？

就在她纠结时，外头传来轰隆隆的雷声。

裴景烟微微一怔，两道眉毛皱起，白皙的脸上露出一丝苍白。

最讨厌打雷了！

她迅速拿遥控器把投影关掉，又关了灯，往床上一倒，一把扯过被子蒙过头。

她的两只手用力捂着耳朵，希望这雷声快点过去。

可是人倒霉起来，似乎连老天爷都跟她作对，雨下个不停，雷声也轰隆隆连绵不断。

好烦！好烦！好烦！

裴景烟感觉自己的大脑神经都紧绷着，那种神经过敏的难受感觉，让她整个人都笼在一种躁郁的情绪里，脑袋要炸了般。

与此同时，这两天难受压抑的情绪一齐涌上心头。

她娇小的身子蜷缩着，鼻子一酸，眼眶里的泪水也憋不住，悄无声息地滑过挺翘的鼻尖，又淌落在雾粉色的真丝枕套上，洇出一小团水渍。

2

另一边，高档小区一处大平层里。

看着外头电闪雷鸣的天色，谢纶眉头皱起。

"老谢，在想什么呢？到你出牌了。"

"是啊，今晚你可是大杀四方，赢到手软了啊。快些出牌，好叫我们几个赢回点本钱。"

"……"

谢纶回过神来，抽了张牌丢出去。

他心不在焉，这把牌很快输了。

另外几个老总笑呵呵，洗牌准备再来，却见谢纶拿起手机起身："对不住各位，我有事，得先走一步。"

老总们一愣，纷纷挽留：

"老谢，你这就不够意思了，哪有赢了那么多钱就不玩了的。"

"就是啊，现在外面还打雷下雨呢，再玩两把吧。"

"这会儿还早啊，快快快，坐下来继续玩。"

谢纶正色，温声拒绝："实在是家里有事，下次再玩。"

他又将在隔壁打桌球的陆明琮叫过来凑局，拍拍陆明琮的肩："你凑个数，我先回去了。"

陆明琮一脸蒙："啊？你这就要走了？"

谢纶"嗯"了声："打雷，我太太一个人在家，不放心。"

陆明琮："嗯？"

啥玩意？

他家这小嫂子未免也太娇惯了，又不是小孩子了，还怕打雷？

也不等他挽留，就见谢纶拿起外套，大步流星往外走。

回到云水雅居时，屋内一片漆黑，清冷。

谢纶换了鞋，抬袖嗅了下身上的味道。

他把沾了烟酒味的外套丢在外面的浴室里，又洗手洗脸，确定身上没味后，才走到卧室门前。

骨节分明的手指微屈，他有节奏地敲了三下门。

"咚咚咚！"

并无人应。

他薄唇轻抿了抿，拧开门把手，并未反锁。

屋内是一片暗，借着从走廊投进去的微光，他看到柔软的大床上那微鼓的"小山包"。

等走近了看，他才发现她整个人蜷缩成一小团。

谢纶黑眸微闪，之前跟裴元彻聊天时，偶尔知道小姑娘有雷声恐惧症。

一听到打雷声，就容易神经过敏，焦虑恐惧。

现在看到她这样子……

他手指不由得捏紧，缓步走到床边坐下。

似是感受到他的靠近，那"小山包"瑟缩了一下。

谢纶嘴角弧度下压，边掀开被子，边嗓音温和道："小景，是我。"

被子刚被掀开，怀里就扑进来一道温热柔软的身躯。

她的两条手臂紧紧环住他的腰身，谢纶背脊一僵。

就听怀里的小姑娘像是被丢弃在路边的小猫似的，轻软的嗓音，带着几分委屈巴巴的呜咽："呜，你怎么才回来呀……"

这又轻又软的一句话，似在抱怨，又带着撒娇的味道。

谢纶心口好似塌了一块。

他抬手揽住女孩儿纤薄的肩，掌心轻抚过她的背脊："是我的错，回来晚了。"

怀里的裴景烟还在小声抽泣，她觉得自己这会儿好丢人，明明说好不哭的，可还是忍不住哭了。

而且还是当着谢纶的面。

太丢人了，他会不会觉得她好幼稚、好没用。

可她实在控制不住，在听到他的声音那一刻，就像在汪洋大海里漂泊的小船看见了灯塔的光芒，总算寻到可倚之处。

她也不知道从何时开始，她对谢纶产生了这般的依赖感。

"乖，别哭了，眼睛哭肿了就不好看了。"

谢纶将怀里人抱得紧了些，又低下头，吻了吻她的发。

她的发间有淡淡的水蜜桃香气，果香淡雅，清新又自然。

裴景烟在他的轻哄下，焦虑害怕的情绪也逐渐平息，可哭腔还没止住，依旧抽抽搭搭的："哭肿就哭肿了，反正你也不在乎，你也不心疼。谢纶，你没有心，我嫁给你，你倒好，夜不归宿，下雨打雷也留我一个人在家……"

谢纶捏了捏她的耳垂："谁说我不在乎，不心疼？"

明明没心没肺、毫不在乎的那个人，是她。

现在还倒打一耙。

裴景烟哽咽着："我不管，反正你留我一个人在家。"

谢纶抚着她的发："是我不对，下次再也不会了。"

听到他这话，裴景烟心气儿稍熄，但还是把脸埋在他怀里，不好意思露脸，只揪着他的衬衫，小声哼唧着："你怎么回来了，不是要跟我冷战的吗？"

谢纶低头看她："我什么时候说了要跟你冷战？"

裴景烟闷闷地咕哝着："你一声不吭就走了，不跟我说话，也不跟我道歉……这不是冷战是什么？"

谢纶："我承认，中午是有些生气……"

他话还没说完，就见怀里的小脑袋耸了耸，哼哼道："明明就是你找我吵架，你还生气了？"

谢纶："……"

少顷，他才道："中午回家后我没第一时间跟你沟通，是考虑到我俩情绪都不稳定，需要先冷静。"

裴景烟继续哼哼："冷静不就是冷战。"

谢纶无奈了。

他伸手去捞裴景烟的小脑袋，可裴景烟才不配合。

他又伸手准备开灯，裴景烟赶紧拦住："不要，不要开灯。"

她眼泪还没干，她需要黑暗给她遮一些，虽然有几分掩耳盗铃的味道。

见她说不，谢纶收回手，没开灯，但还是将怀里的人挖了起来，捧着她的脸，叫她与他对视，不许再做鸵鸟。

"我从始至终都不想跟你冷战。"

借着走廊投进来的光线，谢纶凝视着她波光潋滟的水眸。

女孩儿眼角红红的，脸颊鼓鼓的，小嘴一撇，还是一副傲娇又不服气的模样。

还是个小孩子。

谢纶这般想着，严肃的语气也不禁放柔了些，指腹轻擦了擦她的眼角："不哭了好不好，都是我的错。"

裴景烟被他一哄，鼻子反倒更酸了。

她心里也清楚，闹成这样她也有错。可见他这样包容，她就忍不住任性。

这大概便是被偏爱的总是有恃无恐。

她略微心虚地瞥过他嘴角结痂的小伤口，小声道："那你说，你错在哪里了？"

谢纶抬手捏了捏她软乎乎的脸颊："错在不该凶老婆，吃醋了应该告诉老婆。"

他又叫她老婆！

裴景烟面上一热，不知道为什么，每次谢纶叫她老婆，她总觉得被调戏一样。

不过——

她睁了睁水灵灵的大眼睛，像是发现新大陆般："你吃醋啦？"

谢纶抬抬眼皮，"嗯"了声。

裴景烟心里乐了，他吃醋了！

终于不是她一个人暗暗地吃醋了，谢纶也尝到吃醋的感觉了！

她尽量憋着笑容，佯装淡定地觑向他："我和许之衡初中毕业后就没任何联系了，今天也就客气地寒暄两句，这醋有什么好吃的。谢先生，请问你是醋罐子吗？"

谢纶也不在意她的调侃，目光坦然："他曾是你的告白对象。"

裴景烟噎住。

——啊这……这男人果然调查过我！

她有些尴尬地咳了两声，小声解释着："那件事是个误会。"

谢纶问："误会？你没告白？"

裴景烟悻悻道："……告是告白了。"

谢纶脸色一沉："那就是事实。"

感受到男人毫不避讳散发的醋意，裴景烟头都大了，示好般地拉住他的手："你先听我解释嘛，我当初跟他告白，是因为跟霏霏、若雅她们打了个赌！"

她接下这个赌约，然后——成功了。

然后她顺利从秦霏和温若雅那里赢了一套珍藏版纪念邮票。

听她说完这段过去，谢纶眉头蹙起。

在他开口之前，裴景烟抢白道："我承认我这样不对，但你不准说我。"只能她自己说自己。

谢纶："……所以为了一套邮票，你就跟其他男生告白，说你喜欢他？"

裴景烟眼神闪躲："年幼无知嘛。"

谢纶反握住她的手，捏了捏："谢太太，那我送你一片马场，你也跟我告个白？"

裴景烟蒙了，一脸怀疑地看向身前的男人。

光线虽昏暗，但男人的目光很认真，定定望着她，看得她一颗心怦怦直跳。

她羞赧地偏过头，吐槽道："你好的不学学这个，我要马场干吗？在草原上体会游牧生活吗？"

谢纶阒黑的眼眸弯了弯，抬手将她拥入怀中："过游牧生活，我也陪你一起。"

"……那我真是谢谢你。"裴景烟翻了个白眼，又握拳捶了他两下。

狗男人胸肌练这么健壮，要闷死我吗？她喊道："你放开……放开，我要缺氧了。"

谢纶松开她，又理了理她头顶翘起来的一缕呆毛。

裴景烟瞪着杏眼："你别动手动脚，我俩还没和好呢！"

谢纶蹙眉："嗯？"

裴景烟正色道："你怎么知道我以前告白过许之衡，你派人调查我？"

提到许之衡，谢纶眸色就暗了些，哪怕知道只是一个赌约，但心里依旧不痛快。

沉吟一阵，他承认："婚前，我是调查了关于你的一切。"

他承认得这么干脆，反倒叫裴景烟不知道该说什么了。她涨红着一张脸道："就算是夫妻，也该有个人隐私……"

话刚说出口，她又心虚起来，说到隐私，她自己还搜了谢纶的抽屉呢。

想到这里，她的思绪又不可控地飘到雨伞和密码盒上。

才被哄好的心情，一瞬间又变得低落。

谢纶见她陡然沉郁的神情，还有耷拉下来的小脑袋，浓眉轻蹙。

"我调查你，只是想更了解你。"

"谢纶，我肚子饿了。"裴景烟陡然打断他。

她现在好饿，心里空落落的，胃里也空空的，急需被食物给填满。

谢纶见她可怜巴巴的模样，问："想吃什么？"

裴景烟摇头："不知道，但就是想吃。"

谢纶抬手揉了揉她的发："我去给你煮碗面？"

裴景烟微诧："你还会煮面？"

谢纶轻扯了嘴角："煮个面，做点家常小菜还是会的，创业初期，住出租屋的时候，都靠自己做饭洗衣服。"

他如今的事业，都是从艰苦里一步步拼来的。

裴景烟实在难以将眼前矜贵优雅的男人和破旧的出租屋联系起来。

她和谢纶之间，差了近十岁。

而他，用了十年的时间，才到达她的高度，拥有成为她丈夫的资格。

3

二十分钟后，灯光明亮的厨房里，谢纶将刚出锅的热汤面端到裴景烟面前。

细白的面条上卧着一个煎得金黄焦香的荷包蛋，还有几根青翠的小白菜，洒以细碎葱花点缀，再滴两滴麻油，面汤散发着温暖的香气。

裴景烟看着这碗卖相很不错的面，又想起自己之前做的那碗炸酱面。

真是没有对比就没有伤害。

她抬眸，看向面前系着围裙的高大男人，也不知道是暖黄灯光问题，还是这粉色围裙的原因，他一向冷峻清淡的面庞，此刻添了好些居家的温柔。

"不是说饿了吗？吃吧。"他提醒道。

"噢。"

裴景烟拿起筷子，夹起面吹了吹，送入嘴里。

谢纶在她斜对面坐下："味道怎样？"

裴景烟眉眼间是享受的放松，嘴上却道："还行吧。"

五分钟后，裴景烟就把这碗"还行"的面吃了个精光。

她满足地往椅子靠背躺去，眯起眼，身心舒坦，察觉到谢纶笼着浅浅笑意的目光，立刻又坐直身子。

谢纶给她递了张餐巾纸，轻声问："饱了？"

裴景烟擦了下嘴角："嗯，饱了。"

谢纶拿起碗筷，走到水池边，放水洗碗，连带着裴景烟丢在水槽里的那个沙拉碗，一起洗了。

"不然用洗碗机洗吧？"

裴景烟说着，谢纶那样好看的手去洗碗，真是暴殄天物。

谢纶垂眸，专注地洗着碗："就两三个碗，洗一下很快。"

裴景烟便不再多说，托着下巴，盯着池边洗碗的男人。

这一刻，她忽然从他身上看到另外一种魅力，心间暖洋洋的，温馨又温暖。

她脑海中又想起两个闺密的劝解："其实谢总真的很不错，人都是有过往的，你又参与不了他的过去，何必揪着不放，还影响你们的现在和将来呢？"

这样看来，其实谢纶的确算是个好老公。

倒是她，对过去耿耿于怀，又闷在心里。

想到这里，裴景烟从餐椅上起身，缓步走到水槽边上。

谢纶还以为她要拿东西，没想到她过来，从后面环抱住他的腰。

她这份主动亲近，让他眸光变暖。

"快洗完了。"

他侧过脸，轻声问："怎么了？"

"没什么。"

她柔软的脸颊蹭了蹭他的背，隔着一层单薄的衬衫，她感受到男人温热的体温："就是想抱抱你。"

谢纶眼波微动，将手放在水龙头下冲干净，又抽出纸巾擦干。

就当他要转身时，那圈住腰身的两条绵软手臂收紧了些，不让他动。

他眸底划过一抹疑惑，又听身后之人忽然出声道：

"谢纶，我喜欢你。很喜欢，很喜欢……

"我完了，我也坠入爱河了。"

她轻轻软软的嗓音，仿若一颗小石子投进他的心湖，却掀起惊涛骇浪。

第三十一章 · 【你是至生所爱】
那颗沉寂多年的心，被小鹿般的她撞醒了。

1

窗外的雨还在落，厨房内一片安静。

抱住男人的手被温热的大掌握着，感受到谢纶转过身，裴景烟赶紧低下头。

谢纶垂下眸，看到女孩儿微卷的蜜糖棕长发间露出两只红红的小耳朵。

她说，她喜欢他，很喜欢。

他深邃的眸里漾开一丝笑意，轻声道："谢太太，你的心意我知道了。"

裴景烟的脸越发红了，挣开他的手："那你继续收拾，我先回房间了。"

也不等他开口，她像只灵活的兔子转身就跑了。

裴景烟听到自己的心跳得很快很快，脸颊也烫得不像话。

自己竟然说出来了！

自己肯定是被谢纶营造的那股居家好男人的氛围给迷晕了头，才说出那样肉麻的话。

裴景烟甩了甩脑袋，走到浴室里，打开水龙头，扑了些凉水醒醒脑子。

等脸上的热意稍退，她拿出手机看了眼时间，已将近深夜十二点。

等她刷完牙，重新回到床上，谢纶也进了卧室。

她目光才和他对上，就像被熔岩烫到一般，又连忙避开，扯过被子蒙住脑袋。

她心里也忍不住说自己，裴景烟啊裴景烟，瞧你这点出息，现在不过说句喜欢，至于这么羞涩吗？跟情窦初开的少女似的，没出息！

好在谢纶没有立刻过来，而是先拿了换洗衣物进了浴室里。

憋在心里好几天的问题，总算说出了口，她心里都松快不少。

不过松快归松快，等待回答的过程里，她心里其实充斥着紧张和忐忑。

谢纶沐浴回来后，从身后搂住裴景烟："你看了我抽屉？"

裴景烟有些心虚，离他的怀抱远了些，语气淡淡地道："不小心看到的。"

谢纶没再说话，而是坐起身，伸手按亮了灯。

骤然明亮的环境，将之前的旖旎与美好都驱散了。

裴景烟裹着被子也坐起了身，心里确实有些后悔的——

早知道就烂在肚子里不说了，现在说出来，又要闹得不愉快。

果然是好奇心害死猫。

她悄悄觑着谢纶的脸色，见他冷白的俊颜上并无生气或者不满的神色，反倒带着无奈。

她不由得吃惊，他竟然没生气？

谢纶转过头来，对上她清凌凌的眼眸，扯了下嘴角："你既然看到了，为什么不来问我？"

裴景烟咕哝着："我怎么问你？问你心里的'白月光'是谁吗？"

"'白月光'？"谢纶挑眉，"倒挺贴切。"

裴景烟的小脸登时就垮了，还真有'白月光'？

谢纶眼尾微弯，抬手要去捏她的脸，被她没好气地拍开："捏什么捏，捏你的'白月光'去。"

谢纶看着被拍红的手背，越发无奈："我想捏，'白月光'不让，还把我手都打红了。"又把手伸到裴景烟跟前，"你看。"

裴景烟一听，对上男人带着戏谑的目光，她突然意识到好像有点不太对。

她秀眉拧起，不确定道："你是说，你的'白月光'是我？怎么可能？结婚之前我根本不认识你，而且我也没那样一把伞。"

谢纶见这小糊涂鬼总算反应过来，不紧不慢道："你再想想，你真的没有那样一把伞？"

裴景烟眉头皱得更紧，努力回想着。

虽然她有很多把伞，但她有过这一把吗？

"我哪里记得。就算我有，我的伞为什么会在你这里？我又不认识你。"

在这桩婚姻之前，他俩就像两条平行线——

谢纶盯着裴景烟困惑的小脸，轻声问："谢太太，你相信缘分吗？"

裴景烟："？"

在她一头雾水的目光下，谢纶给她讲了件十年前的事。

2

那一年，谢纶大四，在一家港城科技公司实习。

一个凉意萧瑟的秋日，他连续加班，好不容易能回去休息，半路又接到领导电话，命令他立刻发一份文件过去。

他只好蹲在路边，打开电脑，发送文件。

谁知天上忽然下雨，他抱着电脑跑到经贸大厦楼下躲雨，在台阶旁继续传输文件。

那座繁华大城市里有太多像他这样的年轻人，为了梦想而努力拼搏，挣扎着生存。

也许他当时蓬头垢面的模样，狼狈得像条狗，触动了好心人的恻隐之心。

一位身着西装的男人给他递了把伞："年轻人，这把伞拿着用吧。"

说的是并不流利的粤语，带着内地腔调。

他用普通话回了句："谢谢。"又看向那把看起来就挺贵的伞，"不用了，过一会儿雨就停了。"

那中年男人却道："拿着吧，我家小姐叫我给你，你不收，她会不高兴的。"说完，把伞放在他身边，就走了。

他目光追随着那男人，只见男人朝路边的黑色豪车走去。

那辆锃亮名贵的轿车停在朦胧秋雨里，后车窗开着，坐着个吃冰激凌的小女孩。

她十岁左右，穿着繁复精致的白色泡泡裙，一头齐肩黑发，留着乖巧的刘海，就像高档商场里展示的洋娃娃般，漂亮又可爱。

她眼眸清澈，带着一种不谙世间疾苦的矜贵之气。

她也注意到他，眨着黑白分明的大眼睛看向他——带着小孩子的怜悯，天真又无邪。

也仅仅一眼，她就收回目光，摇起车窗。

车在大厦前短暂停留，而后缓缓开走。

而那短暂的一瞥和当年那把伞，却叫他记到如今。

听完故事，裴景烟傻了眼，细白的手指向自己："你这故事里的小女孩，不会就是我吧？"

谢纶淡淡看向她："是你。"

裴景烟眼瞳微微睁大，不能吧？这未免也太巧了！

不过自她有记忆以来，她的确经常去港城，小学的时候基本每年都会去个四五次，倒也不是没有遇见谢纶的可能。

"但你说的这个事，我真的一点印象都没有。"裴景烟仔细搜寻了一下记忆，还是没寻到。

"都过去这么多年了，而且那个时候你还是个小学生，记不住这种小事也正常。"

"这倒也是，送把伞而已。"

裴景烟耸耸肩，她从小到大跟着母亲参加过的各种慈善活动数不胜数，何况这种举手之劳的小事。

"不过，你怎么记得这么久？还把这伞一直留着……"她皱起小脸，摆出一副一言难尽的表情看向谢纶，"你可别跟我说，因为我送给你一把伞，你就对我一见钟情了？十年前我还是个小孩！你不会连小学生都不放过吧？"

谢纶被她这嫌弃的表情给气笑，屈指敲了下她的额头："瞎说什么。"

裴景烟捂着额头，悻悻道："电视剧里都那么演的，女主角给男主角一个馒头或者一把伞，男主角就觉得这个女人真的好善良好温柔，然后就爱得死去活来，不可自拔。"

谢纶"哦"了声："倒没那样想，我当时只想着，以后要有个这样的女儿就好了。"

裴景烟一愣，而后鼓起了脸颊："谁是你女儿，占我便宜！"

谢纶眼底泛起笑意，抬手将她拥入怀中，凑到她耳边道："我们生个像你一样的？"

漂亮可爱、气质优越的骄傲小公主。

"不要脸，谁要跟你生？"裴景烟红着脸推开他，故作严肃，"正事还没说完呢，你别动手动脚。"

谢纶松开她："不是已经讲明白了？"

裴景烟翻了个白眼："哪里讲明白了。你还没说，你为什么留着那把伞，而且我送伞的时候又没留名，你怎么知道是我送的？还有那个密码盒里是什么？"

见她化身"十万个为什么"，且大有打破砂锅问到底的架势，谢纶只好如实坦白。

"留着那把伞是提醒，也是激励。"

想放弃的时候，就看看那把伞，如果想以后的女儿也过上穿着公主裙坐豪车的生活，他这一辈子就得努力赚钱，玩命拼搏。

"那把伞我一直留着。但知道它的主人是你，还是在三年前……现在该是四年前了。"

谢纶娓娓说道："四年前，我来沪城参加个商界晚宴，在停车场遇见了你家司机。"

多年过去，司机的容貌没多少改变，他一眼就认出了，交谈之后，才知道对方是裴氏的司机，而当年那个小女孩，是裴氏集团的千金小姐，名叫裴景烟。

"那天回去后，我开始注意到你。"他说这话时，黑眸定定看向裴景烟，"最开始是出于好奇。"

后来翻阅着那些收集来的资料，他看着当初的小女孩一点点地长大，出落成亭亭玉立的少女。

"也是那一年年底，我正好去伦敦出差。"

忙完工作后，鬼使神差地，他想到她在伦敦读大学。

出于一种好奇，或者有些更微妙不明的心情，他开车去了她的大学。

他并不觉得他会遇上她，却的的确确遇上了。

那天是圣诞节，隔着一条街，年轻活力的大学新生们说说笑笑，去参加圣诞夜的舞会。

人群里，裴景烟是最令人瞩目东方面孔。

他仍旧记得，那天她穿着一件暖融融的红色毛衣，配着条格子短裙，头上戴着个麋鹿角发箍，瓷白的小脸蛋化着圣诞麋鹿妆，橘粉色的腮红，浓密的睫毛刷成白色，一双黝黑的大眼睛扑闪扑闪着，灵动又妩媚。

不知与同伴说着什么，她被逗得发笑，一双明亮的眼弯弯的, 甜美又明艳。

他坐在车里，看着她翩然经过。

忽然间，他胸腔里那颗沉寂多年的心，像是被小鹿给撞醒了。

思绪回转，谢纶深深凝视着裴景烟，标准的伦敦腔如大提琴般优雅：

"That moment, I have a crush on you. （那一刻，我爱上了你。）"

裴景烟迎上男人专注的目光，呼吸微紧，心跳怦然加速。

谢纶牵住她的手，放在胸口心脏的位置。

那一刻，他对她心动。

从此，他收集着关于她的一切，然后一点点地、不可自拔地陷进去。

像个极具耐性的猎人，他等着他的女孩儿长大，等着她毕业，等她到达法定的婚姻年龄，他终于能名正言顺地拥有她。

她是他的二见钟情，是他的蓄谋已久，更会是他至生所爱。

第三十二章 · 【原是缘分天定】
"有缘千里来相会。"

1

原来这男人那么早就开始觊觎她了!

裴景烟抱着被子，染着薄薄绯红的脸颊仰起，哼哼道："那个时候我刚满十八岁，你就盯上我了?"

谢纶不以为意地接受她的评价，淡声道："我等了三年。"

不等三年，他想怎么样?

裴景烟脸颊涨得通红，扭过脸去："老牛吃嫩草。"

"现在，你这株嫩草，不也被我吃了?"

谢纶微笑，又抱着她，亲了亲她的发丝："来龙去脉我都交代清楚了，谢太太，现在你心里这个疙瘩，可以解开了?"

裴景烟心里那个小疙瘩的确解开了。

不过，又冒出了新的疙瘩。

她竟然吃自己的醋，吃了整整三天!

甚至还因为那个假想敌"白月光"，跟谢纶闹别扭，还掉了好几回眼泪。

裴景烟：小丑竟是我自己。

谢纶解释得越清楚明白，她越觉得自己蠢到家了，眼泪都白掉了，多愁善感也都变成一场笑话!

她忍不住握起拳头，捶了谢纶一下，软软的语气里带着埋怨："既然有那么一段过去，你为什么不早点跟我说？害我猜来猜去！"

谢纶受了她两下，抓着她的手，俊美的眉眼间透着几分无奈："之前跟你说，怕被你当变态。"

而且，他并不擅长主动袒露心迹。

若不是怕她的误会越来越深，暗恋这件事，他原本打算一直藏在心里，永远成为秘密。

裴景烟听到他的回答，咕哝道："那你现在说了，我也觉得你不是什么正经人。"

谢纶云淡风轻："只要能把你娶回家，正不正经不重要。"

裴景烟被他这话说得耳朵又是一热，嘴角弧度忍不住上翘，又尽量克制住："你说的这些，我还不确定真假。谁知道你是不是为了糊弄我，才编出这么个蓄谋已久的故事。等明天我去问问老宅的司机，求证一番。"

谢纶说了句"可以"，又垂下黑眸问她："还困吗？"

裴景烟一秒就懂了男人这话的意思，连忙答道："……困！"

她要说不困，他肯定又扑上来。

果不其然，听到她的话，男人有些失落地耸了下肩："那去浴室冲个澡？出了一身汗，黏腻着睡也不舒服。"

裴景烟：……谢邀，大可不必。

然而，不等她反应，男人就先下了床，而后弯下腰，直接将她从床上抱了起来。

裴景烟惊呼出声："谢纶，你放开！刚才不是说没力气了？"

"看来还是有力气。"

浴室门被男人用脚关上。

淋浴喷头一开，哗啦啦的温水往下洒出。

裴景烟被圈在那狭小的空间里，白雾氤氲，汗水、热水分不清。

情到浓时，男人缱绻的吻落在她湿润细腻的颊边，哑声道："今年圣诞再化个麋鹿妆怎么样？"

"不怎么……唔！"

第二天一早，谢纶就被裴景烟赶去公司上班。

她自己在家睡到自然醒，醒来后刷牙洗漱，吃过早饭，直接开车回裴家别墅找司机老陈求证。

老陈在裴家工作近十五年，可以说是看着裴家小姐长大，乍一看到小姐气势汹汹寻来，心里"咯噔"一下，还以为自己哪里得罪了这位大小姐。

没想到大小姐张嘴就问："十年前的秋天，我真的在港城经贸大厦给谢纶送过一把伞？"

老陈松了口气，旋即换了一副感慨的笑脸："是啊，先前姑爷来找我的时候，我还惊了一跳。没想到当初那个年轻人竟然有那么大的本事……"

四年前新励科技的版图没现在这么大，近几年才铺天盖地地宣发，成为众所皆知的大品牌，可谓是厚积薄发，蒸蒸日上，未来前途更加不可限量。

"那这事你为什么不跟我说？"裴景烟皱起眉头。

老陈道："小姐是说哪件事？送伞？我就算说了你也不记得啊……"

裴景烟抿了抿红唇。也对，如果四年前老陈跑她跟前提起，她估计也记不起。

老陈在裴家工作多年，没道理帮着谢纶骗她。

所以，谢纶说的都是真的！

得到求证后，裴景烟后知后觉地领会到缘分的奇妙，并且十分上头。

她迫不及待折返回小花园，一脸兴奋地把这件事跟母亲说了一遍，末了，双眼亮晶晶闪着光道："妈妈，原来'有缘千里来相会'是真的！"

裴母也很是惊奇，将手中的鸟食都喂了鹦鹉，边拿湿纸巾擦手，边露出恍然大悟的神情："难怪他当初拒绝阮家，找上了你爸爸主动提出联姻。我当时还跟你爸嘀咕呢，照他公司当下的发展，完全没必要倚靠商业联姻，也能在沪市站稳脚跟，何必要娶你？原来你们之间还有这样一层缘分。"

裴景烟挽住母亲的胳膊晃了晃，佯装生气道："妈妈，你怎么能这样说你宝贝女儿，难道没有这层缘分，他就不想娶我吗？你家女儿又漂亮又聪明，娶到我，他赚了好吧。"

裴母伸手刮了下她的鼻子，眼角都笑出皱纹："是是是，我家小囡漂亮聪明，谢纶他占了个大便宜。"说着，又拉着裴景烟，"走吧，我的面团应该发酵好了，陪我去做面包去。"

裴母爱好广泛，闲暇在家时，时不时逗鸟、插花、喝茶、下棋、瑜伽、品香、书法、烘焙，生活丰富多彩。

裴景烟不会烤面包，就在旁边帮着打下手，一张小嘴叭叭叭依旧说个不停。

见女儿是三句不离谢纶，裴母笑容越发灿烂，看来女儿和女婿这是互相有真感情了，他们这些做长辈的也尽可放心了。

"谢纶今天在公司？那你等会儿在家吃完中饭，给他送点小面包过去？"裴母期待地看向裴景烟，"你亲手捏两个？"

裴景烟被自家老妈这暧昧的眼神看得怪难为情的，本想嘴硬拒绝，但想起昨天晚上谢纶给她做的那碗鸡蛋面，拒绝的话在喉咙里打了个圈，最后轻轻吐出一个"好吧"。

于是，她揉了两个面团，一个做成"X"的形状，一个做成"L"的形状，跟其他的圆形小面包放在一起，送进了烤箱。

等待面包出炉的过程，她瘫在懒人沙发上玩手机。

五分钟前，谢纶发来一条微信【谢太太求证好了吗？坐等还我个清白。】

裴景烟看到这条消息，扑哧笑出声，手指轻敲屏幕：【好吧，你无罪释放了。】

XLun：【多谢老婆大人明察秋毫。】

XLun：【你在做什么？】

美少女景：【刚陪我妈烤完面包，现在坐等吃饭。】

美少女景：【你呢？在做什么？】

XLun：【刚忙完。现在，在想老婆。】

看着屏幕上最后那句话，裴景烟的脸颊陡然发烫。

可恶，又被撩到了。

她嘴角的笑意控制不住扬起，一旁的裴母看到了，打趣道："小囡，在跟女婿聊天呢？"

裴景烟嘴硬："才不是。"

裴母一脸没眼看的表情："你瞧瞧你笑得那样，颧骨都笑飞起来了，还能是谁？妈妈也是年轻过的，当年你爸爸追我的时候，给我写情书，我读的时候心里也老欢喜啦。"

这话有理有据，裴景烟没法反驳，只捧着手机娇憨笑道："没想到爸爸年轻时还挺浪漫的，竟然还会写情书。"

裴母笑吟吟："那可不，不然你爸爸怎么追到我的？"

裴景烟缠着母亲多问了几句父母年轻的事，直说得母亲都不好意思，摆摆手道："好了，你跟女婿继续聊吧，我去看看厨房里的菜做得怎么样了。"

中午在裴家别墅用过饭，裴景烟就准备离开了。

裴母装了一大袋子香喷喷的烤面包给她："拿去，拿给女婿吃。"

裴景烟哭笑不得："妈妈，这么多，十个谢纶也吃不完呀！"

裴母就像天底下所有妈妈投喂孩子一般，生怕饿着般，劝说道："装都装好了，你送过去就行。不是去公司吗？要是吃不完，就分给他的助理、秘书，就当下午茶了。"

裴景烟："……好吧。"

在开往新励总部的车上，裴景烟给那袋面包拍了张照片，发到闺蜜群里：【妈妈的爱，太增重了。】

温若雅出现：【小景妈妈的爱是增重，我妈妈的爱是洗胃的沉重……】

秦霏和裴景烟都毫不客气地发出一长串损友的嘲笑。

温若雅又问：【这些面包看起来挺不错的，我不介意跟你分担一下这份增重的爱意。】

美少女景：【可我今天没空给你送，我现在要去谢纶公司。】

一只小鸟飞飞飞：【嗯？】

取昵称真的好难：【嗯？】

美少女景：【没错，我们和好了。】

一只小鸟飞飞飞：【晕，我又输了！】

取昵称真的好难：【哈哈哈。我赢了，我都说了，小景和谢总不出三天肯定会和好！这个月的晚饭你承包了。】

一只小鸟飞飞飞：【愿赌服输。】

裴景烟在屏幕这头皱起了小脸，愤愤地声讨：【前两天我心情那么不好，你们竟然还打赌？过分！】

一只小鸟飞飞飞：【话说回来，谢总怎么哄好你的？】

裴景烟这才将她和谢纶十年前的缘分复述了一遍。

嫌打字麻烦，她直接开了视频群聊。

等她一五一十说完，秦霏和温若雅在屏幕那头都呆了。

好半晌才反应过来，两人齐呼："好甜啊！下午茶也不用喝了，吃狗粮吃饱了。"

裴景烟眼角眉梢都是甜甜的笑："我也觉得像在做梦一样，很神奇。"

秦霏道："你们这故事都可以改成电影剧本了，你授权不？你授权的话，我马上就去找编剧。"

裴景烟摇了摇头："还是别了吧，我和他的故事，不想别人去演绎。"

秦霏表示理解，也不再提这茬，转而笑道："我看你脸色红润，满面桃花，看来昨晚过得不错？"

裴景烟嗔了她一眼。

三个小姐妹说说笑笑聊了一阵，等到了新励总部，才结束通话。

一回生，二回熟，这是裴景烟第三次来到谢纶公司，简直轻车熟路。

都不用给谢纶或者闻松打电话，前台一眼就认出老板娘，中午的瞌睡都没了，连忙笑脸相迎："谢太太，您来了。"

裴景烟正是恋爱甜蜜期，心情很不错，朝前台笑了下，还拿着小面包跟她分享："刚烤出来的，拿个尝尝？"

这平易近人的举动，险些没把前台小姐姐感动哭，拿了个小面包，心里疯狂尖叫：啊！老板娘真的是仙女！

"谢谢。"她捧着小面包，引着裴景烟往电梯去，等看到电梯用提示板围起来，才后知后觉地反应过来，一脸歉意地对裴景烟道，"真是不巧，谢总的专用电梯今天正好例行检修……"

裴景烟也不在意："没事，我坐普通电梯上去就行。"

前台一听，连忙给裴景烟按电梯："谢太太这边请。"

裴景烟轻"嗯"了声，踩着高跟鞋走进普通员工电梯。

前台看着电梯门缓缓关上，捧着香喷喷的小面包，一脸陶醉。

呜呜呜，仙女老板娘送的小面包，上班的心情都得到治愈了呢。

谢纶的办公室在顶层，这会儿又正值午休结束时，是以电梯在六楼停了下，上来了四五个员工。

当电梯门打开，他们看到电梯里那气质出众、容貌明艳的年轻女生时，一时间都被惊艳到不敢进电梯。

直到裴景烟从手机屏幕抬眼，对他们道："你们上还是下？这电梯是往上的。"

那几个员工才回过神来，赶鸭子似的进了电梯："上上上。"

他们大概是一个部门的，其中一个小胖子按了"15"，其他人就站在旁边。

电梯门重新合上，空气里弥漫着小面包的甜香。

其中一个较为年轻的戴着黑框眼镜的女生克制不住地往裴景烟身上看，目光里满是迷恋和惊叹，怎么会有人长这么好看？

裴景烟察觉到她的目光，微微偏过头。

四目相对，那女生脸一红，有些尴尬。

裴景烟眨了眨眼，轻声道："你们是哪个部门的？"

见小姐姐主动搭腔，黑框眼镜女生连忙答道："我们是宣传部的。"

裴景烟"哦"了声，又提起手中的小面包："要不要尝一个？自家现烤的。"

黑框眼镜女生本想拒绝的，可小姐姐的目光好温柔、好真诚……

她蠢蠢欲动伸手去拿。

身旁的同事拿胳膊肘撞了她一下，用眼神示意她，你别被美色迷了眼，陌生人的东西不能随便吃啊！

黑框眼镜女生这才回过神，微笑着拒绝："谢谢，不用了。"

裴景烟也没多说，继续低头玩手机。

电梯到了十五楼，几个员工都走了出去。

电梯门一关上，憋了一路的几人迫不及待交流起来。

"刚才那个女生也太美了吧，女神啊，妥妥的女神！"

"绝了啊，我长这么大，第一次在生活中看到这样漂亮的美女！可惜不好意思拍照。"

"她说话的声音也好听，还问我吃不吃小面包。要不是张姐拦我一下，我真的差点就接过了。"

他们聊得激动不已，却见小组里性格最活跃的小胖子格外沉默。

几人不由得回头去，其中一人问："小胖，你怎么都不出声？看傻眼了？"

小胖抬起头，咕噜咽了下口水，干巴巴道："如果我没看错的话，刚才那个小姐姐按的是'36'。"

众人一惊。

三十六楼啊！

那一整层除了秘书部，就只有大老板了！

难道刚才那位年轻漂亮的小姐姐，就是传说中的老板娘？！

2

在裴景烟到达三十六楼的同时，新励员工的匿名群里也沸腾了：

【我们刚才好像偶遇老板娘了，那颜值、那身材，真的绝绝子！】

【但也不确定是不是老板娘，毕竟她乘坐普通员工电梯，手上还很接地气地提着一大袋烤面包。】

【楼上的，你别见着个美女，就觉得是老板娘。老板娘会坐员工电梯吗？老板娘会提着烤面包吗？离谱。】

【可她去的是三十六楼！】

【三十六楼怎么了，万一是哪个秘书叫的外卖呢？】

【谢总有洁癖你不知道？秘书部一直是禁止叫外卖，顶多喝个咖啡、奶茶，吃两块黄油饼干。】

【同事们，别猜来猜去了！那真的是老板娘！今天谢总的专用电梯在检修，老板娘这才坐普通员工电梯！】

【老板娘人美心善，还给了我一个小面包吃。太好吃了，太香了！我宣布，以后我就是老板和老板娘的 CP 铁粉！】

【你竟然吃到小面包了，老板娘问我要不要吃，我竟然拒绝了。】

【楼上的你胆子好大，竟敢拒绝老板娘。】

【别说了，孩子已经哭晕在电脑前了，我的小面包，呜呜呜……】

三十六楼的茶水间里，看着一条又一条往外蹦的群消息，助理闻松忍不住发笑。

裴景烟将她做的那两个字母小面包单独拿出来，放在精致的骨瓷碟子上，又冲了一杯手磨咖啡，抬眼见到闻松在笑，不禁戏谑："怎么，女朋友发来的消息？"

在年轻的老板娘面前，闻松的状态放得比较自然："不是女朋友，是公司群里的消息。"

裴景烟微诧："没想到你们这么热爱工作？"

闻松忙解释着："不是工作，是群里的同事们在聊太太。"

裴景烟乌黑的杏眸里划过一抹惊愕："我？"

"是的，当初谢总跟太太结婚的时候，同事们就很好奇了。去年公司年会你又没来，这份好奇心更重了。"闻松毫不犹豫地把同事们给卖了。

"唔，让我猜猜。是我刚才在电梯里碰到的那几个员工提起我了？"

闻松点头："应该是这么个情况，我看他们有聊起小面包。"

想到电梯里那几个员工的反应，裴景烟涂着蜜桃色唇膏的嘴唇弯了弯："就这么好奇我的事？"

闻松说："谢总人帅多金，之前年过三十没恋爱，甚至连绯闻都没有。好不容易有人能折下这朵高岭之花，大家都想看看是何方神圣。"

这话叫裴景烟轻笑出声，抬起下巴，傲娇又自信："那当然是本仙女嘛。"

她端起盛着面包和咖啡杯的瓷碟，边往谢纶办公室走，边对闻松道："剩下的那些面包，你拿去和秘书部的同事们分了吧，别客气。"

闻松应下："谢谢太太的下午茶。"

"不客气。"

裴景烟往外走了两步，又停住脚步，回头一笑："对了，替我回下群里的员工们，就说今年公司年会，我一定来。"

"咚咚咚！"

办公室门外响起敲门声。

"请进。"

谢纶审阅着合同,并未抬头。

门被推开,高跟鞋踩在暗灰色的地毯上,发出噔噔噔的轻微闷响。

待瓷碟放在桌边,一道又嗲又甜的嗓音响起:"谢总,你的下午茶到了。"

谢纶眉心微拧,抬眼看去。

只见办公桌旁,他的小妻子身着草绿色吊带连衣裙,外面搭着条米白色薄款线衫外套,头发扎成个蓬松的丸子头,用方钻小发卡固定着,几缕碎发随意又慵懒地垂下,与她那弯起的笑眸,呈现出一种春日里藤蔓植物自由生长又活泼浪漫的气息。

"你怎么来了?"

谢纶黑眸微动,放下手中钢笔,朝她伸出手:"过来。"

裴景烟往他那边走了两步,将手搭在他的掌心:"妈妈烤了小面包,叫我送些给你尝尝。"

谢纶握住她的手,稍稍一使劲,就将人拉到腿上坐下。

裴景烟心跳都快了两拍,还以为他只是想拉拉她的手,没想到他直接把她拐到腿上去了。

"这里是办公室。"坐在男人结实的腿上,她伸出一根手指戳了戳他的胸口,"谢总,麻烦注意影响。"

明明眸中是带着笑意的,偏偏摆出一副正经的口吻。

谢纶一只手揽住那把软腰,另一只手捉住她搭在胸前不安分的小手,薄唇勾起浅浅的弧度,低头朝她倾了些:"办公室不好吗?"

男人身上好闻的乌木沉香味在鼻间浮浮沉沉,尤其他这漫不经心的笑意,裴景烟呼吸不禁微窒。

她轻扭了下腰,想要离开他的怀抱,男人的大掌又把她按了回去:"去哪儿?"

"我这样坐着,你怎么喝下午茶?"

裴景烟指着那小面包,试图用长辈的名义唤回他些许良知:"这是我妈妈亲手烤的，你可得吃光，不然对不起她对你的关爱。"

谢纶瞥了眼那瓷碟上两个奇怪的字母面包，嗓音清冽地念出："X、L？"

"这造型是我做的。"裴景烟仰起脸看他，有些小嘚瑟地邀功，"怎么样？独一无二的小面包！"

谢纶挑眉："很好。"

"很好的话，那你赶紧吃吧。"

"你喂我？"

裴景烟脸颊微红："你自己没手呀。"

谢纶："签合同签累了。"

明知道他这是借口，但这会儿气氛正好，裴景烟也愿意和他亲昵，做些情侣之间腻歪的小互动。

于是她拿起银质点心叉，插起一块小面包，直接送到谢纶嘴边："吃吧。"

谢纶咬了一口。

裴景烟问他："怎么样？"

他慢慢咀嚼着，吃完一口，淡声道："你造型做得好，妈烤得也好。"

两个女人一起夸，谁也不得罪。

裴景烟哼哼笑了声："老狐狸。"

谢纶吃掉了那个"X"形状的小面包，剩下那个，他接过点心叉，送到裴景烟嘴边。

"我在家吃过两个了，不吃了，你吃吧。"裴景烟摇头。

"'L'给你吃。"

最后，这个面包还是一人一半分着吃了。

裴景烟刚咽下嘴里最后一口，男人就低下头吻住她。

口中还残留着小面包淡淡的甜味，唇舌缠绵，呼吸间皆是对方的气息。

裴景烟的手不自觉地钩住他的脖子。

明亮的午后阳光透过大片落地窗，在这光线充沛的办公室里，他们拥吻着，像是所有处于甜蜜热恋的情侣般，忘却所有，眼中只有彼此。

第三十三章 · 【去看世间美景】
他想不出任何不爱她的理由。

▼

1

电话是旅行定制师打来的。

他的声音客气又甜美："裴小姐你好，你冰岛七日游的电子合同已经发送至你的邮箱了。你方便的时候签个字，我这边好给你安排飞机和酒店。"

裴景烟答应下来。

电话挂断，谢纶侧眸看她："去冰岛？"

裴景烟："是……"

谢纶："怎么都没听你提起？"

裴景烟悻悻道："就心血来潮定下了，如果不是这通电话打来，我也差点忘了这回事。"

说起来，谢纶也占一部分责任。

都是他害得她情绪低落，她才想着出去散散心。

"要去七天？一个人？"

"嗯，之前问过霏霏和若雅，她们都没空，只好一个人去了。"

"为什么不问我？"

裴景烟撇了撇红唇，莹白的脸颊微鼓："那个时候跟你冷战呢，我昏了头才问你。"

谢纶若有所思。

办公室里，闻松买了杯鲜榨厚乳芝士奶茶和抹茶舒芙蕾回来。

正准备退下，就听老板叫住他："我要休假。"

这消息来得太突然，闻松愣了愣："谢总，您要休多久？什么时候开始？"

戴着铂金婚戒的修长手指在桌面轻叩两下，谢纶不疾不徐："暂定十日，具体时间我今晚确定后发你，你调整好行程表，并通知到各部门，让他们协调好工作。"

听这口吻，休假的事是势在必行了。

闻松大脑飞转，心里也猜到，谢总九成九是要休假陪太太了。

他连忙弯腰应下："好的，谢总，我会着手安排。"稍顿片刻，又问，"您休假有目的地吗，需要我订机票吗？"

谢纶淡淡道："晚些和休假时间一起发给你。"

闻松说了声"是"，见老板没其他吩咐，先行离开办公室。

在外面闲坐了两分钟，谢纶端着厚乳芝士奶茶和抹茶舒芙蕾回了休息室。

裴景烟瞥见谢纶拿进来的甜食，眼睛微微一亮，随后又郁闷出声："我不能再喝奶茶了！"

谢纶不解地看她。

裴景烟站起身，没好气地瞪了他一眼："跟你结婚后，我已经胖了三斤了！"

都说婚后会发福，可她和他结婚还不到半年啊。

要是按照这趋势，不出一年，她衣柜里的那些衣服，怕是都不能穿了！

"胖了三斤？"

谢纶上下打量她："没觉得。"

裴景烟哼哼："你就骗我吧，等我变胖了，你抱都抱不起来。"

"真不胖。"谢纶走到她跟前，手掌丈量下她纤细的腰身，"看，轻松握住。"

最后，裴景烟还是没有抵挡住奶茶和甜食的诱惑。

这天，裴景烟一直陪在公司。

等到了下班时间，谢纶把电脑一关，牵着她的手："谢太太，下班了，回家吧。"

裴景烟这才把手机收起，挽着他的胳膊，两人就像寻常的小夫妻一般，走出办公室。

闻松都惊呆了，这还是他在谢总身边工作这么些年，头一次见到谢总这么准时下班！

"闻助理，我们先走了。"裴景烟微笑跟他打了声招呼。

闻松连连点头："是，谢总再见，太太再见。"

电梯也检修好了，裴景烟和谢纶搭乘专用电梯，直达地下车库。

正是下班时间，两人也遇到一些新励的同事。

见着谢总和一个女人手挽手，同事们都兴奋了，老板娘！活的老板娘！

谢纶对那些目光倒无所谓，不过看到自家太太那娇慵妩媚的小模样，不禁揽住她的肩，高大的身躯有意遮挡。

坐上车后，裴景烟回想起员工们的反应，忍俊不禁："你公司这些员工看我就跟看大熊猫似的，新奇得很。"

谢纶侧着身子，帮她系好安全带："谁叫我太太天生丽质难自弃。"

这话叫裴景烟想起谢纶第一次去裴家别墅，正好撞见她戏精上身，对着镜子自言自语的场景。

现在想想还是尬到头皮发麻，她拿胳膊肘撞了一下谢纶，嗔道："不许笑话我！"

谢纶薄唇微微掀起，没再多说。

倒是公司群里，又掀起新一轮热闹——

【我也看到了！老板和老板娘手牵手，好般配。】

【绝了，跟演偶像剧一样，他俩好像另一个画风。】

【呜呜呜，我也看到了，老板娘在老板身边好娇小，今天也是想跟漂亮小姐姐贴贴的一天。】

【没想到老板那样高冷一个人，看向老板娘的眼神那么温柔，嗑死我了。】

【一次都没偶遇上的我，流下羡慕的泪水。】

【楼上的，加我一个。感觉全世界都在偶遇老板和老板娘，就我没碰见过。】

为了满足这些同事，有人发了一张背影图上去。

【老板和老板娘走远了，偷偷拍的一张，给你们感受一下这个身高差，这个氛围感！】

那张照片看得出是激动偷拍的，有些糊，而且放大了，像素也不高，可依旧能看清男人西装革履大长腿，女人婀娜纤细的身姿。

两人挽着手，男人的头始终是偏向女人一侧的。

【谢谢发图的同事，好人一生平安！】

【中午闻助理冒泡，说老板娘今年年会一定来，我开始倒计时了！】

【倒计时 +1。】

于是，从这一天开始，新励的员工们开始无比期待年会的到来。

2

下午六点左右，谢纶和裴景烟回到云水雅居。

赵阿姨也销假回来，见着太太和先生又和好如初，发自内心地欢喜："那今晚我多做几道好菜庆祝一下。"说完，麻溜回到厨房忙活。

谢纶拉着裴景烟的手走进书房，从抽屉里拿出那个密码盒。

"密码是你的生日。"

他示意裴景烟打开。

裴景烟试着输进去"0925"四个数字，啪嗒一声脆响，果然打开了。

那个巴掌大小的密码盒里，放着一沓照片，还有一个银色的 U 盘。

裴景烟先拿起那沓照片，一共二十一张，从她一岁到二十一岁的照片。

"这些照片，你怎么弄来的？"她很是诧异。

"总是有办法的。"

他讳莫如深，指骨分明的手抽出最后一张，满意地欣赏。

她二十一岁时的照片，他选了他们的结婚照。

她穿着大红喜服，手执团扇，宜喜宜嗔，明媚多情。

裴景烟把那些照片看了一遍，又拿起那 U 盘："这里面是什么？"

谢纶："你的资料。"

等待饭做好还有一段时间，裴景烟就坐在书桌前，开了电脑，翻看起 U

盘里的文件来。

里面是关于她的一切，喜好、经历、结识的朋友、去过的地方……

事无巨细，甚至有些事情她都不记得了，可文件里都记载翔实。

她浏览的时候，谢纶坐在沙发上看书。

裴景烟看了看谢纶，又看了看电脑，过一会儿，又看一看谢纶，再看一看电脑。她忽然有些庆幸，还好她和谢纶互相喜欢，否则这狗男人还有点潜在偏执的趋势。

但一个男人愿意花这么多心思去了解她，复杂的情绪中更多是被珍重以待的甜蜜。

这一晚临睡前，裴景烟靠在谢纶的怀里，半合着眼，昏昏欲睡地问："谢纶，你会一直这样爱我吗？"

谢纶搭着她的肩，语气是无尽的温柔："会的。"

他想不出任何不爱她的理由。

毕竟他的老婆这样可爱。

出发去冰岛前，裴景烟陪谢纶回了一趟苏城，探望谢父谢母和谢老太太。

在苏城过了个周末，周一下午两点从沪城飞冰岛。

坐在 VIP 候机室里，她先在群里跟家人、好友们聊了一会儿，快要登机时，她拿过包找降噪耳机，寻思着待会儿上飞机睡一觉。

然而低头在背包里找了一遍，都没找到耳机。

不应该啊，好像是放进来了。

裴景烟蹙起眉头，又在包里找了一遍，依旧没找到。

算了，不找了，等飞机落地，到哥本哈根的专卖店再买一副。

就在她嘟囔着"出门不利"的时候，肩膀忽然被拍了一下。

一道低沉清冽的嗓音在背后响起："是在找这个吗？"

裴景烟眉心猛地一动，朝右偏过头，就见一只冷白修长的手捏着个耳机盒。

顺着那血管清晰的漂亮手掌往上看，是男人宽阔的肩膀、性感的喉结、线条分明的下巴，以及那双泛着浅浅笑意的深邃眼眸。

裴景烟的心情也从惊诧变成了惊喜的甜蜜，莹白明艳的小脸顿时眉开眼笑，语气也轻快而活泼："你怎么在这儿？"

眼前之人不是别人，正是一身休闲打扮的谢纶。

"感应到仙女找不到东西，心情烦躁，专程来让仙女消消气。"

他走到她身边坐下，又将耳机盒放在她手中："收拾行李时，看到这个放在玄关处，就猜到你忘拿了。"

裴景烟接过，习惯性说了句谢谢，又错愕地看向谢纶手边那个黑色商务行李箱："你……要出差？"

不会这么巧吧？

谢纶见她会错意，失笑道："不出差。"

裴景烟心底已然猜到一种可能，但不确定，脑袋稍稍歪了歪，清凌凌的黑眸里写满期待："那你是去哪儿？"

"陪老婆度蜜月。"

裴景烟的眼睛登时就亮了，像是闪着万千星河璀璨明亮，殷红的嘴角也忍不住翘起来："真的呀？"

谢纶见她这么高兴，眼神越发柔和："真的。"他将她柔软的小手捏在掌心，"调了十天的假期，可以好好陪你一阵。"

十天。

对于谢纶来说，那可真是大长假了。

想到不用自己一个人去旅游，裴景烟高兴极了。

小夫妻在候机厅说笑着，不多时便有空姐提醒 VIP 客户提前登机。

有了个现成的苦力，裴景烟包也不背了，一身轻松地走着。

谢纶一手拎着包，一手推着小行李箱，跟在她身后。

又过了半个小时，在一阵起飞播报后，飞机即将滑行。

裴景烟将手机塞到谢纶手中："我们一起拍张合照吧。"

"好。"

谢纶接过手机，调转自拍摄像头，高举手机。

裴景烟将脑袋靠在他的肩膀上，双眸弯弯如月牙，看着屏幕上的倒计时，她伸出手，比了个"耶"。

"咔嚓！"

照片上，女孩笑得甜蜜旖旎，身旁的男人脸颊微侧，长睫低垂，隔着屏幕都能看出眸中的宠溺爱意。

裴景烟看着照片里男人看她的眼神，心间更是甜丝丝。

趁着飞机还没起飞，她拿这照片发了个朋友圈，配文：

【纪念第一次一起旅行！】

几乎刚发出去，就多了个赞。

来自谢纶。

裴景烟侧眸看他，只见那万年不发朋友圈，发圈也只发公司宣传的男人也点开编辑界面，拿那张照片发了个朋友圈：

【和我的小景，去看世间美景。】

裴景烟看到这条朋友圈，边点赞，边笑出声："为什么有种老大爷发朋友圈的感觉？"

"发的是心里话。"谢纶将手机调成飞行模式放到一旁，牵住她的手，"我很期待我们的蜜月。"

裴景烟眸里漾起笑意："我也是。"

－正文完－

番外一 · 【浓情蜜意】
"这世间，爱能抵挡千万。"

1

航班到达哥本哈根，是当地时间晚上八点。

春天夜晚的气温有些凉意，裴景烟睡得迷糊，下飞机后一路都是睡眼惺忪地由谢纶牵着走，又一直牵回酒店。

客房服务送来的晚饭，她倒时差，也没什么胃口，随便吃了两口，就去浴室里洗漱。

这晚，两人相拥着睡了个好觉。

第二天一早，睡饱后的裴景烟精力满满，专门安排的当地向导也早已在酒店大厅等候。

那是位在哥本哈根定居十年的川渝大姐，英文名 Ashley，为人热情，说话风趣。

她一见到裴景烟和谢纶，先是由衷赞叹了一番两人郎才女貌，又口若悬河地介绍着今日的行程："因为两位要赶晚上六点飞往雷克雅未克的航班，所以我们今天主要玩五个景点，第一站参观丹麦的地标性风景点——新港。第二站是阿美琳堡、吉菲昂喷泉，还有著名的小美人鱼像。中午享用过一顿丰盛的本地特色午餐后，再前往管风琴教堂进行游览。全程有专车接送，保证不会耽误傍晚的航班。两位什么地方有疑问，欢迎随时问我。"

　　裴景烟属于懒得动脑看攻略的游客，现下有地接导游全程陪同，她只要享受就好。

　　加长宾利车已经在酒店外等候，裴景烟和谢纶一起上了车，向导和司机坐在前排。

　　天气不错，春日纯净的阳光洒在宽敞的大街上，街边是满满的欧式建筑和造型各异的雕塑。

　　向导十分专业，每到一个景点，引经据典地介绍着景点的历史与相关故事。介绍完人文后，她又很主动地替谢纶和裴景烟拍照——

　　她不仅是导游，还是个专业摄影师，自带摄像机和镜头。

　　新港周围是五彩斑斓的老房子和鳞次栉比的啤酒屋，黄色桅杆和漆成白色的小船一艘艘停靠在港口，形成极其丰富又有趣的背景。

　　裴景烟拉着谢纶在这儿拍了不少照片，拍完后，向导又建议道："谢先生和裴小姐要不要也买把锁挂在这铁桥上，很多来这里旅游的情侣和夫妻都会留个纪念。"

　　裴景烟忍不住跟谢纶吐槽："怎么哪儿都有挂锁的，我妈妈前两年去爬华山，山上也到处是挂锁的。"

　　谢纶沉吟答道："世界大同。"

　　现在听到向导的建议，裴景烟刚想拒绝，却听谢纶道："麻烦你买一把。"

　　裴景烟一怔，等向导走开后，她惊讶地看向他："你不觉得挂锁很幼稚吗？"

　　谢纶："留个纪念。"

　　他想与她做许多多的第一次，譬如第一次一起旅行，第一次在旅游景点挂同心锁。

　　裴景烟不太懂男人的脑回路，但见向导买了锁回来，也配合地在谢纶的英文名旁边，认真写上她的英文名。

　　小小的铜镀金锁被挂在铁桥上，在阳光下熠熠生辉。

　　"不知道下次再来，这锁还在吗？"裴景烟喃喃。

　　"那我们下次再来看。"谢纶握住她的手，"如果没了，再挂一把。"

　　裴景烟："……"

倒也不必那么执着。

逛完新港，两人接着去下一站。

一路遇到不少盛开的樱花树，粉嫩嫩一片，开得很是烂漫，给这座充满童话乐趣的国度更添了几分诗意。

裴景烟买了个卡布奇诺味的冰激凌，站在长堤公园里，眺望着那座著名的小美人鱼铜雕像。

小美人鱼的背后是波光粼粼的水面，而那座比想象中还要小的铜像坐在巨大的花岗石上，半侧着身子，眼眸低垂，神情略显忧郁。

向导尽责地讲着小美人鱼的故事，讲完后，默默退到一旁，不当电灯泡。

裴景烟吃着冰激凌，轻声道："小时候听童话故事，小美人鱼大概是我最不喜欢的公主了。"

谢纶安静看她，等她继续说。

"怎么能为了一个男人放弃大海，放弃家人朋友，甚至舍弃自己的嗓音，每天还要忍受刀割般的疼痛，最后还化成泡沫？这也太不值了。"裴景烟咋舌，"反正我以后不会讲这个故事给我的孩子听，就算要讲，也是当作反面教材。"

话音刚落，谢纶轻笑出声。

裴景烟拧起眉头看他："你笑什么，我说正经的呢。"

谢纶："嗯，以后给小小景或者给小小纶讲睡前故事，我会记住你今天的交代。"

裴景烟先是一愣，等反应过来，伸手去捶他："乱说什么呢。"

还"小小景""小小纶"，什么昵称，也忒随意了。

吃完冰激凌，一行人又继续前往下个景点。

游玩的时间充实而短暂，下午五点，在街角礼品店买了两只可爱的小兔子玩偶，裴景烟和谢纶搭车前往机场。

路上，向导将今天拍的照片传送给裴景烟："裴小姐，精修图的话最快在三个工作日里能发送至你的邮箱。"

裴景烟在手机里简单过了一遍，满意地表示："光线和角度都拍得很好，感觉都不用精修。我自己用修图软件加个滤镜就能发朋友圈。"

Ashley笑道："能让裴小姐满意是我的荣幸。"

在机场门前跟Ashley说了再见，裴景烟和谢纶搭乘航班前往雷克雅未克。

飞机上，两人都没闲着，各自忙着手上的事——

谢纶开着轻薄商务笔记本电脑处理公务文件，裴景烟捧着手机修图，并随机分享几张美图到家庭群和闺密群，给他们分享一下旅途的快乐。

飞机平安降落在雷克雅未克国际机场时，已近晚上十点。

回到市中心酒店安顿下来，已快十一点。

第二天，两人一直睡到中午十二点。

外面飘起了小雨，体感有些冷意。

在酒店用过午餐，裴景烟拉着谢纶去酒店旁边的服装店采购了一波。他行李箱小，根本就没带什么保暖的衣物。

逛了一个小时左右，买了一对情侣款羊毛帽子，两件加绒保暖冲锋衣和两条米色的羊绒围巾。

装备采购好，旅行公司安排的专车也送了过来。

一路上，天空依旧下着小雨，万籁俱静，广袤的山林间都蒙着空灵的雨雾，一颗心也随之变得静谧、安宁，仿佛触碰到了大自然本真的温度。

而这样微冷又空寂的环境，身旁却有心爱之人陪伴着，穿着款式一样的冲锋衣，系着暖融融的围巾，裴景烟忽然变得感性，心头也生出一种说不清道不明的爱意。

"我们这样好像在私奔，逃到一个寂静无人之地，只有我俩存在的世界。"

她坐在副驾驶座，望着身侧的男人："我好像突然明白为什么旅行中的陌生男女很容易相爱了。"

截然不同的环境，截然不同的心境，爱情的火花一碰即燃。

谢纶手握着方向盘，目光看着前方："之前读过一句话，促进情侣感情的一大方式，便是一起旅行。"

裴景烟轻笑："对有的情侣来说是促进，但对有的情侣来说，旅行是分手催化剂。不是还有一句话，想要快速了解一个人，就跟他一起旅行。东京的成田机场还有个别名叫分手机场，你听说过没？"

"分手机场？"

"是啊，这个机场像是被诅咒一般，据说每天都有一起去旅行的小情侣，因为在旅途中遇上不愉快，飞机一落地就选择了分手，所以这个机场也被称为分手机场。"

"那估计是相处不久，对彼此不够了解。"谢纶朝她投去一眼，"我们不存在那个问题。"

他对她，已经了解了这么多年。

"放首歌听听吧。"裴景烟往车座慵懒倒去。

蓝牙连上手机音乐，随机歌单放了首英文歌，略显清冷的前调，倒是很符合两侧灰蒙蒙的阴郁风景。

在柔和的音乐声里，车子在灰冷烟雨里平稳前行。

因为出发得晚，两人参观完间歇泉，又看了黄金瀑布、塞里雅兰瀑布、秘密瀑布、斯科加瀑布，天色已然有些暗淡，于是将黑沙滩的行程放在了明天——反正是自驾游，一切随着心意来。

在冰岛的最后一天，裴景烟坐在候机室，翻看着手机相册里这些天的照片——

她和谢纶在前往斯科加瀑布的路上，拿着面包片喂着马；他们在冷淡黑暗风格的黑沙滩拥抱；他们在壮阔洁白的瓦纳特冰川手拉手徒步；他们坐船游览着圣洁的冰河湖；他们在雪山环绕的小镇里一起看可爱的puffin小鸟……

其中她最喜欢的一张照片，是在公园的长椅上，一个老爷爷和老奶奶手拉手一起喂鸽子。

当时她驻足看了有半分钟，谢纶顺着她的目光看去，揽住她的肩膀说："等我们老了也像他们一样。"

裴景烟靠在他温暖的怀里，忽而发笑："你知道在喜欢你之前，我畅想的老年生活是怎样的吗？"

谢纶："怎样？"

裴景烟眼眸轻弯："我想着和霏霏、若雅挑个风景宜人的地方，住在同一个房子里面，平时在家养花、撸猫，周末出去烧烤、派对，每月一次短途游，每年一次长途游。等老到走不动了，三个人一起坐着轮椅晒太阳……"

谢纶轻笑："听起来挺好的。不过，以后怕是只剩她俩坐着轮椅晒太阳了。"

裴景烟朝他眨眨眼："为什么？"

谢纶捏了捏她的脸颊，眸光真挚而热忱："因为你要陪着我晒太阳。"

经过十个小时的航行，飞机安全抵达沪城国际机场，也算正式给蜜月之行画上一个句号。

才从机场出来，裴景烟就收到母亲的消息：【小囡，你和谢纶晚上回家吃饭，你哥哥嫂子也回来，一家人聚一聚。】

裴景烟回了个"好"。

坐上回云水雅居的车，感受着国内春末夏初的热意，以及繁华热闹的街景，她生出一种恍然隔世的恍惚感，明明才出去玩一个礼拜，莫名感觉离开很久了。

这份恍惚感到了夜晚，就被家人温暖的笑容和亲热的关怀给冲淡，平淡安稳的生活将她飘忽的心拉回到实处。

裴景烟将旅行买的伴手礼分给家里人，给嫂子顾沅买了两份，一份是给她，一份是给她肚子里的孩子。

过去这些天，顾沅的肚子也显怀了，尤其现在天气转热，穿着单薄的春衫，那微凸的腹部就格外明显。

"嫂子，我可以摸摸吗？"裴景烟坐在顾沅身旁，眼中满是好奇。

"可以呀。"顾沅温柔地笑着，主动牵过她的手放在肚子上，"怎么样？"

这还是裴景烟这么多年，第一回摸孕妇的肚子。

她动作小心翼翼，只觉得掌心下的触感微软又有些充实的硬。

的的确确有个小生命在里面生根发芽，慢慢长大。

"也不知道是个男孩还是女孩？"她漫不经心地说。

顾沅笑得温婉："无论男孩儿还是女孩儿我都喜欢，但你哥哥是想要个女儿的。"

裴景烟一听，这可不是巧了嘛。她笑道："谢纶也一直想要个女儿。"

顾沅稀奇地"咦"了一声，柔美的脸庞带着揶揄的笑意："你俩谈过孩子问题了？"

"也没正儿八经聊过这事，就是随口说过两句。但他想要个女儿，我是知道的。"

十年前，他就考虑起未来女儿要过上怎样的生活了。要真有个女儿，谢纶肯定是个女儿奴。

"女儿好呀，像你一样漂亮又可爱，像妹夫也不错，他鼻梁高，也好看的。"

"还早着呢。"裴景烟摆摆手，"我们才结婚不久，我还想多享受一下二人世界。"

顾沅笑了笑："也是。反正你们小夫妻商量好就行。到时候我肚子里这个先出来，我还能给你传授些经验。"

姑嫂俩手挽手聊着，亲密得跟亲姐妹似的。

而客厅里的裴元彻跷着二郎腿坐在沙发上，看向斜对面一丝不苟的矜贵男人："看你朋友圈的更新速度，这次蜜月过得挺愉快的？"

谢纶思考三秒，俊美的眉眼舒展："嗯，很愉快。"

无论是白天还是夜晚。

经过这次旅行，他决定每年都要腾出一定的假期，带着自家太太一同度假。

2

这晚，在裴家别墅吃过一顿热闹的晚饭，两对小夫妻也各回各家。

裴景烟喝了半杯红酒，有些微醺，一坐上车，就懒洋洋地斜靠在谢纶的怀里。

车子平稳地在路上行驶，两人聊着天，裴景烟随口提起顾沅的肚子："饭桌上我妈说看我嫂子的肚子和口味，怀的应该是个小男孩。然后你看到我哥的脸没，唰一下就黑了，还批评我妈相信些不靠谱的民间经验。哈哈哈哈，真是乐死我了……"

裴家兄妹相爱相杀，互损互嫌，谢纶也有所了解。

修长的手指轻捏着她柔软的耳垂，他没说话。

感受到谢纶的沉默，裴景烟眼睫微不可察地颤了两下。

半响，她缓缓睁开眼，仰视着他："谢纶，你想要孩子吗？"

她一直都想问这话，今天总算说出了口。

她一错不错地盯着他，等着他的回答。

谢纶垂下眼，薄唇轻抿："想。"

在遇到裴景烟之前，或许只是单纯想要一个圆满的家庭，有妻子，有孩子。

不过那种想，只是种抽象的想，并不是他有多么渴望，更多是顺应这世俗大众的趋势。

可在遇到她之后，他心目中那个关于"妻子"的形象才具象起来。

他无比清楚地知道，他想要携手终身的伴侣，是她，裴景烟。

就像他想要个孩子，也是因为他想要拥有一个属于他和裴景烟的共同结晶，一个融合着他们共同血脉的宝贝。

"想要个像你一样可爱的女儿。"

车窗外变幻的光线打在谢纶深邃的脸庞，衬得他的眉骨和眼窝越发嶙峋英朗，漆黑的眸光如水般温情。

裴景烟心里暖融融的。

原先她以为她对生育是有恐惧的，可现在她意识到，当遇到一个对的男人，生育的恐惧是能被爱所缓释消融的。

这世间，爱能抵挡千万。

"我也想和你有个宝宝。"裴景烟往谢纶怀里蹭了蹭，小拇指钩着他的掌心，小声道，"但我还没做好准备……"

她还不到二十二岁，尚未做好肩负当母亲的责任的心理准备。

虽然嫂子顾沅只比她年长两岁，但顾沅性情沉稳，她却毛毛糙糙，幼稚而情绪化。

谢纶见她有些闪躲的目光，托着她腰间的手紧了些，嗓音温柔："不着急，等你做好准备，我们再要。"

她倒是不着急，她怕他急呀。

"你都要三十一岁了。"裴景烟那双杏眸仿佛蕴了两汪水色，亮晶晶的，"你不着急吗？"

上次过年回去，他爸妈在催，亲戚朋友也在催，就连裴家父母也明里暗里催着他们要一个。

谢纶捏住裴景烟的手，贴在薄唇边，温热湿润的气息洒在她的手背上："急也没用，怀胎十月的是你，肯定要以你的意见为先。"

他又补充着："科学研究表明，坚持健身，保持作息规律，就算到了四十岁，小蝌蚪的质量依旧会很好。所以我会保持锻炼，争取给你十年的准备时间，保证我们的宝宝健康又漂亮。"

这正正经经的口吻，却叫裴景烟面上染红："你都看些什么科学研究……不过也不用十年那么久……"

她戏谑地看向他："等什么时候跟你待腻了，就生个小宝宝来玩玩。"

谢纶挑眉，而后故作叹息："那看来是不会有小宝宝了。"

裴景烟："嗯？"

谢纶俯身亲了亲她的脸颊："毕竟我跟你一辈子都待不腻。"

裴景烟扑哧笑出声来，娇嗔地推开他的脸："肉麻！"

转眼到了六月底，裴景烟参与投资的那部《月落乌啼霜满天》也正式在菠萝网上映。

整部剧的主要演员都是俊男美女，古装扮相又十足华美，之前宣发剧照时，就吸引了不少颜粉。等剧开播后，不少原著粉慕名前来，本来是想挑刺，没想到前面一两集看下来，虽说跟原著有些出入，但主线基本尊重原著来拍，倒收获了一波原著粉的好评。

再加上秦霏公司的宣发团队十分给力，各个平台搞宣发，一时间这部剧的收视率稳步增长，有爆款的趋势。

开播后的第三天，这部剧就打败同期的热播剧，排上收视前三。网上关于该剧的讨论话题，也破了亿。

秦霏激动地给裴景烟打电话："小景，咱们这次赚啦，比我之前预想得还要好！我就说嘛，相信我的眼光，我们一起发财！"

第一次投资影视，就遇到个爆款剧，裴景烟自然也是高兴的："那你最近还有什么好项目，也发给我看看，有中意的我继续投。"

秦霏笑着答应。

裴景烟忽而想到自己投资赚钱了，不如叫上谢纶一起逛街，给他买些礼物——

平时都是她刷他的卡，这次也让他体验一下被宠爱的感觉。

想到这里，她拿起手机，给谢纶发了微信过去。

可爱的仙女老婆：【晚上有空吗？带你去买买买，刷我的卡。】

看着屏幕上那个探头的猫猫表情包，谢纶自动脑补出自家太太那双杏眸忽闪忽闪的可爱模样，清冷的面部线条也柔和不少。

指尖轻触屏幕，他回道：【有空。下午五点能忙完。我去接你？】

可爱的仙女老婆：【我开车出门了，就在你公司附近，等我做完美甲，我来接你呗。】

谢纶挑了挑眉，问她：【遇上什么好事了，心情挺不错？】

可爱的仙女老婆：【赚了一点小钱，今晚带你吃香的喝辣的。】

谢纶略作思索，大概明白是怎么回事，这两天她在家有提到过她投资的电视剧开播了，估计剧的收视率不错。

又跟她聊了两句，他放下手机，开始忙工作。

这日傍晚，裴景烟开车到新励总部接谢纶下班。

蜜月后，他俩的感情越发融洽，裴景烟来公司的次数也多了，每隔一段时间，新励的员工们都能吃到老板和老板娘新鲜出炉的狗粮。

譬如今日，见着老板下班后，拉开车门，上了老板娘的副驾驶座。

群里就有女员工开始讨论起来："今天老板娘穿的这条小黑裙，再配上墨镜，真的好有精英范儿。老板坐上车后，他俩就像是那种精英特工夫妇，做完任务后，准备开车出去兜风庆功。"

这一发言，引起群里不少人附和。

而豪车上，裴景烟眼角眉梢都是笑意，问身旁的男人："我这回的指甲怎么样？好看吧？"

谢纶微微侧眸，视线再次落在方向盘上那只纤柔白皙的手上，那修剪得精致小巧的指甲上涂着艳丽又性感的红，宛若朵朵玫瑰于指尖绽放，阳光洒下细碎的金光。

"好看。"他道。

"是吧。"裴景烟眉眼间的笑意更深，"我选的配色。"

半个小时后，车驶入商业圈。

裴景烟很是豪气："今晚别客气，吃喝我买单。等吃饱喝足了，我再给你买些礼物。"

谢纶见她这副尾巴翘上天的模样，清隽的脸庞神色宠溺，牵住她的手："嗯，那我不客气了。"

两人先一起去吃了顿淮扬菜，稍作歇息，便开始逛。

裴景烟很是热衷于打扮谢纶，他外表长得好，又生得宽肩窄腰，行走的衣服架子。

按照她的心意，她给他挑了好几套不同风格的穿搭。

后面谢纶领着裴景烟进了珠宝店："你今晚已经给我买了很多，现在该给自己买了。"

裴景烟摇头："算了，我不买了。"

谢纶看出她的小心思，拉着她的手进去："来都来了，逛一逛。"

不得不说，"来都来了"这四个字，劝人效果极强。

裴景烟抿了抿殷红的唇，黑眸看向他："那就……逛逛？"

谢纶微笑："嗯，逛逛。"

一个小时后，有网友拍了一段视频，发到短视频软件上。

视频只有短短十三秒，配着轻松浪漫的音乐——

明艳娇媚的年轻女孩儿走在前头，身后跟着一个西装革履的俊美男人。男人右手挎着粉色包包，左手端着杯珍珠奶茶。女孩儿忽然停下脚步，把脸朝男人凑过去，男人心领神会地把奶茶递到她的嘴边，垂眸看着她喝。

像是虔诚守护公主的忠心骑士。

视频一发出去，以未曾设想的速度火了。

这晚十点，裴景烟和谢纶刚一回到云水雅居，就分别收到各自好友的热情问候。

秦霏和温若雅：【谢总也太宠你了吧，大晚上给我甜齁到了，还看什么甜宠剧啊，直接看你俩就够了！】

看完视频分享的裴景烟：【……淡定淡定，常规操作。】

陆明琮：【老谢，你被绑架了就眨眨眼睛？】

谢纶：【陪老婆逛街，有问题？】

谢纶：【哦对了，忘记你没有老婆，无法体会。】

陆明琼：【？？？】

你有老婆很了不起吗？！

3

谢纶三十五岁的生日，是在他送裴景烟的那座岛上度过。

蓝天白云，沙滩椰林，风景美如画卷。

白天冲浪、晒太阳、潜水、海钓，等到夜幕降临，两人一起回到海景别墅，玫瑰红酒，烛光晚餐。

烛光之下，一袭墨绿色吊带裙的裴景烟捧着个草莓蛋糕，身姿摇曳地走到谢纶面前："吃生日蛋糕了。"

那草莓蛋糕，乍一看挺精致，仔细一看，还是有些粗糙。

谢纶看向裴景烟："你做的？"

裴景烟坐在他身旁："怎么样，做得不错吧？老婆牌爱心蛋糕，算作给你的生日礼物。"

谢纶嘴角噙笑："生日礼物就一个蛋糕，谢太太，会不会敷衍了些？"

裴景烟拿着打火机慢慢点燃着蜡烛，嗔他一眼："哪里敷衍了，这是我亲手做的蛋糕！你要是觉得敷衍，那别吃了。"

她假意要把蛋糕拿走，手腕被男人捏住。

"谁说不吃了？"

谢纶抬手捏了下女孩儿娇嫩的脸颊，语气无奈："脾气怎么越来越大了，说一句就不乐意了。"

裴景烟拍开他的手，毫无愧疚地朝他眨眨眼："还不是你惯的呀。"

"是，我惯的。"谢纶轻扯了扯嘴角，"自作自受。"

裴景烟把蜡烛都点燃，催着他："快点许愿了，我给你唱《生日歌》。"

在和裴景烟结婚之前，谢纶不怎么过生日，就算过生日，也不会搞生日许愿这一套。

但结婚之后，自家太太热衷于给他过生日，他便尽量配合着她。

"祝你生日快乐，祝你生日快乐，祝你生日快乐……"

在他闭上眼睛许愿时，清灵悦耳的歌声也在餐厅里响起。

一首歌唱完，他刚睁开眼，就见裴景烟凑了过来，吧唧一下在他脸庞印下一个香吻。

她那水光盈盈的乌黑眼瞳里满是甜蜜欢喜的笑意："老公，三十五岁生日快乐呀！"

谢纶眸色微暖："有你在，很快乐。"

闪烁的烛光下，男人英俊的面容越发成熟，给人一种无比坚定的安全感。

裴景烟的脸颊微红，心想着，结婚也好几年了，怎么越看他越帅，看也看不够般，难道这就是老男人的魅力？

待回过神来，她赶紧收回目光，低下头，开始切蛋糕。

简简单单的一层草莓蛋糕，蛋糕坯上涂着白奶油，用空运过来的新鲜草莓作为点缀，上面再撒上一层白白的糖霜，白的雪，红的草莓，相得益彰，精致又浪漫。

"喏，给你一块最大的。"裴景烟分给他一块。

谢纶没有接过托盘，而是抓着她纤细的手腕，黑眸定定看向她，嗓音低醇"你喂我？"

裴景烟脸颊微红，想着是他生日，今晚他最大，便轻声道："好吧。"

哪知谢纶仍旧没放手，而是稍稍用了些力气，拉着她坐到他的腿上。

"这样喂。"他说。

裴景烟轻咬了下唇瓣，低低道："吃个蛋糕这么不正经，你害不害臊。"

谢纶不置可否，只垂眸看向她。

音响里放着旋律柔美的音乐，昏暗的光线里，气氛逐渐暧昧。

裴景烟手执银勺，挖了块带草莓的蛋糕送到他嘴边："吃吧。"

他低下头，慢条斯理地吃着："很好吃。"

裴景烟也挖了勺，尝了尝，奶油的香甜和草莓清爽的果香混合在一起，滋味很好。

"这次的蛋糕坯烤得正好，松软细腻。"重要的是没烤焦。

鬼知道她为了做好一个蛋糕，之前烤坏了多少个蛋糕坯。

一块蛋糕又吃了两口，谢纶的目光落在裴景烟的嘴角，顿了顿。

裴景烟一怔："怎么了？"

谢纶说："嘴边沾了奶油。"

裴景烟"哦"了声，伸出舌尖舔了下嘴角，果然沾到一点冰凉细腻的奶油。

放在腰间的手掌忽地收紧，裴景烟眼底划过一抹诧色，再抬起眼，男人的吻就落了下来，鼻间瞬间盈满他身上好闻清冽的乌木香气。

她被抱坐在他腿上，男人的吻初时柔风细雨，缠绵又温和。

等她主动钩住他的脖子时，他喉结微动，下一秒，亲吻如疾风骤雨，把裴景烟亲得晕晕乎乎。

"草莓蛋糕是第一个礼物，还有第二个礼物……"

裴景烟轻轻抬起眼，浓密卷翘的睫毛颤了两下，她攀附上他的肩膀，红唇凑到他的耳边，气息温热："老公，我送你个孩子，要不要？"

腰肢上的手掌骤然捏紧，下一刻，男人又吻了下来。

从海岛回来后半个月，裴景烟感觉胸口有些胀。

一天晚上，她做了个梦。

梦里她在路上捡到了一颗金色的种子。

那种子一到她的掌心，就开始发光，而后一点点萌芽，在她手中开出一朵花儿来。

裴景烟半夜从梦里醒来，忽然就有种莫名强烈的预感。

她伸手推了推身旁的男人。

男人苏醒过来，习惯性揽住她纤薄的肩膀，低沉的嗓音透着几分慵懒："是要喝水？我去给你倒。"

"不喝水。"裴景烟的大脑此刻格外清醒，手指钩住他的睡衣，像是发现什么大惊喜般，神神秘秘地说道，"谢纶，我刚才做了个梦。"她语气变得严肃起来，纤细的手指轻碰了碰男人的下巴，"我好像怀孕了，你要当爸爸了。"

于是，她将那个梦与谢纶说了，又拉着他的手，放在她平坦的腹部："我听说怀孕了会做胎梦。你说，这是不是暗示？"

他温热的掌心轻覆在她的腹部，源源不断的热意隔着丝绸布料渗入肌肤，暖融融的。

"明早起床测测看。"

谢纶轻声道:"如果怀了,是件好事;如果没怀,你也别失望。我再接再厉。"

裴景烟被逗笑了,握拳捶了下他的胸口。

谢纶握着她的手:"老婆乖,先睡觉。"

裴景烟也不再说话,靠在他的怀中继续睡了过去。

不过心里有事牵挂着,她第二天自然醒得很早。

谢纶在浴室里洗漱时,她就拿了验孕棒,偷偷跑到外面的浴室里测试。

"啊!"

隔壁浴室陡然传来的尖叫声,叫穿着衬衫的谢纶手指一顿,连扣子都顾不上扣好,直接往外面跑去,语气紧张:"怎么了?磕着了?"

却见裴景烟站在浴室里,手里拿着根验孕棒,白皙漂亮的脸庞上满是欢喜:"老公,我们真的有小宝宝了!"

谢纶愣在原地。

裴景烟跑到他跟前:"你看,两道杠!我就说嘛,我能感觉到的,宝宝真的来了!"

谢纶低头,看着验孕棒上的两道红线,呼吸不由得紧了:"真的有了?"

"嗯呢,有了!"裴景烟觑着他紧绷的脸色,眨了眨眼,"你怎么这样淡……啊!"

那个"定"字还没说出口,她就被男人直接抱了起来,连转了好几圈。

"谢纶,你放我下来啊,我要转吐了!"裴景烟拍着他的背。

谢纶将她稳稳放下,平日里镇静的面容此刻却带着几分无措的欢喜:"我真的要当爸爸了?"

裴景烟见他这样,心头一软。

他是真的很期盼他们的孩子。

她再次抓住他的手,放在腹部,语气轻软:"是呀,我们要为人父母了。"

谢纶弯下腰,将她圈在怀里紧紧抱着。

良久,他道:"老婆,接下来辛苦你了。"

裴景烟将脸贴在他的胸膛上："孩子可是四脚吞金兽，我辛苦揣崽，你也要更辛苦赚钱了。"

谢纶"嗯"了声："我们一起努力，当对好父母。"

这年除夕，裴景烟和谢纶回了苏城。

谢老太太年纪大了，人也更糊涂，看着大肚子的裴景烟，哎呀哎呀惊奇极了，拉着谢父的手问："这是哪家小姑娘肚子这么大了？"

谢父蹲在老太太身边笑着解释："妈，这是小纶媳妇啊，你又不认识了？小纶媳妇怀孕了，你要当太奶奶啰。"

谢老太太睁着一双浑浊的老眼，努力回想着，却是什么都想不出来。她摇摇头，像个无措的孩子："记不得了，我什么都记不得了。"过了一会儿，又开始喊着谢纶爷爷的名字，"书清啊，书清，你在哪里呀？"

谢父嘴里泛着苦涩，叫保姆扶老太太回屋歇息去。

"老太太记性越来越差了。"谢父朝裴景烟抱歉地笑了下，"小景啊，你别介意。"

相处这些年，裴景烟知道老太太的慈爱，自然不会计较这些，反倒安慰着谢父："爸，等孩子出生，我多带回来给奶奶看。"

谢父欣慰地点头："好，难为你有这份心。"

待夜幕降临，谢父谢母实在熬不住零点，十点多就回房间睡觉。

偌大的客厅里，春节联欢晚会当着背景音，裴景烟懒洋洋地窝在谢纶怀里，把玩着他的手。

不经意又想到谢老太太，她低声唏嘘："奶奶到老，还对爷爷一片情意。就算忘记了所有人，都还记着爷爷。谢纶，你说等我们老了，失去彼此了，那该怎么办？"

谢纶垂下眸，长指微屈，敲了下她的额头："大过年的，你这小脑袋里乱想什么。"

裴景烟嘴唇微嘟："想很严肃的事呀，人有生老病死，总会有那么一天的。"

一想到剩下的那一个孤孤单单守着回忆生活，她鼻子就发酸，眼眶也不禁盈起泪。

孕妇的情绪，就像夏日变化不定的天气，说变就变。

谢纶赶紧拍着她哄："乖，就算真有那么一天……"他稍作停顿，扯出一抹苦笑，"也是我先。"

毕竟他比她年长九岁。

裴景烟咬着唇，双手环住他的腰身，将脸埋在他怀里，瓮声瓮气，带着些哭腔："我不管，我要你一直陪着我。"

"好好好，我争取长命百岁，陪着你一起到老。"

"唔……"裴景烟将那一点儿伤感的眼泪擦在他的睡衣上，"好吧，我活到九十一岁也满足了。"

谢纶哭笑不得地捏了下她的脸颊："都要当妈妈了还爱哭，肚子里的宝宝都要笑话你。"

裴景烟从他怀里坐起了些："才不会，宝宝跟我一条心的，才不会笑话我。"

正说着话，她突然"哎哟"一声。

"怎么了？"谢纶问。

见他这副紧张的模样，裴景烟憋着笑，朝他眨了眨眼："小家伙又动了。"

谢纶松了口气，掌心抚在她的肚子上："看来是随了你。妈说过，你小时候比你哥要调皮多了，每次捣蛋做坏事，都摆出一副乖样子，叫你哥背黑锅……"

童年糗事被揭开，裴景烟硬着头皮否认："我妈乱说的，我小时候可乖了好吧。"

谢纶不置可否，只笑道："小姑娘调皮活泼些也好，不容易叫人欺负。"

裴景烟故意跟他唱反调："你确定肚子里的是女孩儿？我妈可说了，我这怀相瞧着八成是个男孩儿。哼哼，我妈的眼光可毒了，当初我嫂子怀小轩，她就看出来了，我现在还记得我哥那张黑脸呢。"

她说完这话，就见谢纶的脸色也有些黑。

静了静，男人不甘心道："我有感应，是个女儿。"

裴景烟坏笑，故意和他杠："我也有感应，是儿子。"

话音刚落，她的肚子又动了一下。

裴景烟乐了："看吧，小家伙都同意我了。"

感受到掌心下的动静，谢纶："……"

这小崽子，似乎很得意?

番外二·【养娃日常】
"全天下最可爱的妹妹!"

▼

1

五月初夏,沪城温度逐渐上升,迎面而来的风都带着些夏日的燥。

预产期的前一个礼拜,裴景烟就住进了妇产医院高级病房。

明亮的阳光从玻璃窗洒进房间,窗前的水晶浮雕花瓶里每天都换着不一样的鲜花,比如今日,就是温若雅和秦霏一起送来的粉色郁金香。

"我家这小东西怕是赖在肚子里不肯出来了,都过去这么些天,一点迹象都没有。"

一身淡蓝色宽松长裙的裴景烟懒洋洋地躺在沙发上,边晒太阳边吐槽着:"难道我怀了个哪吒?"

听到这话,已经是知名影视公司总裁的秦霏扑哧一声笑了出来:"哪有那么夸张,该出来就会出来的,你也别急,估计就这两天了。"

"真期待开奖的那一天,我和霏霏还赌了一个包,我押男孩儿,她押女孩儿。"温若雅有一下没一下抚摸着裴景烟的肚子,像是在摸一个成熟的圆西瓜。

裴景烟勾了勾唇,慢悠悠道:"好巧,我也和谢纶打了个赌,如果是女孩儿,他就把上个月收购的一块地皮开发成梦幻芭比游乐园;如果是男孩儿,那块地皮继续开发商场,他送一套乐高玩具。

"他说女孩子要富养，男孩子随便养养就好了。"

下午四点左右，裴景烟扶着腰站了起来，打算去楼下散散步，才走到门口，忽然觉得一阵暖流从腿间流下。

她蒙了一瞬，低头看向沿着腿根往下流的水，一张漂亮小脸都白了："我……我……羊水破了？"

秦霏和温若雅回过头，也吓了一跳。

秦霏："要去卫生间吗？肚子痛不痛？"

还好一直陪伴的看护反应快，连忙走上前，镇定地安慰："谢太太别担心，你这是羊水破了，要准备分娩了。"说罢，她扶着裴景烟回床上坐着，按了呼叫铃，唤来医生和护士。

秦霏和温若雅这下也不走了，两人分头打电话，通知裴家爸妈和谢纶。

夜色迷蒙，细碎的星星宛若璀璨的宝石，悬挂在天空。

肚子里的小崽子是个懂事的，像是不忍心看妈妈遭罪，很快生了下来。

就连接生的医生们都说："第一胎就生这么快的，不多见。"

裴景烟累到脱力，昏昏沉沉地睡了过去。

再次睁开眼，她就见谢纶握着她的手，趴在病床边上睡。

微亮的灯光下，男人俊美的侧脸透着些许疲惫，她凝视了没多久，他就像有所感应般，睁开了眼。

"醒了？"谢纶眼里满是柔色，"渴不渴？饿不饿？还疼吗？"

裴景烟的小指头钩了下他的手指，嗓音还有些沙哑："一杯温水就好。"

谢纶站起身，吻了下她的额头："好，我去倒。"

他很快倒了杯水回来，送到她的嘴边小心喂着。

喝了水，裴景烟嗓子也舒服了不少，扫了一圈屋内，又往黑漆漆的窗外瞟了眼："现在几点了？"

谢纶看了下手表："凌晨三点。"

他挤了块温热的帕子，细致地替裴景烟擦脸："小家伙出来后，你就累晕过去。爸妈和兄嫂陪着孩子，我看夜深了，就叫他们先回去休息。"

说到这个，裴景烟脑中也有了些印象。

孩子刚出生的时候，护士小姐姐就报了信息："男孩，六斤九两，晚上九点四十五分出生。"报完之后，还把那红通通皱巴巴的孩子放在她胸口，来了个母子贴贴。

当时看到是个小男孩，她脑子里的第一反应是，好嘛，谢纶要送乐高玩具，霏霏要输个包给若雅了。

第二反应是，这小家伙可真丑，小猴儿似的，眼睛、鼻子、嘴都缩在一起，压根看不出长得像谁。

唯一的优点大概是头发浓密茂盛，应该不会有秃头困扰。

和孩子贴贴了一阵，护士就托着那小家伙去清洗。

她也被推出产房。谢纶和裴母第一时间凑上前围着她，也不知道是不是她累出错觉来，她看到母亲红了眼圈，谢纶的眼尾也有些潮湿的红。

他是哭了吗？

她这样想了一会儿，然后累到闭上眼睛睡着。

见此时屋里只有自己和谢纶，裴景烟忍不住问："孩子呢？"

谢纶给她递了杯营养奶昔："孩子在隔壁，月嫂带着。"

裴景烟说："我想再看看他，睡一觉又不记得他长什么样了。"

谢纶哭笑不得："好，我去抱过来。"

裴景烟这边慢慢喝着奶昔，两分钟后，谢纶就抱着个小襁褓回来。

孩子喝过奶，这会儿正熟睡。

清洗过的小家伙比刚出生的样子顺眼不少，虽然还红红的，但依旧看得出皮肤很白，而且有明显的双眼皮。

初为父母的两人不自觉把声音压得很小，用气音交流着，生怕吵醒这柔软又脆弱的小生命。

谢纶轻笑道："你睡着的时候，妈说宝宝长得跟你小时候一模一样。"

裴景烟一听，顿时瞪圆了一双杏眼："才不是，我小时候可漂亮了，哪有这样丑。"

谢纶低头看了看怀里的儿子，认真评价："的确没有你漂亮，要是个女儿的话，应该就像你一样漂亮。"

上一秒还在嫌弃儿子丑的裴景烟听到这话，立马就开始维护小崽子："小孩子刚出生都一个样，等过几天长开了就漂亮了。之前小轩出生的时候，也丑得很，后来养了一个月，白白胖胖的，多可爱呀。"说完，她又一脸严肃地看向谢绻，"你可不许嫌弃小星星。"

谢绻："……小星星？"

裴景烟点头："对，我刚给他取的小名，我看外面的星星那么亮，他又出生在晚上，叫这个小名正好。"

谢绻略作思忖："也好。"

顿了顿，他又问她："大名想好了吗？"

裴景烟懒洋洋地瞋了他一眼："我想个小名已经够累了，大名你想想呀。要是你也懒得想，不如就叫'谢星星'？"

谢绻："……那我还是想想吧。"

孩子出生的第二天清早，裴父和裴母又回了医院。

老两口坐电梯时，还遇上从苏城赶来的谢父谢母，以及谢老太太。

裴母有些不好意思："哎哟，老太太这把年纪也来了，多折腾呢。等小景出了月子，叫她和谢绻一起抱着孩子回苏城也是一样的嘛。"

谢父红光满面道："没事的，老太太知道当了太奶奶，脑子都清明不少。她心里高兴着呢，是吧，妈？"

谢老太太也不知是听懂还是没听懂，只笑呵呵地点着头："对对对。"

待长辈们一起到了病房，裴景烟都吓了一跳，怎么来了这么多人！

尤其见到谢老太太后，她更是惶恐，虽说苏城离沪城并不算远，但老太太年纪大了，身子骨比不得年轻人，两个小时的车程也很劳累。

谢绻拍拍她的手，示意她在床上好好歇息，不用太紧张。

谢父谢母见到小家伙的第一眼，都一副激动得要哭的模样。

"哎哟，我这宝贝大孙子，长得也太漂亮了……"

"好，太好了，小景啊，真是辛苦你了。"

谢老太太坐在沙发上动作熟练地抱着重孙子，人也不糊涂了，用苏城话哼起一首轻柔的歌谣。

谢父站在旁边看着这一幕，眼眶有些发热，与谢母道："我妈也唱过这歌哄过我。"

谢母也很是动容："当初小纶出生，她也是这样抱着他哄的。"

一转眼过去几十年，老太太怀里抱了三代人，也将这歌谣唱给三代孩子。

在医院住了三天，裴景烟就带着小家伙出了院。

且经过双方长辈的投票，小星星的大名最后确定为：谢明聿。

裴景烟觉得这大名有点绕口，还是习惯喊小名。

她每天小星星长、小星星短地喊，家里人也耳濡目染，也爱叫孩子小星星。

小星星满月宴上，秦霏和温若雅这两个干妈，一人送了枚沉甸甸的长命锁。

秦霏虽然打赌输了，却格外喜欢小星星这个干儿子。

小星星也喜欢这个干妈，每次见到秦霏，就会露出可爱的天使笑容，简直把人的心都萌化了。

作为亲妈的裴景烟和温若雅这个干妈对此十分嫉妒，并考虑着要不要像秦霏一样，去染一头红发——据医生说，新生儿喜欢鲜艳的颜色，比如橙色、红色。

秦霏拒不承认是自己的红发吸引小星星，坚持归功于她强大的人格魅力与亲和力。

眨眼又到春节，小星星也有九个月了。

大年初一这天，他穿着大红色棉袄，头戴着精致的虎头帽，水灵灵的大眼睛，漂亮的双眼皮，还爱歪嘴巴笑，可爱又痞气。

用秦霏的话来说，这孩子长大怕是要俘获万千少女芳心。

少女芳心啥的目前还不知道，但小星星的确俘获了一众长辈的欢心——

谢母抱着小星星走亲访友，一改前些年的低调，整个人春风得意，逢人就炫耀："看见没，我家大孙子，长得可爱吧！"

小星星也很配合，只要有长辈探头看他，他就朝别人笑。

这样出门走了三天亲戚，小家伙收回来一大堆红包。

晚上裴景烟算红包都算到手软，建议谢纶去买个点钞机。

谢纶坐在床上，看着那沿着他的腿，边往上爬边流口水的小家伙，扯了下嘴角："挺好的，给他攒老婆本。"

小星星见爸爸在看他，高兴极了，呀呀呀叫着，手脚并用爬得可欢。

可等他刚爬到爸爸身上，就被爸爸长腿一推，又推到脚边。

小星星以为爸爸在跟他做游戏，咯咯笑着，流着口水继续爬。

裴景烟将红包叠好放进保险柜里，扭头见着床上父子俩的相处模式，忍不住道："他这是要你抱抱呢。"

"不抱。"谢纶拒绝道，"男孩子太黏人了不好，得独立点。"

看向一脸纯洁笑容的小星星，裴景烟："……"

心疼我崽。

待夜深后，小星星被谢父谢母抱到楼上去睡。

裴景烟洗漱完回到床上睡觉，刚躺下没多久，男人就从身后拥上来。

"别抱我。"她拿胳膊肘撞了下他的胸膛，往外边挪去。

谢纶靠过来，揽住她的肩："怎么？"

"男孩子太黏人不好，得独立。"裴景烟仰起脸，一本正经，"谢先生，你已经是个成熟男人，该学会独立睡觉了。"

谢纶："……"

借着淡淡的微光，裴景烟看到男人凝噎的模样，红唇不由得翘起个幸灾乐祸的弧度。

让你欺负我崽！活该！

2

小孩子最可爱的时候，大概是三岁之前。等到三岁以后，正是猫狗都嫌的年纪——

对于这个说法，谢纶深以为然。

可全家似乎只有他这样认为，无论是裴家父母，还是谢家父母，抑或是裴景烟，都觉得小星星是世上最乖巧懂事的宝贝。

小星星四岁生日宴，谢父给他订了个五层的奥特曼大蛋糕。

亲朋好友们围着小星星唱《生日歌》，小星星双手合十，虔诚地许愿："希望我的爸爸能变成一个胆大、勇敢的男孩子。"

听到孩子这个心愿，大人们都一头雾水。

其中表情最为尴尬的莫过于谢纶，看向小崽子的目光充满"和善"。

谢母笑吟吟地问小星星："为什么许这个愿望呀，你爸爸哪里胆小，不够勇敢了？"

小星星奶乎乎的小脸一本正经："爸爸这么大的人了，还不敢一个人睡，每天晚上都要跟妈妈一起睡。如果他胆子大一些，能够自己睡，那妈妈就能多陪我了。"

这话一出，在场的大人们都乐得直笑。

待生日宴结束，一家三口坐车回云水雅居。

路上谢纶伸出两根长指，夹住小星星的嘴巴，认真教育："谢明聿小朋友，你得明白，你妈妈在当你妈妈之前，先是我的老婆。所以，不是我跟你抢妈妈，是你跟我抢老婆，你明白没？"

小星星被夹成鸭子嘴，大眼睛眨了眨，才不管什么前后次序，只含糊委屈地喊："妈妈！"

听到儿子的呼唤，裴景烟将视线从手机屏幕挪开，看向被谢纶夹住嘴巴的儿子，扑哧笑出声来，一边埋怨着谢纶"你怎么又欺负儿子呀"，一边打开手机相册："保持这个动作别动，我给你们拍张照，可太逗了！"

谢纶："……"

小星星："……"

等拍完照片，她发了个朋友圈，配文：

【父子的欢乐时光。】

朋友圈发出去没多久，裴景烟就收获一批点赞和评论。

而谢纶收到了亲妈的电话："谢纶，你又欺负儿子！"

谢纶："……我没欺负他。"

小星星立马顺杆爬，奶声奶气地朝话筒喊："奶奶，爸爸欺负我！"

谢母立刻心疼坏了："我的乖孙孙，别怕哈，等下次奶奶替你教训他。"

小星星捂着嘴巴偷笑，见爸爸眯起的黑眸，又赶紧躲回裴景烟的怀里："妈妈，保护我！"

　　裴景烟笑着拥着他，刮了下他的鼻子："现在知道怕了？跟你奶奶告状时怎么不知道怕？"

　　小星星不好意思地笑了笑，搂着裴景烟的脖子撒娇："有妈妈在就不怕。"

　　那边谢纶挂了电话，见母子俩亲昵的模样，第一百次想把这小家伙薅下来，打包送去苏城，眼不见心不烦。

　　这晚，谢纶给小星星讲完睡前故事回到卧室，裴景烟正好洗漱完从浴室出来。

　　他懒怠地坐在床边，朝裴景烟伸出手："过来。"

　　"怎么了？"裴景烟眉眼含笑，走过去，"跟儿子讲个睡前故事而已，怎么比通宵加班还累的样子？"

　　谢纶拉过她的手，将人抱坐在自己腿上，脸埋在她散发着淡淡甜香的脖颈间，像是充电般，过了一会儿，才道："那小崽子刚才跟我说，如果不是他生得晚，你就是他老婆了，我是占了年纪大的优势。他还说，你最喜欢的男孩子是他。"

　　裴景烟笑出声："他从哪儿学的这些话？"

　　"那你说，你最喜欢的是谁？"

　　放在她腰肢上的手掌收紧了些，还不等她答，男人高挺的鼻梁轻轻蹭着她的脖颈肌肤，语调笃定道："那必然是我。你是我的，谁也抢不走。"

　　"瞧你，都一把年纪了，还跟小孩子较劲。"

　　裴景烟被他的鼻息弄得痒痒的，偏了偏头，又有些感慨道："真快，一眨眼小星星就四岁了。"

　　谢纶亲亲她的耳垂："我还记得在海岛上，你说要送我个孩子，问我要不要……"

　　本以为是送件贴心小棉袄，没想到却送了个抢老婆的小皮猴。

　　似乎听出他的遗憾，裴景烟钩住他的脖子，幸灾乐祸道："生孩子这事，就像开盲盒，你永远不知道你会开出什么。不过小星星已经很不错了，长得好看，脑子灵活，还爱干净……"

"如果是女儿的话，肯定更可爱。"男人的头更低了些，嗓音低哑，"谢太太，又快到我的生日……"

她呼吸也变得乱了，好不容易才从红唇中溢出几个字："……还有两个月呢。"

"可我已经想好要什么礼物了。"男人低头，骨节分明的长指插入她乌黑浓密的发间。

卧室里昏暗灯光之下，空气里仿佛刺啦响起电流声。

"什么礼物……"她半合着眼，仿若喝醉了一般，娇美的面容像是覆上一层艳丽的胭脂，旖旎又明艳。

他的手掌托着她的脸颊，清冽嗓音染上淡淡笑意："再开一次盲盒，怎么样？"

裴景烟颊边顿时更红。少顷，她稍稍坐起些，凑到他耳边轻笑："你就不怕再开出个小星星？"

谢纶："……"

须臾，他居高临下，阒黑的眼眸轻睐："研究表明，女方越愉悦，生女孩概率越大。"

裴景烟哑然失笑："你又看些什么奇奇怪怪的！"

谢纶薄唇不紧不慢道："谢太太，相信科学。"

夜色沉沉，一轮明月高悬空中，流光皎洁。

小星星五岁的时候，拥有了一个妹妹。

谢纶四十一岁的时候，终于圆梦，拥有了一个女儿。

裴景烟发现的那天，正好是星期六。

于是她把家里的大男人和小男人一起叫了出来，让他们父子俩排排坐在沙发前，一本正经地告诉他们："我有一个很重要的消息要宣布！"

谢纶这时已有预感，面上却不显，安静地等着自家太太宣布。

而小星星则睁着一双好奇而期待的大眼睛，暗暗想着，妈妈是要宣布今年暑假去哪里旅游了吗？

只见裴景烟清了清嗓子："咱们家要添一位新成员了。"

谢纶握紧拳头！

小星星则是蒙了好一会儿，转动着小脑袋左瞧瞧右看看，疑惑地问："新成员，谁呀？我怎么没看见？"

谢纶心愿得偿，心情愉悦地摸了下儿子的头，解释道："是妹妹，在你妈妈的肚子里。"

小星星夸张地"啊"了一声，而后惊讶地盯着裴景烟的肚子看，一时之间还无法接受这个消息。

直到裴景烟牵着小星星的手，放在她的肚皮上感受，小星星才后知后觉地问："妹妹什么时候住进去的？我怎么不知道？她什么时候会出来呢？可是我想要个弟弟，妈妈可以把妹妹变成弟弟吗？"

这个年岁的小朋友就是本行走的《十万个为什么》。

裴景烟不知道该从哪里答起，索性将皮球踢到谢纶面前，朝他挤挤眼睛："你来。"

谢纶将儿子拉到自己面前，语气笃定："不能。"

小星星噘起小嘴："为什么不能呀？"

谢纶思考两秒，说："因为家里有你和我两个男人，却只有妈妈一个女孩子，妈妈也要女孩子陪她玩。"

小星星问："妈妈有霏霏干妈和若雅干妈陪她玩，还不够吗？"

谢纶："……你两个干妈都是外面的朋友，但在咱们家里，也得有个女孩子陪你妈妈。"

小星星人小鬼大，才不会这么容易被忽悠。

他从谢纶怀里挣脱，跑到裴景烟怀里，撒娇道："妈妈，你生个弟弟好不好呀？"

裴景烟看着小团子一般的儿子，再看谢纶那张"孽子气死老父亲"的黑脸，忍俊不禁。

这对活宝父子，真是她的快乐源泉。

不过于她而言，她既然要了二胎，也是想生一个宝贝女儿的。

毕竟女孩子漂漂亮亮、香香软软，还能跟她一起穿母女装，她可以买各种漂亮的小裙子打扮女儿，想想都觉得开心。

"星星乖，小宝宝还在肚子里，妈妈现在也不知道它是男孩还是女孩，等十个月后，才能知道的。"

"哇，那肚子里的宝宝有可能是弟弟？"

"嗯呢，有可能的。"裴景烟如实道。

小星星立刻眉开眼笑，转脸又看了谢纶一眼，偷偷跟裴景烟咬耳朵："爸爸又骗人。肚子里的小宝宝还不知道是男孩儿还是女孩儿，他就说是妹妹，哼，骗子！"

裴景烟伸手敲了敲他的小脑袋，哭笑不得。

好儿子，快别说了，没看到你爸爸的脸都黑成锅底了嘛。

自从知道妈妈肚子里有小宝宝后，小星星每天都会跟妈妈的肚子打招呼——

"弟弟早上好。"

"弟弟晚上好呀。"

而他的老父亲，则跟他对着干，每天也会跟自家老婆的肚子打招呼——

"乖女儿早安。"

"乖女儿晚安。"

看这对父子彼此较劲儿，裴景烟又是好气又是好笑。

3

在裴景烟分娩之前的这段时间，小星星对家里即将来临的新成员，其实并没有那么喜欢。

因为大家都在说，妈妈肚子里的小宝宝是个妹妹。

而且，这个妹妹是爸爸妈妈很期待的，尤其是爸爸。

几乎身边所有人都在说，小妹妹会多么可爱、多么乖巧，就连一直最宠爱他的爷爷奶奶、外婆外公也都把注意力放在了妹妹身上，那些原本属于他的关爱都被抢走了。

小星星有些难过，觉得家里人都不爱他了。

妹妹还没出生呢，就抢走了这么多人的爱，那等妹妹出生了，他的爱就要被抢光了。

他讨厌妹妹！

他悲伤地收起自己的小书包，决定离家出走。

可他也不知道去哪里，最后还是叫家里的司机，把他送去了舅舅家。

他去找小轩哥哥玩，顺便跟小轩哥哥诉说他的小心事。

哪知道小轩哥哥听了他的烦恼后，却十分羡慕他："你不知道我多想有个妹妹，可我爸爸霸道得很，说家里有我一个电灯泡就够了，才不会再添第二个。"

小星星想了想，说道："小轩哥哥想要妹妹，我不想要妹妹，那等我妹妹出生了，我把她送给你当妹妹好了。"

已经是三年级小朋友的小轩知道小表弟说的是傻话，但也愿意哄着小表弟，便配合地答应下来："可以，那以后让你妹妹叫我哥哥，我带她玩好了。"

小星星点头，还跟小轩拉钩："那她以后就是你妹妹啦。"

在两个小朋友私下约定的半个月后，裴景烟在医院顺利诞下一个五斤八两的漂亮小千金。

说来也巧，小千金跟她哥哥一样，也出生在晚上。

那日正是月中，一轮明月高悬夜空，她偷懒的妈妈于是给她取了个小名，叫小月亮。

她美梦成真的爸爸则是翻遍了字典，给她取了个大名：青颐。

小月亮刚出生的时候，也是皱巴巴、红通通的，并不好看。

小星星一见到妹妹直撇嘴："妹妹好丑。"

谢纶告诉他："你出生的时候也这样。"

小星星才不信，跑去问裴景烟，得到的是同样的回答。

不过裴景烟安慰道："等过段时间，妹妹就会变漂亮了。"

小星星并不相信，心里暗暗地想，妹妹长得这样丑，小轩哥哥还会要妹妹吗？唉，算了，如果小轩哥哥不要的话，那还是留在家里吧，毕竟长得丑已经很可怜了。

不过没多久，他的妹妹越长越可爱。

　　小月亮人如其名，生了双圆月般明亮的大眼睛，她几乎继承了父母的全部优点，皮肤白嫩得像是剥了壳的鸡蛋，吹弹可破，笑起来双眸弯弯，又甜又奶，叫人心都化了。

　　秦霁和温若雅来看干女儿时，全程都捂着胸口，连连喊道："太萌了，不行了，我半夜要来偷孩子！"

　　小星星扒在摇篮边上看妹妹，心里想，不要喜欢妹妹，妹妹是个讨厌鬼！

　　小月亮似乎感应到哥哥来了，她张开嘴巴朝他甜甜地笑。

　　小星星心里忽然像是开了一朵花，十分高兴——妹妹竟然朝我笑了欸！

　　这样看的话，妹妹好像不是那么讨厌，也挺可爱的嘛。

　　某日，顾沅带着裴轩来探望裴景烟。

　　大人们要聊天，裴景烟便对小星星说："星星，带你小轩哥哥去看看你妹妹。"

　　小星星却站在原地，耷拉着小脑袋不肯动。

　　裴景烟还以为他没听到，又说了一遍。

　　哪知道小星星却"哇"的一声哭了出来。

　　这突如其来的哭泣，叫裴景烟和顾沅都吓了一跳。

　　"星星怎么了？"裴景烟从沙发上起身，将孩子揽入怀里哄。

　　哄了一分钟，小星星才止住眼泪，一双黑黝黝的葡萄眼还盈着泪水，一脸伤心道："妈妈，我是笨蛋。"

　　裴景烟："嗯？"

　　小星星撇嘴道："我不应该和小轩哥哥拉钩，说要把妹妹送给他。我后悔了，我想要妹妹在家里。"

　　裴景烟和顾沅面面相觑。

　　顾沅看向自己儿子："还有这回事？"

　　小轩耸耸肩："我知道弟弟是开玩笑的，我可没当真。"

　　顾沅轻笑，又软了嗓音对小星星说："别哭了，小月亮是你妹妹，没人跟你抢。"

　　"真的吗？"小星星吸了吸鼻子，"那太好了。"

可在面对自己妈妈时，小家伙还有些心虚，湿漉漉的睫毛垂下，小手讨好地去拉裴景烟："妈妈，我错了。"

裴景烟眼眸轻闪，抽了张婴儿棉柔巾，细心地替儿子擦眼泪，轻声道："妈妈不怪你。是爸爸妈妈不对，把更多的注意力放在了妹妹身上，没有以前那么关心你……妹妹现在还很小、很脆弱，所以爸爸妈妈要更呵护她。你当初像妹妹这么小的时候，爸爸妈妈也是这样细心呵护你的。"

小星星点头："我知道了。"

裴景烟摸摸他的小脑袋："我们星星最懂事了，你要记住，爸爸妈妈永远都是爱你的。"

小星星破涕为笑，伸手去搂裴景烟的脖子："妈妈，我也爱你……也爱爸爸。"

虽然他还是觉得爸爸更喜欢妹妹，但看在妹妹那么小的份上，他就不计较啦。

母子俩亲昵一阵，裴景烟松开他："好了，现在可以带你小轩哥哥去找妹妹玩了吧？"

小星星不好意思地笑了笑："好。"

两个小孩子手拉手去了隔壁婴儿房间。

顾沅笑意温柔："你家星星是个心细的。"

裴景烟端起红茶喝了一口，叹气道："等晚上谢纶回来，我得跟他好好聊聊，他这个做爸爸的，也得多关爱一下儿子。"

说到这个，顾沅无奈："谢纶还能讲道理，你哥是半点道理都讲不通。"

每次叫裴元彻多陪陪儿子，他都理直气壮地说，空闲时间那么宝贵，陪老婆都不够，陪什么儿子。

给儿子送礼物，送的都是什么补习班、国外旅行夏令营、考卷、练习册——反正就是叫他一边玩去。

这边两个女人在吐槽自己老公，小轩和小星星则一起围着摇篮里的小月亮。

小星星指着摇篮里穿着粉色婴儿裙的小婴孩，一脸骄傲："怎么样，我妹妹是不是又变可爱了！"

"好像是跟上次不一样了，但还是小小一只。"小轩感慨着，伸手碰了碰小月亮的脸。

小月亮原本是在睡觉，被这样一碰，缓缓睁开一双水灵灵的乌眸。

"哇，妹妹醒了！"

两个男孩子一左一右把脸凑上前。

小轩喊她："妹妹，我们是哥哥。"

小星星纠正着："他是舅舅家的表哥，我才是你亲哥哥哦！我们是一个爸爸妈妈生的，所以你跟我最亲啦。"

小轩："……"

小月亮每天都会见到小星星，对他也熟悉，见到他便笑了："呀……"

见妹妹又笑起来，小星星也乐了。

他伸出一根小拇指，想跟妹妹拉钩，可妹妹的手太小了，他拇指还没钩上，就把她一把握住。

"好吧，这样拉钩也成。"小星星很是大方，脆生生地念着，"拉钩上吊，一百年不许变，你是我妹妹，只能跟我最亲。以后我照顾你，陪你玩，好不好？"

"啊……"小月亮牢牢握着哥哥的手指，黑亮的大眼睛里盛满澄澈的光，咯咯笑了起来。

小星星心都化了，托着腮帮子想，我妹妹就是全天下最可爱的妹妹！

这天傍晚，谢纶从公司回来，裴景烟就与他说了小星星的心事。

"小孩子心思是很敏感的，你这个做爸爸的，也得多关注一些。"

"嗯。"谢纶捏了捏她的手，"晚上我找他聊聊。"

"你不许凶他哦！"裴景烟瞪圆眼睛，一只手去揪男人的脸，"你要是敢凶我儿子，我跟你没完。"

谢纶失笑："我有那么严肃？"

裴景烟哼了声："你自己不知道而已，其实在教育孩子这一点上，你有的时候也挺像你爸爸的作风。"

父母对孩子的影响是潜移默化的，谢纶年少时跟父亲关系僵硬，主要是父亲太传统、太羞于表达爱意。如今谢纶当父亲了，对小星星的教导，也带着几分中国式大家长的做派。

听到自己太太的评价，谢纶陷入思考。

晚上用过晚饭，小星星照常去看动画片，谢纶把他拎了起来："走，爸爸教你游泳。"

小星星："……啊？"

谢纶："不想学？"

小星星两眼冒光，一把抱住爸爸的大长腿："想想想，爸爸教我！"

看着儿子狗腿的模样，谢纶笑了下："走吧。"

小星星屁颠屁颠跟在爸爸身后。

在走廊等电梯时，裴景烟抱着小月亮出来，小星星一见到妈妈，忙不迭分享道："妈妈，爸爸要教我学游泳！"

裴景烟心想"学个游泳瞧你乐得"，面上却温柔笑道："那你好好跟爸爸学，加油！"

小星星也比了个加油的手势。

父子俩一起去了三楼的室内游泳池。

小星星换好自己的小鸭子泳裤，又套上自己的小黄鸭游泳圈，扑通一声下了水。

谢纶让他稍微适应水温，做了组热身动作，入了水，游了个来回，展示给小星星看。

小星星看得直鼓掌，眼中满是崇拜："爸爸，你太厉害了，就像鱼一样，游得好快。"

谢纶拉过儿子的游泳圈，有水滴沿着他高挺的鼻梁往下滑过，深邃的面容充满成熟男人的魅力，此刻面对稚嫩的儿子，又多了几分慈父的温和："有句话叫青出于蓝而胜于蓝，你是我儿子，我希望你以后比我还优秀，知道了吗？"

小星星听不懂什么青啊蓝啊，但他听懂了爸爸希望他变得优秀。

"我知道了，我会努力的！"他点头。

谢纶开始带着小星星游，小星星继承父亲的长手长脚，游起来也很有优势。

游了半个多小时，父子俩上岸，坐在沙滩椅上歇息。

谢纶从冰箱里拿了瓶啤酒，给小星星拿了杯牛奶。

"爸爸，我今晚学得怎么样？"小男孩捧着牛奶，忐忑又期待地看向他。

谢纶看出他的紧张，以及他所期待的肯定，举起啤酒和儿子的牛奶杯碰了下："很好，不愧是我儿子。"

小星星顿时眉开眼笑："真的！那我下次肯定会练得更好！"

谢纶闲坐着喝了口啤酒，对他说："等你学会了，以后还能教你妹妹。"

小星星一听更高兴了："好呀，等妹妹长得跟我一样大，我就教她。"

谢纶并不擅长跟人类幼崽打交道，哪怕眼前的人是他亲儿子。

但想到裴景烟的叮嘱，他略作思索，离儿子近了些："你觉得爸爸偏心吗？"

小星星愣了下，两只大眼睛眨呀眨，小声道："爸爸，我可以不说吗？"

谢纶："为什么？"

小星星："因为老师说小朋友要诚实，不能撒谎。"

谢纶："……那你说实话。"

小星星犹豫两秒，飞快地点了下头。

谢纶薄唇抿起。

小星星以为他不高兴了，小声补充："虽然爸爸偏心……但我还是喜欢爸爸的。"

"过来。"谢纶朝他张开手。

小星星打量他，将牛奶杯放在一旁，走了过去。

下一刻，他被爸爸抱在了怀里。

"我承认，我的确对妹妹有些偏爱，那是因为妹妹年纪还小，需要大人更多的呵护……但你要知道，你和妹妹都是爸爸的孩子，爸爸爱妹妹，也爱你。"

这样的话，白天小星星听妈妈说过，现在又听爸爸说，他也猜到妈妈跟爸爸说了白天的事。

他觉得有些难为情，耷拉着脑袋道："小轩哥哥也跟我说了，男孩子要保护女孩子，我以后会对妹妹好的。"

看着儿子懂事的模样，谢纶目光微暖，抬手拍拍他的小脑袋："那你要快快长大，跟爸爸一起保护我们家两个女孩子。"

他抬起拳头："来，做个男人之间的约定。"

小星星笑着抬起小拳头："好，约定！"

一大一小两个拳头碰在一起，父子俩相视而笑。

4

小月亮周岁过后，正是春暖花开的好时节。

小家伙继承裴景烟的自恋和爱美，可以自己独立行走时，就爱光着两只小胖脚丫，小企鹅似的左摆右摆，跑去裴景烟的衣帽间，去看那些漂亮时尚、色彩艳丽的包包、高跟鞋、帽子、配饰。

裴景烟也爱打扮女儿，定制了不少母女小裙子，隔三岔五就拉着小月亮一起拍照，发朋友圈。

秦霏和温若雅都笑她："以前你不是还吐槽过朋友圈晒娃的人吗？怎么现在自己也变成那样的人了？"

谢纶则是每回点完赞，都会私聊她："我们结婚十年，你朋友圈关于我的内容，都没有女儿一个月的多。"

裴景烟听出话里的酸味，笑着回他："当初可是你心心念念要个女儿，现在又开始吃她的醋了？"

谢纶想到自家那个软乎乎又极黏人的小棉袄，内心五味杂陈。

女儿虽黏人，但黏的不是他，天天喊着"妈妈""妈妈""要找妈妈"。

本来小星星一从幼儿园回来，就满屋子找妈妈，现在又多了个小月亮。

现在他和裴景烟之间，唯一能安静独处的时间就是晚上十点之后。

其余时间，都被两个孩子给占据，没有半点二人世界可言。

思及此，谢纶看了眼日历，心算着孩子放暑假的时间。

今年暑假，把两个孩子交给外婆外公带一个月，爷爷奶奶带一个月。

他也好安排年假，和自己太太一起出去旅行。

时光荏苒，转眼小月亮三岁，能够上幼儿园了。

开学的前一天晚上，小星星仔细替妹妹检查好书包和文具，又替妹妹选好明天开学要穿的漂亮裙子。

他这个当哥哥的事事周到，裴景烟和谢纶这对做父母的都显得多余了。

不过第二天一早，裴景烟和谢纶还是不放心女儿，怕她不适应幼儿园那样陌生的环境，所以亲自开车送她和小星星去学校。

两个孩子上的是沪城最好的国际私立学校，小星星在小学部，小月亮在幼儿园区。

临下车前，小星星还不忘叮嘱妹妹："月亮，第一天上学要加油哦，要是有人欺负你，你要跟老师讲，或者来小学部找哥哥。记得哥哥是哪个班吗？"

小月亮梳着一个丸子头，别着个红色蝴蝶结，一双黑白分明的眼眸清澈水润，奶声奶气地说："知道，哥哥在三年级，1班！"

小星星摸摸妹妹的小脑袋："月亮真聪明。"

看着两个小宝贝的互动，裴景烟一副"老母亲心都要化了"的表情。

谢纶看了眼手表，提醒道："星星，你该去教室了。"

小星星"嗯"了声，从黑色轿车下来，朝着车里的家人们挥手："爸爸妈妈再见，妹妹再见。"

小月亮趴在窗户上，挥着小胖手："哥哥再见，哥哥也要好好读书哦！"

"知道了。"小星星笑了笑，背着书包往小学部走去。

裴景烟往窗外看，就见儿子走到门口那么一小段路，身边就多了好几个小女生，一脸雀跃又羞涩地上前跟他打招呼。

她觉得好笑："没想到咱们家星星这么受女生欢迎。"

谢纶淡淡瞥了眼，皱起眉："现在的孩子都这么早熟？"

裴景烟笑道："爱美之心人皆有之，颜值高，到哪里都吃香的。"

谢纶不置可否。

车子继续往前开，没多久就到达幼儿园区域。

相比于小学部的整洁大气，幼儿园就充满了五颜六色的卡通元素，老师们也都穿着淡蓝色和淡粉色的统一制服，软着嗓音、笑容满面地与每个孩子打招呼。

而那些新入园的孩子，第一次离开父母亲人和熟悉的环境，心里害怕。

有一个"哇"地哭了出来，立刻引发一片哭声。

裴景烟听到这么多孩子哭，脑袋都大了。

再看谢纶，表情也没比她好多少，下巴紧绷着，太阳穴突突直跳。

夫妻俩不约而同看向走在中间的小月亮，只见小姑娘睁着一双好奇的大眼睛，打量着那些哭泣的孩子，没有半点要哭的样子。

裴景烟暗暗松了口气，还好小月亮没哭。

"妈妈，这些小朋友为什么要哭呀？"小月亮不解地问。

"因为他们……呃，不舍得离开爸爸妈妈吧。"

"可是放学了，不就能见到爸爸妈妈了吗？"

"唔，可能这些小朋友一会儿都不想跟爸爸妈妈分开吧。"

裴景烟硬着头皮解释，讲道理，她虽然养了两个孩子，但很多时候，她还是完全理解不了人类幼崽的脑回路。

小月亮皱起漂亮的小眉头："他们好吵，我不想跟他们在一起，爸爸妈妈，你们带我回家吧。"

谢纶蹲在女儿面前："过会儿老师会哄好他们的，你忍一忍。第一天来幼儿园，要跟小朋友们友善相处，不能闹不愉快。"

小月亮噘起小嘴巴，闷闷道："好吧。"

她心里却是想着，我才不要跟爱哭的小朋友做朋友，不就是上个幼儿园嘛，有什么好哭的。

等到小月亮进了教室，在位置上优雅坐下，全程没有半点要哭的模样，裴景烟才安心。

谢纶却不是很安心，尤其是站在窗户外，看到老师排座位时，很多小男孩抢着要跟小月亮坐一排，老父亲的眉头皱得快能夹死苍蝇："就不能安排女孩儿和女孩儿坐？"

"……才三岁的小朋友，没必要避嫌吧。"裴景烟汗颜，再看坐在前排，下巴稍抬，宛若一只骄傲小孔雀的小月亮，她眼里的笑容越发温柔，"真不愧是我女儿，小仙女下凡似的。"

感叹结束，她拉着谢纶的胳膊："好啦，走吧，你今天上午不是还有会议？可别迟到。"

谢纶目光不舍地望着教室里的女儿："我今天早点下班，来接女儿。"

裴景烟不客气地吐槽："之前星星第一天上学，也没见你亲自接送的。"

这天傍晚。

谢纶和裴景烟准时守在幼儿园门口。

下课铃才响不久，隔着一段距离就看到一群小朋友围着小月亮——有男有女，其中小男孩最多。

"小月亮，这个礼拜天是我生日，你来我家玩好不好？"

"小月亮，我家楼下卖的糖葫芦可好吃了，我明天给你带一串！"

"那我给你带糖吃，我家好多好多的糖，还有巧克力！"

"我的变形金刚都给你玩，我家还有很多蝴蝶标本！"

叽叽喳喳，热闹非凡。

而小月亮白嫩精致的小脸上挂着客气而不失礼貌的微笑，也不说话，只一直往外走。

当看到家里的轿车和车边的爸爸妈妈时，她眼睛一亮，快步走了过来。

给她提书包的小男孩，一见到谢纶那并不算友善的脸色，赶紧把书包还给小月亮："小月亮，明天见。"然后一溜烟赶紧跑了。

小月亮上了车，漂亮的小脸一下子垮了下来，软绵绵地往裴景烟怀里钻，撒着娇："妈妈，我好想你呀。"

裴景烟笑道："第一天上课感觉怎么样呀？"

小月亮："还好。就是很多男孩子要跟我做朋友，可我觉得他们好吵，不想跟他们做朋友。"

裴景烟刚想教育女儿要对小朋友友善，就听谢纶道："嗯，那就不要跟他们做朋友，交两个女生朋友就好了。"

裴景烟无语，再看女儿鼓鼓囊囊的小书包，疑惑道："书包里装了什么，这么满？"

小月亮捧着香蕉奶昔喝，随意道："是小朋友送的礼物。"

裴景烟打开一看，里面塞满了小玩具、小零食、卡通书……

她教育道："下次别人送你这些，你得拒绝。"

"我拒绝了呀，是他们非要送给我。"小月亮托着腮帮子叹气，"上学可真累呀。"

裴景烟："……"

谢纶："……"

小家伙才三岁，就这么受欢迎，等再长大一些——

夫妻俩对视一眼，从彼此的眼里感受到了心累。

又是一年除夕，谢父谢母随着儿子儿媳，一起去裴家老宅吃年夜饭。

一大家子热热闹闹聚在一起，大人们推杯换盏，饮酒畅谈，孩子们则在客厅玩耍嬉戏。

吃过饭后，小月亮缠着舅舅裴元彻，要玩仙女棒烟花。

裴元彻对儿子和外甥都很严厉，对软萌可爱的小外甥女却是很宠的，二话不说，带着孩子们就去草坪玩烟花。

孩子们银铃般的笑声和电视里春节联欢晚会的背景音喧杂响起，裴景烟走到玻璃门旁，望着孩子们明媚可爱的笑脸，眉眼间也染上柔和的笑意。

忽然，她的肩膀从后面被揽住。

熟悉的怀抱很是温暖，伴随着一阵熟悉好闻的乌木沉香味混杂着些淡淡的酒意笼罩而来，裴景烟放松地靠着男人的胸膛，随意问："这么快就喝完了？"

谢纶轻捏下她的手，清冽的嗓音透着笑意："你爸和我爸都喝趴下了。"

裴景烟一怔，扭过头朝餐桌看去，果然两位长辈都趴在桌子上，面色通红。

"酒量不行，还总是爱喝。"

她无奈地轻笑，又嗅了嗅谢纶："身上酒味这么重，你还能坚持到倒计时吗？"

"可以。"

谢纶低下头，成熟俊美的脸颊泛着薄红，黝黑的眼眸深深望向她："答应过你，每年陪你守岁。"

男人醉酒后的眼神，格外的炽热缠绵。

裴景烟脸颊微红，莫名有些不好意思。

谢纶拥着她，下巴抵着她的发，望向草坪上的孩子们，忽然说道："当初跟你求婚，也是在这片草坪。"

　　提到往事，裴景烟眼神也变柔："你还好意思说，那次真吓了我一跳。"

　　谢纶低头亲了亲她的脸颊："那是我这一生，做的最好的决定。"

　　裴景烟心尖一暖，眼波盈盈地回望他："我也是。"

　　两人依偎，月光皎洁。

　　欢声笑语里，传来新年的倒计时："三！二！一……"

　　绚烂的烟火绽放，火树银花，孩童欢笑。

　　"新年快乐。"

　　"新年快乐。"

　　他与她十指相扣，笑意宠溺。

　　我的公主。

　　甘愿为你裙下臣，岁岁年年。

（全书完）